HEYNE
BÜCHER

Das Buch

Moskau in der Nach-Glasnost-Ära: Der Westen ist auf Schritt und Tritt spürbar in der russischen Hauptstadt, Rock und Pop und McDonald's sind längst etabliert – und seit neuestem gibt es auch einen Serienmörder in Moskau. Sein zweites Opfer ist eine Amerikanerin – Botschaftsangehörige und Nichte eines publicitysüchtigen Senators, nach dessen Pfeife praktisch das ganze Weiße Haus tanzt. Als sich herausstellt, daß Ann Harris ein ganz schön ausschweifendes Sexualleben führte, bei dem mit ziemlicher Sicherheit auch ein Kollege aus der Botschaft mit von der Partie war, mischen die Amerikaner bei der Untersuchung des Falls mit. Colonel Dimitri Danilow von der russischen Miliz hat alle Hände voll zu tun, bei dem russisch-amerikanischen Joint-venture den Boden unter den Füßen zu behalten, denn er hat nicht nur mit veralteter Datentechnik zu kämpfen, sondern auch mit dem ehemaligen KGB, der die Nase in die Angelegenheit steckt. Bill Cowley vom FBI wiederum kriegt von den Botschaftsangehörigen keine Informationen, oder jedenfalls keine, die ihm weiterhelfen würden. So sind die beiden Spitzenspürhunde verstrickt im Dschungel der Perestroika, während der Killer frei herumläuft und in aller Ruhe seinen nächsten Schlag vorbereiten kann …

Der Autor

Der Brite Brian Freemantle war bis 1975 als Auslandskorrespondent in vielen Ländern, einschließlich Rußland, den USA und Vietnam, tätig und wandte sich dann der Schriftstellerei zu. Mit den Charlie-Muffin-Romanen gelang ihm der ganz große Durchbruch, und er gehört heute zu den erfolgreichsten Spannungsautoren der Welt. Brian Freemantle lebt in Winchester/England.

BRIAN FREEMANTLE

SNIPER

Roman

Aus dem Englischen
von Sepp Leeb

WILHELM HEYNE VERLAG
MÜNCHEN

HEYNE ALLGEMEINE REIHE
Nr. 01/10610

Die Originalausgabe
THE BUTTON MAN
erschien 1992 by Random Century Group

Umwelthinweis:
Dieses Buch wurde auf
chlor- und säurefreiem Papier gedruckt.

Deutsche Erstausgabe 10/99

Printed in Germany 1999
Umschlagillustration: doMANSKI/Gruppe d4, München
Umschlaggestaltung: Atelier Ingrid Schütz, München
Satz: Buch-Werkstatt, Bad Aibling
Druck und Bindung: Pressedruck, Augsburg

ISBN: 3-453-13682-9

http://www.heyne.de

Für Ray und Vera, in tiefer Zuneigung

Cruelty has a human heart,
And Jealousy a human face;
Terror the human form divine,
And Secrecy the human dress.

Grausamkeit hat ein Menschenherz,
ein Menschenantlitz hat der Neid;
Schrecken hat menschliche Gestalt,
Heimlichkeit heißt das Menschenkleid.

William Blake
Nachtrag zu
Songs of Innocence and of Experience

Hinweis des Autors

Nachdem ich ein Sachbuch über den KGB geschrieben hatte, galt ich in der Sowjetunion mehrere Jahre lang als *persona non grata*. Ende 1990 wurde dieses Verdikt unter dem Einfluß von *Glasnost* und *Perestroika* lockerer gehandhabt. Dieses Buch ist das Resultat des ersten meiner darauf folgenden Besuche im Land. Während dieses Rußlandaufenthalts wurde mir von Marina Sucharewa und ihrem Mann Harry Edgington große Hilfe, Unterstützung und Freundschaft entgegengebracht. Außerdem von einem Mann, der als vermeintlicher KGB-Agent aus England ausgewiesen worden war. Er besteht auf der Feststellung, daß dieser Vorwurf falsch ist.

Ich bin über die Vereinigten Staaten nach Moskau gereist. In Washington, D. C., erfuhr ich von dem ebenso zuvorkommenden wie amüsanten Bob (›Monk‹) Monroe, der mir auch behilflich war, grundsätzliche Fehler bei der Darstellung des FBI zu vermeiden, vom hohen wissenschaftlichen Stand der Ausbildungsakademie des Federal Bureau of Investigation in Quantico, Virginia.

Ich danke allen, die mir in Rußland und Amerika mit ihrem Rat zur Seite gestanden haben und deren Hilfe, so hoffe ich, in diesem Buch ihren Niederschlag gefunden hat. Wenn mir irgendwelche faktischen Irrtümer unterlaufen sind, sind sie die ersten, bei denen ich mich zu entschuldigen habe.

1

Moskau nervte. Drückte man es zu Hause immer noch so aus, wenn man sagen wollte, daß einem etwas auf den Geist ging? Sie wußte es nicht. Ann Harris hatte das Gefühl, überhaupt nichts mehr über Amerika zu wissen. Was eindeutig eine Übertreibung war, aber eine, die sie sich gestattete. Mehr tiefschwarze Depressionen, in denen sie sich verkriechen konnte. Es war ihr egal, ob es das richtige Wort war oder nicht. Moskau nervte eindeutig. Alles nervte: der Job und ihre Karriere und ihre Zukunft und die Botschaft und diese Affäre. Diese Affäre am allermeisten.

Sie ging ohne Ziel dahin, gleichgültig, die Wollmütze tief ins Gesicht gezogen, die Hände in den Taschen ihres viel zu dünnen Mantels vergraben. Sie wollte nur eins: weg aus der klaustrophobischen Enge ihrer Wohnung und vielleicht auch weg von dem, was dort gerade passiert war. Oder genauer: nicht passiert war.

Er hatte es so gottverdammt eilig gehabt, daß sie es sich eigentlich hätte sparen können, sich überhaupt auszuziehen: Sie war noch nicht annähernd zum Höhepunkt gekommen, als er ihn schon wieder rausgezogen hatte, und, wie er sich in diesem Moment über ihr aufstützte, sah er auf die Uhr. Dieses Schwein. Aber das war schwerlich die große Entdeckung dieses Jahrhunderts. Als es bei ihnen losgegangen war, hatte er ihr den üblichen Quatsch von Liebe erzählt, aber das war alles Teil des sattsam bekannten, immer gleichen Rituals. Inzwischen hatten sie aufgehört, sich was vorzumachen. Es war schlicht und ergreifend ein Fick: zumindest für ihn. Für sie endete es, wie heute abend, in der Regel schlicht und ergreifend in einem Riesenfrust. Wenigstens ließ er jetzt größtenteils seine komischen Experimente: Heute abend hatte er ihr so gut wie gar nicht weh getan. Und das hieß, vermutete sie, daß er eine andere, eine neue, hatte. Es mußte eine aus der Botschaft sein. Sie fragte sich, wer. Dieses Schwein.

Plötzlich wieder ganz auf ihre Umgebung konzentriert, sah sich Ann um. Sie mußte irgendwo in unmittelbarer Nähe der Uliza Gerzena sein: auf jeden Fall irgendwo im Botschaftsviertel. Wenn sie das nächste Mal links abbog, müßte sie auf eine besser beleuchtete Straße kommen: So kurz vor Mitternacht war diese Straße, egal, wie sie hieß, dunkel und verlassen, und außer ihr war niemand unterwegs.

Wieder tief in Gedanken versunken, ging Ann weiter. Was sollte sie tun? Schluß machen war vermutlich das beste. Diese Phase einer Affäre konnte sie am schlechtesten ab, die Lassen-wir's-lieber-bleiben-Phase. Sie zog sich immer endlos in die Länge, weil jeder wartete, daß der andere den ersten Schritt machte, weil jeder versuchte, dem anderen einen einfachen Ausstieg zu ermöglichen, was die Sache allerdings meistens nur unerfreulicher und ganz und gar nicht leichter machte.

Vielleicht würde sie überhaupt nichts tun. Vielleicht würde sie einfach so weitermachen, bis ihre Dienstzeit in sechs Monaten beendet war. Ihre Rückkehr nach Washington würde der Sache ganz von selbst ein Ende machen. Ein Abschiedsessen, ein Abschiedsfick, die nicht wirklich so gemeinten Aufforderungen: *Paß gut auf dich auf. Schreib mal, damit ich weiß, wo du bist. Es war wirklich schön.* Natürlich hatte es auch andere gegeben. Der davor, der gewußt hatte, daß er nur ein Lückenbüßer war, und trotzdem versucht hatte, einen hochzubekommen, um mithalten zu können. Manchmal war es richtig lustig, ihm dabei zuzusehen, wie er sich anstrengte. Wenigstens hatte er versucht, sie zum Orgasmus zu bringen. Und manchmal hatte sie sogar einen bekommen.

Aber würde sie in sechs Monaten überhaupt versetzt werden? Wenn alles nach Plan lief, schon. Andererseits hätte sie mittlerweile vom State Department längst Nachricht erhalten müssen, ob sie gleich im Anschluß an Moskau eine weitere Auslandsstelle erhalten würde oder ob sie in Washington erst eine Weile warten müßte. Einen Monat würde sie ihnen noch geben. Wenn bis dahin nichts mit dem Diplomatengepäck kam, würde sie ganz offen nachfragen und etwas Dampf machen. Zwei Jahre mochten vielleicht die übliche

Dienstzeit in der Gemeinschaft unabhängiger Staaten, der ehemaligen Sowjetunion, sein, aber sie hatte schon zu viele Geschichten von Versäumnissen und verschlampten Personalakten und arroganten, selbstherrlichen State-Department-Entscheidungen gehört, bei denen jemand einfach nicht versetzt wurde, weil er sich an seiner alten Dienststelle als zu nützlich erwiesen hatte.

Und sie war als Betriebswirtin eindeutig eine Bereicherung für die Wirtschaftsabteilung der Botschaft. Sie schnaubte der verlassenen Moskauer Straße ein hohles Lachen entgegen: Woran lag es, daß sie beruflich so tüchtig und zuverlässig war und nie Fehler machte, während ihr Privatleben eine einzige Katastrophe war?

Moskau, antwortete sie sich selbst: Es war das unnatürliche Inseldasein in Moskau, wo jeder jeden kannte, wo Affären begonnen, Affären beendet, Essenseinladungen angenommen und Essenseinladungen erwidert wurden, alles rein mechanisch, der Tratsch von heute der gleiche war wie der von gestern, ohne daß er durch den Vorgang des Erzählens jemals etwas dazugewann. Sie konnte nur hoffen, daß Onkel Walter recht gehabt hatte, was die Bedeutung des Rußlandaufenthalts für ihre Karriere anging. Wenn dem so war – wenn die Beförderung so automatisch erfolgte, wie er ihr garantiert hatte –, wäre es die Sache im nachhinein vielleicht sogar wert. Aber nur gerade noch. Und wenn es nicht so war, dann wären es zwei Jahre Gefängnis gewesen, ohne jeden Straferlaß für gute Führung und ohne Hafturlaub.

Jetzt sah Ann ein Stück weiter vorn die Lücke zwischen den Gebäuden, die Einmündung in die Straße, die sie suchte. Sie begann etwas schneller zu gehen. Es war ein spontaner, unüberlegter Entschluß gewesen, einen Spaziergang zu machen: Der Mantel war nicht warm genug, und darunter hatte sie nur eine dünne Baumwollbluse und einen Rock an, weil in der Wohnung die übliche russische Hitze geherrscht hatte: Und im Bett war es sogar noch wärmer gewesen.

Anns Gedanken kreisten weiter um ihren Onkel. Er hatte seinen politischen Einfluß spielen lassen, um ihr die Stelle in Moskau zu verschaffen. Demnach konnte er ihn auch einsetzen, um sie hier rauszuholen. So mußte sie es anpacken! Sie würde erst ihm schreiben, bevor sie sich direkt ans State Department wandte; sie würde ihm erzählen, wie froh sie über die Chance gewesen sei, hier eine Stelle zu bekommen, und ihn fragen, ob er schon eine Ahnung habe, wohin sie als nächstes versetzt werde. Sie würde es sogar gleich morgen tun: den Brief für das Diplomatengepäck fertig machen, das am Abend nach Washington ging. Zum erstenmal seit mehreren Stunden ließen ihre Depressionen etwas nach.

Ann bog in die schmalere Seitenstraße, die eigentlich kaum mehr als eine Einfahrt war. Enttäuscht stellte sie fest, daß sie nichts vom Lichterglanz der Uliza Gerzena sah: Vielleicht machte diese Straße eine so starke Biegung, daß die Kreuzung nicht zu sehen war.

Es war nur in den letzten paar Sekunden gewesen, daß sie sich der Anwesenheit einer anderen Person bewußt wurde, aber sie hörte nicht das Geringste. Es war, als wäre jemand ganz nah, und sie wollte sich gerade umdrehen, aber das Messer drang ganz glatt ein, ohne einen Knochen zu berühren. Es kam zu einem Moment unerträglichen Schmerzes, und der Schrei brach aus ihrer Kehle hervor, aber die Hand war auf ihrem Mund, drückte ihre Nase zu, erstickte jeden Laut.

Ann Harris war tot, bevor ihr Körper auf den Gehsteig schlug.

Das Haar wurde als erstes abgeschnitten, ganz knapp über der Kopfhaut. Es wurde genügend eingesteckt, aber das meiste blieb über ihr Gesicht verteilt. Die Knöpfe, an Mantel, Hemd und Rock, mußten nur unter Zuhilfenahme des Tastsinns abgeschnitten, die Kleider ordentlich wieder zurechtgezogen werden. Alle Knöpfe wurden eingesteckt. Ein Schuh war ihr im Fallen vom Fuß gerutscht. Der andere wurde abgezogen, um zusammen mit dem anderen ordentlich neben ihren Kopf gestellt zu werden.

Es war zwei Uhr früh, als das Telefon Dimitri Iwanowitsch Danilow weckte, den ranghöchsten Oberst der Volksmiliz für die Region Moskau. Er hörte eine Weile zu. Dann sagte er: »Scheiße!«

Olga bewegte sich, als er aus dem Bett stieg, wachte aber nicht auf. Als Frau eines Polizisten hatte sie im Lauf der Jahre gelernt, bei solchen nächtlichen Störungen weiterzuschlafen: Sie war auch sonst an einen Punkt gekommen, an dem sie von vielem keine Notiz mehr nahm.

2

Da war nicht viel Blut, und das meiste davon hatte der Mantel aufgesaugt. Ann Harris lag nicht so da, wie sie gefallen war, weil ihr Körper leicht verrutscht war, als ihr die Haare geschoren und die Knöpfe abgeschnitten wurden. Jetzt lag sie etwas außerhalb der Umrißlinie, die mit Kreide auf den Gehsteig gezeichnet war, ein zweites Mal verrutscht bei der ersten Untersuchung seitens des Pathologen und der Gerichtsmediziner. Die schmale Straße, die tatsächlich eine starke Biegung machte, bevor sie in die Uliza Gerzena mündete, war an beiden Enden mit quer geparkten Milizfahrzeugen abgesperrt. Die Leiche war mit Leinwand-Sichtschirmen umstellt, was unnötig war, weil an einem Februarmorgen mit Minustemperaturen um drei Uhr früh ohnehin nur Polizisten unterwegs waren. Die Scheinwerfer ließen alles und jeden unnatürlich weiß erscheinen: Die Männer, die in Gruppen herumstanden oder herumgingen, wirkten genauso blutleer wie das Opfer zu ihren Füßen.

Danilow zwängte sich in die Gruppe, die sich teilte und aufzulösen begann, als er erkannt wurde. Dieser Vorgang erregte die Aufmerksamkeit des Mannes, der über die Leiche gebeugt war. Juri Michailowitsch Pawin blickte auf und nickte, als er seinen Vorgesetzten sah. Er erhob sich steif, als Danilow sich bückte, um seinen Platz einzunehmen. Sie war attraktiv gewesen, sogar schön, aber jetzt war sie häßlich. Die Augen traten hervor, stierten entweder in tödlichem Entsetzen oder im Todesschmerz vor sich hin, und die Lippen waren wie bei einem fauchenden Raubtier von den Zähnen zurückgezogen. Die Häßlichkeit wurde noch durch das verstärkt, was mit ihrem Haar angestellt worden war: Es war abgeschnitten worden, büschelweise und ganz dicht über der Kopfhaut, die zerkratzt und stellenweise zerschnitten war. Übersehene Büschel standen in die Höhe. Ihre Kleider machten keinen übermäßig unordentlichen Eindruck.

»Wie lang?« fragte Danilow. Die Leiche der Frau schien bereits von Totenstarre befallen.

Pawin hob die Schultern. »Vielleicht acht Stunden. Vielleicht weniger. Der Doktor sagt, wegen der Kälte könnte die Körpertemperatur sehr rasch gefallen sein, weshalb er wirklich nichts sagen kann.«

Wie auf ein Stichwort hin fegte ein Windstoß die schmale Straße herauf und ließ sie die Schultern hochziehen. Danilow war dazu übergegangen, sein Haar ebenfalls sehr kurz zu tragen. Um diese Jahreszeit hätte er eine Mütze aufsetzen sollen.

»Wer hat sie gefunden?«

»Ein Streifenwagen, der seine Runde gedreht hat. Um ein Uhr zwanzig.«

»Sie ist noch nicht acht Stunden tot. Vor acht Stunden wären hier noch Leute unterwegs gewesen.«

»Ich weiß«, sagte Pawin.

Danilow war froh, daß Pawin wieder mit an Bord war. Und nicht nur wegen der Kontinuität. Pawin war die Sorte Unterstützung, die jeder Ermittler brauchte, ein pedantischer Sammler einzelner Fakten, die, einmal absorbiert, nie mehr vergessen wurden. Er war ein korpulenter Mann mit langsamen Bewegungen, der mehr wie ein Streifenpolizist aussah als wie ein Major des Petrowka-Hauptquartiers. Danilow bezweifelte, daß Pawin noch weiter befördert würde, glaubte aber auch nicht, daß Pawin das überhaupt wollte: Er nahm an, der Mann hatte sich damit abgefunden, daß er seine Möglichkeiten ausgeschöpft hatte, und war zufrieden. Pawin kannte jede Richtlinie im Ermittlungshandbuch und befolgte jede: Es mußte Pawin gewesen sein, der die überflüssigen Leinwandschirme angeordnet hatte. »Irgendwelche Papiere?«

»Nein. Nur das.«

Danilow nahm den Schlüssel entgegen, der für spätere Fingerabdruckuntersuchungen in einem Zellophantütchen verpackt war. »Warum bist du so sicher, daß sie Amerikanerin ist?«

»Wegen der Etiketten in ihren Sachen«, sagte Pawin. »Alles amerikanisch. Mantel, Bluse, Rock. Sogar die Schuhe.«

»Haben die von Anfang an so dagestanden?« Danilow deutete mit einer kurzen Kopfbewegung auf die flachen Pumps. Im Moment waren sie nur mit durchsichtigem Plastik zugedeckt; sie waren noch nicht in einer Beweismitteltüte.

»Das habe ich extra überprüft: Der Beamte aus dem Streifenwagen glaubt, er könnte dagegengestoßen sein, als sie die Leiche fanden; bis auf die Scheinwerfer des Wagens war es zu diesem Zeitpunkt noch vollkommen dunkel. Sie standen jedenfalls bestimmt neben dem Kopf, aber wie ordentlich, weiß er nicht.«

»Und er hat sie nicht angefaßt?«

»Er sagt jedenfalls, nicht.«

»Nimm allen Fingerabdrücke ab. Um das auszuschließen.«

»Habe ich bereits angeordnet«, sagte Pawin. Das war eine der Grundregeln am Tatort.

»Wer ist der Pathologe?«

»Nowikow«, sagte der Major. Und als wäre er für die Dienstpläne der Mediziner verantwortlich, fügte er hinzu: »Tut mir leid.«

Danilow zuckte resigniert mit den Achseln. Vor einem Jahr hatte er bei einem Prozeß nachgewiesen, daß ein von Viktor Nowikow erstelltes Gutachten fehlerhaft gewesen war: Der Mediziner hatte eingestehen müssen, daß er das Ergebnis einer Untersuchung nur vermutet hatte, anstatt sie tatsächlich durchzuführen. Der Haß war absolut. »Was sagt er?«

»Eine einzige Stichwunde. Er muß natürlich erst eine Autopsie vornehmen, aber es sieht nach einem glatten Eindringen aus. Könnte ein spitzes Messer mit einschneidiger Klinge gewesen sein. Die Kopfverletzungen sind nur oberflächlich; sie wurden ihr beim Abschneiden der Haare beigebracht. Ein paar Post-mortem-Blutergüsse am linken Oberschenkel und am Gesäß; da, wo sie gefallen ist. Keinerlei Anzeichen, daß sie Widerstand geleistet hat: Nichts unter den Fingernägeln, wo sie ihn gekratzt haben könnte. Auch keine Haare, die sie ihm ausgerissen haben könnte.«

»Sex?«

»Ihre Unterwäsche war intakt: Sie trug eine Strumpfhose über ihrem Slip. Ihre Oberkleider waren nicht hochgezogen oder zerrissen.«

Danilow gab seinem Assistenten die Zellophantüte zurück und sagte: »Hotelschlüssel ist das keiner.«

»Nein.«

»Der Täter könnte ihre Handtasche geraubt haben, nehme ich mal an.«

»Sie trägt ein goldenes Halskettchen mit einem Kreuz. Und eine goldene Rolex. Und an der linken Hand hat sie einen Siegelring. Allerdings keinen Ehering.«

»Wie weit sind die Unterkünfte der amerikanischen Botschaftsangestellten von hier entfernt?«

»Vielleicht vier-, fünfhundert Meter. Hinter der eigentlichen Botschaft in der Uliza Tschaikowskaja. Aber natürlich muß sie nicht unbedingt eine Diplomatin sein.«

Danilow seufzte. Der Wind fegte wieder die Straße herauf, wenn auch nicht mehr so heftig wie zuvor. Es mußte schon nach Mitternacht gewesen sein, als Danilow schlafen gegangen war, weil er kurz bei Larissa vorbeigefahren war, um sich bei ihrem Schichtwechsel mit ihr zu treffen, und zu Hause hatte er gewartet, bis Olga eingeschlafen war, bevor er ebenfalls ins Bett gegangen war: Seine Augen brannten vor Müdigkeit, und er wußte, er würde jetzt wieder lange nicht mehr zum Schlafen kommen. »Hast du sonst noch jemanden benachrichtigt?«

»Das mußt du entscheiden«, rief ihm der Mann, der die Vorschriften kannte, in Erinnerung.

»Das kann ja heiter werden, wenn sie etwas mit der amerikanischen Botschaft zu tun hat«, unkte Danilow. »Allein die Tatsache, daß sie Amerikanerin ist, ist schon schlimm genug.«

»Glaubst du, die Tscheka will hinzugezogen werden?« fragte Pawin. Er verwendete dabei den alten, aus der Revolutionszeit stammenden Namen des sowjetischen Geheimdienstes, mit dem sich der ehemalige KGB, jetzt der Föderale Sicherheitsdienst FSB, mit muskelprotzender Angeberei selbst bezeichnete.

»Wahrscheinlich«, sagte Danilow. »Und ich will lieber erst gar nicht anfangen, mir Gedanken darüber zu machen, was die Amerikaner alles wollen.« Im Moment *wollte* er nicht einmal daran denken.

»In den alten Zeiten wäre alles einfacher gewesen«, sagte Pawin mit einem Anflug von Nostalgie. »Als wir noch nicht kooperieren mußten.«

»Die alten Zeiten sind aber vorbei.« Und nach einer Pause fügte er hinzu: »Heißt es zumindest.« Danilow war einmal begeistert gewesen von *Glasnost* und *Perestroika* – wäre es immer noch gern gewesen –, aber nach all den unerfüllten Versprechungen und Erwartungen hatte er sich resigniert damit abgefunden, daß sie an der alles erstickenden Bürokratie und an der russischen Ineffektivität gescheitert waren. Wenn sie tatsächlich Amerikanerin war, wäre das sogar in den alten unkooperativen Zeiten verdammt unangenehm gewesen. »Weiß Nowikow, daß ich die Ermittlungen leite?«

»Er hat es vermutet. Er meinte, du müßtest warten, bis du an der Reihe bist: Es gibt vor dir noch andere Autopsien.«

»Was ist mit der Spurensicherung?«

»Gerade fertig geworden, bevor du eingetroffen bist.«

»Irgendwas?« Pawin hätte es ihm bereits erzählt, wenn etwas gewesen wäre: Dennoch hatte er die hoffnungsvolle Frage stellen müssen. Pawin hatte mit ihr gerechnet.

»Nichts Konkretes.«

Danilow deutete auf die finsteren Gebäude ringsum. »Hat niemand was gehört?« Das war eine noch hoffnungsvollere Frage: Pawin hätte ihm längst jeden Zeugen vorgeführt.

»Es sind hauptsächlich Bürogebäude. Ich dachte, wir fangen mit dem Klinkenputzen an, wenn es hell wird.«

Danilow nickte. »Fotos?«

»Alles erledigt. Der Krankenwagen wartet bereits. Sobald du den Tatort freigibst, können wir …«

Danilow blickte eine Weile stumm auf die inzwischen gefrorene Leiche der jungen Frau hinab. *Wer bist du, einst hübsches Mädchen? Welche geheimen Dinge, die sonst niemand weiß, werde ich über dich herausfinden? Wenn sie nichts zur Sache tun, werde ich sie für mich behalten. Aber wie – lieber, viel angezweifelter Gott, wie! – soll ich herausfinden, wer dir das angetan hat? Wer dich so häßlich gemacht hat?* Nicht zum erstenmal, seit er zur Mordkommission, Abteilung Schwerverbrechen, gekommen war, war Danilow froh, daß er und Olga keine Kinder bekommen konnten. So mußte er wenigstens nicht ständig mit der tief in seinem Inneren schwelenden Angst leben, eines Tages könnte irgendein anderer Polizist auf die zerschlagenen und verstümmelten sterblichen Überreste seines eigenen Sohnes oder seiner eigenen Tochter hinabblicken. Es gelang ihm nie, in einer Leiche nur eine Leiche zu sehen, absolut unbeteiligt zu bleiben. Immer dachte er, wie auch jetzt gerade, daß dieses häßliche, malträtierte Ding zu seinen Füßen einmal ein lebendiger Mensch mit Gefühlen und Ängsten und Sorgen und Freuden gewesen war. Beruflich gesehen falsch, nahm er an. Oder doch nicht? Machte ihn nicht der Umstand, daß er Anteil *nahm*, zu einem besseren Polizisten als die meisten anderen im Milizhauptquartier in der Petrowka, die, wie er wußte, über ihn höhnten und sogar lachten, während sie selbst eifrig die Hände aufhielten, um sich die von ihnen geleisteten Gefallen ebenfalls durch einen Gefallen vergelten zu lassen? Danilow verkniff sich ein Hohnlächeln, verwehrte sich die Heuchelei. Seit er zur Mordkommission gekommen war, war das anders geworden. Aber wie war es vorher gewesen? Was war mit Eduard Agajans und all den anderen dankbaren Schiebern? Er hatte seine eigenen Rechtfertigungen rationalisiert, aber er hatte keine Veranlassung, kein *Recht*, andere Polizisten zu kritisieren. Überhaupt irgendwen zu kritisieren. Danilow hatte keine Zweifel an Pawins Tatortkompetenz. Deshalb fragte er nur: »Gibt es sonst noch was?«

»Hier nicht. Ich glaube nicht.«

»Dann laß uns aufräumen.«

Pawin erteilte den entsprechenden Befehl, dem binnen weniger Sekunden durch das Gängeknirschen des zurückstoßenden Krankenwagens nachgekommen wurde. Danilow wäre es lieber gewesen, sie hätten etwas mehr Rücksicht gezeigt, als sie die Leiche auf die Bahre hoben. Er sagte: »Ich möchte alle berufstätigen Anwohner in der Straße überprüft haben, bevor jemand zur Arbeit geht. Wonach wir suchen, ist vollkommen klar: Und ich glaube, daß es auch schon vorher klar war. Ich möchte, daß jede psychiatrische Einrichtung in Moskau nach entlassenen Patienten überprüft wird, die Anzeichen für solche Neigungen gezeigt haben.«

»Jede?« Pawin runzelte die Stirn.

Danilow nickte dem wegfahrenden Krankenwagen hinterher. »Wenn sie Amerikanerin ist, werde ich so viele Leute kriegen, wie ich brauche.«

»Möchtest du, daß ich Nowikow ein bißchen Dampf mache?«

»Das mache ich schon selbst.« Der Konflikt zwischen ihm und dem Pathologen war bei jedem Ermittlungsverfahren eine unnötige und lästige Behinderung: eine zusätzliche Komplikation, die er in diesem Fall am allerwenigsten gebrauchen konnte. Größere Probleme packte Danilow normalerweise selbst an. Kaum einmal, daß er sie auf andere abwälzte. Aber hier handelte es sich um einen Fall, bei dem er besser an höherer Stelle Beistand suchte.

»Wo kann ich dich erreichen, falls ich mich mit dir in Verbindung setzen muß?«

Es war eine diskrete Frage von Freund zu Freund. Es gab bestimmte Zeiten im Monat, in denen Larissa die ganze Nacht im Druschba Hotel schlief und sich gern wecken ließ. Heute nacht wäre sie wegen der Schichtumstellung schon mehrere Stunden zu Hause: Sicher schlief sie schon, mit dem Rücken zum schnapsgetränkten Atem von Jewgenij Kosow, Danilows früherem Chef, dem leitenden Oberst des 19. Moskauer Milizdistrikts, über den Kosow mittlerweile im Stil eines Feudalherrn wie über ein Lehen gebot. Danilow vermutete, Kosow war weit über die Ankündigungen hinausgegangen, die er in den letzten Tagen der Übergabe gemacht hatte.

Danilow sah in dem alles niederknüppelnden, grellweißen Licht auf seine Uhr. Es war halb fünf. »Zu Hause. Ich werde Lapinsk von dort anrufen.« Leonid Lapinsk war der General, der die Mordkommission in der Petrowka leitete: Er hatte nur noch zwei Jahre bis zur Pensionierung und machte keinen Hehl daraus, daß er diese Zeit so ruhig wie möglich hinter sich zu bringen gedachte: Der heutige Abend würde seine Magengeschwüre in hellen Aufruhr versetzen.

»Er wird wieder morden«, prophezeite Pawin und blickte auf die mit Kreide gezeichneten Umrisse hinab, die anzeigten, wo die Leiche gelegen hatte. Es war eine abwesende Bemerkung gewesen. Der Mann hatte praktisch mit sich selbst gesprochen.

»Natürlich wird er das«, sagte Danilow.

Die Wohnung, nicht weit von der Kirowskaja und für jemanden, der kein Auto hatte, in praktischer Nähe des U-Bahnhofs Kasan, lag im Zwielicht des anbrechenden Tages, als Danilow zurückkam. Er überlegte, ob er sich einen Schluck Wodka genehmigen sollte, tat den Gedanken aber sofort wieder ab. Auf Kaffee hatte er keine Lust. Übrigens handelte es sich dabei – im Gegensatz zu den Zeiten, als er noch Geschenke angenommen hatte – um russischen, nicht um importierten: pulverisierte Körnchen, die wie Staub an der Oberfläche des Gebräus trieben, gleichgültig, wie heiß das Wasser war. Und Tee zu machen war ihm zuviel Aufwand.

Danilow setzte sich mit auf die Brust gesunkenem Kopf in seinen mittlerweile durchgesessenen Lieblingssessel schräg links vor dem uralten und ständig defekten Fernseher, eine Dankbarkeitsbezeigung Eduard Agajans' aus der Zeit vor seiner Versetzung in die Petrowka, als er noch, ganz auf seinen Vorteil bedacht, seinen eigenen Milizbezirk kommandiert hatte.

Die laufenden Ermittlungen waren schon schwierig genug. Doch diesen Morgen – diesen verschlafenen, kalten, langsam Gestalt annehmenden Morgen – würde der Mord an einer unbekannten Amerikanerin Probleme aufwerfen, die er noch nicht einmal ansatzweise erahnen konnte. Eines war allerdings schon jetzt so gut wie sicher: Was die Tscheka oder den KGB oder wie sie sich sonst nannten anging, hatte Pawin wahrscheinlich recht. Sie würden einen Ermittlungsbeamten der Volksmiliz – auch wenn es der ranghöchste Ermittler mit dem Dienstgrad eines Obersts war – nicht für geeignet halten, eine solche Untersuchung durchzuführen. Ein häuslicher Mord oder ein Totschlag im Affekt, das vielleicht: etwas Alltägliches, Unbedeutendes. Aber der Mord an einer Amerikanerin war etwas anderes: Das hatte politische, internationale Dimensionen: etwas, das vielleicht weltweite Aufmerksamkeit auf Moskau und die zerfallene Sowjetunion lenkte. Was war, wenn sie den Fall übernahmen? Danilow zog die Möglichkeit in Erwägung. Wenn die Sache offiziellen Charakter bekam, hatte er keine Möglichkeit, sich dagegen zu wehren. Aber sollte das Ganze auch nur ganz knapp unterhalb der offiziellen Ebene abgewickelt werden, *würde* er sich jedem Versuch, ihn auszumanövrieren, widersetzen. Nach russischem Gesetz, dem Gesetz, das trotz des Scheiterns beinahe aller anderen Reformen fast wie durch ein Wunder zusehends mehr tatsächlich das Gesetz *war*, fiel das Erstechen und Schänden einer etwa dreißigjährigen dunkelhaarigen, braunäugigen Frau fraglos unter die Zuständigkeit der Mordkommission der rechtmäßig eingesetzten Strafverfolgungsbehörde der Moskauer Division der Volksmiliz. Unter *seine* Zuständigkeit. Der schwierigste Fall seines Lebens, dachte Danilow wieder. Wollte er soviel Verantwortung? Wäre es beruflich nicht das Unverfänglichste, nach den obligatorischen Protesten dem Druck seitens des Föderalen Sicherheitsdienstes genauso nachzugeben, wie er auch dann immer den Weg des geringsten Widerstands gegangen war, als er noch ein leicht umzustimmender uniformierter Beamter gewesen war? Zweifellos. Warum zog er sich also nicht einfach zurück? Er *wollte* einfach nicht, entschied er. Die alten Schau-in-die-andere-Richtung-Zeiten waren vorbei, und mit den damit verbundenen Vergünstigungen war ebenfalls Schluß. Und er weinte ihnen nicht hinterher. Im Gegenteil, er genoß die Selbstachtung, eine Selbstachtung, von der er wußte, daß sie sonst niemand verstehen würde, obwohl er das Gefühl hatte, daß sie ihm half, sein Leben in der Petrowka zu bewältigen.

Es war noch nicht ganz viertel nach fünf. Immer noch zu früh, um den General, seinen Vorgesetzten, zu stören. Larissa würde bald aufstehen: Diese Woche hatte sie Frühschicht. Wenn sie ihm die Leitung der Ermittlungen ließen, würde es schwer für sie werden, sich so regelmäßig zu treffen, wie sie es normalerweise taten. Dann würde jeder seiner Schritte zu genau überwacht, um sich zwischendurch mal für zwei, drei Stunden verdrücken zu können. Was war mit der Heuchelei, mit der Frau eines anderen Mannes zu schlafen? Und dem Betrug an seiner eigenen? Was hatte das mit Integrität und Ehrlichkeit zu tun? Nicht das gleiche wie bei der Arbeit: eine völlig andere Sache. Eine, mit der er sich lieber nicht zu ausführlich beschäftigen wollte.

Er wünschte, er wäre nicht so müde. Angesichts der vielen unbekannten Dinge, die passieren würden, bevor der Tag zu Ende ging, mußte er sehr wachsam sein. Statt dessen fühlte er sich jetzt schon müde, bevor es überhaupt richtig losging. Wenn diese unbekannten Dinge bekannt wurden, wurde es bestimmt besser: Dann würde das Adrenalin zu fließen beginnen, ihn langsam in Fahrt bringen. Hoffte er. Im nachhinein war er froh, keinen Wodka getrunken zu haben. Alkohol hätte ihn noch mehr abgestumpft.

Olgas Stimme erschreckte ihn, und Danilow fuhr fast schuldbewußt in seinem Sessel hoch, als er merkte, daß er eingenickt war. »Was ist?«

»Ich habe gefragt, was du in dem Sessel da machst.« Sie stand in der Schlafzimmertür, ihr braunes Haar zerzaust, ihr Gesicht noch aufgedunsen vom Schlaf. Sie hatte den Morgenmantel nicht zugebunden, und das Nachthemd darunter hatte einen dunkelgrauen Fleck über ihrer linken Brust. Ihre Hausschuhe waren zerrissen. Um sie beim Gehen nicht zu verlieren, konnte sie sich nur schlurfend mit ihnen bewegen.

»Ich wurde zu einem Einsatz gerufen.«

»Ich hab' gar nicht gemerkt, wie du aufgestanden bist.«

»Ich wollte dich nicht stören.« Es war viertel nach sieben: fast Zeit, den Direktor anzurufen.

Olga schlurfte in die Kochnische. »Ich mache Tee.«

»Das wäre schön.« Trotz des Nickerchens fühlte er sich noch müde.

»Wer war es?« Sie hatte ihm in der Kochnische den Rükken zugewandt, füllte den Wasserkessel, um Tee zu machen und die Thermoskanne fertig zu machen, das moderne russische Äquivalent eines Samowars, um das Wasser heiß zu halten.

»Ein Mädchen.«

»Schlimm?«

Konnte ein Mord je gut sein? »Wir glauben, sie ist Amerikanerin.«

Olga sah vom Herd zu ihm herüber. »Das kompliziert die Sache, nicht?«

»Ja.«

»Wo?«

»Auf der Straße: nicht weit von der Gerzena.«

»Wie?«

»Erstochen.« Von den Übereinstimmungen würde er ihr nichts erzählen. Und auch nicht von den Einzelheiten. Außerdem glaubte er nicht, daß es sie interessieren würde.

»Sexuell?«

»Sieht nicht so aus.«

»Das ist ja schon mal etwas.«

Aber nicht viel, dachte Danilow. Er sah seiner Frau zu, wie sie die Teekanne füllte, und fragte sich, woher der Fleck auf ihrem Nachthemd kam.

»Möchtest du deinen Tee dort?«

»Ich spreche erst mit Lapinsk.«

Der kommandierende General nahm beim zweiten Läuten ab. »Etwas Diffiziles?«

Danilow schilderte die Ähnlichkeit, bevor er auf die mögliche Nationalität des Mädchens zu sprechen kam.

Wenn er gestreßt war, unterbrach Lapinsk seinen Wortfluß ständig mit kurzem Räuspern. Jetzt gerade wieder. Er sagte: »Schlimmer hätte es ja gar nicht kommen können.« Ein weiteres rasselndes Husten. »Und es gibt keinen Zweifel, daß es in das Schema paßt?«

»Das mit den Knöpfen ist neu.«

»Es ist derselbe Täter«, bestätigte der General.

»Ich möchte mich mit der amerikanischen Botschaft in Verbindung setzen: Am besten, Sie nehmen das in die Hand. Müssen wir von irgend jemandem eine Genehmigung einholen? Von einem Ministerium?«

Ein weitere Abfolge kurzer Hustenanfälle. »Ich werde das Außenministerium verständigen. Und um neun die Botschaft anrufen.«

»Was ist mit der Tscheka?«

»Wahrscheinlich werden sie versuchen, uns den Fall zu entziehen«, mutmaßte auch Lapinsk.

»Er fällt unter unsere Zuständigkeit.«

»Regeln lassen sich ändern.« Lapinsk hörte sich hoffnungsvoll an.

Danilow empfand etwas Mitleid mit dem Direktor. Lapinsk verachtete und verspottete den ehemaligen KGB wegen seiner Arroganz und seiner eingebildeten Überlegenheit. Aber so kurz vor der Pensionierung war unschwer zu verstehen, warum der Mann einen Mordfall wie diesen gern loshaben wollte. Alle gingen den Weg des geringsten Widerstands, dachte Danilow: den russischen Weg. Er sagte: »Es ist ein bereits laufendes Ermittlungsverfahren.«

»Sagen Sie mir sofort Bescheid, sobald Sie eine Identität haben«, parierte Lapinsk.

»Der Pathologe ist Nowikow.«

»Das ist aber dumm!« Lapinsk wußte von der gegenseitigen Abneigung.

»Ich möchte die Autopsie noch heute: Er hat Pawin gesagt, vor mir wären noch andere dran.« Danilow bat nicht gern um weitere Einmischung.

»Das werde ich schon regeln. Aber seien Sie vorsichtig in der Botschaft. Ich will nicht noch mehr Probleme, als wir ohnehin schon haben.«

»Wenn sie keine Diplomatin ist, könnte es schwierig werden, sie zu identifizieren. Sie könnte in der Botschaft offiziell registriert sein, aber erforderlich ist es nicht.«

»Was ist, wenn sie keine ist?«

»Zuerst werden wir die Intourist-Führer und die Hotels für ausländische Besucher überprüfen. Dann die Visaanträge, wegen eines Fotos. Die Totenfotos werden nicht sehr erfreulich sein.«

»Zu schlimm, um sie zwecks einer Identifizierung in den Zeitungen zu veröffentlichen?«

»Wahrscheinlich«, warnte Danilow.

»Sobald ich mit der Botschaft gesprochen habe, werde ich alle anderen Termine absagen. Und die ganze Zeit im Büro sein. Wenn es Probleme gibt, rufen Sie mich einfach an.«

Olga hatte ihm entgegen seinem ausdrücklichen Wunsch Tee eingeschenkt: Er war kalt, als er sich ihr gegenüber an den Küchentisch setzte. Sie hatte das Make-up vom Vortag noch nicht weggemacht, dickes Blau um ihre Augen. Um den Tee zu wärmen, gab er aus der Thermoskanne Wasser dazu.

»Lapinsk wird sich ganz schön in die Hosen machen«, sagte Olga.

»Du hast einen Fleck auf deinem Nachthemd.«

Neugierig sah Olga an sich hinab. Anscheinend bemerkte sie ihn erst jetzt. Sie rieb halbherzig daran. Der Fleck ging nicht weg. »Es ist ein altes Nachthemd. Früher konnte ich mir immer welche vom Importeur beschaffen, weißt du noch?«

Umsonst natürlich, erinnerte sich Danilow. Wie der Fernseher, dessen Bild inzwischen ständig wanderte, ohne daß er sich noch hätte reparieren lassen. Er hatte Eduard Agajans sympathisch gefunden, den schnurrbärtigen, glühend nationalistischen Armenier, der es sich nicht hatte nehmen lassen, vor jeder gegenseitigen Gefälligkeit mit dem besten Weinbrand aus seiner Republik einen Toast auszubringen. Der korrupte Unternehmer hatte sein größtes Lagerhaus in Danilows ehemaligem Milizbezirk gehabt und sich immer großzügig erkenntlich dafür gezeigt, daß Danilow keinen Ärger machte, wenn Agajans die doppelten Stückzahlen von dem geliefert bekam, was auf den Importpapieren stand, welche die Miliz kontrollieren mußte. »Warum kaufst du nicht ein paar neue?«

Olga lachte spöttisch. »In welchen der hundert gut sortierten Designerläden Moskaus sollte ich deiner Meinung nach zuerst gehen?«

»Sieh dich doch einfach mal um«, schlug Danilow gleichgültig vor.

Olga begutachtete weiter den Fleck. »Sieht aus wie Öl. Kann aber keines sein.«

Danilow sah, sie hatte Tee – oder etwas anderes – auf eine andere Stelle des Nachthemds verschüttet. »Wasch es doch einfach.«

»Die Maschine im Waschraum geht nicht. Und unsere eigene ist kaputt. Das weißt du doch.«

Ihre eigene Waschmaschine war ebenfalls ein Geschenk Agajans', der sein Hauptlieferant für unerschwingliche Luxusgüter gewesen war. »Du könntest es mit der Hand waschen.«

»Willst du was essen? Frühstück?«

Er aß bei Tagesbeginn nie etwas, aber dieser Tag hatte schon lange begonnen. Er war immer noch nicht hungrig. »Ich glaube nicht.«

»Elena möchte, daß ich heute abend ins Kino mitkomme. Es ist ein Kriegsfilm: Ich weiß nicht, welcher. Sie hat auch Larissa gefragt.«

Larissa hatte ihn bereits gewarnt: ihm gesagt, sie würde mitgehen, weil die Schichten im Hotel günstig lagen. Elena war Abteilungsleiterin in der Poststelle des Landwirtschaftsministeriums, wo Olga als Stenotypistin arbeitete. »Klar, geh doch mit. Ich bin jetzt sowieso Tag und Nacht im Dienst.«

»Vielleicht gehen wir hinterher noch essen. Elena meint, sie kennt ein Lokal, wo man nicht warten muß: eins dieser Gewerkschaftscafés, ein Schriftstellertreff.«

Danilow hatte von diesen Lokalen gehört; sie waren von Gewerkschaften aufgemacht worden, deren Mitglieder nicht mehr bereit waren, die Wartezeiten in den üblichen Moskauer Restaurants hinzunehmen. »Nimm dir ein Taxi nach Hause.«

»Warum?«

»Es ist sicherer.«

»Dann brauche ich aber etwas Geld.«

Danilow schob zwanzig Rubel über den Tisch. Olga nahm sie lächelnd und steckte sie in die Tasche des offenen Morgenmantels. Ein Danke kam nicht. »Fahr auf jeden Fall mit dem Taxi nach Hause«, drängte Danilow. Schon vor längerem hatte er gemerkt, daß Olga das Geld, das er ihr gab, hortete: Er tat so, als wüßte er nichts von der Ledertasche, in der sie es in der Schachtel mit ihren Familienerinnerungsstücken aufbewahrte.

»In Ordnung«, sagte sie, zu leichthin.

Danilow schob den lauwarmen, halb getrunkenen Tee beiseite. Beim Aufstehen sah er an sich selbst hinab. Von dem Nickerchen in seinem Lieblingssessel sah sein Anzug aus wie der Balg einer Ziehharmonika: Der Rücken des Jacketts war vermutlich noch schlimmer als die Hose. Seien Sie vorsichtig in der Botschaft, fiel ihm ein: Es wäre vorsichtig, sich anständig anzuziehen. »Ich muß mich umziehen.«

»Warum?«

»Es ist nötig.«

Sein anderer Anzug, der graue mit den feinen Streifen, war in das hintere Ende ihres gemeinsamen Schanks gestopft. Ein Revers war von einem Kleid Olgas umgebogen, das zu dicht daneben aufgehängt war. Danilow versuchte es zu glätten: Es wurde zwar besser, aber der Knick war weiterhin zu sehen. Seine schwarzen Schuhe hätten geputzt werden müssen, aber er wußte nicht, ob noch Schuhcreme in der Küche war: Der Riß in dem hauchdünnen Leder am linken Zeh war ihm bisher noch nicht aufgefallen. Schwarze Schuhcreme würde ihn überdecken. Erfolglos durchsuchte Danilow die oberste Schublade der Kommode, in der er seine Hemden aufbewahrte. Dann sah er, gleichermaßen erfolglos, in der Schublade darunter nach. Die zweite Schublade enthielt Olgas Blusen, penibel zusammengelegt: Eine war darunter, mit einem roten Karomuster, die ihn an die Bluse erinnerte, die das tote Mädchen getragen hatte. Als er in den Wohnraum zurückkehrte, saß Olga immer noch am Küchentisch, beide Hände um die Teetasse gelegt, die inzwischen ganz kalt sein mußte.

»Ich kann kein sauberes Hemd finden. Ich brauche ein sauberes Hemd.«

»Da müßte doch eines sein.«

»Es ist aber keines da.«

»Ich hab' dir doch gesagt, die Waschmaschine geht nicht: Sie haben versprochen, sie wird morgen repariert. Die Leute stopfen zu viel hinein.«

Auch wenn ihnen die Wohnung allein gehörte, waren bestimmte Dinge Gemeinschaftseigentum. Eins davon war die Waschmaschine im Keller. »Ich habe also kein sauberes Hemd?«

»Wenn in der Kommode keines ist, nein.«

Von den Hemden im Wäschesack war eines schlimmer zerknittert als das andere. Er nahm ein blaugemustertes mit relativ sauberem Kragen und Manschetten heraus und fragte: »Könntest du mir das bügeln?«

»Es ist nicht gewaschen.«

»Ich weiß. Ich hab' es gerade aus der Schmutzwäsche gefischt.«

»Dann komme ich aber zu spät zur Arbeit.«

»Scheiße! Dann kommst du eben zu spät zur Arbeit!«

Olga sah ihn verwundert an. »Was ist denn mit dir los?«

»Bitte! Ich möchte nur, daß du mir ein Hemd bügelst.« Die Schuhe würde er lassen: Es war nur ein winziger Riß.

Mürrisch erhob sich Olga vom Tisch und nahm das Bügelbrett geräuschvoll aus der Nische zwischen Herd und Vorratsschrank. Auf der Suche nach einer Angriffsfläche sagte sie: »Die Manschetten sind ausgefranst: zumindest die linke. Du brauchst mehr Hemden: Soll ich nach welchen sehen, wenn ich ein Nachthemd kaufe?«

Danilow wollte keinen Streit. »Die ausgefranste Stelle wird nicht zu sehen sein.«

Unvermittelt fragte sie: »Hat es weh getan: Was dem Mädchen gestern abend zugestoßen ist? Hat es weh getan?«

»Schrecklich.«

»Dann nehme ich mir auf jeden Fall ein Taxi.«

Danilow nahm an, er sollte auch Larissa warnen. Er mußte daran denken, es zu tun.

Das Summen war disharmonisch, hoch und tief, hoch und tief, ohne Melodie: Es war gut zu summen. Er mochte es. Es war Lärm: Lärm war sicher. Nicht immer natürlich. Nicht, unmittelbar bevor es passierte. Dann war Lärm gefährlich. Mußte still sein, wie ein Schatten. Nur hinterher war es unbedenklich zu summen. Wie jetzt. Sie sagten, es sei ein untrügliches Zeichen, wenn man summte, diese ganzen Experten, aber sie täuschten sich. Jedenfalls, was das Summen anging. Er war nicht verrückt. Ganz im Gegenteil. Clever: immer clever. Clever genug, um alle Anzeichen zu kennen und aufzuhören, sie zu zeigen.

Diesmal war das Haar schwerer zu einem ordentlichen kleinen Büschel zusammenzubinden gewesen, wie eine Weizengarbe: Es rutschte ihm immer wieder heraus, bevor er die Schnur richtig zuziehen konnte. Aber jetzt war es in Ordnung. Ein sauberes, ordentliches Büschel – es war sehr wichtig, daß es immer sauber und ordentlich war – mit exakt abgeschnittener Oberseite, ganz flach. Damit es genau zu dem anderen paßte. Es war richtig gewesen, die Knöpfe zu nehmen. Sie war eine Frau gewesen: Gestern nacht hatte er alles richtig gemacht. Vor allem die Knöpfe. Ein sauberes und ordentliches Muster, rote und grüne und ein brauner, alle perfekt angeordnet auf dem speziellen Andenkentisch, zusammen mit der Friseurschere. Von jetzt an mußte er immer Knöpfe haben. Und außerdem immer eine Frau. Wichtig, für die Zukunft zu planen, immer einen Schritt voraus zu sein. Das Messer mußte geschärft werden, abgezogen wie ein Rasiermesser, damit es reinflutschte wie in heiße Butter. Das war das Schöne daran: wie das Messer reinflutschte. Wie in heiße Butter. Das und die Knöpfe. War froh, daß er die Knöpfe abgeschnitten hatte. Bald käme die Herausforderung: eine Jagd. Es mußte eine Jagd geben. Das würde das beste werden: worauf er sich freute. Schaut, ihr Trottel, schaut! Aber sie würden nicht schauen. Nicht richtig. Nur noch ein bißchen länger, die Andenken berühren. Sie halten. Erregend, sie zu halten. Und sie dann weglegen. Gut verstecken, für später. Bald kam die nächste dran. Von jetzt an immer Frauen. Und Knöpfe.

3

Pawin saß am Steuer. Das Auto war aus dem Wagenpark der Miliz. Er fuhr genauso korrekt, wie er alles andere tat, achtete auf alle Verkehrszeichen und hielt sich strikt an die Geschwindigkeitsbeschränkung. Allerdings versuchte er nicht, den reservierten Mittelstreifen zu benutzen, wozu sie, mit einem amtlichen Fahrzeug in amtlicher Mission, berechtigt gewesen wären sie an jeder verstopften Kreuzung von einem Angehörigen der GAI-Polizei durchgewinkt worden wären, der dort, wie ein Goldfisch in seinem Glas, in einem erhöhten Glaskasten saß. Nicht, daß es zu irgendwelchen Behinderungen gekommen wäre: Es war fast zehn Uhr geworden, bis Lapinsk angerufen hatte, um Danilow die Genehmigung zum Aufsuchen der amerikanischen Botschaft zu erteilen, und deshalb hatte sich der morgendliche Berufsverkehr bereits aufgelöst. Während sie in Richtung Uliza Tschaikowskaja fuhren, sagte Pawin, bei den Nachforschungen in den umliegenden Häusern wäre nicht ein einziger Zeuge aufgetaucht. Er versuchte immer noch auszurechnen, wieviel zusätzliche Beamte nötig wären, um die Unterlagen der psychiatrischen Anstalten durchzugehen: Es wären sicher viele.

»Nowikow erhält Anweisung, die Autopsie sofort vorzunehmen«, sagte Danilow.

»Das wird ihn ärgern.«

»Den ärgert doch alles«, brummte Danilow.

Sie bogen in Richtung Botschaft in die Tschaikowskaja. Pawin deutete mit dem Kopf nach vorn. »Wird nicht ganz einfach werden, ein ordentliches Protokoll zu führen, in einer fremden Sprache.«

»Wir werden uns in Russisch unterhalten«, entschied Danilow. »Wenn der Mann, mit dem wir uns treffen, kein Russisch spricht, bekommen wir bestimmt einen Dolmetscher.« Lapinsk hatte ein Treffen mit einem gewissen Ralph Baxter, einem Zweiten Sekretär, vereinbart. Anhand der Diplomatenlisten, die er bereits studiert hatte, wußte Danilow, daß fast jeder Botschaftsangehörige als Zweiter Sekretär eingestuft wurde.

»Wirst du es ihnen nicht sagen?« fragte Pawin mit einem anerkennenden Grinsen.

Danilow hatte an der Moskauer Universität Englisch, mit Nebenfach Französisch, studiert: Bis kurz vor seinem Abschluß hatte er mit einer Berufslaufbahn geliebäugelt, in der er sich seine Sprachkenntnisse zunutze machen könnte, aber die Miliz hatte eine bessere Bezahlung, mehr Privilegien und unendlich viel mehr praktische Vorteile zu bieten gehabt, so daß er den Gedanken verworfen hatte. Wenn er im Fernsehen bei Gipfeltreffen im Ausland gelegentlich die Dolmetscher an der Seite russischer Spitzenpolitiker sah, bedauerte Danilow seine Entscheidung. Zum Beispiel wurden Dolmetscher nicht mitten in der Nacht aus dem Bett geholt, um sich eine Leiche anzusehen. Er sagte: »Zuerst jedenfalls nicht: Könnte vielleicht ganz nützlich sein, wenn ich mitbekomme, was sie untereinander reden.« *Seien Sie vorsichtig in der Botschaft.* Er glaubte, der potentielle Vorteil würde alle späteren Vorwürfe wettmachen.

Die uniformierten Moskauer Milizbeamten vor der amerikanischen Botschaft waren vom Milizposten 122 eindeutig über ihr Kommen in Kenntnis gesetzt worden. Sie wurden respektvoll am Haupttor eingelassen und von einer zweiten Wache amerikanischer Marines zu einem Innenhof rechts vom Botschaftsgebäude begleitet. Die Tür, auf die sie zugingen, war größtenteils aus Glas. Das Spiegelbild war verzerrt, aber Danilow fand, er hatte recht gehabt, was den Haarschnitt anging: Seine grauen Haare kamen jetzt überhaupt nicht mehr zur Geltung. Das gespiegelte Bild ließ ihn auch kleiner erscheinen, geradezu zwergenhaft im Vergleich zum hünenhaften Pawin hinter ihm. Der einzige Vorteil war, daß er auch schlanker wirkte, ohne irgendwelche Anzeichen des Bauchs, dessentwegen ihn sowohl Olga als auch Larissa gelegentlich aufzogen. Der Anzug sah seriös aus, aber er war ja auch erst ein Jahr alt, einer der wenigen regulär erworbenen Gegenstände nach den fetten Jahren als Leiter eines Milizdistrikts.

Sie kamen zu einer Rezeption, wo Danilow sich und Pawin auswies und nach Ralph Baxter fragte. Der Amerikaner erschien unverzüglich. Ein zierlicher, flinker Mann mit einer randlosen Brille und einem Schnurrbart, der in Relation zu seinem restlichen Gesicht zu groß wirkte. Sein Hemdkragen war hinter dem Krawattenknoten mit einer Nadel festgesteckt: Danilow hatte das im Fernsehen schon bei verschiedenen Amerikanern gesehen und wünschte sich, solche Hemden wären auch in Moskau erhältlich. Diesen Morgen wäre er allerdings schon über jedes saubere Hemd froh gewesen.

Baxter sprach mit starkem Akzent, als er auf russisch »Dobrah'eh utrah« sagte und ihnen die Hand schüttelte. Dann wandte er sich sofort einem Mann zu, der mit ihm den Gang heruntergekommen war, und sagte auf englisch: »Bitten Sie sie, ins Büro zu kommen.« Zu der Empfangsdame sagte Baxter: »Warnen Sie Barry schon mal vor, daß wir kommen.«

Der Dolmetscher war jung und hochmotiviert. Er beugte sich beim Sprechen vor und achtete sorgfältig auf alle grammatischen und sprachlichen Feinheiten. Danilow nahm an, es war seine erste Anstellung nach der Dolmetscherschule.

Der Flur war auf Hochglanz poliert, und an den Wänden hingen Drucke mit ländlichen amerikanischen Szenen. Etwa auf halbem Weg war eine riesige Pflanze in einem Topf, deren breite grüne Blätter fast so stark glänzten wie der Boden ringsum. Am Ende des Gangs blieb Baxter stehen und trat zur Seite, um die zwei Russen nach drinnen zu winken. Danilow vermutete, daß es sich nicht um ein Arbeitsbüro handelte, sondern um ein Besprechungs- oder Konferenzzimmer. Als sie eintraten, stand ein anderer Mann auf. Sein Haar war dünner als das Danilows. Er trug ein zweireihiges Sportsakko, ein gestärktes Hemd mit gestreifter Krawatte und eine Hose mit scharfen Bügelfalten: Vervollständigt wurde das tadellose Erscheinungsbild durch auf Hochglanz polierte Schnürschuhe. Barry, schloß Danilow aus dem, was er im Foyer gehört hatte.

»Mein Kollege«, sagte Baxter ohne eine weitere Vorstellung.

Ein weiteres Nicken, aber kein Handschlag.

Baxter deutete auf ein paar Stühle an einem Tisch: Die Amerikaner nahmen im Halbkreis Platz, und Baxter sagte: »Wir haben gehört, es handelt sich um eine polizeiliche Angelegenheit. Ziemlich ernste Sache, in die möglicherweise ein amerikanischer Staatsangehöriger verwickelt ist.«

Die Übersetzung des eifrigen jungen Mannes war absolut korrekt. Pawin zog ein Notizbuch heraus und machte sich bereit, alles mitzuschreiben. Der Amerikaner im Sportsakko machte das gleiche.

Danilow beschrieb in kurzen Zügen, daß früh an diesem Morgen eine junge Frau in Kleidern mit amerikanischen Etiketten gefunden worden war. Kein Wort von ihrem geschorenen Kopf, den Knöpfen und den Schuhen. »Ist eine hier beschäftigte Amerikanerin heute nicht zum Dienst erschienen?«

Baxter hob die Schultern. »Durchaus möglich. Unser Personal ist nicht gleichzeitig im Dienst. Außerdem sind immer ein paar Leute krank.«

Danilow fand sich damit ab, daß er die Fotos zeigen mußte, die Pawin besorgt hatte, bevor sie von der Petrowka aufgebrochen waren. Es waren gute Abzüge, aber das grelle Weiß der Scheinwerfer hatte das zähnefletschende Gesicht noch grotesker erscheinen lassen. Er nahm den Ordner aus seiner Aktentasche. Es waren sechs Großaufnahmen ihres Gesichts, jede aus einem anderen Winkel. Er nahm sie auseinander, so daß jedes einzelne von ihnen zu sehen war, als er sie über den Tisch schob.

Der Amerikaner im Sportsakko sagte: »Um Himmels willen!«

Baxter sagte: »Gütiger Gott!« und wiederholte es dreimal.

Der junge Dolmetscher erbleichte und schluckte mehrere Male. Es schien ihm Mühe zu bereiten. Als Danilow fragte: »Ist sie in der Botschaft beschäftigt?« schien viel Zeit zu vergehen, bevor jemand antwortete.

»Ann Harris«, identifizierte sie Baxter schließlich konsterniert. »Sie heißt Ann Harris. Sie gehört …« Er hielt inne, um sich zu korrigieren. »Sie gehörte unserer Wirtschaftsabteilung an.« Er machte erneut eine Pause, bevor er wieder sagte: »Gütiger Gott!«

Die Identifizierung war also nicht das langwierige Problem geworden, das es hätte werden können, stellte Danilow fest. Ein minimaler Erfolg: Er war nicht ermutigt.

Der Amerikaner, der Barry hieß, sagte: »Was sonst noch, außer den Haaren? Wurde sie sonst noch in irgendeiner Weise mißhandelt?«

»Am Tatort gab es keine Indizien dafür«, erwiderte Danilow und konnte sich dabei strikt an die Wahrheit halten. »Im Moment wird bereits eine Autopsie vorgenommen.« Hoffe ich jedenfalls, dachte er.

»Haben Sie eigentlich eine Ahnung, was das für Ärger gibt?« wandte sich der Mann an Baxter. »Ihr Onkel ist Walter Burden, verdammt noch mal: der Vorsitzende des ›Ways and Means Committee‹ …! Der Mann ist mächtiger als Gott. *Und* er mag Moskau nicht …! Das ist ja vielleicht eine Scheiße!«

Ein amerikanischer Kongreßabgeordneter! In politischer Hinsicht hätte es gar nicht schlimmer kommen können, merkte Danilow sofort. Er ging erwartungsvoll auf den Dolmetscher zu. Baxter fing den Blick auf und sagte rasch: »Übersetzen Sie das nicht!«

»Sagen Sie etwas!« befahl Barry. »Sehen Sie denn nicht, wie er Sie anstarrt, wie beide Sie anstarren!«

»Sagen Sie, wir sind tief bestürzt«, trug ihm Baxter auf. »Schockiert.«

Danilow wartete, die Geduld in Person. »War Ann Harris unverheiratet?«

»Wieso?« Die Frage kam von Barry.

»Ich brauche alle verfügbaren Informationen.«

Wieder sprach Barry nur mit dem anderen Amerikaner.

»Das werde natürlich ich übernehmen müssen. Darauf wird Washington bestehen. Diese Neandertaler da kann man doch keine Ermittlungen führen lassen! Das sind doch die letzten Amateure. Wahrscheinlich kriegen sie einen Luftballon und einen Lutscher als Belohnung, wenn sie über den ersten Anhaltspunkt rauskommen.«

»Seien Sie still!« Baxter bekam sich nur mühsam wieder in den Griff. »Darüber können wir später reden.«

Danilow fand, er hatte sich das lange genug angesehen. »War Ann Harris ein alleinstehendes Mädchen?« wiederholte er.

»Ja.« Das war Baxter.

»Irgendwelche Beziehungen?«

»Was soll das heißen?« schaltete sich Barry ein.

»Hatte sie einen Freund?«

»Warum?« wollte er wissen.

»Ich stelle Ermittlungen über die Ermordung einer jungen Frau an. Ich muß soviel wie möglich über sie in Erfahrung bringen.«

Die Wörter kamen wie schwere Tritte aus Baxter heraus. »Sie war alleinstehend. Sehr beliebt: außerordentlich tüchtig und von allen geschätzt, angefangen vom Botschafter bis herunter zu den anderen Mitarbeitern. Sie hatte keinen festen Freund: keine amouröse Beziehung, von der ich wüßte.«

In diesem Fall war die Aussage des anderen Amerikaners ganz direkt, für eine Übersetzung gedacht. »Das ist das Werk eines Irren: eines perversen Irren.«

»Ganz so sieht es aus.«

»Ich sage Ihnen doch, heute lassen sie die Amateure ran!« sagte er wieder einmal zur Seite.

Baxter fuhr gereizt zu dem Mann herum. »Ich habe Ihnen doch gesagt, Sie sollen den Mund halten! Sie kriegen Ihre Chance noch früh genug.«

Der Mann lächelte höhnisch über die Zurechtweisung. Immer noch mit demselben Gesichtsausdruck, wandte er sich an den Russen: »Und was wollen Sie jetzt tun?«

Danilow wurde plötzlich ungeduldig: Es mußte an der

Müdigkeit liegen. Er sagte: »Am Anfang anfangen. Und hoffen, zum richtigen Ende zu kommen.«

»Den Film habe ich auch schon gesehen!« Das hämische Grinsen blieb.

Jetzt wurde Danilow von einem Schwall tiefer Erschöpfung erfaßt, wie von einer Woge. Wie hätten sie reagiert, wenn er in fast fehlerfreiem Englisch mit ihnen gesprochen hätte? Sie waren extrem unachtsam gewesen. Vielleicht ließ sich zu ihrer Entschuldigung anführen, daß sie zutiefst schockiert gewesen waren, aber er fand es nicht leicht, ihnen viel zugute zu halten. Er sagte: »Sie hatte einen Schlüssel in ihrer Tasche: aller Wahrscheinlichkeit nach für ihre Wohnung. Ich brauche ihre Adresse.«

»Jetzt aber mal halblang, Ralph!« sagte der ewige Kritiker zu dem einzigen identifizierten Mann. »Wir können Rußlands Antwort auf Dick Tracy nicht in ihren Sachen rumschnüffeln lassen. Wir müssen auf diplomatischer Immunität bestehen.«

Danilow fragte sich, wer Dick Tracy war.

Baxter sagte: »Dafür brauche ich gescheite Anweisungen. Warum mußte sie auch so sein, wie sie war; Sie wissen doch, was ich meine.«

»Ich kriege das schon in den Griff, sobald Washington entsprechend darauf drängt, daß ich mich der Sache annehme«, erklärte Barry.

»Wir sind mit der Übersetzung ein bißchen hinterher«, protestierte Danilow zurückhaltend. »Ich habe Sie um die Adresse der Dame gebeten.«

»Ich habe sie gerade nicht zur Hand«, redete sich Baxter nicht sehr überzeugend hinaus.

»Es würde doch nur einen Moment dauern, sie zu holen, oder nicht?«

»Wir haben im Moment vieles zu bedenken, zu besprechen«, wich der Diplomat immer noch aus.

»Das ist mir selbstverständlich klar«, stimmte ihm Danilow bei. »Aber deswegen können Sie mir doch trotzdem ihre Adresse beschaffen.«

»Halt dieses Arschloch hin, Ralph!« befahl sein Kollege. »Es ist mir scheißegal, wie du es machst, aber halt ihn hin.

Wenn sie in Washington spitzbekommen, wir haben die da rumtrampeln lassen, machen sie uns zu Hackfleisch. Meine Fresse, was für ein Schlamassel!«

FBI, vermutete Danilow: und genauso großkotzig und fälschlicherweise fest davon überzeugt, über jede Zensur erhaben zu sein, wie alle KGB-Ermittler, denen Danilow bisher begegnet war, was glücklicherweise nicht allzu viele gewesen waren. Danilow nahm an, im Hauptquartier des Föderalen Sicherheitsdienstes am Lubjanka Platz hatte die Diskussion über die arme, brutal geschorene Ann Harris bereits begonnen.

Baxter versuchte sich krampfhaft zusammenzureißen. Der Amerikaner sagte: »Das ist ein schrecklicher Schock für uns. Sie war ein Mädchen, das wir alle kannten. Schätzten.«

»Das verstehe ich«, sagte der russische Detektiv.

»Wir brauchen erst etwas Zeit, um alles zu besprechen: Ihre Familie in Amerika muß verständigt werden.«

»Auch das verstehe ich.«

»Deshalb möchte ich Sie bitten, uns eine oder zwei Stunden Zeit zu lassen.«

»Dieser Logik kann ich leider nicht folgen.«

»Um alles Mögliche zu besprechen, hier in der Botschaft.«

»Trotzdem leuchtet es mir nicht ein«, ließ Danilow nicht locker. »Alles, was Sie hier besprechen – die Frage, wie Sie ihre Familie verständigen – ist einzig und allein Ihre Sache. Alles, was ich will, ist ihre Adresse, damit ich mit meinen Ermittlungen fortfahren kann.«

»Wir würden gern erst diese Besprechung abhalten, bevor wir irgendwelche weiteren Schritte unternehmen«, wehrte sich Baxter verzweifelt.

Danilow ließ absichtlich zu, daß sich das Schweigen zwischen ihnen hochschaukelte. Schließlich erklärte er vorwurfsvoll: »Sie behindern ein strafrechtliches Ermittlungsverfahren zur Klärung des Mordes an einer amerikanischen Staatsbürgerin.«

»Nein!« protestierte Baxter.

»Lassen Sie sich bloß nicht von ihm drängen, Ralph«, warnte der andere Mann.

Die guten alten Zeiten, nach denen sich Pawin sehnte, waren doch noch nicht ganz vorbei, dachte Danilow: Vielleicht gab es ja doch noch eine Möglichkeit, um zum Ziel zu kommen. Aber zuerst mußte das hier zum Abschluß gebracht werden. Er sagte: »Ich bedaure, daß Sie uns die Kooperation verweigert haben.«

»Der kann uns mal!« sagte der Verächtliche nach der pflichtschuldigen Übersetzung. »Dieser Idiot wird sich in Zukunft hier sowieso nicht mehr oft blicken lassen.«

»Ich bedaure, daß Sie das so sehen«, sagte Baxter mit diplomatischer Steifheit zu dem Russen.

Danilow sah zu offensichtlich auf seine Uhr. Dennoch war er überrascht, wie spät es schon war. »Wir lassen Ihnen die Adresse des Leichenschauhauses hier. Ich muß Sie leider bitten, morgen Punkt fünfzehn Uhr ein Mitglied dieser Botschaft für eine offizielle Identifizierung dorthin zu schikken ...« Die nun eintretende Pause war so theatralisch wie der Blick auf die Uhr. » ... Sie werden natürlich verstehen, daß die Leiche auf keinen Fall freigegeben werden kann, solange unsere Ermittlungen nicht abgeschlossen sind ...«

»Jetzt warten Sie doch erst mal, Herrgott noch mal ...«, sagte der Kritische. »Burden dreht durch, wenn er erfährt, daß seine Nichte hier auf Eis gelegt werden soll.«

»Das geht auf gar keinen Fall«, legte Baxter mit zunehmender Förmlichkeit bei Danilow Protest ein. »Ich werde diese Identifizierung persönlich vornehmen und gleichzeitig sowohl Ihnen als auch Ihrem Außenministerium ein dringendes Ersuchen vorlegen, die Leiche von Ann Harris herauszugeben.«

»Bis unsere Ermittlungen abgeschlossen sind«, wiederholte Danilow.

»Wir machen diesen Kerl zur Schnecke«, fauchte der höhnische Amerikaner und sah Danilow giftig an. »Ich mache diesen Kerl *persönlich* zur Schnecke.«

»Ich glaube, ich muß mit Ihren Vorgesetzten sprechen«, sagte Baxter.

»Vermutlich besteht auf beiden Seiten die Notwendigkeit, höhere Stellen einzuschalten«, sagte Danilow. *Seien Sie vor-*

sichtig in der Botschaft, fiel ihm wieder ein. Pawin neben ihm riß die Adresse des Leichenschauhauses aus seinem Notizblock. »Um drei Uhr«, sagte Danilow und reichte den Zettel Baxter. Gleichzeitig begann er die immer noch herumliegenden Fotos einzusammeln.

»Die hätte ich gern«, sagte der Amerikaner, der die meiste Zeit geredet hatte. »Hier handelt es sich um Beweismaterial, das ich brauchen werde.«

Durch den Dolmetscher gab ihm Baxter zu verstehen: »Wir würden die Fotos gern behalten.«

Danilow sammelte sie weiter ein, klopfte sie sauber zurecht und steckte sie in ihren Ordner. »Das sind offizielle Beweisstücke, Eigentum der Moskauer Miliz.«

»Dieser Dreckskerl!« explodierte der Amerikaner.

Danilow stand auf, bevor irgend jemand anderer sich erheben konnte. Pawin folgte seinem Beispiel, sehr rasch. Danilow sagte: »Noch einmal vielen Dank für dieses Treffen«, und wartete, daß Baxter sie aus dem Gebäude begleitete.

Den Weg zurück zum Ausgang legten sie in vollkommenem Schweigen zurück. An der Tür schien es, als wüßte Baxter nicht, was er tun sollte. Schließlich sagte er: »Ich habe die Adresse des Leichenschauhauses.«

»Ich rechne mit Ihnen«, sagte Danilow.

Pawin wartete, bis sie den Vorhof der Botschaft verlassen hatten und wieder auf der Uliza Tschaikowskaja waren, bevor er zu sprechen begann. »Ich weiß auch ohne Dolmetscher, daß es schlecht lief.«

»Sie ist mit einem amerikanischen Kongreßabgeordneten verwandt.«

»Jesus, Maria und Josef!«

Danilow fragte sich, ob der Major tatsächlich gläubig war; sie hatten nie darüber gesprochen. Ebensowenig hatten sie jemals über mögliche Sonderregelungen gesprochen, aus denen sie in ihrem neuen Milizdistrikt genauso hätten Nutzen schlagen können wie in seinem alten. Er war sicher, Pawin hatte eine Quelle: vermutlich sogar mehrere. Jeder hatte seine speziellen Quellen. »Sie halten uns für nicht kompetent genug. Sie rechnen damit, den Fall selbst zu übernehmen. Sie haben sich geweigert, mir zu sagen, wo sie gewohnt hat.«

»Fahren wir jetzt in die Petrowka zurück?«

»Nein. Fahr langsam zum Tatort. Sie war nicht für einen Spaziergang angezogen. Nicht bei diesen Temperaturen. Wahrscheinlich hat sie in unmittelbarer Nähe gewohnt.«

Pawin runzelte die Stirn. »Meinst du, in der Wohnanlage für die Botschaftsangehörigen?«

»Manche Botschaftsangehörige leben auch außerhalb«, sagte Danilow. »Es kann nicht schaden, sich mal umzuhören.« Als erstes rief er mit dem Autotelefon im Außenministerium an. Er nannte seine offizielle Beglaubigungsnummer, erklärte jemandem in der Registratur lang und breit, was er wollte, und versprach zurückzurufen. Der Sachbearbeiter sagte, die Überprüfung könne schwierig werden. Danilow sagte, er solle es trotzdem versuchen. Danilows zweiter Anruf dauerte länger, weil er mehrmals durchgestellt werden mußte, bis er zur Spurensicherung durchkam und dort ein Team in Einsatzbereitschaft versetzte. Bevor Danilow dazu kam, Lapinsk anzurufen, hielt Pawin bereits in der Nebenstraße der Gerzena. Als Danilow die Nummer seines Chefs wählte, sah er auf die Stelle hinaus, wo Ann Harris noch vor wenigen Stunden am Boden gelegen hatte. Das Wenige an Blutresten war gestockt wie schwarzes Öl, nicht rot, und die mit Kreide gezeichnete Umrißlinie war unter der Morgenfeuchte von leicht angetautem Rauhreif und Nebel so gut wie weggetrampelt. Unachtsame, teilnahmslose Menschen waren mit der von der Zehe bis zur Ferse reichenden Vorsicht von Russen, die Experten darin waren, auf glatten gefrorenen Oberflächen zu gehen, über das Blut und die Kreide hinweggeschlurft.

»Warum sind Sie nicht in die Petrowka zurückgekommen?« wollte der Direktor wissen.

»Ich muß die Wohnung plombieren.«

»Beim Außenministerium ist eine offizielle Beschwerde eingegangen! Was ist passiert, verdammt noch mal?« Es folgte ein mehrmaliges bellendes Husten.

Nach einer ausführlichen Erklärung sagte Danilow: »Sie

rechnen damit, sie könnten die Ermittlungen selbst führen. Ich weiß nicht, wie der Mann heißt, aber ich glaube, er ist vom FBI.«

»Es ist absurd – anmaßend –, so etwas zu denken!«

»Ich hatte gehofft, Sie würden es auch so sehen.«

Darauf schwieg Lapinsk eine Weile, bevor er sagte: »Ich erhielt eine Aufforderung, ins Außenministerium zu kommen. Der Föderale Sicherheitsdienst wird ebenfalls hinbestellt.«

»Möchten Sie, daß ich mitkomme?« fragte Danilow. Es hatte nicht lang gedauert, bis der FSB Druck zu machen begann.

»Nowikow nimmt die Autopsie heute morgen vor: Ich habe ihm gesagt, er soll sich schon mal auf Ihren Besuch gefaßt machen. Führen Sie die Ermittlungen fort. Haben Sie den Amerikanern etwas von der anderen Geschichte erzählt?«

»Nein. Und auch nicht alles, was mit dem Mädchen passiert ist.«

»Ich weiß, Sie wurden schlecht behandelt. Ich werde sehen, daß Protest eingelegt wird – um den der Amerikaner zu parieren.«

Der Angestellte in der Registratur des Außenministeriums sagte, sie hätten Glück gehabt: dank der vor kurzem erfolgten Umstellung auf Computer. In den amtlichen Meldeunterlagen von Ann Harris, einer amerikanischen Staatsbürgerin, der im Mai vergangenen Jahres ein Diplomatenvisum ausgestellt worden war, war ihre Adresse mit Uliza Puschkinskaja 397 angegeben. Der Registraturangestellte, offensichtlich ein Klatschmaul, fragte, was sie ausgefressen hatte. Danilow sagte ihm, es sei nichts, eine reine Formsache.

»Sie hat nicht in den Diplomatenunterkünften gewohnt!« wandte er sich dann triumphierend Pawin zu. Dabei behielt er den Hörer weiter in der Hand, um die auf ihren Einsatz wartenden Beamten der Spurensicherung zu verständigen.

»Die Amerikaner werden toben.«

»Ich überschreite keinerlei Befugnisse«, insistierte Danilow. »Diese Adresse liegt nicht im Bereich der offiziellen Diplomatenunterkünfte.«

»Wahrscheinlich gilt ihre Wohnung trotzdem als diplomatisches Terrain, das nicht unter unsere Zuständigkeit fällt.«

»Darüber können wir uns später Sorgen machen«, entschied Danilow. Er hielt inne. Dann fragte er unvermittelt: »Wer ist Dick Tracy?«

Pawin warf ihm einen kurzen stirnrunzelnden Blick zu. »Keine Ahnung. Warum?«

»Hätte mich nur interessiert.«

In den nächsten drei Stunden schlugen die Auswirkungen von Ann Harris' Ermordung in den unterschiedlichsten Teilen der Welt Wellen.

Der amerikanische Außenminister, der gerade zum Hochseefischen nach Hyannisport fliegen wollte, wurde von einem Adjutanten abgefangen. Er beschloß, den Ausflug abzusagen.

Auf dem Capitol Hill in Washington, D. C., betrat ein höflicher Beamter des Außenministeriums zögernd Senator Walter Burdens Bürosuite im Dirksen Building und sagte: »Leider habe ich unerfreuliche Nachrichten, Sir. Der Außenminister bittet Sie, ihn anzurufen. Er möchte es Ihnen persönlich mitteilen.«

Im FBI-Hauptquartier in der Pennsylvania Avenue am Fuß des Capitol Hill traf ein dringendes Fernschreiben aus Moskau ein, das wegen Ann Harris' verwandtschaftlicher Beziehungen direkt an den Direktor weitergeleitet wurde. Obwohl der Direktor selbst Richter war, berief er eine Sitzung der Rechtsabteilung des FBI ein.

Gleichzeitig traf ein gleichermaßen dringendes Fernschreiben im CIA-Hauptquartier in Langley, Virginia, ein. Der Direktor berief seinen eigenen Rechtsausschuß ein, bevor er seinen Kollegen in der Pennsylvania Avenue anrief. Beide Direktoren einigten sich darauf, unabhängig voneinander juristischen Rat einzuholen und später zu konferieren.

In Moskau eilte Oberstleutnant Kir Gugin geschäftig ins Außenministerium. Er war zwar verärgert, daß er grundlos dorthin gerufen wurde, war aber auch gespannt, ob er daraus irgendeinen Vorteil für den neu gegründeten Föderalen Sicherheitsdienst FSB schlagen könnte.

Und der Milizoberst Dimitri Danilow traf mit seinem Assistenten Major Juri Pawin im dritten Stock eines Hauses in der Uliza Puschkinskaja ein, bevor irgendwelche Vertreter der amerikanischen Seite dort auftauchten.

Petr Jakowlewitsch Jeschow war wegen zwei Tätlichkeiten gegen Frauen aktenkundig geworden. Im zweiten Fall hatte er einer Prostituierten, die ihn in einem unbeabsichtigen Vergeltungsakt wenige Minuten zuvor mit Gonorrhöe angesteckt hatte, die linke Brustwarze abgebissen.

Für beide Tätlichkeiten – bei jedem Prozeß waren psychiatrische Gutachten eingeholt worden – war Jeschow in eine psychiatrische Klinik eingewiesen worden. Als Folge davon hatte er eine manische Abneigung gegen jede Form von Inhaftierung entwickelt und den festen Entschluß gefaßt, sich nie wieder einsperren zu lassen.

Jeschow war einer der fünfzig Namen, die bei der Durchsicht der Fallgeschichten der psychiatrischen Kliniken und Krankenhäuser der Stadt auftauchten.

4

Danilow betrat nur ungern die Wohnungen von Mordopfern. Er hatte es schon oft getan und es ausnahmslos als peinlich empfunden, so, als verletze er die Intimsphäre eines Menschen. In der winzigen Diele sagte er: »In diesem Fall herrschen keine normalen Umstände. Deshalb möchte ich, daß alles – und damit meine ich auch *alles* – *jetzt* erledigt wird. Eine zweite Chance bekommen wir nicht. Es darf nichts beschädigt ...« Mit einem Nicken in Richtung Pawin, der den Beweismittelkoffer trug, fuhr Danilow fort: »Der Major wird eine vollständige und detaillierte Bestandsaufnahme aller entfernten Gegenstände vornehmen. Er wird sie *im* Moment der Einbehaltung vermerken. Ich möchte, daß nichts übersehen wird, weswegen später Beschwerden eingehen könnten. Ist das klar?«

Die umstehenden Männer antworteten mit einem Nicken oder Brummen: So, als übertrügen sie die Verantwortung für alles, was schiefgehen könnte, dem Oberst, blieben sie etwas hinter ihm, als dieser sich weiter in die Wohnung vorwagte.

Die Vorhänge waren zugezogen, aber alle Lichter brannten noch. Für russische Verhältnisse war die Wohnung luxuriös, für westliche ganz passabel. Die Tapete war auffällig gemustert, völlig anders als alles, was Danilow bisher in Rußland gesehen hatte, und die Möbel waren offensichtlich ebenfalls importiert. An einer Wand stand eine große Stereoanlage, auf einem Bord darüber waren Platten aufgereiht. Alle Bücher in dem Schrank an der gegenüberliegenden Wand waren englisch. Die Kissen auf der Couch und auf einem Sessel waren zerdrückt; dort hatte jemand gesessen. Auf dem Tisch standen zwei Gläser – eines davon enthielt Reste einer klaren Flüssigkeit. Danilow roch daran und tauchte dann vorsichtig einen Finger hinein. Wodka.

Ann Harris' Handtasche lag auf einem kleinen Beistelltisch, auf dem eine Stehlampe stand, die an war. Die Handtasche hatte einen Schnappverschluß. Der Verschluß war offen.

Mit einem Holzspatel, wie sie Ärzte verwenden, öffnete Danilow die Handtasche ganz, und nahm mit einer langen Pinzette der Reihe nach sämtliche Gegenstände heraus. Während er das tat, listete er die einzelnen Gegenstände auf, damit Pawin sie registrieren konnte. Da war eine Puderdose mit einer leeren Halterung an der Seite, die vermutlich für einen Lippenstift gedacht war. Die Geldbörse war von Vuitton: Sie enthielt eine American-Express- und eine Visa-Karte, einen amerikanischen und einen russischen Führerschein, einen in Plastik eingeschweißten Botschaftsausweis, fünfundsiebzig Rubel und achtzig US-Dollar. Ein Foto, eine Studioaufnahme ohne Hintergrund von einem lächelnden Paar, beide grauhaarig. Danilow schätzte ihr Alter auf etwa sechzig. Das Adreßbuch war sehr klein, eindeutig für eine Handtasche oder zum Einstecken gedacht. Danilow blätterte es rasch durch, sah sowohl amerikanische als auch Moskauer Nummern. Er hielt es Pawin hin, der es in eine Plastiktüte steckte. Der Terminkalender war dünn, ebenfalls zum Einstecken gedacht, die Einteilung eine Zeile pro Tag. Danilow sah ihn sich aufmerksamer an als das Adreßbuch und merkte sofort, daß darin nur Termine vermerkt waren, keine persönlichen Eintragungen. Die Zeile für den vergangenen Tag war leer. Auch der Terminkalender wanderte in eine Beweismitteltüte aus Plastik. Dem Fingerabdruckspezialisten bedeutete Danilow, die Handtasche zu untersuchen.

Die Küche war sauber, ohne irgendwelche Anzeichen, daß am Vorabend eine Mahlzeit weggeräumt worden war. Der Geschirrspüler – eine Rarität in einer russischen Wohnung – war leer. Alles in den Vorratsschränken hatte amerikanische Etiketten, im Botschaftsladen gekauft. Die Dosen waren auf den Borden aufgereiht, nach ihrem Inhalt geordnet, so daß die Auswahl nur wenige Augenblicke erforderte. Sogar die verderblichen Lebensmittel im Kühlschrank, wie Milch und Butter und Brot, hatten amerikanische Markennamen.

In einem Küchenschrank befand sich eine reichhaltige Auswahl an alkoholischen Getränken, Bourbon und Scotch, Brandy und Gin. Die Wodkaflasche stand vorn, halb leer. Alle Etiketten – sogar die auf dem Wodka – wiesen sie als Importware aus. In einem Gestell, das an die Küchenschränke anschloß, waren fünfzehn Flaschen Wein gelagert, weißer und roter. Alle aus Kalifornien.

Das Schlafzimmer war am Ende des Gangs. Die Tür war halb offen: Danilow benutzte den Spatel, um sie weiter aufzuschieben, damit sie eintreten konnten. Das Bett war zerwühlt, die meisten Decken auf dem Boden, die Laken zu beiseitegetretenen Wülsten zerknüllt.

Pawin deutete auf die Kissen und sagte unnötigerweise: »Beide eingedellt.«

Danilow rief die Männer von der Spurensicherung aus dem Wohnraum zu sich. Als sie ins Schlafzimmer kamen, sagte er: »Ich möchte, daß Sie diesen Raum überall nach Fingerabdrücken absuchen ...« Er nickte in Richtung Bett.

»Durchsuchen Sie es jetzt gleich nach Haarfasern. Bringen Sie anschließend alles ins Labor. Außerdem möchte ich alle Flecken überprüft haben, auf Blut, Sperma oder sonst was.«

Auf der Glasplatte der Frisierkommode waren Parfüms, Hautpflegecremes und Reinigungslotions aufgereiht. Außerdem standen dort drei gerahmte Fotos. Eines zeigte Ann Harris in Moskau vor den Zwiebeltürmen der Basiliuskathedrale. Auf dem zweiten war das Paar, dessen Foto in ihrer Handtasche gewesen war. Auf dem dritten war ein Mann zu sehen, mit dem Capitol in Washington im Hintergrund: Das Foto war aus der Froschperspektive aufgenommen worden, aber auch ohne diesen Trick wirkte der Mann riesig. Die Kommodenschubladen enthielten sorgfältig zusammengelegte Unterwäsche, Pullover und Halstücher, alles an seinem angestammten Platz. Danilow sah es mit dem Spatel durch: Zwischen den zusammengelegten Kleidern war nichts versteckt. Die Schränke waren genauso tadellos aufgeräumt, zuerst Kostüme, dann Kleider und schließlich einzelne Röcke. In einem Fach am Boden des Schranks waren zwölf Paar Schuhe. Danilow nahm an, es waren mehr Kleider, als Larissa und Olga zusammen hatten. Das erinnerte ihn daran, daß er bei Gelegenheit Larissa anrufen mußte: Er mußte ihr erklären, wie schwierig es in nächster Zeit für sie werden würde. Wie lang wohl genau, fragte er sich?

Auf einem Schränkchen links vom Bett war ein weiteres gerahmtes Foto des großen Mannes, diesmal zusammen mit Ann Harris auf dem Capitol Hill. Die oberste Schublade enthielt einen leeren Schreibblock und einen Bleistift, eine Dose mit Verhütungscreme, eine Packung Pessare und Ann Harris' amerikanischen Paß. In dem größeren Fach darunter war nur ein wattierter Kulturbeutel aus Seide. Mit etwas Mühe bekam Danilow mit der Pinzette den Reißverschluß auf. Der Beutel enthielt einen batteriebetriebenen Vibrator und ein Döschen mit Gleitgel. Danilows frisches Unbehagen war keine Folge von Überraschung oder Mißbilligung, sondern kam von seinem Eindringen: Das war ihre Sache gewesen, ihr privates Vergnügen, etwas, das niemanden etwas anging. Jeder hatte seine Geheimnisse, dachte er und erinnerte sich an das

Versprechen, das er dem toten Mädchen auf der Straße gegeben hatte. Ich werde mich weiter bemühen, versprach er wieder.

Ihre Korrespondenz fand er in dem Schränkchen auf der anderen Seite des Betts. Sie hatte die Briefe in ihren Umschlägen gelassen und die Packen, jeweils etwa zehn Stück, mit Gummis zusammengehalten. Ganz hinten – ob sie absichtlich versteckt worden waren, konnte er nicht feststellen – befand sich ein dickerer Packen, Papierbögen in einem anderen Format und ohne Umschläge.

»Alles«, entschied Danilow. Pawin hielt ihm eine der größten Tüten hin.

Das angrenzende, im amerikanischen Stil eingerichtete Bad war so ordentlich wie der Rest der Wohnung. Dort gab es Unmengen von Chrom und Glas sowie dichtgestaffelte Reihen weiterer Reinigungscremes. Die Schränke enthielten Schmerzmittel, Shampoos und Hairconditioner, einen amerikanischen Hustensaft und, überraschenderweise, ein Fläschchen mit Mückenschutz.

Wieder im Schlafzimmer, sagte Danilow zum Fingerabdruckspezialisten: »Im Bad sind eine Menge guter Oberflächen. Und im Küchenschrank ist eine Wodkaflasche, die ich überprüft haben möchte. Haben Sie bereits irgendwas?«

»Zwei verschiedene Fingerabdrucksets auf den Gläsern im Wohnraum. Auf der Tür hier und auf der Kommode ebenfalls.«

»Ihre Abdrucke werde ich mir heute noch vom Pathologen besorgen«, erklärte Danilow. Zu Pawin sagte er: »Wir nehmen die Gläser mit.«

»Da sind eine Menge Schuhe«, bemerkte der Major.

»Manche Frauen mögen viele Schuhe.«

»Für den Mörder scheinen sie auch wichtig zu sein.«

»Irgend etwas, das wir übersehen haben könnten?« fragte Danilow den Mann der Routine.

Pawin dachte über die Frage nach, sah sich in der Wohnung um. »Nicht, daß ich wüßte.«

»Das ist das Problem«, sagte Danilow. »Nicht, daß wir wüßten.« Er begann sich unbehaglich zu fühlen angesichts der Banalität. Nachdenklich betrachtete er das zerwühlte Bett, dann deutete er darauf. »Abgesehen davon, daß es so aussieht, als hätte sie es beim Aufstehen sehr eilig gehabt, ist die Wohnung extrem ordentlich. Es gibt praktisch nirgendwo Staub: Im Bad ist alles auf Hochglanz geputzt.«

»Ja?« bestätigte ihm Pawin mit einem fragenden Unterton.

Danilow reagierte nicht sofort auf seine Neugier. Statt dessen sagte er zu den Technikern: »Schauen wir mal, was auf dem Plastik des Telefonhörers ist. Was ich vor allem wissen will, ist, ob die Abdrucke neu sind.« Dann wandte sich Danilow wieder seinem Assistenten zu: »Sie ist in Eile aufgestanden und weggegangen: Nicht einmal das Bett hat sie gemacht, was eine so ordentliche Frau wie sie doch fast automatisch gemacht haben müßte. Vielleicht wurde sie dringend irgendwohin gerufen.«

»Kannte sie ihren Mörder?«

»Möglich.«

Pawin runzelte weiter die Stirn. »Warum sollte er sie dann aus der Wohnung gelockt haben?«

»Damit es so aussieht, als wüßte sie nicht, wer es war.«

Pawins zweifelnder Blick blieb. »Falls sie angerufen wurde, besteht keine Möglichkeit festzustellen, woher der Anruf kam. Einige der Anrufe, die sie gemacht hat, könnten allerdings registriert sein.«

»Frag im Fernamt nach, was sie haben«, befahl Danilow.

»*Nur* im Amt?« fragte Pawin.

Danilow begriff und lächelte. »Das mache ich«, entschied er sofort. »Oder ich versuche Lapinsk zu überreden, die Anfrage zu stellen. Früher hat die Tscheka die Telefone aller Diplomaten abgehört. Wahrscheinlich machen sie es auch jetzt noch.«

»Das käme einem offiziellen Eingeständnis der Tscheka gleich, daß sie weiter abhört«, warnte Pawin.

»Das ließe sich leicht vertuschen«, tat Danilow seine Bedenken ab.

»Der KGB könnte es als Vorwand nutzen, sich in die Ermittlungen einzuschalten.«

Danilow fragte sich, warum sein Kollege jetzt plötzlich die alte offizielle Bezeichnung benutzte. »Wir wissen immer noch nicht, ob sie Anweisung erhalten, den Fall zu übernehmen. Möglicherweise brauchen sie nicht einmal einen Vorwand.«

»Mich wundert nur, daß die Amerikaner nicht schon längst hier sind.«

Danilow sah zu den Männern von der Spurensicherung hinüber: Der Fingerabdruckspezialist war bereits im Bad, und der andere Mann legte sorgfältig die Laken und Kissen zusammen, mit den Rändern nach innen, um nichts von dem, was sich darauf angesammelt hatte, zu verlieren. Als Pawin die Beweismitteltüten hochhielt, fragte Danilow: »Irgendwas Brauchbares?«

»Nichts, was auf den ersten Blick nach Blut aussieht. Ein paar Flecken, bei denen es sich um Sperma handeln könnte. Oder auch nicht. Auf beiden Kopfkissen Spuren, die nach Make-up aussehen. Kopfhaar und ein paar Schamhaare.«

Am Ende des Wortwechsels kam der Fingerabdruckspezialist aus dem Bad. »Auch da drinnen sind die zwei verschiedenen Fingerabdrucksets.«

»Wie lange brauchen Sie noch?« fragte Danilow.

Die Männer tauschten Blicke aus. Der Techniker mit dem Bettzeug sagte: »Eigentlich sind wir so gut wie fertig.«

Plötzlich sagte Pawin: »Die Messer! Wir haben uns die Küchenmesser nicht angesehen.«

»Dann holen Sie das schnell noch nach«, trug Danilow den Männern von der Spurensicherung auf. Er konnte es kaum mehr erwarten, sie und die Beweisstücke von hier wegzubringen.

Als Danilow in die Küche kam, stand Pawin neben einem Messerblock, der über dem Herd an der Wand angebracht war. Er deutete darauf, sagte aber nichts. Der Halter hatte sieben Vertiefungen für sieben Messer, die von links nach rechts zunehmend größer wurden. Die mittlere, vierte Vertiefung war leer.

»Jede Stelle, die Ihnen einfällt!« Danilow war wegen dieses Versäumnisses wütend auf sich selbst: Pawin war unbezahlbar. Es dauerte fünfzehn Minuten, um in den Schubladen und an allen sonstigen Stellen nachzusehen, wo ein Mädchen, das, dem Zustand ihrer Wohnung nach zu schließen, nichts Achtloses tat, ein Messer abgelegt haben könnte. Sie fanden es nicht. Danilow sagte: »Ich nehme mir den Rest der Wohnung vor. Und ich möchte denkbar genaue Abmessungen: Länge, Breite, Dicke. Versuchen Sie nicht, es hier zu machen: Nehmen Sie das ganze Ding als Beweisstück mit.«

Danilow fand das Messer auch sonst nirgendwo in der Wohnung. Bis er wieder in die Küche zurückkam, hatte Pawin sämtliche Wandschrauben entfernt und verstaute den Messerblock gerade im Beweismittelkoffer. Ohne die Sachen zum Plombieren der Wohnung, die Pawin herausnahm, paßte er gerade hinein. Pawin sagte: »Der Markenname auf der Messerablage ist kein russischer.«

»Hätte mich auch gewundert«, brummte Danilow. »Das Fabrikat heißt ›Kuikut‹.«

Pawin brauchte ziemlich lange, um außen an der Tür die Halterungen für die Sicherungskette, für die es nur einen Milizschlüssel gab, anzubringen, die Tür weiter mit Klebeband zu verkleben und die Stecker in die Schlüssellöcher einzusetzen, um sie unzugänglich zu machen. Pawin führte ein Feuerzeug seitlich an das Wachs heran, das Danilow so hielt, daß es auf die Befestigung der amtlichen Bekanntmachung tropfte, derzufolge Unbefugten das Betreten der plombierten Wohnung verboten war. Danilow drückte gerade das amtliche Siegel in das Wachs, als die Amerikaner anrückten.

»Was zum Teufel ...!«

Danilow wandte sich dem Mann im Sportsakko zu, dem er vor kurzem in der Botschaft begegnet war und von dem er annahm, daß er vom FBI war. Baxter kam ein Stück hinter ihm den Flur entlang.

Der Amerikaner an der Spitze sagte: »Herr im Himmel! Herr im Himmel, jetzt ist die Kacke echt am Dampfen! Warten Sie erst mal ab, bis sie das in Washington erfahren!« Er zitterte, entweder vor unterdrückter Wut oder vor Anspannung: vielleicht von beidem.

»Mit welchem Recht verschaffen Sie sich hier Zutritt zu

diplomatischem Eigentum?« fragte Baxter. »Ich möchte, daß Sie das Siegel …«

»Die verstehen doch kein Englisch«, unterbrach ihn der andere Amerikaner. »Wir müssen zurück in die Botschaft und ein paar richtig schwere Geschütze auffahren. Das wird mir dieser Kerl büßen! Mein Gott, wie mir das dieser Kerl büßen wird!«

»Wir können doch hier nicht einfach wieder so weggehen!« protestierte Baxter. »Ich möchte wissen, was die da drinnen gemacht haben!«

»Glauben Sie etwa, das möchte ich nicht auch wissen?« entgegnete der andere Amerikaner.

»Wir versuchen, einen Mörder zu fassen«, sagte Danilow ruhig.

»Es interessiert mich die Bohne, was Sie versuchen …« platzte Barry los, bevor der Groschen bei ihm fiel.

»Sie mieses Schwein!« sagte er schließlich, ebenfalls ziemlich ruhig, wie jemand, der nicht fassen kann, was eben passiert ist. Das Zittern wurde schlimmer.

»›Blutige Amateure‹«, zitierte Danilow wörtlich. »›Bekommen zur Belohnung einen Luftballon und einen Lutscher, wenn sie über den ersten Anhaltspunkt hinauskommen.‹ Wer ist übrigens Dick Tracy? Ich weiß nicht, wer Dick Tracy ist.«

Einen Augenblick waren beide Amerikaner sprachlos. Plötzlich wieder förmlich, sagte Baxter: »Ich weiß, daß es wegen Ihres Auftritts in der Botschaft bereits zu einem förmlichen Protest kam. Diesmal wird dieser Protest wesentlich schärfer ausfallen: möglicherweise vom Botschafter persönlich. Ich verlange im Auftrag der Regierung der Vereinigten Staaten von Amerika, daß Sie diese Wohnung wieder entplomben und alles, was Sie aus Ann Harris' Wohnung entfernt haben, unverzüglich wieder dem Schutz der Vereinigten Staaten von Amerika überstellen.« Der üppige Schnurrbart zitterte.

»Sie beknackter Klugscheißer!« stieß das Sportsakko zwischen zusammengebissenen Zähnen hervor. »Sie haben ganz einfach keine blasse Ahnung, in was Sie sich da einmischen.«

Das war vollkommen richtig, mußte ihm Danilow recht geben. Er sagte: »Wie ich Ihnen bereits heute morgen zu erklären versucht habe, leite ich die Ermittlungen im Mordfall einer amerikanischen Staatsbürgerin. Diese Wohnung bleibt plombiert. Mr. Baxter hat meine Büronummer.« Er schickte sich an, den Flur hinunterzugehen. Der erste Mann pflanzte sich vor ihm auf, versperrte ihm den Weg. Er hatte etwa die gleiche Statur wie Danilow: Da war der Duft von süßem Kölnisch, der sich mit schlechtem Atem biß. Danilow fragte sich, wer von ihnen dem Kommenden mit mehr Besorgnis entgegenblickte: Er war sehr nervös, aber er war froh, daß er nicht so zitterte wie der andere Mann. Er spürte, wie Pawins massige Gestalt hinter ihm aufrückte und war froh darüber. Danilow sah den Amerikaner ganz direkt an und sagte, erleichtert darüber, daß seine Stimme gefaßt blieb: »Machen Sie sich doch nicht lächerlich.«

»Zurück, Barry!« warnte Baxter.

»Warum tun Sie nicht, was er sagt?« fragte Danilow und wünschte sich, er hätte sich nicht auf die Harter-Bursche-Nummer eingelassen.

Mit hochrotem Kopf machte Barry Platz. Er hatte Schwierigkeiten, seine Hände unter Kontrolle zu halten. »Halt!« zischte er, seine Lippen schmaler denn je. »Warten Sie!«

Durch Pawins Anwesenheit hinter ihm ermutigt, schlenderte Danilow lässig an ihm vorbei. Zugleich war er auch erleichtert, daß sein Assistent nichts sagte, bis sie unten im Erdgeschoß ankamen.

»Was ist da oben eben passiert?« wollte Pawin wissen.

»Sie waren ziemlich wütend«, sagte Danilow. Er wußte, der Amerikaner hatte ihn schlagen wollen: Er fand, er konnte von Glück reden, daß die Episode nicht in eine Schlägerei ausgeartet war.

Danilow rechnete zwar mit einer Geste des Protests, aber nicht mit dem Theater, das Nowikow in der Pathologie veranstaltete. Zunächst wurde er von Nowikows Büro nach unten geschickt, wo ihn ein Helfer in den Obduktionssaal führte. Der Geruch, der ihm dort entgegenschlug – ein Zusammenprall von Formaldehyd, Desinfektionsmittel und schalen menschlichen Überresten – blieb ihm in der Kehle stecken; er wurde sogar noch schlimmer, als er eintrat. Nowikow trug einen fleckigen Kittel und eine Schutzhaube aus Baumwolle, die ihn haarlos erscheinen ließ. Die Gesichtsmaske hatte er auf seinen Hals hinabgeschoben. Er stand am Waschbecken und wusch sich die Hände. Ein Laken, ebenfalls fleckig, bedeckte die Leiche von Ann Harris.

»Ich dachte mir, es macht Ihnen bestimmt nichts aus hierherzukommen«, sagte der Pathologe ohne den leisesten Anflug einer Entschuldigung. »Da Sie Lapinsk haben intervenieren lassen, nahm ich an, es müßte ungeheuer dringend sein, und dachte deshalb, Sie würden bestimmt nicht oben warten wollen. Natürlich hätten Sie mich auch selbst ersuchen können.«

Nowikow war ein großer, fleischiger Mann mit wulstigen Lippen und einer Knollennase. Seine Hände waren groß, seine Finger wurstförmig. Er sah nicht einmal aus wie ein Chirurg. Danilow dachte: Chirurgen sollten feine, zarte Hände haben. Aber vermutlich mußte man mit einer Leiche nicht behutsam umgehen. Er sagte: »Es macht mir überhaupt nichts aus«, was nicht stimmte.

»Manche Leute haben nicht den Mumm für Obduktionssäle.«

»Ich habe gesagt, es macht mir nichts.« Als er durch die Tür kam, mußte er gegen den Gestank anschlucken: Er wollte es gleich noch einmal tun, verkniff es sich aber.

»Der abgebrühte Polizist, häh?«

»Ich brauche den vorläufigen Befund.« Er wollte hier nicht um Punkte fighten. Er wollte Dinge erfahren, die ihm möglicherweise halfen, einen Irren zu fassen. Und so schnell wie möglich von diesem Gestank und diesem Mann wegkommen, der Hände hatte wie ein Metzger.

»Wahrscheinlich bekommen die dienstältesten Oberste die wichtigsten Fälle.«

Danilow wartete. Sein Magen rumorte. Er zwang sich, weiter in den Raum hineinzugehen, näher auf die zugedeckte Leiche zu. Unter dem Laken sah ein Fuß hervor: Sie hatte ihre Zehennägel in einem zarten Rosa lackiert. Danilow gefiel die Farbe. Larissa lackierte sich manchmal die Zehennägel: Olga nie. Olga vergaß sogar, sie zu schneiden.

Nowikow verbrachte viel Zeit damit, sich die Hände zu trocknen. Dann nahm er die Schutzhaube ab und gab einen Schwall strähnigen Haars frei, bevor er zu sprechen begann. »Weiß, weiblich, zwischen fünfundzwanzig und dreißig Jahre alt. Gewicht, vierundfünfzig Kilo. Braune Augen. Schwarzes Haar. Todesursache eine Stichwunde, von hinten, zwischen achtem und neuntem Rippenbogen, unter dem Schulterblatt. Sauberes Eindringen, ohne Knochenberührung. Die Waffe drang von der rechten Seite ein, durch den Interkostalmuskel und die Lunge, und durchtrennte die Aorta, bevor sie ins Herz eindrang. Da waren noch oberflächliche Kopfverletzungen, die nicht dazu beitrugen, den Tod herbeizuführen ...« Er hielt inne. »Gehe ich nicht zu schnell vor: Sie bekommen alles mit?«

»Gerade noch.« Danilow mußte sich nach bloß zwei Wörtern fast übergeben.

Der Pathologe lächelte, als merkte er es. »Keine organischen Krankheiten. Blinddarmnarbe, rechte untere Bauchdecke. Wie ich Ihrem Mann am Tatort bereits gesagt habe, ist es schwierig den genauen Todeszeitpunkt festzustellen: Schätzungsweise würde ich sagen zwischen elf und ein Uhr. Wie wäre das?« Er lächelte wieder.

Es war geradezu absurd unangebracht: Dieser Dreckskerl zwang ihn, im Raum zu bleiben und Fragen zu stellen. »Tiefe der Wunde?«

»Neunzehneinhalb Zentimter.«

»Stumpfer oder scharfer Gegenstand.«

»Ich sagte, glattes Eindringen.«

»Spitz also?«

»Was denn sonst?« Nowikow lächelte wie ein Zauberer, der zu seinem besten Trick kam. »Warum sehen Sie es sich nicht selbst an?«

Mit einer schwungvollen Bewegung wurde das Laken zurückgeschlagen. Ann Harris lag auf dem Rücken. Die Totenstarre hatte ihren Körper losgelassen. Er hatte einen wächsernen Glanz, und wie Wachs schien er auch zu schmelzen, blasig und schlaff. Nur das Zähnefletschen war geblieben, noch grausiger als zuvor. Nowikow *hatte* sie wie ein Metzger untersucht. Der Körpereinschnitt vom Hals bis zum Unterleib war achtlos gezackt, das anschließende Nähen ungleichmäßig. Nach dem Schließen war nichts saubergewischt worden.

»Sie müssen mir helfen, sie umzudrehen.«

»Decken Sie sie zu«, sagte Danilow gepreßt, ohne hinzusehen. Wann würde die Verstümmelung von Ann Harris ein Ende nehmen?

»Ich dachte, Sie wollten es sehen?«

»Decken Sie sie zu.« Seltsamerweise beruhigte sich Danilows Magen trotz Nowikows Affentheater. Als sich der Pathologe nicht von der Stelle rührte, zog Danilow das Laken selbst über die entstellte Leiche. Mit gefaßter Stimme sagte er: »Es war also eine spitz zulaufende Wunde?«

Nowikows Enttäuschung war nur zu offensichtlich. An seiner rechten Schläfe pulsierte eine Ader. »Es war eine spitz zulaufende Wunde«, bestätigte er.

»Breite, am Eintrittspunkt?«

»Fünf Zentimeter.«

»Dicke?«

»An der dicksten Stelle fünf Millimeter: am Messerrücken.«

Der andere Mann trat mit sichtlicher Ungeduld von einem Bein aufs andere, und Danilow dachte, dein Spiel, du Schwein: Jetzt bleibst du auch und spielst es. »Irgendwelche oberflächlichen Hautrisse an der Eintrittstelle?«

»Warum sehen Sie nicht selbst nach?«

»Irgendwelche oberflächlichen Hautrisse?«

»Ich sagte, die Klinge drang glatt ein!«

»Ein scharfes Messer also?«

»Ja.«

»*Auffallend* scharf?«

»Wie soll ich das beantworten?«

»Indem Sie mir sagen, ob sich unmittelbar um die Wunde irgendwelche winzigen Einkerbungen befinden.«

»Ich konnte keine feststellen.«

»Was darauf hindeutet, daß das Messer besonders scharf war?«

»Das ist eine berechtigte Annahme.«

»Irgendwelche Anzeichen, daß die Klinge gezahnt war?«

»Eine glatte Klinge. Nicht gezahnt.«

»Könnte es ein Küchenmesser gewesen sein?«

»Könnte es.«

»Irgend etwas, das auf einen Kampf hindeutet?«

»Das habe ich gestern abend Ihrem Mann schon gesagt.«

»Dann sagen Sie es jetzt auch mir!«

»Am linken Oberschenkel und Gesäß war ein Bluterguß. Typische Post-mortem-Verfärbung. Das heißt, er trat nach dem Tod auf.«

»Ich weiß, was das heißt. Was ist mit Fingernagelabschürfungen?«

»Keine. Der Tod trat praktisch sofort ein.«

»Sexuelle Nötigung?«

»Keine.« Nach kurzem Zögern fügte Nowikow hinzu: »Aber es war kurz zuvor zum Geschlechtsverkehr gekommen.«

Danilow stieß ein ärgerliches Seufzen aus. »Und das erzählen Sie mir erst jetzt?«

»Es hätte in meinem vollständigen schriftlichen Bericht gestanden.«

»Ich kann aber nicht auf Ihren vollständigen schriftlichen Bericht warten!« Die Quertreiberei fiel auf den Pathologen selbst zurück, ließ ihn inkompetent erscheinen: Danilow wünschte sich, es wären Zeugen dabei.

»Es war Sperma in der Vagina.«

»Genügend, um die Blutgruppe zu bestimmen?«

Nowikow nickte. »B. Rhesus negativ.«

Die gebräuchlichste, dachte Danilow bitter. »Welche Blutgruppe hatte sie?«

»Ebenfalls B. Aber Rhesus positiv.«

»Warum sind Sie so sicher, es kann keine Vergewaltigung gewesen sein?«

»Sexualverbrecher ziehen ihrem Opfer Slip und Strumpfhose nicht wieder an. Sie war ganz normal gekleidet. Keine Vaginalverletzungen.«

»Waren um die Wunde Blutergüsse?«

»Ganz leichte.«

»War es ein Stich? Oder wurde das Messer hineingetrieben?«

»Hineingetrieben.«

Wieder fiel Danilow blitzartig eine weitere wichtige Unterlassung ein. Er deutete auf die zugedeckte Leiche. »Sie haben nicht gesagt, wie groß sie war.«

»Eins fünfundsechzig.«

»Und Sie haben mir auch nicht gesagt, welche *Richtung* die Wunde hat. Von unten nach oben? Von oben nach unten? Was?« Der Pathologe schluckte, und Danilow kamen Zweifel, ob er es überhaupt nachgeprüft hatte.

»Quer, von rechts nach links: leicht aufwärts vielleicht.«

»Demnach könnte der Mörder ungefähr gleich groß sein? Oder geringfügig kleiner. Wäre er größer gewesen, wäre die Stichrichtung von oben nach unten verlaufen, oder nicht?«

»Ja.«

»Die Klinge kam nicht mit irgendwelchen Knochen in Berührung?«

»Das habe ich Ihnen doch bereits gesagt.«

»Wie schwierig ist es, jemandem ein Messer reinzustoßen und sauber zwischen den Rippen durchzukommen?«

Nowikow dachte über die Frage nach. »Jemand hat es geschafft: Sie ist tot.«

»Helfen Sie mir!« verlangte Danilow aufgebracht. »Sie kennen das Problem! Sie haben auch die erste Obduktion gemacht!«

Zufrieden über den Gefühlsausbruch seines Gegenübers, lächelte Nowikow. »Normalerweise kommt es zum Kontakt mit einem Knochen.«

»Aber das war schon letztes Mal nicht der Fall: Und es war diesmal nicht der Fall. Könnte es also jemand sein, der über medizinisches Fachwissen verfügt?«

Der Pathologe schüttelte den Kopf. »Ich *kann* Ihnen nicht helfen. Es war in einer dunklen Straße, und das Opfer ging vermutlich. Unter diesen Umständen wäre es selbst für jemanden mit den entsprechenden medizinischen Kenntnissen schwierig, jede Knochenberührung zu vermeiden.«

»Sprich?«

»Daß die Tatsache, daß kein Knochen gestreift wurde, purer Dusel war: Daß Sie diesem Umstand nicht zu viel Bedeutung beimessen sollten.«

Danilow fand jedoch nicht, daß er es einfach ignorieren konnte. Ein Schwall Müdigkeit, eine Reprise der Erschöpfung von heute morgen, schwappte über ihn hinweg. Er begann, die Hand auszustrecken, um sich an dem Seziertisch abzustützen, auf dem die zugedeckte Leiche lag, hielt aber inne, als er merkte, was er tun wollte. »Wann kann ich Ihren schriftlichen Befund haben?«

»In ein, zwei Tagen«, antwortete der Pathologe ungerührt.

Danilow war plötzlich außer sich über Nowikows Verhalten. »Was hat Ihnen Lapinsk als Grund dafür genannt, weshalb die Obduktion heute vorgenommen werden sollte?«

»Nur, daß es dringend wäre.«

»Sie ist Amerikanerin«, machte ihm Danilow klar. »Die Nichte eines bedeutenden Politikers in den Vereinigten Staaten. Leute in unserem Weißen Haus hier *und* in Amerika werden den Fall aufmerksam verfolgen.«

»Oh«, sagte der Pathologe, dessen quertreiberische Arroganz langsam nachließ.

»Ich möchte den Obduktionsbefund bis morgen«, verlangte Danilow. »Zweitens. Die Amerikaner werden bestimmt eine eigene Abschrift haben wollen.« Er sah auf die zugedeckte Leiche, dann wieder auf Nowikow. »Sie werden sehen, wie Sie die Obduktion vorgenommen haben, wenn die Leiche freigegeben wird.«

Der Pathologe schien etwas erwidern zu wollen, tat es dann aber doch nicht. Statt dessen sagte er nach einer Weile mit trockener Kehle: »Ich werde den Obduktionsbefund in zweifacher Abschrift anfertigen.«

»Gibt es noch etwas, was Sie mir nicht gesagt haben? Etwas, das in Ihrem schriftlichen Befund steht und das ich jetzt schon wissen sollte?«

»Ich glaube nicht.«

Danilow streckte seine Hand aus. »Ich brauche ihre Fingerabdrücke.«

Nowikows Adamsapfel bewegte sich. »Sie erhalten sie mit dem Befund.«

Demnach hatte er sie ihr noch nicht abgenommen. »Und vergessen Sie auch sonst nichts, ja?«

»Aber es sind jetzt schon fast vierzehn Tage«, protestierte Larissa. Er hatte sie von einem Kiosk aus angerufen.

»Diesmal ist es was anderes: sehr ungewöhnlich.« Er hatte ihr keine Details genannt; nur, daß es ein Mord war.

»Morgen?«

»Ich werd's versuchen.« Er fand, sie hätte sich für einen ungewöhnlichen Mord etwas mehr interessieren können.

»Besonders interessiert hörst du dich ja nicht gerade an.«

»Du weißt, daß das nicht stimmt! Und ich möchte auch nicht streiten. Ich möchte dich *sehen*!«

»Ich sehe zu, daß es sich morgen irgendwie machen läßt.«

»Enttäusch mich nicht.«

»Das werde ich bestimmt nicht«, sagte Danilow. Hoffe ich jedenfalls, dachte er. Oder tat er das überhaupt?

In Moskau gibt es vier psychiatrische Kliniken. Die bekannteste ist das Serbskij Institut für forensische Psychiatrie in der Kropotinskij Straße: Während der Zeit der Unterdrückung vor der zweiten russischen Revolution war das der Ort, an dem der KGB politische Dissidenten unter dem Vorwand festhielt, sie litten an paranoider Schizophrenie.

Beim ersten Besuch des mit der Durchsicht der Krankenblätter beauftragten Teams kam Major Juri Pawin persönlich mit, um dem Klinikleiter in seinem weißen Kittel zu erklären, worum es ihnen ging. Der Mann schüttelte schon den Kopf, bevor Pawin zu sprechen aufgehört hatte.

»Für eine gründliche Durchsicht wäre ein Computer erforderlich«, protestierte der Psychiater.

»Sind Ihre Unterlagen nicht auf Computer gespeichert?«

»Nein.«

»Wie lange würde eine reguläre Durchsicht dauern?«
»Wenn man es richtig macht, Monate.«
Pawin sah die zwei Detektive in seiner Begleitung an: Beide runzelten bereits die Stirn angesichts der Aufgabe, die ihnen möglicherweise bevorstand. Die Durchsicht würde nicht mit der erforderlichen Gründlichkeit durchgeführt werden, das wußte Pawin: weder hier noch sonstwo.

5

In Washington ist die Macht abgestuft, und auch die einzelnen Abstufungen sind wieder unterteilt, in öffentlich bekannten Einfluß und in politisches Gewicht, das nur hinter den Kulissen zum Tragen kommt. Senator Walter Burden, der trotz der frappierenden Ähnlichkeit nicht begeistert war über die Auffassung der Karikaturisten, er sei eine lebende Ausgabe Colonel Sanders' von Kentucky Fried Chicken, hatte beides. Und setzte beides geschickt zum Vorantreiben seiner politischen Karriere ein. Eines Tages – eines Tages, den er selbst bestimmen wollte – beabsichtigte er, im Weißen Haus Einzug zu halten. Was manche Fachleute für unausweichlich hielten. Und was der Grund war, weshalb von Außenminister Henry Hartz binnen vierundzwanzig Stunden nach der Meldung aus Moskau in Hartz' Büro, im siebten Stock des State Department, in jenem Teil der Stadt, der völlig unzutreffend Foggy Bottom genannt wurde, eine Konferenz mit den Direktoren der Central Intelligence Agency und des Federal Bureau of Investigation einberufen worden war.

Hartz, der sich selbst, wäre da nicht seine deutsche Abstammung gewesen, die ihm verfassungsgemäß jegliche Ansprüche auf das Amt verwehrte, als aussichtsreichen Präsidentschaftskandidaten betrachtete, stand an dem Fenster, von dem man auf das Denkmal für die Toten des Vietamkrieges hinausblickte, und war in Gedanken ganz bei der Nachricht aus Rußland. Schon vor einer ersten flüchtigen Einschätzung der daraus erwachsenden Konsequenzen war klar: Das würde Ärger geben, eine ganze Menge Ärger. Und das machte ihm Sorgen. Auch wenn ihm jegliche Aussichten auf das Präsidentenamt verwehrt waren, war Hartz dennoch der festen Überzeugung, innerhalb seiner Möglichkeiten alles erreicht zu haben. Seine Amtsperioden als Außenminister waren Zeiten ungetrübter diplomatischer Erfolge gewesen, die auch vom neuen Präsidenten so hoch eingeschätzt wurden, daß dieser ihn nach der Ablösung seines Vorgängers im Weißen Haus gebeten hatte, im Amt zu bleiben. Hartz konnte davon ausgehen, daß auch unter Burden seine Dienste weiterhin gefragt sein würden. Bevor sie sich überhaupt mit der Frage zu befassen begannen, wie sie weitere Informationen aus Moskau einholen könnten, war ihm klar, daß alle ihre Erwartungen enttäuscht werden könnten, sollte Burden nicht wie die Primadonna behandelt werden, die er war. Eine ganze Menge Ärger, dachte Hartz noch einmal.

Die Sprechanlage machte ihn auf das Eintreffen der zwei Direktoren aufmerksam, und Hartz empfing sie an der Tür. Richard Holmes, der Leiter der CIA, war ein großer, dunkelhaariger Mann mit einer kräftigen Sonnenstudiobräune und der typischen Überleg-dir-alles-zweimal-Vorsicht von jemand, der es geschafft hatte, in der politischen Arena von Washington zu überleben. Er trank und rauchte nicht und war zeit seines Lebens für den Geheimdienst tätig gewesen. Für seine Memoiren hatte er von drei New Yorker Verlagen Angebote in Höhe von über einer Million Dollar vorliegen. Holmes war ein glücklicher, zufriedener Mann.

Er trat vor dem FBI-Chef ein. Leonard Ross hatte geglaubt, ans Ziel seiner politischen Wunschträume gekommen zu sein, als er im vergangenen Jahr zum Leiter des Bureau ernannt worden war. Aber dem war nicht mehr so. Nach nur einem Jahr wachsender Desillusionierung war er inzwischen von der stillschweigenden Überwachung der politischen Intrigen in der Bundeshauptstadt so angewidert, daß er sich nur noch danach sehnte, an das Landesgericht des Staates New York zurückzukehren, wo er mit Bravour das Amt eines Obersten Richters bekleidet hatte.

Nach den einleitenden Begrüßungen führte Hartz die Besucher zu der Sitzgruppe in der Ecke des Büros, die am weitesten von den Fenstern und ihrem nichtssagenden Ausblick entfernt war. Hartz sagte: »Ich dachte, es könnte nicht schaden, wenn wir uns schon ein bißchen unterhalten, bevor Burden kommt.«

»Wie hat er es aufgenommen?« fragte Holmes. Er war zufrieden über die von den Juristen einhellig geäußerte Meinung, daß in dieser Angelegenheit eine Einmischung seitens der CIA völlig außer Frage stand. Er hatte der Moskauer Niederlassung bereits telegrafiert, sich aus allem herauszuhalten.

»Erwartungsgemäß«, sagte Hartz. »Er hat unseren Botschafter in Moskau bereits persönlich angerufen. Mich hat er gefragt, was der Präsident in der Sache zu unternehmen gedenkt. Er verlangt, daß Sie beide Ermittlungen in dem Fall anstellen. Er hat sogar gesagt, er möchte, daß dieses Schwein – O-Ton Burden – nach Amerika gebracht wird, damit ihm hier der Prozeß gemacht werden kann.«

Der FBI-Direktor schüttelte in zynischer Belustigung den Kopf. Washington, wie es besser – oder schlimmer – nicht sein könnte, dachte er. »Das kann er vergessen.«

Hartz beschlichen böse Vorahnungen. »Was genau raten die Juristen.«

»Die CIA hat keinerlei Ansprüche oder Befugnisse«, erklärte Holmes rasch. Er wünschte, die Erleichterung wäre ihm nicht so deutlich anzumerken.

»Das Bureau ist zwar zu strafrechtlichen Ermittlungen ermächtigt, aber in der Gemeinschaft unabhängiger Staaten hat es keinerlei Ansprüche oder Befugnisse«, erklärte Ross.

»Damit rechnet Burden aber in beiden Fällen.«

»Es interessiert mich nicht, womit Burden *rechnet*«, sagte Ross, der neben seiner Desillusionierung auch die finanzielle Unabhängigkeit hatte, seine Meinung zu sagen. »Damit konstatiere ich lediglich die rechtlichen Gegebenheiten.«

»Die Russen verhalten sich sehr arrogant«, sagte Hartz. »Ich finde nicht, daß sie sich auf diese Weise Zutritt zu ihrer Wohnung hätten verschaffen dürfen.«

»Was wollen Sie dagegen unternehmen?« fragte Holmes.

»Von der Botschaft wurde Beschwerde eingelegt. Ich werde den russischen Botschafter herbestellen, um ihr zusätzliches Gewicht zu verleihen.«

»Ich bin zwar nicht mit dem diplomatischen Protokoll vertraut«, machte Ross milde geltend, »aber die Russen ermitteln hier in einem Mordfall.«

»Finden Sie ihr Vorgehen richtig?« fragte Hartz.

»Wäre die Situation umgekehrt, und wäre es hier in Washington passiert, würde ich keinem meiner Leute einen Rüffel erteilen, wenn er sich genauso verhielte. Und was soll konkret schon groß dabei herauskommen, wenn wir Beschwerde einlegen, nachdem es nun einmal passiert ist?«

Der Summton der Sprechanlage gab eine weitere Warnung von sich, aber Senator Walter Burden war bereits zur Tür hereingekommen, bevor ihn der Außenminister dort persönlich in Empfang nehmen konnte. Burden nickte den beiden Direktoren zu und sagte, bevor er Platz nahm: »Ich will genau wissen, was passiert ist! Die neusten Entwicklungen!« In seinem breitgestreiften Anzug und dem rosafarbenen Hemd sah der Senator tadellos aus: Die Krawatte und das Einstecktuch bildeten eine passende Kombination. Er setzte sich auf die Kante seines Sessels und neigte sich den drei anderen Männern gespannt entgegen: Ohne ersichtlichen Grund setzte er eine dicke Lesebrille auf. Er nickte, als erteilte er allen im Raum Anwesenden die Erlaubnis zu sprechen.

»Leider liegen uns nur in sehr begrenztem Umfang Informationen vor«, begann Hartz. Dann erzählte er, was ihm aus Moskau gemeldet worden war. Dabei fiel ihm zum erstenmal eine seltsame Beweglichkeit in Burdens Mimik auf: Der Senator machte ständig große Augen, als versetzte ihn das, was er mitgeteilt bekam, immer wieder von neuem in Erstaunen – ein enervierender, einschüchternder Tick.

»Sie wurde verstümmelt?« fragte Burden, als Hartz auf das Haar zu sprechen kam.

»Sie wurde geschoren«, bestätigte ihm Hartz pedantisch.

»Und was war mit Sex?«

»Es gibt keinerlei Hinweise auf sexuelle Nötigung«, schaltete sich an dieser Stelle Holmes in das Gespräch ein. Der Senator sah tatsächlich wie das Colonel-Sanders-Logo aus.

»Haben Sie das Schwein gefaßt?«

»Bisher nicht, soweit wir wissen.«

Burden sah von einem der drei Männer zum anderen. Dann sagte er: »Und was werden Sie nun unternehmen?« Der wörterkauende New-England-Akzent war sehr ausgeprägt.

Beide Direktoren sahen statt einer Antwort Hartz an. Der Außenminister sagte: »Im Moment warten wir noch auf weitere Informationen aus Moskau.«

Burden riß wieder einmal die Augen auf. »Ich meinte, *konkret* unternehmen. Wie viele Ermittler haben Sie abgestellt? Wie sieht die Befehlshierarchie aus? Wurde der Präsident informiert?«

Ross deutete auf den CIA-Chef und sagte mit unwirscher Unverblümtheit: »Dick und ich haben uns beide über die rechtliche Lage informiert. Keine unserer beiden Behörden hat irgendwelche Befugnisse, in diesem Fall zu ermitteln.«

Scheinbar ungläubig schüttelte Burden den Kopf. »Ich kann nicht glauben, was Sie da sagen! Sie wollen mir erzählen, in Moskau wurde ein süßes, unschuldiges amerikanisches Mädchen – meine Nichte – ermordet, und Sie wollen absolut nichts unternehmen? Wenn dem tatsächlich so sein sollte, denken Sie bitte noch einmal gut nach, und zwar Sie beide. Ich möchte, daß dieser Mörder gefaßt wird, und ich möchte, daß er verurteilt und hingerichtet wird, und ich möchte, daß das von Amerikanern gemacht wird. Haben Sie mich verstanden?«

Der FBI-Direktor bekam einen roten Kopf. Es fiel ihm sichtlich schwer, sich zu beherrschen. »Ich kann Ihre Gefühle durchaus verstehen. Seien Sie meines Mitgefühls gewiß. Aber wie die Dinge im Moment stehen, können wir absolut nichts tun. Es besteht keine Möglichkeit, uns in den Gang der Ermittlungen einzuschalten.«

»Dann *finden* Sie eine Möglichkeit!« verlangte Burden lautstark. »Ich werde doch die Ermittlungen über den Mord an meiner Nichte nicht ein paar dahergelaufenen Russen mit ihren Steinzeitmethoden überlassen! Und ich weiß, daß das auch die amerikanische Öffentlichkeit nicht will.«

Hartz wurde klar, daß Burden seitens der Medien soviel Aufmerksamkeit bekommen konnte, wie er wollte. Deshalb sagte er: »Ich werde nachher den russischen Botschafter herbestellen und eine Zusicherung von ihm erbitten, daß die russischen Behörden alles in ihrer Macht Stehende tun werden.«

Wieder schüttelte Burden ungläubig den Kopf, wieder riß er die Augen auf. »Ich habe gefragt, ob der Präsident informiert wurde.«

»Ich ließ eine Nachricht nach Camp David schicken«, erwiderte Hartz. »Er ist tief bestürzt und hat mich gebeten, Ihnen sein aufrichtiges Beileid zu übermitteln.«

»Das ist alles! Hat er nichts gesagt, was wir tun werden?«

»Er weiß von diesem Treffen. Er hat darum gebeten, auf dem laufenden gehalten zu werden.«

»Dann werde *ich* ihn informieren«, stieß Burden drohend hervor. »Er wird meinen Anruf entgegennehmen.«

»Da bin ich ganz sicher«, stimmte ihm Hartz bei. Er beschloß, sich auch selbst mit ihm in Verbindung zu setzen, um jegliche Verzerrungen in Burdens Darstellung des Sachverhalts zu korrigieren: Es wäre bestimmt eine sehr persönlich gefärbte Interpretation.

»Ich würde mal davon ausgehen«, sagte Ross nachdenklich, »daß unsere Ermittlungsmethoden und -techniken etwas fortschrittlicher sind als die der Russen.« Das war eine rein fachliche Feststellung, die nicht als Verteidigung gegen die augenaufreißerische Entrüstung des Senators gedacht war.

»Das will ich doch meinen!« knurrte Burden.

»Und?« wollte der CIA-Chef wissen.

»Vielleich wäre das der Punkt, an dem wir uns einschalten könnten«, schlug der FBI-Direktor vor. »Wir bieten ihnen ungehinderten Zugang zu unseren wissenschaftlichen Einrichtungen an.«

»Anbieten!« schnaubte Burden. »Sie bitten, meinen Sie? Mit dem Hut in der Hand?«

Ross seufzte laut. »Ich dachte, wir wollten uns irgendwie in die Ermittlungen einschalten.«

»Ich finde das eine gute Idee«, sagte Hartz. »Ich werde diesen Punkt beim Botschafter ansprechen.«

»Ist eigentlich sicher, daß es sich um einen normalen Mord handelt?« fragte Burden, plötzlich argwöhnisch. »Ist schon mal jemand auf die Idee gekommen, hier könnte es sich um ein von höchster Stelle angeordnetes Attentat handeln?«

Jetzt war es an den zwei Direktoren, ein ungläubiges Gesicht zu machen: Es war der uneingeschüchterte Ross, der, allerdings immer noch beherrscht, für beide sprach. »Aus welchem Grund sollte ein Attentat auf Ann Harris verübt worden sein?«

»Ich bin kein Bewunderer Rußlands«, gab Burden offen zu.

Hartz war sich Burdens Dünkel deutlich bewußt, aber das, fand er, grenzte an Größenwahn. »Alles, was aus Moskau gekommen ist, deutet auf einen Überfall auf offener Straße hin.«

»Sagen Sie das Ihren Leuten in Moskau«, befahl Burden, an den CIA-Direktor gewandt. »Ich möchte das überprüft haben.«

Jetzt war es Holmes, der leicht rot wurde. Er nickte, sagte aber nichts. Blöder Idiot, dachte er.

»Nehmen Sie bei Ihrer Unterredung mit dem Botschafter kein Blatt vor den Mund«, fuhr Burden mit seinen Anweisungen fort.

»Ich werde tun, was ich für das Beste halte.« Endlich leistete Hartz Widerstand, wenn auch schwachen.

Auf Burdens Gesicht begannen sich jetzt farbige Pünktchen zu bilden, und sein Mund verzog sich zu einem wütenden Strich. »Das ist kein gewöhnlicher Mord: Das ist nicht die Ermordung von irgendwem. Vergessen Sie das nicht.«

»Das FBI betrachtet niemanden, der ermordet wird, als irgendwen«, sagte Ross mit wachsender Ungeduld.

»Ich möchte täglich auf dem laufenden gehalten werden«, verlangte Burden vom Außenminister. »Ich möchte wissen, was bei dem Treffen mit dem Botschafter herauskommt, und ich möchte alles erfahren, was aus Moskau eingeht ...« Er zögerte und sah den CIA-Direktor an. »Und vergessen Sie auch nicht, der Attentatstheorie nachzugehen.«

In den ersten Momenten nach Burdens Abgang sprach niemand ein Wort. Schließlich sagte Holmes: »Was für eine bescheuerte Attentatstheorie? Herr im Himmel!«

»Ich glaube, er hält sich für den Allmächtigen persönlich«, sagte Ross. »Können Sie sich vorstellen, wie es wird, wenn er Präsident wird? Gott sei Dank bin ich kein Washingtoner Karrierist.«

»Macht und Einfluß«, warnte Hartz. »Wenn er hopp sagt, macht der Kongreß hopp. Alle ohne Ausnahme. Und Burden kontrolliert das Budget wie ein Geizhals.« Diplomatisch auf jeder Ebene, fügte Hartz hinzu: »Wenn sie uns wirklich hinzuziehen sollten, fiele das doch in den Zuständigkeitsbereich des Bureau, nicht?«

»Ja«, sagte Ross.

»Würden Sie Ihren Mann einsetzen, der bereits an der Moskauer Botschaft ist?«

Der FBI-Chef schüttelte sofort den Kopf. »Jemanden von hier.«

»Warum erstellen Sie keine Machbarkeitsstudie, für alle Fälle?«

Walter Burden stellte sich den ganzen Tag lang allen drei großen Fernsehsendern und jeder Zeitung und Zeitschrift zur Verfügung. Er erklärte, er sei entsetzt über das Verbrechen. Ann Harris sei eine Nichte gewesen, die er sehr geliebt habe und die noch ihr ganzes Leben vor sich gehabt habe. Er habe persönlich mit dem Präsidenten gesprochen und die Zusicherung erhalten, seitens der russischen Behörden würden alle nötigen Schritte zur Festnahme des Mörders unternommen: Außerdem werde Moskau das ganze Arsenal modernster amerikanischer Ermittlungstechnologie zur Verfügung gestellt. Auf entsprechende Fragen hin erklärte Burden, er ziehe in Erwägung, möglicherweise selbst in die russische Hauptstadt zu reisen. Jeder Fernsehauftritt wurde begleitet von Fotos von Ann Harris, auf denen sie mit Burden abgebildet war. Es waren lauter gute Aufnahmen, auf denen ein lächelndes, typisch amerikanisches Mädchen mit spangenkorrigierten Zähnen und wallendem schwarzem Haar zu sehen war. Denn so wollte es Burden, sollten die Leute sie vor Augen haben. Weshalb er kein Wort über ihr geschorenes Haar verlor.

Die Ermordung Ann Harris' und das Interview mit Walter Burden waren den ganzen Tag über die Hauptmeldung bei Cable News Network, weshalb William Cowley den Senator in seinem Büro im FBI-Hauptquartier mehrere Male zu sehen bekam. Der Ärger, nicht schon lange informiert worden zu sein, was seiner Meinung nach zumindest anstandshalber hätte geschehen müssen, setzte ein und wurde ebenso rasch gezügelt. Ihn zu informieren wäre tatsächlich nur eine Anstandsgeste gewesen, da sich seine Zuständigkeit für russische Angelegenheiten offiziell auf Gegenspionage innerhalb der Vereinigten Staaten beschränkte. Und es war gewiß keine Geste, die er, aus rein persönlichen Gründen, von dem in Moskau stationierten FBI-Agenten hatte erwarten können.

Die Erinnerungen an früher waren natürlich unvermeidlich. Er wünschte, sie wären es nicht. Wie er sich das bei so vielem wünschte, zu spät.

William Cowley akzeptierte, daß er sich wahrscheinlich auf dem Höhepunkt seiner beruflichen Laufbahn befand. Eine Beförderung, die über seine gegenwärtige Stellung als Leiter der internen russischen Abteilung hinausging, wäre unausweichlich politischer Natur: Im Grunde genommen konnte er sogar von Glück reden, daß er es nach dieser Nachlässigkeit überhaupt so weit gebracht hatte. Inzwischen war er sicher nicht mehr nachlässig: Er gab auch nicht wirklich zu, daß er damals sträflich nachlässig gewesen war. Er hatte den Job nie aufs Spiel gesetzt. Und jetzt war er fraglos in jeder Hinsicht der Bilderbuchkarrierist schlechthin: absolut engagiert, der erste, der an seinem Schreibtisch saß, der letzte, der ihn verließ, die Verkörperung des FBI. Und so, bestätigte er sich wieder, war er in beruflicher Hinsicht immer schon gewesen. Vielleicht war es deshalb zu der persönlichen Nachlässigkeit gekommen, wegen der Zuversicht des geborenen Polizisten, der an den entscheidenden Punkten seiner Laufbahn zudem noch enormes Glück gehabt hatte: mit vierzig Jahren eine G-15 Bewertung, in seiner Personalakte acht Belobigungen der obersten Kategorie, die beispielhafteste dafür, daß er während seiner Dienstzeit an der Botschaft in Rom gemeinsam mit einem italienischen Staatsanwalt die Zerschlagung eines von der Mafia gedeckten Heroinhändlerrings betrieben hatte.

In beruflicher Hinsicht ein Segen, in privater eine Katastrophe, fand Cowley, als er zu der bittersten Reflexion kam. Die Versetzung nach London war eine direkte Folge des Erfolgs in Rom gewesen: nach London, wo das FBI ein Viermannbüro unterhielt und wo einer der Agenten Barry Andrews gewesen war, der gute alte fingerschnippende, mit allen Wassern gewaschene Barry Andrews, den alle mochten. Cowley hatte den Mann als seinen *besten* Freund betrachtet, ohne je auf den Gedanken zu kommen, daß er eigentlich mehr Paulines Freund war. Die Bitterkeit war nur von kurzer Dauer, weil er nach so langer Zeit objektiv geworden war und sich damit abgefunden hatte, daß nichts von all dem Paulines Schuld gewesen war. Auch nicht wirklich die von Barry Andrews. Wäre es in London nicht zum Bruch gekommen, dann eben anderswo: Er hatte sie damals längst total vernachlässigt, mit dem Trinken war es immer schlimmer geworden, und seinen Frauengeschichten war er immer offener und unverhohlener nachgegangen. Es war alles seine Schuld gewesen.

Und nun hatte er also seine Karriere und seinen Titel an der Tür und war dabei furchtbar einsam und mußte dank einer verfluchten Tücke des Schicksals mit dem ständigen Hohn leben, daß Barry Andrews derselben Abteilung, wenn auch nicht demselben Ressort angehörte.

Cowley versuchte die Erinnerungen mit aller Macht abzustellen und streckte gerade die Hand nach der Stoptaste aus, um eine Wiederholung des Burden-Interviews zu unterbrechen, als das Telefon läutete.

»Der Direktor möchte Sie sprechen«, sagte Ross' Assistent. »Komme sofort.«

Petr Jeschow ging fast jeden Abend spazieren, eine bestimmte Strecke und sehr spät, wenn nicht mehr viele Menschen unterwegs waren. Er war immer von Menschen umgeben gewesen, in den Krankenhäusern. Herumgehen zu können, ohne von Menschen umringt zu sein, bedeutete, er war frei. Keine Mauern und keine verschlossenen Türen, die ihn einsperrten. Auch heute abend würde er wieder losgehen. Aber nicht in die Nähe des Intourist Hotels. Um das Intourist Hotel trieben sich Prostituierte herum. Prostituierte wollte er keine sehen.

6

Danilow kam später ins Hauptquartier der Miliz zurück, als er erwartet hatte. Den Dienstwagen hatte er Pawin überlassen, damit er alles für die erkennungsdienstliche Untersuchung ins Hauptquartier schaffen konnte, und er hatte sich auch noch selbst aufgehalten, weil er Larissa angerufen hatte. Bei Lapinsk war bereits ein anderer Mann, als Danilow das Büro des Direktors betrat. Danilow erkannte die Uniform und die Rangabzeichen an den Schultern sofort.

»Oberstleutnant Kir Gugin«, stellte Lapinsk vor.

»Ehemals KGB, jetzt FSB«, fügte der Mann hinzu, als benötige seine Autorität zusätzliche Hervorhebung. Er war dick, ein dunkler Typ, mit einem fleckigen roten Gesicht, das auf gesundheitliche Beschwerden hindeutete, hohen Blutdruck zum Beispiel. »Wir warten schon ziemlich lange«, fügte er vorwurfsvoll hinzu.

Die Beschneidungen und Auflösungen innerhalb der ganzen Organisation nach dem fehlgeschlagenen Putsch im Sommer 1991 hatten nicht dazu beigetragen, ihren Mitarbeitern etwas von ihrer Arroganz zu nehmen, fand Danilow. »Ich leite ein Ermittlungsverfahren.« Hatte Gugin gewartet, um ihm mitzuteilen, daß er die Ermittlungen übernehmen würde?

»Gibt es irgend etwas Neues, das ich wissen sollte?« erkundigte sich Lapinsk neugierig. Der General war ein grauer Mann – graues Gesicht, graues Haar, grauer Anzug – und hatte die leicht erschöpfte Haltung von jemandem, der erleichtert seiner Pensionierung entgegensieht. Danilow fand, Lapinsk sah genau wie der Großvater aus, der er war: Auf seinem Schreibtisch standen zwei gerahmte Fotos seiner Tochter mit ihren zwei Söhnen. An der Wand dahinter hingen Fotos des zerstörten Stalingrad und eine Aufnahme eines sehr jungen Lapinsk in Militäruniform. Er hatte als Feldwebel in Schukows 62. Armee die Belagerung von 1942 überlebt und war zu Recht stolz darauf.

»Sie hatte Sex gehabt. Aber sie ist nicht vergewaltigt worden: Was diesen Punkt angeht, ist Nowikow eisern. Wir haben aus ihrer Wohnung eine Haltevorrichtung für Küchenmesser mitgenommen. Ein Messer, mit dem ihr die tödliche Verletzung beigebracht worden sein könnte, fehlt.«

»Die Amerikaner haben ein zweites Mal – und mit mehr Nachdruck – Beschwerde eingelegt, daß Sie in die Wohnung eingebrochen sind«, sagte Gugin. Wenn er auch noch nicht wußte, wie genau, war ihm dennoch klar, daß sich aus dieser Sache einiger Nutzen schlagen ließe.

»Ich bin nicht eingebrochen«, erwiderte Danilow. Er war fest entschlossen, sich von dem KGB-Offizier nicht einschüchtern zu lassen, zumal er einen relativ niedrigen Rang bekleidete. »Es ist uns gelungen, eine halbwegs gründliche Spurensicherung vorzunehmen, wozu wir andernfalls nicht imstande gewesen wären.«

Lapinsk entlockte das Hickhack ein Seufzen. Sein Magengeschwür begann sich bemerkbar zu machen. »Was haben die Details mit dem Sex und dem Messer zu besagen? Daß sie ihren Mörder kannte?«

»Ich messe diesen Punkten noch keine besondere Bedeutung bei: Ich teile Ihnen nur Dinge mit, die möglicherweise wichtig sein könnten. Nowikows schriftlichen Befund bekomme ich morgen. Ich muß ihn mit seinen mündlichen Ausführungen vergleichen.«

»Haben Sie sich eigentlich schon mal die politische Tragweite des Ganzen vor Augen gehalten?« fragte Gugin. »Es könnte heißen, daß diese Frau einen Massenmörder kannte: Daß der Täter sogar *Amerikaner* sein könnte!«

Danilow sah mit einem fragenden Blick Lapinsk an, der ihm gestand: »Ich mußte im Ministerium alles erklären.«

Danilows Müdigkeit verschlimmerte sich: Seine Konzentration schwappte vor und zurück, so daß er manchmal ganz deutlich hörte, was die zwei anderen Männer sagten, und dann wieder verstand er kein einziges Wort. »Was gibt es vom Außenministerium sonst noch?«

»Der Verwandte, dieser Kongreßabgeordnete, hat sich direkt mit dem amerikanischen Botschafter in Verbindung gesetzt, worauf dieser auf ein Treffen gedrungen hat«, antwortete Lapinsk. »Der Mann ist offenkundig sehr einflußreich. Wir werden von den westlichen Medien mit Bitten um Informationen überschüttet. Aus Washington ist ein Angebot eingegangen, uns mit jeder nur erdenklichen technologischen und wissenschaftlichen Hilfe …«

»Was nichts anderes heißt, als daß sie nichts von unseren ermittlungstechnischen Fähigkeiten halten!« platzte Gugin dazwischen. Nach den jüngsten Problemen der Organisation war es von größter Wichtigkeit, den FSB möglichst nicht in die Schußlinie geraten zu lassen.

Es fiel Danilow schwer, bei einem Gedanken zu bleiben, aber wieder fragte er sich, warum der FSB-Offizier bisher noch nicht die Übernahme seitens des Geheimdiensts angekündigt hatte. »Wie wird die offizielle Reaktion aussehen?«

»Hauptsächlich politisch«, verriet Lapinsk. »Der Minister wartet noch das Treffen mit dem Botschafter ab.«

Danilow sah ganz gezielt Gugin an. »Ich wäre sehr dankbar für etwas Unterstützung Ihrerseits.«

Gugin erwiderte das Interesse mit scheinbarer Überraschung, während er sich in Wirklichkeit fragte, ob ihm das zu einer Einstiegsmöglichkeit verhelfen würde. »Wie haben Sie sich diese Unterstützung vorgestellt?«

Danilow beugte sich vor und hielt Gugin einen Zettel hin, auf den er Ann Harris' Telefonnummer geschrieben hatte. »Ist sie vielleicht überwacht worden?«

Gugin erwiderte den Blick des Detektivs eine Weile unverwandt. »Das müßte ich erst nachprüfen. Wir können es unmöglich zugeben.«

»Ich will es nicht zugeben. Ich will nur wissen, welche Nummern sie angerufen hat. Wenn der Mann, der mit ihr geschlafen hat, nicht ihr Mörder ist, könnte er zumindest wissen, warum sie noch einmal aufgestanden ist, um mitten in der Nacht einen Spaziergang zu machen.«

»Das wäre äußerst hilfreich«, flocht Lapinsk aufmunternd ein.

»Ich werde mich erkundigen«, versprach Gugin. Aber erst nachdenken und planen, entschied er: Wahrscheinlich war eine Person, die politisch so gute Beziehungen hatte, abgehört worden. Vielleicht war das die Gelegenheit, auf die er wartete.

Die Antwort verwirrte Danilow. Inzwischen luden sie den FSB ganz offen zur Mitwirkung ein, und trotzdem rückte der Mann noch immer nicht mit den Übernahmeforderungen heraus, die er eigentlich hätte stellen müssen. »Und noch etwas möchte ich.«

»Was?«

»Observierungsfotos von Ann Harris. Ich wüßte gern, mit wem sie gesellschaftlich verkehrt hat.«

»Sie muß nicht unbedingt observiert worden sein. Wenn etwas Besonderes passiert wäre – sagen wir mal, während eines normalen Anlasses in der Botschaft –, könnte es allerdings gespeichert worden sein.«

»Sie war mit einem prominenten amerikanischen Politiker verwandt!« platzte Danilow heraus. Er konnte sich Gugins einlenkende Haltung immer weniger erklären: Irgend etwas stimmte da nicht.

»Auch das werde ich nachprüfen.« Gugin war sich jetzt eines Vorteils sicher. Es konnte sehr gut werden.

»Das wäre außerordentlich hilfreich.«

»Dessen bin ich mir sicher«, sagte Gugin und amüsierte sich insgeheim köstlich. Noch mehr amüsierte er sich über die offenkundige Überraschung der zwei anderen Männer, als er seiner Anwesenheit ein Ende machte, indem er unvermittelt erklärte, er habe noch andere Besprechungstermine, zu denen er sich bereits verspätet habe. In Wirklichkeit konnte er es kaum erwarten, sich in der Lubjanka mit den anderen zu beraten.

Als sie allein waren, sagte Lapinsk: »Wie werden Sie nun im weiteren vorgehen?«

»Rein routinemäßig. Pawin sorgt dafür, daß die psychiatrischen Kliniken überprüft werden. Das wird eine Menge Personal erfordern: Möglicherweise müssen andere Fälle auf Eis gelegt werden.«

»Das tut nichts zur Sache!« erklärte der Direktor ohne Umschweife, plötzlich wieder Feuer und Flamme. »Dieser Fall hat absolut Vorrang. Alle haben Angst. Das Außenministerium fürchtet ausländische Pressemeldungen über blutrünstige Monster und Irre, die Moskaus Straßen unsicher machen.«

»Da ist gerade eines gegangen«, sagte Danilow und deutete mit einer kurzen Kopfbewegung auf die Tür, durch die Gugin das Büro verlassen hatte. »Ich verstehe nicht, was die Tscheka macht. Oder genauer: nicht macht!«

»Zuerst ging es mir genauso«, gestand ihm Lapinsk. »Dann habe ich mir einen halbstündigen Vortrag des Außenministers und seiner Berater über die mit diesem Fall verbundenen Fallstricke angehört, worauf mir die Haltung der Tscheka sofort klar wurde. Sie werden in allen Punkten, in denen wir sie um Hilfe gebeten haben, mit uns kooperieren: Auf diese Weise werden sie im Erfolgsfall als uneigennützige Helfer dastehen. Aber offiziell werden sie sich immer aus allem raushalten, so daß sie keinerlei Verantwortung tragen. Sie können es sich nicht leisten, noch mehr ins Gerede zu kommen.«

Diese Erklärung war kein Zeichen ihres Vertrauens in ihn oder in die Miliz generell, wurde Danilow bewußt. »Das Ganze ruht also auf unseren Schultern? Auf meinen?« War das denn nicht, was er gewollt hatte? Wofür zu kämpfen er fest entschlossen gewesen war?

»Der FSB hat wesentlich mehr Erfahrung mit politischen und diplomatischen Winkelzügen als wir. Das hatten sie ja auch immer schon nötiger.«

»Gibt es irgendwelche speziellen Anweisungen?« Und

würde er seine eigenen Ambitionen bereuen, fragte er sich? Er hoffte nicht.

»Finden Sie heraus, wer es war«, sagte Lapinsk. »So schnell wie möglich.«

»Das muß man mir kaum sagen.« Die alberne Antwort des Direktors zeigte, unter welchem Streß der Mann selbst zu stehen glaubte.

»Was Sie aber gesagt bekommen *müssen*, ist, daß Sie in diplomatischen Situationen vorsichtig sein sollen. Was das Eindringen in die Wohnung angeht, sind Sie eindeutig zu weit gegangen. Denken Sie erst nach, bevor Sie etwas tun. Sonst unterlaufen uns Fehler. Und wir können uns keine Fehler leisten, ebensowenig wie der ehemalige KGB.«

»Wenn es mir hilft, den Täter zu finden, bin ich nicht zu weit gegangen.«

»Versuchen Sie sich nicht mit mir anzulegen, Dimitri Iwanowitsch! Mit diesem Fall sind keine Lorbeeren zu ernten. Nur Probleme.«

»Ich werde mir Mühe geben, keinen Anstoß zu erregen.« Durch das Fenster konnte Danilow sehen, daß es draußen bereits dunkel war. Er versuchte sich zu erinnern, was Olga heute abend vorhatte, aber es fiel ihm nicht mehr ein; nur, daß sie ausgehen wollte. In der Wohnung wäre also nichts zu essen. Und er hatte mittags nichts gegessen.

»Sie können auf alle verfügbaren Mittel zurückgreifen«, bot ihm der Direktor an. »Die Sache hat absolute Priorität. Ich möchte morgens und nachmittags über die neuesten Entwicklungen unterrichtet werden: Ich werde ständig Nachfragen bekommen.« Lapinsk hielt inne. »Ich fürchte, es wird noch einen geben.«

»Das auf jeden Fall. Außer wir haben großes Glück. Und ich weiß beim besten Willen nicht, was ich mit großem Glück meine«, gab Danilow mit schmerzender Resignation zu. Erst als er sich durch die Menschenmassen in der U-Bahn zwängte, fiel ihm ein, daß eines der Hilfsmittel, die er anfordern konnte, ein permanenter Dienstwagen wäre. Das durfte er morgen nicht vergessen.

Olga hatte ihm nichts zu essen übriggelassen. Danilow

schenkte sich den Stolichnaya ein, den er sich in den frühen Morgenstunden dieses Tages versagt hatte, und ging damit ins Schlafzimmer. Er trank nur die Hälfte davon, bevor er einschlief. Sein letzter bewußter Gedanke war die Hoffnung, daß Lapinsk sich täuschen möge und er eine Menge Lorbeeren ernten könne, wenn er die Ermittlungen tadellos durchführte und eine Verhaftung vornahm.

Die Weltpresse hatte eine Story über einen aussichtsreichen amerikanischen Präsidentschaftskandidaten – einen bereits sehr bekannten Politiker –, der mit einem Mordfall in Rußland in Zusammenhang stand.

Das Medieninteresse war ungeheuer.

Die Nachfrage nach Pressekonferenzen und Interviews und Informationen war überwältigend und verwirrte die russischen Ministerien, die glaubten, sie verstünden die westlichen Nachrichtenmedien bereits, obwohl sie in Wirklichkeit rein gar nichts über sie wußten. Die Ausweichmanöver erfolgten ebenso automatisch wie instinktiv.

Die Diskussionsrunde zu diesem Thema wurde im Außenministerium abgehalten. Es nahmen ein Sekretär des Innenministeriums und der Generalstaatsanwalt daran teil. Die Miliz vertrat offensichtlich General Leonid Lapinsk. Der Delegierte des Außenministeriums hielt einen Vortrag über die politische Tragweite. Der Mann des Innenministeriums drang auf eine rasche Lösung des Falls. Mit dem ganzen Gewicht ihrer Autorität machten beide Ministerien geltend, die Presseerklärung solle vom Generalstaatsanwalt abgegeben werden, einem mageren, schlaffhäutigen Juristen namens Nikolai Smolin. Der Bundesanwalt versuchte die Verantwortung zu streuen und bestellte Lapinsk am nächsten Morgen zu sich, damit er sein Urteil über das Kommuniqué abgäbe. Es besagte, die russischen Behörden bedauerten das abscheuliche Verbrechen zutiefst. Für die Ermittlungen seien alle verfügbaren Mittel und Kräfte bereitgestellt worden, und man hoffe, sie zu einem baldigen Abschluß zu bringen. Sämtliche neue Erkenntnisse und Entwicklungen würden den Medien unverzüglich zugänglich gemacht.

»Und?« wollte Smolin wissen. Er hatte eine krächzende Art zu sprechen, als hätte er immer einen trockenen Hals.

»Es dürfte in etwa abdecken, was sie verlangt haben«, sagte der mediensensible Lapinsk.

»Ich bin sicher, es wird sie zufriedenstellen«, lächelte Smolin.

Das tat es natürlich nicht.

Bald wieder eine. Mehr Knöpfe. Mehr Haare. Eine Spur hinterlassen: wie bei einer Schnitzeljagd. Mußte sie reizen: herausfordern. Andersfarbige Knöpfe als die roten und die grünen und den braunen. Mußte das Muster richtig hinkriegen. Vielleicht sollte er es wieder mit Rot versuchen. Nur einen anderen Ton. War natürlich schwierig: gefährlich, eine Wahl zu treffen. Immer das Risiko, Aufmerksamkeit auf sich zu lenken. Im Dunkeln nie sicher, was für Farben es tatsächlich waren, außer man war schon gefährlich nah. Mußte sehr nah ran – das Risiko eingehen –, um sicherzugehen, daß es eine Frau war. Tu's bald: möglichst bald. Aber wichtig: nicht anfangen, Spaß daran zu haben. Es wäre Wahnsinn, Spaß daran zu haben. War nicht wahnsinnig. Das war das Genialste an der ganzen Sache: daß er nicht wahnsinnig war. Aber das wußte nur er. Genial.

7

William Cowley zog – was für einen Gesetzesvertreter manchmal von Nachteil war – Aufmerksamkeit auf sich, weil er sie, sehr intensiv, erwiderte. Er war ein großer Mann, hoch aufgeschossen und breitschultrig, gebaut wie der College-Footballer, der er einmal, vor langer Zeit, gewesen war. Aber anders als viele Männer seiner Größe versuchte er nicht auf die Statur kleinerer Menschen herabzukommen, sondern ging zielstrebig und aufrecht und konzentrierte sich unweigerlich voll und ganz auf die Person, mit der er gerade sprach. Es war natürliches Selbstvertrauen, das fälschlicherweise oft für Einbildung gehalten wurde, und das war tatsächlich falsch, weil William Cowley nicht eingebildet war. Er war ein sehr realistischer und pragmatischer Mann. Und ein trauriger auch.

Beide Sekretärinnen begannen dienstbeflissen aufzustehen, als er die Bürosuite des Direktors betrat: die jüngere, eine körnergefütterte Blondine, hatte die Nase vorn. Cowley erwiderte das Lächeln höflich, ohne jeden Anflug eines Flirts: eine weitere Reform, die mit all den anderen einherging. Cowley nannte seinen Namen, und das Mädchen sagte, Mr. Fletcher erwarte ihn. Fletcher war der persönliche Assistent des Direktors. Der Mann kam ohne ein Lächeln aus einem der Büros und sagte: »Danke, daß Sie gekommen sind«, als hätte Cowley eine Wahl gehabt. Dann fügte er hinzu: »Der Direktor erwartet Sie.«

Ross' Büro befand sich im fünften Stock, an der Ecke der Pennsylvania Avenue mit Blick auf das Capitol. An den Wänden hingen ausschließlich große offizielle Fotos des gegenwärtigen Präsidenten und seiner Amtsvorgänger sowie ehemaliger FBI-Direktoren. Cowley fragte sich, wo Ross' Foto hängen würde, wenn der Mann aus dem Amt schied. Es schien keinen Platz mehr zu geben. In einer Ecke hinter dem Schreibtisch, an dem Ross saß, war die obligatorische amerikanische Flagge. Der dicke Mann im zerknitterten Anzug stand weder auf, noch bewegte er zu irgendeiner Art von Begrüßung den Kopf. Er nickte Fletcher zum Dank, daß er den Besucher hereingebracht hatte, kurz zu, dann forderte er Cowley mit einer knappen Kopfbewegung auf, sich zu setzen.

»Senator Burdens Nichte wurde in Moskau ermordet.« Der FBI-Direktor kam ohne Umschweife zur Sache. »Aus all den Gründen, die ich hier nicht näher zu erläutern brauche, versuchen wir, uns in die Ermittlungen einzuschalten.«

In der Annahme, sein Rat als anerkannter Rußland-Experte sei gefragt, erklärte Cowley: »Vermutlich könnte ich mir in ein, zwei Tagen etwas einfallen lassen.« Andrews wußte sicher nicht mehr, wo ihm der Kopf stand: Ein Zwischenfall von solcher Tragweite hatte es in sich.

»Das ist bereits entschieden«, sagte der Direktor brüsk. »Wir bieten ihnen unser technisches Know-how an. Mit ihren Ermittlungsmethoden hinken die Russen sicher Lichtjahre hinter uns her.«

»Werden sie sich darauf einlassen?«

»Hängt davon ab, wie wir ihnen die Sache schmackhaft machen können. Nach dem, was bisher passiert ist, dürfte es nicht einfach werden.«

»Was *ist* passiert?«

Das war also die Direktheit, die in Cowleys letzter persönlicher Beurteilung erwähnt worden war, ein Zug, der einige Leute hier in der Pennsylvania Avenue zu stören schien. Ross stieß sich nicht daran. »Die Ermittlungen unterliegen der Zuständigkeit der Volksmiliz. Und die untersteht dem Innenministerium. Es gab offizielle Beschwerden wegen Arroganz und undiplomatischem Verhalten.«

»Wenn wir ihnen hier Laborkapazitäten zur Verfügung stellen, verhilft uns das zu keinem großartigen Einstieg.«

»Genau deshalb müssen wir sehen, daß wir, wenn es irgendwie geht, einen Fuß in die Tür bekommen.« Der Direktor machte eine Pause. »Und deshalb möchte ich, daß Sie hinfliegen.«

»Ich?«

»Sie haben Rußland-Erfahrung.« Der Direktor begann Cowleys Vorzüge aufzuzählen. »Sie haben Erfahrung mit ausländischen Botschaften. Sie sind aufgrund der Kurse in Quantico über den neuesten Stand der Ermittlungstechnologien auf dem laufenden. Und vor Ihrer Beförderung an den Rußland-Schreibtisch waren Sie hier der ranghöchste Inspektor ...«

»Aber ...«, unterbrach ihn Cowley in der Absicht, auf die zeitliche Lücke von drei Jahren hinzuweisen, seit er zum letzten Mal an einem Ermittlungsverfahren beteiligt gewesen war.

»Ich bin mir der persönlichen Komplikationen durchaus bewußt«, unterbrach ihn Ross, der den Einwurf falsch deutete. »Deshalb habe ich Sie auch persönlich herbestellt. Ich möchte Ihre uneingeschränkte Zustimmung.«

»Warum nicht Andrews selbst? Es ist seine Außendienststelle.«

Ross nickte. »Und er wäre durchaus in der Lage, die Sache selbst in die Hand zu nehmen: Das ist uns völlig klar. Bloß, wenn wir uns zu einem Agenten vor Ort bekennen, kommt das einem offiziellen Eingeständnis gleich, daß es in der amerikanischen Botschaft in Moskau eine FBI-Dienststelle gibt, und das wollen wir mit allen Mitteln vermeiden. Der Präsident hat es sogar ausdrücklich untersagt. Nachdem Andrews als Kulturattaché akkreditiert ist, läge es für die Russen auf der Hand, daß unser Unterstützungsangebot nichts weiter ist als ein Versuch, uns in die Ermittlungen einzuschalten. Und außerdem steht seine Versetzung an, obwohl die sich natürlich so lange, wie Sie das für nötig befinden, verschieben läßt. Seine Aufgabe wird sein, Ihnen innerhalb der Botschaft zu assistieren.«

Wie konnte der Direktor leichthin davon sprechen, daß er sich der persönlichen Komplikationen bewußt war, und gleichzeitig einen solchen Vorschlag machen? Cowley nahm nicht an, daß infolge des Zerwürfnisses noch persönliche Ressentiments am Schwären waren: Sie schickten sich weiterhin an Weihnachten und an den Geburtstagen Glückwunschkarten, und einmal im Jahr schrieben sie sich eine kurze Zusammenfassung der Vorkommnisse der vergangenen zwölf Monate. Aber das hier war beruflich: eine Einmischung in den Job, der Andrews immer wichtiger gewesen war als alles andere. Bestimmt betrachtete er den Mord an Ann Harris, wenn auch in diesem Stadium noch inoffiziell, als seinen Fall. Nach geltendem Recht *war* es auch sein Fall, wenn auch nicht unbedingt nach dem, was politisch oder diplomatisch für opportun erachtet wurde. Unter den gegebenen Umständen – wenn es ihnen, wie der Direktor hoffte, gelang, sich in die Ermittlungen einzuschalten – würde ihm der Fall auf Weisung von oben entzogen werden. Und das auch noch von dem Mann, der Paulines erster Mann gewesen war, womit sich der wirre Kreis schloß, der es, zumindest für Andrews, schwer machte, zwischen Privatem und Beruflichem zu unterscheiden. Vielleicht auch für Cowley selbst. Er sagte: »Falls wir uns einschalten, würde ich es begrüßen, wenn Sie Andrews telegrafisch in vollem Umfang darüber in Kenntnis setzen würden, warum die Sache so gehandhabt wird. Und warum ich derjenige bin, der nach Moskau geschickt wird.«

»Demnach *wird* es also Probleme geben!«

»Ich denke dabei nur an die Ermittlungen, an nichts sonst. Da lassen sich gewisse Ressentiments schwerlich vermeiden, oder etwa nicht? Es wäre unnormal, wenn es anders wäre.«

»Nicht, wenn seine Einstellung so professionell ist, wie sie das eigentlich sein sollte. Und wenn er die Anweisungen liest, die ich ihm schicke.«

»Hoffen wir, daß er das tut«, sagte Cowley skeptisch.

»Wenn Sie wollen, können Sie ablehnen«, bot ihm der Direktor an.

Cowley wurde schlagartig klar, daß er nicht ablehnen wollte. Er wollte zurück in den Außendienst und beweisen, wie gut er war, wie gut er als Ermittler immer schon gewesen war. War das alles? Gefiel ihm nicht auch die Vorstellung, einen Fall von dem Mann zu übernehmen, der jetzt seine Frau hatte, der Vorgesetzte dieses Mannes zu sein und ihm zu sagen, was er zu tun hatte? Natürlich nicht, sagte sich Cowley. Das war absurd, schlimmer als absurd, es war absolut unprofessionell. »Ich nehme selbstverständlich an«, sagte er knapp.

Der Direktor lächelte. »Diplomatisch werden Sie Samthandschuhe brauchen. Ich möchte, daß Sie sich ab sofort abrufbereit halten. Das vorläufige Ersuchen – Angebot – wurde bereits von unserem Botschafter in Moskau überbracht. Es wird vom Außenminister noch einmal unterstrichen werden …« Er klopfte auf ein Dossier, das vor ihm auf dem Schreibtisch lag. »Viel ist es nicht gerade, aber Sie können sich ja mal durchlesen, was Andrews aus Moskau geschickt hat. Halten Sie den diensthabenden Officer ständig auf dem laufenden, wo Sie sich gerade aufhalten.«

»Normalerweise bin ich zu Hause«, sagte Cowley. Es war ein kläglich ehrliches Eingeständnis seiner Einsamkeit. Er würde die *ganze* Zeit Samthandschuhe brauchen, fand er, nicht nur diplomatisch.

»Sind Sie sicher, daß Sie nicht noch einmal in Ruhe darüber nachdenken wollen?« fragte Ross.

Da er von der hartnäckigen Detailverliebtheit des Bureau wußte, nahm er an, daß es in den Personalakten eine ausführliche Schilderung des Scheiterns seiner Beziehung mit Pauline und ihrer anschließenden Heirat mit Andrews gab. Trotzdem war Cowley deswegen noch leicht beunruhigt. »Ganz sicher.« Ein weiteres bedingungsloses Engagement, merkte er. Trotz der Zusicherungen, die er heute abgab, war es während des letzten Treffens vor drei Jahren nicht gerade einfach gewesen. *Könnte gar nicht besser gehen, und du? Könnte nicht besser sein. Freut mich zu hören. Gut siehst du aus. Du auch.* Wie die Musikberieselung in einem Supermarkt.

»Von dieser Sache hängt verdammt viel ab«, fügte der Direktor warnend hinzu.

»Das kann ich mir vorstellen«, sagte Cowley. Konnte er das wirklich, fragte er sich?

Eduard Ustenko gehörte der neuen Generation russischer Botschafter an, ein durch und durch professionelles Produkt der *Perestroika*-Reformen und der vermeintlichen Übernahme westlicher Marktphilosophien seitens der Russen: Er hatte an der Universität Wirtschaftswissenschaften studiert. Stets tadellos gekleidet – üblicherweise in grauen oder blauen Anzügen –, war er mit seiner Frau, die es schaffte auszusehen, als würde sie von einem Pariser Couturier eingekleidet, auch wenn dem nicht so war, immer ein gerngesehener Gast auf den einschlägigen Washingtoner Empfängen. Die Gesellschaftsseite der *Washington Post* bezeichnete die beiden als das beliebteste Diplomatenpaar der Bundeshauptstadt.

Heute trug Ustenko, ganz dem Anlaß entsprechend, dunkles, fast begräbnishaftes Grau. Henry Hartz begrüßte ihn, wie er das zuvor schon mit den Direktoren von FBI und CIA gemacht hatte, an der Tür seines Büros. Ebenfalls wie bei den Direktoren führte er den Besucher zu der Sitzgruppe.

»Eine furchtbare Tragödie«, sagte Ustenko. »Ich übermittle Ihnen im Auftrag unserer Regierung unser tiefstes und aufrichtigstes Bedauern. Darüber hinaus möchte ich Senator Burden und den Angehörigen des unglücklichen Mädchens mein persönliches Beileid aussprechen.«

»Sie hätten sich mit uns in Verbindung setzen sollen, bevor sich Ihre Beamten Zutritt zur Wohnung des Mädchens verschafften«, beschwerte sich Hartz. Er fragte sich, wie lange es dauern würde. Und wie schwierig es werden würde.

»Wir hätten uns umgekehrt etwas mehr Kooperationsbereitschaft gewünscht, als unsere Ermittlungsbeamten in Ihrer Botschaft vorsprachen. Das Betreten und die Durchsuchung der Wohnung befanden sich in vollkommenem Einklang mit den Gepflogenheiten bei den Ermittlungen in einem Mordfall. Jeder Gegenstand, der zum Zweck einer forensischen Untersuchung entfernt wurde, wurde registriert.«

»Die Wohnung wurde plombiert, bevor einer unserer eigenen Beamten sie in Augenschein nehmen konnte«, machte Hartz geltend. »Wir möchten unverzüglich eine Kopie dieser Liste.«

»Dieses Ersuchen werde ich unverzüglich weiterleiten«, versprach Ustenko. »Ich kann an sich keinen Grund sehen, weshalb daraus irgendwelche Schwierigkeiten erwachsen sollten.«

Rußland zehn, Amerika null, punktete Hartz. »Sie müssen unsere tiefe Besorgnis angesichts eines so brutalen Mordes an einer amerikanischen Staatsbürgerin, einer amerikanischen Diplomatin verstehen.«

»Vor allem unter diesen Umständen«, entgegnete der politisch feinfühlige Botschafter.

Hartz spürte, wie er ins Schwitzen kam: zum Glück jedoch nur leicht. Er hatte vorgehabt, das Angebot, auf ermittlungstechnischem Sektor Hilfestellung zu leisten, sofort zu machen, doch nun änderte er kurzfristig seine Taktik und machte sich Ustenkos Eröffnung zunutze. »Senator Burden ist hier in Washington ein extrem einflußreicher Politiker.«

»Dessen bin ich mir durchaus bewußt«, gestand ihm

Ustenko ein. »Er – und seine Ansichten – sind mir bestens bekannt. Wenn auch nicht persönlich, versteht sich.«

»Ein Mann mit einem sehr feinen Gespür für innenpolitische Entwicklungen.«

»Daran hege ich nicht den geringsten Zweifel.«

»Aber bedauerlicherweise manchmal auch mit sehr hartnäckig vertretenen und vorurteilsbefrachteten Vorstellungen, die den Realitäten der gegenwärtigen politischen Situation in anderen Teilen der Welt nicht gerecht werden.«

Ustenko nickte, sagte aber diesmal nichts.

Hartz wurde mit wachsendem Unbehagen bewußt, daß er sich am Rand eines diplomatischen Abgrunds entlangbewegte. »Unter Senator Burdens Einflußbereich fällt ganz speziell die Vergabe der Auslandshilfe.«

Der Botschafter nickte wieder, blieb aber stumm.

»Was das Thema Hilfe angeht, stehen wir weiter zu unserem Angebot, Ihnen jede nur erdenkliche technologische Unterstützung zur Verfügung zu stellen, die sich bei der Überführung des Mörders von Senator Burdens Nichte als nützlich erweisen könnte.«

»Dafür sind wir Ihnen sehr verbunden.« Endlich sagte Ustenko doch wieder etwas. »Soviel ich weiß, wurde dafür von russischer Seite bereits offiziell Dankbarkeit bekundet.«

»Nachdem wir nicht mit solchen wirtschaftlichen Problemen zu kämpfen hatten, unter denen Ihr Land in den letzten Jahren bedauerlicherweise zu leiden hatte – Probleme, die zu beheben uns, wie Sie wissen, stets ein Anliegen war –, haben unsere Polizeibehörden eine Reihe völlig neuartiger Ermittlungstechniken entwickelt.«

»Das ist mir bewußt«, sagte Ustenko.

»Ich würde es begrüßen, wenn Sie unser Angebot Ihrer Regierung noch einmal übermitteln würden.«

»Ich verstehe«, sagte der Botschafter, vollkommen wahrheitsgemäß.

Er tat zwar sein Bestes, seinen Ärger zu verbergen, aber er war zu offensichtlich, als er in die Botschaftswohnung stürmte. Aus Erfahrung sagte Pauline nichts, sondern wartete, daß er zu sprechen begann. Wenn er wütend war, war es ihm immer sehr wichtig, den Verlauf einer Unterhaltung selbst zu bestimmen.

»Die Ermittlungen sind mir entzogen worden!« platzte Andrews los, die Hände angespannt an seine Seiten gepreßt. »Sie schicken jemanden aus Washington her.«

»Du sollst doch sowieso versetzt werden«, sagte Pauline rasch, in dem Bestreben zu helfen.

»Du hast mich noch nicht ausreden lassen«, beschwerte sich Andrews. »Dieser Jemand ist dein Exmann.«

»Oh«, sagte Pauline, da ihr nichts Besseres einfiel.

»Mir haben sie lediglich zu verstehen gegeben, daß ich ihm helfen soll, soweit mir dies innerhalb der Botschaft möglich ist. Mehr nicht.« Wie so ein lächerlicher Laufbursche, dachte er.

»Wie …?« stammelte Pauline. »Ich meine, es muß doch …«

»Wir kriegen das schon hin«, unterbrach sie Andrews, der seine Wut unterdrückte, weil er nicht wollte, daß Pauline merkte, wie es in ihm aussah. »Wir haben früher zusammengearbeitet. Warum sollten wir es jetzt nicht mehr können?«

»Wenn du meinst«, sagte seine Frau unsicher.

»Es wird bestimmt schön, wieder mal alle drei zusammenzusein, wie in den alten Zeiten!« Andrews' Miene hellte sich auf. »Darauf freust du dich doch sicher auch, oder nicht?«

»Nur, wenn er sich geändert hat«, sagte Pauline. Sie hatte ihre eigene Antwort gefunden und glaubte, daß es das war, was ihr neuer Mann hören wollte.

8

Das erste Opfer war ein Mann gewesen.

Sein Name war Wladimir Suslew. Zum Zeitpunkt seines Todes war er zweiundfünfzig Jahre und drei Monate alt gewesen, ein Familienvater mit zwei halbwüchsigen Kindern, von Beruf Taxifahrer. Und ziemlich betrunken: Nowikows Autopsie hatte ergeben, daß Suslew infolge des Alkoholgehalts in seinem Blut und seines Mageninhalts mehr als eine Flasche Schnaps, wahrscheinlich sogar fast zwei getrunken hatte. Danilow fragte sich, ob so viel Alkohol den Schmerz des eindringenden Messers gelindert hatte. Er hoffte es. Jedenfalls zeigten die Tatortaufnahmen, die auf dem überquellenden Schreibtisch in seinem Büro in der Uliza Petrowka vor ihm lagen, nicht den Ausdruck entsetzter Agonie, zu dem Ann Harris' Gesicht erstarrt war. Absurderweise schien Suslew fast zu lächeln, ein glücklicher Mann in einem plötzlichen Tod. Eigentlich mehr schlafend. Träumend. Das Scheren des Kopfs war in diesem Fall nicht so grausig gewesen, weil Suslew absurderweise fast kahl gewesen war. Den Aussagen der bestürzten und untröstlichen Ehefrau zufolge, die für ein russisch-schwedisches Unternehmen als Telex-Operatorin arbeitete, hatte Suslew seine fast vollkommene Haarlosigkeit dadurch kompensiert, daß er seinen Haarkranz fast bis auf seinen Hemdkragen hinab hatte wachsen lassen. Im Tod hatte der Mann einfach einen Haarschnitt bekommen, ein Ausputzen hinten und an den Seiten. Eine Menge des abgeschnittenen Haars war, wie das auch bei Ann Harris der Fall gewesen war, über sein Gesicht verstreut gewesen. Seine Schuhe waren ordentlich rechts neben seinen Kopf gestellt worden.

Danilow lehnte sich von seinem Schreibtisch zurück, schob die Suslew-Akte ein wenig beiseite, führte sich vor Augen, was er gerade machte. Oder zu machen versuchte. Eine routinemäßige Nachprüfung, wie er Lapinsk gesagt hatte: das Fundament aller polizeilichen Ermittlungstätigkeit. Und wonach suchte er hier? Nach einem Faden, antwortete er sich, nach einem gemeinsamen Nenner, der einen Zusammenhang zwischen den beiden Verbrechen herstellte. Was waren also die Bindeglieder? Fraglos das abgeschnittene Haar, das anschließend über das Gesicht gestreut worden war. Und die Schuhe, die rechts neben den Kopf gestellt worden waren. Aber was war mit den Knöpfen? Von Suslews Kleidern waren keine abgetrennt worden. Und es hätte weiß Gott genug davon gegeben, an der Jacke und am Mantel des Mannes: Sogar die Ohrenklappen seiner Mütze waren mit Knöpfen befestigt gewesen. Warum bei dem Mädchen und nicht bei dem Mann? Danilow beugte sich vor, um auf der leeren Seite seines Beweisbuchs die erste Abweichung einzutragen. Er sah wieder die Fotos des Mannes an, dann die des Mädchens. Sie waren so aufgenommen, wie sie gefunden worden waren, erinnerte er sich, an beiden Tatorten. Aber nicht so, wie sie hingefallen waren. Nowikows Obduktionsbefund für den Taxifahrer wies ausdrücklich auf die Post-mortem-Blutergüsse seitlich und vorne an seinem Oberschenkel hin und stützte damit die Vermutung, daß der Mann von hinten erstochen worden und nach vorn gefallen war. Identische Verletzungen hatte auch Ann Harris erlitten. Dennoch waren beide so entdeckt worden, wie sie fotografiert worden waren, auf dem Rücken liegend, alle viere von sich gestreckt. Demnach hatte der Mörder seine Opfer herumgedreht, nachdem sie gefallen waren. Aber nicht sofort, vermutete Danilow: Bestimmt war es einfacher gewesen, ihnen die Haare abzuschneiden, wenn sie mit dem Gesicht nach unten lagen. Er machte eine weitere Eintragung in sein Buch. Was sonst noch? Die Wunde, fiel ihm sofort ein. Wladimir Suslew war mit einem Messer mit einschneidiger Klinge durch einen Stich in die rechte Körperseite getötet worden. Die Tiefe der Wunde hatte etwas weniger als neunzehn Zentimeter betragen. Die Eintrittsbreite war fünf Zentimeter und die Dicke, auf der stumpfen Seite der Klinge, fünf Millimeter. Abgesehen von der unterschiedlichen Tiefe der Wunde, war alles wie bei Ann Harris. Und wie bei Ann Harris hatten sich um die Wunde herum nur winzige Verletzungsspuren befunden. Ebenfalls ein scharfes Messer. Das auf keinen Knochen gestoßen war. Danilow machte einen weiteren Vermerk. Plötzlich stutzte er. An der Wunde war noch mehr auffällig – für einen erfahrenen Ermittler offensichtlich, aber dennoch mußte es als Beweismittel festgehalten werden. Beide Wunden waren den Opfern von rechts beigebracht worden und reichten bis in die linke Körperhälfte, wo sie das Herz durchdrangen. Der Mörder war also Rechtshänder.

Wäre er Linkshänder gewesen, hätte die Wunde den Opfern bei einem von hinten erfolgenden Angriff von links beigebracht werden müssen. Gab es in diesem frühen Stadium der Ermittlungen noch etwas? Nowikows Stimme ging ihm durch den Kopf: *Stichrichtung von rechts nach links, möglicherweise leicht aufwärts.* Ann Harris war einen Meter fünfundsechzig groß gewesen. Wladimir Suslew war etwas kleiner als zwei Meter gewesen, und bei ihm hatte der Pathologe den Verlauf der Wunde als eindeutig nach oben gerichtet angegeben. Folglich war der Mörder ziemlich klein. Wie viele eher kleine Rechtshänder lebten in Moskau?

Danilow kämpfte sich mühsam weiter durch die Akte des Toten. Suslew war ein geselliger, beliebter Mann ohne Feinde gewesen. In der Nacht seines Todes hatte er sich mit drei Taxifahrerkollegen betrunken, nachdem sie in der Nähe des belorussischen Bahnhofs einen Getränkemarkt mit vollen Regalen aufgetan hatten. Das Saufgelage war sehr harmonisch verlaufen – laut Aussagen der anderen Zechkumpane hatten sie gesungen – ohne Streitereien oder Meinungsverschiedenheiten. Er war nicht beraubt worden. Als er gefunden wurde, hatte er noch zehn Rubel in der Tasche und seine Uhr am Handgelenk. Er war nicht vorbestraft. Seine Frau war sicher, daß er sie geliebt hatte, und sie behauptete, ihn geliebt zu haben: Es gab keine außerehelichen Verwicklungen. Er war ein liebevoller, wenngleich strenger Vater gewesen, und es wurden keine Beschwerden laut, daß er seine Kinder geschlagen hatte. Es waren beides Jungen, einer vierzehn, der andere sechzehn. Bei der Autopsie hatte sich herausgestellt, daß er an einem Bruch litt, von dem seine Frau nichts wußte: In den Arterien begann sich ein leicht überhöhter Cholesterinspiegel zu zeigen, der jedoch wahrscheinlich erst in zehn Jahren problematische Ausmaße angenommen hätte.

Danilow richtete sich wieder auf. Er starrte immer noch auf die Akte, ohne sich jedoch auf die Details zu konzentrieren. Ein ganz normaler Mann, der ein ganz normales Leben geführt hatte, bis er vor einem Monat eines Nachts aufgehört hatte, ganz normal zu sein, und ein Mordopfer geworden war. Warum also Wladimir Wassiljewitsch Suslew, ein Moskauer Taxifahrer? Und warum Ann Harris, eine hübsche, erfolgreiche, vermutlich gut verdienende Amerikanerin, deren Leben so anders war, daß sie von zwei verschiedenen Planeten hätten kommen können? Im Grunde genommen sogar von zwei verschiedenen Planeten *kamen*. Wo war der Zusammenhang, das Bindeglied, dem er folgen konnte, um eine Festnahme vorzunehmen und zu verhindern, daß es noch mal passierte? Es gab keines, stellte er mutlos fest. Es war wirklich hoffnungslos, deprimierend hoffnungslos. Morde wurden von Menschen – Männern und Frauen – begangen, die ihre Opfer kannten. Sie waren Ehemänner und Ehefrauen oder Geliebte oder Bekannte. Die Ermittlungen waren Routine, man kämpfte sich durch die Lügen und Vorspiegelungen und Ausflüchte vor, bis es irgendwann offensichtlich wurde, worauf meistens ein tränenreiches, Entschuldigung heischendes Geständnis folgte. Dieser Fall – diese Morde – würden nicht so gelöst werden. Danilow wünschte, er wüßte, wie sie gelöst würden.

Gefunden. Dieses eine Wort schien plötzlich inmitten des ganzen restlichen diffusen Nebels scharf hervorzutreten, und Danilow beugte sich konzentriert vor, versuchte ein verbindendes Moment zu erkennen. Ann Harris war nicht weit von der Uliza Gerzena ermordet worden. Die Leiche Wladimir Suslews war ebenfalls in einer schlecht beleuchteten Seitenstraße gefunden worden; sie ging von der Uliza Stolesnikow ab. Nicht weit entfernt, fand Danilow. Vielleicht der erste konkrete gemeinsame Nenner: das relativ enggesteckte Gebiet, in dem der Mörder zuschlug. Danilow schrieb die Lage der zwei Straßen auf, machte einen Kreis um jede von ihnen und verband sie mit einem Strich. Über den Strich machte er ein Fragezeichen.

Danilow verbrachte weitere fünfzehn Minuten mit beiden Akten und nahm sich bald die eine, bald die andere vor, fand aber nichts anderes, was er durch einen Strich hätte verbinden können. Er ordnete und schloß die Akte über Wladimir Suslew in der Absicht, sie ganz von seinem Schreibtisch zu entfernen, doch dann hielt er mit dem Ordner in der Hand unschlüssig inne, weil er keinen Platz fand, wo er ihn hätte ablegen können. Danilows Büro war ein von Akten überquellendes Loch in der Mitte des Milizgebäudes und hatte nicht einmal ein Fenster. Eine der drei Glühbirnen, die ständig an sein mußten, war vor einer Woche ausgefallen, und der Wartungsdienst hatte behauptet, sie hätten im Moment keine, um sie auszutauschen: Sie warteten schon einen Monat auf eine Lieferung. Danilow war unruhig, weil die Birne in der Schreibtischlampe zu flackern begonnen hatte. Jede Schublade der zwei Aktenschränke – einige wie zum Beweis halb offen – war vollgestopft mit alten Akten und Dokumenten, die Danilow zusammen mit den Büchern in den drei brechend vollen Regalen für Verweise aufbewahrte. Oben auf den beiden Schränken waren weitere Akten gestapelt, die bei der leisesten Erschütterung in einer Lawine herabzupoltern drohten. Weiterer Papierkram lag auf dem einzigen Besucherstuhl, und ein wachsender Haufen türmte sich links von Danilows Schreibtisch.

Der äußere Anschein von vollkommen ungeordnetem Chaos war jedoch irreführend. Danilow wußte genau, wo sich jede Unterlage, jede Akte, jedes Buch befand, und er fand seine Recherchierhilfen in der Regel besser – und auf jeden Fall schneller – als in den offiziellen Archiven im Keller, die mit desinteressierten Angestellten besetzt waren, die bei jeder Nachfrage einen Flunsch zogen.

Immer noch unschlüssig, stand Danilow mit der Akte Suslew in der Hand da und hielt nach einem freien Fleckchen Ausschau, das es nicht gab. Schließlich stockte er die Wand aus Ordnern neben seinem Schreibtisch auf: Es war schließlich eine Akte, die er möglichst nah zur Hand brauchte.

Ann Harris, die propere, korrekte Betriebswirtin, hatte ihre Korrespondenz sehr gewissenhaft aufbewahrt: Danilow merkte schon in dem Moment, in dem er den ersten Packen Briefe öffnete, daß sie sie strikt nach dem Empfangsdatum geordnet und somit eine chronologische Dokumentation angelegt hatte, seit sie vor achtzehn Monaten in Moskau eingetroffen war. Er ging sie durch, ordnete die einzelnen Packen chronologisch nach dem Datum und begann am Anfang zu lesen. Der Briefwechsel schien sich auf vier Personen zu konzentrieren, und hier wiederum vor allem auf ihre Eltern, die in Hartford, Connecticut, lebten. Dann war da ein Mann, John, der aus New York schrieb und den Danilow erst nach einer Weile als ihren Bruder identifizieren konnte. Judy Billington, die in Washington, D. C., lebte, entpuppte sich als Betriebswirtschaftskollegin und ehemalige Studienfreundin. Senator Burdens Briefe waren immer getippt – Danilow vermutete, von einer Sekretärin, weil sie keine der typischen Zwei-Finger-System-Fehler eines Amateurs enthielten – und mit einer schwungvollen Anhäufung von Schnörkeln unterzeichnet, einer Unterschrift, die für die Nachwelt gedacht war.

Obwohl die Korrespondenz notgedrungen einseitig war, fast alle Briefe eine Antwort oder Reaktion auf etwas, was das Mädchen aus Moskau geschrieben hatte, wurde Danilow bald klar, daß Ann Harris, je nach Adressat, in sehr unterschiedliche Rollen schlüpfte. Bei ihren Eltern in Connecticut war sie eine höfliche und liebevolle Tochter, ständig um ihr Wohlergehen besorgt, eifrige Berichterstatterin der ungewöhnlichen Erfahrungen und Vergnügungen, die Moskau zu bieten hatte. *Es freut uns zu hören, wie gut es dir gefällt,* hatten ihre Eltern vor sechs Monaten in einem Brief geschwärmt. Das ältere Paar schien sich mit dem Gedanken zu tragen, sie in Moskau zu besuchen. Das Mädchen hatte seinem an einer Angina leidenden Vater versichert, daß es an der Botschaft einen hervorragenden Arzt gab. Sie hatte Besuche im Bolschoitheater und im Staatszirkus vorgeschlagen. Alle würden sich köstlich amüsieren.

Die Briefe von Senator Burden reflektierten ausnahmslos uneingeschränkte Freude und tiefe Dankbarkeit über die Vorteile, die aus dem Moskauaufenthalt für ihre Karriere erwuchsen; nur war dies steifer ausgedrückt, wie auch die Briefe des Politikers steif getippt waren. Allerdings ging aus der Art, wie manche Briefe formuliert waren, ganz unmißverständlich hervor, daß Burden seine Nichte trotz aller ihrer Beteuerungen immer wieder daran erinnerte, wieviel politischer Einfluß ihr zuliebe geltend gemacht wurde. Diese Hinweise wurden unweigerlich von Zusicherungen begleitet, daß der Senator nach ihrer Rückkehr nach Washington ihre Karriere weiter im Auge behalten und vorantreiben werde. *Ich bin stolz,* verkündete Burden in einem Brief. *Du verdienst dir zu Recht die Chance auf die höchste Beförderung, die ich für dich durchsetzen werde,* behauptete er in einem anderen. In einem dritten hieß es großspurig: *Es erfüllt mich mit tiefer Befriedigung zu hören, daß du dich endgültig dazu durchgerungen hast, alle persönlichen Gefühle und Gedanken hintanzustellen, um mir mit Erfolg die Anstrengungen zu vergelten, die ich in deinem Interesse unternommen habe.*

Bei ihrem Bruder und ihrer Studienfreundin änderte sich der Tonfall drastisch.

John Harris bombardierte sie aus New York mit wiederholten Versprechungen, ihren Eltern auf keinen Fall zu erzählen, wie unglücklich sie sich in Moskau und seiner isolierten Diplomatenszene fühlte. *Es kann doch nicht so ein Gefängnis sein, wie du es beschreibst,* hatte der Bruder zwei Monate nach ihrem Eintreffen in Moskau geschrieben. Das schien eine ständig wiederkehrende Klage zu sein, weil das Wort Gefängnis in mehreren Briefen auftauchte. Da waren auch Fragen nach ihrem Privatleben. In einem Juni-Brief hatte der Mann geschrieben: *Das mit dem Männermangel ist natürlich bedauerlich.* Im Juli hieß es dazu: *Ein Mädchen muß tun, was ein Mädchen tun muß, obwohl ich eigentlich gedacht hätte, es müßte genügend passable Diplomaten geben, um nicht gänzlich auf dem trockenen zu sitzen.*

Die enthüllendste und intimste Korrespondenz war die von Judy Billington.

Der erste aufbewahrte Brief enthielt den Satz: *Ich weiß zwar, es ist nicht dasselbe, aber wenn du wirklich so frustriert bist, gibt es immer noch deinen Nachttischkameraden.* Gegen Ende des nächsten Briefes, sechs Wochen nach Ann Harris' Eintreffen in Moskau, hatte die in Washington stationierte Freundin geschrieben: *Ich weiß zwar, Vögeln ist nicht alles, aber es macht vieles leichter.* Was ihr eigenes Sexualleben anging, hatte Judy Billington kein Blatt vor den Mund genommen – Danilow fragte sich, was die Wendung *einen blasen* bedeutete. Sie hatte ganz offen ihre Bettpartner aufgelistet und ihre Qualitäten mit einer Skala von eins bis zehn bewertet.

Der interessante, verlockende Hinweis tauchte in einem zehn Monate früher datierten Brief auf. Zuerst übersah er den Anfang der Satzfolge, weil die Worte so harmlos waren. Es war nur der eigenartige Satz, der auf sie folgte, der Danilow die ganze Seite noch einmal lesen ließ, um herauszubekommen, was ihm daran wichtig erschien. *Zumindest ist es besser als gar nichts,* hatte Judy Billington geschrieben. Dann, nach einer Unterbrechung durch zwei nicht damit in Zusammenhang stehende Sätze, stand da: *Ich stehe auch nicht auf Schmerzen. Warum kehrst du nicht zu einem der anderen zurück?* Dann kam ein ganzer Abschnitt, der in keinerlei Zusammenhang damit stand, und schließlich, voller Zynismus: *Sie erzählen einem immer, daß sie einen lieben: Das ist einfach Teil der üblichen Leier: Ich dachte, das wüßtest du inzwischen. Sei bei dem auf jeden Fall vorsichtig.*

Danilow riß sich von diesem speziellen Brief los und lehnte sich in seinem knarzenden Stuhl zurück, um zu der kaputten, immer noch nicht ersetzten Glühbirne in der Deckenlampe hochzublicken. Er war nicht schockiert über die offenen Hinweise auf Sex und Sexualität, ebensowenig, wie er über das schockiert gewesen war, was er in Ann Harris' Nachttisch gefunden hatte. Der Briefwechsel mit dem anderen amerikanischen Mädchen war lediglich eine Bestätigung dessen, was die Dinge in ihrem Schlafzimmer angedeutet hatten, eine emanzipierte Frau, die sich so verhielt und äußerte, wie es ihr zustand. Aber mit wem? Bereits aufgrund des mündlichen Obduktionsbefunds des Pathologen hatte er gewußt, daß Ann Harris eine sexuelle Beziehung gehabt hatte. Jetzt wußte er, daß sie zehn Monate gehalten hatte. Und davor schien es andere gegeben zu haben. Aber bei dieser waren Schmerzen mit im Spiel. Er war sicher, das Wort bezeichnete in dem Zusammenhang, in dem es gebraucht wurde, körperliches Unbehagen. Wie weit war er demnach vorangekommen? Vielleicht ein paar Millimeter. Ann Harris hatte ihre sexuelle Frustration zehn Monate lang, bis zum Abend ihres Todes, mit einem Mann abzubauen versucht, dem es entweder Lust bereitete, Schmerzen zuzufügen oder Schmerzen zugefügt zu bekommen. Er las Teile des Briefes, der vor ihm lag, noch einmal. *Ich stehe auch nicht auf Schmerzen …* Das hörte sich mehr danach an, daß sie von dem Mann welche zugefügt bekommen hatte.

Da waren noch zehn weitere Briefe von Judy Billington, und Danilow ging jeden von ihnen langsamer durch als die anderen. Er las sie Wort für Wort, suchte verzweifelt nach einem Hinweis – der kleinsten Andeutung –, wer Ann Harris' Partner gewesen sein könnte. Einer Passage glaubte Danilow entnehmen zu können, daß Ann Harris ihrer Freundin von irgendwelchen sexuellen Aktivitäten im Freien erzählt hatte, im Botanischen Garten Moskaus, nach einer Bootsfahrt auf dem Fluß. *Sag ihm, du magst das nicht,* war ein immer wiederkehrender Washingtoner Rat in einem anderen Brief. Im vorletzten Schreiben des Packens hieß es: *Das war sehr vernünftig mit dem Fesseln. Jim stand da auch drauf; war ganz schön beängstigend, wie ein Hühnchen dressiert zu werden, sich nicht rühren zu können und nicht zu wissen, was dieser bescheuerte Typ als nächstes mit dir machen würde. Ich hab' das nur ein einziges Mal gemacht.*

Danilow machte sich auf dem Block vor ihm eine Notiz und heftete diejenigen Briefe, von denen er dachte, sie könnten bedeutsam sein, mit einer Büroklammer zusammen. Den Rest packte er wieder mit den Gummis in der Reihenfolge zusammen, in der das Mädchen sie aufbewahrt hatte, und legte sie ordentlich in den Beweismittelbehälter zurück, den Pawin bereits mit dem Namen des Mädchens und einer Katalognummer versehen hatte.

Seufzend, die Schultern vor Konzentration verspannt, zog Danilow den dünnen Terminkalender zu sich heran. Sein erster Eindruck erwies sich als richtig. Im wesentlichen waren darin ihre Termine eingetragen. Wie nicht anders zu erwarten, hatte Ann Harris eine saubere, problemlos lesbare Handschrift. Donnerstag schien der Tag für Konferenzen zu sein; die Teilnehmer waren jedoch nicht aufgeführt. Ein gewisser Paul fand häufig Erwähnung, manchmal an Konferenztagen. Die meisten amerikanischen Feiertage waren mit

Botschaftsempfängen vermerkt. Auch die Geburtstage ihrer Eltern sowie Burdens und Judy Billingtons waren eingetragen.

Und die Dienstagstermine waren oft eingekreist, obwohl dies, abgesehen von gelegentlichen Botschaftsterminen, der Tag in Ann Harris' Terminplan zu sein schien, an dem sie normalerweise freihatte. Plötzlich stutzte Danilow und dachte angestrengt nach: Es war an einem Dienstag gewesen – oder genauer, in der Nacht von Dienstag auf Mittwoch –, als sie ermordet worden war. Er ging zum Anfang des Jahres zurück und begann zu zählen. Alle Dienstage – bis auf drei aufeinanderfolgende Dienstage im Januar – waren durch einen Kreis hervorgehoben. Danilow stutzte erneut, und obwohl er sicher war, daß ihn sein Gedächtnis nicht trog, zog er noch einmal die Suslew-Akte zu Rate. Er brauchte nur ein paar Minuten, um sich zu vergewissern, daß der Taxifahrer an einem Dienstag gestorben war. Er schrieb die zwei Namen mit dem Wort Dienstag dazwischen auf und machte eine andere seiner verschlungenen Ketten. Der Terminkalender folgte den Briefen in den Beweismittelbehälter.

Es war ein volles Adreßbuch, offensichtlich die Fortführung eines Kontakteverzeichnisses, das in den Vereinigten Staaten angelegt worden war: Häufig waren die unterschiedlichen Tintenstärken auf einer Seite sogar mit bloßem Auge mühelos zu erkennen – die amerikanischen Eintragungen stärker verblichen, die Moskauer kräftiger, noch nicht so alt. Danilows Interesse galt vor allem den Moskauer Nummern. Unter B stand an erster Stelle die Nummer der Botschaft (252-00-11), gefolgt von einer langen Reihe von Durchwahlnummern. Die britische und die französische Botschaft waren ebenfalls eingetragen, außerdem die Nummern des Bolschoi-, Kirow- und Puschkin-Theaters, des Scheremetjewo-Flughafens und der Stadtbüros der Fluggesellschaften. Auch das National und das Ukraina Hotel waren vermerkt. Nach der Durchsicht der gängigen Nummern kehrte der gewissenhafte Danilow an den Anfang des Adreßbuchs zurück und konzentrierte sich diesmal nicht auf die Namen, sondern auf die rechts davon stehenden Nummern. Setzten sich diese aus einer Dreiergruppe und zwei Zweiergruppen zusammen, handelte es sich um Moskauer Nummern. Er fand eine Eintragung für einen gewissen Hughes, dessen Initiale P war. Dann gab es noch eine Janet (Edwards) und eine Pam (Donnelly).

Ein funktionelles, effizientes Hilfsmittel, befand Danilow: Aber was hatte er anderes erwartet? Das Adreßbuch wanderte in den Beweismittelbehälter, womit nur noch die gebündelten Notizzettel übrigblieben. Weitere Hilfsmittel, stellte er fest, als er die Gummis entfernte, die sie zusammenhielten: flüchtig hingekritzelte Notizen und telefonische Nachrichten, einige auf Zetteln mit vorgedruckten Kästchen für Anrufer, Uhrzeit, Tag, Telefonnummer des Anrufers und die Frage, ob um Rückruf gebeten wurde. Häufig waren sie nicht vollständig ausgefüllt.

Der Großteil der Zettel diente als Ergänzung des bereits durchgesehenen Terminkalenders, zur Erinnerung an Termine oder Konferenzanfragen. Zur Sicherheit holte Danilow sogar den Terminkalender noch einmal heraus, um die Eintragungen zu vergleichen. Er fand die Übereinstimmung von fünf Terminen bestätigt.

Und dann machte er die große Entdeckung.

Die Nachrichten waren in einer Handschrift geschrieben, bei der es sich, soviel konnte er inzwischen sagen, eindeutig nicht um die von Ann Harris handelte. Sie befanden sich auf weißen Zetteln, auf denen sich außer den darauf geschriebenen Wörtern in Englisch nichts befand. Auf dem Zettel, auf den er als ersten stieß, stand: *Ich wollte dir nicht weh tun.* Ein Datum war nicht vermerkt, aber da, wo es von dem Gummi gehalten worden war, war das Papier umgeknickt und verblaßt, als wäre es schon längere Zeit aufbewahrt worden. Die zweite Nachricht, wieder auf weißem Papier, bestand nur aus vier Wörtern: *Hab es bitte gern.* Der dritte Zettel war der letzte in dem Packen. Nur zwei Wörter: *Ruf an.* Auf diesem stand ein Datum, drei Tage vor Ann Harris' Ermordung. Wegen des Datums ging Danilow an den Anfang des Packens zurück. Die meisten Nachrichten und Merkzettel waren nicht datiert, aber diejenigen, die datiert waren, befanden sich in chronologischer Reihenfolge, weshalb Danilow davon ausgehen zu können glaubte, daß Ann Harris sie in der Reihenfolge ihres Eingangs abgelegt hatte. Wie die Briefe, die er für potentiell hilfreich gehalten hatte, heftete er auch die drei Zettel, von den anderen getrennt, mit einer Büroklammer zusammen. Er legte sie gerade in den Beweismittelbehälter zurück, als Pawin den Raum betrat. Er hatte einen großen Umschlag und ein Notizbuch bei sich.

»Wir haben wirklich Einfluß und Sonderrechte«, erklärte der stämmige Major mit einem zufriedenen Lächeln.

»Wieviel *genau*?« fragte Danilow.

»Ich habe einen Antrag auf zusätzliche Leute gestellt. Ich war nicht gerade begeistert über das Personal, das uns für die Nachforschungen in den psychiatrischen Anstalten zur Verfügung stand. Wir haben weitere zehn Mann zugeteilt bekommen. Ich habe widerstandslos ein Auto gekriegt, einen Wolga. Und neu ist er auch noch: nur sechs Monate alt. Keine Polizeimarkierungen, aber ein Telefon hat er. Sie haben sogar gefragt, ob wir einen Fahrer wollen. Ich habe nein gesagt.«

Danilow nahm an, den relativ neuen Wagen hatten sie dem Umstand zu verdanken, daß sie bei weiteren Besuchen in der amerikanischen Botschaft mit einem präsentablen Fahrzeug aufkreuzen sollten: Die meisten Polizeifahrzeuge – ganz besonders die nicht gekennzeichneten – befanden sich wegen rücksichtsloser Behandlung in verheerendem Zustand. »Keine zeitliche Begrenzung?«

»Nein. Und für unsere Beweismittel haben wir einen eigenen Raum zugeteilt bekommen: das alte Verhörzimmer am Ende des Flurs!«

»Ich möchte, daß es als Sperrzone deklariert wird: Ich möchte nicht, daß dort jeder ein und aus gehen kann. Sieh zu, ob du alle Schlüssel dafür bekommen kannst. Ich möchte auch niemanden von den Reinigungskräften dort drinnen sehen.«

Automatisch begann Pawin in seinem Kopf eine Liste anzulegen. »Was brauchen wir da drinnen alles?«

»Vorführgeräte. Tafeln, Pinnwände, Bänke. Und ich möchte einen möglichst guten Stadtplan von Moskau …«

»Einen Stadtplan!« unterbrach ihn Pawin. Stadtpläne waren, ähnlich wie Moskauer Telefonbücher, selbst für offizielle Stellen kaum erhältlich.

»Wir brauchen unbedingt einen Stadtplan«, insistierte Danilow, der sich der damit verbundenen Schwierigkeiten durchaus bewußt war. »Irgendwas Neues von der Spurensicherung?«

»Der leere Schlitz in dem Messerblock ist vierundzwanzig Zentimeter tief und läuft am Ende nicht spitz zu. Er ist sechs Zentimeter breit und fünfeinhalb Millimeter dick.«

»Das Messer, mit dem Wladimir Suslew *und* Ann Harris umgebracht wurden, hätte also reingepaßt?«

»Die vier anderen Schlitze – in denen Messer verschiedener Länge und Dicke steckten – hatten genau die gleichen Abmessungen wie der leere«, sagte Pawin. »Die Spurensicherung sagt, diese Dinger werden in Amerika in Massenproduktion maschinell hergestellt.«

Danilow griff nach den drei handschriftlichen Nachrichten, die er gerade gelesen hatte. »Laß von der Spurensicherung den Hersteller des Papiers und der Tinte feststellen.«

»Was steht auf den Zetteln?«

»Es geht um Schmerzen«, sagte Danilow kurz angebunden.

Pawin hielt ihm den großen Umschlag hin. »Ein Geschenk der Tscheka.«

Der Umschlag enthielt zwei Fotos von Ann Harris. Beide waren scharf und waren offensichtlich bei diplomatischen Anlässen offiziell aufgenommen worden. Sie *war* hübsch gewesen, stellte Danilow fest: sogar schön. Auf einem Foto fiel ihr das dunkle Haar, das so brutal abgeschnitten worden war, fast bis auf die Schultern. Auf dem anderen war es zu einem raffinierten Chignon gebunden. Sie lächelte auf beiden – auf der Aufnahme mit den offenen Haaren lachte sie richtig –, und ihre Zähne waren makellos. Auf dem Foto mit dem Nackenknoten war mehr von ihr zu sehen als auf dem anderen. Das Kleid schmiegte sich an ihren Körper, konturierte ihre Brüste: Danilow fragte sich, ob sie sich bewußt so hielt, daß ihre Fülle hervorgehoben wurde. Er wies sich sofort selbst in die Schranken, daß er diesen Gedanken zugelassen hatte. Er durfte sich von der enthüllenden Korrespondenz, die er gerade gelesen hatte, nicht dazu verleiten lassen, solche Vermutungen anzustellen. Auf dem zweiten Foto war sie zu sehen, wie sie die Hand auf dem Arm eines weißhaarigen Mannes mit aristokratischen Zügen liegen hatte. Er hatte im Moment der Aufnahme jedoch nicht Ann Harris angesehen, sondern eine ältere, weniger attraktive Frau an seiner anderen Seite. Danilow drehte beide Fotos um. Keine Namen, die eine Identifizierung ermöglicht hätten.

Danilow blickte zu seinem Assistenten auf. »Wie sieht es mit den Telefongesprächen aus?«

»Nichts.«

»Hast du es ganz direkt versucht? Hast du die Milizzugehörigkeit raushängen lassen?«

Pawin nickte. »Der zuständige Mann sagte, bei normalen Selbstwählgesprächen wird die Nummer nicht registriert. Nur bei denen, die vom Amt vermittelt werden. Oder wenn jemand mit dem Wählen Probleme hat und im Amt anruft.«

»Versuch es noch mal ...«, begann Danilow, hielt aber inne. Als Oberstleutnant würde Gugin von jemandem so Unbedeutenden wie Juri Michailowitsch Pawin, einem lächerlichen Major, höchstwahrscheinlich keinen Anruf entgegennehmen. Er würde es selbst tun müssen: Vielleicht weigerte sich Gugin sogar, mit ihm zu sprechen.

»Ja?« fragte der Assistent.

»Nichts. Hast du die Beweismittelliste?«

»Und eine Kopie für die Amerikaner. Nowikow hat angerufen. Er wollte wissen, ob du seinen schriftlichen Befund zugeschickt haben willst oder ob wir ihn selbst abholen. Ich sagte ihm, wir holen ihn selbst ab.«

Dadurch an seinen Termin erinnert, stand Danilow auf und schlüpfte in seinen Mantel. Heute dachte er daran, eine Mütze mitzunehmen: Er strich vorsichtig seinen Bürstenschnitt glatt, der dazu neigte, stachelig nachzuwachsen, und setzte die Mütze draußen auf dem Flur auf. »Nur noch fünf Tage bis nächsten Dienstag.«

Pawin sah ihn von der Seite stirnrunzelnd an. »Was willst du damit sagen?«

»Nichts, hoffe ich.«

Es gab nichts, was nicht in wenigen Minuten am Telefon hätte besprochen werden können, aber Burden bestand auf einem persönlichen Treffen, weshalb der politisch denkende Außenminister zustimmte. Er teilte dem Senator sofort mit, daß das FBI einen Mann abrufbereit hatte.

»Wie heißt er? Ist er gut? Ich möchte den Besten. Außerdem möchte ich natürlich mit ihm sprechen, bevor er abreist.«

Hartz verkniff sich einen Seufzer. »Namen hat man mir keinen genannt. Offenbar denkt der Direktor, er ist der beste Mann. Er würde wohl kaum jemanden schicken, den er für zweite Wahl hält.«

Burden runzelte die Stirn, als glaubte er gerade einen Anflug von Ungeduld aus den Worten des Außenministers herausgehört zu haben. »Ich werde den Botschafter in Moskau noch einmal anrufen. Das Kind muß hierher überführt werden, damit es ein christliches Begräbnis ...« Er hielt inne, dann stieß er erbittert hervor: »Diese Schweine!«

»Ich habe die Botschaft bereits telegrafisch um eine baldige Freigabe und Überführung gebeten«, sagte der Außenminister, froh, diesen Schritt unternommen zu haben, bevor er dazu aufgefordert werden konnte.

»Wann zum Teufel werden Sie endlich aufhören zu bitten und anfangen, Forderungen zu stellen?«

»Sobald ich zu der Ansicht gelange, daß ich damit etwas erreiche«, erwiderte Hartz kurz angebunden. Er wußte, unter diesem Mann würde er bestimmt nicht Außenminister sein.

Die russischen Ministerien wurden von sämtlichen Medien mit einer Moskauer Vertretung rund um die Uhr mit Anfragen bombardiert. Dieser Andrang verstärkte sich noch, als verschiedene Organisationen, europäische wie amerikanische, eigens Korrespondenten in die russische Hauptstadt entsandten, um über den Mordfall Ann Harris zu berichten. Die russischen Botschaften im Westen, nicht nur die in Washington, D.C., wurden mit Anfragen überhäuft. Im Außenministerium wurde eine weitere Konferenz abgehalten. Dabei wurde von neuem bestätigt, daß der Generalstaatsanwalt, der Mann, der eventuell gegen den Mörder Anklage erheben würde, die Informationsquelle sein sollte. Diesmal konnte jedoch Nikolai Smolin mit Erfolg dafür plädieren, daß der Milizchef, dessen Behörde das für eine Verurteilung erforderliche Beweismaterial beschaffen würde, die Verantwortung mittragen sollte.

»Wir werden eine Pressekonferenz abhalten müssen«, sagte Smolin.

»Noch nicht«, warnte Lapinsk hustend. »Wir haben niemandem etwas zu sagen.« Er nahm eine Pille, um den Aufruhr in seinem Magen niederzuschlagen.

9

Das Büro des Pathologen, zweifenstrig und geräumig im Vergleich zu Danilows Kaninchenstall, war ordentlicher als Danilow es von seinen früheren feindseligen Besuchen in Erinnerung hatte, und er durchschaute sofort die dahintersteckende Absicht. Alle wollen bei den Amerikanern Eindruck schinden, dachte er, oder zumindest nicht anecken. War darauf auch er selbst bedacht? Ganz gleich, wie sich die Sache weiterentwickelte, durfte er sich von diesem lächerlichen Schmierentheater in der amerikanischen Botschaft auf keinen Fall aus der Ruhe bringen lassen: Schließlich war er als Sieger aus diesem ersten Schlagabtausch hervorgegangen, da er erst nach einer Weile hatte durchblicken lassen, daß er Englisch sprach.

Viktor Nowikow trug einen unaufdringlich karierten Anzug und versuchte angesichts der Einmischung der Amerikaner weder unterwürfig-servil noch herablassend-arrogant aufzutreten. Das wollte ihm jedoch weder in der einen noch in der anderen Richtung gelingen, so daß sein Verhalten, ähnlich unberechenbar wie das unstete Licht über Danilows Schreibtisch, zwischen beiden Extremen schwankte.

Danilow kam korrekterweise ein paar Minuten vor dem vereinbarten Termin. Nowikow wartete bereits an dem Halbkreis aus Sitzgelegenheiten, eine weitere offensichtliche Vorbereitung, damit er bereit wäre, wenn die Amerikaner eintrafen, und öffnete ihnen leutselig die Tür.

Der Mann in Ralph Baxters Begleitung war der Diplomat mit den aristokratischen Zügen, der auf dem zweiten Foto abgebildet war, das Danilow diesen Morgen gesehen hatte, der Mann, auf dessen Arm Ann Harris' Hand gelegen hatte. Sein Haar *war* schneeweiß, nach römischer Senatorenmanier nach vorn gekämmt, um zu kaschieren, daß es weniger wurde, das Gesicht hakennasig und von einem fast unnatürlichen Grau. Der Mann trug einen schwarzen Anzug und eine vollkommen schwarze Krawatte: ein Toter, der die Toten betrauerte.

Danilow wartete gespannt. Erst als Nowikow »*Paschalsta*« sagte – was unter den gegebenen Umständen eine unbeholfene Begrüßung war –, wurde dem Pathologen ein Problem bewußt, auf das er nicht gefaßt gewesen war.

»Ich übernehme das Dolmetschen«, bot Danilow an, erst in Russisch, dann in Englisch. Endlich, dachte er, mache ich diesen früher einmal gehegten Traum wahr.

Baxter erklärte mit einem stummen Nicken sein Einverständnis. Nowikows Miene verdüsterte sich. Danilow fragte sich, warum er sich mit all dem herumschlagen mußte: Es behinderte ihn nur bei seinen Bemühungen, einen geistesgestörten Mörder zu fassen. Fest entschlossen, diesmal Namen zu erfahren, streckte Danilow eine Hand aus und zwang damit den unbekannten Amerikaner, sich vorzustellen. Die widerstrebende Hand war weich und feucht. Der Mann sagte: »Paul Hughes, Leiter des Wirtschaftsressorts der Botschaft.« Er machte eine Pause, bevor er hinzufügte: »Ann hat in meiner Abteilung gearbeitet.«

Ein Adreßbuchname, zu dem er jetzt ein Gesicht hatte, dachte Danilow. Höflich übersetzte er die Vorstellungen auch für Nowikow und übernahm dann dessen Rolle, die Besucher zum Platznehmen aufzufordern.

»Das Ganze wird ja vermutlich nicht lange dauern«, sagte Baxter, als hätte er sich bereits zu einem anderen Termin verspätet.

»Eine unumgängliche Formalität«, erklärte Danilow.

Als Danilow den Wortwechsel für Nowikow übersetzte, sagte der weißhaarige amerikanische Diplomat auf russisch: »Ich verstehe Ihre Sprache.«

Danilow erwiderte auf englisch: »Ich weiß. Aber diesmal wird es nicht zu einem ähnlich bedauerlichen Mißverständnis kommen wie gestern.«

Baxter bekam einen hochroten Kopf, und der Leiter der Wirtschaftsabteilung sah neugierig von einem zum andern.

»Was heißt das?« fragte Hughes.

»Nichts von Bedeutung«, winkte Baxter ab. Er erwiderte den Blick seines Begleiters und erklärte erwartungsvoll: »Sollten wir nicht langsam zur Sache kommen?«

Hughes griff das Stichwort auf. Er nahm ein paar mit rosa Klebstreifen gebündelte Dokumente aus seiner Aktentasche und hielt sie Danilow hin. Der Russe machte keine Anstalten, sie zu nehmen. Hughes sagte: »Das sind gerichtliche Anordnungen, die Leiche von Ann Harris wieder in amerikanischen Gewahrsam zu übergeben, die Wohnung Ann Harris' in der Uliza Puschkinskaja dreihundertsiebenundneunzig zu öffnen und unter amerikanische Zuständigkeit zu stellen und jeden Gegenstand, der von den russsischen Behörden aus der Wohnung entfernt wurde, wieder in amerikanischen Gewahrsam zu geben.«

Danilow behielt die Hände an seiner Seite und übersetzte Nowikow in aller Ruhe, was der Amerikaner gesagt hatte: Gegen Ende zu – der Pathologe sah wohl Ärger auf Danilow zukommen – entspannte sich Nowikows Miene fast zu einem Lächeln. Danilow wandte sich wieder dem weißhaarigen Diplomaten zu: »Gerichtliche Anordnungen nach welchem Recht? Nach amerikanischem oder russischem? Mir sind keine russischen Gesetze bekannt, auf die sie sich mit Ihren Forderungen stützen könnten.«

Jetzt war es an Hughes, rot zu werden, wenn auch nicht so stark wie Baxter. Doch die Gesichtsfarbe des Mannes war so wächsern, daß der Effekt um so stärker war, zwei leuchtendrote Flecken auf jeder Wange, wie schlecht aufgetragenes Rouge. Der Mann sagte: »Ich würde vorschlagen, Sie akzeptieren diese Schreiben. Ermächtigt bin ich dazu als Ann Harris' Vorgesetzter: als Leiter ihrer Abteilung.«

»Und ich würde vorschlagen, Sie legen sie der zuständigen Rechtsabteilung des entsprechenden russischen Ministeriums vor«, antwortete Danilow. »Darüber habe ich nicht zu bestimmen.« Er dachte, Männer mit buschigen Schnurrbärten, die bebten wie der von Baxter, sollten besser nicht wütend werden.

Baxter schwang zu seinem Begleiter herum und begann: »Ich habe Ihnen doch gesagt …«

»Gleichlautende Aufforderungen sind heute an Ihr Außen- und Ihr Innenministerium gegangen«, fuhr Hughes, an Danilow gewandt, fort. Seine Wut ließ die Drohung eine Spur zu aufgesetzt klingen.

»Dann besteht für mich um so weniger eine Notwendigkeit, diese Dokumente an mich zu nehmen«, erklärte Danilow. Nach kurzem Zögern fügte er hinzu: »Obwohl ich Ihre freundliche Geste, sie mir ebenfalls zur Verfügung zu stellen, durchaus zu schätzen weiß …« Er machte erneut eine Pause und ging zu seiner Aktentasche. »Als Gegenleistung möchte ich Ihnen deshalb das hier geben. Es ist eine vollständige Liste aller Gegenstände und potentiellen Beweismittel, die aus der Wohnung in der Uliza Puschkinskaja entfernt wurden …« Er schob die Liste Baxter hin, der sie unschlüssig ansah und dann an sich nahm. Danilow übersetzte dem Pathologen den Wortwechsel rascher als zuvor. »Sie haben doch hoffentlich ein Duplikat Ihres Obduktionsbefunds angefertigt?«

Nowikow war sich der gespannten Atmosphäre im Raum bewußt, aber obwohl ihm Danilow alles erklärt hatte, begriff er nicht ganz, worum es ging. »Ja … ich … natürlich. Er ist hier … die Fingerabdrücke, die ich versprochen habe, auch …« Er nahm mehrere Bögen Papier aus einem Ordner auf seinem Schreibtisch.

Danilow streckte die Hand danach aus, und der Pathologe reichte sie ihm. Erst als Danilow sie an die Amerikaner weitergab, merkte Nowikow, daß ihm der Polizist die Gelegenheit genommen hatte, von der er glaubte, daß sie eigentlich ihm zustand. Er hatte sich sogar ein paar erläuternde Worte zurechtgelegt.

Baxter nahm das ihm angebotene Dokument entgegen. Er schlug es gedankenlos auf, als müßte es studiert und überprüft werden. Hughes neben ihm zog die Hand zurück, in der er die gerichtlichen Anordnungen hielt. Baxter sagte: »Diese Behinderung werde ich dem Botschafter melden.«

»Dann tun Sie das aber bitte so, daß Sie den Sachverhalt richtig darstellen«, verlangte Danilow. »Sie sind zu keinem Zeitpunkt und in keiner Weise behindert worden.«

»Werden Sie die Wohnung und die daraus entnommenen Gegenstände herausgeben?« fragte Hughes. Ohne um die Erlaubnis des Mannes zu bitten, dem das Büro gehörte, zündete er sich eine Zigarette an, eine stark riechende französische Gitane.

»Wenn ich von meinen Vorgesetzten dazu aufgefordert werde«, erklärte Danilow.

»Das werden Sie«, sagte Baxter entschieden.

»Wir sind zu einem bestimmten Zweck hier«, sagte Danilow forsch. Er wollte keinen weiteren störenden Einwurf mehr. »Bringen wir es hinter uns.«

Auf dem Flur ging ihnen Nowikow voraus, aber am Lift trat er zurück und ließ sie vor ihm einsteigen. Wortlos fuhren sie nach unten. Baxter biß die Zähne so fest zusammen, daß die entsprechenden Muskeln in seinen Backen hervortraten. Auf Hughes' grauem Gesicht hatte sich eine dünne Schweißschicht gebildet.

Danilow nahm den Geruch wahr, bevor sie den Obduktionssaal erreichten. Als Nowikow an der Tür stehenblieb, sagte Hughes: »Ich muß die eigentliche Identifizierung nicht vornehmen. Ich warte hier draußen.«

Baxter sah seinen Kollegen, der ihm die Unterstützung verweigerte, stirnrunzelnd an, sagte aber nichts. Er signalisierte den zwei Russen mit einem Nicken, daß er bereit war. Wieder ging Nowikow voran; Danilow betrat den Raum als letzter. Der Formaldehyd- und Desinfektionsmittelgestank war genauso stark wie zuvor, aber diesmal machte er Danilow nichts. Als sie den Raum betraten, zog ein Assistent eine sarggroße Schublade aus der Kühlung in der linken Wand: Als die eiskalte Luft darin mit der wärmeren Raumtemperatur zusammentraf, bildeten sich weiße Dampfwölkchen. Nowikow zog das Laken ganz bewußt nur so weit zurück, daß lediglich Ann Harris' Gesicht und ihre geschorene Kopfhaut zu sehen waren. Das Gesicht war grau, wie das des amerikanischen Wirtschaftsexperten draußen auf dem Flur: Das Zähnefletschen war fast völlig zurückgegangen.

»Gütiger Gott!« stieß Baxter hervor, sein üblicher Ausruf. Er geriet ins Wanken und begann so heftig zu würgen, daß Danilow dachte, er würde sich gleich übergeben. Schließlich hielt er sich ein Taschentuch an den Mund, hustete und wischte sich dann die Augen. »Entschuldigung.«

»Ist das die Leiche von Ann Harris?« fragte Danilow förmlich.

»Natürlich ist sie das«, sagte Baxter. »Gütiger Gott! Die arme Ann.« Mit feuchten Augen sah er Danilow hilfesuchend an. »Was muß ich jetzt tun?«

»Nichts. Das war's bereits«, sagte Danilow. Um ein Haar hätte er den Mann am Arm genommen, doch dann deutete er nur auf die Tür. Draußen ließ sich Baxter sofort gegen die Wand sinken und schenkte Hughes mehrere Minuten keine Beachtung. Einmal mußte er sich fast wieder übergeben, konnte den Brechreiz aber im letzten Moment hinter seinem zusammengeknüllten Taschentuch in ein Husten abbiegen. Hughes rauchte eine weitere Zigarette.

»Schrecklich«, sagte Baxter, an niemanden gerichtet. »Es war schrecklich.«

Nowikow, dem lange eine Übersetzung versagt blieb, wollte schließlich wissen: »Was ist los?«

»Er ist nicht an den Anblick von Leichen gewöhnt, die er vorher gekannt hat«, sagte Danilow. »Das sind die wenigsten.«

Baxter, der immer noch an der Wand lehnte, kümmerte sich nicht um den auf russisch geführten Wortwechsel.

»Gibt es noch andere Formalitäten zu erledigen?« fragte der Leiter der Wirtschaftsabteilung.

»Nein«, sagte Danilow.

»Dann gehen wir«, sagte Hughes und übernahm das Kommando über den anderen Amerikaner. Baxter trottete brav hinter ihm her, als die Russen sie zum Lift führten. Der Ausgang befand sich nur eine Etage höher. An der Tür herrschte Unschlüssigkeit: Hughes schien erst die Hand ausstrecken zu wollen, um sie jedoch sofort wieder zurückzuziehen. Baxter, der sich mit aller Gewalt wieder in den Griff zu bekommen versuchte, sagte mit gepreßter Stimme: »Wir rechnen damit, von Ihnen zu hören, und zwar bald.«

»Danke, daß Sie gekommen sind«, sagte Danilow und verzichtete bewußt darauf, den Streit erneut zu schüren.

Die zwei Russen beobachteten, wie die zwei anderen Männer auf ihren am Straßenrand geparkten Botschaftswagen zugingen, dessen Tür von einem Fahrer aufgehalten wurde. Nowikow sagte: »Ich mußte kein Amerikanisch verstehen, um zu merken, was los war. Sie haben sie verärgert, stimmt's? Sie sind sauer!«

»Hoffen wir mal, Ihr Obduktionsbefund ist gründlich genug, um sie nicht noch mehr zu verärgern.« Danilow war wütend auf den Pathologen.

Sein Dienstwagen stand draußen, etwa zwanzig Meter hinter der Stelle, wo das amerikanische Auto geparkt gewesen war. Pawin war im Wagen sitzen geblieben. Danilow öffnete die Beifahrertür, stieg aber nicht ein, sondern beugte sich nur in den Wagen. »Fahr schon mal ohne mich zurück«, forderte er Pawin auf. »Ich komme in ein paar Stunden nach.« Er würde es bis zum Ende von Larissas Schicht ins Hotel Druschba schaffen.

»Komm lieber mit«, sagte Pawin und deutete mit dem Kopf auf das Autotelefon. »Lapinsk hat angerufen. Er will dich auf der Stelle sehen. Er sagt, es ist dringend.«

Kurz bevor sie das Milizhauptquartier erreichten, deutete

Danilow auf einen Kiosk und sagte: »Halt mal kurz an. Ich muß telefonieren.«

Pawin hielt an. Er mußte nicht fragen, warum Danilow nicht das Autotelefon benutzte. Anrufe aus dem Auto wurden registriert.

Der Direktor nahm gerade eine Magenpille, als Danilow eintrat. Danilows weiteres Vorrücken in den Raum wurde von einem stakkatoartigem Husten begleitet. »Es sind weitere Beschwerden eingegangen. Offizielle Aufforderungen, die Leiche und die Gegenstände, die Sie aus der Wohnung entfernt haben, herauszugeben.«

»Ich weiß. Sie wollten mir im Leichenschauhaus entsprechende Papiere geben: Ich habe die Annahme verweigert.«

Lapinsk erhob sich von seinem Schreibtisch und ging ans Fenster, um dem anderen Mann den Rücken zukehren zu können. »Es werden langsam Fragen laut, ob man Ihnen die Ermittlungen zu diesem Fall noch überlassen soll.«

»Ich glaube nicht, daß mir bisher bei meinen Ermittlungen ein Fehler unterlaufen ist.« Im selben Moment, in dem er das sagte, hatte Danilow plötzlich den Eindruck, etwas sehr Wichtiges übersehen zu haben. Ein äußerst beunruhigender Gedanke.

»Ich finde, Sie haben sich für das, was in der Botschaft passiert ist, hinreichend revanchiert. Langsam nimmt das Beharren auf Ihrer Unabhängigkeit idiotische Züge an.« Lapinsk wandte sich vom Fenster ab und sah Danilow direkt an.

»Ich will nicht weiter Widerstand leisten«, erklärte Danilow. Mich aber auch nicht dem Druck der Amerikaner beugen, dachte er.

»Gibt es einen vernünftigen Grund, weshalb wir die Leiche nicht freigeben sollten?«

»Ich habe Nowikows vollständigen Befund erst vor einer Stunde erhalten. Ich hatte noch keine Zeit, ihn zu studieren.«

»Könnte die Leiche freigegeben werden, sobald Sie den Obduktionsbefund gelesen haben?«

Danilow fand, daß der Mann, der ihn immer unterstützt hatte, auf Zugeständnisse erpicht war. »Ich denke schon.«

Lapinsk kehrte mit dem schleppenden Gang eines müden Mannes an den Schreibtisch zurück. »Was ist mit den Gegenständen, die Sie aus der Wohnung entfernt haben?«

»Ich habe ihnen eine vollständige Liste zukommen lassen. Im Moment ist es noch zu früh, um entscheiden zu können, was ich davon brauchen werde und was nicht.«

»Warum muß die Wohnung plombiert bleiben?«

»Weil ich sie mir vielleicht noch einmal ansehen möchte. Aus dem, was ich bereits habe, könnte sich noch irgend etwas ergeben. Oder aus dem Bericht der Spurensicherung.«

Lapinsk ließ geräuschvoll den Atem entweichen. »Warum mußten Sie da überhaupt erst reintrampeln?«

»Weil ich sonst überhaupt nicht hineingekommen wäre.«

»Fast wäre es mir lieber, Sie hätten es nicht getan. Es hat doch zu nichts geführt, oder?«

»Das weiß ich nicht, noch nicht.« Oder wußte er es doch? Er hatte einiges über Ann Harris erfahren, wobei es ihm ganz besonders ein Hinweis auf eine Situation angetan hatte, die etwas mit dem bewußten Zufügen von Schmerzen zu tun zu haben schien. Und dann war da noch der Zufall – trotz aller Unwahrscheinlichkeit dennoch reizvoll genug, um ihm eine gewisse Bedeutung beizumessen –, daß ein Küchenmesser gefehlt hatte. Aber realistisch betrachtet, mußte er zugeben, daß er nichts gefunden hatte, was ihm helfen könnte, einen Mörder zu fassen. Die einzige Vermutung, die er im Moment guten Gewissens anstellen konnte, war, daß es sich beim Mörder Ann Harris' und Wladimir Suslews um ein und dieselbe Person handelte.

Lapinsk seufzte wieder. »Die Amerikaner dringen auf einen Bericht über die bisherigen Fortschritte. Aber es gibt doch keine Fortschritte zu berichten, oder?«

»Es ist idiotisch, schon so früh welche zu erwarten«, führte Danilow zu seiner Rechtfertigung an.

»Irgendwelche Spuren?«

»Keine.« Es hörte sich jämmerlich unfähig an: Es bestand für alle Seiten hinreichend Grund zu Gereiztheit und Ungeduld.

»Wie hoch ist die Wahrscheinlichkeit, daß sich bald etwas

ergibt?« wollte Lapinsk wissen. Aus seinen Fragen sprach zunehmend mehr die nackte Verzweiflung.

»Sehr gering«, mußte der Ermittler wieder zugeben.

»Es sieht also nicht sehr gut aus? Und auch nicht sonderlich ermutigend?«

»Nein.«

Lapinsk musterte ihn mehrere Augenblicke lang über seinen peinlich ordentlichen Schreibtisch hinweg. Schließlich sagte er nach einem bellenden Husten: »Das muß sich ändern.«

Der Fall würde ihm also doch entzogen werden. Danilow hielt es inzwischen für so gut wie unvermeidlich, nachdem die Amerikaner eine Protestnote nach der anderen abgeschickt hatten und es ihm nicht gelungen war, in irgendeiner Weise voranzukommen, auch wenn dies von Anfang an höchst unwahrscheinlich gewesen war. Trotzdem verbitterte es ihn. Es hieß, daß ihm die Grundlage für seine fragile Integrität entzogen wurde – und der innere Stolz, zu dem ihm diese Integrität verholfen hatte. Seit seiner einwandfreien, durch nichts kompromittierten Versetzung in das Hauptquartier in der Petrowka war ihm noch kein einziger Fall entzogen worden. Einige – allerdings nicht viele – waren nicht abgeschlossen worden. Andere hatten sich nicht lösen lassen, weil sich der Täter als raffinierter entpuppt hatte als er: schwere Schläge für seinen Stolz, auch wenn er es selten zugab. Wie dem auch sei, er hatte sich damit abgefunden. Warum also sollte dieser seltsame, unerklärliche Fall, Aktennummer M-für-Moskau 175, anders sein?

Mit einem Gefühl, das an Beschämung grenzte, mußte sich Danilow eingestehen, daß es diesmal um mehr ging als nur um Integrität oder Stolz. Möglicherweise sogar um die Kehrseite von beidem. Er hatte diesen Fall *gewollt*, sich regelrecht auf die sich ihm bietende Chance *gestürzt*. Schon in den ersten Minuten war ihm in der zugigen Seitenstraße der Uliza Gerzena die damit verbundene Chance bewußt gewesen. Das hätte sie sein können, die einmalige Gelegenheit, sich den Weg für die unangefochtene Nachfolge Lapinsks zu ebnen: sich die Beförderung und das Gehalt (einschließlich des

Dienstwagens!) und die vorübergehend ausgefallenen Privilegien zu verdienen. Aber er hatte den Bogen überspannt, hatte vor lauter Eifer zu viele Leute vor den Kopf gestoßen, weil er zu viel *gewollt* hatte. Trotzdem mußte man es in den richtigen Relationen sehen. Durchaus möglich, daß es ihm auch um den materiellen Vorteil ging, aber seine Ambitionen waren überwiegend beruflicher Natur.

Wer würde den Fall übernehmen? Kanajew war der wahrscheinlichste Nachfolger. Er kam in der Hierarchie direkt hinter ihm: drei ungelöste Betrugsfälle in den vergangenen zwei Jahren, und Kanajew fuhr einen funkelnagelneuen Wolga. Petruchin war ein weiterer möglicher Kandidat, obwohl zwei seiner jüngsten Ermittlungen an einer schlampigen Beweisführung gescheitert waren, was zwar verdächtig war, aber vermutlich nichts an seiner Ernennung ändern würde. Sabotin war ein Außenseiter: zu eifrig und ungestüm, aber er hatte seine Fälle gewonnen und besaß nicht einmal ein Auto. Es war an sich gleichgültig, wer es wurde: Er würde jeden, der dafür ausgesucht würde, nach besten Kräften unterstützen. Nicht, daß er viel beizutragen hatte: eigentlich so gut wie nichts, wie er bereits zugegeben hatte. Zumindest konnte er ihnen das routinemäßige Zusammentragen der ersten Beweismittel ersparen. Er würde einen Tag – vielleicht auch zwei – damit zubringen, ihnen alles zu übergeben, was er hatte, und sorgfältig darauf achten, daß er ihnen dabei nicht auch seine eigenen möglicherweise irreführenden Eindrücke oder Vermutungen oder sogar vorgefaßten Meinungen aufdrückte. Er versuchte sich seine offenkundige Enttäuschung nicht anmerken zu lassen, als er lächelnd fragte: »Wer?«

Lapinsks Gesicht verzog sich zu mehr als nur einem Stirnrunzeln, zu einer Grimasse. »Wer?«

»Wer wird mich ablösen?«

Das Husten setzte ein, wie ein Motor, der nicht anspringen will. »Der Fall wird niemand anderem übertragen. Sie leiten weiter die Ermittlungen. Aber wir müssen politische Zugeständnisse machen. Es wurde entschieden – auf noch höherer Ebene als im Außenministerium –, daß wir die technologische und wissenschaftliche Unterstützung, die uns die Amerikaner angeboten haben, annehmen.«

Danilow saß vollkommen starr da und versuchte das erst einmal zu begreifen. Das konnte noch nicht alles sein. »Und was noch, außer technologischer und wissenschaftlicher Unterstützung?«

»Das amerikanische FBI hat den Vorschlag gemacht, einen Verbindungsmann zuzuschalten.«

»Es wird ein russisch-amerikanisches Ermittlungsverfahren?« Es wurde ihm also nicht entzogen! Doch welche neuen Gefahren kamen damit auf ihn zu?

»Das wurde politisch für notwendig erachtet«, erklärte Lapinsk. »Und es ist nur zu unserem Vorteil.«

»Wir tragen nicht mehr länger allein die Verantwortung?«

»Ganz richtig!«

Ebensowenig wäre ein erfolgreicher Abschluß des Falls ausschließlich sein Verdienst. Mit einer anderen Konsequenz konnte er sich leichter abfinden: Ein Scheitern wäre nicht ausschließlich seine Schuld. Das brachte eindeutig Vorteile mit sich, nicht nur politisch. »Wie soll diese Zusammenarbeit aussehen?«

Wieder blickte Lapinsk eindringlich über den Schreibtisch hinweg und nutzte das Schweigen, um seine Worte zu unterstreichen. »*Uneingeschränkt*. Ich möchte, daß die bisherigen Animositäten, ungeachtet ihrer Ursachen, beigelegt werden. Ich *befehle* Ihnen hiermit – denn ich habe selbst den Befehl erhalten, dies zu veranlassen –, daß Sie uneingeschränkt mit den Amerikanern zusammenarbeiten. Alles wird geteilt: nichts zurückbehalten.«

»Einschließlich Suslew?«

»Natürlich einschließlich Suslew.«

»Das ist bisher noch nie vorgekommen«, sagte Danilow, mehr zu sich selbst, als zu seinem Vorgesetzten.

»Nie«, bestätigte ihm Lapinsk. »Ein erfolgreich abgeschlossenes Ermittlungsverfahren wäre das augenfälligste Beispiel für die enge Beziehung zwischen unserem Land und den Vereinigten Staaten von Amerika.«

Einen Moment verschlug es Danilow angesichts des brutalen Zynismus die Sprache. Plötzlich war Ann Harris kein hübsches Mädchen mehr, das häßlich gemacht worden war, nicht mehr das Opfer eines Irren. Mit einemmal war sie eine Schachfigur geworden, die auf dem weltpolitischen Parkett hin und her geschoben wurde: Kommt alle her, kommt her und schaut, hier ist Ann Harris, totenfratziges Aushängeschild der russisch-amerikanischen Zusammenarbeit. Er sagte: »Ja.« Mehr brachte er im Moment nicht heraus.

»Für uns bedeutet das eine enorme Absicherung«, machte ihm der nervös hustende Lapinsk klar. »Ich hätte nie gedacht, daß wir so viel Glück haben könnten.«

»Ja«, sagte Danilow noch einmal. Dann riß er sich zusammen und fragte: »Liegt uns schon ein Name vor: Wissen wir, wer der Verbindungsmann ist?«

»Noch nicht. Nur, daß er aus Washington kommt.«

Etwas verspätet wurde Danilow nun in vollem Umfang bewußt, daß er nicht abserviert worden war – und weiterhin die Möglichkeit hatte, sich all die beruflichen Vorteile zu verschaffen, die er sich zu sichern gehofft hatte. *Wenn* die Ermittlungen erfolgreich waren und der Täter überführt wurde. »Ich werde keine Probleme machen«, versicherte er seinem Vorgesetzten. Wahrscheinlich bekäme er keine zweite Chance mehr.

»Sollte es noch einmal Ärger geben«, warnte Lapinsk, wie in sofortiger Bestätigung des unausgesprochenen Gedankens, »ist der Fall für Sie erledigt. Noch ein Fehler, und der Fall – und alles andere – wird Ihnen entzogen. Möglicherweise können Sie noch in dieser Abteilung bleiben, aber Ihre Karriere wäre damit beendet. Ich werde Sie nicht mehr in Schutz nehmen. Ich kann es mir nicht leisten, Sie noch weiter in Schutz zu nehmen.«

Danilow gelangte zu der Überzeugung, bereits als fertig dressierter Sündenbock bereitzustehen, wenn in Zukunft irgendwelche Schwierigkeiten oder Katastrophen auftreten sollten. Er blieb an einem Wort hängen – *dressiert* –, aber er konnte sich nicht sofort erinnern, wo es ihm vor kurzem untergekommen war. Und dann fiel es ihm ein. Es war das Wort, das Ann Harris' Studienfreundin aus Washington benutzt hatte, um zu beschreiben, wie es war, wenn man das Opfer einer Fesselung war. Danilow fand, daß er sich nicht ganz so hilflos fühlte, noch nicht. Aber viel fehlte nicht.

Larissa war verärgert und fest entschlossen, es nicht zu verbergen. Gereizt widersetzte sie sich seinem ersten Versuch, sie zu küssen, und ließ sich in den schmalen Hotelzimmersessel plumpsen, der sie wie eine Schutzhülle umgab, so daß ihm nur noch eine Möglichkeit blieb, mit ihr in Berührung zu kommen: Er mußte vor ihr niederknien, was vermutlich das war, was sie von ihm wollte. Als er sich zu ihr hochreckte, um sie aus seiner wenig eleganten Haltung zu küssen, wandte sie erneut das Gesicht von ihm ab.

»Ich konnte wirklich nicht früher kommen.« Eigentlich hätte er in sein Büro zurückfahren sollen, um den Obduktionsbefund zu studieren.

»Ich kam mir vor wie eine Hure: die ganze Zeit im Foyer herumzusitzen!«

Sie hatte eindeutig Konkurrenz von ein paar echten Vertreterinnen dieses Gewerbes gehabt. Danilow hatte vor einer Viertelstunde im Empfangsbereich eindeutig drei von ihnen ausgemacht. »Ich habe dir doch gesagt, es tut mir leid. Ich habe dich gewarnt, daß es in den nächsten Wochen sehr schwierig für mich wird.«

Sie lächelte mit gespieltem Widerstreben auf ihn hinab, der Beginn von Verzeihung. »Dadurch wird die wenige Zeit, die wir füreinander haben, noch weiter beschnitten. Sie brauchen das Zimmer schon in einer Stunde wieder.«

Da es neben Larissa noch zwei weitere Rezeptionistinnen des Hotels gab, die eine außereheliche Beziehung unterhielten, hatten sie in einer Stadt, in der es sonst keine Möglichkeiten einer flüchtigen Unterbringung gab, folgendes System entwickelt: Eine der drei benutzte ein Zimmer, das in Kürze neu bezogen werden sollte, während die anderen aufpaßten, daß es zu keiner Störung kam und ein echter Hotelgast das Zimmer nicht versehentlich zu früh bekam. Da Danilow noch Nowikows Material durchkauen mußte, war er froh über die knapp bemessene Frist. Er fragte sich beiläufig, wer das Zimmer in einer Stunde offiziell beziehen würde. Und wie die betreffende Person reagieren würde, wenn sie wüßte, wozu ihr Zimmer unmittelbar davor benutzt worden war. Endlich ließ sich Larissa richtig küssen und drehte sich in ihrem Sessel so herum, daß sie ihm die Arme um den Hals schlingen und ihn an sich ziehen konnte. Seine Knie begannen zu schmerzen.

»Du hast mir gefehlt«, sagte sie.

»Du mir auch.«

»Wie geht's Olga?«

Er zuckte mit den Achseln. »Wie immer.« Larissa war nicht schlampig und ungepflegt wie seine Frau. Das Rezeptionistinnenkostüm war noch tadellos in Schuß, ohne Flekken. Und die weiße Bluse sah nicht aus, als wäre sie den ganzen Tag getragen worden. Larissa duftete frisch und parfümiert, und Danilow vermutete, sie hatte sich für ihn zurechtgemacht: Ihr zartroter Lippenstift war frisch aufgetragen und der Lidstrich nachgezogen. Einem plötzlichen Impuls nachgebend, nahm er eine ihrer Hände. Der Nagellack paßte zum Lippenstift. Er zog ihr einen Schuh aus. Auch ihre Zehennägel waren lackiert, in einer etwas kräftigeren Farbe als die von Ann Harris.

»Was machst du da?« fragte sie mit einem gespielten Stirnrunzeln.

»Nichts.« Er verharrte mit ihrem Fuß in seiner Hand. Welcher Grund – welcher Fetisch – veranlaßte den Mörder, die Schuhe ordentlich neben den geschorenen Kopf zu stellen?

»Ich hasse Jewgenij!« stieß sie unvermittelt hervor. »Ich kann es nicht mehr ertragen, wenn er mich anfaßt.«

»Faßt er dich denn an?« In Danilow regte sich leichte Eifersucht, was groteske Heuchelei war. Jewgenij war ihr Mann. Er hatte ein Recht darauf.

»Manchmal. Gestern nacht wollte er auch, aber er war zu betrunken.« Sie rutschte auf dem Sessel nach vorn und spreizte die Beine so weit um ihn herum, wie es ihr enger Rock zuließ. »Um Eindruck auf mich zu schinden, gab er damit an, die Dolgoprudnaja zu kennen.«

Das organisierte Verbrechen war eine unter den Teppich

gekehrte Folgeerscheinung der *Perestroika*. Die Dolgoprudnaja war eine besonders mächtige Mafiafamilie, von der allgemein bekannt war, daß sie den ganzen Nordwesten Moskaus kontrollierte. Zu der Zeit, als Danilow noch bei der Miliz gewesen war, hatte es so etwas nicht gegeben. »Dein Mann ist ein geldgieriger Trottel.«

»Wenn du wolltest, könntest du ihn offiziell melden.«

»Das will ich aber nicht.« Danilow hatte Kosow mit allen dankbaren Schwarzmarkthändlern, die er kannte, bekanntgemacht, bevor er ihm die Leitung des Milizbezirks übertragen hatte: Das war, wie das System funktionierte. Eduard Agajans, der überschwengliche Armenier, war der erste gewesen. Sie hatten wie immer Weinbrand getrunken. Agajans hatte augenzwinkernd erklärt, er werde sich schon um den Neuling kümmern. Kosow hatte das Lächeln erwidert und Agajans versichert, auch er brauche sich keine Sorgen zu machen. Er werde, wie bisher Danilow, weiter eine schützende Hand über ihn halten.

»Warum nicht?«

»Jetzt stell dich doch nicht dümmer, als du bist, Larissa. Du weißt sehr genau, warum nicht.«

»Du könntest nicht mehr belangt werden. Nicht, nach so langer Zeit.«

Danilow konnte sich nicht erinnern, ihr von seinen Machenschaften erzählt zu haben: Er vermutete, das hatte ihr Mann getan. Er sagte: »Es würde rein gar nichts passieren. Er würde die Ermittler schmieren.« Das war ein berechtigter Einwurf; in Moskau gab es wahrscheinlich mehr korrupte Polizisten als ehrliche.

Larissa erhob sich aus dem Sessel, blieb aber da stehen, wo er kniete, als sie sich für ihn auszog. »Für uns wäre es wesentlich besser, wenn Jewgenij nicht wäre.«

»Ich will jetzt nicht über Jewgenij sprechen«, sagte Danilow mit belegter Stimme. Larissa war nackt, ihr schwarzes Dreieck nur Zentimeter von seinem Gesicht entfernt. Sie hatte sich dort eingeölt. Offensichtlich hatte sie schon genau gewußt, was sie von ihm wollte.

»Wesentlich besser«, wiederholte sie und schob ihm das

duftende Festmahl zum Essen hin, und er schlug herzhaft zu. Es war gut, wie es mit Larissa immer war. Sie liebte sich mit ihm in vollkommener Hingabe und auf jede nur erdenkliche Weise, ohne Hemmungen, begierig, jedes Lustempfinden zu teilen, und wenn sie schließlich mit ihm zum Höhepunkt kam, bäumte sie sich unter ihm auf. Danilow verzog vor Schmerzen das Gesicht, wenn sich ihre Nägel in seinen Rücken gruben, gleichzeitig fürchtend, sie könnten Spuren hinterlassen. Er mußte vorsichtig sein. Danilow rutschte von ihr, stützte sich seitlich auf den Ellbogen. Ihre Sieh-mich-an-Brüste knospten stolz in die Höhe, forderten Anerkennung. Als Larissa seine Blicke sah, sagte sie: »Sie gehören dir.«

Danilow küßte beide Brustwarzen. »Wir müssen bald gehen.«

»Selbst schuld. Wenn du nicht so spät gekommen wärst, könnten wir es noch mal machen.«

Danilow war sich nicht sicher, ob er noch einmal gekonnt hätte. Ihr Haar, lang und von einem tiefen Braun, lag wirr über das Kopfkissen verteilt, umrahmte ihr Gesicht. Unvermittelt mußte er daran denken, wo sie wohnte. Er fragte: »Wie kommst du nach Hause?«

Larissa runzelte die Stirn. »Zu Fuß natürlich. Wie immer.«

Das hieß, sie mußte durch das Gebiet, in dem Wladimir Suslew und Ann Harris ermordet worden waren. »Nimm lieber den Bus«, drängte er sie. »Oder die U-Bahn. Meinetwegen sogar ein Taxi.«

Die Frau stützte sich auf ihren Ellbogen, um ihn anzusehen. »Die Busse und die U-Bahn werden sehr voll sein.«

»Der Mord, an dem ich gerade arbeite. Ziemlich schlimme Sache. Ganz in deiner Nähe.«

Sie wurde ernst. »Du meinst, ich soll besonders vorsichtig sein?«

»Genau das meine ich.«

»Sollten die Leute nicht gewarnt werden? In der Zeitung oder so?«

Vielleicht sollte er diesen Punkt mit Lapinsk besprechen. »Sei jedenfalls vorsichtig.«

»Du wirst ihn doch bald fassen, oder nicht?« Larissa lächelte unsicher. »Er wird dir doch nicht entwischen? Und weiter die Gegend unsicher machen?«

Genau das war es vermutlich, was der Kerl im Moment machte, dachte Danilow: die Gegend unsicher machen, nach einem neuen Opfer Ausschau halten. »Ich werde ihn schnappen.« Das war ein Versprechen.

»Ich werde den Bus nehmen.« Dann fuhr sie, einen raschen Gedankensprung vollziehend, fort: »Als wir im Kino waren, meinte Olga, wir sollten mal wieder alle zusammen was unternehmen. Sie meinte, das hätten wir schon lange nicht mehr gemacht.«

So hatte die Affäre mit Larissa angefangen: zwei Milizkollegen, die ihre Frauen miteinander bekanntmachten, gegenseitige Einladungen zum Abendessen, bei denen bestechungseingerichtete Wohnung mit bestechungseingerichteter Wohnung verglichen wurde, die gelangweilte Larissa flirtend, er zuerst überrascht, dann geschmeichelt. »Was hast du gesagt?«

»Daß es nett wäre. Wäre es doch, oder nicht?«

»Ja«, sagte Danilow. Er war sich nicht so sicher.

»Ich sollte mal dein Zimmer saubermachen.« Valentina Jeschow war eine korpulente, dominante Frau, die sich eingeredet hatte, ihr Mann hätte sie aus Scham darüber verlassen, einen geistig behinderten Sohn gezeugt zu haben. Das stimmte jedoch nicht. Der Mann hatte im Lauf ihrer Ehe eine wachsende Abneigung gegen sie entwickelt.

»Nicht nötig. Ich habe selbst saubergemacht.«

»Was hast du da drinnen eigentlich?« fragte sie argwöhnisch.

»Nichts«, antwortete Jeschow.

»Warum läßt du mich dann nicht hinein?«

»Weil ich es einfach nicht will.« In den Anstalten hatte er nichts nur für sich gehabt; die Schwestern und die Wärter hatten zu allem Zugang gehabt, nach Lust und Laune überall herumgeschnüffelt.

»Was machst du eigentlich, wenn du nachts spazierengehst?«

»Nur spazierengehen.«

»Ich will keinen Ärger mehr.«

»Ich habe mich gebessert.«

Es war dumm von ihr gewesen, sich keinen Nachschlüssel von seinem Schlafzimmerschlüssel zu besorgen, bevor sie ihn ihm gegeben hatte. »Ich will doch nur saubermachen. Ich schnüffle nicht rum.«

»Ist schon in Ordnung.«

»Mach bitte keine Dummheiten mehr.« Die Kleinmädchenbitte hörte sich komisch an von einer so großen Person.

»Ich hab' doch gesagt, ich hab' mich gebessert!«

10

Danilow erkannte darin die Fortführung einer sattsam bekannten Phase eines Ermittlungsverfahrens: der Phase, in der es noch so vieles zu lesen und aufzunehmen galt, bei dem aber, hoffte man, plötzlich eine Unstimmigkeit aufflackern würde, um einen Weg aufzuzeigen, ein kurzes Aufleuchten in einem dunklen Tunnel. Im Moment fühlte er sich noch von allen Seiten von tiefer Finsternis umgeben.

Als er in sein Büro zurückkam, hatten dort bereits die versprochenen Untersuchungsergebnisse der Spurensicherung und ein verschlossener Umschlag, auf den Pawin ›Telefonunterlagen‹ geschrieben hatte, auf ihn gewartet. Es gab noch weitere Nachrichten seines Assistenten, des Inhalts, daß der Beweismittelraum wie gewünscht eingerichtet, alle Beweismittelbehälter dort deponiert und jeder Schlüssel zu dem Raum abgegeben worden sei, so daß sich keine Unbefugten Zutritt dazu verschaffen könnten. Auch die Reinigungskräfte hatten entsprechende Anweisungen erhalten.

Den bereits auf dem Schreibtisch aufgereihten Unterlagen fügte Danilow den Obduktionsbefund hinzu. Dann saß er eine Weile nur da und blickte, unschlüssig, wo er anfangen sollte, auf alles hinab. Schließlich fing er gar nicht an, nicht sofort jedenfalls. Olga nahm beim dritten Läuten ab. Er sagte, er hätte noch viel zu tun und es würde bestimmt spät. Sie wollte ihm etwas Borschtsch auf dem Herd stehenlassen, damit er ihn sich selbst warm machen konnte, wenn sie schon im Bett war. Er sagte, er habe keinen Hunger, gab ihr aber recht, daß er später vielleicht welchen bekommen könnte. Es war ein Brief vom Händler gekommen, in dem ihre Bestellung für den Jiguli bestätigt wurde, allerdings ohne daß schon ein Liefertermin genannt werden konnte. Die Waschmaschine im Keller war repariert, aber zwei andere Frauen aus dem Haus waren vor ihr an der Reihe: Sie war nicht sicher, ob sie die Hemden heute abend fertig bekäme, aber sie wollte es versuchen. Der Film, den sie sich am Abend zuvor mit Elena und Larissa angesehen hatte, war gut gewesen. Danilow sagte, das freue ihn. Auch das Gewerkschaftsrestaurant, in dem sie hinterher gewesen waren, war gut gewesen: Sie müsse auch mal mit ihm hingehen. Danilow sagte, das fände er gut.

»Hast du den Mörder schon?« Aus Olgas Stimme sprach ungefähr so viel Interesse wie in dem Moment, in dem sie ihm von der Suppe erzählt hatte.

»Noch nicht.«

»Das Taxi gestern abend war ziemlich teuer: fast sechzig Rubel.«

»Trotzdem bin ich froh, daß du es genommen hast.«

»Wenn du deinen Einfluß ein bißchen spielen lassen würdest – so, wie im Bezirk –, könnten wir einen eigenen Wagen haben. Schau doch nur mal, wieviel einfacher für Jewgenij und Larissa alles ist. Übrigens, ich habe mit Larissa verabredet, daß wir alle vier einen Abend miteinander verbringen.«

»Ich …«, begann Danilow, ohne zu überlegen. »Gut«, sagte er schließlich.

»In ihrer Wohnung. Nicht in unserer.«

»Wenn du keine Lust hast, mußt du es nur sagen!«

»Ich habe aber Lust.«

»Wahrscheinlich schlafe ich wirklich schon, wenn du nach Hause kommst.«

Zuerst den Obduktionsbefund, beschloß er: Der Amerikaner hatte eine Kopie davon; demnach würden sie darüber aller Wahrscheinlichkeit zuerst sprechen. Er mußte gut vorbereitet sein. Danilow gewann sofort den Eindruck, daß Nowikow den ganzen Befund neu formuliert und geschrieben hatte, nachdem er erfahren hatte, wer das Opfer war. Die äußere Form war tadellos, ohne die überschriebenen Tippfehler, mit denen alles Schriftliche von Nowikow normalerweise übersät war. Außerdem war der Befund am Rand mit Marginalien versehen, eine weitere Neuerung.

Besondere Sorgfalt verwandte Danilow darauf, die Details über die Wunde mit Nowikows mündlichen Angaben zu vergleichen, da er sicher war, daß der Pathologe jede Notiz und Annahme genauestens nachgeprüft hatte, nachdem er erfahren hatte, daß sich die Amerikaner in die Ermittlungen einschalteten. Die Tiefe der Wunde wurde jetzt mit neunzehn und einem viertel Zentimeter angegeben, und die Dicke betrug am Messerrücken knapp fünf Millimeter, aber mit minimalen Anzeichen von seitlichen Lazerationen an der Schneide, was auf ein auffallend leichtes Eindringen der Klinge hindeutete. Demnach mußte die Klinge nicht nur extrem spitz, sondern auch sehr scharf geschliffen gewesen sein. Eine erheblich andere Ansicht wurde hinsichtlich der Verlaufsrichtung der Klinge geäußert, was eine weitere Eintragung in Danilows Notizblock erforderte. Bei ihrer mündlichen Unterredung hatte Nowikow behauptet, das Messer sei *leicht* nach oben gerichtet eingedrungen. Inzwischen wies der Pathologe darauf hin, die Wunde verliefe nach dem Eintreten zwischen achtem und neuntem Rippenbogen eindeutig nach oben, weshalb der Punkt, an dem die Klinge ins Herz eingedrungen sei, einen ganzen Zentimeter höher liege als die Einstichstelle. Danilow wandte sich vom Obduktionsbefund ab, schrieb etwas auf seinen Block und vermerkte daneben, daß Ann Harris einen Meter fünfundsechzig groß gewesen war. Dann schrieb er »Größe des Mörders?« und kreiste es ein.

Als er beim Weiterlesen auf etwas stieß, das Nowikow ihm gestern nicht gesagt hatte, stieg leichter Ärger in ihm auf, den er sich jedoch rasch wieder versagte: Ohne das Wissen um die vielsagenden Hinweise in Ann Harris' Korrespondenz, die nur er gelesen hatte, hatte der Pathologe die Bedeutsamkeit dieses Details nicht ahnen können. Nowikow hatte an beiden Brüsten Kontusionen festgestellt, stärker auf der rechten Seite, wo die Haut in der Nähe der Brustwarze sogar leicht aufgeplatzt war. Der Pathologe äußerte die Vermutung, daß die Verletzung am ehesten von einem Biß stammen könnte. Auch an der rechten Hüfte befand sich eine Quetschung, ebenfalls zusammen mit Zahnspuren. Keine der Verletzungen wies eine Post-mortem-Färbung auf, aber sie mußten der Toten wenige Stunden vor ihrem Ableben beigebracht worden sein. Was waren Bißspuren auf der Brust anderes als sexuelle Nötigung? dachte Danilow. So rasch wie zuvor unterdrückte er die Kritik. Seine Frage vom Vortag hatte sich auf sexuelle Nötigung am Tatort bezogen. Wenn die Verletzungen der Toten vor ihrer Ermordung beigebracht worden waren, dann vermutlich, als sie in ihrer Wohnung in der Uliza Puschkinskaja mit dem Mann geschlafen hatte, von dem etwas Sperma in ihrer Vagina gewesen war. Weitere Kontusionen hatte Nowikow an beiden Nasenflügeln und am mittleren Nasenknorpel gefunden, wobei sich letztere sechs Millimeter auf die Oberlippe hinabzog. An der Innenseite der Oberlippe hatte sich außerdem eine leichte Lazeration befunden. Danilow vermerkte die neuen Informationen auf seinem Block, mit dem Hinweis, den Obduktionsbefund des ersten Opfers nachzuprüfen. Gleichzeitig fragte er sich, wieviel von den Verletzungen er selbst hätte erkennen können, wenn er sich hätte überwinden können, Ann Harris' Leiche richtig anzusehen.

Kurz vor ihrem Tod, nicht mehr als vier Stunden zuvor, hatte Ann Harris Nowikows Schätzungen zufolge eine Mahlzeit zu sich genommen. Ihr Magen enthielt unverdautes Schweinefleisch und etwas Apfel- und Traubenschalen. Des weiteren ließen sich neben etwas Essigsäure, was auf den Genuß von Wein hindeutete, Spuren von stärkerem Alkohol feststellen. Da Danilow wußte, daß das Mädchen und ihr Begleiter in der Wohnung Wodka getrunken hatten, nahm er an, daß sie davon herrührten.

Die Küche in der Uliza Puschkinskaja war sauber gewesen, und nichts hatte darauf hingedeutet, daß eine Mahlzeit zubereitet und die Küche hinterher saubergemacht worden war. Wo hatte Ann Harris demnach gegessen? Und Wein getrunken? Und mit wem?

Als Danilow umblätterte, stieß er auf ein weiteres Versäumnis, und diesmal ließ er seinem Ärger freien Lauf. Er konnte sich ganz deutlich erinnern, daß Nowikow gesagt hatte, es gebe keine Hinweise, daß sich Ann Harris gegen ihren Mörder gewehrt habe. *Sie war praktisch sofort tot*, hatte der Mann gesagt. Doch hier stand, zwei Nägel – am Zeige- und Mittelfinger der linken Hand – waren abgebrochen. Rasch, aber erfolglos überflog Danilow die nächsten fünf oder sechs Zeilen und suchte nach einer Maßangabe, wie lang die Fingernägel der Frau gewesen waren. Dann setzte er sich nachdenklich zurück. Hatte sie sich demnach trotz Nowikows gegenseitiger Behauptungen doch gewehrt? Wenn sie es getan hatte, und dies immerhin so heftig, daß ihr zwei Fingernägel abgebrochen waren, bestand die Möglichkeit, daß der Mörder irgendwelche Spuren davongetragen hatte, zum Beispiel Kratzer im Gesicht oder an den Händen. Die Unstimmigkeit fiel ihm sofort auf. Hätte sie ihren Mörder gekratzt, hätten Haut- oder Blut- oder Haarspuren unter ihren Fingernägeln sein müssen. Und danach hatte er ihn ausdrücklich gefragt. *Nichts*, hatte Nowikow gesagt.

Bevor er den Obduktionsbefund beiseite schob und sich den Bericht der Spurensicherung vornahm, machte sich Danilow zur Erinnerung eine weitere Notiz.

Die Spurensicherung hatte zwei eindeutig unterschiedliche Sets von Fingerabdrücken entdeckt sowie eine kleine Anzahl von undefinierbaren Flecken, die, ihrer Oberflächendeckung nach zu schließen, schon älter waren. Ann Harris' Fingerabdrücke waren eingekringelt gewesen. Die des zweiten Sets hatten an der Seite schlingenförmige Einschlüsse aufgewiesen. Danilow fiel sofort eine Besonderheit der zweiten, noch nicht identifizierten Abdrücke auf. Auf dem leeren Wodkaglas im Wohnraum hatte sich ein kompletter Fingerabdrucksatz einer rechten Hand befunden, und zwei weitere vollständige Abdrucksätze der linken und rechten Hand waren auf der Kommode im Schlafzimmer und auf dem Waschbecken im Bad entdeckt worden, als hätte sich die betreffende Person auf ihre nach vorn gestreckten Hände gestützt. Aber sie waren *nicht* vollständig. Der Zeigefinger der rechten Hand war nämlich jedesmal nur halb abgedrückt. Beim kleinen Finger derselben Hand war der Abdruck durch einen winzigen dreieckigen Fleck beeinträchtigt, der frei von jeglichen Ringen war, was im Bericht auf Narbengewebe zurückgeführt wurde. Nirgendwo sonst in der Wohnung, wo einzelne Fingerabdrücke entdeckt worden waren, war ein vollständiger Abdruck des Zeigefingers gefunden worden. Die Abdrücke auf der Wodkaflasche stammten ausschließlich von Ann Harris.

Vergleichende Analysen hatten ergeben, daß Teile der Kopf- und Schambehaarung auf den Bettlaken von der Toten stammten, aber es waren auch Haare einer anderen Person dabei. Infolge winziger Spermaflecken hatte eine Blutgruppe B, Rhesus negativ, ermittelt werden können. Des weiteren waren Flecken einer spermiziden Chemikalie entdeckt worden, die mit der Zusammensetzung der empfängnisverhütenden Pessare aus dem Nachttisch übereinstimmten. Mikroskopuntersuchungen des Lakens hatten in der Nähe einer Stelle, wo ein Kopfkissen gewesen sein dürfte, einen winzigen Blutfleck zutage gefördert. Die Blutgruppe war B positiv, die selbe wie die der toten Frau. Auf dem Kopfkissen auf der linken Bettseite wurden, wieder so schwach, daß sie sich nur unter dem Mikroskop feststellen ließen, Spuren von anhydrischem Wollfett und weißem Paraffin entdeckt. Beides waren gebräuchliche Inhaltsstoffe von Hautpflege- und Reinigungscremes.

In der ganzen Wohnung waren Woll-, Nylon, Polyester- und Seidenfasern gefunden worden. Alle Farbstoffe waren amerikanisch gewesen. Es konnten keinerlei als russisch zu identifizierende Faserspuren entdeckt werden.

Erst einmal enttäuscht, legte Danilow den Bericht der Spurensicherung neben den Obduktionsbefund. Er hatte sich mehr erwartet – ohne zu wissen, was es hätte sein können.

Was *hatte* er also inzwischen? Größtenteils eine Bestätigung von Dingen, die er bereits wußte, sah man einmal von diesem seltsamen Fingerabdruck ab, der sich nicht identifizieren ließ. Es war der einzige Punkt im ganzen Bericht, den er besonders hervorgehoben hatte.

Er saß ganz allein in dem leeren, fast völlig dunklen Gebäude und war eine Weile tief in Gedanken versunken. Und dann, ganz plötzlich, stieß er auf das, was möglicherweise das Wichtigste von all dem war, was er gelesen hatte: wichtig wegen dem, was es *nicht* sagte.

Irgendwann im Verlauf des Abends vor ihrem Tod hatte Ann Harris einen Geliebten in der Uliza Puschkinskaja zu Besuch gehabt. Sie hatte zusammen mit ihm im Wohnzimmer gesessen und getrunken. Er war in der Wohnung herumgegangen, war im Bad und im Schlafzimmer gewesen. Im Schlafzmmer hatte er sich ausgezogen, war mit ihr ins Bett gegangen und hatte mit ihr geschlafen. Aus Erfahrung wußte Danilow, daß es praktisch unmöglich war, daß sich im Zuge dieser Aktivitäten *nichts* – kein Faden und keine Faser – von der Kleidung des Mannes gelöst hatte. Doch das Resümee des Berichts war eindeutig: Nirgendwo in der ganzen Wohnung war etwas gefunden worden, das sich als russisch hätte identifizieren lassen. Danilow grinste. Er war nicht mehr enttäuscht. Jetzt hatte er eine Richtung, in die er gehen konnte. Er fragte sich, wohin sie ihn führen würde, und dachte sofort, daß er das im letzten Dokument, das er noch zu lesen hatte, erfahren könnte.

Die Telefonüberwachung erstreckte sich über den Monat vor Ann Harris' Ermordung. Die Liste der nach draußen gehenden Anrufe war relativ kurz, und dank seines früheren Studiums von Ann Harris' Adreßbuch konnte Danilow die meisten von ihnen identifizieren. Es gab eine Nummer, die sie häufiger angerufen hatte als irgendeine andere.

Eindeutig eine Richtung, fand Danilow. Möglicherweise brachte auch das bevorstehende Eintreffen eines FBI-Beamten einen sehr konkreten Vorteil mit sich. Nannte man sie Beamte oder Agenten? Er war nicht sicher.

Es war schwierig, das Zittern unter Kontrolle zu bekommen. Die Angst, die ihn durchbebte, war so stark, daß sie ihm fast physische Schmerzen bereitete. So nah, so unglaublich, geradezu katastrophal nah. Es war ein Wunder, daß sie das Messer nicht gesehen hatten, das Messer, das sich tatsächlich auf ihren Rücken zubewegt, fast den dicken braunen Stoff berührt hatte. Es wäre so leicht reingeflutscht: wie Samt. So mußte es auch reingehen, wie Samt. Ihr Haar war wundervoll gewesen, lang und blond. Es wäre schön gewesen, blondes Haar mitnehmen zu können. Und natürlich die Knöpfe. Es wären eine Menge Knöpfe gewesen. *So* nah: nah genug, um hören zu können, wie sie sagte, es tue ihr leid, daß sie sich verspätet habe, und um das verzeihende Lächeln des Mannes sehen zu können, als er aus einer dunklen Seitenstraße der Uliza Kislowskij kam, um sie zu küssen. Hätte sich mehr Zeit lassen sollen, sich nicht so sehr danach sehnen dürfen, es wieder zu tun. Hätte vorsichtiger sein müssen, sich vergewissern, daß sie allein war, sich mit niemandem traf. Kein schlimmer Patzer, kein Grund, so zu zittern. War nicht erwischt worden. Das nächste Mal würde er es richtig machen. Wie Samt. Mehr Haar. Mehr Knöpfe.

Er hatte sie genommen, bevor sie richtig wach gewesen war, ungeheuer erregt, und vor Überraschung war es Pauline schwer gefallen, voll auf seine Erregung einzusteigen. Am Ende hatte sie nicht mit ihm Schritt gehalten, aber sie glaubte nicht, daß er es gemerkt hatte: Sie wußte, er war zufrieden darüber, wie es gewesen war. Danach machte Pauline im Morgenmantel Frühstück. Andrews war vollständig und tadellos angezogen, als er aus dem Schlafzimmer kam.

»Ich fahre heute abend nach Scheremetjewo raus, um ihn abzuholen«, verkündete Andrews.

Pauline schenkte Kaffee ein, als ihr Mann sich setzte. »Das ist aber sehr rücksichtsvoll.«

»Soll ich ihm irgendwas ausrichten?«

Sie blickte stirnrunzelnd auf ihn hinab. »Grüß ihn einfach von mir. Was sonst?«

»Was ist es für ein Gefühl für dich, ihn wiederzusehen?«

Pauline stellte die Kaffeekanne ab. Sie merkte, sie mußte mit der Antwort vorsichtig sein. »Eigentlich habe ich überhaupt kein Gefühl dabei.«

»Wir werden ihn hier zum Essen einladen. Das möchtest du doch, oder nicht? Ihn zum Essen einladen.«

»Wenn du möchtest.«

»Möchtest *du* es denn?«

»Das mußt du entscheiden, Barry. Das weißt du doch.«

»Ja«, sagte er. »Das muß ich entscheiden.«

11

Andrews postierte sich in der Nähe der Tür hinter der Zollkontrolle und eilte auf Cowley zu, sobald er auftauchte. Doch dann schien er plötzlich nicht mehr zu wissen, was er mit seinen Händen anfangen sollte. Erst hielt er sie vor sich, dann verschränkte er sie hinter dem Rücken. Das Lächeln kam zögernd. »Hi! … Hi, Bill … schön, dich zu sehen.«

»Ich hatte nicht damit gerechnet, daß du mich abholst.« Konnte es wirklich schön sein, den Mann zu sehen, der ihm seine Frau genommen hatte? Nicht genommen, korrigierte sich Cowley auf der Stelle: Er hatte Paulines Liebe verloren, lange bevor Andrews aufgetaucht war.

»Wie geht's?« Diesmal hielt das Lächeln geringfügig länger an.

»Ganz okay.«

Darauf trat zwischen den beiden in dem lärmerfüllten Flughafengebäude ein unbehagliches Schweigen ein. Schließlich sagte Andrews: »Ich hielt es für das beste, die ganze Geschichte gleich am Anfang aus der Welt zu schaffen. Zwischen dir und mir.«

»Hast du vom Direktor Anweisungen erhalten?«

»Ziemlich ausführliche.«

»Es war eine Entscheidung der Zentrale. Politisch.«

»Das stand auch in meinen Anweisungen.«

»Ich hoffe, wir können zusammenarbeiten.«

»Warum nicht?« Das Lächeln kam wieder.

Um sie herum kam es zu einem kurzen Gedränge, und Cowley spürte ganz dicht neben sich zwei Männer, die sich auf englisch flüsternd über das Angebot an Taxis unterhielten.

»Sehen wir lieber zu, daß wir hier wegkommen!« sagte Andrews. Er wollte schon nach Cowleys Reisetasche greifen, zog aber die Hand wieder zurück. Der Botschaftswagen stand direkt vor dem Terminal. Die Straße in die Stadt war mit Schlaglöchern übersät, und der Wagen wurde kräftig durchgeschüttelt. »Wie in New York!« brummte Andrews.

»Wie geht's Pauline?« Es wäre lächerlich gewesen, wenn Cowley nicht gefragt hätte.

»Gut ... bestens ... Sie läßt dich schön grüßen.«

»Grüß sie auch von mir.« Es lief wesentlich besser mit ihnen, als er erwartet hatte.

»Morgen will dich gleich als erstes der Botschafter sprechen«, verkündete Andrews. »Eine Lektion in Sachen Politik, nehme ich mal an.«

»Die habe ich bereits in Washington bekommen.« Cowley konnte sich nicht mehr erinnern, daß Andrews so gesprochen hatte; er feuerte die Worte mehr ab, als daß er sie aussprach. Cowley nahm leichten Zigarrengeruch im Wagen wahr: Er konnte sich auch nicht erinnern, daß Andrews geraucht hatte. Cowley blickte nach draußen. Abgesehen von fernen Lichtern auf der rechten Seite war jedoch nicht viel zu sehen. »Viele Informationen sind anscheinend nicht verfügbar.«

»Verfügbar *gemacht*«, modifizierte Andrews. »Der Ermittler ist ein Arschloch. Er heißt Danilow, Dimitri Danilow. Hinterfotziges Schwein.«

»Soviel ich verstanden habe, sollten wir kooperieren.«

»Wir hätten die Ermittlungen ganz und gar in die Hand nehmen sollen, uns nicht nur daran beteiligen. Wir werden eine Menge Druck machen müssen, um zu kriegen, was wir wollen. Da ist ein Obduktionsbefund, den du wahrscheinlich noch nicht gesehen hast.« Andrews tätschelte ein Dossier neben sich. »Ich hab' ihn hier.«

Vor ihnen begannen sich Gebäude abzuzeichnen, hohe Wohnblöcke, und von den Straßenlampen begann sich die Dunkelheit zu lichten. »Erzähl mir von Danilow.«

»Typischer Wichtigtuer, von Tuten und Blasen keine Ahnung und völlig überfordert von dem Fall, was er natürlich partout nicht zugeben will. Hat sich Zutritt zu ihrer Wohnung verschafft, bevor wir hinkommen konnten. Hat sie plombiert. Deswegen machen wir ihnen schon die ganze Zeit gewaltig Dampf. Sie haben uns eine Liste der Gegenstände gegeben, die sie entfernt haben, aber wir können unmöglich feststellen, ob sie korrekt ist. Auch die Herausgabe der Leiche verlangen wir.«

»Irgendwas Auffälliges bei der Autopsie?«

Andrews grinste ihn an. »Sie ist gebumst worden. Was sagst du dazu! Senator Burdens jungfräuliche Nichte ist gebumst worden.«

»Ich dachte, es gäbe keine Spuren einer Vergewaltigung.«

»Gebumst, bevor sie auf die Straße ging.«

»Freund?«

»Soviel ich weiß, hatte sie keinen. Der typische frigide Blaustrumpf.«

»Kanntest du sie?«

»Oberflächlich. Von irgendwelchen Festessen und ähnlichen Anlässen.«

»Was für eine Art Mädchen war sie?«

»Attraktiv. Gute Figur, klasse Titten. Sehr selbstbewußt. Wußte um die Rückendeckung ihres Onkels zu Hause in den Staaten. Machte sich nicht viel aus unteren Chargen wie mir. Sah sich selbst als jemand auf Botschafter- und First-Secretary-Level.«

Das Auto bog in die Uliza Tschaikowskaja, und Cowley sah die Botschaft vor ihnen auftauchen. »Du mochtest sie also nicht?«

Der andere Mann hob die Schultern. »Weder mochte ich sie noch mochte ich sie nicht. Wie gesagt, ich kannte sie nur oberflächlich.« Er bog in die Seitenstraße an der alten Botschaft, die auf das neue Botschaftsgebäude und den dahinterliegenden Wohnkomplex zuführte. »Wir benutzen zwar die Unterkünfte, aber diese Schweine haben darauf bestanden, sie von einheimischen Arbeitern bauen zu lassen, und haben in der neuen Botschaft alles verwanzt. Jetzt müssen wir alles wieder abreißen und neu bauen.«

Die Suite, die Cowley zugeteilt bekommen hatte, bestand aus einem Wohnraum mit einer Kochnische sowie einem Schlafzimmer und einem separaten Bad mit Dusche. Der Wohnraum war mit amerikanischen Möbeln eingerichtet: eine Couch und zwei Sessel, die mit einem grobgewebten, hellbeigen Material bezogen waren und auf einem langflorigen weißen Teppich standen, ein Eßtisch und vier Stühle aus dunklem Holz. Das Bücherregal enthielt hauptsächlich National-Geographic-Publikationen, größtenteils Führer und Schriften über die neue russische Konföderation und das Leben in Rußland. Unter dem Fernseher war ein Videorecorder.

Andrews deutete mit dem Kopf darauf und sagte: »Das Fernsehen hier kannst du vergessen – außer CNN, das wir über Satellit reinkriegen. Aber es gibt eine Videobibliothek. Und der Sergeant der Marines kann Sexfilme besorgen.«

»Ich rechne nicht damit, daß ich viel zum Fernsehen kommen werde«, sagte Cowley. »In deinem Telegramm stand, der Ermittler …« Er hielt inne, um nach dem Namen zu suchen. »Danilow … er spricht Englisch?«

»Dieser Wichser hat uns damit sogar reingelegt«, gab Andrews zu. »Saß da und faselte Russisch und hörte genau zu, was wir untereinander redeten. Ein richtiges Arschloch! Was dagegen, wenn ich rauche?«

Ja, dachte Cowley. »Tu dir keinen Zwang an«, sagte er. Cowley fragte sich, wie sehr er die Sprache brauchen würde, die er zu lernen angefangen hatte, als er beim militärischen Abwehrdienst gewesen war, wo er ursprünglich Karriere zu machen versucht hatte. Doch dann war er zum FBI gegangen, wo er im Sprachenzentrum des Bureau in Monterey fast fließend Russisch gelernt hatte. Der Umstand, daß der Russe vorgegeben hatte, kein Englisch zu können, um alles mitzubekommen, was gesprochen wurde, sah nicht nach einem kleinen Wichtigtuer aus, der von Tuten und Blasen keine Ahnung hatte. »Ich werde mir wahrscheinlich erst nach und nach klar darüber werden, wie ich am besten vorgehe.«

Andrews ging in Richtung Kochnische und steuerte zielstrebig auf einen Schrank mit einer Auswahl an Flaschen zu. Unterwegs steckte er sich eine Zigarre an. »Extra für dich aufgestockt!« Es war eher eine Vorwegnahme als eine Ankündigung. »Was möchtest du?«

»Ich trinke nicht mehr.«

Andrews bedachte ihn mit einem Blick, der an Ungläubigkeit grenzte. »Das ist doch nicht dein Ernst!«

»Doch.«

»Also wirklich! Wer hätte das gedacht?« Andrews schenkte sich einen Scotch ein, auf Eis.

Cowley gestattete sich keinen Ärger über die unverhohlene Herablassung. Er *war* ein Säufer gewesen, weshalb jemandem, der ihn so gut gekannt hatte wie Andrews, durchaus ein gewisses Maß an Ungläubigkeit zustand. Und wenn er eine Reaktion zeigte, dachte Andrews vielleicht, der Grund dafür wäre ein anderer als bloßer Ärger darüber, nicht ernst genommen zu werden. Er sagte: »Was kannst du mir für Tips geben?«

»Laß dir von Danilow nichts gefallen. Geig diesem Arschloch ordentlich den Marsch. Zeig ihm, wer von jetzt an das Sagen hat.«

»Danke für den Rat«, sagte Cowley. Der andere Mann schien die Vorbehalte nicht mitzubekommen.

»Irgendwie war mir ganz schön mulmig, seit ich weiß, daß du kommen würdest«, gab Andrews zu. »Dir nicht auch?«

»Sicher.«

»Ich sehe an sich keinen Grund, weshalb es Schwierigkeiten geben sollte. Was mich angeht, wird es auch keine geben.«

Cowley war überrascht, daß Andrews seine untergeordnete Rolle so bereitwillig angenommen hatte, trotz der Anweisungen aus Washington. »Was mich angeht, genausowenig.«

»Pauline meinte ... schlug vor ... daß, wenn heute abend

alles gut liefe … zwischen dir und mir, meine ich … dann sollte ich dich fragen, ob du mal zum Abendessen zu uns kommen möchtest? So ganz allein ist es hier sicher ziemlich trostlos für dich. Wie fändest du das? Also, für Pauline und mich wäre es jedenfalls völlig okay, wenn du kommen würdest.«

Cowley fand alles mit Andrews ganz anders, als er erwartet hatte. Oder in Erinnerung hatte. »Hört sich gut an. Fassen wir es doch mal ins Auge.«

»Gut! Sie wird sich bestimmt freuen.« Andrews deutete auf die Wohnung. »Fürs erste, wenn du was zu essen willst, kannst du alles im Botschaftsladen kriegen. Wenn du keine Lust hast, selbst was zu kochen, kannst du in die Botschaftskantine gehen. Komisches Telefonsystem, das sie hier haben: Du wählst einfach überall durch, direkt ins Büro des Betreffenden. Und ob du's glaubst oder nicht, vorne im Telefonbuch sind Fotos von der ganzen Scheißregierung hier drin …!« Er gab ihm eine Visitenkarte. »Das ist meine Privatnummer. Wenn du irgendwas brauchst, ruf einfach an, hast du gehört?«

Und Paulines Privatnummer, dachte Cowley. »Okay.«

Andrews kippte seinen Drink hinunter und sagte: »Während du beim Botschafter bist, mache ich schon mal einen Termin mit Danilow fest.«

Cowley nickte. »Du hast was von einem Obduktionsbefund gesagt.«

Andrews reichte ihm das Dossier. »Wenn du den Fall löst, wirst du dich noch mit Ruhm bekleckern!«

Aber nicht, wenn er ihn nicht löste, dachte Cowley. »Ich bin froh, daß wir miteinander auskommen werden«, sagte er.

»Er meinte, ich soll dich auch grüßen«, sagte Andrews. Er ging schnurstracks an die Hausbar, aber mehr um der Wirkung willen als wegen des Drinks, den er sich einschenkte.

»Wie sieht er aus?«

Andrews hielt lächelnd sein Glas hoch. »Du wirst es nicht glauben! Er hat aufgehört.«

Das konnte sie nicht glauben, entschied Pauline: So sehr konnte sich William nicht geändert haben.

»Es wird interessant werden, wieder zusammenzuarbeiten.«

»Hoffentlich«, sagte Pauline. Sie hoffte, er würde sich nicht zuviel Sorgen über das machen, was passiert war: Obwohl sie inzwischen mehr als drei Jahre mit ihm verheiratet war, fiel es ihr oft schwer zu erkennen, was in Andrews wirklich vorging.

12

Der Jetlag ließ Cowley aufwachen, als es noch dunkel war, kurz nach fünf Uhr morgens. Er hatte damit gerechnet, früher wach zu werden, stellte zufrieden fest, daß er nur ein paar Tage brauchen würde, um sich vollständig umzustellen. Eine Weile blieb er, wo er war, und versuchte den Tag vorwegzunehmen. Das Treffen mit dem Botschafter würde wahrscheinlich eine Lektion in Sachen Politik werden. Demnach war Dimitri Danilow der Unsicherheitsfaktor. Hinterfotziges Schwein? Wichtigtuer? Wichser? Arschloch? Oder ein in Moskau stationierter FBI-Agent, der wegen irgend etwas, real oder eingebildet, stinksauer war? Trotz des guten Anfangs – des überraschenden Anfangs – entschied Cowley, daß er sich vor persönlich gefärbten Ansichten hüten müßte, die seine objektive Einschätzung dessen beeinflußten, was Andrews tat oder sagte. Mehr als bloß vorsichtig: schonungslos objektiv. War das nach der Begrüßung am Flughafen und dem anschließenden Gespräch hier in der Wohnung unfair? Ja, fand Cowley. Er hatte aufgrund früherer Erfahrungen vorgefaßte Meinungen: weitere sich drehende Kreise.

Der Obduktionsbefund war auf dem Nachttisch, wo er ihn am Abend zuvor mit allen anderen Unterlagen, die Andrews bisher zusammengetragen hatte, abgelegt hatte. Cowley war sicher, alles zu wissen, zog aber trotzdem alles zu sich heran, um es noch einmal von vorn bis hinten durchzulesen. Ganz besonders konzentrierte er sich auf den Obduktionsbefund und prägte sich jedes Detail sorgfältig ein. Er war natürlich übersetzt worden. Cowley wünschte, er hätte auch ein russisches Original gehabt, um nachprüfen zu können, wie weit auf die Übersetzung Verlaß war. Die medizinische Untersuchung schien vollständig, aber in Amerika würde eine weitere Autopsie erforderlich werden. Würde sie automatisch vorgenommen, ohne daß er darauf drang? Falsch, irgend etwas vorauszusetzen: Er würde es empfehlen, sobald die Leiche freigegeben wurde. Die Liste der aus Ann Harris' Wohnung entfernten Gegenstände war frustrierend, denn sie war genau das: eine simple Aufzählung ohne jegliche Hinweise auf die Bedeutung der einzelnen Gegenstände. Der Messerblock hörte sich vielversprechend an. Und er fragte sich, was wohl das, was schlicht und einfach als ›Korrespondenz‹ bezeichnet war, ergeben würde. Er hoffte, auf Dimitri Danilow würde keine der Beschreibungen passen, mit denen ihn Andrews belegt hatte: Es wäre unmöglich, vernünftig zu arbeiten, wenn der Russe nicht zumindest ein gewisses Maß an Kooperationsbereitschaft zeigte.

Es war sechs vorbei, aber immer noch völlig dunkel, als Cowley aufstand. Er stellte Kaffee auf und sah bei dieser Gelegenheit, daß die Tür des Getränkeschranks offenstand. Er blieb kurz davor stehen und sah auf die Auswahl hinein. Ihn überkam nicht das leiseste Verlangen, nicht mehr. Er schloß die Tür, schenkte sich Kaffee in eine Tasse und ging damit in den Wohnraum. Vom Fenster aus sah er draußen trotz der Dunkelheit das Weiß von Rauhreif; obwohl er nur einen dünnen Morgenmantel trug, war ihm behaglich warm. In einem Land mit einem solchen Klima war eine gute Zentralheizung vermutlich unerläßlich. Er hatte keine speziellen Vorkehrungen getroffen und hoffte, die Kleider, die er mitgenommen hatte, würden genügen. Man hatte zwei Blicke aus dem Fenster, einen direkt auf die noch im Dunkeln liegende Botschaft, den anderen seitwärts, eine Straße zwischen schlafenden, lichtlosen Gebäuden hinab. Der Kontrast zu jeder amerikanischen Stadt, die er kannte, sprang ihn förmlich an: Nichts rührte sich, keine Menschen, keine Autos, nichts. Und es war auch kein Laut zu hören. Plötzlich schauderte Cowley, obwohl ihm immer noch nicht kalt war.

Er blieb lange am Fenster stehen, während das, was der Tag werden sollte, langsam vor ihm Gestalt anzunehmen begann, und er merkte rasch, daß es kein richtiger Tag werden würde: Ein dichter, grau-oranger Nebel hüllte Straßen und Häuser und alles andere ein und hielt jedes richtige Licht fern. Seine unmittelbare Umgebung konnte er jedoch erkennen: Diesmal war seine Reaktion nicht gerade Schock, aber etwas, was dem sehr nahekam.

Von der neu erbauten Backsteinwohnanlage und dem neuen Botschaftsgebäude, das nie in Betrieb genommen würde, blickte er direkt auf die Rückseite der alten Botschaft aus der Zeit vor der Revolution. Dazwischen – wie eine inoperable Geschwulst an die Rückseite des Gebäudes angebaut – befand sich die ursprüngliche Wohnanlage, ein verfallender Verhau aus grüngestrichenen, mit kleinen Balkonen versehenen Apartments, so leblos, wie alles ringsum. Aber die Ursache seiner Verblüffung waren nicht die Unterkünfte. Cowley, der an den barocken Pomp der amerikanischen Mission in Rom und an die riesige, von einem Adler überragte Anlage gewöhnt war, die in London eine ganze Seite des Grosvenor Square einnahm, erstaunte die Botschaft selbst. Mochte das Gebäude selbst durchaus einmal etwas Eindrucksvolles gehabt haben, war es jetzt total heruntergekommen. Es war von einer dicken Schmutzschicht überzogen, die Wände mit Rußflecken gestreift, der Großteil der verdreckten Fenster von innen mit Pappe oder Holzplatten verkleidet. Und auch hier war nirgendwo ein Zeichen von Leben zu sehen. Cowley fand, anstatt wie das diplomatische Zentrum der reichsten Nation der Welt auszusehen, wirkte das Gebäude wie das verlassene Zuhause zusehend ins Elend abrutschender Menschen, die es schließlich gegen Hausbesetzer oder Vandalen vernagelt hatten, bis die längst überfällige Abrißfirma eintraf. Die mangelnde Instandhaltung und Pflege wäre vielleicht verständlich gewesen, wenn der Umzug in die neue Botschaft erfolgt wäre. Aber nachdem sie als unbeziehbar deklariert worden war, hätte er intensivere Bemühungen erwartet, das existierende Gebäude in präsentablem Zustand zu erhalten.

Cowley ließ sich Zeit beim Duschen und Anziehen und entschied sich für den wärmsten der drei Anzüge, die er mitgenommen hatte. Er überlegte auch, ob er darunter einen Pullover anziehen sollte, entschied sich dann aber dagegen. Trotzdem war er früh fertig und wartete, daß die Zeit verging, bis Andrews eintraf und seinem Anklopfen eine Art Rhythmus zu unterlegen versuchte. Er trug einen dreiviertellangen gesteppten Mantel mit einer pelzgesäumten Kapuze. Seine Hosenbeine waren in pelzgefütterte Stiefel gestopft.

»Ich muß dich erst registrieren«, erklärte der FBI-Mann vor Ort. »Deine Akkreditierung habe ich im Büro schon bereit. Ich werde dir auch zeigen, wo es ist, damit du es findest, wenn du mit dem Botschafter fertig bist. Er heißt übrigens Richards: Hubert J. Richards III. Die Familie hat mit Öl Geld gemacht. Keine politische Ernennung, sondern um Wahlkampfspenden zurückzuzahlen. Der Mann versteht was von seinem Geschäft. Kein übler Kerl. Sonst noch irgendwas?«

Cowley fragte sich, wie Andrews es schaffte, soviel zu sagen, ohne dabei Luft zu holen. Vorsicht, warnte er sich sofort: nie kritisch, immer objektiv. »Wie es scheint, hast du an alles gedacht.«

Cowley folgte ihm aus der Wohnanlage und spürte durch seinen Wollmantel sofort die Kälte. Sein Atem beschlug weiß vor seinem Mund, sein persönlicher Beitrag zum Moskauer Nebel. Sie mußten an dem grüngestrichenen Gebäudekomplex vorbei. Jetzt sah Cowley, daß die Mauern, die ihn umgaben, mit Stacheldraht gesichert waren. In einem Wachhäuschen an einem Seiteneingang war ein russischer Milizposten, der sie ausdruckslos ansah und keine Reaktion zeigte, als sie eintraten. Der Seiteneingang führte in einen langen Korridor: Auf halbem Weg befand sich ein amerikanischer Kontrollpunkt, der mit einem Marine besetzt wurde, der dem FBI-Mann vor Ort lächelnd zunickte. Andrews bestand auf einer förmlichen Vorstellung und versicherte dem Marine, Cowley werde spätestens am nächsten Tag einen eigenen Ausweis erhalten. Der Marine sagte: »Hi!« Ein neues Gesicht, der Höhepunkt seines Tages.

Das Innere der Botschaft war besser als das Äußere – zumindest sauberer –, aber der hohe Gang hatte an manchen Stellen Risse, und der Wandanstrich war verblaßt vor Alter. Ihre Schritte hallten. Andrews' Büro war im ersten Stock, mit einem Fenster, das weder von einem Stück Pappe noch von einer Holzplatte verdeckt war. Es öffnete sich auf einen Innenhof, in dem unerklärlicherweise eine Reihe von Metallpfosten standen, von denen einige mit Drähten verbunden waren. Cowley hängte seinen Mantel an die Garderobe, während Andrews aus seinem Parka schlüpfte und seine Stiefel gegen blankpolierte Halbschuhe tauschte. Unter dem unförmigen warmen Parka war er wie immer tadellos gekleidet: wie aus dem Ei gepellt, erinnerte sich Cowley.

»Dafür brauche ich deine Unterschrift«, sagte Andrews, als er ihm den Akkreditierungsanhänger reichte.

Es war genauso ein Ding, wie sie es auch in der Pennsylvania Avenue ausgaben, das man in die Sicherheitsschlösser stecken konnte, um Zugang zu den einzelnen Abteilungen des Gebäudes zu bekommen. Es war bereits mit einer Kette versehen, an der man es, wie das auch in Washington alle taten, um den Hals hängen konnte, außerdem mit einem Foto aus seiner Personalakte, das zusammen mit seinen Unterlagen vorausgeschickt worden war. Cowley steckte die Codekarte in die Tasche. Dann ließ er sich auf den einzigen anderen Stuhl im Raum nieder und fragte sich, wozu wohl die Stangen im Hof dienten. Das Ganze sah ein wenig nach einem Volleyballfeld aus, aber er glaubte nicht, daß es wirklich eines war.

»Keine Probleme, die über Nacht aufgetreten sind?«

»Nicht, daß ich wüßte.«

Andrews sah aus dem Fenster. Ohne sich umzudrehen, sagte er: »Dieser Auftrag könnte beruflich ungeahnte Möglichkeiten eröffnen, oder nicht?«

Momentan verwirrt, runzelte Cowley die Stirn. »Was?«

Andrews drehte sich um. »Ich meine Burden. Bei der Macht und dem Einfluß, den der Kerl hat. Du brauchst nur den Irren zu finden, der seine Nichte umgebracht hat, und Burden wird dir ewig dankbar sein. Ein Freund auf Lebzeiten!«

Cowley dachte an die gestrige Unterhaltung über Ruhm und musterte sein Gegenüber aufmerksam. »Wenn bei den Ermittlungen etwas herauskommt, wird deine Beteiligung auf jeden Fall Berücksichtigung finden. Das verspreche ich dir.«

»Privat?«

»Es wird sich da bemerkbar machen, wo es zählt.«

Andrews antwortete nicht sofort. Dann sagte er: »Klar.« Darauf trat noch einmal eine Pause ein. »Für wann soll ich Danilow herbestellen?«

Cowleys Stirn legte sich noch tiefer in Falten. »Warum fragen wir ihn nicht, wann ich ihn sprechen kann?«

Andrews' Miene verspannte sich angesichts der unausgesprochenen Rüge merklich. »Hast du schon wieder vergessen, was ich dir gestern abend gesagt habe, wie du mit dem Kerl umspringen mußt?«

»Ich habe gesagt, ich handhabe das so, wie ich es für richtig halte.« Der Umschwung gefiel ihm nicht: Vor allem die Spannung, die er zwischen sich und ihm spüren konnte, gefiel ihm ganz und gar nicht.

»Das ist ein Fehler.«

»Ich mache es so, wie ich es für richtig halte, okay?« Er brauchte nicht nachzugeben: Er trug die Verantwortung.

Der FBI-Mann vor Ort nickte langsam. »Hoppla, ich reiße das Maul schon wieder zu weit auf, nicht?«

»Wollen wir das lieber nicht hochspielen, ja?«

Ein weiteres langsames Nicken. »Du mußt irgendwie hinkommen.«

»Ich werde mir ein Taxi nehmen.«

»Moskau ist nicht wie andere Städte. Soll ich vielleicht mitkommen?«

Cowley schüttelte entschieden den Kopf. »Du sollst nichts tun, was deine wahre Stellung hier verrät. Du hast vom Direktor entsprechende Anweisungen erhalten: Das weißt du doch.«

Darauf folgte eine weitere Kopfbewegung, die widerwilliges Einverständnis signalisierte. »Das vergißt man nur so leicht.«

»Nur immer schön mit der Ruhe«, beschwichtigte Cowley hoffnungsvoll.

»Klar.«

»Das ist eine Zwei-Mann-Operation.«

»Ganz wie du meinst.«

Darauf trat zwischen ihnen kurzes Schweigen ein, bevor Cowley sagte: »Mir ist jeder Zeitpunkt recht, den Danilow vorschlägt.«

Auf Andrews' Schreibtisch läutete ein internes Telefon. Überraschend laut. »Der Botschafter. Du kannst jetzt zu ihm.«

»Gut«, sagte Cowley dankbar.

Hubert J. Richards III sah auf jeden Fall aus wie ein durch und durch professioneller Diplomat, in einem tadellosen dunklen Anzug, mit rosigen Wangen und einer ruhigen Stimme: Am Ende eines jeden Satzes kam die Andeutung eines Lächelns, das um Zustimmung zu der angebotenen Meinung buhlte, aber nicht zu übertrieben gegen eine andere Meinung war, die höflichkeitshalber durchaus in Betracht gezogen werden konnte. Er stand auf, um Cowley die Hand zu schütteln, und wartete, bis Cowley Platz genommen hatte, bevor er sich selbst wieder setzte. Er verlieh der Hoffnung Ausdruck, Cowley habe eine angenehme Reise gehabt und finde seine Unterbringung – »immer etwas schwierig hier in Moskau« – halbwegs zufriedenstellend. Es sei eine schreckliche Geschichte, höchst unangenehm. Eine massige, breithüftige Frau mit stahlgrauem Haar und einem leichten Hinken servierte Kaffee.

»Normalerweise schalte ich mich eigentlich nicht in Angelegenheiten ein, die nicht …« Richards, der es ungewohnterweise schwierig fand, den Satz zu Ende zu sprechen, geriet ins Stocken. »… strikt diplomatischer Natur sind«, endete er etwas unbeholfen. »Aber das hier ist es natürlich. Diplomatisch, meine ich.« Das Lächeln war offensichtlicher, entschuldigend. »Ich möchte auf keinen Fall respektlos sein: Ich weiß sehr wohl zu würdigen, welch wichtige Aufgaben Sie und Ihre Kollegen in anderen Behörden erfüllen …«

»Ich verstehe, was Sie sagen wollen«, sagte Cowley. Er vermutete, das riesige Büro war ursprünglich ein Empfangsraum gewesen. Von der Decke hing ein prunkvoller Leuchter, und an beiden Enden des Raums gab es Kamine, beide so groß, daß ein Mann aufrecht darin stehen konnte. In keinem von beiden brannte ein Feuer. Dennoch war es sehr warm im Raum, fast zu heiß. Die drei vom Boden bis zur Decke reichenden Balkonfenster öffneten sich auf die Uliza Tschaikowskaja: Ihre Schichtverglasung unterdrückte jeden Lärm von den Autos, die inzwischen endlich über Moskaus innere Ringstraße strömten. Entlang der unteren Fensterhälfte war eine hölzerne Absperrung angebracht, die von außen durch das Balkongeländer verdeckt wurde.

»Und nicht nur diplomatisch, sondern auch politisch.«

»Ich erhielt vor meiner Abreise aus Washington vom Direktor entsprechende Anweisungen.«

»Senator Burden hat mich mehrere Male persönlich angerufen.«

»In einer Nachrichtensendung sprach er sogar davon, persönlich herzukommen.«

»Das sagte er mir auch am Telefon.«

»Was haben Sie ihm geraten?« Cowley fand den Kaffee besser als den, den er sich heute morgen selbst gemacht hatte.

»Er hat mich nicht um meinen Rat gefragt.«

»Haben sich die Russen quergestellt? Sich selbstherrlich verhalten?«

»Das hat mir zumindest mein Zweiter Sekretär gesagt. Und andere.«

»Aber Sie persönlich können es nicht bestätigen?«

»Nein. Ich habe stellvertretend für sie protestiert. Und auf Anordnung Washingtons hin. Was nicht ganz ohne Wirkung geblieben ist, wie es scheint. Man hat mir heute morgen mitgeteilt, sie werden die Leiche freigeben. Selbstverständlich habe ich bereits alle nötigen Schritte angeordnet.«

Wir werden gewaltig Dampf machen, erinnerte sich Cowley: Er durfte nicht vergessen, eine zweite Autopsie zu beantragen. »Soviel ich gelesen habe, wohnte sie in der Uliza Puschkinskaja.«

»Ja.«

»Ich dachte, das ganze diplomatische Personal wohnt in der Anlage.«

Das Lächeln geriet ins Flackern. »Unzureichende Unterbringungsmöglichkeiten. Etwa die Hälfte des Personals wohnt außerhalb. Vielen ist das lieber.«

Nach dem, was er heute morgen von seiner Unterkunft aus gesehen hatte, wunderte das Cowley kaum. Der eigenartige Unterton, den er in der Stimme des Botschafters bemerkt zu haben glaubte, machte ihn neugierig. »War es auch Ann Harris lieber so?«

»Sie bestand darauf.«

»Sie *bestand* darauf?«

»Sie war ein extrem willensstarkes Mädchen: Absolut unnachgiebig, wenn sie sich einmal etwas in den Kopf gesetzt hatte.«

Für willensstark sollte wohl eher der Einfluß ihres Onkels stehen, dachte Cowley. »Und sie hatte sich in den Kopf gesetzt, in der Uliza Puschkinskaja zu wohnen?«

»Ich glaube, man hat ihr die verfügbaren Unterkünfte gezeigt, worauf sie es vorzog, so lange in einem Hotel zu wohnen, bis sie eine eigene Wohnung gefunden hatte.«

Unter lauter Diplomaten hielt es Cowley für das Beste, sich auch selbst möglichst diplomatisch zu verhalten. »Was für eine Art Mädchen war sie? Teil der amerikanischen Gemeinde hier? Gesellig? Oder sonderte sie sich eher etwas ab, eine Einzelgängerin? Irgendwelche engeren Freunde hier in der Botschaft? Irgendwelche Probleme mit ihr? War sie glücklich? Einsam?« Das waren gewiß genügend Einstiegsmöglichkeiten.

Richards saß eine Weile mit gesenktem Kopf da und überlegte sich seine Antwort. »Sie war sehr beliebt, und zwar wirklich. Mir ist nie eine Beschwerde über ihr Verhalten zu Ohren gekommen. Und mit Sicherheit war sie eine Bereicherung jedes offiziellen Anlasses, an dem sie teilgenommen hat. Meines Wissens hatte sie keine engeren Freunde. In meiner Gegenwart machte sie immer einen recht glücklichen Eindruck.« Der Botschafter lächelte hoffnungsvoll.

»Und wie sah es *außerhalb* der Botschaft aus? Irgendwelche russischen Freunde?«

»Nicht, daß ich wüßte.«

»Bei der Autopsie wurden Spuren sexueller Aktivitäten festgestellt: Geschlechtsverkehr, keine Vergewaltigung«, sagte Cowley, plötzlich ganz und gar undiplomatisch. »Das deutet auf einen engeren Freund hin.«

Das Lächeln wurde ein angewidertes Zusammenzucken. »Ich sagte, ich wußte von niemandem.«

»Sie sind die Autorität hier an der Botschaft«, erinnerte ihn Cowley. »Sie bekommen eher die Wahrheit gesagt als ich, ein vollkommen Fremder.«

»Worüber?« Da war kein Lächeln mehr. Nicht einmal mehr ein Zucken.

Cowley schluckte den Seufzer hinunter. »Herr Botschafter«, sagte er geduldig. »Ich versuche mich in die Ermittlungen in einem Mordfall einzuschalten, und das, ohne sagen zu können, ob ich auch nur ein gewisses Maß an Kooperationsbereitschaft von den Leuten erwarten kann, von denen es bisher bestenfalls hieß, sie seien eingebildet und stellten sich quer, wo es nur ging. Uns ist beiden klar, daß wir uns hier in einen diplomatischen und politischen Sumpf begeben. Je früher die Ermittlungen abgeschlossen werden können, desto besser für alle Beteiligten, egal auf welcher Ebene. Deshalb brauche ich alle nur erdenkliche Unterstützung. Und genau darum ersuche ich Sie hiermit. Moralische Fragen, oder ob ich jemanden dabei in Verlegenheit stürze, interessieren mich dabei nicht, obwohl ich letzteres, wenn es sich machen läßt, selbstverständlich vermeiden werde. Ich ersuche Sie hiermit aufgrund Ihrer umfassenden Autorität als Botschafter, sich nach Personen zu erkundigen, die am ehesten wissen könnten, ob Ann Harris in dieser Botschaft einen Freund hatte.«

Das rosige Gesicht wurde noch rosiger. »Wozu?«

Langsam fiel es Cowley schwer, seinen Ärger zu verbergen. »Der Mann, der mit ihr geschlafen hat, war vermutlich der letzte Mensch, der sie lebend gesehen hat: Er könnte der Mörder sein! Ist er es nicht, könnte er wissen, woher sie gekommen war oder wohin sie wollte!«

»Wollen Sie damit andeuten, jemand aus dieser Botschaft könnte in diese Sache verwickelt sein?«

»Sir, ich deute überhaupt nichts an. Ich *weiß* nichts, noch nicht. Aber warum eigentlich nicht? Jemand hat sie erstochen und entstellt. Ich habe herauszufinden, wer.« Nicht offiziell, korrigierte sich Cowley sofort: Offiziell war er als Verbindungsmann hier. Das mußte er sich später bei dem russischen Ermittler immer vor Augen halten.

Richards schüttelte den Kopf, als wollte er sich weigern. Doch er sagte: »Entschuldigen Sie. Ich werde mich natürlich umhören. Umgekehrt möchte ich genauestens auf dem laufenden gehalten werden. Über alles.«

»Selbstverständlich«, versprach Cowley. Bis zu dem begrenzten Umfang, den ich für nötig halte, fügte er in Gedanken hinzu.

Barry Andrews saß gespannt hinter seinem Schreibtisch, als Cowley in sein Büro zurückkehrte. »Wie ist es gelaufen?« wollte er sofort wissen. Er machte mit der Hand, in der er bereits eine Zigarre hielt, eine aufmunternde Geste.

Cowley zuckte mit den Achseln. »Höflich, würde ich sagen.«

»Nur eine Lektion in Sachen Politik?« bohrte Andrews.

»Ich bat ihn, mir bei der Frage zu helfen, ob sie hier in der Botschaft irgendeinen engeren Freund oder Freunde hatte. Er sagte, er würde sich umhören.«

Andrews nickte und schwieg eine Weile. Schließlich sagte er: »Danilow schlug heute mittag vor. Ich habe zugesagt.«

Etwas über die frühere sinnlose Diskussion zu sagen, wäre ihm wie blanker Hohn erschienen. »Laut Aussagen des Botschafters geben die Russen die Leiche frei. Ich würde gern über deine Leitung telegrafisch um eine zweite Autopsie bitten.«

»Das mache ich in deinem Namen«, erbot sich Andrews.

»Wo finde ich Danilow?«

»Im Hauptquartier der Moskauer Miliz: Uliza Petrowka achtunddreißig. Hast du, seit wir uns das letzte Mal gesehen haben, zu rauchen angefangen?«

Verwirrt zog Cowley die Stirn in Falten. »Nein.«

Andrews nahm eine Packung Marlboro aus einer Schublade und hielt sie ihm hin. »Fürs Überleben in Moskau außerordentlich nützlich. Taxifahrer werden dich wahrscheinlich sowieso als Fremden erkennen: Die Marlboro-Packung bestätigt es ihnen und läßt sie garantiert anhalten. Einen Gypsy – so heißen hier die privaten Autos – bringst du damit wahrscheinlich auch zum Anhalten. Sie wollen entweder die Zigaretten oder harte Währung, sprich Dollar. Einige dich auf den Fahrpreis, bevor du losfährst. Natürlich werden sie ihn sehr hoch ansetzen. Drei Dollar ist mehr als genug, um sich durch die ganze Stadt kutschieren zu lassen. Ich weiß, es hört sich lächerlich an, aber so läuft das hier nun mal.«

Cowley nahm die Zigaretten und die neuerliche Lektion an und ließ Andrews den kleinen Sieg, den er anscheinend nötig hatte.

»Ich habe Pauline erzählt, daß du mal zum Essen kommst«, sagte Andrews. »Sie freut sich schon. Möchte dich gern sehen.«

»Den Termin setzen wir fest, sobald ich mich hier eingelebt habe.« Freute sie sich wirklich? Oder war es nur oberflächliche Höflichkeit?

»Sie wird bestimmt begeistert sein«, versicherte ihm Andrews. »Und denk dran, wenn du dich mit Danilow triffst: Laß dir nichts ...« Er verstummte abrupt. »Das habe ich dir schon gesagt, stimmt's?«

»Ja«, sagte Cowley. »Hast du.«

Der FBI-Direktor überlegte, ob er den Anruf einfach nicht entgegennehmen sollte, entschied aber, es wäre eine fruchtlose Weigerung. Er drückte auf den Knopf seiner Sprechanlage.

Ohne ein Wort des Grußes, außer daß er seinen Namen nannte, begann Burden: »Ich habe Hartz gesagt, ich möchte den Mann, den Sie rüberschicken, sehen, bevor er nach Moskau fliegt! Hat er Ihnen das nicht gesagt?«

»Doch, er hat es mir gesagt.«

»Und was ist?«

»Was soll sein?« Ross schaltete absichtlich auf stur.

»Hartz hat mir heute morgen gesagt, der Agent wäre bereits abgereist. Ohne daß ich mit ihm gesprochen habe!«

»Das ist richtig.«

Darauf trat am anderen Ende der Leitung Schweigen ein. Schließlich sagte Burden: »Direktor, haben wir hier Probleme mit der Verständigung?«

»Ich glaube nicht«, erwiderte Ross. »Ich sah keinen Anlaß, weshalb Sie mit meinem Agenten sprechen sollten.«

»*Sie* sahen keinen Anlaß!«

»Ich war dafür verantwortlich, dem Mann seinen Einsatzbefehl zu erteilen. Niemand sonst.«

Darauf trat noch einmal ein, allerdings kürzeres, Schweigen ein. »Ich finde Ihr Verhalten unverschämt!«

»Ich halte diese Art von Gespräch für fruchtlos, Senator. Aber selbstverständlich werde ich Sie über alles aus Moskau, was ich für relevant halte, in Kenntnis setzen.«

»Ich bin es nicht gewöhnt, daß man so mit mir spricht«, drohte Burden.

»Ich auch nicht«, entgegnete der unerschrockene Ross und legte unverhohlenen Überdruß in seine Stimme. »Warum hören Sie also nicht endlich auf damit? Es führt doch zu nichts.« Jetzt würden die Schwierigkeiten bei den Budgetbewilligungssitzungen enorm: Aber es war die Sache wert.

Nachdem er beider Überfälle für schuldig befunden worden war, war Petr Jeschow in das Serbskij-Institut eingeliefert worden. Sein Name wurde von den apathischen Männern, die mit Pawin beim Institutsleiter vorgesprochen hatten, am dritten Tag ihrer Durchsicht der Unterlagen entdeckt. Jeschow war der sechste auf ihrer Liste.

»Niemand hat uns gesagt, wie weit wir zurückgehen sollen«, machte der erste Mann geltend.

»Ein Jahr?« meinte sein Kollege.

»Der Doktor hatte recht. Das kann ewig dauern.«

»Warum machen wir nicht einfach Schluß, wenn wir noch ein paar Namen auf der Liste haben? Bringt doch sowieso alles nichts.«

13

Dimitri Danilow überlegte, ob er im Empfangsbereich warten sollte, wenn der Amerikaner eintraf, entschied sich aber dann doch dagegen. Die FBI-Beteiligung war ihm am Morgen als unterstützend beschrieben worden, als wissenschaftliche Hilfe. Im Foyer zu warten würde vielleicht einen unterwürfigen Eindruck machen. Und das wäre nicht richtig. Also blieb Danilow nach der erwünschten, aber kurzen Besprechung mit dem Direktor in seinem unordentlichen Büro und wartete.

Allerdings setzte er den Empfang über Cowleys Erscheinen in Kenntnis, um zu vermeiden, daß man den Amerikaner warten ließ, wie das bei Besuchern einer russischen Behörde oder sonst einer staatlichen Organisation unweigerlich der Fall war.

Ein gründlich ausgebildeter Ermittler würde die Sackgasse, in der sie steckten, rasch erkennen, nahm Danilow an. Und William Cowley war mit Sicherheit nicht nur jemand, der über das entsprechende wissenschaftliche Know-how verfügte, sondern auch – und dies vielleicht sogar mehr – ein gründlich ausgebildeter Ermittlungsbeamter: Wenn sonst schon nichts, wäre es für die Amerikaner auf jeden Fall eine Frage des Prestiges, ihren bestqualifizierten Mann zu schikken. Danilow empfand leichtes Unbehagen, und das machte ihm Sorgen. Für ihn bestand kein Grund, wegen des bevorstehenden Treffens beunruhigt zu sein. Alle polizeilichen Verfahren waren korrekt durchgeführt worden; nichts war übersehen, nichts vergessen worden. Aber das Selbstvertrauen stellte sich nicht ein. Von jetzt an stünde er unter neuer, andersartiger Überwachung. Ein russischer Detektiv, der von einem Amerikaner beurteilt wurde. Würde er den Amerikaner genauso kritisch betrachten? Natürlich würde er das. Und wenn er es richtig anstellte und sein Augenmerk auf die daraus erwachsenden Vorteile richtete und nicht auf die Möglichkeiten, etwas zu kritisieren, dann war das Hinzukommen eines weiteren Experten etwas zu Begrüßendes und nichts, wogegen man sich sträuben sollte. Es war wichtig, sich das künftig immer vor Augen zu halten.

Damit der Amerikaner Gelegenheit erhielte, den Russen, mit dem er zusammenarbeiten würde, schon vor dem ersten direkten Körperkontakt in Augenschein zu nehmen, stand Danilow an der Bürotür, als Cowley – zehn Anstandsminuten vor Mittag – den Flur herunterkam. Zirka vierzig, schätzte der Amerikaner: allerhöchstens fünfundvierzig. Der Anzug von gestern und das Hemd sahen eher aus, als hätte der Mann darin geschlafen. Erste Ansätze eines Bauches. Er trainierte also nicht. Seiner Haltung nach zu schließen, war er sich dessen auch bewußt. Typisches viereckiges slawisches Gesicht, blaß, ein weiterer Hinweis darauf, daß sich der Mann hauptsächlich in geschlossenen Räumen aufhielt und keinen Sport trieb. Schütteres braunes Haar, kürzer geschnitten als bei einem gängigen Bürstenschnitt, aber nachwachsend – und etwas Pflege benötigend. Hatte sich gut im Griff. Er hatte einen russischen Polizisten vor sich, der die Ermittlungen in einem Mordfall leitete, an dem von amerikanischer Seite sehr starkes Interesse gezeigt wurde.

Als Cowley, begleitet von einem Polizisten, ihn erreichte, streckte der Russe die Hand aus und sagte: »Dimitri Iwanowitsch Danilow.«

Der Amerikaner schüttelte ihm die Hand und sagte auf englisch: »William Cowley, aber natürlich nennt mich niemand William, sondern nur Bill …« Das Lächeln wurde stärker, aber kaum merklich. In passablem Russisch fuhr er fort: »Wie wollen wir uns verständigen? Auf russisch? Oder englisch? Vielleicht sollten wir uns schon mal auf ein paar Grundregeln einigen.«

Danilow nickte, als sich der Polizist, der den Amerikaner begleitet hatte, zurückkzog, und winkte Cowley in sein Büro. »Was Ihnen lieber ist«, sagte er auf englisch. Für den Anfang doch eindeutig ein freundliches Angebot? Obwohl es vielleicht von einer gewissen Selbstüberschätzung zeugte, was seine Englischkenntnisse anging.

Jedenfalls ist er sich seiner selbst und seiner Sprachkenntnisse sehr sicher, urteilte Cowley: Mit Samthandschuhen anfassen, erinnerte er sich. »Am besten, wir versuchen es einfach mit einer Mischung aus beidem, ja? Wenn ich etwas nicht verstehe, frage ich: Wenn Sie etwas nicht verstehen, fragen Sie.«

Herablassung? Oder eine weitere höfliche Geste wie das frühe Erscheinen? »Hört sich jedenfalls ganz vernünftig an«, sagte Danilow. Er deutete auf den einzigen Besucherstuhl, von dem er am Morgen die Akten entfernt hatte. »Nehmen Sie Platz. Kann ich Ihnen irgend etwas bringen? Tee?« Er hoffte, Cowley würde nicht annehmen: Alles aus der Kantine war verheerend. Der Tee schmeckte wie Spülwasser.

»Im Augenblick nicht, danke.« Die tastende Höflichkeit war fast übertrieben. Cowley versagte es sich, das aus allen Nähten platzende Büro in Augenschein zu nehmen. Da er seit der Trennung von Pauline wenig soziale Kontakte gepflegt hatte, hatte er einen großen Teil der vergangenen drei Jahre vor dem Fernseher verbracht: Dieser Raum erinnerte ihn an eine Tiersendung, die er gern sah, vor allem an die Aufnahmen der unterirdischen Bauten von Tieren, die alle möglichen Gegenstände in ihre Löcher schleppten und sich dann mitten unter ihnen niederließen.

Auf Danilow machte die Körpergröße des Amerikaners den nachhaltigsten Eindruck. Der Mann schien das ohnehin schon zum Platzen vollgestopfte Büro vollends zu sprengen; der Stuhl wirkte unter ihm unangemessen und verloren. Der Anzug, der keinerlei Knitterspuren von der Reise aufwies, mußte speziell für ihn angefertigt worden sein. Das Hemd möglicherweise auch. Cowleys dunkles Haar war zu stark gekräuselt, um es noch als wellig bezeichnen zu können, und aus der tief zerfurchten Stirn gerade nach hinten gekämmt. Der Mann hatte eine sehr direkte, fast bohrende Art, sein Gegenüber aus seinen beinahe unnatürlich hellen blauen Augen anzusehen. Als Cowley locker eine Hand über die andere legte, sah Danilow den massiven Ring mit dem großen roten Stein, den Cowley am kleinen Finger seiner linken Hand trug: Danilow glaubte, er hatte etwas mit amerikanischen Collegejahrgängen zu tun, war sich aber nicht sicher. Der andere Amerikaner, mit dem er erst in der Botschaft und dann vor der Wohnung des Mädchens zu tun gehabt hatte, hatte einen ähnlichen Ring getragen. Cowley wirkte trotz der fremden Umgebung locker und unverkrampft und zeigte nach außen hin keine Zeichen von Nervosität.

Danilow sagte auf englisch: »Vermutlich *ist* es wichtig, daß wir uns auf gewisse Grundregeln einigen.«

»Das bleibt ganz Ihnen überlassen«, erwiderte Cowley. »Ich kenne den gesamten Meinungsaustausch zwischen unseren beiden Regierungen: Ich bin in rein beratender Funktion hier ...« Nicht ganz glücklich über seine Wortwahl, hielt Cowley inne. »Um, wo möglich, zu helfen ... Sie vielleicht auf technische oder wissenschaftliche Hilfsmittel aufmerksam zu machen«, endete er unbeholfen. Er hatte nicht genügend nachgedacht, bevor er zu sprechen begonnen hatte. Und er hatte wirklich freundlich aufzutreten versucht, selbst für jemanden, der seine Anwesenheit in Moskau naturgemäß als Einmischung in seine Angelegenheiten betrachten würde.

Hilfe bot man aus einer höheren oder überlegenen Position heraus an. Danilow nahm an, der Amerikaner hatte nicht beabsichtigt, das zu sagen, zumindest nicht so unverblümt. Das scheinbare Akzeptieren einer untergeordneten Rolle konnte genausogut Ausdruck unverhohlener Bevormundung sein. Danilow versuchte ganz bewußt, diesem unablässigen Analysieren ein Ende zu machen. Barg es nicht Gefahren in sich, ständig andere Bedeutungen in jedem Wort und jeder Wendung zu suchen? Er hatte sich bereits klargemacht – so oft, daß er längst mitzuzählen aufgehört hatte –, daß es sich hier um ein Ermittlungsverfahren handelte, das erheblich diffiziler war als alle bisherigen. Und gleichzeitig war er zu der Einsicht gelangt, daß er nicht weiterkam. Deshalb war er auf jede Hilfe angewiesen, die er bekommen konnte. Er musterte den anderen Mann aufmerksam und dachte erneut: *ein gründlich ausgebildeter professioneller Ermittler*. Und rief sich dann einen anderen früheren Gedanken in Erinnerung: *der bestqualifizierte Mann, der verfügbar war.* War es da nicht sinnvoller und für ihn persönlich auch lohnender, sein Mißtrauen und seinen Ärger abzulegen, zumal sie ja auch nicht durch diesen Mann verursacht worden waren, und sich lieber den neu hinzugekommenen Verstand und die neue Herangehensweise zunutze zu machen? »Ich kann mir vorstellen, es wird nicht einfach werden, miteinander zu arbeiten. Doch wenn es klappen soll, müssen wir total offen zueinander sein. Wozu ich bereit bin.« Danilow war sicher, das Angebot hatte sich vollkommen aufrichtig angehört, ohne eine Spur des zynischen Opportunismus, der ebenfalls dahintersteckte.

Wo war der hinterfotzige, wichtigtuerische, quertreiberische Scheißkerl? fragte sich Cowley. Am besten, du antwortest im gleichen Stil, beschloß er, wobei er sich diesmal im voraus überlegte, was er sagen wollte. Um seiner Bemerkung alle kritischen Untertöne zu nehmen, lächelte er, als er sagte: »Der Anfang, den das Ganze in der Botschaft genommen hat, war nicht gerade glücklich.«

Danilow erwiderte das Lächeln kurz. »Mißverständnisse auf beiden Seiten.«

Mit einem Nicken nahm Cowley das Angebot zu einem Neubeginn an. Warum sollte er es nicht so angehen, sich nach und nach Zugang zu allem verschaffen? Alles, was er tun mußte, war, wachsam zu bleiben; aufzupassen, daß ihm kein Vorteil entrissen wurde. »Mit diesen Grundregeln kann ich sehr gut leben. Da wäre auch gleich der erste Punkt, in dem Sie mich noch aufklären müssen. Ich weiß nicht, was die Spurensicherung bei der Untersuchung der Wohnung herausgefunden hat. Inwiefern waren die Dinge, die Sie daraus entfernt haben, aufschlußreich? Und stand etwas Wichtiges in dem, was Sie schlicht und einfach als ›Korrespondenz‹ bezeichnet und ebenfalls aus der Wohnung entfernt haben?«

Cowley hatte neben dem, was ihm bereits zur Verfügung gestellt worden war, alles weitere aufgeführt, was ein ausgebildeter Detektiv zu sehen bekommen mußte. Tastend fragte Danilow: »Meine Einschätzung? Oder das Material?«

Wahrscheinlich hätte er an der Stelle des Russen die gleiche Frage gestellt, mußte sich Cowley eingestehen. »Beides. Aber zuerst das Material: Ich möchte keine Ihrer unter Umständen vorgefaßten Meinungen übernehmen, bevor ich nicht gesehen habe, was für Beweismaterial verfügbar ist.«

Wieder registrierte Danilow die korrekte professionelle Reaktion. »Befindet sich alles am Ende des Flurs.«

In diesem Verhau wäre eindeutig kein Platz dafür, dachte Cowley: Er hoffte, er hatte seine Aufmerksamkeit nicht abschweifen lassen. »Ich sollte besser anfangen, mich in allem auf den neuesten Stand zu bringen.«

Cowley fand den russischen Beweismittelraum jämmerlich: drei mit Filz bezogene Klapptische (einer mit einem Stadtplan, ein anderer völlig leer), zwei offenkundig neue Aktenschränke (vermutlich ohne Inhalt), zwei Telefone mit langen Kabeln, überall braunes Resopal (Resopal-Wandstreifen, Resopal-Wandvertäfelung und Resopal-Wandpodeste), und vollends zur Farce machte das Ganze ein neuer, mit jeder Menge Haken versehener Kleiderständer, an dem kein einziger Mantel hing. Außerdem weit und breit kein Büropersonal. Wäre das Ganze in Amerika passiert und wäre das Mordopfer ein russischer Diplomat mit vergleichbaren politischen Beziehungen wie Ann Harris gewesen, hätte man eine mit mehreren Leuten besetzte Computerbank sowie vermutlich eine kleine Telefonzentrale eingerichtet und einen Beweismittelinspektor abgestellt, der für eine Beweissammelgruppe und mindestens drei weitere Schautafeln zuständig gewesen wäre, wobei auf einer ganz explizit die stündlichen und die täglichen Fortschritte abzulesen gewesen wären. Cowley sagte: »Macht einen recht gut organisierten Eindruck.«

Danilow sah den Amerikaner neugierig an und deutete auf den einzigen genutzten Beweismitteltisch. »Hier ist, was Sie interessiert. Ich bin in meinem Büro. Lassen Sie sich ruhig Zeit.«

Cowley beugte sich über den Tisch, als der Russe den Raum verließ, wandte sich aber nicht sofort den Unterlagen zu, sondern versuchte zunächst zu einer ersten Einschätzung der Begegnung zu gelangen. Sie ließ sich noch kaum als vorläufig bezeichnen. War aber dennoch hilfreich gewesen. Mit Sicherheit war sie ganz anders verlaufen, als aufgrund der Warnungen Barry Andrews' zu erwarten gewesen war. Demnach hatte Barry die Sache am Anfang falsch angepackt.

Aber er würde seine Warnungen trotzdem nicht völlig in den Wind schlagen. Wie er das schon von Anfang an beabsichtigt hatte, würde er einfach warten, um sich nach und nach ein eigenes Urteil über den russischen Ermittlungsbeamten zu bilden. Wie sah dieses Urteil bisher aus? Schlecht gekleidet und deswegen verlegen. Darauf deutete zumindest der Umstand hin, daß er sein Jackett immer wieder mit heftigen Schulterbewegungen in Form zu bringen versuchte und an der Krawatte vor der zerknitterten Hemdbrust herumfummelte. Aber ansonsten legte er ein angemessenes Selbstbewußtsein an den Tag, was auf jeden Fall ein Vorteil war. Cowley hatte die Erfahrung gemacht, daß persönliche Unsicherheit, gleich welcher Art, bei einem Partner – und er mußte den Russen als Partner betrachten – immer hinderlich und im Außendienst manchmal sogar gefährlich war. Er glaubte, daß Danilow auch clever war. Wenn es einen – vielleicht voreiligen und deshalb möglicherweise falschen – Schluß gab, zu dem Cowley hinsichtlich Dimitri Danilows Person bereits gelangt war, dann zu dem, daß der Mann auf keinen Fall auf den Kopf gefallen war. Und das war ein weiterer Vorteil. Jedenfalls genug in diesem frühen Stadium ihrer Bekanntschaft: vielleicht sogar mehr als genug. Er beugte sich über das erste Bündel Briefe.

Wieder zurück in seinem Büro am anderen Ende des Flurs, erreichte Danilow den Direktor schon beim ersten Versuch über das interne Telefonsystem. Er wollte unbedingt das sinnlose Briefing am Nachmittag abblasen. Das Treffen mit dem Amerikaner sei, wie es schien, recht positiv verlaufen, versicherte er Lapinsk. Cowley studiere im Augenblick die hervorragende Dokumentation. Danach würden sie noch einmal miteinander sprechen müssen. Darüber hinaus gebe es nichts zu berichten, außer einer Bestätigung seitens der Spurensicherung, daß die Zettel zum Thema Schmerzen mit amerikanischer Tinte auf amerikanischem Papier geschrieben worden seien: Der Bericht sei ihm erst zugestellt worden, als er von der morgendlichen Besprechung zurückgekommen sei, weshalb er ihn bei dieser noch nicht erwähnt habe.

»Man kann das Verhältnis also als freundschaftlich bezeichnen?« fragte der Direktor, der in seinem Alter mehr als eine Rückversicherung brauchte.

»Bisher erweckt es zumindest diesen Eindruck«, sagte Danilow.

»Wieviel weiß er?«

»Im Moment haben wir nur über die Frau gesprochen.«

Eine Hustenattacke. »Rufen Sie mich sofort an, wenn später irgendwelche Probleme auftreten sollten. Ich möchte schon im voraus gewarnt werden.«

Danilow legte gerade auf, als Pawin das Büro betrat. »Wie ging's?« wollte der Major wissen.

»Wir haben uns auf völlige Offenheit geeinigt. Er sieht sich gerade die Korrespondenz und den Bericht der Spurensicherung über die Wohnung an. Es ist wirklich noch zu früh, um näheres über ihn sagen zu können.«

»Glaubst du, er wird Wort halten und uns nichts vorenthalten?«

»Das weiß ich nicht«, gab Danilow zu. »Wir werden sehen.« Hatte er vor, alles herauszurücken? Und wie konnte er sich davon überzeugen, daß es der Amerikaner ehrlich meinte? Er mußte sehr vorsichtig sein.

»Groß genug ist er jedenfalls«, sagte Pawin, ebenfalls ein großer Mann. »Ich war unten, als er ankam. Er kam mit einem normalen Taxi. Ich dachte, er würde in einem Botschaftswagen vorfahren, aber das war nicht der Fall. Er kam in einem stinknormalen Taxi.« Pawin schien verwundert.

»Ich werde noch mal mit ihm reden, wenn er sich alles genau angesehen hat. Wäre gut, wenn du dann hier wärst, damit auch du ihn kennenlernst.«

»Wie gut ist sein Russisch?«

»Scheint ganz passabel zu sein.« Nachdem es nichts mehr zu sagen und nichts mehr zu tun gab, sahen sich die zwei Männer nur an. Eine Sackgasse, dachte Danilow wieder. Er war inzwischen aufrichtig darauf bedacht, sich ausführlich mit dem Amerikaner zu unterhalten, um zu sehen, ob einem neu hinzugekommenen Verstand etwas Neues zu der Sache einfiel. Nur noch vier Tage bis zum nächsten Dienstag, führte er sich vor Augen. »Wie sieht es mit der Durchsicht der Fallgeschichten in den psychiatrischen Anstalten aus?«

»Wir stellen immer noch Listen zusammen, aber es ist nicht leicht«, entschuldigte sich Pawin. »Ich habe noch einmal an beiden Tatorten ein paar Leute von Tür zu Tür gehen lassen. Und ich habe einen Stadtplan besorgt, im Zeitschriftenstand des Intourist Hotels: Ich habe ihn bereits aufgehängt. Er ist nicht so genau, wie ich gern gehabt hätte – eine Menge Einfahrten und Seitenstraßen fehlen, aber die Straße, in der sie ermordet wurde, ist eingetragen –, aber was Besseres konnte ich nicht auftreiben: Zumindest können wir das Gebiet abgrenzen, wo die beiden Morde passiert sind. Die Vergabestelle für Büromaterial behauptet, sie hätten schon vor sechs Monaten Stadtpläne bestellt. Wenn sie welche kriegen, haben sie mir versprochen, sofort Bescheid zu sagen.«

»Wie viele verschiedene Milizposten sind für das fragliche Gebiet zuständig?« fragte Danilow unvermittelt.

»Ich bin nicht sicher«, gab der Major unsicher zu. »Elf und hundertzweiundzwanzig auf jeden Fall. Hängt davon ab, wie weit du die Grenzen des Gebiets tatsächlich stecken willst.«

»Zeichne einen Kreis mit zwei bis drei Kilometern Radius um die Fundstellen der Leichen und sieh nach, ob er noch einen anderen Milizbezirk berührt«, ordnete Danilow an. »Und laß die Streifen aller Milizen befragen. Ich möchte jede Meldung über einen Herumtreiber, Spanner, Exhibitionisten, jede Gewalttat, bei der es sich nicht um eine normale Schlägerei handelt, bei der alle Beteiligten identifiziert wurden. Geh dabei ...« Er hielt inne, um sich einen zu bewältigenden Zeitraum zu überlegen. »... einen Monat vor Wladimir Suslews Ermordung zurück.« Da er sich den Grund für Pawins skeptische Miene denken konnte, fügte er hinzu: »Wir können jede Unterstützung verlangen, die wir brauchen. Ich weiß, es wird einige Zeit dauern, aber fordere trotzdem zusätzliche Männer an.«

Pawin hob die Schultern. »Es wird sowieso schon geredet, wieviel Personal wir brauchen. Das wird es noch schlimmer machen.«

»Was wird geredet?«

Verlegen trat Pawin von einem Bein aufs andere: Sein Lächeln war entschuldigend. »Daß dir die Macht … die Möglichkeit, weltweit berühmt zu werden … in den Kopf gestiegen ist. Dich verdorben hat.«

Danilow lachte aufrichtig amüsiert. »Und was ist, wenn es schiefgeht? Was ist dann mit meinem Ruhm?« Lapinsk hatte ihn gewarnt, es gäbe keinen Ruhm zu ernten, erinnerte er sich.

»Viele rechnen damit, daß du scheiterst. Sie schließen Wetten ab.«

»Sämtliche Beschwerden, was das angeforderte Personal angeht, können direkt an General Lapinsk gerichtet werden«, tat Danilow das Ganze selbstbewußt ab.

»Ich kann mir nicht vorstellen, daß offiziell welche erhoben werden. Unsere Forderungen dienen doch als gute Entschuldigung für andere fehlgeschlagene Ermittlungen. Manchen kommen sie wahrscheinlich sogar sehr gelegen.«

Um sich zu all den anderen Entschuldigungen zu gesellen, die vertuschen sollen, wie alle die Hand aufhalten, dachte Danilow. Er sagte: »Halt mich über das Gerede auf dem laufenden. Und von wem es kommt.« Es konnte nie schaden, seine Feinde zu kennen. War das übertrieben paranoid? Nein. Es diente nur seinem eigenen Schutz. Und er würde eine Menge Schutz brauchen, wenn er versagte.

Pawin drehte sich als erster um, als an der Tür ein Geräusch ertönte, und wurde vor Danilow auf Cowleys Erscheinen aufmerksam. Der Amerikaner war tatsächlich sehr groß. So, wie der Mann im Moment in der Tür stand, füllte er sie praktisch ganz aus. Cowley blieb, wo er war, als wartete er auf die Aufforderung, eintreten zu dürfen. Danilow erteilte sie, indem er Pawin vorstellte und ihn als Beweismittelbeamten auswies. Cowley streckte als erster die Hand aus und absolvierte das Begrüßungsritual auf russisch. Dabei dachte er insgeheim, wenn der Major der Beweismittelbeamte war, war er beim Zusammenstellen dessen, was in dem Raum, aus dem er gerade kam, ausgestellt war, nicht sonderlich gefordert worden. Zu Danilow sagte der Amerikaner forsch: »Jetzt können wir reden.« Er ließ sich vorsichtig auf den Stuhl nieder. »Wie möchten Sie es lieber? Daß ich Ihnen erst meine Eindrücke sage? Oder Sie mir Ihre?«

Auch hier nachgiebig, stellte Danilow fest: Er bot eine Möglichkeit an, Brücken zwischen ihnen zu schlagen. »Ich sehe keinen Sinn in großartigen Vorträgen, egal, von wem an wen. Sprechen wir es einfach durch und vergleichen wir die Punkte, die mir ins Auge gesprungen sind, mit denen, die Ihnen vielleicht aufgefallen sind.«

Der Russe hatte das Angebot, das Kommando zu übernehmen, nicht angenommen. Ein absichtlicher Verzicht, um sich auf die gleiche Ebene zu stellen? Oder hatte er gar nicht gemerkt, daß ihm das Angebot gemacht worden war? »Ganz, wie Sie meinen.«

»Warum war sie überhaupt auf der Straße?« begann Danilow mit einer rhetorischen Frage. »Sie haben sicher bemerkt, daß es gerade *wegen* der Kälte schwierig ist, den genauen Zeitpunkt ihres Todes zu bestimmen. In der Nacht, in der Ann Harris ermordet wurde, schwankte in Moskau zwischen elf und ein Uhr nachts die Temperatur zwischen vier und sechs Grad minus. Sie war nicht für diese Kälte angezogen – ihr Mantel war relativ dünn. Warum also verließ sie das warme Bett in ihrer warmen Wohnung, um dorthin zu kommen, wo sie gefunden wurde?«

»Ein Rendezvous?« schlug Cowley als Erklärungsmöglichkeit vor.

»Sie hatte gerade eines *in* ihrer Wohnung gehabt.«

»Vielleicht wurde sie nach draußen gerufen, von einem Geliebten zum anderen? Ich weiß nicht, wie man sich diesbezüglich in der Botschaft äußern wird, aber ihrer Korrespondenz und den Hilfsmitteln nach zu schließen, die Sie in ihrem Nachttisch gefunden haben, war sie eine ziemlich aktive junge Frau – sexuell, meine ich. Möglicherweise auch experimentierfreudig.«

»Was eine Reihe von Möglichkeiten eröffnen könnte«, spann Danilow den Gedanken des Amerikaners weiter. »Es könnte Eifersucht im Spiel gewesen sein. Seitens des Liebhabers, den sie in der Puschkinskaja zurückließ. Oder seitens desjenigen, zu dem sie ging.«

»Oder von keinem von beiden«, ergänzte Cowley. »In der Tatortbeschreibung der Spurensicherung wird ausdrücklich auf den geringen Blutverlust des Opfers hingewiesen. Könnte sie woanders getötet und dann an die Stelle gebracht worden sein, an der sie gefunden wurde?«

»Ich glaube, das austretende Blut wurde von ihrem Mantel aufgesaugt. In ihrer Wohnung wurde sie eindeutig nicht getötet.«

»Ich habe den Bericht über die Wohnung in der Pushkinskaja gelesen«, bestätigte Cowley. »Ich finde nur, wir sollten die Möglichkeit eines anderen Tatorts nicht grundsätzlich ausschließen.«

Was bisher der Fall gewesen war, mußte Danilow zugeben. »Der Pathologe sagt, das Messer war sehr scharf: minimale Verletzungen um die Einstichwunde herum. Demnach könnte sich die Wunde nach dem Herausziehen des Messers selbst verschlossen haben.«

»Dafür gibt es im Obduktionsbefund keine medizinischen Hinweise.«

Ohne den unfähigen Pathologen weiter kritisieren zu wollen, sagte Danilow: »Er hat behauptet, es gebe keine Hinweise auf Nagelabschabungen – daß sie sich gewehrt haben könnte. Aber im schriftlichen Obduktionsbefund ist von abgebrochenen Fingernägeln die Rede. Darauf müssen wir noch einmal zurückkommen.«

Cowley nickte. »Unser Botschafter hat mir heute morgen mitgeteilt, daß die Leiche an uns ausgeliefert wird. Ich habe darum gebeten, in Washington eine weitere Autopsie vorzunehmen.« Möglicherweise kam er damit an den ersten kritischen Punkt: Es ließ sich nicht umgehen, aber er hätte dieses Thema lieber nicht ganz so früh angeschnitten. In dem Bestreben, seiner Feststellung die Schärfe – und vor allem auch jede Überheblichkeit – zu nehmen, sagte der Amerikaner: »In Amerika haben wir ein neuartiges Verfahren, mit dem sich nachweisen läßt, ob der Tod eines Mordopfers tatsächlich am Tatort eingetreten ist: Dabei wird anhand der Größe, des Gewichts und der Statur des Opfers die Blutmenge berechnet.«

»Ich werde es mir merken.« Es wäre falsch, die frostige Atmosphäre, die sich zwischen ihnen bemerkbar zu machen begann, weiter um sich greifen zu lassen. Mit einer Forschheit, ähnlich der des Amerikaners von vorhin, ging Danilow rasch zum nächsten Punkt über: »Wie Sie selbst gesagt haben, scheint sie sexuell ziemlich aktiv gewesen zu sein. Wie jedoch aus ihrer Korrespondenz hervorgeht, stellte sie sich den verschiedenen Personen ihres Bekanntenkreises in einem sehr unterschiedlichen Licht dar.«

»Ja?« fragte Cowley neugierig.

»Besonders offen äußerte sie sich ihrer Schulfreundin Judy Billington gegenüber. Hätte es persönliche Kontakte zwischen ihnen gegeben – Telefongespräche oder Ferienbesuche –, hätte sie vielleicht noch mehr gesagt als in den Briefen: Vielleicht hätte sie sogar Hinweise auf die Identität des Liebhabers gegeben.«

»Mit dieser Judy Billington sollte auf jeden Fall jemand sprechen.« Die Sache machte ihm richtig Spaß, merkte Cowley plötzlich. Er war wieder da, wo er hinzugehören glaubte, mitten in einem schwierigen und im Moment unlösbar erscheinenden Ermittlungsverfahren, in der Art von Umgebung, mit der er an seinem Verwaltungsschreibtisch in der Pennsylvania Avenue nichts mehr zu tun hatte. Und er konnte keine persönlichen Schwierigkeiten mit Andrews feststellen. Die Selbstkritik erfolgte auf der Stelle. Er hatte kaum zwei Stunden mit dem anderen FBI-Agenten verbracht. Wie konnte er da also schon behaupten, es gebe keine persönlichen Probleme? Und auch das Treffen mit Pauline stand noch bevor. Drei Jahre, dachte er wieder. Wie sehr hatte sie sich wohl in drei Jahren verändert? Wie sehr hatte *er* sich in drei Jahren verändert? Praktisch total, nahm er an. Er fragte sich, was sie von seiner Wandlung halten würde. Cowley erinnerte sich an die Bemerkung des Direktors, Ablenkungen betreffend, und unterband das Abschweifen seiner Gedanken mit aller Entschlossenheit. Er lächelte den Russen an. »Sonst noch etwas?«

Es war richtig, daß sie bisher nur über das Mädchen gesprochen hatten, da den anderen Mann nur der Mord an ihr interessierte. Aber so konnte es jetzt nicht mehr weitergehen. Deshalb sagte Danilow: »Möglicherweise eine ganze Menge, aber ich finde, wir sollten das Ganze nicht losgelöst von allem anderen betrachten.«

Cowley runzelte die Stirn. »Das verstehe ich nicht.«

»Ann Harris war nicht des erste Mordopfer«, sagte Danilow. »Sie war das zweite.«

Obwohl Senator Burden das Treffen gefordert hatte, fand es auf Henry Hartz' Drängen statt. Der Außenminister hatte auch darauf bestanden, daß der FBI-Direktor daran teilnahm, und diesen mit allem Nachdruck darauf hingewiesen, daß es nicht angehe, den Senator so offen zu düpieren, was der gereizte Leonard Ross ursprünglich vorgehabt hatte. Richard Holmes empfand es ebenfalls als Zumutung, aus dem CIA-Hauptquartier in Langley in die Stadt kommen zu müssen, wenn er dies auch nicht mit der gleichen unverhohlenen Unwilligkeit tat wie sein Kollege vom FBI. Sie trafen sich in der Suite des Außenministers in Foggy Bottom, auch diesmal wieder vor Burdens Eintreffen.

»Je länger wir diesen Unsinn noch dulden, desto schlimmer wird es«, beklagte sich Ross.

»Wir haben keine andere Wahl«, erklärte Hartz nüchtern.

»Warum nicht?« wollte Holmes wissen.

»Burden spielt mit gezinkten Karten«, sagte Hartz. »Der Präsident braucht auf dem Capitol Hill Burdens ständige Unterstützung. Und er wird sie noch bis ans Ende seiner Amtsperiode brauchen. Dieser verfluchte Mensch – und seine Partei – haben den Kongreß vollkommen in ihrer Hand. Sobald Burden nicht mehr mitspielt, kriegen wir eine lahme Ente von Präsidenten, den Burden um die zweite Amtszeit bringen kann, auf die jeder im Amt befindliche Präsident vom Moment seiner Amtseinsetzung an hinarbeitet. Das alles verleiht Burden ungeheure Macht. Was er natürlich auch sehr genau weiß.«

»Hat er offene Drohungen ausgesprochen?« fragte Ross mit Resignation in der Stimme.

»Gestern abend, im Zuge eines fünfzehnminütigen persönlichen Treffens im Weißen Haus«, bestätigte der Außenminister ebenso resigniert. »Walter Burden bekommt immer, was Walter Burden will. Das ist so sicher wie das Amen in der Kirche. Offiziell mag das vielleicht nirgendwo geschrieben stehen, aber glauben Sie lieber mal, daß es so ist.«

»Scheiße!« sagte Ross wütend.

»Scheiße ist nun mal der Treibstoff aller Politik«, rief ihm Hartz mit ungewohntem Zynismus in Erinnerung.

»Der Präsident mag ja auf den Einfluß dieses eingebildeten Scheißkerls angewiesen sein«, sagte Ross. »Aber ich bin mir nicht so sicher, ob das auch ich bin oder von Amts wegen sein sollte.«

»Aus dem Weißen Haus ist durchgedrungen, er soll mit Vorsicht behandelt werden«, insistierte Hartz. »Behalten wir also unsere persönlichen Gefühle für uns, ja?«

Diesmal versuchte der Außenminister nicht, Burden an der Tür zu begrüßen. Außerdem hätte er sie wahrscheinlich nicht rechtzeitig erreicht, so rasch kam der Politiker aus dem Vorzimmer herein.

»Ich bin nicht zufrieden«, verkündete Burden, wieder einmal schon, bevor er richtig Platz genommen hatte. »Ich werde von einem zum anderen verwiesen, und das lasse ich mir nicht bieten.« Die mit scharfer Stimme ausgesprochene Warnung wurde ganz ruhig erteilt, ominöserweise ohne jede erkennbare Gefühlsregung.

»Was genau *wollen* Sie denn nun eigentlich?« fragte Hartz, der seine Rolle als Initiator dieses Treffens annahm.

»Daß ich alles erfahre, was passiert ist. Welche Fortschritte hat der FBI-Agent ...« Burden hielt inne, um sich direkt an Ross zu wenden. »... Der FBI-Agent, mit dem man mich vor seiner Abreise ganz bewußt nicht mehr hat sprechen lassen ... bei den Ermittlungen gemacht? Gibt es konkrete Anhaltspunkte? Besteht die Möglichkeit einer Festnahme ...?«

»... Unser Agent ist eben erst in Moskau eingetroffen«, unterbrach ihn Ross ungeduldig. Nicht gewillt, sich von diesem Mann einschüchtern zu lassen, schlug er die eben ergangene Anweisung sehr rasch in den Wind. »Ich habe Ihnen bereits gesagt, ich werde alles, was Sie wissen müssen, an Sie weiterleiten. Diese Treffen führen zu nichts.«

Burden stieg die Röte ins Gesicht, und einen Moment schien es ihm die Sprache verschlagen zu haben. Bevor er etwas sagen konnte, schaltete sich hastig Hartz ein. »Wir haben die offizielle Mitteilung erhalten, daß die Leiche freigegeben wird. Werden Sie selbst die Eltern informieren? Oder möchten Sie, daß wir das übernehmen? Unter solchen bedauerlichen Umständen, in einem unerwarteten Todesfall, verfahren wir immer nach einem ganz bestimmten Schema.«

Zunächst schien Burden nicht bereit, sich aus der Auseinandersetzung mit dem FBI-Direktor zurückzuziehen. Seine ständig auf und zu gehenden Augen schossen wütend hin und her. Doch schließlich erklärte er mit gepreßter Stimme: »Das übernehme ich.« Er wandte sich rasch dem CIA-Direktor zu. »Und?«

Holmes sah ihn verdutzt an. »Wie bitte?«

»Wie sieht es mit der Möglichkeit eines Attentats aus?«

»Völlig ausgeschlossen«, erklärte Holmes glatt. Er hatte keine Anfrage an die Moskauer Dienststelle gestellt, sondern lediglich seine Anordnung wiederholt, unter allen Umständen die Finger von der Sache zu lassen.

»Absolut zweifelsfrei?« Burden ließ nicht locker.

»Absolut. Es war ein ganz normales Verbrechen.«

»Sagen Sie Ihren Leuten, Sie sollen diese Möglichkeit trotzdem weiter im Auge behalten: Ich finde, irgend etwas ist da faul.«

Statt sich zu einer Antwort herabzulassen, nickte Holmes nur.

Burden sah jeden der drei Männer an, bevor er, an alle gerichtet, sagte: »Was ist, wenn dieses Schwein gefaßt wird? Sind die Auslieferungsanträge schon unterwegs? Ich möchte ihn auf jeden Fall hier haben, damit ihm ein richtiger Prozeß gemacht wird. Und ein richtiges Urteil ...«

»Eine Hinrichtung, meinen Sie?« unterbrach ihn Ross, der ehemalige Richter.

»Genau das meine ich!«

»Wissen Sie etwas, was wir nicht wissen, Senator?«

Burden konzentrierte sich wieder auf den übergewichtigen FBI-Direktor. »Was soll das heißen?«

»Wissen Sie, wer der Täter ist?« fragte Ross. »Daß er Amerikaner ist? Das ist die einzige Chance, die ich mir vorstellen kann, wie wir seine Auslieferung beantragen und ihn hier vor Gericht stellen könnten. Und selbst dann bin ich nicht sicher, ob eine solche Forderung nicht jeder rechtlichen Grundlage entbehren würde. Aber spielen wir den Gedanken ruhig weiter durch, um zu sehen, wohin er uns führt. Wie möchten Sie ihn hingerichtet haben? Lieber auf dem elektrischen Stuhl? Oder mit einer Giftspritze? Oder vielleicht in der Gaskammer? Wie stellen Sie sich das eigentlich vor? Wie so eine Art Lotterie, bei der alle Bundesstaaten, die noch die Todesstrafe haben, einen Antrag stellen, ihn gerichtlich belangen und das Urteil über ihn fällen? Wir müssen diesem Kerl einen Anwalt zur Verfügung stellen, oder finden Sie, daß wir das lieber sein lassen sollten: Schließlich könnte das die Sache etwas verzögern, wobei ich nicht sicher bin, ob Sie das möchten.«

Burden war bloßgestellt, und er war sich dessen genauso deutlich bewußt wie jeder andere im Raum. Sein Gesicht war sogar noch röter geworden, die vorspringende Ader, die sich schon zuvor bemerkbar gemacht hatte, wenn er sich ärgerte, begann wieder auf seiner Stirn zu zucken, die Augen traten vor, die Hände zappelten frustriert. Als er schließlich das Wort ergriff, bereitete ihm das Sprechen sichtliche Mühe, und er brachte die Wörter nur stockend und stoßartig hervor. »Ich hatte gestern abend eine sehr wichtige Besprechung ... eine Besprechung, bei der ich eine Reihe von Zusicherungen erhielt. Ich habe nicht den Eindruck, daß einige Personen, die sich heute morgen hier in diesem Raum aufhalten, diesen Zusicherungen nachkommen.«

»Ich bedaure zutiefst, wenn Sie diesen Eindruck gewonnen haben sollten«, erwiderte Hartz beflissen. »Ich bin mir nicht sicher, ob irgend jemand von uns zu diesem frühen Zeitpunkt schon mehr hätte tun können.«

Burden unternahm einen deutlich sichtbaren Versuch, sich wieder in den Griff zu bekommen. »Langsam gelange ich zu der Überzeugung, die einzige Möglichkeit herauszufinden, was ich wissen will, ist, selbst nach Moskau zu fliegen.«

Pauline Andrews gelangte zu der Überzeugung, daß Cowley wieder geheiratet haben mußte, auch wenn in den Weihnachtsglückwünschen und in seinen jährlichen Zusammenfassungen nichts dergleichen gestanden hatte. Verheiratet mit jemandem, den er eindeutig wesentlich mehr liebte, als er sie je geliebt hatte: Es verletzte sie immer noch, daß er sie nicht so geliebt hatte wie sie ihn, was eindeutig der Fall gewesen sein mußte, weil sie sonst nicht imstande gewesen wäre, ihm seine Fehler und seine gedankenlose Mißachtung zu verzeihen. Sie konnte sich Barrys Behauptung, daß Cowley zu trinken aufgehört hatte, nur so erklären, daß er wieder geheiratet hatte. Jedenfalls hatte er es in all den Jahren, in denen sie ihn immer wieder darum gebeten hatte, nicht geschafft – beziehungsweise nicht gewollt. Sie hoffte, er war glücklich, ganz gleich, wer sie war. Es würde eigenartig werden, ihn wiederzusehen. Sie sah dem Treffen mit gemischten Gefühlen entgegen. Manchmal, seit sie erfahren hatte, daß er nach Moskau käme, hatte sie ihn sehen wollen und es ehrlich gemeint, wenn sie Barry versicherte, sie freue sich auf die Begegnung. Aber dann gab es auch Phasen, in denen sie es nicht wollte, aus Angst, es könnte zu schwer werden. Aber warum sollte es das? Die anderen Male war es auch nicht schwierig gewesen, nicht wirklich jedenfalls. Etwas unterkühlt vielleicht: sehr distanziert. Aber was hätte sie anderes erwarten sollen. Sie hatte ihn einmal sehr geliebt. Sie hatte sich immer so sicher, so geborgen gefühlt. Aber das war gewesen, bevor sie herausgefunden hatte, daß er ständig fremdging, praktisch hinter jedem Rock in jeder Botschaft, in die sie versetzt wurden, her war. Und bevor er mit dem Trinken angefangen hatte. Was war zuerst gekommen? Sie konnte es nicht sagen. In ihrer Erinnerung schien es etwa zur gleichen Zeit losgegangen zu sein. Es wäre schön gewesen, sich wieder sicher und geborgen zu fühlen. Aber dafür war es zu spät, wie für so vieles andere.

Pauline nahm sich vor, sich mit dem Essen besonders viel Mühe zu geben. Boeuf-en-Croûte. Das war immer sein Lieblingsgericht gewesen.

Sie fragte sich, ob er ein Foto seiner neuen Frau dabeihätte. Sie hätte gern ein Bild von ihr gesehen, hätte gern gewußt, wie seine neue Frau aussah. Wirklich?

14

Der Amerikaner blieb nach Danilows Mitteilung vollkommen reglos, mit erstaunt auf die Seite gelegtem Kopf, als glaubte er, nicht recht gehört zu haben. »Wann?« fragte er schließlich.

»Vor einem Monat.«

»Alles genau gleich?«

»Die geschorenen Haare und die Schuhe. Und das übers Gesicht verteilte Haar. Nur Knöpfe wurden keine abgeschnitten …« Danilow hielt inne. »Und das Opfer war ein Mann.«

»Mein Gott.« Das war der einzige Moment, in dem Cowley seine Beherrschung verlor, aber selbst das nur sehr oberflächlich, wie ein laut ausgesprochener Gedanke. Er veränderte auf dem Stuhl seine Haltung, sah blinzelnd aus seiner momentanen Versenkung auf und deutete mit dem Kopf vage in Richtung Flur und Beweismittelraum. »Ist das dieser ganze Papierkram in Russisch, den Sie noch da hinten haben?«

»Wir besorgen Ihnen eine Übersetzung.«

»In der Zwischenzeit würde ich gern alles von Ihnen hören.«

Danilow brauchte die Dossiers nicht zu Rate ziehen, so gut war er mit den Fakten vertraut. Er gab den ersten Mord in typischer Polizistenmanier wieder. Datum, Zeitpunkt, nähere Umstände, Familienhintergründe, medizinische Befunde und schließlich die Erkenntnisse der Spurensicherung.

Der Amerikaner blieb während der Ausführungen des

Russen weiter vollkommen reglos, hatte in tiefer Konzentration den Blick von ihm abgewandt und unterbrach ihn kein einziges Mal. Als Danilow endete, verstrich längeres Schweigen, bevor wieder Leben in Cowley kam. »Mal sehen, ob ich die Übereinstimmungen richtig mitbekommen habe«, begann er. »Beide Morde nachts, Stichwunden von hinten, von rechts nach links quer durch den Körper verlaufend. Haare geschoren, Schuhe ordentlich rechts neben den Kopf gestellt. Bei Suslew wurden allerdings keine Knöpfe abgetrennt. Haare in beiden Fällen über das Gesicht des Opfers gestreut. In beiden Fällen kein offensichtlicher Raubüberfall. Habe ich etwas vergessen?«

Danilow dachte kurz nach. »Das Gebiet. Pawin zeichnet es auf dem Stadtplan ein: Beide Morde ereigneten sich nicht weit voneinander, so daß die räumliche Nähe ein Faktor sein könnte. Beide Opfer hatten Nasenverletzungen. Beide Morde ereigneten sich an einem Dienstagabend, möglicherweise am frühen Mittwochmorgen. Und die Abmessungen der Stichwunden sind gleich.«

»Passend zu dem Messer, das in der Wohnung fehlt?«

»Möglicherweise.«

»Hat die Spurensicherung am Suslew-Tatort sonst noch etwas gefunden? Irgendwelche Haar- oder Blutspuren außer denen Suslews? Fingernagelabschabungen?«

»Nichts.«

Das Schweigen, das darauf eintrat, brach schließlich Cowley. »Demnach haben wir es hier mit einer total durchgeknallten Type zu tun!«

»Durchgeknallt?« Es war das erste sprachliche Mißverständnis.

»Mit einem Verrückten«, verbesserte sich Cowley.

»Ohne Frage.«

»Was ist mit den Akten; gab es früher irgendwelche vergleichbaren Übergriffe?«

»Das überprüfen wir gerade. Und wir prüfen auch die Unterlagen sämtlicher psychiatrischen Anstalten. Bisher ist nichts dabei herausgekommen. Da das Gebiet, in dem sich die beiden Morde ereignet haben, relativ eng begrenzt ist, habe ich in allen Polizeistationen des Bezirks Erkundigungen über Herumtreiber und verdächtige Gestalten und Gewalttaten einziehen lassen, die damit in Zusammenhang stehen könnten.«

»Glauben Sie, das mit den Dienstagen ist von Bedeutung?« fragte Cowley.

»Es ist ein möglicher Zusammenhang, mehr nicht.«

»Wir haben zu viel«, sagte Cowley abwesend, wieder in privater Reflexion: Erwägungen über mögliche Komplikationen bei der Zusammenarbeit zwischen ihm und dem russischen Detektiv schienen keine Rolle mehr zu spielen. Ein ohnehin schon schwieriger Fall hatte sich noch zusätzlich verkompliziert, weshalb seine Gedanken nur um die Informationen kreisten, die er gerade erhalten hatte. Immer noch nachdenklich fuhr er fort: »Einerseits zu viel und gleichzeitig überhaupt nichts. Ein einziges Durcheinander.«

Ein frischer Verstand, der zum gleichen Schluß kam wie er selbst, dachte Danilow enttäuscht.

Denk nach! schärfte sich Cowley ein: Er mußte nachdenken, eigene Beweismittellisten zusammenstellen, die Dinge ihrer Wichtigkeit entsprechend ordnen. »Warum haben Sie bisher den Fall Suslew nicht mit dem in Verbindung gebracht, was Sie uns zur Verfügung gestellt haben?« Die Frage beinhaltete offene Kritik – ein unausgesprochener Vorwurf, daß die Russen etwas zurückhielten –, aber Cowley machte sich deswegen im Moment keine Gedanken.

Danilow betrachtete sein Gegenüber neugierig. »Ich habe persönlich in der Botschaft vorgesprochen, und bei dieser Gelegenheit hat man mich wie den letzten Idioten behandelt: Mir wurde jede Form von Kooperation verweigert. Aus diesem Grund kam ich erst gar nicht dazu, den Sachverhalt darzulegen. Ich betrachte dieses Gespräch als die erste Gelegenheit, das zu tun.«

»Verzeihung«, entschuldigte sich Cowley sofort und aufrichtig. »Das war unangebracht.« Der FBI-Agent zögerte. »Haben Sie in Rußland viele Serienmorde?«

»Serienmorde?« fragte Danilow, der zum zweitenmal auf eine Sprachbarriere stieß.

»Mehrere Morde, die von jemandem begangen werden, der aus keinem anderen Grund als persönlicher Lustbefriedigung mordet.«

»Nein«, sagte Danilow. Er hatte Massenmorde geklärt, bei denen eine Mutter oder ein Vater oder sonst ein Verwandter eine ganze Familie ausgelöscht hatte. Aber mit dem, was der Amerikaner beschrieben hatte, war das nicht vergleichbar. Er kam sich etwas minderwertig vor, weil er sich den Begriff erst hatte erklären lassen müssen. Er konnte nicht glauben, daß dies Rußlands erste Erfahrungen mit dieser Art von Verbrechen sein sollten, merkte aber, daß es ein weiterer Grund für die Panik und Konfusion war, die Lapinsk und der Bundesanwalt und die Ministerien an den Tag legten.

»Was die Ermittlungen angeht, sind Serienmörder die schlimmsten«, fügte Cowley hinzu. »Mit Routine kommt man da selten weiter. Man kann nur auf irgendeine wissenschaftliche Neuerung hoffen, die einem den richtigen Weg weist. Oder auf einen Fehler des Täters, damit man ihn auf frischer Tat ertappt.«

»Ich habe mich bereits damit abgefunden, daß ein weiterer Mord unausweichlich ist.«

»Wie sieht es mit der Publicity aus?« erkundigte sich Cowley, bei einem Fall wie diesem eine naheliegende Frage.

Diesmal war das Mißverständnis des Russen etwas anderer Natur. Er hatte dabei nämlich General Lapinsks Angst vor einer Pressekonferenz im Hinterkopf. Er sagte: »Soviel ich weiß, wurde im Westen ausführlich über den Fall berichtet. Auch hier war das Medieninteresse sehr stark …«

»Das habe ich nicht gemeint«, unterbrach ihn Cowley. »Suslews Ermordung war offensichtlich die Tat eines Verrückten: Die Ermordung des Mädchens bestätigt das, falls eine solche Bestätigung überhaupt noch nötig gewesen sein sollte. Sind also durch die Medien irgendwelche Warnungen an die Öffentlichkeit ergangen?« Wieder mußte der Amerikaner damit rechnen, mit seiner Frage Anstoß zu erregen, aber wieder nahm er keine Rücksicht.

Danilow blickte eine Weile auf seinen Schreibtisch, um nachzudenken, bevor er antwortete: »Wir haben uns bewußt dafür entschieden, die Informationen über die Ermordung Suslews zurückzuhalten, weil es sich offensichtlich um die Tat eines Geistesgestörten handelte …« Der Russe lächelte entschuldigend. »… Unsere Presse ist zwar inzwischen wesentlich freier, aber wenn hinreichend Anlaß dazu besteht, ist es nach wie vor möglich, bis zu einem gewissen Maß auf sie einzuwirken. Und in diesem Fall glaubte man, es bestünde hinreichend Anlaß, um eine unnötige Panik zu vermeiden …«

»Unnötig?« fragte Cowley, aber Danilow hob die Hand und unterband die Unterbrechung.

»Ich dachte, es gäbe einen wichtigeren Punkt zu berücksichtigen, nachdem Ann Harris eindeutig von derselben Person ermordet worden war …«

»Warum dann nicht …«, versuchte Cowley wieder zu Wort zu kommen, seine entschiedene Kritik an den Mann zu bringen.

»Von dem Moment an, in dem Ann Harris identifiziert wurde, wurde mir unablässig die politische Brisanz des Falls vor Augen gehalten«, erklärte Danilow und machte diesmal ohne Cowleys Zutun eine Pause.

»Und?« hakte der FBI-Agent nach.

»Ann Harris war umgebracht worden, nachdem sie ihre Wohnung, in der sie sich zuvor mit ihrem Geliebten aufgehalten hatte, verlassen hatte. Sie haben den Bericht der Spurensicherung über diese Wohnung gelesen. Es gibt keine Spur – im wahrsten Sinn des Wortes nicht ein Fädchen eines Beweises – jeglicher russischer Präsenz …« Zur Unterstreichung des Gesagten hielt Danilow noch einmal inne. »Andererseits fehlt aus der Wohnung ein Messer, das möglicherweise die Waffe sein könnte, mit der sie getötet wurde. Und Wladimir Suslew ebenfalls.«

»Ich verstehe nicht recht …«, begann Cowley. Doch dann verstummte er, weil er plötzlich verstand. »Ein Amerikaner! Jemand aus der Botschaft!«

»Ich möchte in dieser Phase der Ermittlungen noch nichts andeuten. Ich möchte nur die Möglichkeit ausgeschlossen haben. Und bis das der Fall ist – *falls* es jemals dazu kommt –, wäre es, zumindest unter politischen Gesichtspunkten, vielleicht besser, keine Sensationsmeldungen über verrückte Massenmörder auf den Straßen Moskaus in Umlauf zu bringen.«

»Unter politischen Gesichtspunkten vielleicht«, gab ihm Cowley widerstrebend recht. »Aber als Polizeibeamter kann ich das nicht so sehen. Irgendwo da draußen *treibt* sich ein Irrer herum, der wahllos Menschen umbringt. In Amerika würde die Öffentlichkeit gewarnt.«

»Wir sind hier nicht in Amerika«, hielt ihm Danilow vor Augen. »Und sind Sie wirklich sicher, daß in Amerika eine Warnung an die Öffentlichkeit erginge, wenn hinreichend politische Gründe bestünden, eine solche Warnung vorerst zurückzuhalten?«

Cowley dachte über die Frage nach. »*Fast* immer«, lenkte er schließlich ein.

»Mein Direktor bereitet eine Pressekonferenz vor«, verriet Danilow dem Amerikaner. »Vor allem für die westlichen Medien, aber selbstverständlich werden auch russische Journalisten daran teilnehmen. Ich bin durchaus bereit, eine Warnung auszusprechen, wenn Sie bereit sind, das ebenfalls zu tun. Entscheiden Sie selbst.«

Cowley rutschte wieder einmal unbehaglich auf dem winzigen Stuhl herum, als er sich, ohne Bitterkeit, bewußt wurde, wie sich die Last der Verantwortung verschoben hatte. »Vielleicht sollte ich erst Rücksprache mit meinen Vorgesetzten halten. Ihnen die näheren Umstände darlegen.«

»Das wäre vielleicht ganz vernünftig.«

Cowley dachte an das Gespräch mit dem Botschafter und wie dieser auf die Andeutung reagiert hatte, jemand aus der Botschaft könnte in die Sache verwickelt sein. »Ich glaube, ich sollte Ihnen für Ihre Voraussicht danken.«

»Aus Ihrer Botschaft wird sicher noch einiges darüber kommen, was für eine Sorte Mädchen Ann Harris wirklich war«, rief ihm Danilow in Erinnerung.

Der Amerikaner sah ihn neugierig an. »Wollen Sie auf irgendwas Bestimmtes hinaus?«

»Bei meinem Besuch in der Botschaft, als Ihre Leute dachten, ich könnte nichts von dem verstehen, was gesprochen wurde, ließ Baxter eine eigenartige Bemerkung fallen. Sie waren natürlich ziemlich bestürzt. Aber Baxter sagte: ›Warum mußte sie bloß so sein, wie sie war; Sie wissen schon, was ich meine.‹ Ich weiß zwar nicht, was er damit gemeint hat, aber ich wüßte es gern.«

»Ich auch«, pflichtete ihm Cowley bei. War damit nur die Art von Unabhängigkeit gemeint, deretwegen sie sich geweigert hatte, in den Botschaftsunterkünften zu wohnen? Oder steckte mehr dahinter?

»Und bestimmte Namen«, fuhr Danilow fort. »In dem Monat vor ihrem Tod hat Ann Harris von ihrer Wohnung aus sechzehnmal ihren Chef Paul Hughes angerufen.«

»Vielleicht sollte ich die Botschaftsnachforschungen schon morgen zum Abschluß bringen?« schlug Cowley vor. Wenn ich kann, dachte er.

»Dabei könnte etwas herauskommen«, gab ihm Danilow recht.

»Wir können jederzeit telefonieren, falls es sich als nötig erweisen sollte.«

Danilow nickte. »Da ist noch etwas.«

»Was?«

»Wer ist Dick Tracy?«

»Was?« Cowley wußte nicht, was er von der Frage halten sollte.

»Dick Tracy? Ist das eine Person?«

»Ein Detektiv. Eine Comicfigur. Der sich immer mit einer Menge dämlicher Gestalten herumschlägt.«

»Erfolgreich?«

Cowley schüttelte, immer noch verständnislos, den Kopf. »Ich schätze schon.«

»Dämliche Gestalten«, murmelte Danilow nachdenklich. »Das trifft es ziemlich gut.«

Der FBI-Direktor überlegte gerade, ob er Cowley telegrafieren und ihn vor Senator Burdens möglichem Eintreffen in Moskau warnen sollte, als Cowleys Nachricht an ihn hereinkam. Cowley hatte dem ausführlichen Bericht eine kurze Zusammenfassung mit den wichtigsten Punkten beigefügt, so daß Ross sehr rasch zu dem Punkt kam, weshalb die Russen davon abrieten, die Öffentlichkeit zu warnen und die Ermordung von Ann Harris mit der von Wladimir Suslew in Verbindung zu bringen.

Ohne noch lange weiterzulesen, ließ sich Ross sofort mit dem Außenminister verbinden. »Wir müssen uns so bald wie möglich treffen. Es könnte ein Problem auftreten, an das wir nicht im Traum gedacht hätten.«

»Ernst?« fragte Hartz, sofort besorgt.

»Wenn an der Sache etwas dran ist«, sagte der FBI-Chef, »etwa zwanzig auf der Richter-Skala. Und die geht bekanntlich nur bis zehn.«

»Du wirst also einbezogen?« erkundigte sich Pauline hoffnungsvoll.

»Ich kümmere mich um den Informationsaustausch«, modifizierte Andrews.

»Das tut mir leid«, sagte Pauline. »Das heißt, natürlich nur, wenn es dir was ausmacht.«

Andrews lächelte sie über den Eßtisch hinweg an. »Ich werde nicht zulassen, daß es mir was ausmacht. Ich werde alles tun, was Washington verlangt: Sie sind die Leute, die mit dem Endergebnis beeindruckt werden müssen. Sie und Senator Burden, unser künftiger Präsident. Auf diese Weise bin ich aus dem Schneider, wenn nichts dabei herauskommt. Dann trägt einzig und allein Bill die Verantwortung, oder nicht?«

»Wahrscheinlich schon«, sagte Pauline unsicher.

»Möglicherweise sägt Bill schon kräftig an seinem eigenen Ast: Das ist mir erst gestern abend am Flughafen aufgegangen. Wenn bei der Sache nichts herauskommt, kann er einpacken.«

»Vielleicht bleibt der Fall ja nicht ungelöst«, sagte Pauline, wieder hoffnungsvoll.

»Vielleicht«, sagte Andrews.

15

Cowleys Treffen mit dem Botschafter spiegelte das vom Vortag: die gleiche aufmerksame Begrüßung, die gleiche Erkundigung nach seinem Wohlbefinden, der gleiche vorzügliche Kaffee, serviert von der gleichen breithüftigen Frau.

Cowley saß inmitten dieser Oase diplomatischer Ruhe und Gelassenheit und versuchte sich vorzustellen, wie das alles in sich zusammenfallen würde, wenn er dem selbstgefälligen Botschafter von dem unbestreitbaren Zusammenhang zwischen dem Mord an einem betrunkenen Moskauer Taxifahrer und dem Mord an Ann Harris erzählte. Vielleicht würde das Außenministerium Hubert Richards darüber informieren, obwohl er eigens über Nacht an die FBI-Zentrale ein Ersuchen um die Erlaubnis geschickt hatte, den Spuren in der Botschaft nachgehen zu dürfen, bevor etwas davon publik wurde. Cowley nahm an, daß der Botschafter früher oder später eine Beschwerde einreichen würde, daß er nicht in Kenntnis gesetzt worden war. Er gab sich damit zufrieden, daß im Moment triftige Gründe bestanden, den Zusammenhang bis auf weiteres für sich zu behalten.

Aufmunternd begann Cowley: »Ich bin schon neugierig, Sir, ob Sie auf irgend etwas gestoßen sind: vor allem, was einen Freund angeht, den sie hier in der Botschaft gehabt haben könnte. Dieser Punkt hat inzwischen noch größere Wichtigkeit bekommen: Der Befund der Spurensicherung schließt aus, daß es ein Russe war, mit dem sie am Abend ihrer Ermordung im Bett war.« War es überhaupt richtig, sich zuerst an den Botschafter zu wenden? Wenn er von Richards einen konkreten Hinweis bekam, auf jeden Fall. Der Mann schob einen kunstvoll gearbeiteten Briefbeschwerer aus Silber auf seiner Schreibunterlage herum, und Cowley fand, die Gesichtsfarbe des Botschafters wurde lebhafter.

»War wohl kaum anzunehmen, daß ein Mädchen wie Ann mit einem Russen schlafen würde, oder?« erklärte Richards großspurig.

»Ich weiß im Moment leider überhaupt nicht, was ich annehmen soll«, sagte Cowley. »Ich möchte unbedingt herausfinden, wer der Mann war.«

»Keine Ahnung«, sagte der Botschafter mit fast kindlicher Pampigkeit.

»Konnte Ihnen niemand irgendwelche Hinweise geben?«

»Keine. Ann war ein geselliges Mädchen, bei allen beliebt. Aber alles im Rahmen, wenn Sie wissen, was ich meine. Hier in Moskau handelt es sich ausschließlich um begleitete Stellen, wo die Ehefrauen zusammen mit ihren Männern stationiert sind.«

»Ich weiß durchaus, was Sie meinen«, versicherte ihm Cowley. »Und wie ich Ihnen gestern schon gesagt habe, geht es mir nicht darum, mich als Moralapostel aufzuspielen oder jemanden in Verlegenheit zu stürzen.«

»Ich habe mich erkundigt«, erklärte Richards. »Und ich habe von niemandem etwas gehört, weder verheiratet noch sonst etwas.«

Der blöde alte Trottel lügt, dachte Cowley wütend. Aber vermutlich log er nicht direkt. Aus langer Berufserfahrung wußte Cowley, daß Diplomaten dem Vorwurf der Verschleierung oder Täuschung aus dem Weg gingen, indem sie es *versäumten*, unangenehme Dinge zu entdecken: Was sie nicht wußten, konnten sie nicht weitergeben. Das war Cowleys Definition von Diplomatie. Es war doch falsch gewesen, sich zuerst an den Botschafter zu wenden. »Wenn von den Russen eine Beziehung innerhalb der Botschaft aufgedeckt werden sollte – und wenn ihre Ermittlungsergebnisse sie die, wie wir meinen, für uns denkbar schlechteste Schlußfolgerung ziehen lassen sollten –, würde das alles nur noch schlimmer machen, glauben Sie nicht auch?«

»Darauf brauchen Sie mich keineswegs eigens hinzuweisen. Noch erachte ich es einer Antwort wert.«

»Im Fall einer amerikanischen Beteiligung sollte die Sache – zum Zweck der größtmöglichen Schadensbegrenzung – von einem Amerikaner abgewickelt werden«, insistierte Cowley.

»Sie wiederholen sich! Und das auch noch auf unverschämte Art und Weise!« sagte der Botschafter.

Eindeutig reine Zeitverschwendung, entschied Cowley. Es hatte nicht einmal einen Sinn, sich darüber zu ärgern. »Wir befassen uns hier mit einem Mord. Mit dem Mord an einer jungen Frau mit ziemlich weitreichenden Beziehungen.«

»Ich dulde in meiner Botschaft keine Unverschämtheiten, Sir!«

»Dann hoffen wir, Herr Botschafter, daß Sie hier auch keinen Mörder werden dulden müssen.«

Richards' Gesicht glühte. Mit gespannten Lippen stieß er hervor: »Ich habe einen extrem vollen Terminplan. Gibt es sonst noch etwas, von dem Sie glauben, wir sollten darüber sprechen?«

»Im Augenblick nicht«, sagte Cowley. »Aber wenn Ihnen etwas zu Ohren kommt, sagen Sie mir doch Bescheid, oder?«

»Natürlich.«

Auch ein Erfolg, dachte Cowley: Er hatte einen Diplomaten dazu gebracht, eine Lüge auszusprechen.

Barry Andrews war an seinem Fenster mit dem Schrottplatzblick, als Cowley das FBI-Büro betrat.

»Was höre ich denn da?« sagte Andrews laut. »Du behauptest, sie ist das Opfer eines Serienmörders?«

»Genau das behaupte ich.«

»Meine Güte! Was das für Wellen schlagen wird!«

»Ich habe es dem Botschafter noch nicht gesagt. Habe es auch vorerst nicht vor.«

»Glaubst du, das ist klug?«

»Der Scheißkerl macht mir was vor. Ich muß heute mit den Leuten hier in der Botschaft sprechen, und ich muß es ohne jeden Rückhalt machen: Sie können mir erzählen, was sie wollen, und ich muß es schlucken. Wie sieht es aus, Barry? Erzählst wenigstens *du* mir was über Ann Harris? Irgend jemand muß es ja wohl.«

Andrews hob die Schultern und schenkte beiden Kaffee ein. »Wie bereits gesagt. Attraktives Mädchen. Wußte, daß sie zu Hause in Washington Onkel Walt hatte, der ihr den Rücken deckte. Unnahbar. Aber an sich ganz okay.«

»Barry, irgend jemand hat sie gebumst! Und es war kein Russe, weil in ihrer Wohnung nicht eine Spur von irgendwas Russischem gefunden wurde. Also, wer war es?«

»Das weiß ich nicht. Vielleicht war es jemand aus einer anderen Botschaft: Wie du vielleicht weißt, wird mit Verbündeten manchmal fraternisiert.«

Cowley seufzte. »In einem Brief, den die Russen aus der Wohnung mitgenommen haben, vergleicht sie das Leben hier mit dem in einem Gefängnis. Da hatte ich eigentlich gedacht, daß hier alle über irgendwelche Affären bestens Bescheid wissen müßten.«

»*So* klein ist die Welt hier nun auch wieder nicht.«

»Erzähl mir was über Ralph Baxter«, verlangte Cowley.

»Ralph? Was soll er damit zu tun haben?«

»Ich möchte nur mit ihm reden. Wegen was Komischem, das er gesagt hat. Also, was kannst du mir über ihn sagen?«

Andrews setzte sich und hielt die Kaffeetasse vor seiner Brust. »Er ist okay. Baseballfan. Ziemlich steile Karriere: Hat schon viel in Asien gedient. Hätte er in Washington mehr Freunde, hätte er wahrscheinlich längst den Botschafter in der Tasche.«

»Ist er verheiratet?«

Andrews nickte. »Nettes Mädchen. Jane. Klasse Köchin. Sie und Pauline tauschen ständig Rezepte.« Er lächelte. »Pauline ist immer noch die Göttin der Küche.«

»Könnte Baxter Ann Harris gevögelt haben?«

»Ralph!« Andrews lachte schallend los. »Das kann ich mir nicht vorstellen. Jane hat ihre Küchenmesser immer zur Hand: Der arme kleine Ralphie steht ganz schön unter dem Pantoffel. Wenn Jane ihn in Verdacht hätte, daß er fremdgeht, würde sie ihm den Schwanz abschneiden und in den Eintopf schnippeln.«

»Was ist mit Paul Hughes?«

Andrews stellte die Kaffeetasse ab, um die Hände abwehrend hochzuheben. »Jetzt aber mal halblang, Billie-Boy. Erst möchte ich wissen, was hier eigentlich los ist. Ich glaube, du solltest mir da erst ein paar Dinge erzählen.«

Cowley ließ sich nicht gern Billie-Boy nennen, aber vermutlich mußte er mit irgendeiner Art von Erklärung aufwarten, wenn er wollte, daß Andrews ihm half. »Er scheint ziemlich häufig mit dem Mädchen telefoniert zu haben.«

»Was soll daran so Besonderes sein? Sie hat für ihn gearbeitet. Paul Hughes ist der Chef der Wirtschaftsabteilung hier. Wie es aussieht, gefällt es ihm sogar in Moskau, falls so was überhaupt vorstellbar ist! Hat eine Schwäche fürs Ballett. Mein Squash-Partner in der Botschaftsturnhalle; super Spieler. Muß immer gewinnen, jedes Mal. Spricht ziemlich gut Russisch.«

»Verheiratet?«

»Mit Angela. Ihre beiden Kinder gehen zu Hause in Amerika zur Schule, aber Angela arbeitet in einem Kindergarten für Kinder, die mit ihren Eltern hier sind. Sie war ursprünglich Lehrerin, in Seattle.«

»Was ist mit Hughes? War er näher mit dem toten Mädchen befreundet?«

Andrews antwortete erst nach einer kurzen Pause. »Auf jeden Fall stand sie ihm näher als Baxter: Glaubst du, er war der Typ, der an dem Abend, an dem sie ermordet wurde, in ihrer Wohnung war?«

Cowley schüttelte den Kopf. »Keine Ahnung. Hat sich Ann Harris am gesellschaftlichen Leben der Botschaft beteiligt?«

»Sie nahm an verschiedenen Anlässen teil ... Feiern an besonderen Feiertagen. Aber sie war nicht jeden Abend im Club. Lebte natürlich außerhalb: Schwer zu sagen, was sie außerhalb der Botschaft gemacht hat.«

»Hat sie nie darüber gesprochen?«

»Nicht mit mir. Was aber auch kein Wunder ist. Ich kannte sie kaum.«

»Wer kannte sie denn gut? Wie sieht es mit den Frauen hier aus? Hatte sie unter denen irgendeine Freundin?«

»Nicht, daß ich wüßte.«

»Und was wird alles geredet? Nach dem Mord müssen doch alle über sie reden. Was sagen die Leute?«

Andrews zuckte mit den Achseln. »Nichts, was dich weiterbringen könnte, fürchte ich. Alle mochten sie. Niemand kann verstehen, was sie so spät noch auf der Straße zu suchen hatte. In Moskau kommt es immer wieder zu Raubüberfällen, wenn auch nicht in diesem Viertel.«

»Was ist mit *russischen* Männerbekanntschaften? Ist dir mal was zu Ohren gekommen, daß sie mit einem Russen befreundet war?«

Andrews schüttelte den Kopf. »Davon wird uns abgeraten. Die Gründe kannst du dir ja selbst denken. Gab es denn unter dem, was die Russen aus ihrer Wohnung entfernt haben, keinen Hinweis?«

»Nichts, womit sich was anfangen ließe. Weißt du, was ich nicht verstehe? Hier bekomme ich von allen Seiten zu hören, sie war so eine Art zweite Mary Poppins. Bloß glaube ich, daß das Ann Harris ganz und gar nicht war. Ich glaube, Ann Harris hätte Designerin für Schlafzimmer werden können, so viele hatte sie schon von innen gesehen.«

Andrews schüttelte wieder den Kopf. »Ich kann trotzdem schwer glauben, daß sie so war.«

16

Ralph Baxters Büro befand sich auf derselben Etage wie das des Botschafters, und Cowley nahm an, der Raum war ursprünglich ungefähr genauso groß gewesen, möglicherweise ein kleines Empfangszimmer oder ein Nebenraum. Inzwischen war er jedoch mit schlecht zusammenpassenden Gipswänden in eine Reihe kleinerer Arbeitsbereiche unterteilt worden, Büros von sinnvoller Größe, ohne jede Platzverschwendung. Das von Baxter hatte ein Fenster, das sich auf die Ringstraße öffnete. Die Schallschutzisolierung war nicht so effektiv wie in Richards' Büro: Der Verkehrslärm drang wie ein leises Murmeln von draußen herein. Der Diplomat eilte mit abgehackten Bewegungen auf Cowley zu, um ihn zu begrüßen. Der Mann war in Hemdsärmeln, aber über seinem diätgestählten Oberkörper trug er die bis oben zugeknöpfte Weste eines anthrazitfarbenen Anzugs. Er lächelte offen, bot Kaffee an, den Cowley ablehnte, fragte, wie er behilflich sein könne, und bestand darauf, wenn es irgend etwas gebe, egal was, werde er es tun. Cowley fand den Schnurrbart des Mannes irgendwie eigenartig: Er bewegte sich auf und ab, wenn Baxter sprach, schien aber nicht recht zu seiner Oberlippe zu passen, so, als wäre er falsch und provisorisch angeklebt. Cowley konnte nicht verstehen, warum ihn der Mann überhaupt trug.

»Wenigstens haben wir die Leiche überführt. Sie ist schon in den Staaten«, verkündete Baxter, als handelte es sich dabei um sein persönliches Verdienst.

»Ich habe gehört, daß sie freigegeben wurde«, sagte Cowley. »Ich möchte Sie verschiedenes über sie fragen. Kannten Sie sie gut?«

»So gut wie alle anderen, nehme ich mal an. Ein tolles Mädchen. Schön. Eine echte Bereicherung für die Botschaft. Wirklich schrecklich, was da mit ihr passiert ist.«

»Sie scheint auf alle den gleichen Eindruck gemacht zu haben.«

»Was hätte sie denn auch für einen anderen machen sollen?«

Cowley spürte, wie die Frustration hochstieg und wieder nach unten sank, als er sie zurückdrängte. Er sah den Diplomaten ganz direkt an und sagte: »Warum mußte sie bloß so sein, wie sie war? Sie wissen schon, was ich meine.«

Ein paar Augenblicke lang sah Baxter ausdruckslos über seinen Schreibtisch hinweg. »Was soll das nun wieder bedeuten? Ich verstehe nicht, was Sie meinen.«

»Tatsächlich nicht? Können Sie sich nicht an die Bemerkung erinnern: ›Warum mußte sie bloß so sein, wie sie war? Sie wissen schon, was ich meine.‹«

Baxter schüttelte nachdenklich den Kopf. »Nein!«

»Haben Sie das nicht selbst gesagt, als Sie erfuhren, daß Ann Harris ermordet worden war – vielleicht sogar mit eben diesen Worten?«

»Nein!«

»Sind Sie da ganz sicher? Am ersten Tag hier in der Botschaft, als Danilow mit den Fotos ankam und Sie ihn zusammen mit Barry Andrews in Empfang genommen haben?«

»Hat das Andrews behauptet? Hat er gesagt, das hätte ich gesagt? Das stimmt nicht.«

»Haben Sie es tatsächlich nicht gesagt?« fragte Cowley ausweichend.

»Nein!«

»Das habe ich aber gehört.«

»Ich sage Ihnen doch, das stimmt nicht! So etwas habe ich nie gesagt!«

»Und was haben Sie gesagt?«

»Keine Ahnung. Außerdem tut es nichts zur Sache.«

»Es tut sehr wohl etwas zur Sache, Mr. Baxter. Es scheint auf einen Zug von Ann Harris hinzudeuten, der so gar nicht in das Bild paßt, das mir hier alle von ihr malen.«

»Das ist alles nur ein Mißverständnis!«

»Dann klären Sie mich endlich auf!« verlangte Cowley. »Sie war arrogant, nicht wahr? Bildete sich ein, sie könnte sich wegen ihres Onkels alles erlauben – einfach tun, was ihr paßte?«

»Sie war jedenfalls sehr eigensinnig.« Baxter nahm seine randlose Brille ab und machte sich daran, sie zu putzen.

»Arrogant?« Cowley ließ nicht locker. Er trieb es auf die Spitze, glaubte aber, richtig zu vermuten. »Und sie hat eine Menge Leute mit steter Regelmäßigkeit vor den Kopf gestoßen?«

»Nein!«

»Hat sie Sie vor den Kopf gestoßen?«

»Nein!«

»Nie?«

»Nein.«

»›Warum mußte sie bloß so sein, wie sie war?‹« zitierte Cowley wieder. »Das hört sich an, als wären Sie verärgert gewesen. Wütend. Auf jeden Fall vor den Kopf gestoßen.«

»Ärger ist keine Wut«, versuchte Baxter zu seiner Rechtfertigung vorzubringen.

Cowley schnappte nach dem Zweifel. »Aber Sie haben es gesagt!«

»Ich kann mich nicht genau erinnern«, modifizierte der Diplomat seine Aussage weiter. »Ich verbitte mir diese Art von Verhör! Das lasse ich mir nicht bieten. Dazu haben Sie kein Recht.«

»Eine amerikanische Botschaft ist amerikanisches Hoheitsgebiet, unabhängig davon, in welchem Land sie sich befindet«, rief ihm Cowley in Erinnerung. »Ein FBI-Agent ist laut Bundesstatuten der Vereinigten Staaten von Amerika ermächtigt, innerhalb des Hoheitsgebiets und Zuständigkeitsbereichs Amerikas Nachforschungen in einem Mordfall anzustellen. So lautet das Gesetz.«

»Entschuldigen Sie ... ich hatte nicht vor ... Sie haben mich ganz konfus gemacht ...«

»Warum sind Sie konfus, Mr. Baxter?«

»Ich möchte Ihnen ja helfen, wirklich. Aber das *ist* Belästigung. Ein Verhör ...«

Der Diplomat war angeschlagen, fand Cowley, aber so sehr, daß er, ohne zu überlegen, mit etwas herausplatzte? »›Sie wissen schon, was ich meine‹«, zitierte er unerbittlich weiter, wie ein Hund, der die letzten Fleischreste von einem Knochen zu nagen versucht. »Was *haben* Sie denn gemeint, Mr. Baxter?«

»Na ja, das eben«, erwiderte Baxter verzweifelt. »Daß sie arrogant war. Unverschämt.«

»Arrogant und unverschämt genug, um ermordet zu werden?«

»Nein! Das ist doch lächerlich! Sie verdrehen mir das Wort im Mund!«

»Waren Sie ihr Geliebter, Mr. Baxter? Waren Sie an besagtem Abend bei ihr?«

»Nein! Das wird ja immer schöner! Das lasse ich mir nicht bieten!«

»Wer war dann bei ihr?« Cowley ließ nicht locker. »Aus dem Befund der Spurensicherung geht hervor, daß letzten Dienstag kein Russe in der Wohnung in der Puschkinskaja war.«

»Das *weiß* ich nicht!« entfuhr es Baxter so laut, daß seine Stimme brach und der Mann noch mehr aus der Fassung kam. »Sie *belästigen* mich: Sie lassen mir keine Zeit zum Überlegen.«

»Da gibt es nichts zu überlegen. Alles, was ich von dieser

nach außen hin abgeschirmten, isolierten Botschaft wissen will, ist der Name von Ann Harris' Geliebtem, damit ich mit ihm sprechen kann. Nur ein Name. Mehr nicht.«

»Ich habe aber keinen Namen«, sagte Baxter stur. Seine Miene war inzwischen wieder gefaßter. »*Warum* muß ihr Geliebter unbedingt jemand aus der Botschaft gewesen sein?«

Cowley entschied, der Mann hatte sich wieder im Griff; sich hinter seine Diplomatenfassade zurückgezogen. »Sie können mir also nicht helfen?«

»Leider nein: nicht in dieser Frage.«

»Oder wollen Sie es nicht?«

»Das ist eine unverschämte Frage, die ich nicht beantworte.«

»Diese ganze unangenehme Geschichte wird sich nicht einfach in eitel Wohlgefallen auflösen, Mr. Baxter. Wenn hier peinliche Dinge vorgefallen sind, gibt es nichts, was verhindern könnte, daß sie irgendwann ans Licht kommen.«

Baxters Gesicht zuckte, wurde aber sofort wieder ausdruckslos, als er sich wieder unter Kontrolle bekam. »Zu dieser Bemerkung möchte ich mich ebenfalls lieber eines Kommentars enthalten.«

»Dann lassen Sie es sich noch einmal durch den Kopf gehen«, drängte Cowley. »Falls Sie doch noch zu der Überzeugung gelangen, daß es etwas gibt, womit Sie mir weiterhelfen können, würde ich mich freuen, von Ihnen zu hören.«

Die Wirtschaftsabteilung lag auf der deprimierendsten Seite der Botschaft, direkt gegenüber einem heruntergekommenen Moskauer Wohnblock hinter einem dem Schutz der Botschaft dienenden Stacheldrahtverhau, der das wunderschön restaurierte Stadthaus des berühmten Opernsängers Fedor Schaljapin, der während der Stalinzeit als Unperson verbannt worden war, fast vollständig verdeckte. So niederschmetternd war der Ausblick – und so wenig von der Schaljapin-Villa zu sehen –, daß die Fenster vom Boden bis zur Decke mit Brettern vernagelt waren und ständig Licht brennen mußte, um den Mitarbeitern der Wirtschaftsabteilung das Arbeiten zu ermöglichen.

Auch hier war wieder ein großer Raum in mehrere kleine Einheiten unterteilt worden. Seiner Stelle als Abteilungsleiter entsprechend war Paul Hughes im größten Raum untergebracht. Seine Position war sogar auf der Tür und dann noch einmal auf einem Namensschild auf seinem großen Mahagonischreibtisch zu lesen. Den Bereich links vom Schreibtisch nahmen zwei Computer mit den dazugehörenden Druckern ein. Direkt davor waren Telefone mit kurzen Kabeln, die in die Computermodems eingesteckt werden konnten. Auf dem Schreibtisch standen zwei große gerahmte Fotos, eins von einer lächelnden Frau, die sich bei offensichtlich starkem Wind das Haar aus den Augen hielt, das andere von zwei Kindern, einem Jungen und einem Mädchen, die in ihrer besten Sonntagskleidung steif posierten. Das Mädchen lächelte zwar, aber gezwungen; sie versuchte, ihre Zahnspange zu verbergen.

Hughes blieb hinter seinem Schreibtisch. Er setzte zur Begrüßung auch kein Lächeln auf. »Barry Andrews hat mir bereits gesagt, Sie würden kommen, aber ich weiß nicht, wie ich Ihnen helfen könnte«, erklärte er sofort.

Im Raum hing allgegenwärtiger Tabakgeruch. Der Mann rauchte eine Zigarette, und in einem Aschenbecher auf dem Schreibtisch waren bereits mehrere Kippen. Paul Hughes hatte auffällige Gesichtszüge, schmal, aber mit einer ausgeprägten Hakennase und nach vorn gekämmtem weißem Haar. Der blaue Nadelstreifenanzug war tadellos, eindeutig maßgefertigt, mit einer mit Aufschlägen versehenen Weste, deren zwei Taschen mit einer Goldkette verbunden waren. Hätte sich Hughes auf reguläre Diplomatie und nicht auf Wirtschaft verlegt, wäre der Mann vermutlich längst in die engere Wahl für einen Botschafterposten gekommen, dachte Cowley. Er sagte: »Ann Harris gehörte ihrem Mitarbeiterstab an: Sie müssen sie gut gekannt haben.«

»Relativ.«

»Kamen Sie persönlich miteinander aus?«

»Das hier ist eine kleine Abteilung einer Botschaft in einer ungewöhnlichen Umgebung«, belehrte ihn Hughes. »Da ist es von großer Bedeutung, daß man sich verträgt: Sonst wäre eine Zusammenarbeit bald unmöglich.«

»Ich bin nicht ganz sicher, ob ich verstanden habe, was Sie eben gesagt haben.«

»Es ist erforderlich, sich gezielt um ein gutes Verhältnis zu allen zu bemühen.«

»Waren gezielte Bemühungen erforderlich, um mit Ann Harris auszukommen?«

»Ganz und gar nicht. Sie war ein ausgesprochen sympathisches Mädchen.«

»Wie würden Sie Ihr Verhältnis beschreiben? Vorgesetzter zu Mitarbeiterin? Oder freundschaftlich?«

Hughes blickte eine Weile wortlos über den Schreibtisch, und Cowley fiel auf, wie reglos der Mann wirkte. Schließlich sagte Hughes: »Weder noch. Da war zwar immer das nötige Maß an Respekt zwischen ihr und mir, aber man kann auch nicht von einer rein geschäftsmäßigen, distanzierten Beziehung sprechen: Wie bereits gesagt, ginge das hier auch gar nicht. Aber ich würde nicht so weit gehen zu behaupten, wir wären enge Freunde gewesen.«

»Ob Sie eng befreundet waren, habe ich eigentlich gar nicht gefragt.«

»Es war ein freundschaftliches Verhältnis«, konzedierte Hughes.

»Hatten Sie privat miteinander zu tun?«

»Jeder hat hier privat mit den anderen zu tun: Wir sind eine sehr isolierte Gruppe.«

»Regelmäßig?«

Hughes hob die Schultern. »Mal mehr, mal weniger. Normalerweise wird hier in der Botschaft jede Woche etwas veranstaltet, aber die Leute nehmen nicht jedes Mal daran teil. Die Botschaftsangehörigen laden sich häufig gegenseitig zum Essen ein.«

»War Ann Harris mal mit Ihnen essen?«

»Bei meiner Frau und mir?«

»Und waren Sie mal bei ihr, in der Puschkinskaja?«

»Ich denke schon: Doch, ich war auch in Ihrer Wohnung.«

»Aber nicht in letzter Zeit? Sonst hätten Sie sich doch besser erinnert?«

Wieder ein starrer Blick. »Nein, in letzter Zeit nicht.«

»Wo wohnen Sie, Mr. Hughes; Sie und Ihre Frau? Auf dem Botschaftsgelände oder außerhalb?«

»Außerhalb.«

»Ist es nicht ziemlich schwierig, außerhalb eine Wohnung zu finden? Ich dachte, das wäre sehr teuer.«

Hughes legte beide Hände auf den Schreibtisch und beugte sich vor, um sich am Stummel der letzten Zigarette eine neue anzuzünden. Es waren französische, sah Cowley, der die Packung erkannte. Hughes sagte: »Wird eine Unterhaltung über die Wohnungsprobleme in Moskau dazu beitragen, Anns Mörder zu finden?«

Jetzt war es an Cowley innezuhalten. Er betrachtete den Mann und wie er sich vorbeugte. »Das weiß ich nicht. Im Moment sind wir weit davon entfernt, den Mörder zu finden. Wo ist Ihre Wohnung?«

Hughes seufzte. »In der Pezatnikow. Wir hatten das Glück, sie von meinem Vorgänger übernehmen zu können. Ich weiß wirklich nicht, was das alles soll.«

»Möchten Sie helfen, Ann Harris' Mörder zu finden?«

»Selbstverständlich!« sagte Hughes indigniert. »Was soll diese absurde Frage?«

»Es tut mir leid, wenn sie Sie stört.«

»Sie stört mich nicht! Auch das ist absurd! Ihre Fragen kommen mir einfach dümmlich vor.«

In Hughes' graues Gesicht war Farbe gekommen, und Cowley dachte, alles, was er an diesem Tag tat, ließ Botschaftsangehörige rot werden. Viel herauszukommen schien dabei allerdings nicht: Bisher hatte niemand so weit die Beherrschung verloren, daß ihm eine unbedachte Bemerkung herausgerutscht wäre. »Dann werde ich versuchen, mich weniger nebulös auszudrücken«, versprach er. »Wer war Ann Harris' Geliebter?«

»Ich habe keine Ahnung. Ich wußte nicht einmal, daß sie einen hatte.«

»Nicht einmal in diesem engen, begrenzten Personenkreis?«

»Nein.«

»Möchten Sie darüber einmal nachdenken, Mr. Hughes?«

»Was wollen Sie damit sagen? Andeuten?«

»Nur daß Sie über das, was Sie sagen, nachdenken sollen.«

Hughes beugte sich noch weiter über seinen Schreibtisch. »Ich habe mich bereit erklärt, Ihnen zu helfen – ich möchte Ihnen helfen –, aber ich verbitte mir diese Art von Fragen. Was Sie damit andeuten wollen, ist nur zu offensichtlich, aber ich bin nicht bereit, mir das gefallen zu lassen.« Die Stimme des Mannes war gefaßt. Nur gelegentlich geriet sie bei einem Wort vor Wut ins Stocken. Die Zigarette wurde sehr energisch ausgedrückt.

»Was will ich damit andeuten, Mr. Hughes?«

Inzwischen hatte der andere Mann seine Hände so heftig ineinander verhakt, daß sich einige Knöchel weiß verfärbten. »Daß ich nicht ganz ehrlich zu Ihnen bin.«

»Aber das sind Sie doch zu mir, oder? Ehrlich?«

Hughes stieß sich in seinen Stuhl zurück. »Ich habe Ihnen geholfen, so gut ich konnte. Aber jetzt wäre ich Ihnen dankbar, wenn Sie gehen würden, auf der Stelle.«

»Ich wäre Ihnen für etwas anderes dankbar«, sagte Cowley und machte es sich erst recht bequem auf seinem Stuhl. »Ich wäre Ihnen dankbar, wenn Sie mir sagen könnten, warum Ann Harris in dem Monat vor ihrem Tod von ihrer Wohnung in der Puschkinskaja sechzehnmal bei Ihnen angerufen hat.«

Durch den Körper des anderen Mannes lief ein Zucken, als führe er von einem Schlag zusammen. Aber das war die einzige Reaktion, obwohl die Knöchel weiß blieben. »Woher wissen Sie etwas über die Anrufe an mich? Und *was* wissen Sie über diese Anrufe?«

»Sie sagten, Sie wollten mir helfen. Deshalb dachte ich, Sie würden mir, ganz besonders was diese Frage angeht, helfen.«

Die Bewegung, die diesmal durch Hughes' Körper lief, war mehr ein Schaudern. »Sie war dieser Abteilung zugeteilt. Es ist keineswegs unüblich, daß mich Mitarbeiter nach Dienstschluß anrufen.«

»Mitarbeiter, die tagsüber für Sie arbeiten?«

»Ja. Warum nicht?«

»War Ann Harris tüchtig?«

»Natürlich war sie das. Sie hätte die Stelle hier nicht bekommen, wenn sie nicht tüchtig gewesen wäre.«

»Sie hatten nie Anlaß, sich über ihre Leistungen zu beschweren?«

»Nie.«

»Und doch fielen ihr in dem Monat, bevor sie ermordet wurde, sechzehn Dinge ein, die sie, während sie hier arbeitete, vergessen hatte und die so wichtig waren, daß es nicht gereicht hätte, wenn sie sie Ihnen am nächsten Tag gesagt hätte.«

»Ist das eine Frage?«

»Wenn Sie so wollen. Ich finde das eigenartig, Sie nicht?«

»Nein.«

»Rufen Sie auch andere Mitarbeiter außerhalb der Arbeitszeit an?«

Statt zu antworten, drückte Hughes auf einen Knopf auf einer Tastatur neben seiner Computeranlage. Cowley hörte, wie hinter ihm die Tür aufging. Hughes hob lächelnd den Kopf und sagte: »Pam. Würden Sie bitte hereinkommen?«

Das Mädchen, das in Cowleys Blickfeld trat, war zierlich und dunkelhaarig, mit einem kurzen Pony. Sie trug eine schwarze Brille, die sie im Näherkommen abnahm. Ihr beiges Twin-Set war mit einem eingestrickten Blumenmotiv versehen, das im Rock fortgeführt wurde und das Ensemble vervollständigte. Sie sah neugierig zwischen den zwei Männern hin und her, und Hughes sagte: »Pamela Donnelly, meine andere leitende Wirtschaftsexpertin. William Cowley.«

Anhand der Unterlagen, die er gelesen hatte, wußte Cowley, daß Ann Harris achtundzwanzig gewesen war: Er schätzte Pamela Donnelly etwa gleich alt, vielleicht ein, zwei Jahre älter. Da er den Grund, warum sie hereingerufen worden war, nicht wußte, sagte Cowley nichts. Auch das Mädchen schwieg. Beide sahen Hughes an.

Der Leiter der Wirtschaftsabteilung sagte: »Cowley stellt Nachforschungen über Anns Ermordung an. Anscheinend findet er es etwas seltsam, daß wir miteinander telefonieren, nachdem wir hier Schluß gemacht haben. Wie oft sprechen Sie und ich miteinander, nach der Arbeit?«

Das Mädchen hob unschlüssig die Schultern. »Ich weiß nicht. Vielleicht ein-, zweimal die Woche. Manchmal auch öfter, wenn irgend etwas Besonderes ansteht.«

»Warum?« Cowley richtete die Frage an das Mädchen, war sich aber bewußt, daß der andere Mann erwartungsvoll lächelte.

»Wegen des Zeitunterschieds«, erklärte das Mädchen. »Mr. Hughes bleibt sehr oft wegen Anfragen hier, die aus Washington hereinkommen: Wenn es etwas Wichtiges ist, sprechen wir darüber, wenn es etwas ist, womit wir uns tagsüber beschäftigt haben ...« Sie zögerte, bevor sie das Lächeln ihres Chefs erwiderte. »Mr. Hughes möchte sich immer auf dem neuesten Stand halten: Wir arbeiten nach dem Prinzip, alle anfallenden Dinge sofort zu erledigen ...« Eine weitere Pause. »Ich kann immer noch nicht fassen, wie das passieren konnte. Haben Sie schon herausgefunden, wer es war?«

»Noch nicht«, sagte Cowley.

»Sind Sie jetzt zufrieden, was die Anrufe angeht?«

Zu dem Mädchen sagte Cowley: »Danke, Sie haben mir sehr geholfen.« Er blieb stehen, bis sie den Raum verlassen hatte. Nachdem er sich wieder gesetzt hatte, fragte er: »Was sollte das?«

»Noch eine Frage, die ich nicht verstehe.«

»Warum haben Sie sie in unser Gespräch einbezogen?«

»Erhärtendes Beweismaterial. Ist das nicht, wonach alle Detektive bei Ihren Ermittlungen suchen? Erhärtendes Beweismaterial?« Eine weitere Zigarette erwachte qualmend zum Leben.

»Glauben Sie, Ihre Aussagen bedürfen der Erhärtung, Mr. Hughes?«

»Nein, das glaube ich ganz und gar nicht, Mr. Cowley. Glauben Sie es?«

»Ich weiß nicht: Ich weiß überhaupt nur sehr wenig.« Eine Lüge, dachte Cowley: Er glaubte, das entpuppte sich als ein äußerst ergiebiger Tag. Möglicherweise ließ sich die ganze Angelegenheit sehr rasch lösen. Allerdings würde das für einige Leute sehr peinlich werden.

»Womit kann ich Ihnen sonst noch behilflich sein?« Der Mann wirkte nicht mehr so angespannt, hielt sich lockerer.

»Ann Harris' Büro«, sagte Cowley. »Wo war es …« Er zögerte, sah sich um. »… bezogen auf diesen Raum?«

»Nebenan«, antwortete Hughes. »Ann auf der rechten Seite, die Sekretärin auf der linken. Alles sehr eng beisammen …«

»… was ist damit geschehen?« fiel ihm Cowley, plötzlich besorgt, ins Wort.

»Was soll womit geschehen sein?«

»Normalerweise sind immer verschiedene persönliche Dinge in einem Privatbüro. Hat man sie sich angesehen?«

»Natürlich«, erklärte Hughes ungeduldig.

»Wer? Und wer hat sie jetzt?« Das war eine überfällige Frage, eine, die er schon am ersten Tag hätte stellen sollen. Er konnte kaum glauben, daß er es nicht getan hatte, und beantwortete sich fast sofort seine eigenen Zweifel. Ein Versäumnis, das nicht hätte passieren dürfen, stellte er kritisch fest: Er war zu lange nicht mehr im Außendienst tätig gewesen und war nachlässig geworden. Diese Feststellung bereitete ihm Unbehagen – einen Moment stürzte sie ihn sogar in tiefe Verwirrung.

»Ich bin nicht sicher«, sagte Hughes stirnrunzelnd. »Möglicherweise Barry Andrews. Ich weiß, er war da, als von den Sicherheitskräften der Botschaft alles in Schachteln verpackt wurde. Sie sollten vermutlich Barry fragen.«

»In Schachteln verpackt?«

»Die persönlichen Dinge. Viele waren es ja sowieso nicht. Es paßte alles in eine Schachtel. Und keine große.«

»Haben Sie sie hier?« fragte Cowley zu hoffnungsvoll.

Hughes gestikulierte unsicher und steckte sich eine frische Zigarette an. »Ich habe nur die offiziellen Botschaftssachen übernommen. Was zum Glück nicht viel war. Sie war wirklich sehr tüchtig: Arbeit begonnen, Arbeit abgeschlossen. Alle anfallenden Dinge sofort erledigt, wie Pam Donnelly gesagt hat. Aber auch da sollten Sie, wie bei den anderen Dingen, lieber Barry fragen.«

Cowley konnte es plötzlich kaum mehr erwarten, sich von dem Mann zu verabschieden, um zum FBI-Agenten der Botschaft zurückzukehren. Aber er beherrschte sich, da er wußte, es wäre ein Fehler, sich überstürzt zu verabschieden. »Ich bin Ihnen sehr dankbar für Ihre Hilfe. Und ich hoffe aufrichtig, ich bin Ihnen nicht zu nahe getreten.«

»Wie kommen Sie darauf?«

»Sie schienen manchmal etwas angespannt.«

»Ich habe bisher noch niemanden persönlich gekannt, der ermordet wurde. Und auf so entsetzliche Art. Noch wurde ich bisher von einem Detektiv verhört. Dachten Sie im Ernst, ich würde mir den Anschein verleihen, als machte mir das Spaß?« Trotz der Frage strahlte der Leiter der Wirtschaftsabteilung plötzlich etwas Freundliches aus, wie jemand, der sich in seiner Umgebung wohl fühlt.

»Wahrscheinlich nicht«, gab ihm Cowley recht. »Sie waren sehr geduldig.«

»Die arme Ann«, sagte Hughes. »Die arme, liebe Ann. Sie war wirklich ein reizendes Mädchen.«

»Das sagen alle«, bestätigte Cowley. Er streckte die Hand aus und zwang dadurch sein Gegenüber, aufzustehen und sie zu ergreifen. Als sie sich die Hände schüttelten, dachte Cowley: wirklich sehr ergiebig. Draußen auf dem Flur, direkt vor dem Raum, in dem Ann Harris gearbeitet hatte, hielt er inne, versuchte hineinzugehen. Doch er tat den Gedanken sofort wieder ab. Jetzt würde er dort nichts mehr finden. Während er weiterging, fragte er sich, wo Pamela Donnelly arbeitete. Alle Türen waren zu, und auf keiner stand der Name eines Mitarbeiters.

Barry Andrews war im FBI-Büro, in dem Cowley ihn verlassen hatte: Der einzige Unterschied zu seinem früheren Besuch bestand darin, daß Andrews jetzt seine Anzugjacke trug. In einem Aschenbecher neben dem Telefon kokelte eine Zigarre vor sich hin. Als Andrews Cowley einen Blick darauf werfen sah, sagte er: »Die erste heute: Hab mich auf drei beschränkt.«

»Hast du mir etwas zu sagen?«

»Wie das?«

»Ann Harris' Büro: Du hast gestern geholfen, es auszuräumen – ihre persönlichen Sachen. Was gibt es darüber zu berichten? Ich würde die Sachen gern sehen.«

Andrews griff nach der Zigarre und betrachtete das brennende Ende. »Ich glaube, da gibt es ein kleines Problem.«

Cowley spürte, wie ihm das Herz in die Hose sank. »Was für ein Problem?«

»Da war nichts: fast nichts. Nur ein paar Kleinigkeiten.«

»Trotzdem würde ich mir die Sachen gern ansehen.«

»Die Leiche wurde gestern überführt. Das wußtest du doch.«

»Was ist mit den persönlichen Dingen, die in ihrem Büro waren?« bohrte Cowley weiter. Er spürte, wie er in Erwartung der Antwort bereits die Beherrschung zu verlieren begann.

»Ich fragte den Botschafter, was ich – beziehungsweise die Sicherheitskräfte – tun sollte. Er sagte, ihre persönlichen Dinge sollten mit der Leiche zurückgeschickt werden.«

»Du hast den Botschafter gefragt? Was mit den Gegenständen geschehen soll, die einem Mordopfer gehören? Was um alles in der Welt erzählst du mir da eigentlich?« Das hatte etwas mit ihrer Arbeit zu tun – mit Professionalität –, und Andrews hatte Scheiße gebaut. Seine Wut war also berechtigt: Ihre persönliche Situation hatte damit nicht das geringste zu tun.

»Ich habe doch nur zu helfen versucht!« protestierte der FBI-Mann. »Da war nichts, ich sag's dir doch!«

»Hast du eine Bestandsaufnahme vorgenommen?« Cowley wurde kalt vor Wut: Auf sich selbst, daß er den ersten Fehler ermöglicht hatte, und auf den anderen FBI-Agenten, daß er ihn begangen hatte. Wie konnte Andrews so etwas Unprofessionelles tun?

Andrews' Miene erhellte sich merklich. »Klar habe ich eine Bestandsaufnahme gemacht!« Er zog eine Schublade auf der linken Seite seines Schreibtisches heraus, nahm ein einzelnes Blatt Papier heraus und las davon ab. »Drei gerahmte Fotografien. Ein paar Kartenabschnitte für das Bolschoi-Theater. Ein Stadtplan von Moskau. Eine dieser Monatskarten, die man hier sowohl für die U-Bahn wie für die Busse bekommen kann. Und ein Satz Gorbi-Puppen ...« Der Mann sah lächelnd auf, begierig zu helfen. »Vielleicht hast du diese Dinger noch nicht gesehen. So eine typische Touristensache: ein Satz traditioneller *Matrioschka*-Puppen, eine ganze Familie, von denen eine in die andere paßt. Aber bei diesen Gorbi-Puppen handelt es sich um die ganze Führungsriege der Sowjetunion: Gorbatschow, Breschnew, Chruschtschow, Stalin und Lenin. Du kannst sie auf dem Arbat kaufen ...«

»... Barry! Ich will nicht irgendwelche bescheuerten Puppen kaufen. Ich will wissen, warum potentielles Beweismaterial ungeprüft, ohne wissenschaftliche Analyse, ohne irgendwas zurückgeschickt worden ist!«

»Da *war* kein potentielles Beweismaterial!« behauptete Andrews. »Und überhaupt, was soll dieses Theater? Willst du jetzt etwa alte Rechungen begleichen, oder was? Dinge sagen, die du schon lange sagen wolltest?«

»Jetzt stell dich doch nicht dümmer, als du bist! Mir geht es hier *nur* um potentielles Beweismaterial. Ich verwechsle hier keine persönlichen Ressentiments mit beruflichen Dingen: Und außerdem habe ich keine Ressentiments.« Was dann? fragte er sich. Versuchte er, sich selbst von der Schuld freizusprechen, das Büro des Mädchens nicht persönlich untersucht zu haben, indem er sie jetzt dem anderen Mann in die Schuhe schob? Er griff sich die Liste und sagte: »Notizblock! Hier steht, da war ein Notizblock!«

»Leer!« erklärte Andrews. »Es war einer dieser Scherzartikel, die man zu Weihnachten bekommt: mit irgendwelchem Blödsinn oben auf jeder Seite. Aber die Seiten selber waren unbeschrieben. Das habe ich selbst nachgeprüft.«

»Ich möchte nach Washington telegrafieren.« Es würde wahrscheinlich so gut wie nichts bringen – vielleicht sogar nichts –, aber es war den Aufwand wert: Und er würde die Nachricht so abfassen, daß er nicht die Verantwortung für das zugeschoben bekam, was Andrews getan hatte. Beziehungsweise nicht getan hatte. Er mußte sich jedoch erst abregen, bevor er etwas schrieb.

»Welchen Inhalts?« fragte Andrews argwöhnisch.

»Alles muß analysiert werden: Was hätte geschehen müssen, bevor es hier abgeschickt wurde.« Cowley fand den Zigarrengeruch abstoßend. »Unter den zurückgeschickten Gegenständen könnte etwas sein, was mit einem der Dinge aus ihrer Wohnung in Verbindung gebracht werden könnte.«

»Vielleicht hätte ich mir die Sachen doch mit dir ansehen sollen«, gab Andrews zu. Gedemütigte Reue war nicht einfach.

»Dafür ist es jetzt zu spät«, knurrte Cowley unwirsch.

»Und wie ging es mit Baxter und Hughes? Ist was dabei herausgekommen, was zu deinem bisherigen Eindruck beiträgt?«

»Verschiedenes.«

»Schau«, lenkte Andrews ein. »Persönlich befinden wir uns in einer verdammt komischen Situation. Aber damit haben wir uns abgefunden. Also kein Problem. Darum laß uns jetzt ganz sachlich miteinander reden. Ich *arbeite* hier, Herrgott noch mal! Ich *kenne* eine Menge Leute, sprich, ich könnte verschiedenes aufschnappen, wo sie dir was vormachen, wie du das im Fall des Botschafters glaubst. Warum überläßt du das nicht alles mir? Wir stehen doch auf derselben Seite, oder etwa nicht?«

Cowley sah an dem anderen Agenten vorbei. Draußen im Hof ging ein Mann in einem Overall, ein Handwerker, nahm Cowley an, zwischen den Metallpfosten mit den durchhängenden Drähten herum. Cowley beobachtete, wie der Mann drei verschiedene Kabel hob und dann fallen ließ, ohne etwas zu erreichen: Es war ein weiterer nebliger Tag, an dem die graue Feuchtigkeit alles aufsog. Moskau kam ihm vor wie eine Stadt, die ständig eine Decke über den Kopf gezogen hatte. Der Handwerker zuckte mit den Achseln und verschwand. Cowley wandte sich wieder Andrews zu, akzeptierte die vernünftige Logik seines Vorschlags. »Warum tue ich das nicht einfach?«

Andrews lächelte. »Es gibt keinen Grund, warum du es nicht solltest.«

»Ich werde alle Hilfe brauchen, die ich kriegen kann«, gab Cowley zu.

»Die hast du«, versicherte ihm Andrews.

»Es läuft also gut?« fragte General Lapinsk.

»Das erste Treffen verlief durchaus zufriedenstellend«, konzedierte Danilow vorsichtig. Er war enttäuscht, daß bei den Routineuntersuchungen nicht mehr herausgekommen war. Die Sichtung der Akten hatte bisher nichts erbracht. Ebensowenig wie die Erkundigungen, die sie in den Milizstationen innerhalb des fraglichen Bereichs eingezogen hatten. Er durfte nicht vergessen, Pawin nach dem Ergebnis der Aktendurchsicht in den psychiatrischen Anstalten zu fragen.

»Sie haben nicht den Eindruck gewonnen, daß sie das Ermittlungsverfahren übernehmen wollen?«

»Nein.«

»Sehr gut«, sagte Lapinsk mit einem prustenden Husten.

»Ich werde dem Amerikaner einige der Sachen lassen, die sie trug, als sie erstochen wurde: Da gibt es ein Verfahren, mit dem sich der Blutgehalt des Körpers feststellen läßt, das er in Washington machen lassen möchte.«

Der Milizgeneral nickte: »Was hat er zum ersten gesagt?«

»Daß wir die Öffentlichkeit warnen sollten. Dann nahm er jedoch unseren Standpunkt ein, meinte, bevor die amerikanische Botschaft kompromittiert würde, sollten wir das Ganze lieber zurückhalten. Realistisch betrachtet, werden wir jedoch nicht mehr lange um eine Warnung der Öffentlichkeit herumkommen.«

»Der Onkel möchte herkommen«, sagte Lapinsk. »Er hat in Washington ein Visum beantragt. Es wird natürlich ausgestellt.«

»Er wird für eine Menge Wirbel sorgen.«

»Darüber werden wir reden müssen. Wer an der Pressekonferenz teilnimmt, wurde bereits entschieden. Es werden der Generalstaatsanwalt, ich ...«, der ältere Mann zögerte, »... und sowohl Sie als auch der Amerikaner sein.«

Danilow war baff. »Ich?«

»So handhabt man das in Amerika offensichtlich bei Verbrechen, an denen die Öffentlichkeit regen Anteil nimmt.«

Immer alles nachmachen, dachte Danilow. »Haben sich die Amerikaner einverstanden erklärt?«

»Es wurde ihnen vorgeschlagen. Es besteht kein Grund, weshalb sie es ablehnen sollten.«

Mögliche Schwierigkeiten, die man teilte, waren eindeutig Schwierigkeiten, die seitlich und nach hinten verteilt wurden, nahm Danilow an. Wie Mist. »Wird es eine große Pressekonferenz?«

»Sie werden dafür den großen Konferenzsaal im Gebäude der Generalstaatsanwaltschaft benutzen.«

Er mußte unbedingt dafür sorgen, daß Olga seine Hemden wusch und bügelte, dachte Danilow. Er mußte heute abend mit ihr darüber sprechen. Olga brauchte immer Zeit, um etwas zu tun.

17

Larissa und ihr Mann lebten in einem der besseren Wohnblocks nicht weit von der inneren Ringstraße, den letzten für Parteimitglieder gebauten Hochhäusern. Der undenkbare Zusammenbruch des kommunistischen Systems im Jahr 1991 hatte Jewgenij Kosow, der dies nie für möglich gehalten hätte, zutiefst verunsichert. Er war nicht aufgrund irgendwelcher politischer Überzeugungen, sondern einzig und allein wegen der damit verbundenen Privilegien – zu denen auch bessere Wohnungen gehörten – von der Komsomol-Jugendorganisation direkt in die Partei eingetreten. Kosows persönliche Ideologie war, als Angehöriger der Moskauer Elite das Leben zu genießen, und deshalb hatte er anfänglich befürchtet, er könnte alles verlieren. Natürlich hatte er sich wie alle vernünftigen Überlebenden von der Partei losgesagt. Und hatte in den ersten Monaten noch auf irgendeine Art von offizieller Vergeltung gewartet. Es war jedoch keine erfolgt. Mittlerweile hatte Kosow sein erschüttertes Selbstvertrauen uneingeschränkt wiedergefunden, fest davon überzeugt, daß sich nicht wirklich etwas ändern würde, aber bereit, sich jederzeit anzupassen, sollte sich die Notwendigkeit ergeben.

Danilow behielt den Dienstwagen, der ihm zugeteilt worden war, weil er wußte, Olga würde sich freuen. Sie rutschte aufgeregt auf dem Beifahrersitz herum, als er in der Kirowskaja losfuhr, und nach ein paar Minuten drehte sie sich um, um die Rücksitze zu begutachten und schließlich zu verkünden: »Genau *so* ein Auto möchte ich!«

»Das ist ein Wolga. Das ist nicht das Modell, das wir bestellt haben. Wenn wir unsere Bestellung ändern, kommen wir wieder ganz ans Ende der Warteliste.«

Sie versuchte den Telefonhörer abzunehmen, bekam ihn aber nicht los: Danilow machte keine Anstalten, ihr zu helfen. Sie fragte: »Funktioniert das wirklich? Könnte ich jetzt während der Fahrt tatsächlich mit jemandem telefonieren?«

»An sich schon. Nur werden alle Anrufe registriert.«

»Ich möchte Larissa anrufen! Ihr Bescheid sagen, daß wir unterwegs sind! Wie nimmt man ab?«

»Das geht nicht.«

»Es müßte sich doch als dienstliches Gespräch hinstellen lassen. Jewgenij ist auch Polizist.«

»Damit kannst du niemandem was vormachen: Sie kriegen sofort raus, daß es nicht uns gehört.«

»Ich möchte aber!«

Danilow entriegelte das Telefon und reichte es seiner Frau. Beim ersten Versuch wählte sie falsch, und er mußte ihr den Ablauf erklären, während sie wählte. Olga plapperte irgendwelches zusammenhangloses Zeugs von nicht existierenden Staus und sprach wesentlich lauter als nötig. Sie tat Danilow richtig leid. Als sie ihm das Telefon wieder gab, damit er es einklinkte, sagte sie: »Larissa hat gelacht. Kannst du dir vorstellen, warum?«

»Vielleicht fand sie es witzig.« Danilow freute sich nicht auf den Abend. Am Nachmittag hatte er sogar schon überlegt, ob er absagen sollte. Larissa hatte sich jedoch vehement dagegen verwehrt, als sie miteinander gesprochen hatten. »Ich verspreche dir, ich lasse die Finger von dir, auch wenn es mir sicher schwerfällt«, hatte sie gesagt. Vielleicht hatte sie über die Erinnerung an ihre Unterhaltung gelacht und nicht über Olga, die mit dem Autotelefon angab.

Er fand direkt vor der Wohnung einen Parkplatz. Olga wartete, daß er ausstieg und auf die andere Seite kam, um ihr die Tür zu öffnen, so, als wollte sie bis zum letzten Moment im Wagen sitzen bleiben. Nachdem er ihr beim Aussteigen geholfen hatte, wollte er sie auf den Eingang zuführen, aber sie sagte: »Was ist mit den Scheibenwischern? Du weißt doch, sie werden gestohlen, wenn du sie nicht abnimmst.«

Verärgert, daß er eine Grundregel des Moskauer Verkehrs vergessen hatte, drehte Danilow sich um. Unsicher, wie er die Scheibenwischer eines Wagentyps abnehmen sollte, mit dem er nicht vertraut war, ging er zum Wagen zurück. Auf der Beifahrerseite war die Feder zu stark, und er klemmte sich den Finger ein, bevor er das Wischerblatt aushaken konnte. Als er das besser beleuchtete Vestibül betrat, sah er, daß seine Hände mit Schmierflecken übersät und seine Manschetten schmutzig waren. An der Stelle, wo er sich den Finger eingeklemmt hatte, blutete er leicht.

»Du siehst ja vielleicht wieder aus«, hielt ihm Olga vor.

»Ich hätte sie dranlassen sollen.«

»Wäre nur dumm gewesen, wenn es auf der Heimfahrt regnet.«

»Vielleicht wären sie ja gar nicht gestohlen worden.«

»Das wären sie bestimmt.« Olga mußte bei jedem Disput, egal, wie belanglos, das letzte Wort behalten.

Danilow kam sich lächerlich vor, Larissas Wohnung mit Scheibenwischern in den Händen zu betreten. Daß sie über ihn lachen mußte, machte die Sache für ihn auch nicht leichter. Er lächelte und sah sich um, wo er die Scheibenwischer ablegen könnte. »Ich muß mich kurz mal waschen.«

»Das mußt du allerdings, hm? Laß sie doch einfach in der Küche.«

Das tat Danilow und schaffte es, die meiste Schmiere in

der Spüle von seinen Händen zu bekommen. Larissa sah ihm dabei zu, aber sie stand an der Tür, so weit von ihm entfernt wie möglich. Er dachte, sie würde vielleicht dort stehenbleiben, wenn er in den Wohnraum zurückzukommen versuchte, und ihn zwingen, sich an ihr vorbeizuzwängen, um ihm wenigstens ganz kurz nahe zu sein. Aber im letzten Moment machte sie einen Schritt nach vorn und gab die Tür frei. Als er an ihr vorbeiging, sagte sie leise: »Vielleicht breche ich mein Versprechen«, und lachte wieder.

Im Wohnzimmer war Jewgenij Kosow gerade dabei, Olga aus dem Mantel zu helfen. Danach legte er Olga die Hände um die Taille, sagte: »Das nenne ich einen Körper: rank und schlank wie ein Vogel!« und küßte sie. Seine Hände behielt er da, wo sie waren. Olga, die es nicht störte, betatscht zu werden, lächelte beglückt.

»Wir haben uns viel zu lang nicht mehr gesehen!« polterte Kosow mit lautstarkem Überschwang los. »Alte Freunde wie wir sollten sich wirklich häufiger treffen!«

Danilow fragte sich, wieviel Kosow vor ihrem Eintreffen bereits getrunken hatte. Auf einem kleinen Tisch standen ein Glas und eine Whiskyflasche: Es war ein Chivas Regal, zur Schau gestellt wie eine Kriegstrophäe.

»Champagner für die Damen, für uns Männer was Stärkeres«, kündigte Kosow an. Von Natur aus ein großer, kräftig gebauter Mann, war er durch seine exzessive Lebensweise noch voluminöser geworden. Sein über den Gürtel hängender Bauch wurde kaum verdeckt durch den Pullover, den er, vermutete Danilow, bewundern sollte: Er war offensichtlich aus Kaschmir. Kosows Gesicht wies den typischen Alkoholglanz auf, und auf beiden Seiten seiner fleischigen Nase waren einige geplatzte rote Äderchen zu sehen. Es war französischer Champagner, kein russischer.

Kosow grinste, als er die Gläser verteilte, und sagte: »Du hättest dich keineswegs so schmutzig machen müssen. Wozu hat man schließlich Einfluß, wenn man keinen Gebrauch davon macht. Du kannst mir glauben, ich habe dafür gesorgt, daß in unserem Block hier ständig Milizstreifen patrouillieren, und das weiß das Gesockse auch. Jeder, der irgendwo in der Nähe meiner Wohnung was ausfrißt, weiß, daß ich ihm persönlich an den Kragen gehe!«

»Daran hätte ich eigentlich denken müssen«, entgegnete Danilow mild. Er fragte sich, wie viele Neuerungen Kosow sonst noch eingeführt hatte.

»Olga hat ihren Begrüßungskuß schon bekommen«, beschwerte sich Larissa scherzhaft. »Wo bleibt meiner?«

Danilow beugte sich kurz vor, um ihre Wange zu streifen, aber ohne die Hände nach ihr auszustrecken. Durch ihre Körper gedeckt, tastete Larissa nach seiner Hand und drückte sie kurz, eine spöttische Geste. Sie ließ seine Hand jedoch nicht wieder los, sondern hob sie hoch, als er von ihr zurücktrat. »Du hast dich ja geschnitten! Du blutest! Komm, im Bad habe ich Verbandmaterial.«

»Das ist doch nicht nötig«, versuchte sich Danilow herauszuwinden.

»Wäre ja noch schöner, wenn du mir die ganze Wohnung vollblutest!« protestierte Larissa. »Komm! Und keine Widerrede.« Sie hielt seine verletzte Hand weiter fest und führte ihn den Flur hinunter ins Bad, ein Blendwerk aus importierten Armaturen. Drinnen sagte sie: »Jetzt kannst du mich richtig küssen!«

»Laß das!« protestierte Danilow.

»Warum?« Sie hatte den Kopf auf die Seite gelegt; sie wußte, wie verlegen er war, und genoß es, die Kokette zu spielen.

»Es ist gefährlich.«

»Küß mich!« befahl sie.

Das tat er. Sofort legte Larissa ihre Hände auf seine Pobacken und rieb ihren Unterleib an seinem. Danilow riß sich von ihr los und sagte: »Du kriegst noch Blut auf dein Kleid.« Wie Kosows Pullover war es aus Kaschmir, ein helles Blau. Larissa duftete so frisch und parfümiert wie immer. Ihr Haar war perfekt gebürstet, ihm zuliebe offen, und ihr Make-up war fast makellos. »Dein Lippenstift ist verschmiert.«

»Und du hast auch welchen im Gesicht«, gab ihm Larissa recht. Sie wischte ihn weg und zog dann ihre Lippen nach, während er sich das sterile Heftpflaster um den Finger machte. Er sah, daß er an den Händen noch Schmutzreste hatte, die er in der Küche übersehen hatte. Er versuchte, sie im Badezimmerwaschbecken zu entfernen, aber es gelang ihm nicht ganz. Vermutlich brauchte er Waschbenzin, um sie vollständig abzubekommen. Sie sagte: »Schön, daß du hier bist.«

»Wirklich?«

»Ich finde es schön, sie anzusehen und dann dich. Und daran zu denken, was wir machen und worüber sie nichts wissen. Das erregt mich ungeheuer. Möchtest du mal sehen?«

»Hör auf, Larissa!«

»Morgen nachmittag?«

Er hatte einen weiteren Besuch im Leichenschauhaus vereinbart, diesmal mit dem Amerikaner. »Ich weiß noch nicht. Wenn es irgendwie geht. Aber jetzt sollten wir zu den anderen zurück.« Er fragte sich, was Cowley in der Botschaft erreicht hatte: Sie hatten nicht miteinander telefoniert.

»Willst du wirklich nicht sehen?«

Ohne ihr zu antworten, ging Danilow vor ihr aus dem Bad. Olga und Kosow saßen nebeneinander auf der Couch, die mehr als die Hälfte einer Wohnungswand einnahm. Kosow hielt Olgas Hand, die auf ihrem Oberschenkel lag.

»Ist das nicht eine wundervolle Wohnung?« sagte Olga. »So einen großen Fernseher habe ich noch nie gesehen. Und ein Videorecorder ist auch dabei: Sie können hier bei sich zu Hause Filme ansehen!«

»Ja, sehr schön«, stimmte ihr Danilow pflichtschuldig bei. Er glaubte ebenfalls, noch nie so einen großen Fernseher gesehen zu haben. Er befand sich in einem Schrank mit Lamellentüren, die zugezogen werden konnten. Der Videorecorder stand auf einem Bord darunter. Gleich rechts daneben, bei den Sesseln der Sitzgruppe, befand sich eine umfangreiche Stereoanlage. Danilow fragte sich, wieviel davon von dem dankbaren Importeur stammte, den er Kosow vorgestellt hatte. Die Tapete war aus Stoff, und die bodenlangen Vorhänge waren aus dickem grünem Samt, die farblich auf den dicken, geringfügig dunkler grünen Spannteppich abgestimmt waren.

»Solange man nur die richtigen Freunde hat, ist das überhaupt kein Problem, oder nicht, Dimitri?« Kosow deutete auf Danilow. »Hat mir alles beigebracht, was man über die Verwaltung eines Milizbezirks wissen muß ...« Mit ernster Miene, ganz der verantwortungsbewußte, korrekte Polizist, der mit einem genauso korrekten Kollegen spricht, beugte er sich zu Danilow vor. »Wir gehen dieser Nachfrage nach. Überprüfen jeden Zwischenfall, der irgendwie von Bedeutung sein könnte. Und noch einiges mehr. Außerdem habe ich ein paar spezielle Freunde, die ich seit deinem Ausscheiden hier kennengelernt habe, darum gebeten, sich ein wenig umzuhören. Wenn also irgendwas in Umlauf ist, erfahre ich es. Mach dir da mal keine Sorgen.«

Der Wortwahl seines Gegenübers nach zu schließen, sah sich Kosow mit seinem Videorecorder auf seinem kinoleinwandgroßen Fernseher vor allem amerikanische Thriller an, dachte Danilow. Er wollte gerade hinterfragen, was Kosow ihm erzählt hatte, als sich Larissa auf die Lehne seines Sessels niederließ und ihren Mann fragte: »Inwiefern arbeitest du mit Dimitri zusammen?«

Danilow nahm an, er hätte eigentlich sofort merken müssen, daß das Gebiet, in dem die zwei Morde passiert waren, zum Teil zu seinem ehemaligen Milizbezirk gehörte und daß deshalb auch dort die Nachforschungen angestellt wurden, die er Pawin zu veranlassen gebeten hatte. Aber es war ihm erst jetzt klargeworden. Er wünschte sich, Larissa hätte nicht so dagesessen, so dicht neben ihm, daß sich ihre Beine berührten. Bevor Danilow, der nicht über die Morde sprechen wollte, eine ablenkende Antwort einfiel, sagte Kosow: »Die Moskauer Kriminalpolizei ist bei der Suche nach einem Massenmörder auf die Unterstützung uniformierter Streifenpolizisten angewiesen.«

»Zwei geben doch noch kaum einen Massenmörder«, sagte Larissa.

Kosow erhob sich von der Couch, um nachzuschenken. »Aber wenn er noch mal zuschlägt, ist er ein Massenmörder«, erklärte Kosow streitlustig. »Ein Irrer, der seine Opfer umbringt und verstümmelt.«

»Verstümmelt waren sie nicht!« widersprach Danilow.

»Skalpiert!« konterte Kosow. »Sie und der Mann. So hat man es uns gesagt.«

»Keiner von beiden wurde skalpiert!« protestierte Danilow verärgert. »Ihnen wurden nur die Haare abgeschnitten.« Was ließ sich mit irgendwelchen Anfragen an die einzelnen Milizbezirke anfangen, wenn sie so frei interpretiert wurden? Morgen würde er mit Pawin gleich als erstes die Formulierungen der Anfragenliste überprüfen müssen.

»Glaubst du nicht, es war die Tat eines Irren?«

»Natürlich war es das«, sagte Danilow, der das Gespräch immer noch beenden wollte. »Aber das ist schwerlich der richtige Ort oder Zeitpunkt, um über so etwas zu sprechen.«

Larissa sagte schaudernd: »Stellt euch nur vor. Er könnte gerade ganz in der Nähe sein: nur ein, zwei Straßen weiter.«

»Warum wurde die Öffentlichkeit bisher noch nicht gewarnt?« wollte Olga wissen. »Ich habe bisher nur etwas über das Mädchen gelesen. Und daß ihr das Haar abgeschnitten wurde, war dabei mit keinem Wort erwähnt.«

»Wahrscheinlich wird das schon bald nachgeholt«, sagte Danilow. »Wir möchten nur verhindern, daß eine Panik ausbricht.«

»Ich bin froh ...«, setzte Larissa, ohne zu überlegen, an, um jedoch sofort wieder innezuhalten, »... daß du es uns jetzt erzählt hast«, fuhr sie, nicht sehr überzeugend, fort.

Danilow wurde ganz heiß, und er hoffte, er wäre nicht rot geworden, weil Larissa um ein Haar damit herausgeplatzt wäre, daß er sie bei ihrem letzten Treffen im Hotel aufgefordert hatte, ein Taxi zu nehmen. Hastig sagte er zu Kosow: »Wie hast du das gemeint? Du hättest deinen speziellen Freunden gesagt, sie sollen sich ein wenig umhören?«

»Genau so, wie ich es gesagt habe«, antwortete der Milizkommandant. »Die Leute wissen, wer Milizstation neunzehn leitet. Und wenn ich sage, ich brauche Hilfe, dann wissen sie, es ist mir ernst. Wenn also in meinem Bezirk irgend so ein perverses Schwein sein Unwesen treibt, werde ich es erfahren, mach dir da mal keine Sorgen.«

Danilow merkte, der andere Mann nutzte die Situation,

um sich aufzuspielen. Der Trottel hatte sich doch hoffentlich nicht an das Dolgoprudnaja-Syndikat gewandt, von dem Larissa ihm erzählt hatte? Schlagartig wurde Danilow klar, daß Kosow genau das getan hatte. Wahrscheinlich würden sie ihn in der Dolgoprudnaja nur auslachen. Danilow nahm sich vor, alles, was aus Kosows Polizeistation kam, mit äußerster Vorsicht zu behandeln. Resigniert sagte Danilow: »Ich bin schon gespannt, was du alles herausfindest.«

»Wie in den alten Zeiten«, schwärmte Kosow. »Endlich arbeiten wir beide mal wieder zusammen.«

Danilow konnte sich nicht erinnern, daß sie jemals gemeinsam in einem Fall ermittelt hatten, als sie noch im selben Bezirk gewesen waren. Um das Thema zu wechseln, sagte er: »Manchmal fehlt mir der Streifendienst.«

»Aber der Dienst in der Petrowka bringt doch sicher auch gewisse Vorteile mit sich?« sagte Kosow mit einem Augenzwinkern.

»Die würde ich gern mal sehen!« schaltete sich Olga an dieser Stelle ein. »Wir haben nicht mal einen Fernseher, der gescheit funktioniert.«

»Wenn du eine Gefälligkeit möchtest, brauchst du es nur zu sagen«, erklärte Kosow großzügig. »Meine Freunde sind auch deine Freunde: Einige kanntest du sogar schon vor mir.«

»Ich glaube nicht, daß dir der normale Streifendienst *wirklich* fehlt.« Larissa zog ihn jetzt ganz offen auf. »Ich glaube, man muß *ganz* besondere Qualitäten haben, um Detektiv zu werden. Nicht wie ein gewöhnlicher Polizist. Glaubst du nicht auch, Jewgenij?«

Den Verstand vom Whisky vernebelt, sah ihr Mann mit zusammengekniffenen Augen durch den Raum. »Ich habe auch Detektive unter mir. Ein Teil meiner Leute sind Kriminalbeamte. Ich führe das Kommando.«

»Rein verwaltungstechnisch. Außerdem ermitteln deine Detektive nicht in *Mordfällen*, oder? Nicht wie Dimitri.« Larissa lächelte die andere Frau raffiniert an. »Bist du nicht stolz auf ihn, Olga? So einen klugen Mann zu haben? Der Mörder jagt? Verrückte Mörder?«

Danilow versuchte sein Bein warnend gegen ihres zu

drücken: Larissa erwiderte den Druck und lächelte auf ihn herab. »Ich glaube, du bist sehr klug. Und tapfer auch.«

Olga schien Schwierigkeiten zu haben, eine Antwort auf die Frage zu finden, die ihr gestellt worden war. Schließlich sagte sie: »Ja, wahrscheinlich schon. Eigentlich mache ich mir darüber keine großen Gedanken. Es ist sein Beruf.«

»Und ich bin nicht hergekommen, um die ganze Zeit über ihn zu sprechen«, sagte Danilow in dem erneuten Bemühen, das Thema zu wechseln. »Ich bin gekommen, um gemütlich zu Abend zu essen.«

Larissa mußte von der Sessellehne aufstehen, um es aufzutragen, und Danilow war erleichtert. Olga folgte ihr in die Küche, um zu helfen, und Kosow drängte ihm einen weiteren Whisky auf, während sie warteten. Zum Kaviar brachte Kosow eisgekühlten Wodka. Zum kalten Fisch gab es französischen Weißwein und zur Ente, die Larissa mit eingelegtem Rot- und Weißkohl servierte, Rotwein, ebenfalls französischen. Als Olga höflich das Essen lobte, sagte Larissa, es sei alles aus dem offenen, nicht unter staatlicher Kontrolle stehenden Markt am Zirkus: Dort konnte man sämtliche nur erdenklichen Lebensmittel bekommen, vorausgesetzt, man war bereit, den entsprechenden Preis dafür zu bezahlen. Kosow, der zu spät gemerkt zu haben schien, daß sich seine Frau nur lustig über ihn gemacht hatte, als sie von der Verantwortung des Leiters einer Milizstation gesprochen hatte, erzählte endlose Polizeianekdoten, deren Pointe oder Ausgang er häufig vergaß, so daß er bei hilflosem Achselzucken und hoffnungsvollem Fall-mit-ein-Gelächter Zuflucht suchen mußte und immer wieder »Du weißt ja« und »So war das also« murmelte. Alle fühlten sich dabei in unterschiedlichem Maß unbehaglich.

Während die Frauen den Tisch abräumten, schenkte Kosow sich und Danilow einen Cognac ein. Kosow sagte: »Arbeitet ihr denn in der Petrowka tatsächlich nicht mit bestimmten anderen Kreisen zusammen?«

»In der Abteilung für Schwerverbrechen, glaube ich schon. Aber nicht in der Mordkommission. Das ginge ja wohl auch schlecht.«

»Und ob das ginge. Du bedienst dich einfach der Beziehungen der Leute aus der Abteilung für Schwerverbrechen, die *keine* Morde bearbeiten.«

»Darauf bin ich noch gar nicht gekommen«, antwortete Danilow ausweichend.

»Möchtest wohl nicht in der Schuld anderer Kollegen stehen, wie?«

»So ungefähr«, griff Danilow die Ausrede auf.

»Ich bin gern bereit, dir zu helfen. Du brauchst es nur zu sagen.«

Das hieße, er ließe zu, daß ihm beide Mitglieder der Familie Kosow zu Gefallen waren, dachte Danilow mit einer anderen Art von Unbehagen. »Ich werde gegebenenfalls darauf zurückkommen.«

»Jederzeit«, sagte Kosow. »Wozu hat man schließlich Freunde?«

Danilow konnte sich nicht erinnern, daß der andere Mann bisher jemals so offen herablassend gewesen war. Sie unterhielten sich etwas halbherzig über Filme, als die Frauen zurückkamen, doch die Unterhaltung wurde gleich wesentlich lebhafter, als Kosow verkündete, er wolle für sich und Larissa ein Visum beantragen, damit sie in Europa Urlaub machen könnten, wahrscheinlich in Frankreich und Italien. Es war Danilow, der schließlich mit dem Hinweis auf starke dienstliche Belastungen dem Abend ein Ende setzte. Kosow küßte Olga zum Abschied und versprach Danilow, daß er schon in wenigen Tagen von ihm hören werde. »Meine Leute hören sich um. Glaub mir.«

Als Danilow Larissa zum Abschied küßte, sah sie ihn ganz direkt an. »Vergiß nicht, was Jewgenij gesagt hat: Wir sollten uns wirklich öfter sehen.«

»Nächstes Mal sind wir an der Reihe«, erklärte Olga, als sie gingen. Danilow trug die Scheibenwischer in ein Küchentuch gewickelt.

Er klemmte sich wieder den Finger ein, als er sie am Polizeiauto anbrachte. Aber diesmal schnitt er sich nicht. Er benutzte das Küchentuch, um so viel von der frischen Schmiere wie möglich abzuwischen.

»Wird das nicht furchtbar peinlich?« sagte Olga, als er neben ihr einstieg.

»Was?«

»Wenn wir sie nächstes Mal zu uns einladen? Kannst du dir vorstellen, was sie über unsere Wohnung denken werden? Ich kann mich noch an die Zeit erinnern, als wir genauso gute Sachen wie sie hatten: sogar bessere.«

»Dann laden wir sie eben nicht ein.« Danilow war nicht nach noch so einem Abend wie diesem. Bei Kosow empfand er abwechselnd Langeweile und Verlegenheit, und in Larissas Gegenwart fühlte er sich aus anderen Gründen ständig unbehaglich. Und sie hatte es gespürt: Er vermutete, sie hatte sich nicht nur ihrem Mann und Olga überlegen gefühlt, sondern auch ihm.

»Wir haben sie aber schon eingeladen.«

»Aber noch nicht richtig fest. Unternimm einfach nichts mehr weiter.«

»Magst du sie?«

Danilow warf einen kurzen Blick zu ihr hinüber und bereute es sofort, wegen des schlechten Gewissens, das er vielleicht verriet. »Larissa?«

»Wen denn sonst?«

»Natürlich mag ich sie. Wir sind doch schon lange befreundet. Warum fragst du?«

»Sie hat dir die ganze Zeit schöne Augen gemacht.«

»Unsinn!« protestierte Danilow, fast zu energisch.

»Was habt ihr im Bad gemacht?«

»Du weißt ganz genau, was wir gemacht haben. Sie hat meinen Finger verarztet.« Es hörte sich schrecklich unangemessen an.

»Das hat aber ziemlich lang gedauert.«

»Ich habe noch versucht, meine Hände besser sauber zu kriegen.«

»Und dabei mußte sie dir helfen?«

»Wir haben uns unterhalten.«

»Worüber?«

»Was weiß ich! Über ihre Arbeit im Hotel. Wie mir die Arbeit in der Petrowka gefällt. Wir haben uns einfach unterhalten.«

»Sie ist sehr attraktiv, nicht?«

»Darüber habe ich mir noch keine Gedanken gemacht.« Auch das hatte sich falsch angehört. Jetzt merkte Danilow, daß ihn Olga vom Beifahrersitz ansah.

»Ihr Kleid war aus Frankreich. Hat sie mir erzählt, in der Küche.«

Danilow gab keine Antwort. Obwohl er durch das Gespräch im Wagen abgelenkt wurde, stellte er fest, daß er aufmerksam auf die stillen Straßen hinausblickte, die sie entlangfuhren. Auf der Suche nach was, fragte er sich wütend selbst. Nach einer Gestalt, die ein Messer zückte? Oder mit einer Handvoll Haare herumlief?

»Es hat ihre Figur sehr gut zur Geltung gebracht. Sie hat noch keine Ansätze von Fett, nicht wie ich.«

»Das ist mir nicht aufgefallen.«

»Sie saß so dicht neben dir, daß es eigentlich kaum zu übersehen war.«

»Wenn du unbedingt damit anfangen willst, Vergleiche zu ziehen, könnte ich genausogut sagen, daß du heute abend mit Jewgenij auch nicht gerade sehr auf Distanz gegangen bist.« Langsam wurde es unerfreulich.

»Jewgenij! Jetzt mach dich doch nicht lächerlich. So ist er doch immer; war er schon immer.«

In der Hoffnung, so schnell wie möglich in die Kirowskaja zu kommen, bog Danilow von der inneren Ringstraße ab, um eine Abkürzung zu nehmen. Windgepeitschter Regen begann die Windschutzscheibe zu beschlagen, und Danilow mußte die Scheibenwischer anstellen. Sie gaben ein lautes, schabendes Geräusch von sich, als sie über die Scheibe glitten, und er vermutete, er hatte sie falsch befestigt.

»Wenigstens war er an etwas Körperkontakt mit mir interessiert. Was man von dir in letzter Zeit nicht behaupten könnte.«

»Fang bitte keinen Streit an, wo kein Grund zum Streit besteht, Olga!« Überrascht stellte er fest, daß er sich nicht erinnern konnte, wann sie zum letztenmal miteinander geschlafen hatten.

»Ich ...«, begann die Frau laut, um jedoch sofort wieder

zu verstummen. Beherrscht fuhr sie fort: »Ich kann mich nicht erinnern, daß wir beide uns mal über einen Urlaub in Europa Gedanken gemacht haben, als du noch den Bezirk unter dir hattest.«

»Damals waren die Reisemöglichkeiten noch wesentlich stärker beschränkt.« Danilow kam zu einer Einbahnstraße, mit der er nicht gerechnet hatte. Er bog links ab, um eine Umleitung zu fahren. Aber von einer Abkürzung konnte keine Rede mehr sein.

»Trotzdem haben wir uns keine Gedanken darüber gemacht«, behauptete seine Frau stur.

»Jewgenij hat nicht gesagt, daß sie tatsächlich fahren. So was ist doch typisch für ihn: vom Visum zu reden, als wäre die Reise bereits beschlossene Sache.«

»Wirst du es tun?«

»Was?« Danilow kam wieder auf die Straße, auf die er wollte, und hoffte, auf keine weiteren Hindernisse mehr zu stoßen. Die Sache mit Larrisa war ihm zweifellos unangenehm gewesen, aber er hatte nicht erwartet, was zwischen ihnen lief, wäre so offensichtlich. Olga konnte nur einen Verdacht haben: Er brauchte jede direkte Anschuldigung nur abzustreiten und jegliche Andeutungen, die sie vielleicht machte, ins Lächerliche zu ziehen. Dieses Luder Larissa! Sie hatte sich einen Spaß daraus gemacht und dadurch ihn in dumme, unnötige Schwierigkeiten gebracht.

»Warum kommst du nicht auf Jewgenijs Angebot zurück, uns mit Leuten bekanntzumachen, die alle möglichen Dinge besorgen können … wie früher.«

»Lieber nicht.« Danilow begann die Umgebung bekannt vorzukommen, und er war froh, daß sie fast zu Hause waren.

»Warum eigentlich?« platzte Olga los. »Ich habe es langsam wirklich satt, so zu leben wie jetzt! Du hast mir gesagt, die Versetzung in die Petrowka wäre eine Beförderung. Beförderung bedeutet für mich bessere Sachen: mehr Vorteile. Was für Vorteile haben wir seit deiner Beförderung erhalten? Keine! Es geht uns sogar schlechter als zuvor! Glaubst du etwa, ich mache das noch lange mit?«

Danilow fragte sich, mit welcher Alternative sie ihm drohte. »Die Arbeit bei der Polizei ist eben auch nicht mehr das, was sie mal war.«

»Was soll das nun wieder heißen? Warum mußtest du die Beziehungen, die du mal hattest, alle aufgeben? Dazu bestand doch überhaupt kein Anlaß.«

»Ich wollte es einfach mal anders anpacken.« Sie verstünde es nicht, wenn er ihr von Ehrlichkeit erzählen würde, in einer Umgebung und in einem Land, in dem es die Menschen – sogar Polizisten – nicht für unehrlich hielten, auf Schwarzmärkten mit Schwarzgeld einzukaufen, wenn sich ihnen nur eine Gelegenheit dazu bot. Nach russischen Wertmaßstäben war es wohl kaum unehrlich. Außerdem schadete man damit niemandem außer vielleicht dem Staat, dessen *Perestroika*-Prahlereien gescheitert waren und der deshalb auch schuld daran war, daß ein zweites unternehmerisches System nötig war. Danilow war sich nicht sicher, ob er halbwegs verständlich zum Ausdruck hätte bringen können, wie er darüber dachte, selbst wenn Olga sich dafür interessiert hätte, was jedoch nur zu offensichtlich nicht der Fall war.

»Damit wir alle darunter zu leiden haben!«

Danilow nahm an, daß es aus Olgas Sicht vermutlich keine andere Möglichkeit gab, es zu beschreiben. Er hätte ihr liebend gern ein Argument entgegengehalten, um seine Haltung zu rechtfertigen, aber es fiel ihm keines ein. Deshalb erwiderte er nur lahm: »Bringen wir erst mal diese andere Geschichte hinter uns. Dann sehen wir weiter.«

»Wirst du dich von Jewgenij einigen seiner Freunde vorstellen lassen?« biß sich Olga sofort fest.

Die Dolgoprudnaja war ein straff organisiertes Verbrechersyndikat, keine lose Vereinigung von Schwarzmarkthändlern, die wollten, daß Lagerhäuser übersehen wurden und Lkws mit frischer Ware unbehelligt blieben. In welchem Umfang würde er sich erpreßbar machen, wenn er seine neugewonnene Integrität aufgab? Die Gefahr, von organisierten Kriminellen erpreßt zu werden, war nicht der Hauptihinderungsgrund, so sehr diese Gefahr auch bestehen mochte. Es ging ihm ausschließlich um seine auf wackligen Beinen stehende Integrität, dieses Gefühl, das er bis jetzt noch nicht gründlich analysiert hatte, das aber bisher für ihn gleichbedeutend mit ›sauber bleiben‹ gewesen war. Und das wollte er auf keinen Fall wieder aufgeben. Ebensowenig wollte er diese keifende Unterhaltung mit seiner argwöhnischen Frau noch länger fortsetzen. »Wir werden sehen«, sagte er noch einmal.

»Es wird bestimmt herrlich, alles wieder so wie früher zu haben«, sagte Olga, die ihn falsch verstanden hatte. Sie schwieg eine Weile, während Danilow vor ihrem Wohnblock einparkte. Dann sagte sie: »Statt sie hier zum Essen einzuladen, könnten wir natürlich auch mit ihnen ausgehen. Aber dafür bräuchten wir Dollar, damit wir in ein gescheites Lokal gehen können.«

»Scheiße!« platzte Danilow heraus, als ihm klarwurde, was sie gesagt hatte.

Olga sah ihn verdutzt an. »Was ist denn?«

»Mir ist etwas eingefallen, worauf ich schon früher hätte kommen sollen«, gab Danilow wütend zu. Es war zu spät – und es hätte auch nichts gebracht –, Pawin jetzt noch anzurufen. Er mußte bis morgen warten. Scheiße, dachte er noch einmal: Scheiße! Scheiße! Scheiße!

Während des notgedrungenen Junggesellendaseins nach der Scheidung von Pauline – deren Hobby Kochen gewesen war –, war Cowley ein Fertiggerichte-Gourmand geworden. An diesem Abend hatte er sich im Botschaftsladen eingedeckt und machte sich in seinem Gästeappartment einen Lean-Cuisine Kalbsbraten. Für den nächsten Abend schwankte er noch zwischen Hühnchen und Rinderschmorbraten.

Während der Kalbsbraten heiß wurde, schaute er CNN, gespannt, ob sie irgendeinen Hinweis auf Senator Burdens geplante Moskaureise brachten, nachdem er in der Nacht eine entsprechende Warnung aus Washington telegrafiert bekommen hatte. Sie brachten jedoch nichts. Cowley war dankbar für die Betreuung durch den Direktor, da er alle Probleme an ihn weiterleiten konnte und nicht persönlich in irgendwelche Zwistigkeiten verwickelt wurde. Er konnte sich nicht vorstellen, was es für Schwierigkeiten geben könnte: Er ging davon aus, der Besuch des Politikers würde in den Zuständigkeitsbereich des Botschafters fallen, während er dabei nur ganz am Rand eine Rolle spielen würde, vielleicht in Form einiger höflichkeitshalber erteilten Anweisungen.

Cowleys Gedanken kreisten vorwiegend um andere Dinge.

Und hier wiederum vor allem um die Botschaft selbst und um seine Überzeugung, daß sich dort bereits einige Möglichkeiten auftaten, mit seinen Ermittlungen voranzukommen. Das Problem war, wie er weiter vorgehen sollte. In diesem frühen Stadium hatte er einen Verdacht, der lediglich durch einen einzigen belastenden Umstand gestützt wurde. Sollte er allerdings recht haben, war die Ermordung Ann Harris' eine rein amerikanische Angelegenheit, weshalb sogar die Möglichkeit bestand, daß der Tatverdächtige auf amerikanischem Territorium festgenommen, der amerikanischen Gerichtsbarkeit überstellt und vermutlich vor einem amerikanischen Gericht angeklagt würde. Sollte er demnach Dimitri Danilow und die russische Seite der Ermittlungen völlig fallenlassen? Zunächst tendierte er ganz spontan zu dieser Möglichkeit, aber nach einigem Nachdenken gelangte er zu der Einsicht, daß zumindest einige der belastenden Fakten, die für eine Verurteilung nötig wären, von den Russen kommen müßten, die außer dem Mord an Ann Harris noch ein ähnliches Verbrechen zu lösen hatten. Und dadurch spitzte sich das Dilemma, vor dem er stand, noch stärker zu. Nach internationalem Recht gab es vielleicht eine Bestimmung, derzufolge ein amerikanischer Staatsbürger, der des Mordes an einem anderen amerikanischen Staatsbürger beschuldigt wurde, der Gerichtsbarkeit der Vereinigten Staaten überstellt zu werden hatte. Doch wie stand es mit dem Gerichtsverfahren hinsichtlich der Ermordung Wladimir Suslews, die eindeutig auf russischem Boden passiert war und somit nach russischem Recht abzuurteilen war? Obwohl er sich die Verbindung nicht vorstellen konnte, zweifelte er nicht daran, daß der Mörder der beiden ein und dieselbe

Person war. Und es war absurd anzunehmen, die russischen Behörden würden ihre Zustimmung erteilen, daß Suslews Mörder in Amerika der Prozeß gemacht wurde – ebensowenig, wie Cowley sich vorstellen konnte, daß Washington sich einverstanden erklären würde, daß ein amerikanischer Staatsbürger für die Ermordung Ann Harris' in Moskau vor Gericht gestellt würde. Dilemma über Dilemma, fand er: eine *Matrijoschka*-Puppe aus rechtlichen Problemen. Und für deren Lösung bedurfte es eines Verstands, der verfassungsrechtlich weit besser geschult war als der seine.

Was brauchte er, um seinen Verdacht so weit zu erhärten, daß er ganz offen Anklage erheben konnte? Mit Sicherheit einen Gegenstand von vergleichbarem forensischem Beweiswert wie der, der sich, wie er wußte, in der Petrowka befand. Und möglicherweise mußte er sich mit der Witwe des Taxifahrers treffen, um auf das verbindende Element zwischen den zwei Morden zu stoßen.

Das alles war morgen möglich, entschied Cowley – und traf auch noch eine andere Entscheidung. Er würde Danilow gegenüber in keiner Weise durchblicken lassen, daß er auf eine Spur gestoßen war. Dazu war es noch viel zu früh. Außerdem müßte die Anweisung, wie nach einer Festnahme rechtlich zu verfahren wäre, aus Washington kommen, und im übrigen war er dem Russen gegenüber zu keinerlei Gegenleistungen verpflichtet. Vordringlichstes Ziel war nach wie vor ein rascher und diplomatisch vertretbarer Abschluß der Ermittlungen und nicht, russische Freunde zu gewinnen und sie zu beeinflussen.

Cowley raffte sich dazu auf, den ohnehin nicht beachteten Fernseher auszuschalten und den Kalbsbraten aus dem Herd zu nehmen. Immer noch tief in Gedanken versunken, führte er die einzelnen Schritte völlig automatisch durch. Es war immer falsch – an der FBI-Akademie in Quantico waren sie ausdrücklich davor gewarnt worden –, wenn man zuließ, daß in einem Ermittlungsverfahren persönliche Gefühle zum Tragen kamen. Aber er freute sich schon auf den Aufruhr, zu dem es unter den hochnäsigen, arroganten Schleimscheißern in der Botschaft kommen würde, wenn er recht behalten sollte. Er gestattete sich sogar den klischeehaften Gedanken, die Enthüllung würde dort einschlagen wie eine Bombe. Noch mehr Freunde, die er nicht gewinnen und beeinflussen konnte.

Er wußte nicht, was er von der amerikanisch-russischen Pressekonferenz halten sollte, an der er teilnehmen sollte: Er würde diesbezüglich weitere Hilfestellung aus Washington benötigen, vor allem was die Frage anging, ob er die Verbindung zu der Ermordung des Taxifahrers, die im Moment noch geheim bleiben sollte, zur Sprache bringen sollte.

Cowley, der seine eigene Einmannhaushalt-Ordnung entwickelt hatte, war fast mit dem Abräumen und dem Saubermachen in der Küche fertig, als das Telefon läutete. Momentan leicht erschrocken, ging er rasch dran und nahm in der Hoffnung ab, es könnte Danilow mit Neuigkeiten sein. Statt dessen erkannte er sofort Barry Andrews' Stimme. Der Mann hörte sich leicht betrunken an, denn bei den Zischlauten rutschte seine Zunge immer wieder aus.

»Komme gerade aus dem Club zurück«, verkündete Andrews.

»Ja?«

»Haben über dich, Pauline und mich gesprochen. Wollte wissen, wann du zum Essen zu uns kommst, wie in den alten Zeiten.«

In diesen alten Zeiten war Pauline *seine* Frau gewesen, dachte Cowley. »Ich versuche immer noch, meinen Arbeitsrhythmus zu finden«, sagte er vorsichtig.

»Du arbeitest doch wohl nicht Tag *und* Nacht? Arbeitest du etwa jetzt gerade auch!«

Warum drückte er sich um die Entscheidung? Hatte er Angst, sie zu sehen, jetzt, wo sich ihm die Gelegenheit bot? Natürlich nicht! Lächerlich! Aus welchem Grund hätte er Angst haben sollen? Wenn sich die Dinge so rasch entwickelten, wie er hoffte, konnte jeder Termin ins Wasser fallen. »Wann würde es dir am besten passen? Ich richte mich ganz nach dir.«

Als Andrews darauf vom Telefon weg sprach, kam es zu einem kurzen Gemurmel. Und dann: »Übermorgen abend?«

»Wunderbar«, sagte Cowley zu.

»Pauline steht gerade neben mir!« verkündete Andrews. »Möchtest du kurz mit ihr sprechen?«

Es kam zu weiterem Gemurmel, diesmal etwas länger, bevor eine zarte Stimme ans Telefon kam. »Hallo.«

»Hallo.«

»Das ist ja vielleicht eine Überraschung. Du hier in Moskau!«

»Tja, wer hätte das gedacht? Geht's dir gut?« Pauline hörte sich unschlüssig an, aber das war vermutlich verständlich. Drei Jahre waren eine lange Zeit.

»Ja. Und dir?«

»Prima.« Ein belangloser Wortwechsel zwischen Fremden, dachte Cowley. Er betrachtete sich selbst nicht als Fremden. Er hoffte, sie täte es auch nicht. Es war schön, ihre Stimme zu hören, so brüchig sie auch klang.

Darauf trat Schweigen ein. Keiner wußte, was er weiter sagen sollte.

»Dann sehen wir uns also übermorgen?« sagte Pauline.

»Mach dir bloß keine Umstände«, sagte Cowley, der wußte, daß sie sich welche machen würde. Sie hatte gern Gäste eingeladen, in Rom und in London.

»Möchtest du noch mal mit Barry sprechen?«

»Eigentlich nicht.«

»Dann bis übermorgen.« Cowley blieb am Telefon und starrte darauf hinab. Er fand, er freute sich aufrichtig darauf, sie wiederzusehen. Obwohl ihm ›sich freuen‹ nicht der richtige Ausdruck schien.

»Und?« wollte Andrews wissen. Er sah sie über den Rand seines Cognacschwenkers hinweg an.

»Was und?«

»Wie war's, wieder mit ihm zu sprechen?«

»Laß das, Barry!«

»Ist doch eine ganz simple Frage.«

Pauline wünschte sich, es wäre so. »Es war nichts. Das weißt du doch.«

»Gut«, sagte der Mann. »Zieh dein rotes Kleid an. Ich mag dein rotes Kleid.«

»Meinetwegen«, stimmte ihm Pauline sofort zu. Es wäre ein Fehler gewesen, ihm zu sagen, daß Cowley sie in Rot nicht gemocht hatte.

18

Vor lauter Eifer, sein Versäumnis wiedergutzumachen, war Danilow vor seinem Assistenten in der Petrowka, was jedoch unnötig war, weil es noch zu früh war, um mit den Nachforschungen zu beginnen. Major Pawin hörte Danilows Ausführungen mit ausdrucksloser Miene zu und ließ sich nicht anmerken, daß dieser Punkt überfällig und bisher schlicht und einfach übersehen worden war. Danilow sagte: »An sich lag es doch auf der Hand – wo wir wußten, daß kein Russe in der Wohnung gewesen war. Und daß sie etwas gegessen hatte. Mein Fehler.« Nur Pawin gegenüber gab Danilow so etwas so offen zu.

Bemüht, ihn zu trösten, sagte Pawin: »Ich habe auch nicht daran gedacht. Sie könnten auch in einem Restaurant gegessen haben, wo man mit Rubel bezahlt.«

»Würdest du das, wenn du jede Menge Dollar hättest?«

»Nein«, gab Pawin zu.

»Und ebensowenig hätte es Ann Harris getan. Erinnerst du dich noch an ihre Wohnung? *Alles* war amerikanisch. Und an ihre Briefe? Wie schrecklich sie es hier fand? Sie hat am Abend ihres Todes in einem Restaurant gegessen, wo man mit Dollar bezahlen muß und wo man so wenig in Kontakt mit irgend etwas Russischem kommt wie nur irgend möglich. Da bin ich ganz sicher.« Er machte eine Pause. »Und diese Restaurants können überprüft werden!«

Pawin schnitt ein Gesicht. »Dafür werden wieder eine Menge Leute benötigt.«

»Was gibt es von den Milizstationen im Umkreis der Tatorte?«

»Bisher nichts.«

»Zieh davon Männer ab: Das hier hat Vorrang. Aber nicht von den Nachforschungen in den Kliniken: Mir gefällt nicht, wie lang das Ganze dauert.« Er war immer noch wütend auf sich, daß er diese Routinemaßnahme übersehen hatte: Es *hatte* auf der Hand gelegen. Er hatte im Obduktionsbefund sogar ausdrücklich den Umstand angemerkt, daß sie etwas gegessen hatte! »Arbeite dich von oben nach unten vor, zuerst alle Touristenhotels und Lokale, in denen man mit ausländischer Währung oder Kreditkarten bezahlt. Spar dir diejenigen, in denen sie auch Rubel nehmen, ganz bis zum Schluß auf.«

Pawin nickte und warf einen lächelnden Blick auf Danilows Schreibtisch. »Hast du doch noch eine neue Birne gekriegt!« sagte er dann, zufrieden, daß der Druck auf die Hausmeisterstelle etwas gebracht hatte.

Die Glühbirne, die mehrere Wochen kaputt in ihrer Fassung gesteckt hatte, war diesen Morgen ausgetauscht worden, bevor Danilow zum Dienst erschienen war. Anstatt seinem Assistenten zu danken, sagte Danilow verlegen: »Es gibt Probleme mit dem Wagen.«

»Er ist doch fast neu!«

»Ich habe ihn über Nacht vor meiner Wohnung geparkt.« Danilow mußte noch etwas zugeben, was er nicht gern zugab. »Die Scheibenwischer wurden gestohlen.« Er hatte bereits beschlossen, Olga nichts zu sagen.

»Viele Leute machen sie deshalb ab.«

»Das hätte ich auch tun sollen«, sagte Danilow kurz angebunden. Um dem Ganzen ein Ende zu machen, sagte er: »Fangen wir mit der Überprüfung der Restaurants an, ja?«

»Ich bin nicht sicher, ob ich wegen des Wagens was machen kann.«

In einer verspäteten Dankbarkeitsbezeigung sagte Danilow: »Mit einer gescheiten Beleuchtung ist es hier drinnen gleich viel besser.«

Danilow hatte den Empfang wieder vorgewarnt, und Cowley wurde wenige Minuten, nachdem Danilow nach seinem ersten Nichts-zu-berichten-Telefonat mit dem Milizdirektor aufgelegt hatte, in sein Büro geführt.

»Sie haben in der Botschaft Nachforschungen angestellt?« kam Danilow sofort zur Sache. Wieviel von der Wahrheit würde er wirklich zu hören bekommen?

Cowley war bereits zu der Ansicht gelangt, daß es im Grunde genommen ganz einfach war, einen zensierten Bericht abzugeben: Alles, was er dazu tun mußte, war, sich, fast im wörtlichen Sinn, an die Wahrheit zu halten. Er wiederholte dem Russen Paul Hughes' Erklärung für die Telefonate nach Dienstschluß und erklärte, daß ihm keiner der Diplomaten, mit denen er gesprochen hatte, irgendwelche Hinweise auf einen Geliebten des Mädchens hatte geben können: Bei den gesellschaftlichen Anlässen in der Botschaft war niemandem etwas aufgefallen, woraus sich diesbezüglich irgendwelche Rückschlüsse hätten ziehen lassen.

Tolle Kooperation, dachte Danilow enttäuscht. Gespannt, welchen Effekt es auf den anderen Mann haben würde, sagte er: »Haben sie Ihnen also auch was vorgemacht?«

Das brachte Cowley aus dem Konzept und drängte ihn in die Defensive. »Wie bitte?«

»Können Sie sich wirklich vorstellen, daß in einem so engen Personenkreis *kein* Mensch mitbekommen hat, wer Ann Harris' Geliebter war?«

Cowley lächelte humorlos. »Es fällt mir zumindest schwer.«

»Kam wirklich von niemandem etwas? Auch nicht von Baxter und Hughes?«

»Nein. Nichts Konkretes. Von niemandem.« Seine erste richtige Lüge.

»Das habe ich nicht gefragt. Ich wollte wissen, ob es *irgend* etwas gab.«

Cowley vermutete, der Russe glaubte ihm nicht ganz: Er fragte sich, woher die schwarzen Flecken an seinen Manschetten kamen. »Nein, nichts«, wiederholte er.

Danilow war überzeugt, daß sein Gegenüber etwas zurückhielt. »Wie haben sie Sie behandelt, Ihre Leute?«

Cowley lächelte wieder, diesmal aus einem besseren Grund. Langsam bekam er wieder festeren Boden unter die Füße. »Schlecht«, gab er zu, wieder ehrlich. »Die Vorstellung, in ihrem eigenen Haus könnte etwas faul sein, ist ihnen zutiefst zuwider.«

Clever, fand Danilow. Das betrachtete er als wahrheitsgemäße Antwort – als Einladung zu gegenseitiger Sympathie –, aber gleichzeitig fragte er sich, wo es der Amerikaner mit der Wahrheit nicht ganz so genau nahm. »Es kam also überhaupt nichts dabei heraus?«

»Vorerst nicht.« Cowley wäre dem Russen gegenüber lieber ganz offen gewesen: Er hätte gern eine andere Meinung gehört, die er mit seinen Eindrücken vergleichen konnte.

Danilow registrierte die Einschränkung sofort: *vorerst nicht*. Was hoffte der Mann also später noch in Erfahrung zu bringen? Und wo? Und wie? Und über wen? Wie es weitergehen sollte, mußte demnach der Amerikaner bestimmen. »Und wie machen wir jetzt weiter?«

Cowley zog sich dankbar auf seine zensierte Vorbereitung zurück. Die unvorstellbare Verbindung zwischen einem betrunkenen Moskauer Taxifahrer und einer amerikanischen Diplomatin war eine der augenfälligsten Unwahrscheinlichkeiten: Er dachte, es könnte vielleicht nicht schaden, wenn er die Suslew-Akte noch einmal studierte und wenn sie vielleicht beide noch einmal mit der Witwe sprachen.

Während dem nun folgenden ununterbrochenen Dialog sah Danilow den Amerikaner nicht direkt an, sondern hielt den Blick auf seinen Schreibtisch gesenkt: Gegen Ende zu begann er ein gepunktetes Muster in die Schreibunterlage zu drücken, die zu schwer auszuwechseln war, um auf diese Weise malträtiert zu werden. Auch den Bleistift hätte er nicht so beanspruchen sollen. Cowley hatte Transkripte und, soweit erhältlich, englische Übersetzungen sämtlicher Unterlagen erhalten, die er jetzt in der Botschaft hatte. Was sie anging, brauchte er sein Gedächtnis nicht wieder aufzufrischen. Womit nur die forensischen Beweismittel blieben. Doch alle diese Beweisstücke waren in der schriftlichen Analyse erläutert worden. War da etwas, was ihm an dem Vorschlag, noch einmal mit der Witwe Wladimir Suslews zu sprechen, entgangen war? »Ich schätze, das läßt sich irgendwie arrangieren«, sagte er und sah endlich von der punktierten Schreibunterlage auf. Er *haßte* es, nicht Bescheid zu wissen: im unklaren gelassen zu werden.

Die Reaktion war zu unbestimmt, als daß Cowley daraus Schlüsse hätte ziehen können, ob der Russe für blanke Münze nahm, was er ihm erzählt hatte. Hätte er es ihm unter den gleichen Umständen abgenommen? Vielleicht. Aber vielleicht auch nicht. »Was gibt es von Ihrer Seite Neues?«

»Nach wie vor reine Routine«, sagte Danilow. Da er glaubte, der Amerikaner hielt sich nicht an ihre Abmachung, hatte Danilow keine Skrupel, ebenfalls nicht alles herauszurücken.

»Ich muß an dieser gemeinsamen Pressekonferenz teilnehmen«, sagte Cowley, um das Gespräch nicht einschlafen zu lassen. »Und ich habe erfahren, Senator Burden will persönlich herkommen.«

Ein neuerliches Zurückgreifen auf verführerische Ehrlichkeit? Entsprechend antwortete Danilow: »Auch ich muß an der Konferenz teilnehmen. Warum kommt Burden nach Moskau?«

»Keine Ahnung«, sagte Cowley. »Aber das ist nicht unser Problem.« Er lächelte aufmunternd. »Könnten wir diese anderen Dinge noch heute erledigen?«

Professionelles Engagement? Oder der ungeduldige Versuch, sich über ein übersehenes Detail Gewißheit zu verschaffen? »Sicher können wir das«, sagte Danilow. Würde er auf den gesuchten Hinweis stoßen, wenn sie es taten?

Danilow brauchte ganze sechs Minuten, um einen Besuch an Natalia Suslews Arbeitsplatz zu arrangieren, dem Büro einer schwedisch-russischen Gesellschaft, die russisches Erdgas an den Westen verkaufte. In genau sieben Minuten war Cowley aus dem Beweismittelraum zurück. Viel zu schnell, kalkulierte Danilow, um irgendeine der dichtbeschriebenen Seiten gründlich studiert zu haben. Sein Interesse mußte also den konkreten Beweisstücken gegolten haben. »Und? Ihr Gedächtnis aufgefrischt?« Er konnte sich eine leichte Spitze nicht verkneifen.

»Ich glaube schon«, sagte Cowley. Er hatte die Bestätigung, die er brauchte!

Das Büro des Joint-venture-Unternehmens befand sich im zweiten Stock eines modernen Gebäudekomplexes am Leninskij Prospekt, gegenüber dem großen Kino. Offensichtlich hatte Natalia Suslew, die dort als Telex-Operatorin arbeitete, den Rest der Belegschaft gewarnt, daß sie offiziellen Besuch bekäme: Ihr Erscheinen sorgte nicht für Überraschung, aber für einige Aufmerksamkeit. Als Natalia sie zu einem leeren Nebenzimmer führte, wanderte ihr Kopf von Seite zu Seite, um die neugierig schauenden Mitarbeiter zu registrieren, und Danilow gewann den Eindruck, daß sie die Aufmerksamkeit genoß.

In dem Nebenzimmer gab es lediglich einen Tisch und vier Stühle, die alle aussahen, als würden sie jeden Augenblick zusammenbrechen. An der Wand hing ein einziger Druck, eine schneebedeckte Datscha im Winter. Natalia Suslew war eine zierliche, aber drahtige Frau. Ihr verblassendes braunes Haar war kurz geschnitten, fast wie bei einem Mann, und auch ihre Figur hatte etwas Männliches: Sie war flachbrüstig, mit einem kantigen Körper. Sie war nicht geschminkt. Ihr Rock war fleckig und die geknöpfte Jacke schlampig von Hand gestrickt.

Sie ließ sich auf einen der Stühle fallen und beäugte Cowley neugierig; ganz eindeutig hatte sie gemerkt, daß er Ausländer war. »Worum geht es?« fragte sie und sah von einem Polizisten zum anderen. »Haben Sie ihn, den Mann, der Wladimir umgebracht hat?«

Es schien ihr keine Schwierigkeiten zu bereiten, über den Mord zu sprechen. Aus den Akten wußte Danilow, sie waren fast dreißig Jahre verheiratet gewesen. Eine Ehe, aus der sich alles verabschiedet hatte außer Kameradschaft, vermutete er. Wie bei so vielen anderen: Betrachtete er Olga als Kameradin? Er sagte: »Nein. Wir brauchen weitere Hilfe, um ihn zu fassen.«

»Was wollen Sie wissen?« Diesmal richtete sie die Frage an Cowley.

»Hatte Ihr Mann Stammkunden? Leute, die er regelmäßig fuhr?« fragte Cowley.

Statt zu antworten, sagte die Frau: »Sie sind Amerikaner. Ich höre es an Ihrem Akzent.«

Cowley nickte: »Hatte er welche?«

»Was hat Wladimirs Tod mit Amerika zu tun?«

»Wer sagt, daß das der Fall ist?« schaltete sich Danilow ein. »Wir stellen nur Nachforschungen an. Hatte er Leute, die er regelmäßig fuhr?«

Natalia Suslew dachte eine Weile nach. »Ich kann mich nicht erinnern, daß er mal etwas in dieser Richtung erwähnt hat. Er fuhr einfach die Straßen ab. Funk hatte er natürlich: Er konnte also überall gerufen werden.«

»Es tut mir leid, wenn ich das alles wieder aufrühre«, sagte Cowley freundlich, »aber ich würde gern über den Tag, an dem er starb, mit Ihnen sprechen. Er hatte an diesem Abend frei? Was war tagsüber? Hat er tagsüber gearbeitet?«

»Natürlich«, sagte die Witwe. »Fing früh an, gegen sieben. War schon weg, bevor ich aufstand. Als ich zurückkam, war er schon zu Hause. Er sagte, Igor – das war einer seiner Freunde, Igor Morosow – hätte einen Laden aufgetan, wo sie an diesem Tag Wodka verkauften, und er wollte mal zu ihm rüberschauen, um was zu trinken. Und daß ich nicht aufbleiben und auf ihn warten sollte. Also hab' ich es auch nicht getan. Am Morgen dachte ich, er wäre schon zur Arbeit los …« Eine ganz kurze Pause, immer noch ohne jede Emotion. »Aber das ist er nicht. Er ist umgebracht worden.«

»Hatte er das Taxi zu Hause?« fragte Cowley.

»Ja.«

»Aber zu Igors Wohnung ging er zu Fuß? Tat er das oft? Zu Fuß gehen, wenn er hätte fahren können?«

»Manchmal. Igor wohnt ja auch nicht so weit weg.«

»Es war Winter: eiskalt.« Danilow schaltete sich in die Befragung ein. »Wundert es Sie nicht, daß er nicht den Wagen genommen hat?«

Die Frau zuckte mit den Achseln. »Ich weiß nicht. Er hat ihn einfach nicht genommen. Er hat ja auch nicht gesagt, was er genau vorhatte, außer daß er zu Igor gehen wollte und daß ich nicht damit rechnen sollte, daß er früh nach Hause käme.«

»Sind Sie manchmal mit ihm mitgefahren?« fragte Danilow. »Ich habe schon öfter Leute – Ehefrauen oder Freundinnen – mit Taxifahrern mitfahren sehen.«

»Prostituierte!« erklärte Natalia auf der Stelle.

»Nicht immer«, hielt ihr Danilow geduldig entgegen. »Sind Sie mal mitgefahren?«

»Vor langer Zeit«, sagte die Frau nachdenklich und bestätigte damit Danilows vorherige Gedanken über ihre Ehe. »Früher fand er es auch schön, wenn ich manchmal mit ihm ausging. Aber das ist lange her.«

Cowley legte die Hand außen an seine Jackentasche und tastete die Umrisse der Marlboro-Packung: Andrews' Tip hatte ihm jedesmal, wenn er darauf zurückgriff, binnen weniger Minuten zu einem Taxi verholfen. Jetzt nahm er die Packung aus der Tasche und hielt sie der Frau hin. »Hat Wladimir dafür angehalten?«

Die Frau, die die Frage witzig fand, schnaubte leise: »Natürlich.«

Cowley ergriff die Gelegenheit. »Sie sagten, er fuhr einfach die Straßen ab, aber doch nicht auf gut Glück, oder? Er konzentrierte sich doch auf ganz bestimmte Straßen, wo er wußte, dort gäbe es diese … ausländischen Touristen.«

Natalia sah mißtrauisch von einem zum anderen. »Er hat nichts Verbotenes getan … und außerdem ist er tot.«

»Niemand behauptet, er hätte etwas Verbotenes getan. Das interessiert uns hier überhaupt nicht.« Danilow beeilte sich, sie zu beruhigen, da er eine Öffnung spürte. »Wir versuchen nur herauszufinden, wer ihn umgebracht hat. Verschweigen Sie uns bitte nichts, was uns helfen könnte.«

»Ich weiß nicht«, sagte die Frau stur und sah von ihnen weg.

Danilow, der sich den Grund denken konnte, sagte: »Ich weiß, *warum* Taxifahrer für jeden anhalten, der Marlboro-Zigaretten zeigt. Es interessiert mich nicht, wieviel Dollar oder anderes ausländisches Geld Wladimir gespart hat. Es gehört Ihnen.«

Der mißtrauische Blick war immer noch da. »Schon möglich«, gab sie zu. »Daß er zu bestimmten Stellen gefahren ist, meine ich.«

»Zu welchen Stellen«, drängte Cowley.

»Vor allem zu den Hotels«, sagte Natalia Suslew. »Besonders zu denen im Zentrum. Intourist, Metropol, Savoy. Vom Cosmos hielt er nicht soviel: meinte, das würde sich nicht lohnen.«

»Vor allem Hotels«, wiederholte Cowley. »Auch bestimmte Straßen? Er hatte doch Stammstrecken, oder nicht?«

Wieder ein widerstrebendes Achselzucken. »Schon möglich.«

»Jetzt kommen Sie schon, Natalia!« bettelte Danilow.

»Die Tschaikowskaja«, sagte die Frau. Sie nannte den Namen der Straße, in der die amerikanische Botschaft lag, so leise, als verriete sie den zwei Männern ein Geheimnis.

»Da haben wir's!« Auch Cowley sprach leise, aber triumphierend und auf englisch.

»Trotzdem könnte es Zufall sein«, warnte Danilow, ebenfalls auf englisch.

»Was haben Sie gerade gesagt?« wollte die Witwe wissen. »Was stimmt nicht?«

»Keine Sorge, es ist alles in Ordnung«, erklärte Danilow lächelnd, um ihr weiter Mut zu machen. »Sie haben uns etwas gesagt, was wichtig sein könnte. Ihr Mann fuhr also in der Hoffnung, einen Amerikaner als Fahrgast zu bekommen, die Uliza Tschaikowskaja auf und ab. Stimmt das?«

»Ja«, bestätigte sie.

»Und bekam er welche?« schaltete sich Cowley ein.

Sie zögerte. »Er sagte, er wäre besser als die anderen Fahrer: Er wußte genau, wann er dort auf und ab fahren mußte.«

Cowley beugte sich vor. »Demnach hat er über Leute, die in der Botschaft arbeiteten, mit Ihnen gesprochen. Besucher der Botschaft konnten keine bestimmten Zeiten haben.«

»Wahrscheinlich.«

»Die Fahrgäste waren also Leute, die in der Botschaft arbeiteten?« drang der Amerikaner weiter in sie.

Ein weiteres Achselzucken. »Wahrscheinlich.«

»Vermutungen helfen uns nicht weiter, Natalia! *Waren* es Leute aus der Botschaft?« Auch Danilow hatte sich mittlerweile vorgebeugt. »Es ist wichtig: sehr wichtig.«

»Ja. Er sagte, sie mochten ihn. Er sprach ganz gut Englisch: Versuchte nicht, ihnen zuviel abzuknöpfen, wie viele der anderen.«

»Hatte er Stammkunden?« wollte Cowley wissen. »Wenn ihn die Leute aus der Botschaft mochten – ihn gegenüber anderen Taxifahrern bevorzugten –, muß er Stammkunden gehabt haben.«

»Wahrscheinlich.« Natalia Suslew griff wieder auf ihre Lieblingswendung zurück. Sie wurde sich der negativen Wiederholung jedoch sofort bewußt und fügte hastig hinzu: »Ich versuche nicht auszuweichen. Natürlich hatte er welche. Aber er hat nie irgendwelche Namen genannt. Er *wußte* auch keine Namen. Er sagte nur manchmal: ›Heute hatte ich den Stillen‹, oder ›den, der russisch zu sprechen versucht‹ oder ›den Fiesen, der meint, er kennt sich in Moskau besser aus als ich‹. Mehr hat er nie gesagt.«

»Männer?« fragte Cowley. »Hat er immer von ihnen gesprochen, als wären es Männer? Oder haben Sie den Eindruck gewonnen, unter seinen Stammkunden könnten auch Frauen gewesen sein?«

Natalia Suslew sah ihn stirnrunzelnd an. »Von Frauen hat er nie was gesagt.« Darauf trat eine Pause ein, der erste Hinweis auf eine Schwierigkeit. »Wladimir interessierte sich nicht für Frauen … für andere Frauen, meine ich.«

Danilow war nicht sicher, was genau sie damit meinte. »Fahrgäste können doch die Zentrale anrufen, um ein Taxi zu bestellen?«

»Ja.«

»Auch namentlich. Hat Ihr Mann mal erzählt, daß Leute aus der amerikanischen Botschaft namentlich nach ihm verlangt haben?«

Wieder kam es zu einer Verzögerung, da die Frau offensichtlich über die Frage nachdachte. Dann sagte sie abrupt: »Nein, nie.« Dann ein Zögern, um Mut zu fassen. »Was soll das alles? Bitte, sagen Sie es mir. Was hat Wladimir vor der amerikanischen Botschaft Verbotenes getan?«

»Nichts«, sagte Cowley mit Nachdruck. »Sie haben nichts zu befürchten. Sie haben uns sehr geholfen.«

Zurück im Auto, auf dem Leninskij Prospekt, sagte Danilow: »Es wäre ein Fehler, ihren Aussagen absolute Relevanz beizumessen; es *könnte* immer noch ein Zufall sein.«

»Aber es könnte auch was anderes sein«, entgegnete der Amerikaner.

Erst jetzt merkte Danilow, daß es Pawin irgendwie geschafft hatte, neue Scheibenwischer zu organisieren. Da war eine weitere, wesentlich wichtigere Aufgabe, die er für Pawin hatte, eine Aufgabe, über die er nicht mit Cowley sprechen wollte. Der Amerikaner hätte selbst daran denken müssen, aber er hatte es nicht getan. Oder vielleicht war es ein weiterer Punkt, den er für sich behielt.

Senator Walter Burden mochte keinen Ärger, deshalb reiste er immer mit Gefolge, das sich um alles Organisatorische kümmerte. Beth Humphries war eine extrem tüchtige Sekretärin. Außerdem war sie eine auffallend gutaussehende blauäugige Blondine, die nur zu offensichtlich Körbchengröße 36D brauchte: Burden umgab sich als ein Mann mittleren Alters gern mit schönen Frauen und sah es auch gern, wenn andere Männer fälschlicherweise dachten, er ginge mit ihnen allen ins Bett, was er nicht tat und seit seiner präventiven Prostataoperation wegen einer bösartigen Wucherung, die sich als gutartig erwiesen hatte, auch nicht konnte. John Prescott, der erst vor einem Jahr seinen Abschluß in Harvard gemacht hatte, konnte es kaum erwarten, seine Politologiekenntnisse in die Praxis umzusetzen, und glaubte, die Protektion, die mit seiner Stelle als Burdens persönlicher Assistent einherging, werde sich als unbezahlbar erweisen; sein eigentliches Ziel war, im heimischen New Hampshire für das Senatorenamt zu kandidieren, auch wenn er sich, einmal ganz realistisch betrachtet, der Unsicherheit eines Wahlamts im Vergleich zu den besseren und langfristigeren Berufsaussichten als Capitol-Hill-Lobbyist durchaus bewußt war. Im Moment wußte er noch nicht, wie er sich entscheiden sollte.

Charles Easterhaus, eigentlich auf den Namen Carlos getauft, war in Burdens Gefolge aufgenommen worden, weil der Senator der einflußreichen spanischsprachigen Anhängerschaft in seinem Wahlkreis vermitteln wollte, daß er die Rassenvorurteile, die er hatte, gar nicht hegte. Easterhaus' Funktion war schwer zu definieren. Auch seine Tätigkeit lief unter der Bezeichnung ›persönlicher Assistent‹, aber er hatte seine Ausbildung in den Straßen von New Yorks Little Italy erfahren, auch wenn ihm davon nichts mehr anzumerken war, weder hinsichtlich seines Äußeren noch in puncto Auftreten oder Akzent. Er war mehr der praktisch veranlagte Typ, und wenn es zuzupacken galt, war er meistens besser als der Harvardabsolvent. Easterhaus ergatterte bevorzugte Tische in Restaurants mit monatelangen Wartelisten, Theaterkarten für restlos ausverkaufte Vorstellungen und Präsidentensuiten in Hotels, die schon Monate zuvor anderen Gästen versprochen waren. Er war der typische dunkelhaarige Bilderbuchlatino, der ein beneidenswertes Adreßbuch besaß, mit dessen Hilfe er bei öffentlichen Anlässen Mädchen besorgte. Einige waren Profis. Burden zahlte, und Easterhaus schlief mit ihnen: Er war ein Mann, der in jeder Hinsicht das Beste aus seinem Job machte.

James McBride war schon seit Burdens Anfangstagen als Kongreßabgeordneter dabei, was ihn als Pressesprecher unersetzlich machte. McBride wußte jeden Gefallen, der erhalten oder geleistet, jede Abmachung, die eingehalten oder gebrochen, jeden Trick, der eingeübt und eingesetzt, und jede Abkürzung, die von Burden genommen worden war, um in die Position zu kommen, die er jetzt in Washington innehatte. Es hieß, daß McBride immer einen Schritt schneller war, wenn irgendein ehrgeiziger Journalist, was immer wieder mal vorkam, Dreck aufwühlen wollte. Wie Easterhaus hatte auch er ein Büchlein, aber in dem von McBride standen die Leichen im Keller derer, die die Leichen im Keller des Senators zutage fördern wollten. Er nannte es sein Schutzschild. Er war der einzige Mann, der Burden, wenn sie spät abends zusammensaßen und sich vollaufen ließen, ins Gesicht sagen konnte, daß er ein Arschloch war, und ungestraft davonkam, weil Burden, so betrunken er auch sein mochte, immer wußte, daß McBride unersetzlich war. Und im Grunde seines Herzens wußte Burden außerdem, daß er recht hatte.

Trotz aller individuellen Kompetenz und kollektiven Effizienz seines Teams war es bei seiner Ankunft in Moskau etwas verstört. Jeder von ihnen war einen Sonderempfang gewöhnt, aber am Scheremetjewo-Flughafen wurde ihnen keiner zuteil. An der Paßkontrolle mußten sie sich wie alle anderen in die Schlange stellen und anschließend eine Ewigkeit auf ihr Gepäck warten. Ralph Baxter schaffte es zwar, am Zoll zu ihnen durchzukommen, aber da es keine Gepäckträger gab, mußte jeder von ihnen einen Dollar Fremdwährung für einen Wagen berappen, auf dem sie dann ihre Koffer auf den von Menschen wimmelnden Vorplatz hinauskarrten.

Easterhaus blieb zurück, um die Wagen zu bewachen, während der Rest, angeführt vom Senator, zur VIP-Lounge im ersten Stock hinaufstieg, um an der von Burden einberufenen Pressekonferenz teilzunehmen.

Sie wurde ausschließlich für westliche Korrespondenten und Fernsehreporter und Kameramänner abgehalten. Burden erklärte sich einverstanden, erst den Printmedien Rede und Antwort zu stehen und sich dann für Fernsehinterviews zur Verfügung zu stellen. Er sei privat nach Moskau gereist, um in Erfahrung zu bringen, was mit seiner Nichte geschehen sei; bisher habe er den Eindruck, von den zuständigen amerikanischen Stellen Informationen vorenthalten zu bekommen, weshalb er in Rußland auf größere Kooperationsbereitschaft hoffe. Er sei der festen Überzeugung, der Mörder werde seiner gerechten Strafe zugeführt werden. Es seien Treffen mit hohen russischen Funktionären und Vertretern verschiedener Ministerien geplant. Gegen Ende jeden Interviews verlieh er seiner Lieblingsspekulation Ausdruck, ob es wirklich Zufall sei, daß das Opfer seine Nichte gewesen sei. Der Hinweis war genügend reizvoll, um ihm in ganz Amerika Schlagzeilen zu garantieren. Burden war sehr zufrieden über das Medieninteresse.

19

Danilow hatte nicht damit gerechnet, daß sich der Oberst des Föderalen Sicherheitsdienstes zu einem sofortigen Treffen bereiterklären würde, aber Gugin hatte darauf bestanden, weshalb Danilow sich selbstverständlich einverstanden erklärt hatte. Das monolithische, gelbgestrichene Hauptquartier des in Ungnade gefallenen und massiv beschnittenen Sicherheitsdienstes tauchte vor ihm auf, als Danilow vom Kreml her den Hügel hinauffuhr. Unter all den Namensänderungen der Moskauer Plätze, Straßen und Boulevards, die angeblich dem Zweck dienten, die unliebsamen Hinterlassenschaften des Kommunismus zu tilgen, fand Danilow die Neubenennung des Dserschinskij-Platzes am unlogischsten. Obwohl Lubjanka die vorrevolutionäre Originalbezeichnung war, fand Danilow, daß dieser Name wesentlich stärker mit Emotionen besetzt war und nachhaltiger an die Schrecken der Vergangenheit erinnerte: die Lubjanka, das Gefängnis, das der KGB für sich in Beschlag genommen hatte, war berüchtigt als eines der Zentren der stalinistischen Säuberungen, und ihr Name hatte sich unauslöschlich in das Gedächtnis eines jeden Russen eingeprägt.

Als er wegen des Kreisverkehrs anhalten mußte, hatte er einen ungehinderten Blick auf den Bau, der eine ganze Seite des Platzes einnahm. An seiner höchsten Stelle war das Gebäude, soweit es von außen zu sehen war, acht Stockwerke hoch. Doch Danilow wußte, daß es unter der Erde mehr als doppelt so groß war, eine riesige unterirdische Stadt aus Gebäuden und Büros und Straßen und Kommando- und Kommunikationszentren, mit einem kompletten eigenen Zugsystem, dessen Gleise tiefer lagen als die der normalen U-Bahn und das direkt mit dem Kreml verbunden war. Was er also sehen konnte, war nur die Spitze des Eisbergs. Was die Sache sehr genau traf. Abgesehen davon, daß der neue Sicherheitsdienst nicht mehr soviel Kontrolle über die normale Bevölkerung des Landes hatte, hatte sich trotz der angeblichen Abteilungs- und Personalreduzierungen nicht viel geändert. Er hatte sich den Veränderungen angepaßt wie ein Chamäleon.

Ausnahmsweise ertappte sich Danilow bei der Hoffnung, daß sich auch die interne Überwachung nicht zu tiefgreifend verändert haben möchte.

Danilow schob sich in den Verkehrsstrudel und fuhr an die Seite des Gebäudes, wie ihm Gugin gesagt hatte. An der Sperre war Danilows Name eingetragen, worauf ein Lotse zu ihm in den Wagen stieg, um ihn erst zu einem Parkbereich zu bringen und dann durch zwei separate Einlaßkontrollen zu begleiten, bei denen seine Papiere kontrolliert und registriert wurden.

Gugin saß in seinem Büro, als Danilow in den Raum geführt wurde, ein kleiner Mann hinter einem großen Schreibtisch. Er war in Uniform, und seine linke Brust war mit mehr Auszeichnungen dekoriert, als Danilow erwartet hatte. Für einen der großen Kriege war der Mann zu jung, weshalb sich Danilow fragte, wie er sich diese Auszeichnungen verdient hatte. Vielleicht in anderen Kriegen, Kriegen von der Sorte, von der niemand etwas wußte. Trotz dieser Auszeichnungen lag Gugins Büro auf der Rückseite des Gebäudes, wo man auf den alten Gefängnishof hinausblickte. Der jedoch nicht nur dem Ausgang der Häftlinge gedient hatte, erinnerte sich Danilow. An diesen grauen Wänden waren auch die Massenhinrichtungen durchgeführt worden. Ob die Betonplatten und -steine noch immer von Einschußlöchern übersät waren? Es wäre wahrscheinlich genau die Sorte von obszönem Monument gewesen, das sich der KGB für seine nie *wirklich* von ihm abgenabelte Nachkommenschaft gewünscht hätte: pockennarbiger Machismo. Was Gugins Zimmer in puncto Ausblick zu wünschen übrig ließ, machte es durch seine Einrichtung wett. Danilow stellte fest, der riesige Schreibtisch war Teil des einheitlichen, durchgängig pompösen und prunkvollen Mobiliars, bestehend aus einem hohen, abschließbaren Sekretär, einem bis zur Decke reichenden Bücherschrank und einem seitlichen Schreibtischfortsatz mit einem heruntergezogenen Rolltop-Aufsatz. Wenn er hochgelassen würde, käme dann, schnurrbärtig und finster dreinblickend, Stalin darunter hervor, um sich ans Fenster zu stellen und der kugelhagelnden Vorstellung unten im Hof beizuwohnen?

»Und?« fragte Gugin lächelnd, denn dieses Treffen war genau das, was er gewollt hatte. Er war sicher, die Vorteile wären beträchtlich: Der blöde Polizist würde nicht merken, daß er an der Nase herumgeführt wurde.

Danilow wurde klar, er hätte über den kurzfristig zustande gekommenen Termin überrascht sein müssen. Gugin betrachtete sein Ersuchen zweifellos als Bestätigung der alten KGB-Weisheit von der Unfähigkeit der Miliz, als eine kleinlaute Bitte um Hilfe, über die sie später im Casino des Geheimdienstes ihre Witze reißen würden. Danilow erwiderte das Lächeln und hoffte, die Grimasse möchte nicht so falsch wirken, wie sie war. »Wir kommen mit unseren Ermittlungen sehr gut voran«, log er.

Gugins Lächeln blieb, ein Ausdruck der Ungläubigkeit. »Keine Probleme mit dem Amerikaner?«

Das sollte wohl dem Beweis dienen, daß der FSB über alles Bescheid wußte, vermutete Danilow. Sein Verstand arbeitete weiter auf Hochtouren. Ihm war von Anfang an klargewesen, daß das dem Selbstschutz dienende Interesse des ehemaligen KGB über das Ermittlungsverfahren wachte. Wie scharf behielten sie demnach ihn persönlich im Auge? Es bestand kein Anlaß, sich Sorgen zu machen, sie könnten seine Affäre mit Larissa entdecken, aber sie war die Frau eines anderen Milizoffiziers. Es würde dem Geheimdienst zu einem Vorteil gegenüber der Miliz verhelfen. »Bisher jedenfalls noch nicht. Es scheint alles ganz gut zu laufen.«

»Sind Sie sicher, Sie können ihm trauen?«

War das eine instinktive Frage? Oder verfügte Gugin über irgendwelche besonderen Informationen?

»Bisher ist nichts passiert, was mir Anlaß gegeben hätte, ihm zu mißtrauen«, log Danilow. Es war der Grund, warum er im Hauptquartier des Sicherheitsdienstes war.

»Wird bald eine Verhaftung erfolgen?« Es war mehr ein höhnisches Grinsen als ein Lächeln.

»So bald wie möglich«, erwiderte Danilow voller Bedauern über die Hohlheit.

Gugin stürzte sich sofort darauf. »Es tut mir leid, daß es nicht besser läuft.«

Es gab nichts zu gewinnen, wenn er einen Streit vom Zaun brach. »Die Fotos und das Verzeichnis der Anrufe waren mir eine große Hilfe.«

»Und jetzt brauchen Sie etwas anderes?«

»Eigentlich nichts anderes«, sagte Danilow. »Nur etwas zur Vervollständigung.«

Es war, als zöge er an den Fäden einer Marionette, dachte Gugin. »Um was zu vervollständigen?«

»Die Telefonlisten«, sagte Danilow. »Es wurde doch noch mehr aufgezeichnet als nur die Telefonnummern, oder nicht?«

»Sie haben nur nach den Nummern gefragt.« Er mußte das Spiel noch eine Weile weitertreiben, um zu verhindern, daß der Milizoberst das Manöver durchschaute, das ihm bereits die Glückwünsche seitens des Staatschefs persönlich eingetragen hatte.

»Ich erweitere diesen Antrag.« Danilow ließ nicht locker. Und im förmlichen Ton des russischen Amtswesens fügte er hinzu: »Außerdem wiederhole ich hiermit die bereits zu einem früheren Zeitpunkt gegebene Zusicherung – die ich auch durch den Direktor bestätigen lassen werde, wenn Sie dies wünschen sollten –, daß die Herkunft dieser Informationen unter keinen Umständen bekanntgegeben werden wird.«

»Das wäre doch auch nicht nötig. Jeder Fünfjährige könnte sich denken, woher Sie sie haben!«

»Ich muß es wissen.« Danilow glaubte, seine Verzweiflung hinreichend gezeigt zu haben, zuerst durch seinen Anruf, dann durch seine rasche Einwilligung, den Mann zu treffen. In Widerspruch zu seiner früheren Behauptung gab er zu: »Ich glaube, wir werden von dem Amerikaner belogen.«

»*Wir?*« hakte Gugin nach.

»*Ich* werde belogen.« Danilow machte ein weiteres Zugeständnis. »Ich brauche die Informationen, um mithalten zu können! Um zu gewinnen!«

Mehrere Augenblicke lang beobachtete der kleine, dicke Mann Danilow über seinen riesigen Schreibtisch hinweg wie ein Maulwurf, der auf der anderen Seite eines Feldes aus der Erde kommt, um die Ursache der schweren Tritte über ihm herauszufinden. »Wenn ich mich weiter weigerte, würden Sie es dann auf dem Weg über Ihren Direktor versuchen? Oder sich an noch höhere Stellen wenden?«

Danilow war sich nicht sicher, was der Mann hören wollte, und vermutete, eine falsche Antwort würde die Verhandlungen beenden. »Ja. Und mit der Begründung, daß ich nicht möchte, daß das amerikanische FBI nach Moskau kommt und direkt vor unserer Nase einen Mordfall löst, den ich wahrscheinlich vor ihnen hätte lösen können, wenn mir nicht unerläßliche Informationen vorenthalten worden wären.«

Darauf trat wieder Schweigen ein, begleitet von einer fortgeführten Musterung seitens des FSB-Mannes. Schließlich lächelte Gugin wieder, und diesmal war es ein Ausdruck vager Bewunderung. »Das ist gut!« gratulierte er. »Das ist wirklich sehr, sehr gut.« Es war fast so weit für das unvermeidbare Zugeständnis.

»Würden Sie das an meiner Stelle nicht auch sagen?« fragte Danilow, um den Mann nicht einen Deut mehr zu vergraulen, als er dies für nötig hielt.

»Genau das gleiche würde ich auch sagen«, gab Gugin zu.

»Und?« Danilow konterte mit der Begrüßung, mit der er bei seinem Eintreffen empfangen worden war. Sie hatten sich buchstäblich einmal im Kreis gedreht.

»Das ist alles, was Sie bekommen«, erklärte Gugin.

»Sie meinen, es gibt noch mehr?« schlug Danilow zu. Das Gleichgewicht hatte sich verlagert. Jetzt war er am Drücker.

»Nicht mehr«, wiederholte der Offizier, der sich insgeheim Vorwürfe machte, achtlos gewesen zu sein. Er wollte nicht alles auf einmal herausrücken: Die Information mußte langsam tröpfeln, wie Wasser, das einen Stein aushöhlte.

Eine Forderung nach der anderen, beschloß Danilow. Er saß da und wartete. Gugin schien unentschlossen. Schließlich tastete der Mann unvermittelt in einer Schreibtischschublade herum, zog mehrere Blätter Papier heraus und hielt sie über den Schreibtisch. Sein Arm war nicht lang genug, und er mußte sie das letzte Stück werfen, so daß sie über die glänzende Oberfläche schlidderten. Danilow sammelte sie eifrig ein und überflog die Niederschriften der Gespräche.

»Sie mochte Sex, nicht?« sagte Gugin. Es war ein äußerst ergiebiges Treffen. Wie weit und wie schnell würde es Wellen schlagen?

Danilow blickte von den Abhörprotokollen auf. »Jetzt kann ich nicht mehr an der Nase herumgeführt werden.«

Genau das bist du gerade worden, dachte Gugin.

Aufgehalten durch die Mengen an Material, die er nach Washington schicken mußte, kam Cowley zu spät zu Burdens Empfang. Er wäre sogar noch später gekommen, wenn ihm Andrews nicht bei der Übermittlung geholfen hätte. Cowley hoffte, es reichte aus, damit sie in Quantico in der Abteilung für Verhaltensforschung mit der Erstellung eines Psychogramms beginnen konnten. Das war noch etwas, worüber er nicht mit Danilow gesprochen hatte. Er durfte nicht vergessen, es bei ihrem nächsten Treffen nachzuholen. Als er sich schließlich aus dem Kommunikationsraum in das Quartier des Botschafters begab, kreisten seine Gedanken um das, was aus Washington hereingekommen war. Für das über Nacht eintreffende Diplomatengepäck wurden die Ergebnisse der zweiten Autopsie Ann Harris' und der forensischen Analyse ihrer persönlichen Dinge, die voreilig zurückgeschickt worden waren, angekündigt.

Cowley beschloß, es wäre besser, die geplante Konfrontation hinauszuschieben. Es war schon spät, und obwohl dies unter normalen Umständen keine Berücksichtigung gefunden hätte, war vielleicht noch etwas Besonderes unter dem wissenschaftlichen Material, das am kommenden Tag aus Amerika eintreffen würde. Und dazu kam noch, daß er sich nicht recht im klaren darüber war, wieviel Dimitri Danilow zurückhielt. Und der Mann, den er zur Rede stellen wollte, konnte ohnehin nirgendwohin. Deshalb war sich Cowley sicher, daß er sich Zeit lassen konnte.

Der Empfang fand in einem Vorzimmer von Hubert Richards' riesigem Büro statt, das ähnlich hohe Decken, große Fenster und funkelnde Kristallüster hatte. Die Ausmaße des Raums erschlugen die kleine Anzahl der anwesenden Personen. Sofort löste sich ein Mann, den er nicht kannte, aus der Gruppe und schritt, ein berufsmäßiges Lächeln ins Gesicht gekerbt, auf ihn zu.

»John Prescott«, stellte sich der Mann vor und streckte seine Hand aus. »Sind wir froh, Sie zu sehen! Sie sind der Mann, um den sich hier alles dreht!«

Der Händedruck war aggressiv fest, so professionell wie das Lächeln. Prescott legte seine Handfläche unter Cowleys Ellbogen und schob ihn fast auf die wartende Gruppe zu. Im Näherkommen stellte Cowley fest, daß die Gesellschaft praktisch zweigeteilt war, als handelte es sich dabei um zwei Mannschaften. Eine Gruppe von Leuten – darunter eine extrem gutaussehende Frau – scharte sich um Burden, den er aus Nachrichtensendungen des amerikanischen Fernsehens kannte. Cowley fand, die Karikaturisten hatten ihn erstaunlich gut getroffen. Eine zweite Prätorianergarde umringte den Botschafter: Zu ihr gehörten neben verschiedenen Leuten, die Cowley nicht kannte, Ralph Baxter und Paul Hughes. Auf dem Tablett, das ein Steward herumreichte, war eine Auswahl an Getränken. Cowley nahm Orangensaft.

Prescott übernahm die Rolle des Gastgebers und stellte Cowley seiner Gruppe von Leuten vor, allerdings so schnell, daß Cowley einige der Namen nicht mitbekam. Burdens Begrüßung war so professionell wie die seines Assistenten. Die Haltung war onkelhaft. Er sprach Cowley mehrere Male mit »mein Junge« an und sagte, Cowley werde »dieses Schwein, das meiner Kleinen das angetan hat«, fassen.

»Ich nehme an der morgigen Pressekonferenz teil«, verkündete der Politiker mit einem kurzen Blick auf den Botschafter, der bestätigend nickte. »Wir haben also einiges zu besprechen.«

»Ich habe dem Botschafter täglich über alle neuen Entwicklungen Bericht erstattet«, sagte Cowley. Er war froh, daß er Richards nichts von dem ersten Mord erzählt hatte. Beim

Sprechen sah Cowley zu der Diplomatengruppe hinüber. Sie blickten alle erwartungsvoll zu ihm herüber.

»Das weiß ich bereits alles«, sagte Burden ungeduldig. »Ich will die *kompletten* Insiderinformationen wissen.«

Gott sei Dank hatte er mit Washington in Verbindung gestanden, dachte Cowley, wodurch ihm ein einfacher Ausweg zur Verfügung stand. Wie einfach würde er wirklich werden? Es war nicht sein Problem: kein dauerhaftes zumindest. Die Diplomaten taten ihm leid. Fast alle sahen aus wie Kaninchen, die von der Lampe eines Wilderers erfaßt worden waren und angespannt auf das Krachen seines Gewehrs warteten. »Ich glaube, wir sollten uns heute abend noch unterhalten.«

»*Genau*, was ich will«, pflichtete ihm Burden enthusiastisch bei. »Braver Mann!«

Er war vom Jungen befördert worden, stellte Cowley fest. Burden entfernte sich, um sich unter die Botschaftsangehörigen zu mischen, ein Politiker, der ständig im Dienst war. Prescott blieb aufmerksam an seiner Seite. Ein rosiger, leicht zerzauster Mann, der zum Gefolge des Senators gehörte, kam auf Cowley zu, und sagte lächelnd: »James McBride, falls Sie es beim ersten Mal nicht mitbekommen haben. Ich bin für die Medien zuständig. Schätze, morgen wird es ziemlich hektisch.«

»Kann gut sein«, gab Cowley zu. Abgesehen davon, daß er zusehen mußte, daß er sich vorher mit Danilow traf, hatte er noch nicht groß darüber nachgedacht. »Mittag, richtig?«

»Ja, Mittag«, bestätigte der andere Amerikaner.

Ob das versprochene Material aus Washington mit dem morgigen Diplomatengepäck käme? Wenn ja, beschloß Cowley, würde er die Konfrontation am Nachmittag oder frühen Abend herbeiführen. Wo? Hier in der Botschaft? Oder zu Hause? Die Botschaft war vermutlich am besten: offizieller. Er hatte Washington noch nicht auf die Konfrontation aufmerksam gemacht – er war fest entschlossen, erst ganz sicherzugehen, bevor er die Anschuldigung erhob –, und schon gar nicht würde er bei einer Pressekonferenz, an der er eigentlich sowieso am liebsten nicht teilgenommen hätte, etwas darüber verraten. Wenn er ganz objektiv war, mußte sich Cowley eingestehen, daß er, falls er ein Geständnis bekam, einige Angriffsflächen für Kritik bieten würde, wenn er ausgerechnet die Mitteilung zurückhielt, die alle hören wollten. Doch wenn er noch objektiver war, konnte Cowley nur zu der Ansicht gelangen, daß diese Kritik nur von Burden kommen konnte, eine Folge seines zwanghaften Bedürfnisses, ständig im Mittelpunkt zu stehen. Er war sicher, der FBI-Direktor würde gutheißen, daß er wartete, bis genügend stichhaltige Beweise zusammengetragen waren, um jeden Zweifel ausschließen zu können. »Ich bin nicht sicher, ob dabei viel herauskommen wird.«

»Haben Sie eigentlich eine Vorstellung davon, wie die Sache zu Hause in den Medien breitgetreten wird?« fragte der Pressesprecher.

»Bis zu einem gewissen Grad, ja«, entgegnete Cowley. Eine der Anweisungen, die er aus Washington erhalten hatte, lautete, die Russen dazu zu drängen, die Morde an dem Taxifahrer und an Ann Harris nicht in Zusammenhang zu stellen. Es war schwer, sich vorzustellen, wie Burden reagieren würde, wenn er von der Verbindung erführe. Was sich, nahm Cowley an, irgendwann nicht mehr vermeiden ließe. Falls sich sein Verdacht bestätigte, gab es ein gewichtiges Argument: Vielleicht würde Burdens Zorn durch die Aussicht besänftigt, daß dem Täter in den Vereinigten Staaten der Prozeß gemacht würde. Dieser Gedankengang löste einen anderen aus, den Cowley jedoch sofort entschlossen unterband: Damit wagte er sich in ein juristisches Minenfeld vor, das zu erkunden er nicht ausgebildet war und das ihn auch nichts anging. Seine Aufgabe war es, Beweismaterial zu sammeln, die Festnahme vorzunehmen und von da an alles weiseren, überlegeneren Geistern zu überlassen.

»Wissen Sie was? Morgen um dieselbe Zeit könnten Sie schon ein Medienstar sein! Ist Ihnen das klar? Ihr Konterfei wird in Millionen amerikanischen Haushalten im Fernsehen zu sehen sein – wahrscheinlich sogar auf der ganzen Welt. Der amerikanische FBI-Mann, der einen russischen Irren jagt. Was halten Sie davon?«

Cowley hielt sehr wenig davon. »Der Begriff FBI-Mann wird im Bureau selbst nicht mehr benutzt: Ich weiß nicht mal, ob das überhaupt mal der Fall war. Es war ...« Cowley zögerte, als er merkte, was er sagen würde, und sich seiner Berechtigung bewußt wurde. »... eine Übertreibung, die rein der Imagepflege diente.«

»Was können Sie mir also für Tips geben?«

»Tips?«

»Der Senator wird da oben vor den Mikrophonen direkt neben Ihnen sitzen«, erklärte McBride geduldig. »Ich weiß zwar, Sie werden ihn später einweihen, aber ich hätte gern schon vorab ein paar generelle Dinge gewußt, die ich Teilen der Presse geben kann: vor allem aber den großen Fernsehsendern NBC und CBS. Auf diese Weise wissen auch Sie schon in etwa, was auf Sie zukommen wird. Keine peinlichen Fragen, auf die Sie nicht gefaßt sind. Alles läuft ganz cool ab, als ob Sie alles fest im Griff hätten, wenn Sie wissen, was ich meine.«

Cowley seufzte und sah sich nach dem Steward um: Er wollte zwar nichts mehr zu trinken, aber es wäre eine winzige Verschnaufpause in diesem Gespräch. »Ja«, sagte er ruhig. »Ich weiß, was Sie meinen.«

»Also, was ist?« Wieder lächelte McBride aufmunternd.

»Die Ermittlungen im Mordfall Ann Harris gehen weiter. Das Verfahren ist noch jung, wenig älter als ein paar Tage. Es wird, wie Sie wissen, gemeinsam mit den russischen Behörden durchgeführt. Die Zusammenarbeit gestaltet sich sehr befriedigend.«

McBride sah ihn weiter an, nur sein Lächeln war etwas unsicher geworden. Cowley merkte, daß sich direkt hinter ihm, mehr nach rechts, jemand bewegte. Als er sich umdrehte, sah er Baxter und Hughes. Er fragte sich, ob sie noch rechtzeitig nähergekommen waren, um hören zu können, was er gesagt hatte.

»Machen Sie weiter«, forderte ihn McBride auf.

»Das war's schon«, sagte Cowley kurz angebunden. »Alles, was Sie sonst noch wollen, müssen Sie sich vom FBI-Hauptquartier in Washington besorgen.«

Die Miene des Pressesprechers wurde ernst. »Jetzt aber mal langsam, Chef. Was Sie mir da erzählt haben, ist ein Haufen Scheiße. Das wissen Sie so gut wie ich. Wenn wir weiter so Katz und Maus spielen, geht es uns allen an den Kragen. Nur dem Senator geht es nicht an den Kragen. Nie.«

Bevor Cowley etwas erwidern konnte, sagte Baxter: »Hört sich nicht so an, als kämen Sie sonderlich voran.«

Endlich tauchte der Steward wieder auf, und Cowley gab sein Glas zurück und nahm sich ein neues. »Beim Bureau gibt es eine Regel, die besagt, auf Cocktailparties nie über Mordfälle zu sprechen. So was kann einem den ganzen Abend verderben.«

»Ich kann mir vorstellen, ganz am Beginn der Ermittlungen muß es ganz schön schwierig sein«, sagte Hughes. Er hielt seine Zigarette in derselben Hand wie sein Glas: Der Farbe seines Inhalts nach zu schließen, enthielt es Whisky.

»Manchmal hat man schon bald Erfolg«, sagte Cowley. »Die Beweise liegen nur so rum. Man braucht sie nur aufzuheben.«

»Aber in diesem Fall nicht?« bohrte der Leiter der Wirtschaftsabteilung weiter.

»Lauter kleine Teilchen«, sagte Cowley.

»Wenn Sie mich entschuldigen würden«, sagte McBride und steuerte auf den überschwenglich händeschüttelnden Senator zu.

»Könnte also sein, daß Sie noch eine Weile in Moskau bleiben?« fragte Baxter. »Das heißt, wir müssen uns ein bißchen um Sie kümmern. Sie in den Club aufnehmen, das eine oder andere Essen arrangieren.«

»Im Moment läßt sich noch nicht sagen, wie lange ich hierbleiben werde.« Keiner der beiden Männer schien wegen der gestrigen Begegnung noch beleidigt. Cowley sah, wie McBride dem Senator auf der anderen Seite des Raums etwas ins Ohr flüsterte: Fast sofort sah Burden stirnrunzelnd zu ihm herüber.

»Sie rechnen also nicht damit, daß die Pressekonferenz sonderlich ergiebig wird?« sagte Hughes.

Cowley fand die Art, wie der Mann sein Glas und die Zigarette hielt, manieriert. »Vielleicht haben ja die Russen was zu sagen.«

»Hätten sie Ihnen das nicht schon erzählt, wenn dem so wäre?«

»Vielleicht. Vielleicht auch nicht«, antwortete Cowley aufrichtig. Der Senator und sein Gefolge näherten sich, gefolgt vom Botschafter.

»Man möchte doch ...«, begann Baxter, doch der Senator fiel ihm einfach ins Wort. »Ich glaube, wir sollten uns besser gleich unterhalten.« Er sah zur Seite, zum Botschafter. »Ist Ihr Büro frei?«

»Ja ... bitte ...«, erklärte Richards beflissen.

Cowley stellte sein Glas auf einen kleinen Tisch, als er Burden durch eine Verbindungstür in den bekannten Raum folgte: Nachts, wenn er durch den Lüster beleuchtet war, fand er ihn sogar noch beeindruckender. Alle Angehörigen von Burdens Gefolge kamen mit in den Raum. Burden steuerte schnurstracks auf den Schreibtisch des Botschafters zu und ließ sich schwer in den Sessel dahinter sinken. Die anderen stellten sich im Halbkreis darum auf.

»Anscheinend gibt es zwischen Ihnen und Jimmy hier ein kleines Mißverständnis.« Burden nickte in Richtung seines Pressesprechers.

»Das glaube ich eigentlich nicht«, entgegnete Cowley. Es war sinnlos, verbales Pingpong zu spielen und Andeutungen und Doppeldeutigkeiten hin und her zu schmettern. »Ich stehe ganz am Beginn eines Ermittlungsverfahrens. Es ist mir nicht gestattet, über irgendwelche Einzelheiten dieses Verfahrens mit Ihnen zu sprechen. Ich habe Anweisungen, Ihnen vorzuschlagen, sich mit dem FBI-Hauptquartier in Washington in Verbindung zu setzen, wenn Sie nähere Informationen haben wollen. Es hat wirklich keinen Zweck, diese oder irgendeine andere Besprechung abzuhalten.« Cowley glaubte, ein überraschtes Atemholen zu hören, wußte aber nicht, woher es kam. Von Burden jedenfalls nicht. Er hatte sich auf dem Stuhl des Botschafters vorgebeugt, die Augen unter der vorgereckten Stirn weit aufgerissen, das Gesicht hochrot vor Ärger.

»Wissen Sie, wen Sie vor sich haben, Junge?«

Schon wieder degradiert, dachte Cowley. Er stand nur da und sah den anderen Mann ungerührt an. Diese Idiotie verdiente keine Antwort.

»Ich habe Sie was gefragt, Junge.« Die Wut ließ ihn die Enden der Wörter sogar noch stärker abhacken als sonst.

»Selbstverständlich bin ich über die persönlichen Umstände im Bilde, und Sie können meines Mitgefühls gewiß sein«, erwiderte Cowley und wandte sich zum Gehen. »Aber ich kann nur noch einmal sagen, ich habe Anweisungen erhalten, Ihnen vorzuschlagen, sich direkt mit Washington in Verbindung zu setzen, falls Sie irgendwelche Informationen wollen. Die Botschaft verfügt über hervorragende Kommunikationsmöglichkeiten.«

»So einfach kommen Sie mir hier nicht davon!« legte Burden los.

Cowley blieb stehen und drehte sich halb herum. »Das Ganze ist peinlich. Aber ich habe diese Situation nicht herbeigeführt. Ich möchte mich auch nicht an ihrer Fortführung beteiligen. Es liegt mir fern, in irgendeiner Weise beleidigend zu sein. Oder mich querzustellen. Ich halte mich lediglich an ausdrückliche Anweisungen aus Washington.«

Burden schien zu begreifen, daß tatsächlich *er* diese Situation herbeigeführt hatte und sich nur noch lächerlicher machen würde, wenn er sie weiter verschärfte. Sein einziger Ausweg war, ein anderes Ziel für seine Wut zu finden. »Dieser Dreckskerl Ross!« stieß er hervor.

»Ich bin sicher, der Direktor nimmt Ihre Anrufe entgegen«, erklärte Cowley.

»Eine Menge Leute nehmen meine Anrufe entgegen. Und eine Menge Leute werden auch welche bekommen.« Burden versuchte unheilvoll zu klingen, aber es gelang ihm nicht besser als seine bisherigen Einschüchterungsversuche.

Als er in Richtung Tür ging, sah Cowley, wie sich die attraktive Blondine aus Burdens Gefolge abwandte, damit der Senator ihre sichtliche Erheiterung nicht mitbekam.

Das würde die beste werden. Die cleverste. Es würde auf des Messers Schneide stehen – die Vorstellung entlockte ihm ein

Lächeln –, aber die Verwirrung würde total sein. Eine Blondine. Eine Blondine wäre wirklich gut. Die in der Uliza Kislowskij, mit der es nicht geklappt hatte, weil ihr Freund aufgetaucht war, war blond gewesen. Nicht die, mit der es nicht geklappt hatte. So durfte er es nicht sehen. Es konnte gar keine Rede davon sein, daß es mit ihr nicht geklappt hatte, wo es doch noch gar nicht losgegangen war. Vergiß es einfach. War nichts passiert. Was war mit der Panik? Langsam hätte in der Bevölkerung Panik aufkommen müssen. Zeitungsmeldungen. Verängstigte Menschen. Die Leute sollten verängstigt sein. Nach dieser würden sie es sein. Wirklich die cleverste. Blond. Und Knöpfe. Rote Knöpfe. Das war genau das Richtige, rote Knöpfe.

Die vollständige Liste psychiatrischer Patienten, deren Fallgeschichte mögliche Ähnlichkeiten mit den Fixierungen aufwies, die sich beim Mörder Wladimir Suslews und Ann Harris' zeigten, bestand aus sechsundzwanzig Namen, als sie Major Juri Pawin vorgelegt wurde. Aufgrund der Notwendigkeit, jede Befragung von zwei Beamten vornehmen zu lassen, und aufgrund der noch dringlicheren Notwendigkeit, diese Befragungen möglichst schnell zum Abschluß zu bringen, beantragte Pawin drei weitere Männer, auch wenn er mit heftigen Protesten rechnete. Und sie erfolgten umgehend. Es kamen offizielle schriftliche Beschwerden, ein solcher Bedarf an Personal brächte zwei andere laufende Ermittlungsverfahren zum Erliegen, einen Betrugsfall und einen Fall von Währungsspekulationen. General Lapinsk ordnete an, beide sollten auf Eis gelegt werden. Diese Entscheidung ließ in der Petrowka noch mehr kritische Stimmen gegen Dimitri Danilow und in geringerem Umfang auch gegen Pawin laut werden. Der Major spielte mit dem Gedanken, bei der frühmorgendlichen Versammlung im Einsatzraum alle für die Befragung eingeteilten Männer darauf hin anzusprechen, entschied sich dann jedoch dagegen, da er glaubte, es würde den Eindruck erwecken, als verteidigte er sich, obwohl er fand, daß es nichts gab, weswegen er sich zu verteidigen hatte. Er hob die Wichtigkeit

der Befragungen der ehemaligen Psychiatriepa…
vor, als er die einzelnen Beamten zu Zweiert…
menstellte. Die einzige Reaktion, die er von jedem …
erhielt, war dumpfe Gleichgültigkeit. Vielleicht, dacht…
Major, sollte Danilow die Ansprache im Einsatzraum selbs…
halten. Immerhin war er der verantwortliche Oberst: Es war seine Aufgabe.

Dann las er den über Nacht eingegangenen Bericht eines Zweimannteams, das mit einem anderen Aspekt der Ermittlungen befaßt war, und in seiner anfänglichen Aufregung vergaß er seine ganze Besorgnis angesichts der Probleme bei der Befragung der Psychiatriepatienten.

Bevor er Danilow Bescheid sagte, bliebe ihm noch genügend Zeit, um die andere Befragung vorzunehmen, die dieser ihm zu machen aufgetragen hatte, sobald er Wladimir Suslews Witwe ein weiteres Mal aufgesucht hätte. Langsam fügte sich alles zusammen!

20

Da er vor der Pressekonferenz noch einiges zu erledigen hatte, stand Danilow früh auf. Um Olga nicht zu wecken, glitt er mit geübter Geschmeidigkeit aus dem Bett. In der Schublade war ein sauberes Hemd. Allerdings war es nicht sehr gut gebügelt, aber das waren sie nur selten. Er brauchte lange, um die Küchenschränke und Regale nach der schwarzen Schuhcreme zu durchsuchen, mit der er den Riß in seinem Schuh kaschieren wollte. Als er sie schließlich fand, war sie hart und eingetrocknet, und an der Oberfläche hatte sich seltsamerweise ein weißer Staub gebildet. Sie sorgte nicht gerade für umwerfenden Glanz, aber der Riß war nicht mehr so deutlich zu sehen. Während er wartete, daß das Teewasser kochte, befeuchtete er sich das Haar und bereute es sofort: Es war so kurz, daß es hochstand, wie Weizen im Wind. Es würde vor der Konferenz und den unvermeidlichen Fotos trocknen. Bis er mit den in Papier eingeschlagenen Scheibenschern die Wohnung verließ, hatte Olga noch kein Lebenszeichen von sich gegeben.

Da der morgendliche Berufsverkehr noch nicht eingesetzt hatte, traf er früher als erwartet in der Petrowka ein: Im Milizhauptquartier wechselten sich gerade Nacht- und Frühschicht ab. Seine Etage war verlassen. In seinem mittlerweile hellerleuchteten Büro schrieb Danilow den Vormittagsplan. Er begann mit Pawin und trug dann die anderen Vorbereitungen ein. Gleichzeitig wartete er auf das Eintreffen des Amerikaners, um ihn vor dem Beginn der eigentlichen Konferenz zu einem Treffen mit Lapinsk und dem Generalstaatsanwalt mitzunehmen. Er hatte noch nie an einer solchen Veranstaltung teilgenommen und wußte nicht, was ihn erwartete. Deshalb das vorherige Treffen mit dem Direktor und dem Generalstaatsanwalt, vermutete er. Alles, was er tun mußte, war, ihre Anweisungen zu befolgen. Vor allem, was die beiden Morde anging. Würden sie den Zusammenhang heute bekanntgeben? Plötzlich mußte Danilow über seine eigene Frage lächeln. Die Vorbehalte wegen einer möglichen Beteiligung von Botschaftsangehörigen bestanden immer noch. Würde sich der Amerikaner heute zu irgendeiner Enthüllung seinerseits gezwungen sehen, wenn er ganz offen auf die Bekanntgabe des Zusammenhangs drängte? Einen Versuch war es jedenfalls wert. In diesem Fall mußte er allerdings Lapinsk und Nikolai Smolin schon vorher einweihen, damit sie entsprechend reagierten. Es war auf *jeden* Fall einen Versuch wert, fand er. Er streckte die Hand aus, um sich auf seinem Block einen Vermerk zu machen, als Pawin das Büro betrat: Er kam nicht mehr dazu, den Vermerk zu Ende zu schreiben. Pawin, der sich nie schnell bewegte, stürmte in den Raum, und auf seinem normalerweise griesgrämigen Gesicht lag ein breites Grinsen. Dieser Gesichtsausdruck war so ungewöhnlich, daß Danilow zum erstenmal sah, daß der Mann eine goldumrandete Füllung in einem Eckzahn hatte.

»Ich habe das Restaurant *und* den Mann«, verkündete der Major. Er reckte das vom Föderalen Sicherheitsdienst aufgenommene Foto von Ann Harris an Paul Hughes' Seite über den Schreibtisch.

Mit einem Ausdruck ähnlichen Triumphs, aber auch großer Erleichterung sah Danilow lächelnd zu seinem Assistenten auf. »Ohne Zweifel?«

»Ohne den geringsten. Das Restaurant heißt Trenmos: Das ist eine Kombination von zwei Ortsnamen, Trenton in New Jersey und Moskau. Sehr amerikanisch und bei den Botschaftsangehörigen sehr beliebt. Sie haben oft dort gegessen, waren gut bekannt. Und die Reservierung für diesen Abend war auf Hughes' Namen erfolgt. Das ist aber noch nicht alles. Heute morgen, als ich die andere Sache überprüft habe, die du mir gesagt hast, bin ich mit dem Foto zu Suslews Taxi-Unternehmen gegangen. Drei andere Fahrer konnten sich erinnern, daß Hughes einer von Suslews Stammkunden war. Er sprach immer russisch, genau, wie seine Frau gesagt hat.«

Danilow wandte sich wieder dem Foto zu. »Wir haben ihn! ... Scheiße! Es war direkt vor meiner Nase, und trotzdem habe ich es übersehen! Schau!«

»Was?« entfuhr es Pawin, erstaunt über den Ausbruch.

»Ich dachte sogar schon im Leichenschauhaus, daß etwas komisch war, aber ich *sah* es nicht«, sagte Danilow. »Und das war es – *schau*! Wie konnte ich das nur übersehen?«

»Was?« sagte Pawin noch einmal. Inzwischen trat Verwirrung an die Stelle des Erstaunens.

Statt einer Antwort gab ihm Danilow das Foto zurück. »Sieh ihn dir an! Sieh dir die Hand an!«

»Der Finger ist verdreht!« stellte Pawin sofort fest.

»Der Zeigefinger der rechten Hand«, pflichtete ihm Danilow, inzwischen wieder ruhiger, bei. »Um vor Gericht als Beweis zugelassen zu werden, muß es natürlich forensisch bestätigt werden. Aber er ist verdreht und hat deshalb keinen richtigen Abdruck gemacht. Genauso, wie unter den Abdrücken mit den seitlichen Schlingen aus Ann Harris' Wohnung kein richtiger Abdruck der rechten Hand war, die das Wodkaglas hielt. Und im Bad hinterließ er auch keine Abdrücke. Hughes' Fingerabdrücke und die, die wir gefunden haben, werden übereinstimmen! Hundertprozentig!« Danilow fühlte sich nicht mehr unterlegen. Genau das, gestand er sich jetzt ein, hatte er sich nämlich seit Cowleys Eintreffen gefühlt: unterlegen in puncto wissenschaftlicher Hilfsmittel und persönlicher Fähigkeiten und persönlicher Ausbildung und sogar – das zuzugeben, war ihm am peinlichsten – in puncto Aussehen und Kleidung. Aber jetzt nicht mehr: nicht völlig. In puncto Aussehen vielleicht, aber in allen anderen Bereichen nicht. Er war gleichgezogen, hatte sich beruflich als ebenbürtig erwiesen. Jetzt müßte er bei dem der Pressekonferenz vorausgehenden Treffen keine fadenscheinigen, eingeübten Enthüllungen machen. Denn jetzt wußte er *Bescheid*. Wie würde er die Sache also angehen? Im Moment war er noch nicht sicher.

»Das war, was der Amerikaner im Beweismittelraum wahrscheinlich getan hat«, sagte Pawin. »Er hat sich die Fingerabdrücke noch mal angesehen.«

»Höchstwahrscheinlich«, gab ihm Danilow recht. Was er gerade erfahren hatte, brachte die Ermittlungen vermutlich voran. Aber wie so vieles andere in diesem Fall warf es ebenso viele Fragen auf, wie es Antworten gab. Nun hatte das Ganze eine wesentlich größere politische Tragweite als zuvor. Und wie stand es mit der russischen Zuständigkeit? Konnte er, ein russischer Detektiv, in die amerikanische Botschaft gehen, um einen amerikanischen Diplomaten zu verhören? Er war sicher, daß das nicht ginge. Konnte Hughes ungeachtet dessen, was bei seinem Verhör herauskam, auf diplomatische Immunität plädieren? Wahrscheinlich. Lastete das, was sie entdeckt hatten, dem Mann tatsächlich einen Mord an? Nicht unbedingt. Oder erhärtete es lediglich einen Verdacht, den die Transkripte der Telefonate wachriefen, die ihm die Tscheka widerwillig zur Verfügung gestellt hatte und die Hughes als Lügner entlarvten? Vielleicht nicht mehr als das.

»Jetzt müssen wir damit herausrücken«, sagte Pawin, vorausschauend wie immer. »Das ist die Komplikation, vor der alle Angst hatten. Es wird nicht leicht werden.«

»Es war nie leicht.«

»Wirst du es dem Amerikaner sagen?«

»Das weiß ich noch nicht.«

»Es sieht nicht so aus, als hätte er uns alles gesagt.«

»Einer von uns muß dem anderen wohl oder übel mal was erzählen«, machte Danilow geltend. »Sonst wird das Ganze eine Farce.« So vieles war eine Farce.

»Liegt uns für eine Festnahme genügend vor?«

Danilow ließ sich die Frage durch den Kopf gehen. »Wenn Hughes Russe wäre, vielleicht. Um einen Russen zum Verhör herzubringen, würde es auf jeden Fall reichen: Es macht die Leute immer nervös, wenn sie in einer Polizeistation verhört werden. Stalins bestes Vermächtnis an das russische Rechtssystem.«

»Stalins unbeabsichtigtes Vermächtnis«, korrigierte ihn Pawin mit seltenem Zynismus. »Und Paul Hughes ist auch kein Russe.«

»Dann nicht.«

»Was ist mit der Pressekonferenz?«

»Das ist jetzt eine Einmischung«, sagte Danilow.

»Dort wirst du also nichts sagen?«

»Nicht öffentlich.« Aber Danilow kam bereits eine Idee. »Dafür ist es noch viel zu früh. Lapinsk muß allerdings darüber in Kenntnis gesetzt werden. Der Generalstaatsanwalt auch.«

»Und wenn wir die Pressekonferenz verschieben?«

Wieder ließ sich Danilow die Frage des Majors durch den Kopf gehen. Er mußte zugeben, daß sein Assistent recht hatte, und fragte sich, ob er sich mit seiner Einschätzung, Pawin würde nicht mehr befördert werden, nicht getäuscht hatte. Danilow sagte: »Das wäre zwar praktisch, aber falsch. Es würde den Eindruck erwecken, daß wir plötzlich Fortschritte gemacht haben: die Erwartungen erhöhen.«

»Ich hätte gedacht ...«, begann Pawin, wurde aber durch das Klingeln des internen Telefons unterbrochen.

Danilow bestätigte die Mitteilung mit einem Nicken und sagte zu seinem Assistenten: »Der Amerikaner, pünktlich wie immer. Er hat den Marlboro-Trick gelernt.« Als Cowley in den Raum geführt wurde, fiel Danilow sofort der tadellos gebügelte Anzug und der gestärkte, mit einer Nadel zusammengehaltene Kragen seines Hemds auf, um das er ihn so beneidete.

»Ich glaube, mit dieser Pressekonferenz wird es Schwierigkeiten geben«, begann Cowley sofort. »Ihre Leute haben sich einverstanden erklärt, daß Senator Burden daran teilnimmt. Weiß Gott, warum. Oder wozu. Das wird die reinste Zirkusvorstellung.«

Die Beiläufigkeit, mit der Europäer oder Amerikaner Politiker kritisierten – was in seinem eigenen Land noch etwas völlig Neues war –, überraschte Danilow immer noch. Er hatte jetzt keinerlei Interesse mehr an einer Pressekonferenz. Im Gefühl seiner Überlegenheit sagte er: »Haben Sie mit dem Senator nicht darüber gesprochen?«

Cowley sah den Russen verdrossen an. »Ich habe Anweisung erhalten, Außenstehenden nichts über die Ermittlungen mitzuteilen.«

Danilows keimende Idee erblühte, aber er beschloß, dem Amerikaner eine Chance zu geben. »Und was ist mit mir?« fragte er.

»Mit Ihnen?«

»In einer Stunde werde ich Sie meinem Milizgeneral vorstellen – dieser Mann entspricht in etwa dem, was Sie den Moskauer Polizeichef nennen würden. Und dem Generalstaatsanwalt: dem Generalbundesanwalt nach amerikanischen Maßstäben. Ich habe keine Ahnung, wie sie sich den Ablauf der Pressekonferenz vorstellen, aber ich glaube, sie erwarten, daß Sie und ich uns einig sind: Daß wir genau wissen, an welchem Punkt der Ermittlungen wir stehen.«

»Das kann ich mir denken«, entgegnete Cowley glatt. Er war nicht glücklich über sein ausweichendes Verhalten. Obwohl er Danilow nicht ganz traute – er stellte Vertrauen auf eine andere Ebene als sein momentanes Interesse –, mochte er den zerknautschten Russen mit seinem kurzen Haarschnitt und seinem vertretbaren Stolz auf seine Englischkenntnisse, die, glaubte er, in etwa seiner Mühelosigkeit im Umgang mit dem Russischen entsprachen. Er hatte das Gefühl, bei der Täuschung keine Wahl zu haben. Die forensischen Untersuchungsergebnisse, die über Nacht mit dem Diplomatengepäck eingetroffen waren, hatten sich als wesentlich beweiskräftiger als erwartet erwiesen – obwohl der unnötige Eliminierungskram hatte durchgesehen werden müssen –, und er war dringend auf weitere Unterstützung angewiesen. Worum er bereits gebeten hatte, bevor er heute morgen die Botschaft verlassen hatte. Und solange er Washingtons Antwort nicht erhalten hatte – obwohl er sicher war, voraussagen zu können, wie sie ausfallen würde –, war es ihm unmöglich, etwas zu verraten.

»Glauben Sie also, daß das der Fall ist?« hakte Danilow nach. »Daß wir beide wissen, wo wir stehen?«

Danilow *hatte* etwas! Es war Poker mit Fremden, deren Spiel er nicht kannte, mit verdeckten Karten, und ohne sich über den Wert seiner eigenen im klaren zu sein. »Das würde ich jedenfalls gern glauben …« Eine Pause. »Sie nicht auch?«

Die übliche ausweichende Reaktion, merkte Danilow. Es war Cowleys Entscheidung gewesen, nicht seine: Der Mann hatte seine Chance erhalten, sich für den Kurs entschieden, den er einschlagen wollte. »Ja«, sagte er gewichtig. »Das hätte ich gern geglaubt. Haben Sie mir alles mitgeteilt?«

Cowley nickte. Er wollte sich die Direktheit zunutze machen. »Und Sie haben mir alles mitgeteilt?«

Danilow nickte zurück. Das gäbe noch einige Auseinandersetzungen, dachte er: einige eher früher als später. »Sollen wir dann los?«

Erst als Pawin von der Stolesnikow-Straße zum auffälligen Gebäude des marxistisch-leninistischen Instituts in der Puschkinskaja abbog, lernte Danilow die Ironie des Zufalls zu schätzen, daß Ann Harris' Wohnung in derselben Hauptverkehrsstraße lag. Danilow erwartete, Pawin würde auf dem Institutsgelände parken, doch statt dessen drückte der Major vor dem angrenzenden Gebäude der Generalstaatsanwaltschaft energisch auf die Hupe. Auf dieses Signal hin begannen die Flügel des hohen Eisentores unverzüglich aufzuschwingen, um sie einzulassen. Pawin parkte neben General Lapinsks frischgewaschenem Dienstwagen, einem Wolga.

Ihr unerwartet reibungslos verlaufender Empfang setzte sich im Inneren des Gebäudes fort. Ein uniformierter Mitarbeiter führte sie in den zweiten Stock und in ein Empfangszimmer, wo Lapinsk und Nikolai Smolin bereits auf sie warteten. Danilow wußte, er und der Amerikaner waren fünfzehn Minuten vor dem verabredeten Zeitpunkt eingetroffen. Er übernahm das Vorstellen und versicherte den zwei anderen Russen, daß alle Gespräche jederzeit auf russisch geführt werden könnten. Nach der förmlichen Begrüßung standen die vier Männer eine Weile unsicher herum, da keiner wußte, wie sie weiter vorgehen sollten. Mit schlecht verhohlenem Widerstreben übernahm schließlich Smolin in Vorwegnahme der Rolle, die ihm bei der Konferenz zufallen würde, die Verantwortung.

»Wir haben für heute über einhundert Teilnahmeanträge von Journalisten«, erklärte der Generalstaatsanwalt. »Und die Fernsehteams haben Begleitpersonal dabei. Wir haben Simultandolmetscher angefordert. Die Fernsehgesellschaften haben auch um Einzelinterviews gebeten, nach der offenen Fragestunde ...« Der Bundesanwalt zögerte und deutete auf Lapinsk. »Mir liegen sämtliche Polizeiberichte bis gestern vor. Gibt es irgend etwas Neues, was ich wissen sollte?«

Der erste Konflikt, dachte Danilow. Unsicher, wie der Amerikaner reagieren würde, warf er diesem einen kurzen Blick zu, bevor er sagte: »Wir wissen, wer an dem Abend, an dem sie ermordet wurde, in ihrer Wohnung war. Und er hat die Unwahrheit gesagt; er hat nicht zugegeben, daß er dort war. Sein Name ist Paul Hughes. Er ist ein amerikanischer Wirtschaftsexperte, der Vorgesetzte der Ermordeten.«

Im Raum trat absolute Stille ein. Jeder der anderen drei Männer starrte Danilow wie gebannt an. Die Miene des Amerikaners blieb ausdruckslos.

Smolin sagte: »Gibt es dafür unumstößliche Beweise?«

Danilow zählte die Beweise in der Reihenfolge ihrer Aufdeckung auf. Er berichtete von den Abdrücken des verdrehten Fingers auf dem Wodkaglas und an anderen Stellen der Wohnung, einer Deformierung, an der Hughes deutlich sichtbar litt. Dann erläuterte er die Beweislage für den Umstand, daß Hughes und das Mädchen am Abend ihres Todes im Trenmos gewesen waren, wo auf Hughes' Namen ein Tisch reserviert worden war. Und schließlich führte er an, daß mehrere Taxifahrer Hughes als einen Stammkunden Wladimir

Suslews identifiziert hatten. Um auch Cowley einzubeziehen, nickte Danilow und sagte: »Es ist keine formelle Anklage gegen den Mann erhoben worden. Aber er hat bei einer vorläufigen Vernehmung die Unwahrheit gesagt. Er leugnete, näher mit der Ermordeten befreundet gewesen zu sein – und auf keinen Fall hat er zugegeben, am Abend ihres Todes mit ihr zusammengewesen zu sein. Auch über den Grund der außerdienstlichen Telefonate mit ihr hat er die Unwahrheit gesagt. Er behauptete, die Gespräche wären alle dienstlicher Natur gewesen und hätten in Zusammenhang mit ihrer Arbeit gestanden. Das war aber nicht der Fall. Ich habe das vollständige Transkript, jedes Wort, das sie gewechselt haben. Es steht völlig außer Frage, daß sie ein Liebesverhältnis hatten: In zwei Gesprächen nimmt er ganz offen Bezug auf die Tatsache, daß er ihr Schmerzen zugefügt hat.«

Die Aufmerksamkeit blieb weiterhin ungeteilt, aber die Mienen veränderten sich. Smolin sah hilfesuchend in die kleine Runde. Lapinsk konzentrierte sich stirnrunzelnd ganz darauf, wie der Amerikaner auf die Enthüllung reagierte, daß die Telefongespräche von russischer Seite abgehört und aufgezeichnet worden waren. Cowley schüttelte kaum merklich den Kopf. Ein Ausdruck der Enttäuschung: Danilow fragte sich, worüber. Er hoffte, sie entsprang der Einsicht, daß es ein Fehler gewesen war, für sich zu behalten, was immer er unabhängig von ihnen herausgefunden hatte.

»Da gibt es einiges in Betracht zu ziehen.« Smolin konstatierte das Offensichtliche, als handelte es sich um eine wichtige neue Erkenntnis.

Als Cowley zu sprechen begann, schwankte seine Stimme. Er hustete, räusperte sich, wie es auch Lapinsk tat, so daß ein froschähnliches Duett dabei herauskam. Mit festerer Stimme sagte Cowley: »Bevor ich heute hierherkam, wurde ich von Washington ersucht, Ihnen unseren Dank dafür zu übermitteln, daß Sie nicht öffentlich darauf hingewiesen haben, daß auch *in* der Botschaft Ermittlungen zu diesen Morden angestellt werden könnten. Und Ihnen auch ausdrücklich dafür zu danken, daß Sie die Morde an der Frau und Wladimir Suslew nicht in Zusammenhang gebracht haben.

Ich glaube, es ist wirklich außerordentlich wichtig, daß diese Punkte nicht an die Öffentlichkeit dringen.«

Lapinsk hustete rasselnd. »Dieser Hughes. Sie sagen, er wurde nicht offiziell verhört? Ist er auf dieses neue Beweismaterial bereits aufmerksam gemacht worden?«

»Nein«, sagte Cowley. Wie hatte er glauben können, er sei ihnen voraus? Alles, was er gehabt hatte – nachdem ihm bei der feindseligen Begegnung in der Botschaft die offenkundige Bedeutung von Hughes' krummem Finger aufgefallen war –, war der am Morgen mit dem Diplomatengepäck eingetroffene forensische Beweis, daß ein Fingerabdruck auf dem Glas in der Wohnung in der Puschkinskaja mit den Abdrücken auf einem Notizblock und den *Matrijoschka*-Puppen in Ann Harris' Büro übereingestimmt hatte. Cowley konnte verstehen, daß Danilow nicht damit herausgerückt war: Er hätte es genauso gemacht. Was er sich nicht erklären konnte, war, warum der Russe, nachdem er den Beweis selbst beschafft hatte, diesen Erfolg dem Polizeichef und dem Generalstaatsanwalt nicht als seine persönliche Leistung präsentiert hatte, um die Lorbeeren ganz allein zu ernten, sondern das Ganze als eine gemeinsame Entdeckung hingestellt hatte, also ganz so, wie sie eigentlich zusammenarbeiten sollten.

»Und wie sollen wir nun im weiteren verfahren?« fragte Smolin ruhig und lenkte ihre Aufmerksamkeit behutsam auf die politischen Schwierigkeiten.

»Das weiß ich nicht. Dafür muß ich erst Rat aus Washington einholen«, gab Cowley zu.

»Auf jeden Fall dürfen wir diese neuen Erkenntnisse nicht frühzeitig auf der heutigen Pressekonferenz bekanntgeben«, sagte Lapinsk.

»Womit uns wenig zu sagen bleibt«, konstatierte Smolin.

»Was ja bis vor einer halben Stunde, bevor wir das alles erfuhren, tatsächlich noch der Fall war«, machte der Milizgeneral geltend.

Der Generalstaatsanwalt sah den FBI-Agenten eindringlich an. »Vermutlich wird es heftige diplomatische Proteste gegen jede russische Beteiligung an der Vernehmung dieses Hughes geben?«

»Ich würde schon meinen«, gab Cowley zu. »Genau das sind die Punkte, derentwegen ich, wie eben gesagt, den Rat Washingtons werde einholen müssen.«

Smolin nickte. »Sie würden mir doch recht geben, oder nicht, daß der Mörder von Ann Harris auch der Mörder von Wladimir Suslew ist?«

»Daran kann es kaum einen Zweifel geben.«

»Ein russisches Opfer und ein amerikanisches.«

Cowley war so aufmerksam wie der andere Mann und versuchte ein taktisches Manöver vorwegzunehmen, das er im Moment nicht erkennen konnte. »Ja?«

»Ich möchte Ihnen einen Handel vorschlagen«, erklärte Smolin, seiner Stärke gewiß. »Ich sichere Ihnen zu, daß noch nichts über den Mord an Suslew an die Öffentlichkeit dringt. Ich sichere Ihnen auch zu, daß bei der Pressekonferenz kein Hinweis auf diesen Hughes fällt. Und schließlich sichere ich Ihnen zu, daß nichts gegen Hughes unternommen wird, solange Sie aus Washington keine Anweisungen erhalten haben, wie in dem Fall weiter zu verfahren ist ...« Der russische Generalstaatsanwalt zögerte, nachdem er seine Eingeständnisse vorgetragen hatte. »Als Gegenleistung verlange ich dafür die Zusicherung, daß wir – die Russen – den gleichen uneingeschränkten Zugang erhalten wie Sie, wenn Sie Paul Hughes vernehmen.«

»Dagegen wird es sicher Einwände geben«, erklärte Cowley, der das Gefühl hatte, sie darauf aufmerksam machen zu müssen.

»Aber darauf *müssen* wir dringen«, insistierte Smolin.

»Oder Sie geben den Mord an Suslew bekannt? Und daß der Amerikaner, der am Abend ihrer Ermordung bei Ann Harris war, wegen beider Morde verhört werden muß?« Cowley hatte keine Gegenargumente, nichts, das er dem Druck entgegensetzen konnte.

»Ich werde keine Ultimaten stellen«, erklärte der Generalstaatsanwalt, obwohl er eben genau das getan hatte.

»Das muß Washington entscheiden«, sagte Cowley.

Zum Zeichen seines Einverständnisses nickte Smolin. »Ich glaube, Sie sollten ihnen auch klarmachen, daß die Regierung hier in Moskau sich mit größtem Nachdruck gegen jede Bemühungen verwehren würde, Hughes plötzlich in die Vereinigten Staaten zu bringen.«

»Ich glaube, Sie haben Ihren Standpunkt unmißverständlich klargemacht«, sagte der Amerikaner. Ihm – und der Botschaft und sogar Washington – waren die Hände gebunden.

Smolin lächelte, ein überraschend jugendlicher Ausdruck. »Ich bin froh, daß wir uns so gut verstehen! Weiß Senator Burden irgend etwas von all dem?«

»Nein!« erklärte Cowley.

Infolge der Schnelligkeit, mit der die Antwort erfolgt war, schlich sich weiterreichendes Verstehen in das Lächeln des Generalstaatsanwalts. »Sie haben nicht vor, es ihm zu sagen?«

»Senator Burden genießt in Washington große Achtung, hohes Ansehen«, sagte Cowley, der eine Möglichkeit sah, den Kopf aus der Schlinge zu ziehen. »Ich glaube, er befindet sich über die Botschaft in täglichem Kontakt mit meinem Direktor.«

Smolin senkte kurz nachdenklich den Kopf. Als er wieder aufsah, sagte er: »Wäre es für mich – für einen von uns – opportun, die Möglichkeit eines baldigen Abschlusses des Ermittlungsverfahrens anzudeuten?«

»Auf gar keinen Fall!« sagte Danilow hastig. »Jede solche Andeutung würde uns unter enormen Druck setzen, mehr zu sagen. Und nicht nur von seiten der Presse; auch von seiten des Senators und seines Stabs.«

Wie auf ein Stichwort hin erschien der Mitarbeiter, der Danilow und Cowley begleitet hatte, von neuem und kündigte die Ankunft Burdens und seines Gefolges an. Danilow sah, daß der Dolmetscher, der bei seinem Besuch in der Botschaft dabeigewesen war, auch diesmal hinzugezogen worden war. Der Dolmetscher erkannte Danilow zweifellos, ließ sich aber nichts anmerken. Wahrscheinlich war der junge Mann wie alle anderen beleidigt. Danilow bemerkte einen Cowley geltenden Blick Burdens und gewann den Eindruck, daß auch andere Leute beleidigt zu sein schienen. Er wartete neugierig auf Cowleys Reaktion, aber der amerikanische Detektiv zeigte keine. Es kam zu flüchtigen Vorstellungen. Burden gewährte Danilow einen Händedruck, sagte aber: »Sie sind der Ermittler, der Englisch spricht, richtig?«

Danilow nahm an, es war Baxter, der in der Botschaft eine entsprechende Warnung erteilt hatte: In diesem Moment sah er den Mann zum erstenmal am Ende der Gruppe. Ebenfalls am Ende war eine extrem gutaussehende blonde Frau, die ganz kurz lächelte. »Ja«, sagte Danilow.

»Dann erzählen Sie mir mal, auf englisch, wie Sie vorankommen.«

Der Dolmetscher stellte sich bereit, um simultan zu übersetzen, und Danilow war sich Smolins gereizten Gesichtsausdrucks bewußt, daß er so rasch ignoriert wurde, nachdem er von Cowley eben erst erfahren hatte, daß Burden Kontakte zu höchsten Regierungskreisen hatte. Zu Smolins Gunsten sagte er auf russisch: »Ich glaube, das sollte Ihnen besser der Generalstaatsanwalt erklären«, und wiederholte es für den amerikanischen Politiker sofort auf englisch. Dieser riß, sofort erbost, die Augen auf, aber Baxter, ganz der professionelle Diplomat, trat vor, um einzuschreiten, und setzte das Vorstellen fort. Einen Augenblick dachte Danilow, Burden werde sich weigern, ihn aus den Klauen zu lassen, aber dann wandte sich der Senator abrupt Smolin und Lapinsk zu. Aufgrund der Erfordernis, alles zu übersetzen, war es Danilow möglich, zuzuhören und alles, was gesagt wurde, zu überdenken, und er war beeindruckt – und überrascht –, wie geschickt Smolin das Ganze handhabte, obwohl für ihn das alles völlig neu war. Burden feuerte rasch seine Fragen ab und wartete kaum ab, bis eine übersetzt war, bevor er bereits die nächste stellte. Dabei hatte er den Kopf die ganze Zeit leicht seitlich einem jungen Adjutanten mit einem frischen Gesicht zugewandt, der dem Senator häufig etwas ins Ohr flüsterte. Diese Wortwechsel waren noch im Gang, als einer der russischen Beamten in den Raum kam und bekanntgab, daß die Presse versammelt war. Burden erklärte sofort, die Presse könne warten (»Ich will mehr hören«), doch Smolin witterte die Möglichkeit, sich dem amerikanischen Druck zu entziehen, und führte sie nach draußen und zum Konferenzsaal.

Als sich die Gruppe in Bewegung setzte, kam Cowley an Danilows Seite und sagte: »Wir müssen miteinander reden, sobald das alles vorbei ist.« Auf seinem Gesicht lag ein angespannter Ausdruck, den Danilow als Wut interpretierte.

»Gern.«

»Vernünftig«, setzte Cowley nach.

»Ich warte schon die ganze Zeit darauf, daß wir das tun«, sagte Danilow. Er hatte nicht beabsichtigt, daß das Gespräch zwischen Cowley und dem Generalstaatsanwalt einen solchen Verlauf nehmen würde – er hatte sich nicht vorstellen können, wie Smolin reagieren würde –, aber er war nicht enttäuscht über das, was passiert war. Er genoß es, sich nicht mehr unterlegen zu fühlen.

Am einen Ende des Saals war ein Podest errichtet worden, auf dem ein mit grünem Filz bespannter Tisch stand. Die Sitzordnung plazierte Smolin, Lapinsk, Cowley und Danilow in einer Reihe, als nächsten Burden und schließlich John Prescott und James McBride. Der Rest der amerikanischen Gruppe, darunter auch Baxter, stand auf der Seite des Podests, aber tiefer, auf Saalhöhe. Der Raum war gedrängt voll. Der Bereich direkt vor dem Podest und dem Tisch war eine Schlangengrube aus Kabeln und Leitungen, die bereits aufgestellte Mikrophone und Fernsehkameras versorgten. Zwischen den Kabeln kauerten kamerabehängte Fotografen: Beim Gänsemarsch auf das Podest setzte ein Blitzlichtgewitter ein, das es, begleitet vom Aufflammen der Fernsehscheinwerfer, schwierig machte, sich auf einen der Journalisten zu konzentrieren, die im Saal versammelt saßen. Am anderen Ende des Tisches befand sich ein Abteil für den Simultandolmetscher, und durch das Lichtergewirr konnte Danilow erkennen, daß viele Journalisten Kopfhörer an ihre Ohren hielten. Weiter den Tisch hinunter taten Burden und seine Adjutanten das gleiche.

Smolin hatte ein Statement vorbereitet. Praktisch in Diktatgeschwindigkeit verlas er die Fakten von Ann Harris' Ermordung: Name, Alter, Stellung in der amerikanischen Botschaft und, unter Weglassung der bizarren Details, die Umstände, unter denen ihre Leiche gefunden worden war.

Rußland habe das amerikanische Hilfsangebot bei den Ermittlungen dankbar angenommen, und ein Agent des FBI habe hier in Moskau die Funktion eines Verbindungsmannes in ermittlungstechnischen Fragen eingenommen. Das Ermittlungsverfahren befinde sich erst in seiner Anfangsphase, aber als Generalstaatsanwalt habe er keinen Zweifel, daß es demnächst erfolgreich abgeschlossen werden könne. Er begrüße außerdem die Anwesenheit Senator Walter Burdens in Moskau, des Onkels des ermordeten Mädchens, dem er im Namen der Gemeinschaft unabhängiger Staaten sein tiefstes Mitgefühl ausspreche.

Danilow war sich der phasenweisen Ungeduld der Journalisten, die er während der einführenden Worte des Generalstaatsanwalts in den ersten Reihen sehen konnte, sehr deutlich bewußt. Als Smolin schließlich zu sprechen aufhörte, entstand eine ganz kurze Pause – anscheinend war niemand sicher, ob er fertig war oder nicht –, und dann setzte ein wildes Durcheinander von Rufen ein. Zum erstenmal begann dem ungeübten Smolin die Kontrolle über die Situation zu entgleiten. Der Generalstaatsanwalt saß ratlos auf dem Podest und sah hilfesuchend Lapinsk an. Doch die Hilfe kam von McBride, dem Medienexperten. Der Amerikaner stand auf, rief mehrere Male: »Okay, Leute, beruhigen Sie sich erst mal, damit wir anfangen können, ja?« Nachdem er so nach einer Weile wieder eine gewisse Ordnung hergestellt hatte, pickte er, immer noch stehend, die Fragesteller heraus, die sich Gehör verschaffen wollten: Manchmal tat er dies namentlich. Die ersten Fragen, die sich auf den Stand und die Ergebnisse des Ermittlungsverfahrens bezogen, leitete McBride an den Generalstaatsanwalt beziehungsweise Lapinsk weiter, die wiederum entweder Danilow oder Cowley signalisierten, darauf zu antworten. Cowley gab die meiste Zeit an Danilow weiter, dessen Unbehagen zunahm, insbesondere bei der dritten oder vierten Frage, die seine Identität betraf, welche er zögernd bekanntgab. Unmittelbar darauf wurde auch Cowley aufgefordert, sich vorzustellen. Als die gleiche Frage mehrmals hintereinander auf unterschiedliche Art gestellt wurde, erklärte Danilow, die Nachforschungen würden routinemäßig durchgeführt, aber dann löste Cowley mit seiner Aussage, man gehe bereits bestimmten Spuren nach, ein neuerliches Bombardement mit Fragen aus. Der Amerikaner, der sich seines Fehlers sofort bewußt wurde, machte einen Rückzieher und stellte in Abrede, daß in diesem frühen Stadium schon mit einer Festnahme gerechnet werden könne.

»Stimmt es, daß es zu einer Schändung der Leiche kam?« Die in einem starken amerikanischen Akzent gestellte Frage, die aus der Mitte des Saals von einem Mann kam, den Danilow nicht sehen konnte, brachte das ununterbrochene Gemurmel, das die Konferenz seit ihrem Beginn begleitete, abrupt zum Erliegen.

McBride sah fragend die zwei Detektive an. Danilow schüttelte den Kopf und deutete auf Smolin. Cowley sah die Geste und nickte ebenfalls in Richtung des Generalstaatsanwalts. Smolin neigte sich seitlich dem Milizgeneral zu, wodurch er sich von Burden abwandte, der bisher in der Öffentlichkeit noch nichts über die geschorenen Haare gesagt hatte und sich jetzt dem Russen zuwandte, um ihm etwas zu sagen. Doch Smolin, der nicht merkte, daß der Senator seine Aufmerksamkeit auf sich lenken wollte, platzte damit heraus, daß Ann Harris von ihrem Mörder die Haare geschoren worden waren.

Das zog im Saal eine so heftige Reaktion nach sich, daß sogar Danilow, der glaubte, sich auf die ungewohnte Situation einer internationalen Pressekonferenz eingestellt zu haben, aus der Fassung geriet. McBride verlor die Kontrolle über die Fragestellungen. Alle schrien wild durcheinander, so daß kein Mensch etwas verstehen konnte. Als sich Danilow nun blinzelnd im Saal umsah, ertappte er sich dabei, wie er automatisch sein abstehendes Haar glattstrich, und hoffte, dieses Zeichen seiner Nervosität würde nicht von einer der Fernsehkameras oder einem der Pressefotografen festgehalten werden. Noch einmal brachte McBride den Saal zur Räson, um die Fragen verständlich zu machen. Alle wollten wissen, welche Bedeutung dem beizumessen sei: In den meisten Fällen wurde dabei der Mörder mit der Bezeichnung ›Irrer‹ belegt. Ebenso viele Fragen bezogen sich darauf, was der Leiche sonst noch angetan worden sei. Aber weder Danilow noch Cowley antworteten darauf.

Unausweichlich folgten die Fragen nach sexuellem Mißbrauch, auf die Danilow erwiderte, daß es dafür keinerlei Anzeichen gebe. Eine Frage nach dem Grund von Burdens Anwesenheit gab McBride Gelegenheit, den Politiker zum erstenmal einzubeziehen, und Danilow war froh, daß sich die Scheinwerfer und das Interesse nun auf ein anderes Ziel richteten. Nachdem er nun nicht mehr im Scheinwerferlicht stand, konzentrierte er sich auf die Fragen und versuchte durch die Stimme den Mann zu identifizieren, der nach einer Schändung der Leiche gefragt hatte.

Burden drückte kräftig auf die Tränendrüse. Er sprach davon, wie sehr er seine Nichte (»ein nettes, schönes, hochintelligentes Mädchen«) geliebt habe und daß er fest entschlossen sei, ihren Mörder (»diese Bestie«) vor Gericht zu bringen. Er sei deshalb persönlich nach Moskau gekommen, um sich mit den ermittelnden Beamten zu treffen und sich notfalls (»das ist eine rein private Initiative von mir«) für die Gewährleistung weiterer amerikanischer Hilfe einzusetzen. Er wich der Frage, ob weiteres FBI-Personal nach Moskau kommen werde, aus, schloß diese Möglichkeit jedoch nicht grundsätzlich aus. Da in diesem Stadium nicht absehbar sei, wie lange die Ermittlungen dauern würden, beabsichtige er nicht, bis zu ihrem Abschluß in der russischen Hauptstadt zu bleiben, in die er jedoch zurückzukehren gedenke, falls und wenn dies die Umstände erfordern sollten. Auf die Frage, welches Urteil er sich von einer erfolgreichen Anklage erhoffe, sagte Burden: »Diejenigen unter Ihnen, die mich gut kennen – und es freut mich außerordentlich, hier heute ein paar alte Freunde zu sehen –, werden auch wissen, daß ich ein Befürworter der Todesstrafe bin. Ein Mensch, der einem anderen das Leben genommen hat, hat das Recht auf sein eigenes verwirkt.« Diese Antwort lenkte die Fragen wieder zurück auf den Generalstaatsanwalt, der bestätigte, daß es in Rußland die Todesstrafe gebe, und auf eine weitere Frage hinzufügte, sie werde mittels eines Pistolenschusses vollstreckt. Darauf erklärte Burden sofort: »Das hört sich nicht schlecht an.«

Danilow fand die darauf folgenden Fernsehauftritte für die einzelnen Sendeanstalten schwieriger als die Konferenz für die Allgemeinheit. Es waren insgesamt drei, jeder für einen amerikanischen Sender, und er bestand darauf, daß Cowley bei jedem neben ihm saß, was bedeutete, daß vor allem der FBI-Agent das Reden übernahm, obwohl Danilow immer wieder gedrängt wurde, sich auf englisch zu äußern. Das tat er – und kam sich dabei vor wie ein dressiertes Tier. Vor jedem Auftritt wurde ihm, wofür er sehr dankbar war, von einem Make-up-Spezialisten sorgfältig das Haar gekämmt. Burden wurde ebenfalls von jedem der Sender einzeln interviewt: Bei zwei Auftritten ließ der Politiker Danilow und Cowley neben sich sitzen, als leitete gewissermaßen er die Ermittlungen. Danilow ließ die Prozedur mit schweißnassem Hemd über sich ergehen.

Kaum hatten sie wieder den Vorraum betreten, in dem sie sich vor der Konferenz getroffen hatten, eilte John Prescott auf die zwei Detektive zu und sagte sofort zu Cowley: »Der Senator hat sich mit Washington in Verbindung gesetzt. Sie werden im Lauf des Tages Ihre Anweisungen erhalten. Ich dachte, ich warne Sie schon mal vor.«

Cowley sah den jüngeren, dienstbeflissenen Mann neugierig an. »Gut. Dann warten wir auf die Antwort.«

»Es wäre vielleicht keine schlechte Idee, wenn Sie beide in der Zwischenzeit schon mal etwas entgegenkommender wären«, schlug der Mann in Einbeziehung Danilows vor.

Cowley nickte. »Wie gesagt, wir warten erst mal ab.«

Danilow sagte: »Ich finde, der Senator sollte alle Informationen vom Generalstaatsanwalt erhalten: So sollte es ordnungsgemäß abgewickelt werden.«

Mit übertriebener Traurigkeit schüttelte Prescott den Kopf. »Das ist ein großer Fehler.«

»Danke für Ihre Sorge«, sagte Cowley, ein Washingtoner Pokerface zum andern.

»Wir haben alle im Savoy Quartier bezogen«, verkündete Prescott in Befolgung der Spielregeln. »Dort gibt es ein phantastisches Restaurant. Warum essen Sie heute nicht mit uns zu Abend? Der Senator würde sich bestimmt freuen.«

»Ich bin bereits verabredet«, entschuldigte sich Cowley. Was wäre leichter, ein Abendessen mit Burden und seinen Speichelleckern oder das Abendessen mit Andrews und Pauline? Er fand nicht, daß es ein guter Vergleich war.

»Und ich habe auch einen Termin«, lehnte Danilow ab. Bei Larissas momentaner Schicht waren die Spätnachmittage am besten geeignet.

Das hoffnungsvolle Lächeln in Prescotts Gesicht verflog. »Schade, daß Sie nicht kommen können.«

»Vielleicht ein andermal«, sagte Cowley unaufrichtig, als der junge Mann zu Burdens Gruppe zurückging, deren Angehörige mit den zwei anderen russischen Vertretern eine gestelzte Unterhaltung führten.

Cowley wandte sich Danilow zu. »Ich hätte gern mit Ihnen gesprochen, bevor ich in die Botschaft zurückmuß, um alle Einzelheiten mit Washington zu besprechen.«

»Aber nicht hier.« Der Schweiß auf Danilows Haut begann zu trocknen. Er fühlte sich kalt und unangenehm an auf seinem Rücken.

»Ihr Büro liegt in der anderen Richtung.«

»Was halten Sie davon, wenn ich Sie zum Essen einlade?« Er nahm an, er hatte – gerade – genügend Rubel, und obwohl der Service im Fremdwährungsteil des Peking besser wäre, war der größere Bereich, in dem man auch mit russischem Geld zahlen konnte, um diese Zeit bestimmt nicht so voll. »Wie wär's mit chinesisch?«

Das wäre mal eine kleine Abwechslung nach der ständigen Lean Cuisine, dachte Cowley. »Ich glaube, vielleicht verdiene ich es.« Was würde Pauline heute abend kochen? Nach dem Cordon-Bleu-Diplom, das sie sich in einem zweimonatigen Kurs in Paris erworben hatte, hatte sie in Rom auch noch eine Ausbildung in italienischer Küche gemacht.

Es dauerte noch fünfzehn Minuten, bis sich die zwei Detektive schließlich verabschieden konnten. Der russische Teil des Restaurants war voller, als Danilow erwartet hatte, aber sie bekamen einen Tisch. Cowley sagte, er habe keine besonderen Wünsche; am besten, Danilow bestellte für sie beide.

»Sie waren nicht ehrlich«, hielt ihm Cowley sofort vor, sobald Danilow bestellt hatte.

»Waren Sie das denn?« konterte Danilow sofort.

»Ich denke schon.«

»Aber ich nicht«, sagte Danilow. »Als Sie noch mal in die Petrowka kamen, haben Sie im Beweismittelraum das mit dem fehlenden Fingerabdruck überprüft, stimmt's? Aber mir haben Sie nichts davon erzählt.« Er genoß immer noch das Überlegenheitsgefühl.

»Bis heute morgen hatte ich noch nicht das Vergleichsmaterial aus Washington, von den Sachen aus Ann Harris' Büro«, versuchte sich Cowley halbherzig herauszureden. »Was hätte es da schon groß zu sagen gegeben?«

Statt des zuckersüßen chinesischen Weins hatte Danilow Wodka bestellt. Er nahm einen Schluck, um Zeit zu gewinnen, und sagte: »Und Verdacht hatten Sie keinen? Sie hatten doch Hughes' Hand gesehen, als Sie mit ihm sprachen.«

»Sie hatten ihn doch auch schon in Verdacht. Und das aus triftigeren Gründen. Sie hatten das Transkript der Telefongespräche. Aber alles, was Sie mir gesagt haben, war, daß die beiden nach Dienstschluß miteinander telefoniert hatten. Warum rücken Sie nur die Hälfte von dem raus, womit wir ihm an den Karren fahren können? Sie haben mich an der Nase rumgeführt, darauf gewartet, daß ich den ersten Schritt tue.«

»Völlig zu Recht!« hielt ihm Danilow vor, immer noch in dem Glauben, am längeren Hebel zu sitzen. Doch dann begann er einzulenken: »Außerdem hatte ich die Transkripte nicht: Ich mußte sie mir erst beschaffen.«

»Vom Geheimdienst, der die Telefone in der Botschaft abhört?«

»Ich habe sie mir beschafft«, sagte Danilow kurz angebunden. Er verweigerte dem Amerikaner die Bestätigung. »Das ist unser Vorteil.«

Danilow hatte die Ente bestellt und war froh, als sie kam. Es gab auch gefüllte Teigtaschen und süßsaure Krabben. So, als hätte ihn das eben servierte Essen daran erinnert, sagte Cowley: »Und was ist damit, daß die beiden am Abend des

Mordes gemeinsam essen waren? Er hätte mich nicht so leicht für dumm verkaufen können, wenn ich ihm das unter die Nase hätte halten können!«

Danilow wollte ihm nicht ganz verraten, wie verzweifelt nahe er noch in den letzten Minuten vor der Konferenz davorgestanden hatte, nichts zu wissen. Er griff auf den Einwand des Amerikaners zurück und sagte: »Ich wollte abwarten. Ich glaube, Sie haben mir nicht erzählt, was Sie hatten, weil Sie die Sache mit Hughes botschaftsintern abwickeln wollten, um ihn nach Hause verfrachten zu können. Das können sie jetzt nicht mehr. Jedenfalls nicht, ohne diplomatisch eine Menge Porzellan zu zerschlagen, weil inzwischen seine Ausreise, sei sie nun diplomatisch gedeckt oder nicht, für eine Menge Ärger sorgen würde.«

Er hatte verloren, mußte Cowley zugeben. Er sagte: »Die Ente ist gut.«

»Das ist die bekannteste Spezialität.« Ich habe gewonnen, dachte Danilow.

»Vielleicht sollten wir unser Arbeitsverhältnis neu definieren«, schlug Cowley vor. Er hatte inzwischen kapituliert.

»Das wäre vermutlich keine schlechte Idee.«

»Ich bin Ihnen dankbar für die Andeutung vor dem Generalstaatsanwalt und Ihrem Boß, daß bisher alles eine gemeinsame Leistung war: daß es ein gleichberechtigtes Ermittlungsverfahren war.«

»Das sollte es doch auch werden.«

»Was meinen Sie? Hat jeder von uns seinen Standpunkt klargemacht?«

»Ich glaube schon.«

»Es wäre doch idiotisch, uns jetzt die Hände zu schütteln oder sonst etwas in der Art, finden Sie nicht auch?«

»Absolut idiotisch«, pflichtete ihm Danilow bei.

»Bis morgen werde ich keinerlei Rückmeldung aus Washington bekommen, egal, über was. Ich rufe Sie an.«

»Ich warte.« Danilow fand, alles war sehr gut gelaufen: sogar bestens. Aber natürlich brauchten sie noch Paul Hughes' Geständnis.

Das Essen kostete fünfzig Rubel. Danilow fragte sich, ob

ihm der Direktor gestatten würde, den Betrag zurückzufordern. Bei ihnen funktionierte das nicht so, wie es offensichtlich im Westen der Fall war, mit Spesenabrechnungen.

Larissa wartete an der Rezeption, kam aber, sobald er das Hotel betrat, sofort hinter dem Schalter hervor, um ihn im Foyer in Empfang zu nehmen. Sie lächelte. Ganz offensichtlich genoß sie es, daß die anderen Rezeptionistinnen, die die gleichen Rendezvousarrangements trafen, sie dabei beobachteten. Sie sagte: »Darf ich Sie gleich auf Ihr Zimmer begleiten, mein Herr?«

Danilow war sich der lächelnden Aufmerksamkeit bewußt, als er mit ihr auf den Lift zuging. »Was soll das alles?«

»Ich bin stolz auf dich«, sagte sie. »Du hast eine tolle Figur abgegeben im Fernsehen. Wir haben vom russischen Fernsehen auf CNN umgeschaltet, als der Satellit anging. CNN hat die Nachrichtensendung damit begonnen: Sie haben die Pressekonferenz live übertragen. Du hast großartig ausgesehen. Warum hast du dir eigentlich die Haare so kurz schneiden lassen? Es gefällt mir zwar so, aber ich fand auch die grauen Stellen gut. Damit hast du so richtig distinguiert ausgesehen.«

Danilow war nicht beglückt, daß sie den Grund für seinen neuen Haarschnitt so leicht erraten hatte. Ohne auf ihre Frage einzugehen, sagte er: »Mir hat die Konferenz keinen Spaß gemacht.«

Im sechsten Stock hielt der Lift, und er folgte ihr nach draußen. Larissa sagte: »Du hast aber so ausgesehen, als hätte es dir Spaß gemacht.«

»Das hier wird nicht gerade einfacher.«

»Was soll das wieder heißen?« Larissa schloß von innen ab, kam aber nicht wie sonst auf ihn zu, um sich küssen zu lassen, sondern blieb an der Tür stehen und sah ihn mit gerunzelter Stirn neugierig an.

»Genau das, was ich gesagt habe: Daß es nicht einfach ist.«

»So, wie es auch neulich bei unserem Abendessen nicht einfach war?«

»Da hast du die Schwierigkeiten gemacht. Olga hat Verdacht geschöpft.«

»Na und?«

»Das heißt, es ist schwierig.«

»Können wir eigentlich mal aufhören, immer nur an dich zu denken?« forderte Larissa. »Wie ist es wohl für mich, mit einem Trottel wie Jewgenij zusammenzuleben?«

»Schrecklich«, gestand ihr Danilow sofort zu. Er zog die Schultern hoch. »Es gibt nichts, was ich sagen könnte, das dir in irgendeiner Weise ein Trost wäre. Nur, daß es mir leid tut. Trotzdem sehe ich nicht ein, warum du dich so verhalten hast.«

Larissa begann sich langsam zu entkleiden. Sie summte zur Begleitung ihres Striptease, der mit jedem Kleidungsstück, das sie ablegte, derber und eindeutiger wurde, leise vor sich hin. »Ich wollte, daß du mich anfaßt, als ich feucht war, aber du wolltest nicht. Warum nicht?«

»Du hast versucht, es Olga und vielleicht auch Jewgenij unter die Nase zu reiben. Du wolltest einen Eklat provozieren, stimmt's?« Danilow hatte vorgehabt, seinen Ärger zu zeigen, aber nun merkte er, er klang statt dessen schwach und bockig.

»Dann faß mich wenigstens jetzt an«, verlangte Larissa, inzwischen vollkommen nackt.

»Es wäre vermutlich am besten, das Ganze erst mal eine Weile einschlafen zu lassen.«

Larissa schlug die Bettdecke zurück und lag provozierend aufreizend da, ein Bein gehoben, das andere auf dem Bett von sich gestreckt. »Ist das dein Ernst?«

»Ja.«

»Wirklich?«

»Wozu andere verletzen?«

Larissa runzelte die Stirn. »Wen?« Sie schien aufrichtig verblüfft.

»Olga. Jewgenij.«

Sie lachte. »Olga hat doch nur Verdacht geschöpft! Und Jewgenij kannst du nur verletzen, wenn du ihm seine Cognacflasche wegnimmst. Und kümmert dich das wirklich?

Würdest du nicht lieber klare Verhältnisse schaffen, damit wir heiraten können?«

»Das ist nicht so einfach, das weißt du doch.« Danilow drückte sich um eine Antwort. Er hatte nie gewollt, daß diese Affäre so ernst würde. Wollte es auch jetzt nicht. Warum hatte er es dann so weit kommen lassen? Jedenfalls hatte er sich nicht zu beweisen versucht, daß er für eine lebendige, schöne Frau immer noch anziehend war, und das trotz seiner grauen Haare, deren er sich in einem Friseurstuhl entledigt hatte, und seines Bauches, den er ständig einzuziehen versuchte! Aber *genossen* hatte er ihre Schmeicheleien durchaus. Und Larissa war schön und lebendig.

»Warum kommst du nicht und vögelst mich? Vielleicht hilft dir ja das bei der Entscheidung.«

Als er auf sie zuging, wurde Danilow klar, daß die Episode beim Abendessen keineswegs ihrer persönlichen Belustigung gedient hatte. Das hatte sie nicht zum Spaß gemacht. Sie trieb es ganz bewußt auf die Spitze. Sie *wollte*, daß Olga es merkte.

Es ertönte ein entzücktes Kichern, das rasch unterdrückt wurde, als die Fernsehübertragung zu Ende ging. Wie besorgt sie ausgesehen hatten. Das sollten sie auch sein. Und so hatten sie ausgesehen, alle zusammen. Verängstigt. Recht geschah ihnen, daß sie Angst hatten. Und es war auch wichtig, daß sie welche hatten. Sensationell, das mit den Haaren. Aber kein Irrer. Da täuschten sie sich. Schlauer als sie alle zusammen. Das konnte er jetzt beweisen. Jetzt, wo die Jagd so richtig losging. Jagen würden sie ihn, aber finden nicht. Sie würden nie rauskriegen, wo sie suchen mußten. Wie sie suchen mußten. Sie würden sich noch viel mehr Sorgen machen, alle zusammen. Sie würden es nie rauskriegen. Das Kichern begann wieder, diesmal länger. Dann das Summen.

21

Es ließ sich nicht vermeiden, daß er zu spät zu der Einladung kam. Wenige Minuten, nachdem er persönlich das nur für den Direktor bestimmte Telegramm abgeschickt hatte, in dem er die Gegebenheiten und seinen Verdacht bezüglich Paul Hughes' – sowie die Tatsache, daß die Russen voll im Bilde waren – geschildert hatte, kam auf der abhörsicheren Leitung der direkte Anruf von Leonard Ross herein.

Andrews, der noch im FBI-Büro war, wo er die Korrespondenz las und den Anruf des Direktors entgegennahm, sagte: »Himmel!« und hielt Cowley den Hörer hin, als wäre er glühend heiß. Als Cowley ihn nahm, artikulierte Andrews stumm, sie würden so lange mit dem Essen auf ihn warten, wie es eben dauern würde.

Ross verlor keine Zeit mit Nettigkeiten, sondern diktierte seine Fragen so präzise, daß Cowley sicher war, der Direktor hatte sie schriftlich vor sich liegen: Cowley hatte wenig Zweifel, daß das ganze Gespräch aufgezeichnet wurde, damit andere es später anhören konnten. Cowley wies wiederholte Male darauf hin, daß ihnen in diesem Stadium lediglich starke Verdachtsmomente vorlägen, aber keine konkreten Beweise, und ebenso häufig erklärte er, daß in den heutigen Treffen mit russischen Regierungsvertretern ganz unmißverständlich zum Ausdruck gekommen sei, man werde nicht zulassen, daß Hughes zur Vernehmung nach Amerika gebracht würde.

»Was ist mit diplomatischer Immunität?«

»Es ist auch ein Russe ermordet worden«, rief ihm Cowley in Erinnerung. »Sie würden sich weigern, ihm Immunität zu gewähren. Wir haben nicht die geringste Chance, die Sache weiter geheimzuhalten.«

»Weiß das der Botschafter?«

»Ich wollte erst mit Ihnen sprechen.«

»Burden?«

»Nein.«

»Ich muß erst noch hier Rücksprache halten.«

»Was ist mit dem Botschafter und Burden?«

»Nichts, solange ich hier nicht Rücksprache gehalten habe. Im Diplomatengepäck ist mehr Material für Sie. Und die Hirndurchleuchter glauben, sie können anhand dessen, was Sie geschickt haben, ein Psychogramm erstellen.« Und nach einer Pause: »Sind Sie ganz sicher, was die Haltung der Russen angeht?«

»Absolut.«

»Bis morgen früh acht Uhr Ortszeit erhalten Sie umfassende Richtlinien.«

Es war schon zu spät, als daß Cowley noch in seine Unterkunft hätte gehen können, um sich umzuziehen. Er wollte gerade die Botschaft verlassen, als ihm einfiel, daß er noch etwas mitnehmen wollte, weshalb er einen kleinen Umweg zum Botschaftsladen machte. Er hatte Blumen kaufen wollen, aber es gab keine. Sie hatten zwar Schokolade, aber nur in schlichten Tafeln, nichts Ansprechendes, das sich als Geschenk eignete. Handelte es sich hier um einen besonderen Anlaß? Natürlich. Er besuchte seine Exfrau, die eine Freundin geblieben war, wenn auch eine entfernte, sowohl zeitlich wie räumlich. Es gehörte sich, wurde praktisch erwartet, daß er ihr etwas mitbrachte. Es mußte Schokolade sein. Er kaufte die größte Packung, die es gab. Übertrieb er Verzeihung und Verständnis, wenn er auch Andrews etwas mitbrachte? Warum nicht? Cowley suchte eine Flasche Cognac aus und wünschte, er hätte woanders etwas Besseres einkaufen können, vor allem für Pauline. Aber wo? Andrews war sein Moskauer Führer. Und er hätte schlecht auf die Hilfe von Paulines gegenwärtigem Mann zurückgreifen können, um seiner Exfrau ein Geschenk zu kaufen, ganz gleich, wie vernünftig und gesittet sie sich alle zu verhalten versuchten. Warum hatte er daran nicht schon früher gedacht und aus Amerika etwas mitgenommen? Aber selbst dort wäre ihm die Wahl möglicherweise nicht leicht gefallen. Und es hätte gezeigt, daß er von Anfang an auf eine Begegnung gehofft hatte, was möglicherweise keine gute Idee gewesen wäre.

Andrews hatte bereits ein Glas in seiner freien Hand, als er einladend die Tür öffnete. »Ist ja gar nicht so spät geworden. Pauline hat alles warmgestellt.«

Cowley war überrascht über Andrews' plappernde Unsicherheit: Es kam sogar zu einem Händeschütteln. Cowley überreichte ihm den Cognac und lächelte Pauline zu, die durch eine Seitentür kam, die vermutlich in die Küche führte. Sie trug ein ziemlich enganliegendes rotes Wollkleid, das ihre Figur gut zur Geltung brachte. Sie wirkte so schlank wie eh und je, höchstens oben herum etwas fülliger. Als sie in das Licht der Diele kam, sah er, daß ihr Haar, das immer sehr schwarz gewesen war, an den Seiten graue Strähnen hatte. Vielleicht war es in Moskau schwierig, gute Tönungen zu bekommen: Allerdings hätte er gedacht, daß es für die Ehefrauen in der Botschaft irgendwelche Möglichkeiten geben müßte. Er fand, sie sah großartig aus, und wollte es ihr sagen. Aber natürlich tat er es nicht.

»Hallo, William«, begrüßte sie ihn. Sie hatte immer seinen vollen Namen benutzt, nie Bill. Begleitet wurde die Begrüßung von einem zaghaften Lächeln.

Dann waren sie also alle unsicher, gestand sich Cowley ein. Er hatte den kehligen Südstaatenakzent völlig vergessen. Als sie sich kennenlernten und in den ersten Jahren ihrer Beziehung, bevor es schiefzulaufen begann, hatte er sie deswegen immer aufgezogen, sie Scarlett genannt und ihr gesagt, sie könne ihn Rhett nennen. Dummes, kindisches Zeug, das sie Außenstehenden gegenüber nie zugegeben hatten: Warum also jetzt damit ankommen? »Schön, dich zu sehen.« Dumme, kindische Worte.

Nach einem Moment der Unschlüssigkeit hielt Cowley ihr die Schokolade hin und sagte: »Eigentlich wollte ich dir was anderes mitbringen: was Originelleres. Entschuldige.« Er war unbeholfen, wußte nicht, was er sagen sollte. So hätte es nicht sein sollen.

»Das ist aber sehr aufmerksam«, entgegnete Pauline.

»Was stehen wir denn hier rum!« sagte Andrews und schob sie in die Wohnung. »Setzt euch! Macht's euch gemütlich!«

Die Wohnung war nicht so schön wie sein Appartment in den neu gebauten Unterkünften, die einzige Vergleichsmöglichkeit, die er hatte. Die Diele war eigentlich gar keine Diele, nur ein Eingangskabuff mit einem Kleiderschrank. Auch das Wohnzimmer war nur ein Kabuff: im wahrsten Sinn des Wortes ein Loch und vollgestopfter, als es das durch die Einbeziehung des amerikanischen Mobiliars sowie des über Konverter laufenden Fernsehers und der Stereoanlage verdient hatte. Die Klappe der Hausbar, auf der die Getränke aufgestellt waren, hing buchstäblich über einem der Sessel. Cowley wußte nicht, wo er sich setzen sollte, und stand verlegen da. Auch Pauline schien nicht zu wissen, was sie tun oder sagen sollte. Wieder ein Moment des Stillstands.

»Erst mal was zu trinken!« erklärte Andrews geschäftig und stellte den Cognac zu der Batterie von Flaschen in der Hausbar. »Was darf ich euch anbieten? Setzt euch doch! Macht es euch bequem!«

Cowley entschied sich für die Couch, schon allein wegen ihrer Größe. »Einen Saft vielleicht.« Er merkte, wie Pauline die Stirn runzelte.

»Scotch«, sagte sie und sah Cowley immer noch an.

»Hab ganz vergessen, daß du nichts mehr trinkst«, sagte Andrews. »Muß erst welchen holen.«

Als Andrews in der Küche verschwand, sagte Pauline: »Barry hat es mir erzählt, aber ich hab's nicht geglaubt. Seit wann?«

»Mir kommt es wie eine Ewigkeit vor.«

»Hört sich an, als wäre es schwer.«

Cowley dachte nach. »Nicht wirklich. Manchmal. Aber nicht oft.«

»Gut siehst du aus, so abstinent.«

»Auch du siehst gut aus.« Das war eine Lüge. Er war überrascht über die grauen Strähnen. Und um die Augen hatte sie ganz leichte Fältchen. Trotzdem fand er, sie sah großartig aus.

»Es gibt Boeuf-en-Croûte«, kündigte Pauline an. »Leber-Pâté und heiße Gänseleber zusammen gekocht, als Vorspeise. Wenn wir nur früh genug Bescheid sagen, können wir im Botschaftsladen fast alles bekommen.«

Sie hatte sich an sein Lieblingsgericht erinnert. Eine höfliche Aufmerksamkeit, mehr nicht, sagte er sich. Was sollte es denn auch sonst sein? »Dachte ich mir's doch fast, daß du etwas Besonderes machen würdest.«

»Ist es doch gar nicht«, erklärte sie bescheiden.

»Wie geht's dir so?«

»Ach, ganz gut. Moskau ist ein bißchen problematisch. Man ist so abgeschnitten von allem. Wir hängen alle ziemlich aufeinander.«

Mit einem Traubensaft in der Hand kam Andrews aus der Küche hereingeplatzt. »Pauline hat dich heute auf CNN gesehen!« An der Hausbar schenkte sich der Mann einen ordentlichen Scotch ein und gab nur einen Eiswürfel hinein. »Meinte, du hättest toll ausgesehen. Sehr kompetent.«

Pauline lächelte, breiter diesmal, und zeigte dabei die Zähne, deren Kronen ihr wegen der Kosten soviel Kopfzerbrechen bereitet hatten. »Aber manchmal hast du den Eindruck gemacht, als würdest du dich nicht sonderlich wohl fühlen in deiner Haut.«

»Hab' ich mich auch nicht«, gab Cowley zu.

»Kein Schulterschluß mit Senator Burden, wo der Kerl doch so viel Macht und Einfluß hat!« rief Andrews. »Er ist der Mann, der in Washington Karrieren macht.«

»Oder zerstört«, ergänzte Cowley.

»Im Ernst?«

»Ich glaube, ich bin da in eine Machtprobe verwickelt, die zu Hause in den Staaten läuft: Und wie es aussieht, ist keine der beiden Seiten bereit nachzugeben.«

»Dann sieh zu, daß du dich möglichst raushältst«, riet ihm Andrews. »Das könnte *die* Chance für dich werden: Aber darüber haben wir ja schon gesprochen. Bau also bloß keinen Scheiß.«

»Ich werde mir Mühe geben.« Cowley vermied es, zu schnell zu Pauline hinüberzusehen: Als sie noch verheiratet gewesen waren, hatte er in Gesellschaft nie irgendwelche Kraftausdrücke vor ihr verwendet, da er glaubte, es wäre ein Zeichen von Geringschätzung. Als er sie schließlich ansah, schien sie sich der Obszönität nicht bewußt.

»Vom Direktor persönlich angerufen zu werden, will ja schon einiges heißen.« Andrews ließ nicht locker.

»Das ist nur wegen der politischen Komponente der Sache«, versuchte Cowley das Ganze herunterzuspielen. Er sah wieder zu Pauline hinüber. Insgeheim fragte er sich, ob sie die Unterhaltung über berufliche Dinge langweilte. Sie machte nicht den Eindruck. Aber sie hatte sich ja auch immer für seine Arbeit interessiert.

»Jetzt spiel hier nicht den Bescheidenen!« sagte Andrews. »Du fällst die Treppe rauf, und das weißt du ganz genau. Du hast wirklich Glück.«

»Von einer Festnahme kann noch keine Rede sein.«

»Aber lange kann es nicht mehr dauern.«

»Ich dachte, William wollte zum Essen kommen, nicht zum Verhör«, schaltete sich Pauline behutsam ein.

Andrews war schon wieder an der Hausbar und schenkte sich nach. »Ich rede doch nur«, sagte er. »Nenn es meinetwegen Neid.«

»Ich muß in der Küche noch einiges erledigen«, sagte Pauline. Und an Cowley gewandt, fügte sie hinzu: »Das Fleisch immer noch blutig? Und den Salat mit italienischem Dressing?«

»Die Göttin der Küche«, sagte Andrews stolz. Er stellte wuchtig das Glas ab. »Scheiße! Ich habe den Wein vergessen. Aber ich bin gleich wieder da, nur schnell einen aus dem Botschaftsladen holen. Bin gleich wieder da!«

»Ich brauche wirklich …«, begann Cowley, aber Andrews war bereits aufgesprungen und schlüpfte in seinen dicken Mantel. Cowley sah, daß Andrews unter dem Anzug, den er schon den ganzen Tag getragen hatte, das Hemd gewechselt hatte.

»Außerdem muß ich nach den eingegangenen Nachrichten sehen: Vergiß die Zeitverschiebung nicht.« Die Tür fiel laut hinter ihm zu.

Pauline ließ sich in ihren Sessel zurücksinken. »Es wird nicht lang dauern. Nichts wird verkochen.«

»Sieht er abends oft nach den eingegangenen Nachrichten?«

»Du kennst doch Barry. Der Ehrgeiz in Person.«

»Hat er deswegen diese Stelle angenommen?«

ne Verantwortung. Ihre erste längere gemeinsam verbrachte Zeit seit der Scheidung, dachte er. Und wie war es nun für ihn gewesen? Jede Menge nostalgischer Gefühle. Auch jede Menge Reue über das, was er in der Vergangenheit getan hatte. Liebe? Natürlich. Er hatte nie aufgehört, sie zu lieben, nur ihre Liebe zu ihm zerstört. *Du bist der Typ Mann, der verheiratet sein muß.* War er das? Diese Bemerkung bereitete ihm Unbehagen. Auf jeden Fall fühlte er sich die meiste Zeit einsam. Sogar verloren. Aber die Einsamkeit zu lindern war keine Ehe. Was also war für ihn die Ehe? Eine Frage, die er nicht beantworten konnte: nicht beantworten wollte, schon gar nicht heute abend. Wenn er schon nicht restlos glücklich war, so war er zumindest auch nicht restlos unglücklich: Er hatte sich privat auf die veränderte Situation eingestellt, seine eigenen Grenzen abgesteckt. Für alle Außenstehenden war er ein Erfolgstyp. Nur er fühlte sich nicht so: Er wußte, wie sehr er versagt hatte, ein Versagen, das auch noch so viele berufliche Erfolge nicht kompensieren konnten. Er hatte den Abend genossen. Und würde es genießen, mehr Zeit mit ihr zu verbringen. Mit ihnen. Und er wollte sie auch in ein Restaurant einladen. Irgendwas Besonderes. Aber wo? Kein Problem. Er würde Danilow fragen. Wer wußte so etwas besser als einer der führenden Ermittler der Stadt?

Würde der Kontakt mit Dimitri Danilow weiter freundschaftlich bleiben? Mit den anderen in Moskau? Morgen würde Paul Hughes zur Rede gestellt, der Mann, der einen verräterischen krummen Finger hatte und der gelogen hatte und dessen abgehörte Telefonate mit Ann Harris sie jetzt besaßen, Gespräche über Sex und Schmerzen und was sie miteinander machen würden. Das alles würde morgen aufgedeckt. Die Bedenken, die er Andrews gegenüber beim Abendessen geäußert hatte, konnten sich durchaus als begründet erweisen. Vielleicht böte sich tatsächlich keine Gelegenheit mehr, andere Leute aus der Botschaft kennenzulernen oder noch weitere Abende mit Andrews und Pauline zu verbringen oder sich mit einer Einladung in einem Moskauer Restaurant zu revanchieren.

Cowley verspürte immer noch keine Müdigkeit und rech-

Sie nickte. »Für die Karriere praktisch unerläßlich. Er rechnet damit, das nächste Mal nach Washington zu kommen. Wir müßten bald Bescheid erhalten.«

»Ich weiß.«

»Wenn er nach Washington käme, würde er doch unter dir arbeiten, oder nicht?«

»Nur, wenn er der internen russischen Abteilung zugeteilt wird, innerhalb der Vereinigten Staaten.« Als Sektionsleiter hatte er bei Neueinstellungen in seiner Abteilung ein Einspruchsrecht, fiel ihm ein.

»Ich war wegen heute abend furchtbar aufgeregt«, gab Pauline plötzlich zu. »*Bin* immer noch furchtbar aufgeregt.«

»Ich war mir auch nicht recht sicher. Aber jetzt bin ich froh, daß ich gekommen bin. Sehr froh sogar. Es ist wirklich schön, dich wiederzusehen.«

Pauline lächelte, entkrampfter als zuvor. »Ich freue mich auch ... Ich meine, es besteht doch wirklich kein Grund, warum wir uns nicht hätten treffen sollen, oder ...? Außerdem sind wir hier in Moskau, und das ist einfach etwas völlig anderes als sonst irgendwo ...« Sie verstummte stockend. »Könntest du mir vielleicht noch was zu trinken bringen?«

Erstaunt über ihre Unsicherheit, nahm Cowley ihr Glas. Ein anderer Gedanke drängte sich ihm auf. Zwischen ihr und Andrews schien es nicht sehr viele Gefühle zu geben. Keine Zärtlichkeit, keine Berührungen. Aber hatte es das zwischen ihm und Pauline gegeben, als sie noch zusammengewesen waren? Pauline war nicht der Typ Frau, der diese Art von Aufmerksamkeit brauchte: Sie wäre ihr eher unangenehm gewesen. Er sagte: »Wie lange trinkst du schon Scotch?«

Sie hob die Schultern. »Keine Ahnung. Ein paar Jahre, schätze ich. Aber nur in Gesellschaft. Hast du wirklich ganz damit aufgehört?«

Er kam mit ihrem Glas zurück und nickte. »Schon eine ganze Weile.«

»Kein Rückfall?«

»Nein.«

»Das ist gut.«

Cowley war sich nicht sicher, ob die Bemerkung aufrichtig gemeint war oder nur höflich. »Wahrscheinlich.« Sie hatte ihm soviel und so oft ins Gewissen geredet, hatte es mit Wut und Tränen versucht und mit der Scheidung gedroht, zu der es schließlich gekommen war. Bei dem Gedanken daran stieg ein neues Gefühl in ihm auf: echtes Bedauern darüber, wie unglücklich er sie gemacht haben mußte. Das hatte sie nicht verdient, nichts davon.

»Und was ist mit …?« begann sie, verstummte aber wieder.

»Nichts.« Er hatte ihre unvollendete Frage erraten. Ihr anderer Kummer: Demütigung und Kummer gleichermaßen, daß er seine Hand unter jedem Rock gehabt hatte. Er hatte es Pauline wirklich nicht leicht gemacht.

»Niemand?« Ihre Überraschung war unübersehbar.

»Niemand.«

»Das ist schade«, sagte sie unerwarteterweise.

Jetzt war er überrascht. »Warum?«

Sie hob wieder die Schultern. »Ich weiß nicht. Es ist einfach so. Ich dachte immer, du würdest wieder heiraten. Ich wartete ständig darauf, daß du auf einer Weihnachtskarte mal was schreiben würdest. Du bist jemand, der verheiratet sein muß.«

»Bei meiner Vorgeschichte!« Er fand ihre Einschätzung interessant. Gleichzeitig fragte er sich, was Andrews in der Botschaft so lange machte.

Paulines Schultern hoben und senkten sich erneut. »Jeder macht manchmal Fehler.«

War das, wie sie ihre Ehe einschätzte, ein Fehler, der sich mit einem Achselzucken abtun ließ? Er wollte nicht, daß sie so darüber dächte. »Bist du jetzt glücklich?« fragte er. Und dann sofort: »Nein! Entschuldige bitte! Es tut mir leid. Das war nicht angebracht; bitte verzeih mir!«

Sie nickte zum Zeichen, daß sie seine Selbstkorrektur akzeptierte. »Wer ist schon wirklich glücklich?«

»Eine Menge Leute.« Er sollte es nicht so vorantreiben.

»Ich kann nicht klagen. Das Leben in Moskau ist für niemanden einfach.« Sie stand abrupt auf. »Aber jetzt muß ich den Salat anmachen«, führte sie als Ausrede an.

»Kann ich dir was helfen?«

Sie grinste ihn von der Küchentür aus an. »Ich glaube nicht, daß ich mit allen diesen Veränderungen auf einmal fertig werde.«

Andrews' Rückkehr unterband jede weitere Unterhaltung. Aus einer Plastiktüte ertönte das Klimpern von Flaschen. »Meine Güte, ist es draußen wieder kalt!« Er lächelte strahlend, erst in Richtung Cowley, dann über Paulines Wiederauftauchen. »Alles klar bei euch?«

»Du warst lange weg«, hielt ihm seine Frau vor.

Andrews hielt die Plastiktüte hoch. »Wichtige Besorgungen.« Er stellte den Wein auf den Tisch, jeweils drei Flaschen roten und weißen. Zu Cowley sagte er: »Für dich war eine Nachricht da. *Und* dann hat mir noch jemand aufgelauert. Ich hatte wirklich einiges zu tun.«

»Was für eine Nachricht?« wollte Cowley wissen.

Andrews trat vom Tisch zurück, damit seine Frau die Gedecke verteilen und die Flaschen bis auf zwei auf die Anrichte stellen konnte. Er reichte Cowley die Nachricht. »Die Blutmenge der Leiche betrug etwa einen Liter zu wenig: also etwa der zu erwartende Blutverlust. Demnach dürfte sie auf jeden Fall auf der Straße getötet worden sein. Der Bericht kommt mit verschiedenen anderen Sachen im Diplomatengepäck. Wie es scheint, halten unsere Mediziner nicht gerade viel vom Standard russischer Autopsien.«

»Was sollte diese Bemerkung, daß dir jemand aufgelauert hat?« fragte Pauline vom Tisch.

Andrews sah immer noch Cowley an, nicht seine Frau, als er antwortete: »Prescott, der Tanzbär des Senators. Hing vor dem Büro rum. Wollte wissen, ob ich in dem Mordfall mit dir zusammenarbeite. Um ihn mir vom Hals zu schaffen, sagte ich nein. Er wirkte enttäuscht.«

»Was hat er sonst noch gesagt?«

»Wollte wissen, ob ich überhaupt irgendwas wüßte. Ich sagte nein. Dann meinte er, der Senator wüßte es bestimmt sehr zu schätzen, wenn ich etwas an ihn weiterleiten könnte: Er würde in Verbindung bleiben.«

»Alles, was du weißt, ist für *jeden* streng geheim«, wiederholte Cowley die früher ausgesprochene Warnung. »Das gilt auch für Burden und den Botschafter.«

»Mach dir deswegen mal keine Sorgen«, versicherte ihm Andrews. Er zündete sich eine Zigarre an, ließ sich in einen Sessel fallen. »Ich bin froh, daß es mal wieder geklappt hat. Wir alle drei, friedlich vereint. Wie in den alten Zeiten, hm?«

»Fast«, pflichtete ihm Cowley bei. In London waren sie drei praktisch unzertrennlich gewesen. Wahrscheinlich hatte sich Pauline fast zwangsläufig dem anderen Mann zugewandt, als ihr Verhältnis immer schlechter geworden war.

»Und so sollte es auch sein. Wie unter reifen, erwachsenen Menschen.«

Cowley nahm an, daß Andrews vor seiner Ankunft schon einiges getrunken hatte. Ebenso rasch versagte er sich die Kritik. Wie oft hatte Andrews wohl das gleiche über ihn gedacht? Bei Einladungen in London? Hatte er sich damals auch so angehört? Wahrscheinlich schlimmer. Arme Pauline.

»Das hier *ist* in Moskau das gesellschaftliche Leben: Man ißt bei seinen Bekannten zu Hause. Pauline und ich werden dich allen möglichen Leuten aus der Botschaft vorstellen: Ein paar sind wirklich nett.«

»Mein Aufenthalt könnte bald zu Ende sein«, erinnerte ihn Cowley. »Könnte sein, daß ich schon auf dem Weg nach Hause bin.« Wie würden die morgigen Anweisungen aus Washington lauten? Es gefiel ihm nicht, so zu arbeiten: seine Ermittlungen ständig unterbrechen und auf Anweisungen vom anderen Ende der Welt warten zu müssen. Lieber hätte er Hughes schon heute nachmittag, nachdem er das ganze russische Beweismaterial erhalten hatte, zur Rede gestellt.

»Ich habe leider überhaupt nicht das Gefühl, arbeitsmäßig genug getan zu haben.«

»Du hast mir sehr geholfen«, versicherte ihm Cowley aufrichtig. Andrews hatte ihm einiges abgenommen, gerade was die Routineübertragungen und das Registrieren der Beweismittel anging. Was würde er sagen, wenn man ihn fragte, ob er Andrews in seiner russischen Abteilung in Washington haben wollte?

»Wenn du willst, daß ich sonst noch etwas mache, mußt du es nur sagen, okay? Wirklich.«

»Okay«, sagte Cowley.

Wie immer bei Pauline war das Essen vorzüglich, und die Atmosphäre wurde entspannter, als sie aßen. Gegen Ende zu stellten sich sogar Reminiszenzen an ihre gemeinsame Londoner Zeit ein, nur mit vertauschten Ehemannrollen, was sich Cowley zuerst schwierig vorgestellt hatte, obwohl es das gar nicht war. Beim Kaffee fragte Andrews, wie es denn so wäre in der Pennsylvania Avenue, allerdings ohne offen zuzugeben, daß er hoffte, von Moskau dorthin versetzt zu werden. Und Cowley erzählte von den Unterschieden zum Außendienst. »Eine Menge interne Politik.«

»Aber in Hinblick auf die Karriere nötig?«

Der Ehrgeiz in Person, dachte Cowley, der Paulines Ausdruck immer noch im Kopf hatte. »Auf jeden Fall der Ort, um gesehen zu werden und Eindruck zu machen.«

»Gib mir einfach die Chance«, sagte Andrews mit Nachdruck.

Der Abend ging mit der Aufforderung zu Ende, er solle bald wieder vorbeikommen und sich nicht immer nur im neuen Wohnkomplex verkriechen, und nächstes Mal würden sie noch ein paar andere Leute aus der Botschaft einladen. Cowley bestand umgekehrt darauf, sich durch eine Einladung in ein Restaurant ihrer Wahl revanchieren zu dürfen. An der Tür trat Pauline für einen Abschiedskuß vor, den ihr Cowley leicht auf die Wange drückte, weil es ihm ganz natürlich erschien. Er sagte, es sei ein netter Abend gewesen, und dachte es auch. Und er dachte es noch einmal, als er in seinem Appartement in der Botschaft zurück war.

Da er nicht müde war, machte er sich Kaffee und dachte über den Abend nach. Er fand ihre Antwort auf die Frage, die er wahrscheinlich nicht hätte stellen sollen, interessant: die Frage, ob sie glücklich sei. Eine gedankenlose Antwort auf eine gedankenlose Frage, entschied er. Sie hatte sehr still gewirkt und sich oft Andrews' Meinung gebeugt. Aber das konnte er sich auch nur eingebildet haben. Und ging ihn das außerdem etwas an? Sie war nicht mehr seine Frau. Nicht sei-

nete nicht damit, schlafen zu können, aber dann schlief er doch, sehr tief sogar, denn er bekam erst nur ganz vage mit, daß das Telefon mehrere Male läutete, bevor er genügend wach wurde, um abzunehmen.

»Er hat wieder zugeschlagen«, teilte ihm Danilow mit. »Sie hat es überlebt. Ich hole Sie in zehn Minuten vor der Botschaft ab.«

Das Zittern wollte nicht aufhören, konnte nicht aufhören. Gewaltige, schmerzende Schauder. Mußte sie unterbinden. Unter Kontrolle bekommen. Schrecklich. Gott, war es schrecklich gewesen. Beängstigend. Sie war von den Toten auferstanden. Im wahrsten Sinn des Wortes. War von der Straße hochgekommen, schreiend, um sich schlagend. Dabei war sie sicher tot; hatte tot sein müssen. Spürte das Messer in sie eindringen, allerdings nicht so glatt wie sonst. Spürte das Leben aus ihr weichen. Und sie war wie die anderen hingefallen. Leblos. Lag still da, während das Haar runterkam. Aber dann kam sie plötzlich grabschend hoch. Und wie sie geschrien hatte. Ganz, ganz fürchterlich geschrien. Aber gesehen hatte sie ihn nicht. Konnte ihn gar nicht gesehen haben. Obwohl, ganz sicher konnte er nicht sein. Keine Beschreibung. Zu dunkel. Zu durcheinander. Demnach keine Gefahr. Mußte endlich dieses Zittern beenden. Es schmerzte. Tat weh. Miststück. Dumme Kuh. Warum war sie nicht tot geblieben? Das hätte sie tun sollen, tot bleiben. Hatte nur ein paar Knöpfe ergattert. Und das meiste von ihrem Haar fallen gelassen. War nicht das gleiche, nur ein paar Knöpfe und so wenig Haare. Zweiter Fehlschlag. Diesmal ein schlimmerer. Aber gesehen hatte sie nichts: keine Beschreibung. Weitermachen war also möglich.

22

Der Tag hatte noch nicht begonnen, als sie durch leere, gelbbeleuchtete Straßen rasch zum Krankenhaus fuhren: Moskau war total verlassen und kalt, eine Mondlandschaft mit Häusern. Die Unterhaltung war gestelzt, nur ein, zwei Wörter umfassende Wortwechsel: Danilow wußte nur, daß es eine Frau Mitte dreißig war, daß der Überfall nicht weit von ihrer Wohnung in der Granowskaja-Straße erfolgt war und daß sie ihn überlebt hatte. Pawin war bereits an ihrem Bett.

Cowley brachte zum Ausdruck, was in ihnen beiden vorging. »Es war unser Fehler. Wir haben die ganze Zeit damit verbracht, diplomatische Nettigkeiten auszutauschen, und gaben ihm dadurch die Gelegenheit, es wieder zu tun! Was zum Teufel haben wir uns eigentlich dabei gedacht? Es lag doch auf der Hand. Wir wußten, es könnte passieren!«

»Sie hat es überlebt«, wiederholte Danilow.

»Glück. Nicht unser Verdienst.«

Im Krankenhaus war Cowley im ersten Moment baff. Hätte er nicht gelegentlich eine Schwester oder einen Pfleger in einem weißen Kittel gesehen, hätte er es nicht für möglich gehalten, daß er in einem Krankenhaus war. Es war eher, als ginge er durch eine geflieste, total heruntergekommene Unterführung in New Yorks Little Italy oder in Washingtons Anacostia, beides Viertel, die von Hausbesetzern in Beschlag genommen worden waren. Der Boden war mit Abfällen übersät, und sogar Betten standen in den Gängen, und die schlafenden, schniefenden Menschen, die darin lagen, erinnerten ihn an Dokumentarsendungen, die er im amerikanischen Fernsehen über Obdachlose gesehen hatte. Danilow brauchte lange, bis er einen Pfleger fand, der genügend Interesse zeigte, um sie in die Station zu führen, wo es mehr Personal zu geben schien: jedenfalls mehr Aktivität. Hier standen keine überschüssigen Betten auf den Gängen. Neonröhren sorgten für bessere Beleuchtung als in einigen der Bereiche, durch die sie gekommen waren.

Pawin mußte sie gesehen haben. Der korpulente Major tauchte aus einer winzigen, von einer Person besetzten Seitenstation auf, als sie nahten. Mit Rücksicht auf Cowley sprach er sehr langsam russisch. Ihren Namen – Lydia Orlenko – und eine Adresse, um ihren Mann, einen U-Bahn-Zugführer, ausfindig zu machen, hatten sie aus ihrer Handtasche, die auch zehn einzelne Dollarscheine enthalten hatte.

Sie arbeitete im Intourist Hotel als Bedienung und kam normalerweise um ein Uhr nachts nach Hause. Nicht so in dieser Nacht. Sie war von einem Streifenpolizisten der Miliz gefunden worden, der ihre Schreie gehört hatte. Bis er sie erreichte, war sie bereits geschoren worden: Er hatte niemanden weglaufen sehen vom Ort des Überfalls, einem schmalen Durchgang zwischen zwei Wohnblöcken. Sie war vollkommen hysterisch gewesen, hatte keinen verständlichen Satz hervorgebracht: Bis sie ins Krankenhaus eingeliefert wurde, war sie bewußtlos geworden. Zum Glück war Pawin eingetroffen, bevor die Chirurgen mit dem Eingriff begannen: Er hatte die Ärzte bitten können, bei der Operation auf bestimmte medizinische Indizien zu achten. Ihre Blutgruppe war B positiv. Die Wunde ähnelte denen von Ann Harris und Wladimir Suslew: an der Eintrittstelle fünf Zentimeter breit, herrührend von einem Messer, dessen Klinge auf der einen Seite scharf, auf der anderen fünf Millimeter dick war. Der Unterschied zu den zwei Morden – der Hauptgrund für ihr Überleben – bestand darin, daß diesmal die Klinge nicht glatt eingedrungen war: Der Stich war wie in den beiden anderen Fällen zwischen der achten und neunten Rippe und von rechts erfolgt, aber er hatte die obere Rippe getroffen, so daß die Klinge vom Herz abgelenkt worden war. Der Zwischenrippenmuskel war durchtrennt und der linke Lungenflügel von einer neun Zentimeter tiefen Wunde punktiert worden. Sie stand noch unter dem Einfluß der Narkose, aber da sie erst zweiunddreißig Jahre alt war, war ihr allgemeiner Gesundheitszustand sehr gut, weshalb die Chirurgen sich zuversichtlich äußerten, daß sie wieder vollständig genesen würde.

»Der Mann und der Streifenpolizist?« fragte Danilow.

Pawin deutete den Gang hinunter. »Im Wartezimmer.«

Die zwei Männer saßen auf zwei gegenüberliegenden Seiten des Raumes schweigend da. Bis auf die Stühle, die an allen vier Wänden aufgereiht waren, war der Raum leer. Der uniformierte Streifenpolizist rauchte. *Papirossi*. Die Kippen der hohlröhrigen russischen Zigaretten umringten seine Füße. Der Ehemann trug über einem ölfleckigen blauen

Overall eine grelle, braunkarierte Weste, die Cowley an das Material von Decken erinnerte. Beide Männer sahen den Amerikaner, den sie sofort als Ausländer erkannten, neugierig an.

Cowley überließ Danilow das Reden. Der Streifenpolizist war die Granowskaja entlanggegangen, als die Schreie ertönt waren. Er hatte eine Weile gebraucht, um den Durchgang, der sehr klein war, zu finden. Die Frau hatte, auf ihren linken Ellbogen gestützt, auf dem Boden gelegen und hysterisch wirres Zeug geschrien. Bis er das Blut gesehen hatte, hatte er gedacht, sie sei schwer betrunken. Im selben Moment, in dem er das Blut sah, merkte er auch, daß ihr das Haar büschelweise abgeschnitten und rings um sie über den Boden verstreut worden war. Sie wurde noch vor dem Eintreffen des Krankenwagens bewußtlos. Sie war ganz allein gewesen, als der Polizist sie entdeckt hatte, und er hatte niemanden weglaufen gehört oder gesehen. Offensichtlich war der Täter von der Uliza Granowskaja in den Durchgang gekommen, dessen anderes Ende in die Semasko mündete. Er war nicht auf die Idee gekommen, weiterzugehen und auf der Straße nach einem Flüchtenden Ausschau zu halten: Er habe sich ganz darauf konzentriert, für die verletzte Frau Hilfe zu holen. Es tue ihm leid, wenn er etwas falsch gemacht habe.

Boris Orlenko war ein nervöser Mann, der sich ruckartig bewegte und zu schnell sprach und deshalb stotterte. Er sagte, seine Frau sei seit fünf Jahren im Intourist Hotel als Bedienung angestellt: Meistens arbeitete sie im Café im Erdgeschoß, aber gelegentlich half sie auch in einem der Restaurants in den oberen Etagen aus. Weil ihre Wohnung ganz in der Nähe lag, ging sie immer zu Fuß nach Hause, auch wenn sie Spätschicht hatte. Er konnte nicht verstehen, warum sie überfallen worden war, und wollte wissen, ob sie es sich erklären könnten. Warum war ihr Haar abgeschnitten worden? Das ergab doch keinen Sinn. Nichts ergab einen Sinn. Sie war eine einfache Frau, die nichts hatte, was sich zu stehlen gelohnt hätte. Sie waren beide einfache Leute. Er mußte um sechs im Depot sein: Würden sie ihn bis dahin gehen lassen? Ansonsten mußte er jemanden anrufen: Das gab

Probleme im Depot. Er konnte nach der Arbeit wieder zurückkommen, um seine Frau zu sehen. Das ging doch, oder?

»Hat Ihre Frau mal was gesagt, daß sie jemanden – irgendwen – aus der amerikanischen Botschaft kannte?« fragte Cowley, der sich nun zum erstenmal in die Vernehmung einschaltete.

Orlenko wurde noch zappliger. »Aus der Botschaft? Nein. Sie kannte Amerikaner … das heißt, von kennen kann da eigentlich nicht die Rede sein. Sie bediente sie, im Hotel. Mehr nicht. Aber von denen könnten natürlich welche aus der Botschaft gewesen sein. Aber gesagt hat sie nie was.«

»Irgendwelche amerikanische Stammgäste? Jemand, der sehr oft kam?«

Der Russe schüttelte den Kopf. »Nicht, daß ich wüßte. Zu mir hat sie jedenfalls nie was gesagt.«

»Glauben Sie, sie hätte Ihnen so was erzählt? Sprach sie über die Arbeit im Hotel?«

Orlenko runzelte die Stirn. »Nicht sehr viel. Nur manchmal. Sie sind Amerikaner, nicht? Was hat sie mit der Botschaft zu tun?«

»Nichts«, sagte Cowley seufzend. Er warf Danilow einen Blick zu, der besagte, daß er wieder übernehmen solle, aber da es nichts mehr zu fragen gab, schüttelte der russische Detektiv nur den Kopf. Dann sagte Danilow zu den sitzenden Männern: »Sie können beide gehen: Wir wissen, wie wir Sie erreichen können.«

»Diesmal keine mögliche Verbindung zur Botschaft«, sagte Cowley auf englisch, als die zwei hinausgingen.

»Daß Suslew bewußt nach Botschaftsangehörigen Ausschau hielt, bekamen wir erst heraus, als wir seine Frau das zweite Mal aufsuchten«, rief ihm Danilow in Erinnerung. »Hier kommt es vor allem auf die Frau an.«

Es verging eine weitere Stunde, bis Lydia Orlenko das Bewußtsein wiedererlangte, und fast noch einmal eine Stunde, bis sie zu der winzigen Nebenstation Zutritt erhielten. Sie lag auf der linken Seite, der Seite, die am weitesten von der Wunde entfernt war, und sie hatte ein Kissen im Rücken, um sie in dieser Stellung zu halten. Außerdem hatte sie unter der

Bettdecke ein bogenförmiges Gestell über ihrem Oberkörper, um sein Gewicht zu entlasten. Ihr geschorener Kopf war von einer Haube verhüllt, ähnlich den Kopfbedeckungen, wie sie Frauen aus hygienischen Gründen an Orten trugen, wo Essen zubereitet wurde. Sie hatte die Augen geschlossen und atmete in tiefen Zügen, so daß Danilow dachte, sie sei vielleicht wieder eingeschlafen.

»Lydia?« sagte er ruhig. »Lydia Markowina Orlenko?« Ihre Augen gingen schwerfällig flackernd auf. Sie brauchten eine Weile, um ihn in den Blick zu fassen. Er hatte sich tief zu ihr hinabgebeugt: Ihr Atem roch vom Anästhetikum ganz abscheulich. »Können Sie mich hören? Verstehen Sie, was ich sage?«

Ein mühsames Brummen.

»Ich bin von der Miliz: aus der Petrowka. Ich muß wissen, was passiert ist.«

Als sie sich kaum merklich bewegte, zuckte sie vor Schmerzen sofort zusammen. »Überfallen.«

»Wie wurden Sie überfallen?«

Ihr Blick klärte sich. Endlich faßte sie ihn richtig ins Auge. »Weiß nicht.«

Es war zwar ein Stuhl im Zimmer, aber Danilow setzte sich nicht, sondern kniete neben dem Bett auf den Boden. Cowley machte es genauso, aber unter größeren Schwierigkeiten, wegen seiner Größe. Für Pawin war kein Platz mehr, weshalb er an der Tür stehenblieb, wo er jedoch für die Mitschrift alles hörte. Danilow sagte: »Sie waren mit der Arbeit fertig und verließen das Hotel, um nach Hause zu gehen, wie Sie das auch sonst immer tun. Von welcher Straße haben Sie den Durchgang betreten? Von der Granowskaja? Oder von der Semasko?«

»Semasko. Vom Hotel. Immer.«

»Allein?«

»Ja.«

»War niemand bei Ihnen?«

»Nein.«

»Und hinter Ihnen? Ist Ihnen jemand gefolgt?«

»Nichts gemerkt.«

»Gehört auch nicht?«

»Nein.«

»Was ist im Durchgang passiert?«

»Reingegangen. Wie immer. Dunkel. Kenne aber den Weg. Hat mir weh getan.« Ohne Vorwarnung und ohne eine Bewegung ihres Körpers, welche den Zusammenbruch angekündigt hätte, begann die Frau zu weinen, und entlang ihrer Nase bildete sich eine einsame Tränenspur.

Sie versuchte sie wegzuwischen, aber die Bewegung bereitete ihr solche Schmerzen, daß sie leise wimmerte. Danilow tastete nach seinem Taschentuch und stellte fest, daß er keines einstecken hatte. Cowley hielt ihm seines hin, und der Russe betupfte damit vorsichtig die nasse Stelle. Er sagte: »Wenn Sie weinen, tut es nur stärker weh. Sie haben nichts mehr zu befürchten. Sagen Sie mir, was dann passiert ist.«

»Jemand hinter mir, ganz nah. Ganz nah, und dann drückte er sich an mich. Die Hand auf meinem Mund, ich konnte nicht atmen: die Nase zugehalten. Mir weh getan. Mich nach hinten gezogen. Dann ein fürchterlicher Schmerz. Etwas drang in mich ein. Furchtbar gebrannt. Zu schreien versucht, konnte aber nicht. Die Hand zu fest auf meinem Mund. Hingefallen. Schreckliche Schmerzen. Dann kann ich mich an nichts mehr erinnern ...«

Sie begann zu husten und wimmerte jedesmal vor Schmerzen. Danilow versuchte ihr aus dem Glas neben dem Bett etwas Wasser einzuflößen, aber sie konnte nicht richtig trinken, und es lief etwas auf das Kopfkissen. Als Danilow, der ihr dabei ganz nahe kam, die Flecken auf ihrer Oberlippe und unter ihrer Nase entdeckte, fiel ihm ein, daß Ann Harris und Wladimir Suslew laut Obduktionsbefund ähnliche Verletzungsspuren aufgewiesen hatten.

Lydia Orlenko bewegte versuchsweise den Kopf. Sie behielt ihn zwar auf dem Kissen, richtete den Blick aber auf Cowley: »Wer sind Sie?«

»Ein anderer Polizist, der mir hilft«, antwortete Danilow für den anderen Mann. »Sie *können* sich erinnern, was passiert ist, als Sie hingefallen sind. Sie haben geschrien. Ein Streifenpolizist kam Ihnen zu Hilfe.«

»Kann mich nicht mehr erinnern, daß ich *hingefallen* bin, nach dem Brennen in meinem Rücken. Ich war einfach da. Als würde ich aufwachen. Spürte ihn über mir. Wie er dastand, zu mir herabsah. Hab' geschrien und versucht, nach ihm zu schlagen, ihn wegzustoßen. Hab' ihn auch getroffen. Hab' ihn stöhnen gehört, als ich ihn traf. Dann war er weg. Darauf hab' ich weiter geschrien, um ihn zu verscheuchen ...« Sie hatte einen neuerlichen schmerzhaften Hustenanfall. Als Danilow ihr wieder Wasser anbot, schüttelte sie den Kopf und sagte: »Aufhören! Ich möchte, daß die Schmerzen aufhören!«

»Sie machen Ihre Sache sehr gut«, redete ihr Danilow gut zu. »Sie sagen uns viele wichtige Dinge. Sind Sie sicher, es war ein Mann?«

Sie zögerte. »Er trug eine Hose. Und eine Jacke.«

»Keinen Mantel?«

»Eine Steppjacke.«

»Jetzt hören Sie gut zu«, sagte Danilow. Er sprach sehr deutlich. »Sie müssen uns erzählen, wie er aussah: *Alles*, woran Sie sich erinnern können.«

An der Tür reckte sich Pawin mit gezücktem Stift vor.

»Nichts«, sagte die Frau schroff.

»Nein, Lydia Markowina. Das genügt nicht. Sie müssen ihn beschreiben.«

»Hab' ihn nicht gesehen. Erst hinter mir. Dann war ich auf dem Boden. Die Hose konnte ich sehen, aber nicht die obere Hälfte von ihm. Ich hab' Ihnen doch gesagt, es war sehr dunkel in dem Durchgang: völlig dunkel.«

Danilow beugte sich gespannt vor. »Also gut«, sagte er mit einschmeichelnder Stimme. »Die Hose. Wie sah sie aus?«

»Wie eine Hose eben.«

»Farbe?«

»Dunkel.«

»Blau? Grau? Schwarz?«

»Dunkel«, sagte sie noch einmal.

»Stoff? Oder vielleicht eine Jeans?«

»Stoff.«

»Die Schuhe müssen Sie doch auch gesehen haben.«

»Nicht richtig. Nicht, daß ich mich erinnern könnte. Ich glaube, es waren Stiefel. Gummi.«

»Lang? Oder kurz?«

»Kurz. Die Sorte, die bis zum Knöchel geht.«

»Konnten Sie ihn bis zur Taille sehen?«

»In etwa.«

»War er dick? Dünn? Mittel?«

»Keine Ahnung. Mittel, würde ich sagen.«

»Als er Sie von hinten packte, sagten Sie, drückte er sich an Sie. Wie war das? Fühlte er sich da dick oder dünn an?«

»Die Steppjacke«, erinnerte sie ihn. »Da war die dicke Steppjacke.«

»Nachdem Sie ihn bis zur Taille gesehen haben: Was ist mit einem Gürtel? Trug er einen Gürtel?« Manche Gürtel hatten auffällige Schnallen, dachte Danilow hoffnungsvoll.

»Das konnte ich nicht sehen. Kann mich nicht erinnern.«

Danilow seufzte. Cowley flüsterte ihm von der Seite auf englisch zu: »Sie hat gesagt, er hat sich zu ihr hinabgebeugt.«

»Als Sie zu sich kamen, auf dem Boden, lagen Sie da auf dem Bauch oder auf dem Rücken?«

»So komisch verdreht. Aber mehr auf dem Bauch.«

»Und dann hat er sie herumgedreht?«

»Ja.«

»Wie?«

»Umgedreht hat er mich eben«, antwortete sie mit einem Anflug von Ärger.

»Wohin hat er seine Hände gelegt? Auf Ihre Schultern? Um Ihre Taille? Hat er sie an einer intimen Stelle berührt, wo es sich nicht gehört?«

Da war fast ein Lächeln, aber es kam nicht zustande. »Auf meiner Schulter hab' ich eine Hand gespürt. Dann auf meiner Brust. Hat sie gedrückt.«

Danilow nickte und sah auf, um sich zu vergewissern, daß Pawin es vermerkte, was der Fall war. »Demnach *muß* er sich ganz weit zu Ihnen herabgebeugt haben. Warum haben Sie sein Gesicht nicht gesehen?«

»Weil ich da noch auf dem *Bauch* lag!« sagte die Frau, wieder ungehalten. »Ich hatte doch keine Ahnung, was überhaupt los war. Ich hatte entsetzliche Angst, hatte die Augen geschlossen. *Wollte* nichts sehen.«

»Aber zumindest seine Umrisse müssen Sie doch wahrgenommen haben: einen ungefähren Eindruck von ihm. Wie groß war er?« Während er die Frage stellte, stand Danilow auf und bedeutete Cowley, seinem Beispiel zu folgen. »So groß wie ich? Oder so groß wie er?«

»Wie Sie. Nicht so groß und so kräftig wie er.«

»Und sein Haar? Na gut, ich weiß, es war dunkel: Sie konnten nichts sehen. Ich will auch gar nicht die Farbe wissen. Aber konnten Sie viel von seinen Haaren sehen? Oder nicht? Könnte er eine Glatze gehabt haben?« Wahrscheinlich wußte sie noch gar nicht, daß sie kahlgeschoren worden war, wurde Danilow bewußt.

»Haare habe ich keine gesehen. Ich glaube, er trug eine Mütze. Aber keine mit einem Schirm. So eine Wollmütze, wie man sie zum Skifahren trägt.«

»Das Stöhnen«, erinnerte ihn Cowley.

»Sie sagten, er stöhnte, als sie ihm einen Schlag versetzten.«

»Ja.«

»Wo haben Sie ihn getroffen? An welchem Körperteil?«

»An der Brust, glaube ich. Deshalb habe ich ja die Steppjacke gespürt.«

»Und es war ein Stöhnen? Kein Wort?«

»Nein. Und ich glaube auch nicht, daß ich ihm weh getan habe. Ich glaube, er war überrascht, fast erschrocken. Ein erschrockener Aufschrei.«

Durchaus anzunehmen, daß es beides gewesen war, akzeptierte Danilow; bei diesem plötzlichen Aufbäumen von jemand, den er für tot gehalten hatte. »Jedenfalls konnten Sie in dem Stöhnen oder dem Aufschrei keine Bedeutung erkennen?«

»Nein.«

»Hörte es sich nach einer russischen Stimme an? Oder nach einer ausländischen?«

Ihre Stirn legte sich in Falten. »Keine Ahnung. Es war nur ein Laut.«

»Sie hat seine Hände in ihrem Gesicht gespürt«, sagte Cowley.

»Sagen Sie mir alles über den Moment, in dem er Sie packte, als er Ihnen die Hand auf Mund und Nase legte.« Danilow griff den Hinweis auf.

Einen Augenblick lang vergaß Lydia Orlenko, was passieren würde, und erschauderte. Doch der Schmerz stoppte sie abrupt. »Ich konnte mich nicht bewegen, ich war wie gelähmt vor Angst. Sie war schrecklich. Roch. Und fühlte sich klamm an.«

Pawin war wieder weit vorgebeugt, wie alle anderen auch.

»Wie meinen Sie das, klamm?« hakte Danilow nach.

»Wie sich seine Hand anfühlte, auf meinem Gesicht. Klamm.«

»Sie meinen, er schwitzte?«

»Nein, geschwitzt hat er nicht. Sie war kalt, aber auch klamm, feucht. Schrecklich.«

»Handschuhe?« fragte Danilow.

»Es fühlte sich nicht so an, als hätte er welche getragen: mit Sicherheit keine Wollhandschuhe. Seine Hände fühlten sich sehr glatt an. Und klamm. Aber irgendwas Hartes ...« Inzwischen gewarnt, hob sie ihre Hand sehr vorsichtig, diesmal bis zu einer Stelle direkt über ihrem Kinn. »Da war irgendwas Hartes. Hat weh getan.«

Nachdem sie auf die Stelle gedeutet hatte, sah Danilow einen weiteren blauen Fleck, neben denen unter der Nase und auf der Oberlippe. »Wonach roch er?«

»Nach Tabak. Eindeutig nach Tabak. Sehr stark.«

»Die Hände? Oder sein Atem?«

»Keine Ahnung. Der Geruch schien überall zu sein.«

»Parfüm?« Das kam von Cowley.

»Roch er irgendwie parfümiert? Nach Rasierwasser oder so was ähnlichem?« fragte Danilow.

Sie runzelte die Stirn. »Schon möglich. Aber sicher bin ich nicht. Eigentlich nur nach Tabak.«

Danilow schwieg eine Weile und überlegte sich einen anderen Zugang. Bei dieser Gelegenheit stieß er auf Fragen, die er Pawin zu stellen vergessen hatte. Er hoffte, der Major hätte seine gewohnte Routine beibehalten. Zu Lydia Orlenko sagte er: »Haben Sie sich gar nicht gewehrt? Haben Sie sich nicht loszureißen versucht, als er Sie packte?«

»Nein, ich war wie gelähmt, konnte mich nicht bewegen. Ich wollte nur schreien, aber ich konnte nicht. Und er war stark. Riß mich abrupt nach hinten. Wenn er nicht hinter mir gestanden hätte, wäre ich schon vorher hingefallen, vor dem Brennen in meinem Rücken. Was ist mit mir passiert? Bin ich schwer verletzt ...?« Auf ihre Frage hin begann sie zu blinzeln, und ihre Lippe fing an zu zittern. »... muß ich sterben?«

»Sie müssen nicht sterben«, versicherte ihr Danilow mit Nachdruck. »Sie sind niedergestochen worden, aber darum haben sich die Ärzte bereits gekümmert. Sie werden wieder ganz gesund.« Er vermutete, ihr abgeschnittenes Haar würde sie im Moment mehr belasten: Es bestand kein Anlaß, sie unnötig aufzuregen, indem er es ihr jetzt schon sagte. Er beugte sich über das Bett. »Noch etwas, das sehr wichtig ist, und wo Sie ganz ehrlich sein müssen. Sie bekommen bestimmt keinen Ärger, wegen nichts, wenn Sie ganz ehrlich sind.«

Cowley sah, wie sich die Stirn der Frau in noch tiefere Falten legte, und dachte, Danilow hatte die Frage ungeschickt gestellt, weil er ihr schon vorher Angst gemacht hatte.

»Was?« sagte sie mißtrauisch.

»Kennen Sie irgendwelche Amerikaner? Vor allem jemanden, der in der Botschaft hier in Moskau arbeitet? Vielleicht jemanden, der regelmäßig ins Hotel kommt, jemanden, den Sie vielleicht auch etwas näher kennengelernt haben?«

Eine Weile blieb die Frau still: Als sie kurz die Augen schloß, fürchtete Danilow schon, sie wäre infolge der Nachwirkungen des Anästhetikums eingenickt. Doch dann gingen ihre Augen plötzlich wieder blinzelnd auf. »Aus der Botschaft niemanden«, sagte sie. »Nicht, daß ich wüßte. Aber natürlich kommen amerikanische Touristen ins Hotel. Aber ich habe nichts mit irgendwelchen verbotenen Tauschaktionen zu tun. Ehrlich. Ich weiß, das ist verboten. So was würde ich nie tun.«

Danilow wunderte sich über das automatische Leugnen von Russen, die wegen Ihrer Arbeit Kontakt mit Ausländern hatten. »Ich habe Ihnen doch gesagt, daß Sie keinen Ärger bekommen, wegen nichts. Ich weiß von den Dollars in Ihrer Handtasche. Es interessiert mich nicht, ob Sie Dollartrinkgelder annehmen und auf dem Schwarzmarkt umtauschen. *Kennen* Sie irgend jemanden näher?«

»Nein«, sagte sie sofort. »Das sind es auch, Trinkgelder.«

Danilow sah fragend Cowley an, der sagte: »Ein genauer Zeitpunkt?«

Als Danilow die Frage weitergab, sagte die Frau: »Ich verließ das Intourist um zwölf Uhr fünfzehn. Ich mußte die Zeit eintragen, darum weiß ich es so genau. Ich brauche dreißig Minuten, um nach Hause zu kommen. Das ist immer gleich. Ich war schon fast da, vielleicht noch fünf Minuten.« Sie hielt schwer atmend inne. Dann fragte sie: »Wo ist Boris? Weiß er Bescheid?«

»Er war schon hier. Aber jetzt ist er zur Arbeit gegangen. Er kommt später wieder.«

»Er macht sich wegen seines Jobs Sorgen«, sagte die Frau. Das offenkundige Desinteresse schien sie nicht zu stören. »Gar nicht wie ein Russe.«

Als sich Danilow von seinen aufbegehrenden Knien erhob, erschien hinter Pawin ein Arzt in der Tür. Danilow sagte: »Wir wären vorerst fertig.« An die Frau gewandt, fügte er hinzu: »Vielleicht kommen wir noch mal zurück, um zu sehen, ob Ihnen noch etwas eingefallen ist, was Sie uns jetzt zu erzählen vergessen haben.«

Draußen auf dem Flur wandte sich Danilow sofort Pawin zu. »Irgendwas aus dem Durchgang?«

»Vorerst nicht. Die Spurensicherung hat alles abgesucht, und für den Fall, daß Sie sich den Tatort noch mal ansehen wollen, habe ich den Durchgang sperren lassen. Außerdem habe ich alle ihre Kleider für eine forensische Analyse mitgenommen. Bin die einzelnen Sachen mit ihrem Mann durchgegangen.«

»Ich möchte Hughes sehen«, sagte Cowley ruhig.

Danilow wandte sich dem Amerikaner zu. »Nicht allein.«

Cowleys in sich gekehrte Konzentration war nur momentan. Er blickte auf und sah auf seine Uhr. Über seine Züge huschte der Anflug eines Lächelns. »Es ist viertel vor sechs.«

»Ja?« fragte Danilow stirnrunzelnd.

»Hughes wohnt nicht auf dem Botschaftsgelände. Ich habe die Adresse. Die Straße heißt Pezatnikow.«

»Innerhalb des Mordgebiets, das wir auf dem Stadtplan eingezeichnet haben«, stellte Danilow fest. Er verstand, worauf der andere Mann hinauswollte, und lächelte zurück. »In Ann Harris' Wohnung war es ein Eindringen von russischer Seite. Wie sollen wir erklären, daß Sie mich begleitet haben?«

»Ich kann Sie nicht daran hindern, in Moskau Ihrer Pflicht nachzukommen: schon gar nicht nach diesem weiteren Überfall. Und aufgrund des momentanen Zeitpunkts ist es für mich unmöglich, mit irgend jemandem Rücksprache zu halten. Ich weiß zu schätzen, daß Sie mich über Ihre Absicht in Kenntnis gesetzt haben. Und indem ich Sie begleite, gewährleiste ich zumindest eine amerikanische Beteiligung.«

Nun erwiderte Danilow das Lächeln endlich. »Wir können in der Petrowka vorbeifahren, um alles mitzunehmen, womit wir ihn möglicherweise konfrontieren müssen.«

Pawin fuhr. Auf der Fahrt durch Straßen, die immer noch nicht richtig erwacht waren, fügte Danilow hinzu: »Zählen wir mal die einzelnen Punkte auf.«

Cowley nickte und spreizte die Finger seiner Hand, um sie abzuhaken. »Fangen wir mit der Pezatnikow an: Liegt in dem Bereich, in dem die Überfälle erfolgten. Aufgrund der Fingerabdrücke auf dem Glas und in der Wohnung wissen wir, daß er am Abend vor ihrer Ermordung in ihrer Wohnung war. Dieselben Fingerabdrücke befinden sich auch auf den *Matrijoschka*-Puppen aus ihrem Büro in der Botschaft. Und auf einigen Eintrittskarten für das Bolschoi-Ballett: In der Botschaft hat man mir schon gleich am Anfang gesagt, daß Hughes eine Schwäche fürs Ballett hat. Dann haben Sie Zeugen, die sie zusammen in dem Restaurant gesehen haben. Und die Telefongespräche sowie die Liste sämtlicher Telefonate. Wir können es ihm zwar noch nicht unter die Nase reiben, aber ich gehe jede Wette ein, daß wir den kalligraphischen Nachweis erbringen können, daß die Handschrift auf diesen Zetteln über Schmerzen seine ist. Suslews Witwe hat uns von einem regelmäßigen Fahrgast aus der Botschaft erzählt, der immer russisch zu sprechen versuchte. In der Botschaft hat man mir erzählt, daß Hughes die Landessprache ziemlich gut beherrscht: und seine Kenntnisse bewußt auffrischt. Und diese Frau eben sagte, er roch nach Tabak: Hughes raucht starke französische Zigaretten. Eine Menge.« Fast außer Atem, hielt er inne. »Habe ich irgend etwas vergessen?«

»Ein Dienstag«, sagte Danilow. »Gestern abend war ein Dienstag, wie bei allen anderen auch.«

Die Tür der Wohnung in der Pezatnikow wurde rasch geöffnet. Allerdings war Hughes im Morgenmantel. Das sonst sorgfältig frisierte Haar stand ihm, da sie ihn offensichtlich aus dem Bett geholt hatten, wild vom Kopf ab. Er sah erst Cowley und Danilow an, dann Pawin, der mit der Beweismitteltüte hinter ihnen stand, und sagte nüchtern: »Ach, Sie sind es.«

»Sie scheinen nicht überrascht«, sagte Cowley.

»Ich dachte mir schon, daß es irgendwann dazu kommen würde.« Hughes zog sich in den Wohnraum zurück und ließ die Tür offen, damit sie nachkommen konnten. Er hielt die Hände schützend vor seine Brust, so daß der deformierte Zeigefinger seiner rechten Hand deutlich zu sehen war. Er war krumm, als wäre er gebrochen gewesen und nicht richtig zusammengewachsen. Aus einem Raum, bei dem es sich vermutlich um das Schlafzimmer handelte, rief eine Frau: »Paul? Was ist?«

Hughes sah die Männer um ihn herum fragend an. Cowley sagte: »Das überlassen wir Ihnen.«

»Es ist was mit der Botschaft«, rief Hughes zurück. »Stör uns bitte nicht, ja?«

»Sie haben uns also erwartet?« sagte Cowley, der ihm nicht mehr verraten wollte, als unbedingt nötig war.

»Ich habe sie nicht umgebracht«, sagte Hughes. »Sie müssen mir glauben. Ich habe sie nicht umgebracht.«

»Welche?« fragte Danilow, der sich nun ebenfalls in das Verhör einschaltete.

Die Reaktion auf die Pressekonferenz war phänomenal. Sie war die ganze vorangegangene Nacht in den Nachrichtensendungen von CNN und den drei großen amerikanischen Sendeanstalten an erster Stelle gestanden – auch in anderen westlichen Ländern sowie in Rußland hatte das Fernsehen ausführlich darüber berichtet –, und in der internationalen Presse spiegelte sich das enorme Interesse in zum Teil seitenlangen Berichten wider. Die amerikanische und englische Sensationspresse brachte Schlagzeilen wie »Moskauer Maniak« und »Roter Terror«. Nicht näher genannte Quellen berichteten angeblich von verängstigten Frauen, die sich, wenn überhaupt, nur noch in Gruppen auf die Straße wagten, und andere behaupteten, es seien Bürgerwehren gebildet worden.

Burden wurde von seinem Washingtoner Büro per Telex und Fax über Nacht eine Zusammenfassung der Fernsehberichte und der Meldungen der großen amerikanischen Tageszeitungen zugeschickt, damit sich der Senator ein Bild von der Lage machen konnte, sobald er im Savoy Hotel aufwachte.

Er begann sich gerade zu regen, als weniger als eine Meile entfernt das Verhör von Paul Hughes begann.

23

Paul Hughes starrte den Russen wie gebannt an. Sein Mund stand leicht offen, sein Kehlkopf wanderte in kurzen Schluckbewegungen auf und ab. Als er schließlich den Mund zumachte, erfolgte eine intensivere Schluckbewegung. Aber bevor er etwas herausbekam, sagte Cowley: »Die Frau heute nacht ist nicht gestorben, Paul. Aber Ihr Taxifahrer ist gestorben: Der Taxifahrer, nach dem Sie immer verlangt haben. Wladimir Suslew. Wir haben es also mit zweien zu tun. Und jetzt möchten wir, daß Sie uns alles darüber erzählen.«

Der Leiter der Wirtschaftsabteilung sah von einem zum anderen, bis die Bewegung schließlich in ein energisches ungläubiges Kopfschütteln überging. »Was soll das heißen? Ich weiß überhaupt nicht, was Sie eigentlich wollen!«

»Bestimmen ruhig Sie das Tempo«, sagte Cowley bedächtig, fast in normalem Gesprächston. »Erzählen Sie es uns so, wie Sie gern möchten.«

Danilows Aufmerksamkeit war geteilt. Er achtete sehr genau auf alles, was Hughes betraf, aber er war sich auch sehr deutlich und voller Bewunderung bewußt, wie anders und für ihn ungewohnt der Amerikaner das Verhör führte. Mit den vorliegenden Beweisen wäre er, wie in Rußland allgemein üblich, wesentlich aggressiver aufgetreten und hätte auf ein Geständnis gedrungen: Vielleicht hätte er sogar ohne lange Fragen eine Verhaftung vorgenommen und darauf gewartet, daß schließlich nach stunden- oder sogar tagelanger Haft in der Polizeistation ein Geständnis abgelegt worden wäre. Aber Cowley ging ganz anders vor. Seine Haltung hatte nichts Anklagendes oder Feindseliges. Eher etwas Rücksichtsvolles, um nicht zu sagen Freundliches: Doch als sie ins Krankenhaus gefahren waren, um Lydia Orlenko zu sehen, war es der Amerikaner gewesen, der Wut gezeigt hatte und sich später das eisdünne Manöver für eine russische Beteiligung an diesem Verhör hatte einfallen lassen. Sollte er sein Verhalten dem Cowleys anpassen und seine Fragen genauso stellen? Oder es mehr oder weniger beibehalten und neben dem freundlich-rücksichtsvollen Amerikaner die unbekannte bedrohliche Figur abgeben?

»Über Ann?« fragte Hughes vorsichtig.

»Sicher. Über Ann«, erklärte Cowley aufmunternd.

Achselzuckend wandte Hughes nun endlich den Blick von den beiden Ermittlern ab und senkte ihn zu Boden. Er begann den Saum seines Morgenmantels zu befingern. »Damit ist nun also alles dahin. Der Job. Die Frau ...«

Danilow wollte etwas sagen, aber eine winzige bremsende Geste Cowleys ließ ihn wieder verstummen.

»… meine Schuld«, fuhr Hughes fort. »Ich weiß, es ist meine Schuld. Ist es immer gewesen. Aber zumindest Ann kannte den Preis. Genoß ihn.«

»Was war der Preis, Paul?« fragte Cowley.

Mit einem zaghaften Lächeln sah der Mann auf. »Sex. Ich stand darauf. Sie stand darauf. In der Botschaft war es ein offenes Geheimnis, daß sie darauf stand. Hier in Moskau sitzen alle zu eng aufeinander.«

Danilow sah seine Einstiegsmöglichkeit. »›Ich wollte dir nicht weh tun‹«, zitierte er. ›Bitte hab es gern.‹ Ihre Nachrichten. Diejenigen, die Sie ihr geschrieben haben.«

»Nicht ich!« platzte Hughes heraus.

Über die Schulter sagte Danilow auf russisch zu Pawin: »Die Aufzeichnungen.« Der tüchtige Assistent drückte ihm sofort die Telefonunterlagen in die Hand. Danilow wandte sich dem Amerikaner zu, zitierte wieder: »›Nur ein bißchen. Du weißt doch, wie ich es mag …‹« Er sah auf. »Das haben Sie gesagt, vor drei Wochen. Sie sagte: ›Okay, aber nicht zu fest. Nicht, daß es richtig weh tut. Du weißt ja, eigentlich stehe ich da gar nicht drauf.‹ Dann Sie: ›Dann tu's: Schlag zu, wenn du willst. Mach, daß es mir weh tut.‹ Dann sie: ›Das wäre vielleicht nicht schlecht … Mit dem Mund hab' ich nichts dagegen … das mag ich sogar. Anal auch, aber ich kann dir sagen, gestern hast du mir vielleicht weh getan. Meine Titten haben richtig geblutet, du Mistkerl.‹ Vor einem Monat sagte sie: ›Du hast mir nicht gesagt, daß du das tun würdest, als du mich gefesselt hast. Wie fändest du es wohl, mit einem Dildo im Arsch …‹«

»Du meine Güte!« unterbrach ihn Hughes mit weit aufgerissenen Augen. Auch sein Mund stand wieder offen. »Das ist …«

»… nur ein Bruchteil dessen, was wir wissen«, versicherte ihm Cowley. »Sie stand ja vielleicht auf Sex, aber Schmerzen mochte sie nicht so wie Sie, oder?«

Hughes starrte weiter Danilow an. »Sie haben mein Telefon abgehört … die ganze Zeit … dagegen werden wir protestieren …«

»Halten Sie den Mund, Paul!« fuhr ihn Cowley an. Seine

Freundlichkeit war gefallen wie ein Vorhang. »Und sparen Sie sich diesen ganzen Quatsch, ja? Ab sofort nur noch die Wahrheit, klar?«

»Ich habe sie nicht umgebracht!«

»Da sind wir anderer Meinung«, sagte Danilow. »Wir wissen genau, was Sie uns für Lügen erzählt haben.«

»Das mußte ich doch. Überlegen Sie doch mal, wie ich in der Zwickmühle saß! Meine Stellung!«

Danilow entging nicht, wie sich Cowleys Hände etwas anspannten, das einzige Zeichen von Ärger. Cowley sagte: »Erzählen Sie uns von letztem Dienstag. Nicht von *letzter* Nacht. Der davor. Und diesmal die ganze Wahrheit. Ohne etwas unter den Teppich zu kehren.«

»Ich brauche eine Zigarette. Darf ich rauchen?«

Cowley nickte. »Lassen Sie sich ruhig Zeit.«

Das tat der Leiter der Wirtschaftsabteilung. Umständlich kramte er aus einem Beistelltisch ein Päckchen Zigaretten heraus, und dann schien er Schwierigkeiten mit dem Feuerzeug zu haben, so, als versuchte er, das endgültige Geständnis so lange wie möglich hinauszuschieben. Der stechende Geruch des französischen Tabaks breitete sich im Raum aus. Cowley und Danilow sahen sich an. Hughes kehrte mit dem Päckchen zu seinem Sessel zurück, setzte sich und starrte wieder auf den Boden. »Es war normalerweise immer am Dienstag«, begann er stockend. »An diesem Abend gehe ich in die Turnhalle der Botschaft, ein bißchen Sport treiben. Angela weiß, daß ich erst spät nach Hause komme: Sie denkt, ich gehe hinterher noch was trinken. Letzten Dienstag sind wir ins Trenmos, Ann und ich. Es gefiel ihr dort …« Er blickte kurz auf, zu Danilow. »Sie hatte eine Aversion gegen alles Russische. Wir aßen zusammen. Gingen dann wie üblich in ihre Wohnung. Tranken was. Gingen ins Bett. Dann ging ich …« Er sah wieder auf, diesmal zu ihnen beiden. »Das ist alles.«

»Nein, ist es nicht«, sagte Danilow einen Moment vor dem anderen gereizten Ermittler. »Das Ganze noch mal. Vom Restaurant an. Was haben Sie gegessen? Worüber haben Sie gesprochen?«

Hughes hob die Schultern. »Ich weiß nicht mehr, was wir gegessen haben.«

»Worüber haben Sie gesprochen?« wiederholte Cowley. »Waren Sie glücklich, Sie beide? Oder nicht?«

»Okay«, sagte Hughes, wieder achselzuckend.

»Lassen Sie das, Herrgott noch mal!« sagte Cowley. Der Freundlichkeitsvorhang war immer noch unten. »Oder wollen Sie lieber auf eine russische Polizeiwache mitkommen? Sie befinden sich hier außerhalb des Zuständigkeitsbereichs der Botschaft: Meine Anwesenheit ist nichts weiter als ein Zugeständnis. Ist es Ihnen lieber, in einem russischen Gefängnis verhört zu werden, wo ich keinen Zugang habe?«

Danilow griff das Stichwort auf und wandte sich Pawin zu, um ihm die Telefonaufzeichnungen zu geben und zuzunicken, als hätten sie untereinander eine Entscheidung getroffen.

»Nein!« flehte Hughes sofort. Er war zu erschrocken, um auf diplomatische Immunität zu plädieren. »Nein, bitte nicht! Es tut mir leid. Na schön, es war jedenfalls kein netter Abend. Irgendwie hatte sich das Ganze totgelaufen, das war uns beiden klar. Der unerfreuliche Teil: Wo man sich nur noch auf die Nerven geht.«

»Sie haben also gestritten?« wollte Danilow wissen.

»Nein, gestritten nicht!« entgegnete Hughes. »Wir waren nur sauer aufeinander: Dinge, die ich sagte, ärgerten sie; Dinge, die sie sagte, ärgerten mich.«

»Aber ins Bett sind Sie trotzdem gegangen?« fragte Cowley.

»Das war doch der Sinn der Sache.«

»Im Restaurant war die Stimmung eher gespannt«, stichelte Cowley. »Was passierte in ihrer Wohnung in der Puschkinskaja?«

»Wie gesagt, wir tranken ein, zwei Gläser. Das übliche Gezanke: Sie war sehr stolz auf ihre Wohnung, fast zwanghaft ordentlich. Im Gegensatz zu sonst wollte sie mich diesen Abend nicht rauchen lassen. Sie machte absichtlich Ärger, sagte, mit den Zugeständnissen wäre jetzt Schluß ...«

»Aber im Bett nicht?« flocht Danilow ein.

»Das war von früher«, tat Hughes den Vorwurf ab. Er lächelte beide hoffnungsvoll an.

Keiner der Detektive erwiderte das Lächeln. Cowleys Hände spannten sich. Danilow sagte: »Ihre Brüste wiesen Bißwunden auf.«

»Sie mochte ...«, begann Hughes, aber Cowley fuhr, zu laut, dazwischen: »Versuchen Sie das noch einmal, und Sie landen ganz allein auf der Polizeistation, und glauben Sie nicht, ich rühre einen Finger für Sie. Ich werde sogar darauf *bestehen*, daß Sie auf die Wache gebracht werden.«

Hughes' Zigarette hatte einen langen Aschestreifen. Er drückte sie hastig aus. Und seltsamerweise schien er körperlich in sich zusammenzufallen. »Sie hat mich gelassen. Das war alles. Sie hat mich gelassen.« Seine Stimme war brüchig. Dann fuhr er fort: »Mein Gott, ist das schrecklich! Wie peinlich!«

Auf jeden Fall wußte Danilow jetzt, wie er beim Verhör vorgehen mußte. Er sagte: »Ann Harris' Tod war auch schrecklich. Sie wurde in den Rücken gestochen. Das Haar wurde ihr abgeschnitten. Was hat Sie an Ihrem Haar gestört? Gefiel es Ihnen nicht? Oder war das so eine Sexsache, wie die Knöpfe und die Schuhe?«

»Welche Knöpfe und Schuhe? Ich verstehe überhaupt nichts.«

»Wenn Sie so weit sind«, sagte Cowley, der das Leugnen fürs erste akzeptierte. »Sie waren zusammen im Bett, und Sie haben sie gebissen.«

»Nicht so! Sie stellen es ja hin ... als wäre es ...«

»... Abartig? Gefährlich gewalttätig?« unterbrach Danilow ihn. »Sollten wir das etwa nicht ungewöhnlich finden? Vor allem bei einem Mädchen, das in derselben Nacht ermordet und mißbraucht wurde und ihre Zahnspuren an ihren Brüsten hatte?«

»Das haben wir eben getan!«

»Warum Suslew?« fragte Cowley. »Warum haben Sie ihn umgebracht?«

»Ich habe ihn nicht umgebracht.«

»Aber sicher«, sagte Danilow.

»Paul?«

Hughes hatte zusammengesunken, fast unnatürlich vornübergebeugt dagesessen, doch die Stimme seiner Frau ließ ihn hochfahren. Seiner Kehle entfuhr ein Laut wie ein Stöhnen, als er sich halb zur Wohnzimmertür herumdrehte, in der sie stand. Im Gegensatz zu ihrem Mann war sie angezogen. Sie trug einen roten Rock und einen selbstgestrickten Pullover mit einem Muster aus farblich dazu passenden roten Schwänen auf der Vorderseite. Eine gedrungene Frau, nicht mehr weit davon entfernt, dick zu werden, das frischgewaschene, ungeschminkte Gesicht glänzend, das Haar völlig grau, ohne irgendwelche Ansätze von kaschierender Tönung oder gefärbten Strähnen.

»Paul?« fragte sie noch einmal. »Was ist los? Was geht hier vor? Was ist in der Botschaft passiert?« Gegen Ende zu wanderte ihr Blick von ihrem Mann zu den anderen, forderte sie jeden von ihnen zu einer Antwort auf.

»Ich habe dich doch gebeten, uns allein zu lassen«, sagte Hughes. Seine Stimme hörte sich jetzt noch brüchiger an.

Die korpulente Frau sah verdutzt drein, schien aber gleichzeitig zu merken, daß ihr Mann in irgendeiner Weise unter Druck stand. Sie lächelte zaghaft und fragte: »Kann ich euch irgend etwas bringen? Kaffee?«

»Laß uns einfach allein. Bitte«, sagte Hughes.

Sie rührte sich nicht gleich von der Stelle. Schließlich sagte sie: »Ich bin in der Küche, wenn du mich brauchst.«

Hughes schabte ein Streichholz vor und zurück, um sich eine frische Zigarette anzuzünden, und Cowley und Danilow veränderten gleichzeitig ihre Haltung. Beide waren sich wütend bewußt geworden, daß der Verhörfluß unterbrochen worden war. In dem Bemühen, ihn möglichst schnell wiederherzustellen, sagte Cowley: »Ist es so dazu gekommen, Paul? Alle möglichen kleinen Streitereien zu Beginn des Abends? Irgendwelcher schräger Sex, der plötzlich aus dem Ruder läuft? Und dann, ehe Sie sich's versehen, ist sie plötzlich tot?«

Danilow zwang sich, den FBI-Agenten nicht neugierig anzusehen. Immerhin hatte der Amerikaner gerade einen

Tatverlauf skizziert, von dem sie wußten, daß es so nicht gewesen war. Daher nahm er an, der Mann versuchte Hughes nur einzuschüchtern, damit er ein Geständnis ablegte.

»Nein!« heulte Hughes. Über seinen Augen lag ein feuchter Schimmer, als er zu ihnen aufsah. »Wir sind ins Bett gegangen, ja? Sie ließ mich mit ihr machen, was ich wollte. Wir haben auch miteinander geschlafen, aber es war nicht gut, für keinen von uns. Inzwischen war es schon spät. Ich mußte zurück. Ich sagte, ich würde mich am nächsten Tag mit ihr treffen. Ich zog mich an und ging. Kam direkt hierher.«

»Wie sind Sie hierhergekommen?« fragte Danilow.

»Zu Fuß. Es ist nicht weit.«

»Bevor Sie die Wohnung in der Puschkinskaja verließen, gab es da keinen weiteren Streit?« Cowley schob die Erklärung zurück.

»Nein.«

Beide Detektive bemerkten die Unentschiedenheit. Cowley sagte: »Was war?«

Das übliche Achselzucken. »Sie nannte mich ein Schwein.«

»Warum?«

»Wahrscheinlich wollte sie, daß ich länger bliebe. Es war alles sehr schnell gegangen. Ich schätze, daran lag es. Sie war nicht glücklich.«

»Sie meinen, sie war nicht befriedigt?« hakte Cowley nach.

»So kann man es auch nennen.«

»Und Sie?«

»Was soll mit mir gewesen sein?«

»Waren Sie befriedigt?«

»Ja.« Neben der früheren Unentschiedenheit machte sich diesmal auch Zweifel bemerkbar.

»Und Sie haben wirklich nicht vor dem Eingang gewartet, bis sie die Wohnung verließ?« fragte Danilow. »Und sind ihr nicht in den Durchgang gefolgt, wo es dunkel genug war, um sie töten zu können, ohne daß jemand es sah?«

»Ich *wußte* doch nicht, daß sie die Wohnung verlassen

würde!« protestierte Hughes. »Wie hätte ich das denn auch wissen sollen?«

»Vielleicht hat sie es Ihnen gesagt«, sagte Cowley. »Oder vielleicht ist sie mit Ihnen gegangen.«

»Das ist doch absurd! Warum sollte sie so etwas tun?«

»Das würden wir gern von Ihnen hören«, sagte Danilow. »Warum stand Ann Harris, nachdem sie mit Ihnen ins Bett gegangen war und mit Ihnen geschlafen hatte, warum stand Ann Harris da noch mal auf und ging – gar nicht richtig angezogen – zu der Stelle, wo sie gefunden wurde?«

»Das weiß ich doch nicht!« stieß Hughes hervor.

Danilow bildete sich ein, aus der Küche ein Geräusch zu hören, das Scharren eines Stuhls.

»Warum haben Sie sie umgebracht, Paul?« fragte Cowley unvermittelt, aber ruhig, wieder freundlich. »Sagen Sie mir, warum Sie Ann umgebracht haben. Und den Taxifahrer. Und warum Sie die Frau heute abend überfallen haben. Oder wissen Sie es nicht, Paul? Wissen Sie es gar nicht? Passiert es einfach nur? Sprechen Sie mit uns darüber, erzählen Sie uns, wie es Sie plötzlich überkommt.«

Auch Hughes' Antwort war ruhig, seine Stimme flehentlich. »Ich habe Ann nicht umgebracht. Ich weiß nichts von einem Taxifahrer. Und ich weiß auch nichts von einer Frau heute abend. Ich weiß ganz oft nicht, wovon Sie beide eigentlich reden. Was Ann angeht, habe ich gelogen. Das gebe ich zu, alles. Mir blieb keine andere Wahl, nachdem sie ermordet worden war. Ich wußte, es wäre mein Ruin, wenn Sie es herausfänden, obwohl mir durchaus klar war, daß das fast unvermeidlich wäre. Wahrscheinlich wollte ich es einfach hinausschieben. In der Hoffnung, es würde nicht dazu kommen.«

»Wo waren Sie gestern abend?« wollte Cowley wissen.

»Hier«, sagte Hughes, zu eilig.

»Es war ein Dienstag«, erinnerte ihn Danilow. »Sind Sie nicht in die Turnhalle gegangen?«

»Früh«, antwortete der Mann vage und sah wieder zu Boden.

»Ihre Frau ist in der Küche«, sagte Cowley. »Möchten Sie,

daß ich sie hereinbitte und frage, wann Sie gestern abend nach Hause gekommen sind?«

Hughes schien noch mehr zu schrumpfen. »Ich war mit jemandem aus, nach dem Sport. Ich kam spät nach Hause.«

»Wie spät?« bohrte Danilow.

»Ich weiß nicht. Elf. Zwölf. Eher gegen zwölf, würde ich sagen.«

»Wie wär's mit nach zwölf? Eher so gegen eins. Nachdem Sie in einem Durchgang in der Granowskaja-Straße eine Frau überfallen haben, die jedoch nicht an den Folgen ihrer Verletzungen starb?«

»Nein!« Wieder dieser flehentliche Ton. »Ich war vor zwölf zurück.«

»War Ihre Frau noch wach?« wollte Cowley wissen.

»So halb. Sie bekam jedenfalls mit, daß ich nach Hause kam.«

»Wollen Sie sie aus der Küche rufen? Oder soll ich es tun?«

»Nein!« stieß Hughes verzweifelt hervor. »Ziehen Sie sie da nicht rein. Bitte lassen Sie sie aus dem Spiel!«

Cowley seufzte. »Sie wissen, worum es hier geht! Wir unterhalten uns hier über einen Doppelmord. Und einen Mordversuch. Wir verhören Sie zu jeder dieser drei Taten. Und Sie haben Angst, daß Ihre Frau herausfindet, daß Sie nebenher was laufen hatten!«

Einen Moment sah Hughes beide Ermittler sprachlos an. Dann begann sich sein Kopf hin und her zu bewegen. »Ich weiß nicht, was ich tun soll.«

»Ich weiß, was Sie tun werden«, sagte Cowley und beugte sich zu dem anderen Amerikaner vor. »Sie werden uns erzählen, wo Sie letzte Nacht waren, und zwar Minute für Minute. Und sobald ich das Gefühl bekomme, Sie blödes Arschloch machen uns was vor, wie Sie das schon, seit wir hier sind, zu tun versuchen, mache ich hier Schluß und lasse Sie in eine Moskauer Polizeistation bringen, und außerdem lasse ich die Russen eine Presseerklärung abgeben, daß Sie in Zusammenhang mit einem Doppelmord verhört werden. Dann können Sie Ihrer Frau entweder auf dem Weg nach draußen alles erzählen oder warten, daß sie es auf CNN zu sehen bekommt. Also fangen wir noch mal ganz von vorne an. Wann sind Sie in die Turnhalle?«

»Um sechs«, antwortete Hughes dumpf.

»Punkt sechs? Nicht etwas früher? Oder später?«

»Um sechs. Ich hatte mich mit Andrews zum Squash verabredet …« Ein hoffnungsvolles Lächeln. »Er kann sich bestimmt erinnern. Wird es Ihnen bestätigen.«

»Wann sind Sie gegangen?«

»Um sieben. Auch das wird er Ihnen bestätigen.«

»Wohin sind Sie anschließend?«

Ein Zögern. Cowley, der bisher aufmerksam vorgebeugt dagesessen hatte, richtete sich ungeduldig auf, sah Danilow an und schüttelte ärgerlich den Kopf. »Okay, machen wir auf der Wache weiter!«

»Pam«, platzte Hughes heraus. »Pam Donnelly. Bei ihr war ich. Bei Pam Donnelly.«

Cowley brauchte eine Weile, bis er sich an die tadellos gekleidete Assistentin erinnerte, die er an dem Tag, an dem er zum erstenmal mit Hughes gesprochen hatte, in der Botschaft kennengelernt hatte. Er erinnerte sich auch an die Fotos von Hughes' Frau und Kindern auf dem Schreibtisch des Mannes. »Und was haben Sie bei ihr gemacht?«

Hughes wollte bereits wieder die Schultern heben, ließ es aber im letzten Moment bleiben. »Sie machte für uns beide Essen, in ihrer Wohnung.«

»Und weiter?«

»Ich muß Ihnen das nicht erzählen.«

»Und ob Sie das müssen.«

»Wir gingen ins Bett. Haben miteinander geschlafen.«

»Haben Sie dabei an Ann gedacht?«

»Das war unter der Gürtellinie!«

»Ach, lassen wir jetzt auf einmal den Feinfühligen raushängen«, knurrte Cowley. Und dann: »Los, antworten Sie schon!«

»Das war der Grund, warum es mit Ann schwierig wurde«, sagte Hughes. »Wegen Pam. Es hatte schon vor ein paar Monaten angefangen.«

»Wußte Ann davon?«

Hughes schüttelte den Kopf. »Ich glaube nicht. Nur, daß es zwischen ihr und mir aus war.«

Danilow bekam das Gefühl, das Verhör rutschte ab. »Diese andere Frau, kann sie uns sagen, wann Sie gegangen sind?«

»Ja.«

»Wo ist ihre Wohnung? Auf dem Botschaftsgelände? Oder außerhalb?«

»Außerhalb. In der Wesnina-Straße.«

»Wie sind Sie zurückgekommen?«

»Mit dem Auto.«

Danilow fragte sich, was der Amerikaner mit seinen Scheibenwischern machte. »Mit dem Auto hätte es nur fünf bis zehn Minuten gedauert, um entweder zur Granowskaja oder zur Semasko zu kommen.« Sie hatten den Streifenpolizisten, der Lydia Orlenko gefunden hatte, nicht gefragt, ob er ein Auto hatte wegfahren hören.

»Ich weiß doch gar nicht, wo die Granowskaja oder die Semasko sind! Ich bin von Pam direkt hierhergekommen!«

»Wir müssen mit Ihrer Frau sprechen«, sagte Cowley. »Es ist in *Ihrem* Interesse, daß wir mit Ihrer Frau sprechen.«

»Ich möchte ihr nicht weh tun.«

»Angesichts Ihrer Vorlieben finde ich das eine reichlich seltsame Bemerkung«, sagte Cowley. »Glauben Sie außerdem nicht, daß Sie das schon die ganze Zeit getan haben?«

Hughes unternahm einen neuen Versuch, sich aufzurichten, den Morgenmantel um sich zu ziehen. »Ich habe es nicht getan, nichts von all dem. Irgendwann werden Sie sich damit abfinden müssen. Warum wollen Sie ihr Leben ruinieren, indem Sie ihr Dinge erzählen, die sie nicht zu wissen braucht? Es geht hier doch nur um Sex. Das ist meine Sache. Es ist kein Verbrechen. Ich habe kein Verbrechen begangen.«

Cowley stand auf, denn er spürte vom langen Sitzen zum erstenmal leichte Schmerzen. Er sah auf den anderen Amerikaner hinab und sagte: »Ob ein Verbrechen begangen wurde oder nicht, entscheiden die Gerichte. Und das werden sie auch in diesen Fällen.«

Sobald er klopfte, kam Angela Hughes aus der Küche, und Cowley fragte sich, wieviel von ihrem Gespräch sie bereits mitbekommen hatte, da sie offensichtlich an der Tür gestanden hatte. Nichts Gutes ahnend, kam sie ins Wohnzimmer. Danilow und Pawin standen auf. Pawin bot ihr einen Stuhl an. »Was gibt's?« fragte sie. Es war schwierig zu hören, was sie sagte.

»Nur ein paar Unklarheiten in der Botschaft«, beeilte sich Hughes zu sagen. »Nichts Besonderes. Nur ein paar Unklarheiten in der Botschaft.«

Die Frau sah neugierig zwischen Danilow und Cowley hin und her. »Sie untersuchen den Mord an Ann. Ich habe Sie beide im Fernsehen gesehen, bei der Pressekonferenz!«

»Ganz genau!« platzte Hughes verzweifelt heraus. »Es geht immer noch um Ann.«

»Und worum da genau?« In ihrer Stimme schwang ein schwacher Anflug von Stärke mit.

Cowley sah, sie hatte Toastkrümel auf dem Pullover mit der Schwanenprozession. Als einziger in Frage kommender Sprecher sagte er: »Mrs. Hughes, wir wären Ihnen sehr dankbar, wenn Sie uns in einem kleinen Punkt weiterhelfen könnten. Dienstags geht Ihr Mann immer zum Squash in die Turnhalle der Botschaft. Und hinterher geht er dann meistens noch einen trinken. Wann kam er gestern nacht nach Hause?«

Die Neugier kehrte in ihr Gesicht zurück. »Was ist so wichtig an gestern nacht? Ann wurde vor einer Woche ermordet.«

»Eine reine Routineüberprüfung«, sagte Cowley. »Wir machen uns nur mit dem Zeitablauf der Leute in der Botschaft vertraut. Bitte, Mrs. Hughes. Gestern abend?«

Die Frau sah ihren Mann ganz direkt an. Ihre Stimme war hart, als sie ihn fragte: »Was möchtest du, daß ich sage?«

»Die Wahrheit«, antwortete Cowley an Hughes' Stelle. »Ich – *wir* – wollen nichts als die Wahrheit hören.«

Sie sah immer noch Hughes an, als sie sagte: »Gegen halb zwölf. Vielleicht etwas später.«

»Sind Sie sicher, es war vor Mitternacht? Nicht danach?«

»Es kann nicht danach gewesen sein«, erklärte sie entschieden und sah endlich wieder Cowley an. »Ich wurde wach, so halb jedenfalls, als er ins Bett kam. Und dann hörte ich in Pezatnikow die Kirchenglocke. Sie schlägt jede Stunde: nicht die Viertelstunden. Nur die vollen Stunden. Ich weiß, es war Mitternacht, weil ich die Schläge zählte. Das tue ich immer, wenn ich nachts aufwache. Ich weiß nicht, warum. Ich tue es einfach. Ich glaube, viele Leute tun das.«

Weder Cowley noch Danilow warf einen Blick auf seinen Begleiter. Hughes saß noch aufrechter in seinem Sessel, und sein Verhalten wurde zusehends mehr das eines Mannes, der eine Entschuldigung erwartet. Dummerweise sagte er: »Und? Zufrieden?«

»Nein«, enttäuschte ihn Cowley sofort.

»Zufrieden wegen was?« wollte die Frau wissen.

Niemand antwortete ihr. Danilow, der sich nicht bemüßigt fühlte, vor Hughes' Frau die gleiche Rücksichtnahme zu zeigen wie Cowley, sagte: »Der siebzehnte Januar war ein Dienstag. Wo waren Sie am siebzehnten Januar ...?« Er sah Angela Hughes ganz direkt an. »Können Sie sich erinnern, wann Ihr Mann am siebzehnten Januar nach Hause kam?«

»Wie zum Teufel soll sich jemand nach fünf Wochen an etwas so Unwichtiges erinnern können ...«, begann Hughes wütend, aber seine Frau schnitt ihm das Wort ab. »Daran kann ich mich nicht erinnern«, sagte sie. »Die letzten drei Januarwochen war ich bei unseren Söhnen zu Hause in Newark, New Jersey: Am siebzehnten war ich gar nicht hier in Moskau.«

Darauf trat ein Moment absoluter Stille ein, bevor Cowley sagte: »Mr. Hughes, ich wäre Ihnen sehr verpflichtet, wenn Sie sich jetzt anziehen und mit uns in die Botschaft kommen würden. Wir würden gern ...«, er machte eine Pause, »... mit den Mitarbeitern Ihrer Wirtschaftsabteilung sprechen.«

Mrs. Hughes fragte Cowley: »Was hat er getan? Warum sprechen Sie so mit ihm?« Und dann wirbelte sie zu ihrem Mann herum und fuhr ihn an: »Sag mir endlich, was du getan hast!«

»Nichts!« behauptete Hughes mit genausoviel Nachdruck. »Du hast doch gehört, was er gesagt hat. Sie wollen mit meinen Mitarbeitern sprechen: Da ist es doch ganz normal – sogar unerläßlich –, daß ich dabei bin. Schließlich ist das mein Verantwortungsbereich.« Bei den letzten Worten entfernte er sich bereits von der Gruppe und ersparte sich auf diese Weise jegliche weiteren Forderungen von irgend jemandem.

»Das stimmt doch nicht!« protestierte sie und wandte sich wieder den Detektiven zu. »Irgend etwas stimmt hier nicht! Sie sagen mir nicht die Wahrheit.«

»Mrs. Hughes.« Cowleys geduldige Rücksichtnahme geriet langsam ins Wanken. »Die Wahrheit kann Ihnen nur Ihr Mann sagen. Aber nicht jetzt. Später.«

Angezogen – wenn auch nur schlampig rasiert – trat Hughes überraschend anders auf. Als sie im Auto zur amerikanischen Botschaft fuhren, legte er fast etwas wie Zuversicht an den Tag. Als sie die innere Ringstraße erreichten, wandte er sich lächelnd Danilow zu, der ihm vorhin in der Wohnung die Frage gestellt hatte. »Ist das nicht komisch? Ich hatte ganz vergessen, daß Angela am siebzehnten Januar zu Hause in Amerika war: Bin lange nicht darauf gekommen, was für eine Bedeutung das hat.«

»Was für eine Bedeutung?« fragte Cowley.

»Das würde ich eigentlich gern von Ihnen wissen«, erwiderte Hughes herausfordernd. »Warum ist der siebzehnte Januar so wichtig? Was ist an diesem Tag passiert?«

Danilow war durch die veränderte Haltung des Mannes verunsichert. Um seine Selbstsicherheit zu untergraben, sagte er: »Erinnern Sie sich nicht mehr? In dieser Nacht wurde Wladimir Suslew ermordet. Der Taxifahrer.«

»Aah!« sagte Hughes langgezogen. Und noch herausfordernder fügte er hinzu: »Demnach ist also der siebzehnte Januar *sehr* wichtig. Sogar entscheidend. Gut.«

Ihre Ankunft in der Botschaft verhinderte eine Weiterführung des Gesprächs. In stillschweigendem Übereinkommen blieb Pawin mit dem Wagen in der Nebenstraße, die die Botschaft vom Museum für Fedor Schaljapin trennte. Der Posten am Eingang war der Marine, dem Cowley am Tag seiner Ankunft begegnet war und den er auch bei seinen späteren Besuchen in der Botschaft gesehen hatte. Cowley übernahm ausdrücklich die Verantwortung dafür, daß Dimitri Danilow in die Botschaft mitkam, und Hughes trug zur weiteren Verunsicherung der zwei Detektive bei, indem er erklärte, auch er bürge dafür, daß dem Russen der Zutritt gewährt würde.

Pamela Donnelly erschien sofort, als Hughes sie zu sich bestellte. Ohne zu klopfen, kam sie zur Tür herein und lächelte strahlend, bis sie die anderen zwei Männer sah. Sie blieb unsicher stehen, und ihr Lächeln verflog.

»Schon gut«, beruhigte sie Hughes. »An Mr. Cowley erinnerst du dich doch sicher noch?«

Das Mädchen nickte zurückhaltend. Sie war ebenso tadellos gekleidet wie beim letztenmal. Die halbhohen braunen Lederstiefel paßten perfekt zu ihrem dunkelbraunen Samtrock. Der Pullover diesmal cremefarben, ohne Muster. Sie sah nicht nach der Sorte Mädchen aus, das sich gern die Brustwarzen wundbeißen oder sonst irgendwelche Schmerzen zufügen ließ. Aber wer konnte das schon sagen? Cowley wandte sich an sie. »Wir möchten, daß Sie uns etwas sagen. Die Wahrheit. Über Januar … insbesondere über die Zeit vor fünf Wochen.«

Sie sah Hughes fragend an, worauf dieser sagte: »Schon gut, Schatz. Erzähl ihnen alles. Sie wissen über dich und mich Bescheid. Deshalb ist es ganz wichtig, daß du ihnen sagst, was sie wissen wollen.«

Pamela sah wieder Cowley an. »Was soll im Januar gewesen sein, vor fünf Wochen?«

»Können Sie sich an Dienstag, den siebzehnten Januar, erinnern?«

Sie runzelte die Stirn. »Eigentlich nicht. Sollte ich das denn können?«

»Wir möchten, daß Sie sich zu erinnern versuchen«, schaltete sich Danilow ein. »Waren Sie und Mr. Hughes an diesem Abend zusammen?«

Sie sah wieder unsicher Hughes an, der nickte. Sie sagte: »Ja.«

»Das war vor fünf Wochen«, sagte Danilow und griff dabei auf Hughes' früheren Einwand zurück. »Sind Sie sich wirklich so sicher, was dieses spezielle Datum angeht?«

»Ja«, sagte sie wieder. Sie begann zu erröten.

»Warum *so* sicher?« hakte Cowley nach.

»Ich möchte das nicht weiter … es ist … es ist mir unangenehm«, wehrte sie sich.

»Es ist wichtig, Liebling, sehr wichtig«, redete ihr Hughes gut zu. »Sag ihnen alles, was sie wissen wollen.«

Ohne sie anzusehen, begann Pamela: »Angela war in Amerika. Drei Wochen. In der mittleren Woche – der siebzehnte Januar war in der mittleren Woche – lebte Paul praktisch die ganze Zeit bei mir …« Die Röte nahm zu. »Auf alle Fälle war er jede Nacht bei mir. Er ging nur zwischendurch kurz nach Hause, um sich umzuziehen.«

»Nachts?« wollte Cowley wissen.

»Manchmal. Wir kamen zusammen zurück, nahmen mit, was er brauchte, und gingen woanders hin.«

»An diesem Dienstag abend ging er nicht allein weg?«

»An keinem einzigen Abend. Warum?«

»Sie denken, ich hätte Ann umgebracht«, erklärte ihr Hughes. Seine Stimme war nüchtern, aber er lächelte und ermunterte zu Überraschung über die Absurdität dieser Vorstellung. »Vor ihr kam es zu einem weiteren Mord. Am siebzehnten.«

»Was?« Das Mädchen machte große Augen. »Aber das ist ja … unglaublich!«

Cowley dachte, sie würde absurd oder lächerlich sagen; das war, was Alibilieferanten gewöhnlich sagten. »Was war gestern abend?«

»Paul kam von der Turnhalle in meine Wohnung. Ich habe uns etwas zu essen gemacht.« Sie hielt inne, weigerte sich weiterzusprechen.

»Wann ging er?«

»Irgendwann nach elf. Viertel nach vielleicht.«

Von seinem Schreibtisch aus sagte Hughes zu Danilow: »Womit mir fünfzehn Minuten blieben, um zur Pezatnikow zu kommen. Genau, wie Angela Ihnen gesagt hat.«

»Wären Sie bereit, alles, was Sie uns heute gesagt haben, vor Gericht, unter Eid, zu beschwören?« fragte Cowley resigniert.

»Vor Gericht?« wiederholte das Mädchen bestürzt.

»Wenn man Sie dazu aufforderte?«

Sie warf Hughes einen kurzen Blick zu, bevor sie sagte: »Ja. Wenn es sein muß.«

»Das würde auch Angela tun«, erklärte Hughes. »Sie haben gehört, was sie gesagt hat.« Die hochnäsige Selbstsicherheit war wieder ganz hergestellt. Er hatte die Hände auf dem Schreibtisch übereinandergelegt, die rechte obenauf, so daß der krumme Finger, der bis vor kurzem noch so wichtig erschienen war, deutlich zu sehen war. »Gibt es sonst noch etwas, womit wir Ihnen behilflich sein können? Irgend jemand von uns?«

»Im Augenblick nicht«, sagte Cowley. Er suchte nach einer Möglichkeit, die Aufgeblasenheit zu durchlöchern. »Vielleicht später. Ihre Frau wird vermutlich noch eine Reihe von Fragen an Sie haben.«

Cowley begleitete Danilow aus der Botschaft zu dem wartenden Wagen. Dort sagte er: »Ich schätze, über Nacht sind eine Menge Nachrichten für mich eingetroffen.«

»Und ich muß dem Direktor und dem Bundesanwalt Bericht erstatten.«

»Wir telefonieren«, sagte der Amerikaner.

Barry Andrews war im FBI-Büro, aber nicht an seinem Schreibtisch. Er schritt vor dem Fenster auf und ab. Als Cowley eintrat, sagte Andrews: »Gott sei Dank, daß du endlich da bist! Wo hast du die ganze Zeit gesteckt?« Er deutete auf einen Stapel Nachrichten und Material, das mit dem Diplomatengepäck gekommen war. »In Washington sind sie schon halb am Durchdrehen, vor allem wegen Hughes. Du mußt alles tun, um ihm die Russen vom Hals zu halten. Du sollst ihn persönlich zurückbringen. Notfalls in einer Kiste versteckt.«

Cowley griff sich die wartenden Papiere. »Gestern nacht kam es wieder zu einem Überfall«, verkündete er müde. »Diesmal hat das Opfer überlebt. Und es wird auch nicht nötig sein, Hughes in einer Kiste nach Hause zu verfrachten. Er ist Sado-Masochist und was weiß ich noch alles, aber Ann Harris hat er nicht umgebracht. Und auch sonst niemanden. Er hat durch die Bank Alibizeugen.« Er drosch mit der Faust auf den Schreibtisch, bereute die theatralische Geste aber sofort. »Wir haben nur unsere Zeit vergeudet! Tagelang sind wir einer falschen Spur gefolgt, die uns zum falschen Mann geführt hat!«

»Aber wer …?« begann Andrews, verstummte aber angesichts der Idiotie der Frage sofort wieder.

»Keine Ahnung«, sagte Cowley, niedergeschlagen über seine, wie er es empfand, Niederlage. »Jetzt haben wir nicht mal mehr einen Anhaltspunkt; nicht mal mehr einen einzigen bescheuerten Anhaltspunkt.«

»Was ist mit der Frau von gestern abend? *Irgendwas* muß es doch geben!«

»Nichts, das uns konkret weiterhilft. Nur, daß der Angreifer ein Mann war. Sie wurde ohnmächtig oder bekam einen Schock oder sonst was, als sie niedergestochen wurde. Sie sagt, sie hat sein Gesicht nicht gesehen.«

Andrews setzte sich an seinen Schreibtisch, steckte sich die erste Zigarre des Tages an. »Hat Hughes' Frau ihm zu einem Alibi verholfen?«

»Zu einem sehr überzeugenden.«

»Wie hat sie reagiert? Auf die Entdeckung, daß ihr Mann fremdgeht?«

»So hat es sich für sie nicht dargestellt. Aber das wird vermutlich der Fall sein, sobald sie ein wenig nachzudenken anfängt.«

»Und wer hätte von der unschuldigen kleinen Pamela so etwas gedacht?«

Cowley schüttelte gereizt den Kopf. »Das spielt jetzt alles keine Rolle mehr.«

»Was willst du jetzt weiter tun?« fragte Andrews.

Cowley sah auf die Nachrichten hinab. »Meine Post lesen. Dann den Direktor anrufen und ihm sagen, daß ich mich getäuscht habe.«

»Das wird sich aber nicht gut anhören – nach der Aufregung, die du in Washington mit der Warnung wegen Hughes verursacht hast.«

»Das weiß ich auch selber!« zischte Cowley. Er kam sich vor wie ein Idiot und war wütend auf sich, daß er Fehler gemacht hatte. Andrews hatte recht. Ein solches Eingeständnis machte in Washington gar keinen guten Eindruck. Es machte sogar einen absolut verheerenden Eindruck.

Cowley nahm alles in sein Appartement mit, las es aber nicht sofort, weil er zunächst einmal versuchen wollte, zumindest physisch wieder etwas auf die Beine zu kommen. Er machte die Kaffeemaschine an, und als er danach unter die Dusche ging und sich rasierte, kreisten seine Gedanken ausschließlich um das bevorstehende Telefonat mit dem Direktor. Die Spuren zu Hughes *waren* überzeugend gewesen; er hatte ihnen folgen müssen. Und angesichts der besonderen diplomatischen Umstände *war* es richtig gewesen, Washington vor dem Verhör zu alarmieren. Aber er brauchte nicht erst die aus Washington eingegangenen Nachrichten zu lesen, um sich die Panik vorstellen zu können, die dort ausgebrochen war. Sicher hatte der Direktor alles mit dem Außenminister besprochen. Demnach waren Paul Hughes' sexuelle Vorlieben im State Department allgemein bekannt. Würde das die weitere Karriere des Mannes beeinflussen? Fast unausweichlich. Und diese destruktive Information war von ihm gekommen. Der unvermeidliche Fallout eines Ermittlungsverfahrens. Das war jetzt alles Vergangenheit, sagte er sich. Und wie sah die Zukunft aus? Er wünschte, er wüßte es.

Sauber und rasiert zu sein, war die einzige Verbesserung seines Zustands. Er schenkte sich eine Tasse Kaffee ein und setzte sich, noch im Bademantel, an den Tisch, um die Hughes betreffenden Nachrichten zu lesen und sich auf das Kommende vorzubereiten. Dabei dachte er nicht nur über die möglichen Auswirkungen auf Hughes' Karriere nach, sondern auch über den möglichen Schaden für seine eigene. Zu pessimistisch, entschied er auf der Suche nach zusätzlicher Bestätigung. Es kam häufig vor, daß man bei Ermittlungen falsche Fährten einschlug. In diesem Fall hatte das – wieder wegen der idiotischen Begleitumstände – nur schwerwiegendere Folgen gehabt als sonst, mehr nicht. Und alles war seine Schuld, fand Cowley: seine und die des Russen. Sie hatten aus den Augen verloren, was sie eigentlich hätten tun sollen, und sich in einen kindischen Wettstreit hineingesteigert, bei dem jeder dem anderen zuvorzukommen, zu beweisen versucht hatte, daß er der bessere Detektiv war. Und am Ende hatten sie beide wie die letzten Trottel dagestanden. Nicht Danilow, korrigierte sich Cowley sofort.

Der Großteil der restlichen Unterlagen war technischer Natur. Der amerikanische Obduktionsbefund äußerte sich durchgängig kritisch über den russischen Befund und wies darauf hin, daß aufgrund seiner himmelschreienden Nachlässigkeit möglicherweise Beweise verlorengegangen waren. Infolge des schlampigen Vorgehens der Russen war der amerikanische Pathologe nur bereit, die Dicke und Tiefe von Ann Harris' Stichwunde zu schätzen. Um die Molekularstruktur ihrer Chromosomen und ihr individuelles Genom zu bestimmen, waren sowohl die nach der Schur noch übriggebliebenen Haarproben als auch ihr Blut einer DNS-Analyse unterzogen worden. Dem Untersuchungsergebnis war eine Anfrage beigefügt, in der zum Zweck einer ähnlichen Untersuchung um eine Haarprobe des ersten Opfers ersucht wurde. Die Verletzungen im Nasenbereich waren offensichtlich typisch für eine Hand, die dem Opfer übers Gesicht gelegt wurde und mit der dieses anschließend von hinten gezogen wurde. Darauf deuteten auch die Blutergüsse am Kinn und an der Innenseite der Unterlippe hin, die im russischen Obduktionsbefund nicht aufgeführt waren. Diesen Abschnitt unterstrich Cowley, der sich an ähnliche Verletzungen erinnerte, die er am Morgen in Lydia Orlenkos Gesicht bemerkt hatte. Die zwei grob abgebrochenen Fingernägel hatten gezackte Risse und Kanten. Als Ursache kam in Frage, daß sie im Fallen auf den Boden geschlagen hatten, oder daß Ann Harris in einer letzten verzweifelten Gegenwehr ihren Angreifer gekratzt hatte. Allerdings waren unter den abgebrochenen Fingernägeln keinerlei Hinweise auf Abschürfungen gefunden worden, die die Kratztheorie hätten stützen können. Solche Hinweise könnten während der ersten Obduktion, durch Bewegung der Leiche während des Transports nach Amerika oder durch die verspätete Freigabe der Leiche zur Untersuchung verlorengegangen sein. Falls die Fingernagelbeschädigung entweder durch Fallen oder Kämpfen verursacht worden war, hätten die abgebrochenen Teile beim Absuchen des Tatorts gefunden werden müssen.

Seufzend schob Cowley den Obduktionsbefund beiseite. Nichts als berechtigte Klagen. Oder zumindest nichts, das im Moment irgendwelche Bedeutung hatte. Cowley zog sein Urteil zurück. *Ein* wichtiger Punkt war dabei, und er war ein weiterer Beweis für Paul Hughes' Unschuld. Wenn ihn Ann Harris fest genug gekratzt hätte, um sich die Nägel abzubrechen, hätten sein Gesicht oder seine Hände Kratzspuren aufweisen müssen. Und das war nicht der Fall gewesen, nirgendwo.

Zurück im FBI-Büro der Botschaft übertrug Cowley alle Einzelheiten des entlastenden Verhörs von Paul Hughes persönlich in die Pennsylvania Avenue. Andrews blieb die ganze Zeit bei ihm und las jedes Dokument, nachdem es abgeschickt worden war. Zum Schluß schüttelte der FBI-Mann vor Ort den Kopf und sagte lächelnd: »So was kann immer mal passieren. Dieser verfluchte Fall hat erst begonnen.«

Die Verbindung zwischen der abhörsicheren Zelle im Kommunikationsraum der Botschaft und dem FBI-Hauptquartier kam sofort zustande, ohne irgendwelche Störungen. Auf Leonard Ross' Drängen ging Cowley alles, was der Direktor in seinem Büro im fünften Stock inzwischen längst vor sich liegen hatte, noch einmal mündlich mit ihm durch. Nachdem Cowley zu sprechen aufgehört hatte, trat eine Weile Schweigen ein, wobei der unausgesprochene Vorwurf schlimmer war als alle anklagenden Worte. Schließlich sagte Ross: »Ein absoluter Fehlschlag?«

»Das Beweismaterial schien zwingend«, rechtfertigte sich Cowley.

»Ich hatte an sich damit gerechnet, Sie würden Hughes zurückbegleiten«, erklärte der Direktor. »Ich möchte Sie hier haben. Sehen Sie zu, daß Sie noch heute einen Flug bekommen.«

»Ich …«, setzte Cowley an, wurde aber sofort unterbrochen.

»… Was?« knurrte Ross.

»Nichts«, sagte Cowley. »Ich werde einen Flug buchen.«

Nachdem Cowley sich bereits in einer abhörsicheren Telefonzelle befand, rief er Dimitri Danilow gleich von dieser aus an, statt vorher ins FBI-Büro zurückzugehen. Fest entschlossen, das Konkurrenzdenken, das seiner Meinung nach ihren Blick getrübt hatte, nicht fortzusetzen, setzte Cowley Danilow über seine Rückkehr nach Washington in Kenntnis, sagte ihm aber gleichzeitig, er wolle sich vor seiner Abreise noch mit ihm treffen, um über die offenstehenden Forderungen der amerikanischen Wissenschaftler mit ihm zu sprechen. Danilow konnte ebenfalls einen Grund für ein solches Treffen beisteuern: Nach dem Überfall auf Lydia Orlenko – und nachdem es keinen Grund mehr gab, eine mögliche Verwicklung der amerikanischen Botschaft zu verheimlichen – hatten der Generalstaatsanwalt und der Milizdirektor beschlossen, endlich auch die Öffentlichkeit zu warnen.

Als Cowley in das FBI-Büro zurückkehrte und Andrews von seiner Rückberufung erzählte, fragte dieser stirnrunzelnd: »Wann wirst du zurückkommen?«

»Das weiß ich nicht.«

»Du wirst doch zurückkommen?«

»Auch das weiß ich nicht.«

»Ich habe ja gleich gesagt, daß ich dich um diesen Fall nicht beneide.«

Cowley dachte zwar, der Mann hätte an besagtem Abend in seinem Appartement etwas anderes gesagt, aber er hatte kein Interesse daran, die Diskussion fortzusetzen. Alles, woran er denken konnte, war, was für einen kapitalen Bock er geschossen hatte.

»Jedenfalls kannst du von Glück reden, daß du offiziell nichts mit der Sache zu tun hast.«

»Das dachte ich mir auch«, gab Andrews zu.

Burden sprach bei einem Frühstückstreffen in seiner Suite über die Berichterstattung in den Medien. Es gab für jeden Kopien der Pressemeldungen.

McBride erklärte: »Ganz schön gut, finden Sie nicht auch?«

»So weit, so gut«, pflichtete ihm Burden bei. »Gestern abend wollte der FBI-Direktor meinen Anruf nicht entgegennehmen. Ich bekam gesagt, der Außenminister sei nicht zu sprechen. Der Botschafter hier weiß einen feuchten Dreck. Die FBI-Leute hier wollen nicht kooperieren ... wir werden nach allen Regeln der Kunst hingehalten.«

»Ich weiß nicht, an wen – oder wohin – wir uns sonst noch wenden könnten«, brachte Prescott vor.

In diesem Moment kam Beth Humphries mit totenblassem Gesicht in den Raum. Wortlos reichte sie dem Senator die über Reuters' englischsprachigen Nachrichtendienst veröffentlichte Bekanntgabe seitens der Russen, daß die Ermordung Ann Harris' Teil einer ganzen Serie von Morden sei.

»Jetzt reicht's!« erklärte Burden und sah auf. »Diesen Scheißkerlen werde ich die Hölle heiß machen ...« Er sah McBride an. »Schaffen Sie mir in zwei Stunden jeden Reporter und jeden Fernsehsender her, den Sie auftreiben können.«

»Zurückgerufen, um sich einen Rüffel zu holen?« erkundigte sich Pauline sofort.

»Dieser Alarm wegen Hughes hat für ziemlichen Wirbel gesorgt«, sagte Andrews.

»Könnte das Auswirkungen auf seine Karriere haben?«

»Auf jeden Fall. Bei dem politischen Gewicht, das die Sache hat.«

»Der arme William.«

»So könnte es tatsächlich bald heißen«, bestätigte ihr Andrews. »Der arme William.«

24

Cowley beschloß, die Wohnung in Arlington, die er vor der Abreise nach Moskau dichtgemacht hatte, nicht wieder zu beziehen. Statt dessen nahm er sich im J. W. Marriott in der 14th Street, Ecke Pennsylvania ein Zimmer, da von dort das FBI-Gebäude bequem zu Fuß zu erreichen war. Während des Fluges hatte er phasenweise geschlafen und den Rest der Zeit über die Vorteile seiner Rückkehr nach Amerika nachgedacht. Unter anderem bot sich ihm dadurch die Möglichkeit, mit Judy Billington zu sprechen, der Collegefreundin, der sich Ann Harris so offen anvertraut hatte. Und vielleicht auch mit John, ihrem Bruder in New York, dem gegenüber sie sich ebenfalls relativ direkt geäußert hatte. Außerdem hatte Cowley ein paar Fragen, die er der wissenschaftlichen Abteilung des Bureau vorlegen wollte, und nicht zuletzt hoffte er, persönlich nach Quantico fahren zu können, um dort über das Psychogramm des unbekannten Mörders zu sprechen.

Danilow hatte er die Ergebnisse der wissenschaftlichen Auswertung bei ihrem Treffen zwei Stunden vor seinem Abflug vom Scheremetjewo-Flughafen mitgeteilt. Der Russe hatte zwar schon von Desoxyribonukleinsäure- oder DNS-Tests für die Erstellung eines genetischen Fingerabdrucks gehört, aber er hatte zugeben müssen, daß diese Technologie der russischen Polizei derzeit noch nicht zur Verfügung stand. Ziemlich skeptisch hatte der Russe allerdings Cowleys Behauptung aufgenommen, die Verhaltensforschungsabteilung des FBI könne ein Psychogramm des Täters erstellen und sogar dessen äußeres Erscheinungsbild rekonstruieren. Cowleys Hinweis, das FBI betrachte solche Täterpsychogramme als zuverlässige Ermittlungshilfe, und die psychologische Abteilung habe schon von Tausenden von Kriminellen genauestens zutreffende Beschreibungen gegeben, die zu deren Ergreifung führten, hatten den Russen nicht überzeugen können. Manchmal hatte er sogar ganz offen ungläubig gelacht. Cowley war sich diesbezüglich zwar nicht ganz sicher, aber er glaubte, das FBI bediente sich dieser Methode schon seit den fünfziger Jahren. Außerdem dachte er, es hätten inzwischen genügend wissenschaftliche Arbeiten darüber veröffentlicht worden sein müssen, daß die Russen, wenn sie schon nicht daran glaubten, wenigstens davon erfahren haben müßten.

Als er die Bürosuite des FBI-Direktors betrat, nahm ihn dieselbe körnergefütterte Sekretärin in Empfang, aber diesmal war Fletcher durch Cowleys Anruf aus dem Foyer im Erdgeschoß gewarnt und mußte nicht gerufen werden. Fletchers Begrüßung war so herablassend, wie sie es beim Briefing vor etwas mehr als einer Woche gewesen war. War es wirklich nur etwas mehr als eine Woche her? Der Anzahl der Tage nach, ja. Aber Cowley kam es viel länger vor, eine Ewigkeit länger.

Von Leonard Ross kam kein Lächeln, nur ein denkbar knappes Nicken. Der Direktor sagte: »Kein vielversprechender Anfang.«

»Die Indizienbeweise sahen gut aus.«

»Das haben Sie schon am Telefon gesagt. Und ich habe Ihren Bericht gelesen.«

»Und es gab einige ermittlungstechnische Probleme«, machte Cowley geltend.

»Stellen Sie sich immer noch quer?«

»Nein«, berichtigte Cowley. »Es gab Anpassungsschwierigkeiten, fast notgedrungen. Aber die sind jetzt beigelegt.« Waren sie das? Bei ihrem Abschiedstreffen am Vortag hatte er Danilow in aller Offenheit klargemacht, zu zahlreichen Fehlern sei es durch unnötiges persönliches Konkurrenzverhalten gekommen, und der Russe hatte ihm zugestimmt. Aber das war keine Garantie, daß Danilow sein Wort halten und künftig uneingeschränkt mit ihm kooperieren würde. Was nicht hieß, daß er an dem Mann selbst zweifelte; aber er durfte nicht außer acht lassen, welche Anweisungen Danilow von seinen Vorgesetzten erhalten würde. Schließlich konnte er selbst ebensowenig garantieren, daß er *sein* Wort halten würde, solange er die weiteren Anweisungen des Mannes nicht kannte, in dessen Büro er gerade saß.

»Wie kommt es, daß die Russen Hughes in Verdacht hatten, obwohl ich Ihnen doch strikte Anweisungen erteilt hatte, das sollte mit allen Mitteln vermieden werden?«

Die Aggressivität eines Anwalts gegen einen unzuverlässigen Zeugen, schätzte Cowley. Er brachte die Erklärung vor, die er sich mit Danilow ausgedacht hatte, und achtete dabei aufmerksam auf die Reaktion des Direktors, dessen unveränderter Miene jedoch unmöglich etwas zu entnehmen war. »Hughes lebt *außerhalb*«, schloß Cowley. »Die Russen gestatteten mir, mitten in der Nacht zur Vernehmung des Opfers mitzukommen, und dann fuhren sie vom Krankenhaus direkt zu Hughes' Wohnung. Mir blieb keine andere Wahl: keine Zeit, um mit Ihnen Rücksprache zu halten.«

Ross nickte, eine langsame, zweifelnde Bewegung. »Es ist nun mal passiert«, akzeptierte er. »Wurde nicht das Problem, das es hätte werden können. Oder doch?«

»Da kann ich Ihnen leider nicht ganz folgen«, sagte Cowley stirnrunzelnd. Der Direktor war eindeutig kritisch, aber in diesem Stadium erweckte er nicht den Eindruck, als wollte er ihm den Fall entziehen.

»Sind Sie sicher – ich meine, *absolut* sicher –, was Hughes' Alibi angeht?«

»Besonders seine Frau ist sehr überzeugend. Erweckt den Eindruck totaler Ehrlichkeit, und was die Frau angeht, die überlebt hat, macht ihre Aussage seine Täterschaft absolut unmöglich. Die Angaben des Mädchens bestätigen, was die Frau sagt, und lassen Hughes auch für den ersten Mord nicht in Frage kommen.«

»Wäre nicht das erste Mal, daß Ehefrau und Geliebte sich zusammentun«, führte Ross an. »So etwas ist schon Dutzende Male vorgekommen. Frauen tun die verrücktesten Dinge für Männer. Was ich nie verstehen konnte.«

Cowley schüttelte den Kopf. »Sie hatten keine Zeit, um sich eine Geschichte zurechtzulegen, die so hieb- und stichfest ist wie ihre.«

»Das Außenministerium holt den perversen Dreckskerl zurück«, verriet Ross. »Hughes hat noch lange nicht alle Fragen beantwortet, bei weitem nicht. Beim CIA spricht man von einer Katastrophe. Hughes wird länger an einem Polygraphen hängen als Frankensteins Monster. Und bis der CIA ihn wieder vom Lügendetektor genommen hat, wird kein Geheimnis mehr ungelüftet sein, weder was Ann Harris angeht noch sonst was.« Der weißhaarige Mann schüttelte den Kopf, eine wegwerfende Geste. »Irgend etwas Neues seit Ihrem letzten Bericht?«

»Die Russen wollen mit dem ersten Mord an die Öffentlichkeit gehen. Und mit dem jüngsten Überfall.«

Der Direktor runzelte die Stirn. Doch dann schaltete er, und seine Miene klärte sich wieder. »Natürlich, es ist passiert, als Sie im Flugzeug saßen. Sie haben es bereits getan. Burden hat noch eine Pressekonferenz gegeben. In Moskau. Er hat sich darüber beklagt, daß ihm Informationen vorenthalten wurden. Er meinte, das ganze Ermittlungsverfahren wäre nicht richtig geführt worden. Oder daß aus politischen Gründen verschiedenes geheimgehalten wurde. Er hat davon gesprochen, den Senat einzuschalten. Bekam natürlich seine üblichen Schlagzeilen, in sämtlichen Tageszeitungen. Wie ich Burden kenne, wird er wahrscheinlich behaupten, es wäre nur seiner Anwesenheit zu verdanken, daß die Russen überhaupt damit herausgerückt sind und die Moskauer Bevölkerung gewarnt haben. Mein Gott, dieser Mensch ist absolut unerträglich!«

»Es noch weiter aufzuschieben, hätte die Sache nur noch schlimmer gemacht«, machte Cowley geltend. »Für uns gab es nichts mehr zu gewinnen.«

»Es ist bereits noch schlimmer geworden«, sagte Ross. »Er hat bereits aus der Moskauer Botschaft den Präsidenten angerufen. Hat noch einmal seine alte Drohung ausgesprochen, wer im Kongreß am Drücker sitzt. Er fliegt zum Begräbnis des Mädchens in die Staaten zurück. Zweifellos wird er es zu einem weiteren Medienspektakel umfunktionieren.«

Politik und Verbrechen vertrugen sich nie gut, dachte Cowley: Um so überraschender war es, wie oft die beiden miteinander verrührt wurden. »Muß er alles erfahren?«

»Wäre ja noch schöner, wenn ich mich bei meiner Aufgabe, dem Recht Geltung zu verschaffen, nach den Wünschen Senator Walter Burdens richten würde!« stieß Ross aufgebracht hervor. »Er wird erfahren, was ich ihm nach entsprechender Filterung mitzuteilen beschließe. Er und der Präsident sind Karrierepolitiker. Ich nicht.«

Der Fall wurde ihm ganz offensichtlich nicht entzogen, stellte Cowley fest. Die Erleichterung, die er darüber empfand, ging weit darüber hinaus, daß seine berufliche Kompetenz nicht in Frage gestellt wurde, daß der Direktor akzeptierte, daß zu Beginn eines Ermittlungsverfahrens Fehler leider unvermeidlich waren. Er *wollte* zurück und neu anfangen und keine Fehler mehr machen und dabei sein, wenn sie dem Mörder Handschellen anlegten. Um wem was zu beweisen? Sich selbst, daß er es immer noch brachte? Daß er nach drei Jahren im Innendienst noch immer das Zeug zu einem guten Ermittler hatte? Wem sollte er außerdem sonst noch etwas beweisen? Absurderweise kam ihm Paulines Name – Pauline selbst – in den Sinn. Weshalb sollte er seine Exfrau beeindrucken wollen? Weil es ihm wichtig war, es zu tun, so sinnlos es jetzt auch sein mochte, nachdem sie mit einem anderen verheiratet war. Um sich nicht weiter in diesen Gedanken zu verstricken, kam Cowley auf die Treffen und Gespräche zurück, die er jetzt, wieder zurück in Amerika, führen wollte. Ross erklärte sich mit allem einverstanden.

»Aber vorerst haben andere Dinge Vorrang«, warnte Ross.

»Welche Dinge?«

»Der Grund, warum ich Sie zurückgerufen habe: In einer Stunde werden wir in Langley erwartet.«

Es war immer mit einiger Aufregung verbunden, wenn ein Direktor aus dem Hauptquartier in der Pennsylvania Avenue abfuhr, vor allem vom Haupteingang am Innenhof, und heute war Cowley Teil davon. Er war sich der Neugier bewußt, mit der das Schauspiel im und vor dem Foyer und von den umliegenden Fenstern beobachtet wurde. Wohl wissend, wie schnell in der Mikrowelle des FBI-Hauptquartiers Gerüchte aufgekocht wurden, fragte Cowley sich, was im Moment gerade über ihn geredet wurde. Auf jeden Fall würde er als jemand im Aufwärtstrend eingestuft werden, weil

Verlierer nicht mit dem Direktor fuhren. Die Glastrennwand zwischen ihnen und dem Fahrer ermöglichte ihnen, sich ganz offen zu unterhalten, aber zunächst beschränkte sich der Direktor auf belanglosen Small talk. Er erkundigte sich nach Moskau und der Botschaft und den Ermittlungsmethoden der Moskauer Polizei.

Als ihr Chauffeur auf der Memorial Bridge den Fluß überquerte, sah der Direktor Cowley ganz direkt an und fragte: »Wie klappt es persönlich, mit Andrews?«

»Gut«, antwortete Cowley. »In der Botschaft hat er mir in jeder Hinsicht geholfen, so gut er konnte. Wir haben uns auch privat getroffen. Keinerlei Probleme.«

»Das ist gut. Keine Ressentiments, daß sein Tätigkeitsbereich auf die Botschaft beschränkt wurde?«

»Keine.«

»In der Personalabteilung möchten sie die Neubesetzung der Stelle regeln. Wir haben Harvey Proffitt aus Kalifornien im Auge. Wollen ihm eine Chance geben.«

»Andrews hat mir auch erzählt, daß seine Zeit abläuft.«

»Hat er was gesagt, wo er gern als nächstes hinkäme?«

Cowley glaubte nicht, daß er sich auf das Gespräch mit Pauline verlassen sollte, obwohl er wußte, daß sie sich nicht täuschte. Er schüttelte den Kopf. »Nein.«

»Nichts, daß er gern zur russischen Abteilung hier versetzt würde?«

»Nichts.« Cowley wartete darauf, daß der Direktor fragte, ob er persönlich Vorbehalte dagegen hätte. Aber Ross fragte nicht.

Statt dessen sagte er: »Die Personalabteilung hat darum gebeten, ihn für Gespräche zurückzurufen. Käme Ihnen das im Moment ungelegen?«

Es hieße, daß die ganze Last des Nachrichtenverkehrs auf ihn fiele, wurde Cowley bewußt. Aber Gespräche waren bei so einer Versetzung üblich. Dagegen Einspruch zu erheben, was ihm durchaus zugestanden wäre, konnte sich nachteilig auf Andrews' Karriere auswirken: auf die Karriere des Mannes, der ihn hintergangen und ihm die Frau weggenommen hatte. Cowley wünschte, die letzten Gedanken wären ihm nie durch den Kopf gegangen, zumal er bereits festgestellt hatte, daß sie nicht den Tatsachen entsprachen. Er sagte: »Natürlich kann er zurückkommen.«

Nachdem sie die nötigen Formalitäten erledigt hatten, um Zutritt zu den Einrichtungen in Langley zu erhalten, erwartete sie in der Haupteingangshalle ein Mann, um sie zu begleiten. Eine Vorstellung unterblieb. Cowley fühlte sich spontan an Fletcher im Washingtoner FBI-Hauptquartier erinnert. Vielleicht gab es irgendwo im Mittelwesten eine Farm, wo sie eigenschafts- und charakterlose Assistenten für Washingtoner Führungskräfte klonten. Im Privataufzug des CIA-Direktors fuhren sie direkt in den siebten Stock. Bei Richard Holmes waren drei andere Männer und eine Stenographin. Cowley nahm an, die drei namenlosen Männer gehörten der Rußlandabteilung des Geheimdienstes an. An sich ging er davon aus, das Treffen zwischen ihm und ihnen hätte auch ohne die Anwesenheit beider Direktoren einen befriedigenden Verlauf nehmen können. Und das hätte es vermutlich auch, wären da nicht die Moskauer Anrufe Senator Burdens an den Präsidenten gewesen. Er merkte, er würde hier aus erster Hand in den Genuß einer Lektion in der Washingtoner Selbstverteidigungstechnik kommen, die sich Wierette-ich-meine-Haut nannte.

»Ich habe den Verdacht angesprochen«, sagte Ross.

»Und?« fragte Holmes.

Cowley war beunruhigt über den beiläufigen Ton der Frage: Vielleicht sollte auch er zusehen, daß er seine Haut rettete. Jedenfalls würde er in Gegenwart einer Stenographin nicht auf so eine Einwortfrage antworten. »Was genau wollen Sie wissen?«

»Wird Paul Hughes vom russischen Geheimdienst bewußt kompromittiert?«

Cowley wog seine Antwort ab. »Ich habe keine Ahnung«, sagte er schließlich.

Einer der Assistenten seufzte, aber Cowley bekam nicht mit, welcher.

»Wir wollen die genauen Einzelheiten über Hughes' Telefonüberwachung«, verlangte Holmes.

Wieder zögerte Cowley, zum einen in Erwartung einer späteren Forderung, zum anderen in dem Bewußtsein, daß er in ihren Augen wie ein unerfahrener Amateur, sogar wie ein Pfuscher dastand. Er antwortete in chronologischer Reihenfolge, versuchte das Zugeständnis zu umgehen, berichtete, daß er Hughes' Telefonnummer in der Botschaft als eine der Nummern genannt bekommen hatte, die Ann Harris angerufen hatte, und daß Hughes ihn bei ihrem ersten Gespräch belogen, dann aber alles gestanden hatte, als ihm später, bei der nächtlichen Konfrontation nach dem Überfall auf Lydia Orlenko, der genaue Wortlaut ihrer Telefonate vorgelegt wurde.

»Dann lassen Sie uns das alles noch mal durchgehen«, sagte Holmes mit gezwungener Geduld. »Warum haben Sie Hughes' erste Aussage nicht mit Hilfe der wörtlichen Aufzeichnungen angefochten?«

Verzweifelt fand sich Cowley damit ab, daß er vorgeführt werden *sollte*: Es gab keine Möglichkeit, seine Haut zu retten. »Beim ersten Gespräch hatte ich kein Transkript zur Verfügung, nur die Telefonnummer.«

»Das verstehe ich nicht«, beschwerte sich einer der Assistenten.

»Es ist ganz einfach so gekommen«, rechtfertigte sich Cowley kläglich. »Wir gingen nach dem gängigen Ermittlungsschema vor und versuchten sämtliche Bekannten Ann Harris' zu überprüfen. Am Anfang wurde mir nur Hughes' Nummer in der Botschaft zur Verfügung gestellt, sonst nichts.«

»Von wem?« wollte der andere Assistent wissen.

»Von Danilow, dem russischen Detektiv.«

»Wer hat das Transkript beschafft?«

»Danilow.« Es sah bereits schlecht aus und würde noch schlechter werden. Nicht bloß schlecht. Verheerend.

»Wo ist es, das vollständige Dokument?« meldete sich Ross neben ihm zu Wort. »Ich habe es nicht zu sehen bekommen. Nur Ihren mündlichen Hinweis auf das, was Hughes bei der zweiten Vernehmung vorgelegt wurde.«

Vom eigenen Direktor bloßgestellt, dachte Cowley: Im

Moment hätte ihn ein zehnjähriges Kind bloßstellen können. »Ich habe es nicht.«

»Sie *haben* es nicht!« kam es von beiden Direktoren einstimmig und gleichermaßen überrascht. Der seufzende Assistent seufzte noch lauter.

»Mr. Cowley«, sagte der Geheimdienstchef. »Ich gebe mir wirklich Mühe, Ihren Ausführungen zu folgen. Aber Sie machen es mir nicht leicht. Wir wissen, die Büros des Leiters der Wirtschaftsabteilung der amerikanischen Botschaft in Moskau werden abgehört. Wir wissen, der Mann hat sexuelle Vorlieben, die ihn erpreßbar machen. Und nun bekommen wir – *glaube* ich – gesagt, daß diese abgehörten Gespräche auch intime Details über die tote Verwandte einer der wichtigsten Personen Washingtons enthalten, einer Person, die sogar noch wichtiger werden wird, als sie bereits ist. Gehen wir also ganz langsam voran, einen Schritt nach dem anderen, damit es für keinen von uns irgendwelche Mißverständnisse gibt. Sie sagten – Ihre Worte –, Danilow hat Ihnen das Transkript *beschafft*. Wenn er es Ihnen beschafft hat, wo bitte ist es dann?«

Cowley ließ sich Zeit, bevor er antwortete, denn er wollte wegen eines unglücklich gewählten Worts nicht noch öfter in Verlegenheit gestürzt werden, als dies bereits der Fall war. »Ich würde gern etwas klarstellen, etwas, was ich Ihnen, glaube ich, erklären muß. Ich stelle – habe in Moskau Ermittlungen über die Ermordung der Nichte eines Mannes angestellt, den Sie zu Recht als einen der, wenn nicht *den* wichtigsten Politiker in Washington bezeichnet haben. Es steht bereits fest, daß sie das Opfer eines Serienmörders ist, der auch einen Russen umgebracht hat und weiter morden wird, wenn er nicht gefaßt wird. In einer Phase der Ermittlungen entstand der Eindruck, Paul Hughes wäre dieser Killer. Können Sie sich den Skandal vorstellen: Ein Amerikaner macht die Straßen Moskaus unsicher und bringt reihenweise Menschen um, darunter auch die Nichte von Senator Burden? Ich nicht! *Natürlich* war mir schon allein anhand der Tatsache, daß ich die Nummer erhielt, klar, daß die Telefone in der Botschaft abgehört werden. Aber das war *nicht*, worum es mir in erster Linie ging: Mir ging es darum, ein Geständnis von dem Mann zu bekommen. Ihn festzunehmen ...« Cowley zögerte, da ihm klar wurde, daß er zugäbe, seinen eigenen Direktor irregeführt zu haben, wenn er diesen Männern sagte, wann er von der Existenz des Transkripts erfahren hatte – als der Milizdirektor und der Generalstaatsanwalt bei jeder Begegnung mit Hughes eine russische Beteiligung verlangt hatten. Er geriet so heftig ins Schwitzen, daß er die Feuchtigkeit unter seinen Armen spüren konnte und wie sie seinen Rücken hinabkroch. In Verdrehung der Wahrheit und in der Hoffnung, es wäre nicht das unglücklich gewählte Wort, das er auszusprechen fürchtete, fuhr Cowley fort: »Danilow rückte das Transkript erst heraus, als wir Hughes in seiner Wohnung das zweite Mal befragten. Und außerdem hat er das Transkript zwar beschafft, aber er hat es nicht *mir* beschafft. Nur, um daraus zu zitieren, um Hughes' Widerstand zu brechen.«

Im Raum breitete sich eisiges Schweigen aus.

»Und Sie haben sich bloß Notizen gemacht?« höhnte ein Assistent.

»Zu diesem Zeitpunkt, ja.«

»Diese Erklärung könnte als Rechtfertigungsversuch aufgefaßt werden«, schloß sich Holmes dem Hohn an.

»Es diente dem Zweck, etwas klarzumachen, was ich für einen absolut plausiblen Sachverhalt hielt«, sagte Cowley ungeachtet der angespannten Mienen der Männer, die ihm gegenübersaßen. Er hatte schon so viel verloren, daß er nicht mehr viel mehr zu verlieren hatte.

»Haben Sie Teile des Transkripts *gesehen*?« fragte einer der namenlosen Rußlandexperten.

»Nein«, gab Cowley zu.

»Dachten Sie nicht, es könnte wichtig sein, das Transkript zu haben?«

»Nicht in diesem Moment!« Cowley bedauerte, daß sein Ärger wie ein Flehen klang. »Ich tat *meine* Arbeit, nicht ihre. Und in diesem Moment versuchte ich ein Geständnis zu bekommen.«

»Demnach haben Sie also nicht die Abfolge des Gesprächs, woraus sich erschließen ließe, wer wen angerufen hat?«

Cowley sah den CIA-Direktor unverwandt an. »Ich habe nicht behauptet – noch habe ich das in einem meiner Berichte aus Moskau angedeutet –, daß es Hughes' Telefon in der Botschaft war, das abgehört wurde. Diesen Schluß haben *Sie* gezogen. Soviel ich aus Danilows Äußerungen erschließen konnte, *bekam* Hughes die Anrufe aus der Wohnung des Mädchens ...« Plötzlich entschied er, daß er Grund hatte, verärgert zu sein. Das Treffen – vielleicht war Verhör zutreffender – verdrehte die Vorgänge zu einem ungerechtfertigten Vorwurf der Unfähigkeit. »Warum ist die Abfolge wichtig? Aufgrund dessen, was ich Ihnen gesagt habe, wissen Sie doch, daß die Gespräche abgehört werden.« Genauso, wie ihm Andrews am Abend seiner Ankunft erzählt hatte, daß das neue Botschaftsgebäude abgehört wurde, erinnerte er sich.

»Von seinem Büroapparat aus spricht Hughes vermutlich mit einer Menge Leute, die wesentlich wichtiger sind als seine perversen Bettgespielinnen«, gab Holmes zu bedenken. »Die Berliner Mauer mag ja inzwischen nur noch aus Souvenirtrümmern bestehen und der kalte Krieg angeblich Geschichte sein, aber für uns ist der Fall noch lange nicht erledigt, ebensowenig wie für den ehemaligen KGB. Das Hauptinteresse gilt der Wirtschaft – wie schnell und wie weit Rußlands Finanzen den Bach runtergehen. Wir wollen hier wissen, wie groß das Ausmaß des Schadens ist, der hier möglicherweise auf uns zukommt.«

»Möglicherweise so groß, wie er für das FBI geworden wäre, wenn Hughes der Mörder gewesen wäre«, sagte Cowley in dem Bestreben, einen Punkt für sich zu verbuchen.

Das Ergebnis waren weiter angespannte Mienen. Der Seufzer fragte: »Können Sie das Transkript besorgen?«

Cowley warf einen besorgten Blick auf die Stenographin. Er wußte nicht, in welchem Umfang er eine Verpflichtung eingehen sollte. *Wenn* der russische Ermittler sein Versprechen, das Konkurrenzverhalten aufzugeben, ernst meinte. Und *wenn* der russische Geheimdienst nicht darauf bestand, daß alles, was er zur Verfügung stellte, von jeglicher Kooperation ausgeschlossen wurde. Zu viele Wenns. »Ich hoffe, es ermöglichen zu können.«

»Ist Danilow wirklich von der Moskauer Miliz? Oder könnte er von der Tscheka sein?«

»Wir operieren vom Milizhauptquartier aus. Er hat ein Büro, das schon lange in Gebrauch ist.«

»Das heißt nicht, daß es *sein* Büro ist. Warum könnte es keine Attrappe sein?«

»Er kennt sich darin aus, ist vertraut damit. Er wirkt wie jemand, der es gewöhnt ist, in Verbrechensfällen zu ermitteln.« In diesem Moment fiel Cowley ein Punkt ein, den er vielleicht ebenfalls für sich verbuchen konnte, weshalb er rasch hinzufügte: »Wenn Danilow Geheimdienstoffizier wäre, *warum* sollte er Hughes dann auffliegen lassen, wenn der russische Geheimdienst ihn ins Auge gefaßt oder sogar schon angeworben haben sollte?«

»Um genau das zu erreichen, was jetzt der Fall ist«, sagte der CIA-Direktor. »Es tut überhaupt nichts zur Sache, ob Hughes nach den Lügendetektortests dasteht wie George Washington und der Apfelbaum. Oder ob er auch alle anderen Verhöre übersteht, denen er sonst noch unterzogen werden wird. Wir können es uns einfach nicht mehr leisten, ihm zu glauben. Deshalb müssen wir und das State Department noch einmal alles durchgehen, was uns der Mann geliefert hat, seit er in Moskau ist, und alles noch einmal neu bewerten und analysieren und dem dann jede Entscheidung anpassen, die, basierend auf diesen Informationen, getroffen wurde. So etwas nennt man Desinformation, und das ist verdammt unangenehm.«

Im Auto, auf der Rückfahrt nach Washington, sagte Cowley: »Tut mir leid. Das lief eben nicht sehr gut.«

»Nein«, bestätigte Ross kurz angebunden.

»Suchen diese Typen eine Kloschüssel nach Mikrophonen ab, bevor sie sich draufsetzen?«

»Nach Kameras auch«, sagte Ross. »So läuft es eben in deren Köpfen.« Er zögerte und dachte, wie schön es wäre, Washington auf Dauer den Rücken zu kehren. Pointiert fügte er hinzu: »Ich würde gern besser abschneiden, falls es ein nächstes Mal gibt.«

Als Cowley, zurück in seinem Hotel, in Quantico anrief, sagte ihm ein Verhaltenspsychologe namens Peter Meadows, inzwischen sei auch das neue Material über den fehlgeschlagenen Überfall für das Psychogramm verwertet worden, und er sei gern bereit, darüber zu sprechen. Judy Billington sagte am Telefon, sie wisse nicht, wie sie ihm helfen könne. Cowley sagte, vielleicht würden sie beim Reden auf etwas stoßen. Sie sagte, es müsse natürlich nach dem Begräbnis sein. Natürlich, pflichtete ihr Cowley bei.

Sie hatten beschlossen zu warten, weil Jeschows Mutter sicher gewesen war, er würde in der nächsten Stunde heimkommen, was allerdings nicht der Fall war. Jetzt waren sie sauer. Iwan Trutschin, der ranghöhere Detektiv, war Eishockeyfan, und da er für das Spiel heute abend Karten für Plätze in einer der vorderen Reihen hatte, wollte er auf keinen Fall zu spät kommen. Sein Partner Anatoli Sujew hatte eine Verabredung mit dem Besitzer einer Autowerkstatt, dem er eine Lieferung Reifen besorgt hatte und von dem er heute abend sein Geld abholen wollte. Ohne zu wissen, wogegen sie sich schützen sollte, hatte die Frau die Arme um ihren Körper geschlungen, als sie unruhig in ihrer Wohnung am Bronnaja Bulwar auf und ab ging: Sie hatten sich geweigert, ihr zu sagen, was Petr gemacht hatte, aber sie war sicher, es war etwas Schlimmes. Sie hatte Angst.

Es verging fast noch eine Stunde, bis er nach Hause kam. Petr Jeschow wußte, wenn er es mit Behördenvertretern zu tun hatte, und zog sich sofort in sein Schneckenhaus zurück. Wenn er ihnen nicht mehr sagte, als er mußte, konnten sie ihn nicht in die Enge treiben – ihn nicht einsperren. Mit einem Nicken bestätigte er, daß er im Rangierbahnhof der Kursker Station als Arbeiter beschäftigt war. Als sie fragten, was er in der Nacht des 17. Januar getan habe, versicherte seine Mutter den Polizisten rasch, er sei bei ihr zu Hause gewesen: Petr konnte sich nicht an Daten erinnern und wäre sofort für schuldig gehalten worden, egal, worum es sich handelte. Er war am 17. Januar nicht zu Hause gewesen. Sie sagte, er sei auch in der Nacht, in der Ann Harris ermordet worden war, bei ihr gewesen. Was nur zum Teil stimmte. Gegen zehn Uhr war er zu einem seiner Spaziergänge aufgebrochen, und sie war vor seiner Rückkehr eingeschlafen. Jeschow selbst sagte den Milizbeamten, er wisse nichts von irgendwelchen Überfällen auf irgendwelche Frauen. Er hatte sich gebessert: Inzwischen wußte er, es war falsch, so etwas zu tun. Er sagte, er wisse nicht, wo die Gerzena oder die Granowskaja seien. Beide Detektive standen unter starkem Zeitdruck, als sie ihn aufforderten, ihnen die abgeschlossene Tür zu seinem Zimmer zu öffnen. Sie waren überrascht über die Ordnung, die dort herrschte und die sie mit ihrer unachtsamen Durchsuchung rasch ruinierten. Sie durchwühlten und leerten Nachttischschubladen und Schränke und ließen ihn den Pappkoffer unter dem Bett öffnen. Er enthielt Fotos von Lokomotiven: Jeschow mochte Lokomotiven, und das war auch der Grund, warum er am Kursker Bahnhof arbeitete.

Als sie mit dem Auto wegfuhren, sagte Trutschin: »Wieder mal reine Zeitverschwendung. Wie die anderen Male auch.«

»Nur gut, daß wir noch rechtzeitig fertig geworden sind«, sagte Sujew.

Währenddessen forderte Jeschows Mutter in ihrer Wohnung ihren Sohn auf, sich direkt vor sie zu setzen. Dann nahm sie ihn an beiden Händen, wie sie es auch immer getan hatte, als er noch ein Kind – jedenfalls jünger als jetzt – gewesen war und sie ihm das Geständnis hatte abringen wollen, etwas Falsches getan zu haben. »Warst du wieder böse? Wenn du böse warst, mußt du es mir sagen, Petr Jakowlewitsch.«

25

Es gab kein sauberes Hemd. Olga klagte, die Waschmaschine sei wieder kaputt. Sie wußte nicht, wann sie repariert würde. Bis dahin solle er ganz besonders darauf achten,

Manschetten und Kragen nicht schmutzig zu machen. Als er in seinem Dienstwagen in die Petrowka fuhr, wurde Danilow an der Kreuzung Serowa von einem uniformierten Milizbeamten in Filzstiefeln angehalten. Als sich der Mann durch das Fenster beugte, roch er nach abgestandenem Schweiß: Danilow fragte sich, wie oft er sein Hemd wechselte. Der Mann behauptete steif und fest, Danilow habe die erlaubte Höchstgeschwindigkeit überschritten, wofür es eine gesetzlich vorgeschriebene Strafe gab, wenn der Strafzettel an Ort und Stelle ausgestellt wurde. Er nahm an, es war schwer, sich in so einem schönen Wagen an die Geschwindigkeitsbegrenzung zu halten; er mußte eine Menge gekostet haben und war teuer im Unterhalt. Der Mann lächelte in Erwartung einer Bestechung, als Danilow in seine Jacke langte. Er lächelte auch noch, als Danilow seinen Milizausweis hervorholte, und trat dann mit einem resignierten Achselzucken zurück. Nur eine kurze Zeitverschwendung. Danilow hätte gern gewußt, wieviel der Mann in einer durchschnittlichen Woche mit solchen Erpressungsmethoden verdiente.

Pawin war bereits im Büro, als Danilow ins Milizhauptquartier kam. Diesen Morgen war die Einsatzbesprechung mit dem Direktor um eine Stunde verschoben worden: Lapinsk war ins Außenministerium bestellt worden. Bei den laufenden Routinenachforschungen war nichts herausgekommen, aber Jewgenij Kosow hatte persönlich angerufen, daß er so bald wie möglich mit ihm sprechen wolle. Als Danilow ihn zurückrief, sagte Larissas Mann, es gehe um die Morde, aber er wolle am Telefon nicht darüber sprechen. Ob sie sich nicht zum Mittagessen treffen könnten: Er hätte bereits im Fremdwährungsbereich der Kropotkinskaja 36 einen Tisch reserviert. Danilow runzelte die Stirn, sowohl über das Bevorstehende als auch über den knappen Dialog. Neue amerikanische Filme auf dem beeindruckenden Fernseher, vermutete er. Er sagte, das sei eine gute Idee, denn er wolle gern wissen, wie das Restaurant wäre. Er habe davon gehört, aber nie dort gegessen. Er wünschte sich, er hätte ein sauberes Hemd. Während er auf Lapinsk wartete, vereinbarte Pawin mit dem Krankenhaus einen Termin, um Lydia Orlenko noch einmal besuchen zu können.

Er mußte über eine Stunde warten. Als er schließlich Lapinsks Büro im obersten Stock betrat, verriet ihm das Husten, ähnlich den Fehlzündungen eines Motors, daß der alte Mann von einem unerfreulichen Treffen aus dem Ministerium zurückkam.

»Es hat eine Menge Ärger gegeben wegen der Beschwerden dieses Senators«, verkündete Lapinsk. »An dem heutigen Treffen haben sowohl Leute des Innenministeriums wie des Außenministeriums teilgenommen. Außerdem Nikolai Smolin.«

»Was ist mit dem Föderalen Sicherheitsdienst?«

Der Direktor nickte. »Gugin nahm auch teil.«

»Übernimmt jetzt der FSB den Fall?« Allerdings nahm er an, Lapinsk hätte einen glücklicheren Eindruck gemacht, wenn diese Entscheidung bereits gefallen wäre.

»Noch nicht. Gugin stellte es so hin, als bestünde bereits ein hohes Maß an Kooperation: Daß es praktisch ein gemeinsames Ermittlungsverfahren ist.«

»Dann versuchen sie es also immer noch zu umgehen?« In Danilows Zufriedenheit mischte sich die Erkenntnis, daß ihm der Fall nicht zum Zeichen des Vertrauens in seine Person überlassen blieb, sondern mangels einer besseren Möglichkeit.

»Ja.«

»Aber das könnte sich ändern?« hakte Danilow nach.

»Wir müssen Gugin alles zur Verfügung stellen, was wir aufgrund unserer Verbindung zum FBI aus Amerika erhalten.«

»Um sie gründlich vorzubereiten, wenn sie schließlich aufgefordert werden, den Fall zu übernehmen?«

»Das ist offensichtlich die Absicht, die dahintersteckt.« In diesem Eingeständnis schwang kein Widerstreben mit.

Danilow nahm an, es war nur eine Frage der Zeit, bis er schließlich abserviert würde, ein gescheiterter Ermittler, eine Blamage.

»Wir haben auf eine Warnung der Öffentlichkeit verzichtet, um es einfacher zu machen, wenn der Mörder der Amerikaner gewesen wäre«, sagte Danilow.

»Aus Washington wurde nichts Offizielles verlautet«, sagte Lapinsk. »Wie auch? Aus eben diesem Grund! Es ist nur die Presse- und Fernsehreaktion auf das, was der Senator gesagt hat. Der Außenminister bestellt den amerikanischen Botschafter zwecks einer Konsultation zu sich. Die Medien verlangen mehr Informationen: mehr Pressekonferenzen und Zugang zu der Frau, die überlebt hat.«

»Werden wir es gewähren? Irgend etwas davon?«

»Ich möchte an keinen weiteren Pressekonferenzen mehr teilnehmen. Und Smolin auch nicht.«

»Heißt das, ich muß es?« fragte Danilow ganz direkt.

»Nicht allein«, versicherte ihm der Direktor zu seiner Beruhigung. »So würden wir nur die volle Verantwortung für unsere Verzögerungstaktik übernehmen. Sie machen es nur mit dem Amerikaner. Und erst dann, wenn wir dem amerikanischen Botschafter auseinandergesetzt haben, daß wir keinen Grund mehr sehen, weshalb wir nicht bekanntgeben sollten, *warum* wir uns so bedeckt gehalten haben.«

»Das hätte zur Folge, daß Paul Hughes – und die amerikanische Botschaft – gewaltig unter Beschuß genommen würden«, prophezeite Danilow.

»Wobei jeder bei diesem morgendlichen Treffen Anwesende lieber uns unter Beschuß genommen sähe.«

Danilow merkte, daß insgeheim der Druck wieder zurück auf Amerika verlagert wurde, obwohl er in der Öffentlichkeit – nachdem er auf der ersten Pressekonferenz als der gemeinsam ermittelnde Beamte zu erkennen gegeben worden war – weiterhin mit der von dem amerikanischen Politiker angestifteten Sensation in Verbindung gebracht würde, die eigentlich gar keine Sensation war. Bei dem Gedanken an die Pressekonferenz erinnerte sich Danilow an die Frage, die sich ihm und Pawin gestellt hatte und die er immer noch beantwortet haben wollte. »Vielleicht kommt Cowley ja mit neuen Anweisungen zurück, zur Ergänzung dessen, was der Botschafter sagen wird.«

Lapinsk zuckte fast gleichgültig mit den Achseln, und

Danilow nahm an, der alte Mann betrachtete das störende Element bereits als von seinen Schultern genommen. Jedenfalls schien er nicht sonderlich interessiert am Rest des Gesprächs über die Routinenachforschungen, die in den psychiatrischen Anstalten und in den Milizbezirken im Umkreis der Tatorte durchgeführt wurden.

Danilow traf früher als erwartet im Krankenhaus ein, vor dem vereinbarten Termin. Lydia Orlenko war immer noch allein in ihrer wandschrankgroßen Station, lag aber inzwischen mehr auf dem Rücken als zuvor, auch wenn sie es weiterhin vermied, sich mit ihrem ganzen Gewicht daraufzulegen. Sie war mit Bandagen umwickelt und sah aus, als hätte sie sich die Oberweite ausgestopft. Danilow bildete sich ein, sich von seinem letzten Besuch an die Flecken auf dem Bettzeug erinnern zu können. Er war froh, daß der Amerikaner nicht dabei war; in amerikanischen Krankenhäusern wurde das Bettzeug vermutlich täglich gewechselt. Danilow hockte wie beim erstenmal weit vorgebeugt auf dem kleinen Stuhl. Über Lydia Orlenkos Züge spielte ein zaghaftes Lächeln halben Wiedererkennens. Sie trug immer noch die Schutzhaube, die ihren geschorenen Kopf bedeckte, und bezog sich sofort darauf. »Sie haben mir nicht erzählt, was mit meinem Haar passiert ist. Sie hätten es mir sagen sollen.«

»Es wird nachwachsen«, tröstete sie Danilow.

»Das sagen alle. Aber ich weiß nicht.« Ihre Unterlippe bebte. »Ich mochte mein Haar. Möchte nicht häßlich sein. Boris mochte mein Haar.«

»Ich würde gern noch weiter über diesen Abend mit Ihnen sprechen«, sagte Danilow rasch, da er nicht wollte, daß sie ihm zusammenklappte. »Ich weiß, da sind Lücken, als Sie ohnmächtig wurden. Aber erzählen Sie mir vorher über die Momente, an die Sie sich noch erinnern können. *Alles*, woran Sie sich davor noch erinnern können.«

»Wie gesagt, ging ich vom Hotel nach Hause. Um die Zeit, die ich Ihnen gesagt habe. Ich merkte nicht, daß er hinter mir war, nicht, bis sein Arm plötzlich über meine Schulter kam und seine Hand sich auf meinen Mund legte.« Vorsichtig hob Lydia Orlenko die Hand an den runden blauen Fleck auf ihrem Kinn. »… Das heißt, er *legte* mir die Hand eigentlich gar nicht auf den Mund«, verbesserte sie sich. »Es war mehr wie ein Schlag; er klatschte mir die Hand regelrecht *ins* Gesicht. Davon – und von dem unglaublichen Schmerz – blieb mir die Luft weg. Aber ich spürte seine Kraft, als er mich nach hinten zog. Ich weiß noch, wie ich dagegen ankämpfte, nicht nach hinten zu fallen. Aber es gelang mir nicht.«

»War das, als Ihnen auffiel, daß sein Atem so stark nach Tabak roch.«

»Nicht sein Atem«, widersprach sie sofort.

»Aber Sie haben doch gesagt …«, begann Danilow und verstummte dann, weil sie es tatsächlich nicht gesagt hatte: Sie hatte ihnen erzählt, er habe nach Tabak gerochen, und er hatte *angenommen*, es wäre sein Atem gewesen. »Wie dann?« sprach er zu Ende.

»Er roch überall, am ganzen Körper, danach. Nicht so, wie wenn der Atem von jemand nach Tabak riecht: Dann ist es – wie sagt man – zielgerichtet? Konzentriert!«

Danilow nickte, obwohl er nicht sicher war, ob er sie wirklich verstand. »Und was die klammen Hände angeht, sind Sie sich da immer noch sicher?«

Lydia Orlenko schauderte, riß sich aber schnell zusammen. »Das war das Schlimmste, bis auf die Schmerzen. Wie seine Hände waren. Unnatürlich. Das und dieses Geräusch …«

»Was für ein Geräusch?« Dieser zweite Besuch würde sich vielleicht als genauso lohnend erweisen wie der bei der Witwe des Taxifahrers.

Lydia Orlenko runzelte die Stirn und drehte leicht den Kopf, um ihn besser sehen zu können. »Ich habe Ihnen doch von dem Geräusch erzählt.«

»Sie sagten, er hätte gestöhnt, als Sie nach ihm schlugen. Ihn an der Brust trafen.«

»Nein«, sagte die Frau, ohne ihm wirklich zu widersprechen. »Da war dieses Summen. Zuerst nicht. Wie bereits gesagt, zuerst habe ich nichts gehört. Ich wußte nicht, daß er hinter mir war. Aber als ich auf dem Boden wieder zu mir kam, summte er.«

»Er summte! Eine Melodie, meinen Sie?«

»Nein. Keine richtige Melodie. Nur ein Laut, in seinem Kehlkopf. So ein Geräusch, wie es manche Leute, ohne es zu merken, machen, wenn sie sich konzentrieren. So ist wahrscheinlich auch das Stöhnen zu erklären. Als ich ihm den Schlag verpaßte, wurde das Summen einfach nur einen Moment lauter.«

Danilow beugte sich noch weiter zu ihr hinab: Ihr Atem roch immer noch schlecht. »Jetzt denken Sie mal nach, Lydia Markowina! Das ist extrem wichtig. Das Summen, das Geräusch, ganz gleich, was es für Sie war. Ist Ihnen *irgend* etwas wie ein Akzent aufgefallen; irgend etwas, vielleicht sogar ein Wort? War es russisch? Oder etwas anderes? Denken Sie nach! Denken Sie scharf nach, bevor Sie antworten!«

Wieder das Stirnrunzeln. Sie dachte über die Frage nach, wie er verlangt hatte. Schließlich sagte sie: »Das kann ich nicht sagen. Es war einfach ein Geräusch, ein Stöhnen genauso wie ein Summen. Keine Wörter. Kein Akzent ...« Sie lächelte schüchtern und machte ganz hinten in ihrer Kehle ein Geräusch, das Danilow mehr wie ein Stöhnen vorkam als wie das Geräusch, das sie beschrieben hatte. »So in etwa«, bemerkte sie dazu.

Kleinigkeiten, entschied Danilow. Kleinigkeiten, die sich vielleicht zu einem größeren Ganzen zusammenfügten, falls Sie dem Mann je auf die Spur kamen. »Sie haben beim letztenmal gesagt, Sie hätten sein Gesicht nicht erkennen können, als er sich über Sie beugte. Ist das wirklich so? Ist Ihnen in der Zwischenzeit nicht noch etwas über sein Aussehen eingefallen? Irgend etwas über sein Gesicht?«

»Er war nicht groß, nicht wie Ihr Freund. Über sein Gesicht kann ich Ihnen nichts sagen. Es war die ganze Zeit im Dunkeln.«

Danilow spürte, wie sein Rücken zu schmerzen begann, und richtete sich wieder auf. »Dann belassen wir es mal dabei«, sagte er. »Aber vielleicht kommen wir noch mal.«

»Die Schwester hat gesagt, es war ein Mörder. Ein Verrückter, der schon andere Leute umgebracht hat.«

»Ja«, sagte Danilow.

Sie schauderte unter Schmerzen. »Dann kann ich also von Glück reden, daß ich nicht auch tot bin?«

»Aber Sie leben doch noch«, sagte Danilow, der nicht wollte, daß sie sich zu sehr damit beschäftigte, daß sie davongekommen war. »Deshalb dränge ich ja auch so darauf, daß Sie darüber nachdenken, ob Ihnen noch etwas einfällt, was mir helfen könnte, ihn zu fassen.«

»Boris hat gesagt, Sie haben alle meine Kleider genommen.«

»Um sie untersuchen zu lassen. Vielleicht enthalten Sie irgendwelche Beweismittel.«

»Er wird doch gefaßt werden, oder nicht?«

»Ja«, versicherte ihr Danilow. Aber wahrscheinlich nicht von mir, dachte er.

Danilow entschied, tagsüber wäre es nicht nötig, die Scheibenwischer abzunehmen: Selbst nachts kam er sich lächerlich vor, wenn er es tat, und er zwickte sich immer noch manchmal die Finger dabei ein. Der Name Kosow sagte dem Geschäftsführer sofort etwas. Lächelnd führte er ihn in einen Raum auf der rechten Seite. Es war nicht schwer, die Ausländer auszumachen – Touristen, Geschäftsleute und möglicherweise auch Diplomaten –, aber genauso leicht erkannte Danilow auch die Russen, die sich selbst als Elite verstanden und sich hier etwas Gutes taten. Kosow war in der Mitte des Raumes, wo er sich insofern als bevorzugter als die meisten anderen auswies, als er an einem Tisch für vier Personen saß. Danilow, der frühzeitig erschienen war, vermutete, daß Kosow noch früher gekommen war, um den aufmerksamen, rücksichtsvollen Gastgeber spielen zu können. Es hätte Danilow nicht überrascht, wenn Kosow seine Uniform getragen hätte, was jedoch nicht der Fall war. Der blaugestreifte Anzug war gut geschnitten und eindeutig aus dem Westen, das dazu passende blaue Hemd sauber und frisch gebügelt; ohne zu überlegen, ließ Danilow seine Manschetten mit einem Anheben der Schultern unter seinen Jackenärmeln verschwinden. Kosow stand auf, um ihm überschwenglich die Hand zu schütteln, und blieb stehen, als Danilow sich setzte. Auf dem Tisch stand bereits eine Flasche Wodka mit deutlich reduziertem Inhalt; ohne zu fragen, schenkte Kosow Danilow kräftig ein und prostete ihm mit seinem Glas zu. Verlegen folgte Danilow seinem Beispiel. Kosow bestand darauf, erst das Bestellen hinter sich zu bringen; er versicherte Danilow, die *Stschi* sei die beste Kohlsuppe, die man in ganz Moskau bekommen könne, und empfahl als Hauptgericht den geräucherten Stör. Danilow erklärte sich in beiden Fällen einverstanden. Kosow reichte ihm die Weinkarte, mit dem Hinweis, sie enthielte sowohl kalifornische und französische als auch georgische Weine. Danilow lehnte es ab, einen Wein auszusuchen, und sagte, es sei ihm egal. Kosow wählte einen französischen Beaujolais: 1983 sei ein guter Jahrgang, erklärte er.

Kosow füllte ihre Wodkagläser nach und sagte: »Mit dem Senator gibt es einigen Ärger, nicht?«

»Ja.«

»Wird denn tatsächlich etwas vertuscht? Etwas, wovon wir nichts wissen?«

War er zu diesem Treffen gelockt worden, um Klatsch weiterzugeben, mit dem Kosow seine zwielichtigen Freunde beeindrucken konnte? »Ganz und gar nicht. Wir haben lediglich bestimmte Nachforschungen angestellt, ohne dies – aus ermittlungstechnischen Gründen – vorher bekanntzugeben. Der Senator kann sich einfach nur nicht oft genug selbst im Fernsehen sehen.«

»Was waren das für Nachforschungen?«

»Es kam nichts dabei heraus.«

Diese ausweichende Antwort hatte ein kaum merkliches Stocken der Unterhaltung zur Folge. »Es könnte ziemlich peinlich für uns werden, wenn der Mann im amerikanischen Kongreß tatsächlich etwas sagt. Ich habe mitbekommen, daß er das im Fernsehen angedroht hat.«

»Damit sollen sich die Politiker befassen«, sagte Danilow, der endlich auf den Grund ihres Treffens zu sprechen kommen wollte. »Meine Aufgabe ist es, den Mann zu finden, der die Morde begeht. Oder es zumindest zu versuchen. Du hast gesagt, du hättest etwas für mich?«

Kosow lächelte. Er ließ sich nicht drängen. »Ich habe ganz spezielle Freunde.«

»Das hast du mir erzählt.«

»Als Beweismaterial würde das nie gelten, das ist dir doch klar? So weit zu kooperieren, wären sie auf keinen Fall bereit.«

»Ich bin auch schon für einen Tip dankbar.«

»Diese Freunde haben eine Menge Leute für sich arbeiten. Sie sind viel in Moskau unterwegs, Verkaufsstellen beliefern.«

Danilow war sofort klar, der Mann sprach von Schwarzmarktlieferungen, bei denen Kosow dafür sorgte, daß sie nicht durch neugierige Milizbeamte gestört wurden. Was genau das war, was er selbst für den dankbaren Eduard Agajans getan hatte. War der Informant vielleicht sogar Agajans? Möglich, vielleicht sogar höchstwahrscheinlich. »Spät nachts?« fragte er, um zu zeigen, daß er verstand, worum es ging.

»Zur besten Zeit.« Kosow grinste. Das Gespräch machte ihm sichtlich Spaß. »Diese Anfrage, die vor ein paar Tagen von dir reinkam? Bezog sie sich auf ein bestimmtes Gebiet?«

»Ja.«

»Diese Fahrer sagen, in diesem Gebiet wäre ihnen spät nachts schon öfter jemand aufgefallen. Jemand, der immer sehr darauf bedacht zu sein scheint, nicht gesehen zu werden. Zieht sich in Hauseingänge oder Einfahrten zurück, sobald ein Laster oder Lieferwagen kommt.«

Danilow verkniff sich ein Seufzen. Wie viele Menschen gab es in einer Stadt mit zehn Millionen Einwohnern wohl, die nachts keine Aufmerksamkeit auf sich lenken wollten? »Ein Mann?«

Kosow nickte. »Laut Aussagen meiner Leute immer dieselbe Strecke. Gorkij-Straße ...« Er zögerte. »Beziehungsweise Twerskaja, wenn du dich als korrekter Polizist an die Umbenennung der Straßen halten willst. Besonders häufig wurde er in der Gerzena gesehen; das ist nicht weit von da, wo die Amerikanerin umgebracht wurde, oder nicht? Auf der Ringstraße, die die beiden verbindet. Meine Leute benutzen die Ringstraße sehr oft. Und die Granowskaja.«

Meine Leute, registrierte Danilow. Wer war wem mehr verpflichtet, Kosow der Mafia oder die Mafia Kosow? Danilow war sich ziemlich sicher, die Antwort zu wissen. »Wie sieht er aus?«

Kosow hob die Schultern. »Durchschnittlich groß, wie es scheint. Um diese Jahreszeit trägt er eine wollene Schimütze. Und eine Steppjacke, wegen der Kälte.«

Die Winterkleidung von fast jedem dieser zehn Millionen Moskauer, dachte Danilow. Dennoch *könnte* die Beschreibung mit den vagen Angaben übereinstimmen, die ihm Lydia Orlenko von ihrem Angreifer gegeben hatte. Er begann seine Kohlsuppe zu essen: Sie war so gut, wie Kosow versprochen hatte. »Und das Gesicht?«

»Er versteckt sich immer.«

Das war nicht mehr, als die Hinweise auf mysteriöse oder verdächtige Personen, wie sie zu Dutzenden von anderen Milizstationen eingegangen waren und von seinen verstimmten Außendienstteams bereits überprüft und für haltlos befunden worden waren. Es wäre jedoch falsch, die Information von vornherein abzutun, nur weil ihr von einem Mann, der sich so aufspielte wie Kosow, übermäßige Bedeutung beigemessen wurde; er würde Pawin bitten, die Außendienstteams darauf aufmerksam zu machen, diesem Hinweis wie allen anderen nachzugehen. »Ich werde es weitergeben.«

»Bereits geschehen, bei meinen Leuten.« Wieder verwendete Kosow die gleiche Wendung.

»Bei den Milizbeamten? Oder deinen speziellen Freunden?« Der Beaujolais war so gut wie die Suppe.

Wieder dieses selbstsichere Grinsen. »Bei beiden. Wenn ihn die Fahrer wieder rumschleichen sehen, geben sie mir sofort Bescheid. Und wenn es geht, versuchen sie ihn sich zu schnappen.«

Danilow, der gerade sein Weinglas zum Mund hatte führen wollen, erstarrte. »Ich glaube nicht, daß ich das gut finde!« protestierte er. »Dazu haben sie kein Recht. Das ist typisches Bürgerwehrgebahren.«

Kosows Grinsen wich einem Ausdruck der Überraschung. »Was soll das hier mit Recht und Gesetz zu tun haben? Du jagst hier einen Irren. Du hast eine öffentliche Warnung erlassen, Frauen sollen sich möglichst von der Straße fernhalten! Du machst dir Gedanken um Recht und Anstand, wenn du so einen Kerl zu finden versuchst? Außerdem werden sie nichts anderes tun, als ihn festhalten, bis ich zur Stelle bin. Oder einer meiner Beamten …« Ein weiteres Achselzucken. »Wenn er eine Erklärung hat, wunderbar. Wenn nicht, hast du deinen Mann.«

Genau wie in den Videofilmen, dachte Danilow. Der Gedanke an eine inoffizielle Festnahme durch Schwarzmarkt-Auslieferungsfahrer war ihm war zwar sehr unangenehm, nein, sogar absolut zuwider. Andererseits *waren* diese Männer jedoch ständig auf den Straßen Moskaus unterwegs und sahen dabei mehr als viele Streifen der Miliz oder der Armee. Und auch darin hatte Kosow recht: Er jagte einen Irren. »Mehr werden sie tatsächlich nicht tun? Ihn nur festhalten, bis die Miliz eintrifft?«

Angesichts der offensichtlichen Besorgnis kehrte Kosows Grinsen wieder zurück. »Ich habe dir doch gleich zu Beginn gesagt, sie wollen sich nicht zu weit hineinziehen lassen. *Können* es auch gar nicht. Ist der Stör nicht vorzüglich?«

»Ganz hervorragend«, bestätigte ihm Danilow. Auf jeden Fall konnte er Kosows Maßnahme nicht direkt unterbinden.

»Wann werden wir wieder mal alle vier was unternehmen?« fragte Kosow.

»Bald«, sagte Danilow, nicht sonderlich begeistert. »Ich sehe zu, daß Olga sich darum kümmert.« Larissa hatte wieder nachmittags Schicht. Er könnte gleich nach dem Mittagessen ins Hotel Druschba gehen. Aber das würde er nicht tun, obwohl er vermutete, Larissa fände es amüsant, wenn er nach einem Essen mit ihrem Mann direkt zu ihr käme. Auf jeden Fall rechnete sie damit, daß er sich bei ihr meldete.

»Habt ihr euren Fernseher schon reparieren lassen?«

»Noch nicht.« Im Moment lag Danilow die Waschmaschine mehr am Herzen. Wenn sie einen Ersatz für ihre eigene bekämen, wären sie nicht mehr auf die Gemeinschaftsmaschine im Keller angewiesen, die außerdem kaum einmal zur Verfügung stand.

»Vergiß nicht, was ich dir gesagt habe«, rief ihm Kosow in Erinnerung. »Ich kann dich jederzeit mit den entsprechenden Leuten bekanntmachen. Du hast das einmal für mich getan. Warum sollte ich dasselbe nicht auch für dich tun?«

»Ich werde es mir merken«, sagte Danilow. Welchen Stellenwert hatte professionelle Integrität, wenn er, wie er es vor wenigen Minuten getan hatte, auch nur daran denken konnte, unmittelbar nachdem er mit Kosow gegessen hatte, dessen Frau aufzusuchen? Einen sehr geringen. Spielte er sich nicht genauso auf wie Kosow? War er nicht sogar noch schlimmer? Wenigstens war Kosow ehrlich korrupt, wenn das nicht zu sehr ein Widerspruch in sich war. Der Mann war nicht der betrügerische Heuchler, als der sich Danilow immer mehr zu betrachten begann.

Es folgte Small talk über den geplanten Auslandsurlaub der Kosows, in den Kosow immer wieder die von Danilow beharrlich umgangene Frage einstreute, weshalb die Öffentlichkeit so lange nicht vor dem verrückten Mörder gewarnt worden war. Nach Beendigung der Mahlzeit zahlte Kosow mit einem dicken Packen amerikanischer Dollar, die er, wenn man die Währungsbestimmungen strikt auslegte, von Rechts wegen eigentlich gar nicht hätte besitzen dürfen. Sie trennten sich mit Kosows Versprechen, schon bald Neues von dem geheimnisvollen Herumtreiber zu melden, während Danilow dem Mann einschärfte, vorsichtig zu sein, ohne selbst recht zu wissen, wie diese Warnung eigentlich gemeint war.

Danilow fuhr nicht direkt ins Milizhauptquartier zurück. Statt dessen machte er einen weiten Umweg, der ihn eine Weile die Wernadskaja entlang und am Hotel Druschba vorbeiführte, wo Larissa gerade arbeitete und wahrscheinlich auf ihn wartete. Aber er hatte noch immer nicht vor, dort haltzumachen. Er machte einen Schlenker zum Leninskij Prospekt hinüber, in unmittelbare Nähe des Büros, wo die Witwe des Taxifahrers arbeitete, und passierte den Straßenabschnitt, von dem Eduard Agajans den Großteil seiner Aktivitäten steuerte. Danilow fuhr langsamer, um sich den ehedem vertrauten Straßenzug anzusehen, und bog dann, einer spontanen Eingebung folgend, in die Zufahrtsstraße, um ganz anzuhalten. Der Häuserblock war mit Straßenschmutz beschmiert und sah verriegelt und unbenutzt aus. Aber so war es immer gewesen, als er noch mit dem Schwarzhändler kooperiert hatte. Hinter den mit Brettern vernagelten Fenstern, wußte Danilow, befanden sich im Ausland produzierte Fernsehgeräte, die nicht flimmerten und keinen Bildausfall hatten. Und Waschmaschinen, die die Wäsche nach dem Waschen fast trocken schleuderten. Es war völlig ausgeschlossen, daß Agajans ihn vergessen haben könnte, ebensowenig wie er den Armenier mit der kräftigen Gesichtsfarbe und dem Cognacritual vor jeder Begegnung vergessen hatte. Wurde es nicht langsam Zeit, daß er aufhörte, ein Heuchler zu sein? Und wie jeder andere Russe wurde, die Polizisten keineswegs ausgenommen? Wütend, daß er den verlockenden Umweg gemacht hatte, ließ Danilow den Wagen wieder an und bog rasch in die Hauptstraße, um zu seinem Büro zurückzufahren. Noch nicht: Er war noch nicht bereit aufzugeben.

In der Petrowka erzählte er Pawin von dem Mann, der in Kosows Revier gesehen worden war; die inoffizielle Hilfe, die ihm zu seiner Ergreifung angeboten worden war, verschwieg er allerdings. Genauso verschwieg er seinem Assistenten, daß sie das Ermittlungsverfahren möglicherweise an die Tscheka verlieren würden. Pawin sagte, er ginge immer noch der Nachfrage aus der Pressekonferenz nach. Als Pawin erklärte, keine der Nachforschungen in den psychiatrischen Kliniken habe etwas Brauchbares ergeben, sagte Danilow: »Ich würde gern alle gemeldeten Entlassenen sehen. Ich möchte die Unterlagen selbst durchgehen.«

Pawin nickte. Das war vermutlich keine schlechte Idee. Keiner der Berichte, die er selbst gelesen hatte, wies die Art von Gründlichkeit auf, mit der dabei hätte vorgegangen werden sollen; praktisch von jeder Seite sprang ihm die Verärgerung entgegen, eine solche Aufgabe zugeteilt bekommen zu haben.

»Was ich dich schon die ganze Zeit fragen wollte«, sagte Danilow. »Wie hast du es eigentlich geschafft, diese gestohlenen Scheibenwischer so schnell zu ersetzen?«

»Ich habe sie von einem anderen Polizeiauto abgemacht«, sagte Pawin. »Wie denn sonst?«

»Die einzige Möglichkeit«, gab ihm Danilow recht. Noch ein Moskauer Realist, wie so viele andere, stellte er fest; so viele andere außer ihm selbst.

»Was wird uns passieren?«

Paul Hughes sah seine Frau ungeduldig an. »Was soll diese Frage? Sie sollte eher lauten: Was *kann* uns passieren?«

»Warum wirst du zurückgerufen?«

»Das habe ich dir doch gesagt. Sie wollen mit mir sprechen. Das ist ganz normal. Ann Harris war eine Mitarbeiterin von mir.«

»Ich verstehe nicht, warum du deswegen nach Amerika fliegen mußt. Warum geht das nicht schriftlich? In Form eines Briefs oder Berichts?«

»Das weiß ich auch nicht«, sagte der Mann und hielt einen Moment beim Packen inne. »Du weißt doch, für wieviel Wirbel jemand wie Burden sorgen kann. Es muß etwas mit diesem Unsinn bei seiner Pressekonferenz zu tun haben.«

»Hast du mit Ann Harris geschlafen? Dinge mit ihr getan, die ich dich nicht mehr tun lasse?«

»Laß das, Angela!«

»Ja oder nein? Ich will es wissen!«

»Bevor ich zurückkomme, besuche ich noch die Kinder. Möchtest du, daß ich ihnen irgend etwas von dir bestelle?«

»Nichts, was ich ihnen nicht jede Woche, seit wir hier sind, geschrieben habe. Du hast sie also gefickt? Ihr weh getan? Mochte sie es? War sie tapferer als ich?«

»Ich kann mir nicht vorstellen, daß ich mehr als drei oder vier Tage weg sein werde. Allerhöchstens eine Woche. Irgend etwas, das ich mitbringen soll?«

»Woher weißt du, es wird eine Woche dauern? Woher weißt du, daß du überhaupt noch einmal zurückkommst?«

»Angela, ich bitte dich! Wenn ich für immer zurückberufen würde, gälte das auch für dich. Das ist es doch, was in der Nachricht stand. Nur zu Besprechungen.«

»Hast du sie umgebracht?«

Hughes wandte sich vom Bett, auf dem sein halbgepackter Koffer lag, ab und sah seine Frau an. »Du weißt ganz genau, daß ich das nicht getan habe! Was hast du denn plötzlich?«

»Ich habe Angst! Und ich glaube, völlig zu Recht.«

»Ich bin nicht dieses irre Phantom! Wenn du mir schon nicht glaubst, was Ann Harris angeht, was ist dann mit dieser russischen Frau? Du weißt selbst am besten, daß ich diesen Überfall nicht verübt haben kann. Folglich kann ich auch mit den Morden nichts zu tun haben.«

Sie sah ihn lange unverwandt an. Schließlich sagte sie: »Vielleicht wäre es das beste, wenn ich in die Staaten zurückkehren würde – ganz gleich, was passiert.«

»Was soll das nun wieder heißen?«

»Das weißt du genausogut wie ich. Vielleicht sogar besser.«

»Das ist eine begleitete Stelle, für verheiratete Männer.«

»Ich glaube, ich habe es langsam satt, ständig etwas für deine Karriere zu machen.«

»Warte, bis ich wieder zurückkomme. Damit wir richtig darüber sprechen können.«

»Wir haben schon vor Jahren aufgehört, irgend etwas richtig zu tun.«

»Angela, bitte!«

»Der kleine Junge, der nicht mehr weiter weiß! Auf diese Tour hast du es schon lange nicht mehr versucht.«

»Warte, bis ich wieder zurück bin.«

»Du solltest in Washington nicht nur die Kinder aufsuchen, sondern auch einen Anwalt. Jedenfalls werde ich das tun. Ich dürfte wohl kaum Probleme haben, auf Grausamkeit zu plädieren, oder nicht?«

Es waren zwölf Knöpfe. Wäre sie nicht wieder lebendig geworden, wären es mehr gewesen. Mindestens sechs mehr. Und etwas Haare. Wollte mehr Knöpfe. Mehr Haare. Warum? Darum, ganz einfach. Wichtig, daß es mindestens noch eine gab, um Knöpfe und Haare zu bekommen, um zu zeigen, was für Idioten sie waren. Aber diesmal keine Fehler. Keine falsche Auswahl mehr. Und keine mehr, die wieder lebendig wurde. Bereits zwei Fehler, einer nach dem anderen. Zu viele. Nächstes Mal würde alles perfekt klappen. Mußte aufpassen, daß er nicht zu sehr Gefallen daran fand. War aber schwierig, keinen Gefallen daran zu finden. Dieses Gefühl von Macht. Ungeheurer Macht. Macht über Leben und Tod zu haben. Aber wenn er zu sehr Gefallen daran fand, hieße das, er war verrückt. Das war es, was sie sagen würden. Was sie schon *sagten*. Ein Irrer. In allen Zeitungen. War nicht verrückt. Überhaupt nicht verrückt. Ganz im Gegenteil. Schlau, schlauer als alle anderen. Darum nur noch eine. Allerhöchstens zwei. Auf keinen Fall mehr als zwei. Aber eigentlich wollte er nicht damit aufhören. So *viel* Macht. War nicht verrückt. Wenn es nur eine Möglichkeit gäbe, ihnen das klarzumachen. Das wäre das allerbeste gewesen: Wenn es eine Möglichkeit gegeben hätte, ihnen das klarzumachen. Ihnen die Macht zu demonstrieren. War natürlich nicht möglich. Leider. Nur noch zwei. Allerhöchstens drei. Auf keinen Fall mehr als drei.

26

Wegen eines Unfalls auf der Interstate 95, in den drei Autos verwickelt waren, kam es zu einem Stau, dessentwegen Cowley zu spät nach Quantico kam. Es war ihm zuwider, zu einem Termin zu spät zu kommen, weshalb er einen irrationalen Ärger empfand, der kein vernünftiges Ziel hatte. Als er, begleitet vom Knack-Peng-Plopp der Agenten, die auf dem Schießstand der Ausbildungsakademie übten, schließlich ankam, sagte der Psychologe, es mache nichts: Er habe vergangene Woche selbst einen kleinen Unfall gehabt und wisse, wie das wäre. Außerdem habe ihm die Verspätung zu einer letzten Gelegenheit verholfen, sein Gutachten noch einmal durchzulesen.

Trotz der Bestätigungen, die er in Moskau erhalten hatte, sagte Cowley: »Ich hatte Bedenken, ob wirklich genug da war, um ein Psychogramm zu erstellen.«

»Dafür werden wir schließlich bezahlt.« Peter Meadows war ein kleiner, energischer Mann, dessen Brille trotz ihrer dicken Gläser zu schwach zu sein schien, weil er ständig blinzelte und sich vorbeugte, um durch sie hindurchzuspähen. Er trug Chinos und Halbschuhe. Der Rollkragenpullover war am linken Ellbogen fast durchgewetzt, und in einer Socke war eindeutig ein Loch. Im Gegensatz zum vernachlässigten Äußeren des Mannes war sein Büro in der Abteilung für Verhaltensforschung sehr ordentlich, wobei der Eindruck fast steriler Sauberkeit durch die grelle Krankenhaushelligkeit der Neonbeleuchtung, die im Kellergeschoß die einzige Lichtquelle darstellte, noch zusätzlich verstärkt wurde. Nirgendwo in dem Büro waren irgendwelche persönlichen Dinge wie ein Familienfoto oder ein Ausbildungsdiplom. Mit einem strahlenden Lächeln fügte Meadows hinzu: »Aber Sie dürfen dabei natürlich gewisse Schwierigkeiten nicht außer acht lassen.«

»Die wären?«

»Rußland«, sagte der Psychologe schlicht und einfach. »Unsere Einschätzungen und Psychogramme orientieren sich an einer amerikanischen Gesellschaft. Gewisse grundlegende Charakterzüge, die wir sozusagen durchgehend als allgemeingültig voraussetzen. Wenn nun allerdings Ihr Mörder ein Russe ist, könnten wir mit einigen unserer Einschätzungen etwas danebenliegen.«

»Mit einigen?« hakte Cowley nach. »Aber nicht mit allen?«

»Nicht mit allen«, bestätigte ihm der Mann. »Zuerst das Allgemeine: Ich stufe ihn als Einzelgänger ein. Diese Klassifizierung stützt sich vor allem auf den Umstand, daß die Morde und der fehlgeschlagene Überfall auf relativ begrenztem Raum stattgefunden haben. Wenn Sie ihn schnappen, wird er bestimmt in dieser Gegend wohnen. Einzelgänger schlagen in unmittelbarer Nähe ihrer Wohnungen oder Arbeitsstellen zu, weil sie sich dort am sichersten fühlen. Normalerweise kennen Einzelgänger ihre Opfer nicht. Ich will mich diesbezüglich auf nichts versteifen, aber die Opfer werden vermutlich willkürlich ausgesucht, Menschen, die ihm völlig fremd sind. Einzelgänger machen sich nicht die Mühe, ihre Opfer nach der Tat zu verstecken, was ebenfalls zu dem paßt, was Sie mir gegeben haben.«

»Was ist mit den Besonderheiten: den Schuhen, den Haaren und den Knöpfen?«

»Alles schön der Reihe nach«, sagte Meadows. »Die Art, wie er die Schuhe hingestellt hat, deutet auf zwanghafte Ordentlichkeit hin. Schuhe sind das Kleidungsstück, das ein Opfer bei einem Überfall am ehesten verliert. Also müssen sie wieder angebracht werden. Die Tatsache, daß er sie neben den Kopf gestellt hat, könnte auch als eine Bitte um Verzeihung aufgefaßt werden. Der Mord ist nicht aus Haß oder Abneigung erfolgt. Allerdings dürfte sich Ihr Einzelgänger darüber im klaren sein, daß nicht richtig ist, was er tut, und daß er seinen Opfern Schmerzen zufügt. Er bittet um Entschuldigung. Aber da sind auch noch ein paar Dinge, was die Ordentlichkeit angeht. Er dürfte zweireihige Jacketts tragen. Sie sind schicker als einreihige. Sonntags – oder an Feiertagen – trägt er einen Anzug. Die Hose immer mit einer Bügelfalte. Immer saubere Schuhe. Die Ordentlichkeit kann sich auch auf die körperliche Gepflegtheit erstrecken, aber das muß nicht unbedingt sein. Wenn doch, wäscht er sich sehr oft die Hände. Hat saubere Fingernägel.«

»Was ist mit den Haaren?«

Meadows zog die Mundwinkel zu einem zweifelnden Ausdruck nach unten. »Dafür könnte es eine Menge Erklärungsmöglichkeiten geben. Unter Umständen ist er häßlich: Möchte die Menschen, die er umbringt, auch häßlich machen. Vielleicht hat er auch nur eine Glatze – könnte eine medizinisch bedingte Kahlheit sein, von einer Chemotherapie oder von nervlich bedingtem Haarausfall – und möchte, daß sie genauso aussehen wie er. Auf jeden Fall besteht hier ein Zusammenhang zu seinem Ordnungs- und Sauberkeitsfimmel: Folglich dürfte er nicht *völlig* kahl sein. Er hat bestimmt noch Haare, die allerdings nicht seinen Vorstellungen von seinem Aussehen entsprechen. Andererseits könnten die Haare aber auch nur Andenkencharakter haben. Ich habe gelesen, daß die Haare verstreut sind, aber einen Teil davon behält er wahrscheinlich. Andenken sind sehr wichtig für ihn.«

»Er müßte sie also noch haben, wenn wir eine Verhaftung vornehmen.«

Das strahlende Lächeln kam wieder. »Das würde alles sehr einfach machen, nicht?«

»Womit noch die Knöpfe blieben.«

»Brustwarzenfetischist«, sagte der Verhaltensforscher sofort. »Bestens dokumentiert, ganz offensichtlich. Ann Harris hatte wunde, zerbissene Brustwarzen. Die russische Frau sagte aus, er hätte ihre Brüste betatscht.«

»Wir glauben zu wissen, wer Ann Harris gebissen hat. Es war ein Geliebter, der gern Schmerzen zufügte. Er hat ein Alibi.«

»Russe?«

»Amerikaner.«

»Paßt er in das Psychogramm?«

Cowley versuchte die einzelnen Teile zusammenzusetzen. »Gewisse Ähnlichkeiten. Aber sie zeigen nicht gerade mit dem Finger auf ihn. Meinen Sie eigentlich, es steckt ein sexuelles Motiv dahinter?«

Meadows schüttelte energisch den Kopf, als er sich vorbeugte, um Cowley besser ins Auge fassen zu können. »Nicht so, wie Sie und ich uns sexuelle Befriedigung vorstellen. Wenn ein Einzelgänger jemanden attackiert, haben wir es äußerst selten mit Penispenetration zu tun. Die Befriedigung ist mehr psychosexueller Natur. Womit wir bei einer weiteren Querverbindung wären. Einzelgänger benutzen scharfe, spitze Gegenstände: einen Penisersatz. Wie in diesem Fall das Messer. Nie eine Schußwaffe.«

»Könnte er schon einmal in einer Nervenheilanstalt gewesen sein? Wir haben natürlich eine Überprüfung der entsprechenden Kliniken durchgeführt.«

Meadows machte wieder ein skeptisches Gesicht. »Es lohnt sich auf jeden Fall, hier Nachforschungen anzustellen. Der Gesuchte könnte Störungen mit einer oder allen Manifestationen gezeigt haben, die jetzt zum Vorschein gekommen sind. Aber halten Sie nicht unter dem Gesichtspunkt danach

Ausschau, daß sie schon vorher zu einem Mord geführt haben. Zu töten ist die *endgültige* Explosion, das große Ziel, auf das er hingearbeitet hat. Wenn Sie die Suche auf eine bestimmte Zielgruppe eingrenzen wollen, suchen Sie nach jemandem, der in psychiatrischer Behandlung war und eine Brustwarzenfixierung aufweist: möglicherweise sogar eine tatsächliche Verstümmelung, die zu seiner Festnahme und schließlich zu seiner Einlieferung in die Anstalt führte. In diesem Fall hätten wir es mit einer Progression zu tun. Als er früher Brustwarzen verstümmelte, wurde er verhaftet und eingesperrt. Vielleicht, weil ihn die Frauen, die er angriff, wiedererkannten. Vorausgesetzt also, er kann sich der Festnahme entziehen, wird er nicht eingesperrt werden, wenn er sie umbringt. Genaugenommen *schützt* er sich sogar, indem er sie umbringt. Ihre Knöpfe abzuschneiden steht für das Abschneiden ihrer Brustwarzen, genauso eine Ersatzhandlung, wie das Messer ein Penisersatz ist.«

Cowley fragte sich, wie Danilow auf diesen Vortrag reagieren würde. Trotz der unangezweifelten achtzigprozentigen statistischen Genauigkeit solcher Psychogramme konnte Cowley die Skepsis des Russen gut verstehen. »Wie es scheint, sind wir vom Allgemeinen zu den Besonderheiten gekommen.«

»Notgedrungen«, entgegnete Meadows scharf. »Zurück zum Allgemeinen. Überwachen Sie das Gebiet, in denen die Morde passiert sind. Einzelgängerische Mörder kehren häufig an den Schauplatz ihrer Verbrechen zurück. Auch daraus ziehen sie Befriedigung, wenn sie das Verbrechen noch einmal durchleben.«

»Kehren wir noch mal einen Moment zur sexuellen Komponente zurück. Ist er heterosexuell? Oder könnte er homosexuell sein?«

»Auf jeden Fall heterosexuell. Ich kann mich an keinen vergleichbaren Fall erinnern, in dem der Mann homosexuell war.«

»Demnach müßte es also eine Frau geben? Oder eine Freundin?«

»Möglicherweise. Aber nicht unbedingt. Ein Einzelgänger

ist, wie der Name schon sagt, jemand, der wenig Kontakt hat, oft jemand, der als Kind mißbraucht wurde. Falls er eine Frau oder Freundin hat, dürfte er ihre Brüste mißbraucht haben. Wenn er unverheiratet ist, könnte er sich eine Prostituierte genommen haben, ebenfalls um ihre Brüste zu mißbrauchen. Wahrscheinlich hat er nicht versucht, sie zu vögeln. Soviel ich weiß, gibt es in Moskau ziemlich viele Prostituierte. Meines Erachtens würde es sich sehr empfehlen, sich unter ihnen ein bißchen umzuhören.«

Cowley hatte den Eindruck, eine Menge zu lernen und zu verstehen, während er gleichzeitig nichts über den Mann herausfand, hinter dem er her war. Ob Danilow in Moskau auch allein irgendwelche Fortschritte machte? Zeit, hoffte er, um auf die Besonderheiten zurückzukommen.

»Wenn wir ihn also finden, wird er sehr ordentlich sein, mit gebügelter Hose, zweireihigem Jackett und sauberen Schuhen. Unter Umständen könnte er nur noch sehr wenig Haare haben und sich dessen schämen. Er müßte in dem Gebiet leben, das wir bereits abgesteckt haben. Er ist ein Einzelgänger, könnte allerdings eine Frau oder Freundin haben. Er könnte Prostituierte frequentiert und sich vor allem auf ihre Brüste konzentriert haben.«

»Ich weiß genau, was Sie sagen wollen!« erklärte der Psychologe unwirsch.

»Wie bitte?«

»Sie kennen hundert Kerle genau wie ihn!«

Cowley grinste. »Es ist tatsächlich ziemlich allgemein gehalten.«

»Ich skizziere die Umrisse, sie mit Farbe auszumalen ist Ihre Aufgabe. Aber ich will Ihnen noch ein paar Besonderheiten nennen. Ich habe beide Obduktionsbefunde berücksichtigt: Die russische Obduktion kam übrigens fast einem zweiten Überfall gleich. Der Mörder ist allerhöchstens eins dreiundsiebzig groß, nicht kleiner als eins einundsiebzig. Ann Harris war eins fünfundsechzig. So, wie der Mörder seine Opfer jedesmal nach hinten gezogen hat, dürfte er ihre tatsächliche Körpergröße bis um zwölf Zentimeter reduziert haben. Aufgrund dessen dringt das Messer ganz leicht aufwärts geneigt ein. Natürlich ist er Rechtshänder. Und er ist kräftig. Er holt nicht weit aus, um sich zu dem Schwung zu verhelfen, der nötig ist, um das Messer in den Körper zu stoßen. Er drückt es hinein. Das erfordert einiges an Kraft. Und von Kraft zeugt auch das Zuhalten des Mundes, von dem die Blutergüsse an der Nase zeugen. Wichtig ist auch der runde Bluterguß am Kinn, sowohl bei Ann Harris wie bei der Frau, die überlebt hat. Der Täter trägt am kleinen Finger der linken Hand einen Ring. Aus diesen Faktoren lese ich zwei Dinge ab. Er ist körperlich sehr fit, treibt möglicherweise regelmäßig Sport. Dem starken Tabakgeruch nach zu schließen, von dem die russische Frau erzählt hat, dürfte er allerdings kein Gesundheitsfanatiker sein. Und hier hätten wir auch einen Widerspruch zu dem, was ich bisher gesagt habe. Er ist nicht *so* zwanghaft reinlich, daß er sich sehr oft die Hände wäscht. Der Art nach zu schließen, wie er dem Opfer die Hand über Mund und Nase legt, hatte er wahrscheinlich irgendeine Militär- oder Kampfausbildung.«

»Etwas an dem Körperkontakt, den er mit der russischen Frau, mit Lydia Orlenko, hatte, gibt mir zu denken«, sagte Cowley. »Ich habe ganz kurz nach dem Überfall mit ihr gesprochen, habe selbst gehört, wie sie ihn geschildert hat. Sie war abgestoßen von der Hand. Sie sagte, sie war klamm, aber nicht feucht. Daß sie sich nicht wie die Haut einer Hand anfühlte. Aber einen Handschuh trug er auch nicht. Woran kann das gelegen haben?«

Überrascht über die Frage, runzelte Meadows die Stirn. »Ich glaube, es war doch ein Handschuh.«

»Aber ich habe Ihnen doch gerade gesagt …«

»… was wäre mit einem *Gummi*handschuh?« fiel ihm Meadows ins Wort. »Zum Beispiel, wie sie Frauen bei der Küchenarbeit tragen. Oder vielleicht sogar ein Gummihandschuh, wie ihn Chirurgen tragen? Haben Sie schon mal ausprobiert, wie die sich auf der Haut anfühlen? Vor allem diese Operationshandschuhe? Sie fühlen sich tatsächlich klamm an. Aber nicht feucht. Versuchen Sie es mal selbst? Ich habe es getan, nachdem mir das die Spurensicherungsleute aus Washington geraten haben. Fühlt sich genauso an, wie es die

Frau beschrieben hat.« Der Mann schauderte. »Richtig fies! Und sehr klamm.«

»Wenn er Ärztehandschuhe trug, könnte er dann vielleicht irgendeinen ärztlichen Beruf ausüben? Die Einstichstelle der Wunde, an der sowohl der Mann als auch Ann Harris starben, befand sich genau zwischen achtem und neuntem Rippenbogen. Das deutet doch auf gewisse medizinische Kenntnisse hin.«

»Und die Russin kam vermutlich mit dem Leben davon, weil das Messer die Rippe traf. Ich bin Psychologe, kein Chirurg. Aber eigentlich hätte ich gedacht, unter diesen Umständen – in einer dunklen Einfahrt, der Täter fällt das Opfer plötzlich von hinten an – müßte es selbst für einen Arzt unmöglich sein, mit Sicherheit zwischen die zwei Rippenbögen zu treffen.«

»Da ist noch etwas, was den angeblichen Brustwarzenfetischismus angeht«, sagte Cowley, als ihm die Zweifel kamen. »Was ist mit Wladimir Suslew? Weshalb sollte ein Mann mit einem Brustwarzenkomplex einen anderen Mann überfallen? Es sei denn, der Täter *ist* homosexuell.«

»Moment, Moment!« warnte Meadows und hob die Hände. »Ich sagte, Sie sollen das Bild ausmalen, nicht total einschwärzen! Für den Angriff auf Suslew gibt es eine wesentlich einfachere Erklärung: Das Beweismaterial, das Sie bereits vorliegen haben, deutet sogar eindeutig darauf hin. Bei Suslew wurden *keine* Knöpfe abgeschnitten. Als er ihn umdrehte, merkte der Mörder nämlich, daß er gar keine Frau war. Aber sein Haar war lang genug, um ihn in der Dunkelheit in dem kurzen Moment, bevor das Messer eindrang, für eine solche zu halten.«

Nickend akzeptierte Cowley diese Erklärung. »Lydia Orlenko sprach davon, daß er ihre Brüste befühlte. Zunächst schien mir das eindeutig sexuelle Gründe zu haben. Aber es könnte auch nur dem Zweck gedient haben, sich zu vergewissern, daß sie wirklich eine Frau war. So dick eingepackt, wie die Leute in Moskau um diese Jahreszeit herumlaufen, ist es ziemlich schwierig, das Geschlecht von jemand festzustellen, ganz besonders in einer dunklen Durchfahrt.«

»Ich tendiere eher zu der Vergewisserungstheorie als zu vordergründig sexuellen Motiven. Körperlicher Sex spielt bei dieser Sorte Mord nie eine Rolle.«

»Aber er *weiß* doch, was er tut?«

»O ja«, erwiderte der Psychologe rasch. »Und auch, daß es nicht richtig ist. Einzelgängerische Mörder sind ausnahmslos clever. Und gerissen. Der spielerische Charakter des Ganzen – den Behörden ein Schnippchen zu schlagen, ihnen immer einen Schritt voraus zu sein – spielt eine wichtige Rolle für sie. Ich habe Senator Burdens Beschwerde gelesen, daß bestimmte Einzelheiten geheimgehalten werden, vertuscht. Das dürfte den Mörder geärgert haben. Er möchte den Leuten Angst machen, eine Panik auslösen.«

»Sollten wir uns vielleicht der Medien *bedienen*?« schlug Cowley im selben Moment vor, in dem ihm der Gedanke kam. »Könnten wir uns irgendwas einfallen lassen, um ihn aus der Deckung hervorzulocken? Uns seine Verrücktheit zunutze machen, ihn dazu zu bringen, sich selbst zu verraten? Ich glaube, es wäre ein Leichtes, die Moskauer Medien zu manipulieren, denn mit Sicherheit sind sie es, die er liest oder sieht.«

Meadows machte wieder ein skeptisches Gesicht. »Das wurde schon des öfteren versucht. Manchmal hat es auch funktioniert, aber nicht oft genug. Und es ist immer mit einem Risiko verbunden. Wenn man sich auf solche Psychospielchen einläßt, lockt man alle möglichen Irren aus ihren Löchern hervor. Und am Ende hat man jede Menge Nachahmungstäter am Hals und kann gleich mehrere Mörder suchen.« Der Mann schüttelte den Kopf. »Ich halte das für keine gute Idee. Jedenfalls nicht in diesem Stadium. Ich bin über den politischen Druck im Bilde – deshalb mußte ich das Psychogramm auch so schnell erstellen –, aber ich würde Ihnen raten, vorher alles andere zu versuchen.«

»Sonst noch etwas, worauf ich achten sollte?«

Meadows spitzte nachdenklich die Lippen. »Ein paar grundsätzliche Dinge: Vermutlich wurde er als Kind vernachlässigt. Weiß nicht, was richtige Liebe ist. Falls er verheiratet *ist*, ist ihr Sexualleben sicher nicht gut. Wie bereits gesagt, haben Einzelgänger mit dem körperlichen Akt Probleme. Phantasien spielen eine wichtige Rolle, vor allem bei der Gewalt. Wahrscheinlich steht er auf Gewaltpornos: Er geht ganz darin auf, darüber zu phantasieren, und treibt es dann so weit, daß er seine Phantasien in die Tat umsetzt. Halten Sie also nach Pornographie Ausschau, wenn Sie eine Festnahme vornehmen. Das ist ein wichtiger Hinweis.«

»Sie haben mir sehr geholfen«, bedankte sich Cowley. »Ich weiß das sehr zu schätzen.«

»Aber verlassen Sie sich nicht darauf!« warnte Meadows wieder. »Die Verhaltensforschung kann einige Erfolge aufweisen, zum Teil sehr beeindruckende. Aber es handelt sich dabei *nicht* um eine Wissenschaft: Das kann sie nie sein, auch wenn es viele Leute behaupten. Bestenfalls ist sie eine psychologische Kunst, die anhand von Erfahrungswerten entwickelt wurde. Sie ist eine Hilfe bei der Verbrechensaufklärung, kein Ersatz für sie. Sie müssen sich also weiter an den ermittlungstechnischen Maßnahmenkatalog halten. Und halten Sie sich immer vor Augen, was ich ganz am Anfang gesagt habe: Das Psychogramm könnte vielleicht danebenliegen, weil Sie einen Russen jagen, keinen Amerikaner.«

»Trotzdem war es sehr aufschlußreich«, sagte Cowley.

»Würde mich sehr interessieren, wie nahe wir gelegen haben, wenn Sie ihn schnappen«, sagte der Psychologe.

»*Falls* wir ihn schnappen«, sagte Cowley.

Die Verspätung bei seiner Rückkehr kam zustande, weil er zum einen mehr Zeit als erwartet in Quantico verbracht hatte und weil auf der Rückfahrt nach Washington auf dem 95 noch dichterer Verkehr geherrscht hatte. Aufgrund dessen traf er ziemlich spät bei Judy Billington ein. Ihre Wohnung lag weniger als eine Meile von seiner eigenen Wohnung entfernt, mit einem besseren Blick auf das Washington Monument, aber näher am Flughafen. Während der Fahrt hatte er ständig die Flugzeuge vor Augen, die wie Raubvögel, kurz davor, sich auf ihre Beute zu stürzen, in der Luft kreisten, um auf die Landeerlaubnis zu warten.

Das Mädchen kam in einem weiten Sweater an die Tür.

Ihre Jeans dagegen war hauteng. Sie trug Halbschuhe, aber anders als der Mann, von dem er gerade kam, hatte sie keine Socken an, weder mit noch ohne Löcher. Ihr Haar war so schwarz, daß Cowley fand, es mußte zur Intensivierung seines natürlichen Tons gefärbt worden sein. Sie trug es sehr kurz. Das einzige Make-up war um ihre Augen, ebenfalls schwarz, als versuchte sie eine ganz bestimmte Wirkung zu erzielen. Als er sich gleich beim Betreten der Wohnung für sein Zuspätkommen zu entschuldigen begann, sagte sie, das mache nichts; sie habe sich den ganzen Tag freigenommen, auch nach dem Begräbnis. Cowley sagte, er hoffe, es sei alles gutgegangen. Auf diese Bemerkung hin verzog sie das Gesicht und fragte, wie beim Begräbnis eines Mordopfers alles gutgehen könne. Cowley entschied, den Rüffel hatte er verdient.

»Möchten Sie irgendwas trinken? Kaffee? Was Alkoholisches?« Neben dem Sessel, in dem sie vor seinem Eintreffen offensichtlich gesessen hatte, stand ein Glas Weißwein.

Cowley lehnte ab und nahm auf einer Couch Platz, die vor dem Fenster mit dem Panoramablick auf den Fluß stand. Unausweichlicher Bestandteil der Ermittlungen in einem Mordfall war, die Post des Opfers zu lesen. So war er auf Judy Billington gestoßen. Er war dankbar, daß sie sich überhaupt bereit erklärt hatte, mit ihm zu sprechen.

Judy Billington hörte geduldig zu, nahm gelegentlich, den Anflug eines Lächelns auf den Lippen, einen Schluck Wein. Als er endete, sagte sie: »Hat Sie schockiert, was Sie gelesen haben?«

»Nein.«

»Der abgebrühte Bulle, wie? Sie sind übrigens der erste FBI-Agent, dem ich begegne.«

Sie suchte ganz bewußt den verbalen Schlagabtausch. »Es gibt uns in allen Größen«, konterte er. Ohne zu wissen, warum er sich überhaupt darauf einließ, bereute er sofort, darauf eingestiegen zu sein.

»Das ist sicher sehr praktisch.« Der Blick war unverhohlen anerkennend, das Lächeln gelangte endlich ganz zum Ausbruch. »Sie sind sicher die Jumbo-Ausgabe, habe ich recht?«

Warum ließ er das eigentlich zu? »Den Briefen nach zu schließen, standen Sie und Ann sich sehr nahe?«

»Vermutlich schon.«

»Ich habe nur einen Teil Ihrer Korrespondenz gelesen: Ihre Briefe an sie. Haben Sie ihre?«

Judy Billington schüttelte den Kopf. »So war sie schon im College. Hob alles auf. Theaterkarten. Programme. Briefe. Notizzettel. Wie so eine bescheuerte Elster. Ich bin da genau das Gegenteil. Kann dieses Scheißdurcheinander nicht ausstehen. Für Andenken habe ich nichts übrig.«

Cowley nahm an, sie hatte Scheiße gesagt, um zu sehen, wie er reagierte, was er jedoch nicht tat. Er dachte mehr darüber nach, was sie gerade gesagt hatte. Möglicherweise stellten Ann Harris' Neigung, alles zu horten – so ordentlich sie dabei auch vorging –, und ihre extreme Ordnungsliebe einen Widerspruch in sich dar. »Sie haben *nichts* aufgehoben?«

»Leider nein.«

»Hatten Sie persönlichen Kontakt, als sie in Moskau war? Haben Sie miteinander telefoniert? Oder haben Sie sie vielleicht sogar mal besucht?«

»Vor etwa einem Jahr kam sie mal auf Heimaturlaub her. Wir sprachen immer davon, daß ich sie mal in Moskau besuchen würde, aber irgendwie wurde dann doch nichts daraus.« Sie schien überrascht, daß ihr Glas leer war, und stand damit auf. »Wollen sie wirklich nichts? Es ist ein Chablis.«

»Nein, danke.« Sie war sich sehr deutlich bewußt, wie gut ihr Körper war. Da war ein übertriebener Hüftschwung, als sie in die Küche ging. Wahrscheinlich wäre sie beleidigt gewesen, hätte sie gewußt, wie wenig Wirkung er auf ihn hatte. Er versuchte sich den Anschein zu verleihen, als genösse er es, als sie zurückkam, denn er wollte nicht, daß die Show ganz umsonst wäre. »Haben Sie sich oft mit ihr getroffen, als sie auf Urlaub hier war?«

»Sicher. Drei- oder viermal.«

»Versuchen Sie sich zu erinnern!« forderte Cowley sie auf. »So gut Sie können. An den Besuch und an die Briefe. Ich brauche Namen … jeden Namen, Vornamen oder Spitznamen. Einen Hinweis, auf die Männer, mit denen sie ging. Ganz gleich, welchen.«

Judy Billington spielte mit dem Glas, das sie mit beiden Händen vor sich hielt. »Keine Namen«, sagte sie schließlich. »Es gab da einen Typen, der im Fitneßraum der Botschaft trainierte ...«

Hughes. Wieviel vom Psychogramm des heutigen Morgens traf auf ihn zu? Würden die CIA-Polygraphen die Alibis doch noch als Lügen entlarven?

»... und einen der Diplomaten, aber das war eine One-Night-Katastrophe ...« Sie kicherte. »War betrunken, bekam keinen hoch und begann zu flennen. Hat sie mir jedenfalls erzählt ... Jemand, den sie Mr. Schlappschwanz nannte.« Das Grinsen wurde breiter. »Aber einen gibt es doch, der sich eindeutig identifizieren läßt. Der Botschafter war mächtig scharf auf sie. Berührte sie immer am Arsch oder am Arm, angeblich, um bei einem Empfang oder wenn sie aus sonst irgendeinem Anlaß wo waren an ihr vorbeizukommen. Manche Typen ziehen diese Nummer ab. Lud sie auch immer zu offiziellen Anlässen ein. Aber sich richtig an sie ranzumachen hat er sich nie getraut. Ann fand es komisch. Sie vermutete, es wäre eine weitere Halt-ihn-mir-während-ich-heule-Nummer geworden.«

»Was war mit Russen?«

»Sie fand Rußland schrecklich!«

»Wir reden hier nicht vom Land: Wir reden von Männern. Sie hatte nichts gegen Männer.«

»Keine russischen Männer. Und ich bin ziemlich sicher, sie hätte mir davon erzählt.«

»Wie sieht es mit anderen Botschaften aus?«

Ein sofortiges Nicken. »Ihre erste Geschichte hatte sie mit einem Attaché an der französischen Botschaft laufen ...« Angetan von der Erinnerung, blickte sie auf. »Und was für ein Name! Guy. Er hieß Guy. Zuerst war sie ganz verrückt nach ihm, sagte, er wäre große Klasse ...«

Endlich! dachte Cowley. Demnach war es doch kein fruchtloser Nachmittag: Die vollständige Identität eines Attachés namens Guy herauszubekommen war eine Sache von wenigen Minuten. »Sie sagten, zuerst. Was ist passiert?«

Judy Billington betrachtete ihn neugierig. »Er ging natürlich nach Frankreich zurück. Vor über einem Jahr. Eine Weile blieben sie noch in Verbindung, aber er war verheiratet – wie alle –, und so verlief sich das Ganze im Sand.«

Cowley hatte fast das Gefühl, physisch in sich zusammenzufallen, beinahe so ausgelaugt, wie er sich am Ende des Verhörs von Hughes gefühlt hatte. Doch dann beschloß er, sich zunutze zu machen, was er über den Leiter der Wirtschaftsabteilung und das tote Mädchen wußte. In der Hoffnung, Judy Billingtons Gedächtnis noch andere Dinge zu entlocken, sagte er: »Der Mann, der ihr im Bett gern weh tat: Sie hat Ihnen mehrmals von ihm geschrieben. Hat sie Ihnen einmal erzählt oder geschrieben, daß sie sich von ihm bedroht fühlte? Oder von sonst wem? Ist Ihnen mal der Gedanke gekommen, er könnte es regelrecht auf sie abgesehen haben?«

»Sie meinen, daß er ihr nachgestellt hat?« Zum erstenmal wurde die Frau richtig ernst.

»Das war doch eindeutig der Fall.« In Quantico hatte ihm der Psychologe gesagt, Opfer seien ausnahmslos völlig Fremde für ihre Mörder. Warum ging er also diesem Punkt nach?

Diesmal brauchte Judy Billington länger, um zu antworten. Das tat sie, indem sie den Kopf schüttelte. »Nie, daß sie dachte, jemand hätte ihr nachgestellt. Das mit den Schmerzen machte ihr nichts. Nicht grundsätzlich. Nur manchmal. Meinte, sie wären ein einziger Haufen perverser Schweine.«

»Sind Sie absolut sicher, daß sie nie etwas mit einem Russen hatte?«

»Wenn doch, hat sie mir kein Wort davon erzählt.«

Wenigstens der Besuch in Quantico war nicht umsonst gewesen, auch wenn es sich bei so vielem von dem, was er dort gesagt bekommen hatte, um Hinweise zu handeln schien, die zwar *nach* einer Festnahme nützlich wären, ihm aber nicht direkt zu einer verhelfen würden. Ihm fiel wieder ein, wovor ihn der Psychologe ausdrücklich gewarnt hatte:

Die üblichen Ermittlungsmethoden hatten Vorrang. »Sie waren sehr geduldig mit mir.«

Sie runzelte die Stirn. »Konnte ich Ihnen helfen?«

»Sicher«, log er.

Das provozierende Lächeln kehrte zurück. »In natura sehen Sie besser aus als in diesem Fernsehbericht, aus Moskau. Sie haben einen ziemlich stinkigen Eindruck gemacht.«

»Es war eine Medienveranstaltung. Vollkommen sinnlos.«

»Sie werden nicht für möglich halten, was sich dieser Arsch Burden heute geleistet hat. Posierte auf dem Friedhof für die Fotografen. Und stand den Reportern Rede und Antwort. Drängte Anns Eltern praktisch völlig auf die Seite. Sie hat mir zwar mal erzählt, wie stark er ihre Mutter und ihren Vater bevormundete, aber ich hätte nie geglaubt, es könnte so extrem sein.«

»Eigentlich hätte ich gedacht, inzwischen müßten ihm die Beschwerden über die Art, wie die Ermittlungen geführt werden, langsam ausgegangen sein.«

»In der *Washington Post* stand, Sie wären eigens nach Moskau geschickt worden.«

»Ja.«

»Sind Sie sonst hier stationiert?«

Um ein Haar hätte Cowley gesagt, daß er nur ein paar Minuten zu Fuß von hier entfernt wohnte. »Ja.«

»Wenn Sie zurückkommen – wenn alles vorbei ist –, rufen Sie mich doch einfach mal an.«

»Gern«, sagte Cowley, obwohl er nicht die Absicht hatte, es zu tun.

Zurück im Hotel, sah er sich Burdens Auftritt vor den Medien in *Live at Five* im Fernsehen an. Der Senator erklärte, er wolle dem FBI noch die Chance einer Erwiderung auf seinen Vorwurf geben, hier werde mit verdeckten Karten gespielt, bevor er im Senat eine öffentliche Debatte initiieren werde. Ein schönes, unschuldiges Mädchen dürfe in so einem internationalen diplomatischen Gerangel nicht als Federball benutzt werden. Es sei wirklich schlimm, wenn Rußland etwas zu verbergen habe.

Cowley schüttelte vor Abscheu den Kopf. Nichts als Show, dachte er: Burden nach dem Begräbnis, Judy Billington nach derselben Zeremonie. Wer machte sich eigentlich noch die Mühe, um Ann Harris zu trauern? Vermutlich ihre Eltern. Irgend jemand mußte es ja tun.

Auch der FBI-Direktor sah Burdens Fernsehauftritt – auf dem Gerät im Büro des Außenministers, in das er wieder einmal gerufen worden war.

»Jetzt ist es eine Anweisung direkt vom Präsidenten«, erklärte Henry Hartz. »Von jetzt an heißt es: nur noch die ganze Wahrheit.«

Paul Hughes wurde an der Paßkontrolle des Dulles Airport abgefangen. Es waren vier Männer: Derjenige, der das Reden übernahm und sich korrekt auswies, war tatsächlich vom Außenministerium.

»Mit so einer Behandlung habe ich eigentlich nicht gerechnet!« sagte Hughes, als er es sich auf dem Rücksitz der wartenden Limousine bequem machte.

»Wahrscheinlich haben Sie mit einigem nicht gerechnet, was sie hier noch erwartet«, sagte einer der CIA-Leute. Das war keine spontane Bemerkung. Es war wichtig, daß Hughes von Anfang an ins Schwitzen kam.

Petr Jeschow ging nicht die ganze Zeit herum. Es gab bestimmte Stellen, an denen es Sitzgelegenheiten gab, dunkle Stellen, wo er wußte, daß ihn die Leute nicht sehen konnten, wenn er dort saß und sich ausruhte. In dieser Nacht machte er in der Nähe des Tschechow-Hauses in der Uliza Sadowaja Kudrinskaja halt, auf einer Bank unter ein paar Bäumen. Er versuchte sich über ein paar Dinge klarzuwerden, was immer schwierig war. Seine Mutter glaubte ihm nicht. Aber deswegen machte er sich nicht weiter Sorgen: Sie traute ihm nie richtig. Aber wegen der Männer war er beunruhigt. Sie waren Beamte: Leute, denen man gehorchen mußte. Leute, denen man gehorchen mußte, konnten ihn wieder einsperren. Er hatte große Angst, daß das noch einmal passieren könnte.

27

Leonard Ross war fest entschlossen, die Sache nach seinen Vorstellungen durchzuziehen, auch wenn niemand etwas davon erfahren würde. Aus diesem Grund rief er persönlich in Senator Burdens Büro an, ersuchte über John Prescott höflich um ein Treffen und versicherte dem persönlichen Assistenten, es mache ihm keinerlei Umstände, ins Dirksen Building zu kommen. Der Haupteingang war von Fotografen, Reportern und Fernsehkameraleuten belagert, als der FBI-Direktor, nur von Fletcher begleitet, dort eintraf: Als ihre Ankunft bemerkt wurde, eilten weitere Journalisten herbei, die sich an Seiteneingängen postiert hatten, durch die ein weniger auffälliger Zutritt hätte versucht werden können. Ross schob sich durch die Fragen brüllende Meute und erklärte beharrlich, er habe vor dem Treffen nichts zu sagen und werde auch danach nichts zu sagen haben; jegliche Verlautbarungen kämen ausschließlich vom Senator. Der Direktor und sein Adjutant konnten sich dem Ansturm erst dann ganz entziehen, als sie durch die Tür von Burdens Bürosuite traten. Prescott wartete im Vorzimmer: Ross vermutete, das überlegene Lächeln des jungen Mannes reflektierte die Haltung, die ihn im Büro seines Chefs erwarten würde. Er hatte richtig vermutet.

Burden stand nicht von seinem fußballfeldgroßen Schreibtisch auf. Beth Humphries saß direkt neben ihm, allerdings an einem separaten Tisch: Vor ihr stand, neben einem bereits aufgeschlagenen Notizblock, ein Tonbandgerät. James McBride, der Pressesprecher, saß auf der Couch, die an der Wand stand. Er erhob sich. In Gegensatz zu Burdens hohem, gepolstertem Sessel war die Sitzgelegenheit, die direkt vor seinem Schreibtisch stand, ein ganz gewöhnliches Stahlrohr-Standardmodell. Ross steuerte ohne eine Frage darauf zu und drehte sich lächelnd zu Prescott um. »Könnten wir vielleicht noch einen haben.« Auch die für Fletcher herbeigeschaffte Sitzgelegenheit war aus Stahlrohr. Ross fand, es lief alles wesentlich besser, als er hatte hoffen können.

Burden räusperte sich und ließ sich entspannt in seinen

ausladenden Sessel zurücksinken, ein Mann, der sich seiner Sache absolut sicher war. Er sagte: »Hoffentlich ist nun endlich Schluß mit diesem Unsinn.«

»Das hoffe ich auch«, sagte Ross, ein Mann, den das Washingtoner Affentheater nur ungeduldig machte. Er sah, wie die Frau das Tonbandgerät anmachte, sobald er zu sprechen begann. Sie machte sich auch schriftliche Notizen. Ross wandte sich wieder dem Senator zu und sagte: »Ich finde, bei unserem Gespräch sollte lieber kein Angehöriger Ihres Stabs dabeisein …« Er deutete mit dem Kopf auf Fletcher neben ihm, der inzwischen ebenfalls ein Tonbandgerät eingeschaltet hatte. »… Wenn Sie einverstanden sind, wird sich auch mein Assistent zurückziehen.«

»Damit bin ich nicht einverstanden!« erklärte Burden sofort, mehr an die Nachwelt gerichtet als an den FBI-Direktor. »Ich möchte dieses Gespräch vollständig aufgezeichnet haben.«

»Sind Sie da wirklich sicher?«

»Ihre herablassende Art können Sie sich sparen, Herr Direktor!«

»Ich habe nicht das Gefühl, hier herablassend zu sein, Senator. Ich wollte Ihnen lediglich eine Chance geben.«

»*Sie* wollten *mir* eine Chance geben!«

Mit der juristischen Pedanterie seiner beruflichen Vergangenheit sprach Ross direkt an die Frau und ihr Aufnahmegerät gewandt. »Vermerken Sie im Protokoll, daß dem Senator die Möglichkeit eines diskreten Gesprächs unter vier Augen angeboten wurde.«

»Was soll das eigentlich?« Für einen wirklichen Umschwung war es noch zu früh, aber in die bisherige vollkommen lockere Haltung schlichen sich erste Anzeichen von Anspannung.

Der FBI-Direktor verweigerte eine Antwort. Statt dessen deutete er mit einer ruckartigen Kopfbewegung aus dem Fenster und sagte: »Da draußen ist eine ganze Meute von Journalisten.«

»Wir kontrollieren die Presse nicht«, sagte Burden aalglatt.

Wieder an die Aufzeichnungsgeräte gewandt, fuhr der FBI-Chef fort: »Vermerken Sie im Protokoll, daß es zu keinerlei vorzeitigen FBI-Kontakten mit irgendwelchen Medienvertretern gekommen ist – und auch nach diesem Treffen nicht kommen wird, weder von meiner Seite noch seitens meines Assistenten Nigel Fletcher. Wir sind die einzigen FBI-Angehörigen, die an diesem Treffen teilnehmen.«

Die Selbstgefälligkeit bekam erste Risse. Burden beugte sich in seinem Sessel vor und sagte: »Ich habe Sie gerade gefragt, was diese Bemerkung eigentlich bedeuten soll!«

»Daß wir hier beweiskräftige Protokolle führen«, sagte Ross ungerührt. »Das ist doch der Grund, warum Sie eine Stenographin das Gespräch mitschreiben und alles auf Band aufnehmen lassen, oder nicht?«

»Es gab mal Zeiten, in denen ich Ihnen gesagt ...« Der Politiker hielt inne, um sich zu korrigieren. »... Sie darauf aufmerksam gemacht hätte, vorsichtig zu sein, Herr Direktor.«

»Das bin ich, Senator: Das sind wir beide. Deshalb wiederhole ich noch einmal meinen Vorschlag von vorhin. Ich würde es für ratsam halten, uns allein zu unterhalten – ohne das Beisein eines unserer Mitarbeiter.«

Burdens Herablassung war jetzt der Wachsamkeit eines Dschungellebewesens gewichen – eines Geschöpfs des politischen Dschungels, das schnüffelnd die Witterung aufnahm, um einen Eindringling in seinem Revier auszumachen. Mit ruhiger Stimme – Dschungellebewesen geben keine Laute von sich, die andere Tiere aufschrecken könnten – sagte Burden: »Würden Sie mir vielleicht endlich mal erklären, was dieses Theater eigentlich soll, Sir!«

Noch einmal deutete Ross aus dem Fenster. »Ich spreche von einem Medienzirkus und Selbstbeweihräucherung und möglicher Behinderung eines strafrechtlichen Ermittlungsverfahrens. Und von Angelegenheiten persönlicher Natur.«

Man konnte richtig sehen, wie sich Burdens Gesicht verfärbte und tiefrot wurde: So lange war es schon her, daß jemand dem Mann in Anwesenheit anderer mit solcher Geringschätzung begegnet war, daß Burden mehrere Augenblicke lang Schwierigkeiten hatte, ein Wort herauszubekommen.

»Ich mache Sie fertig, Ross! Haben Sie gehört! Sie sind erledigt! Am Ende!«

Der FBI-Direktor saß denkbar entspannt auf seinem Stahlrohrstuhl und hielt es nicht für nötig, darauf zu antworten. Beth Humphries hielt ihren Kopf weiter über ihren Notizblock geneigt. Von da, wo McBride wieder Platz genommen hatte, ertönte das leise Knarzen von Leder. Von hinten kam kein Geräusch, das über Prescotts Verhalten Aufschluß gab. Burden beugte sich über das Fußballfeld von Schreibtisch und wartete auf eine Reaktion. Die Ross weiter verweigerte. Er fühlte sich an das Theater in einem Gerichtssaal erinnert und dachte, wieviel mehr Spaß das gemacht hatte, auch schon vor seiner Ernennung zum Richter. Er nahm an, daß es möglich war, das Amt des FBI-Direktors niederzulegen. Aber noch nicht sofort, nicht unmittelbar nach dieser Episode. Als er noch Anwalt gewesen war, war es ihm immer darauf angekommen zu gewinnen. An dieser Einstellung hatte sich nichts geändert.

Gezwungen fortzufahren, zischte Burden: »Ich verlange, die Wahrheit darüber zu erfahren, was meiner Nichte zugestoßen ist. Die *ganze* Wahrheit. Vor Zeugen. Jetzt!«

Ross zögerte die Antwort hinaus, indem er in seiner Aktentasche nach den Papieren tastete, die er brauchte, und sie dann ordnete. Als er schließlich zufrieden war, las er aus Cowleys mündlicher Wiedergabe der abgehörten Telefongespräche vor: »Ich habe nichts dagegen, wenn du mich schleckst. Gefällt mir sogar ganz gut. Auch in den Arsch. Aber gestern abend hast du mir wirklich weh getan. Meine Titten haben richtig geblutet, du Schwein …«

»… Was in Dreiteufels Namen?« platzte Burden heraus und kam aus seinem Sessel hoch.

Als Ross kurz aufblickte, sah er, daß Beth Humphries' Gesicht fast so rot war wie das des Politikers. »Sie wollten es unbedingt wissen«, sagte Ross, suchte ein zweites Transkript heraus und begann wieder vorzulesen. »Du hast mir nicht gesagt, daß du das tun würdest, als du mich gefesselt hast. Fändest du es vielleicht toll, einen Dildo in den Arsch gesteckt zu kriegen …«

»Sofort aufhören!« tobte Burden.

»Nichts lieber als das«, entgegnete Ross ruhig, fuhr aber mit besonderer Betonung fort: »Das sind die Worte Ihrer Nichte, Senator. Und es gibt noch wesentlich mehr. Auf Band festgehalten. Es existieren auch eine Menge Briefe, in denen sie sich ebenfalls in diesem Stil äußert ...« Ross zögerte und sah wieder Beth Humphries an: Burdens Mitarbeiter hatten vermutlich ausnahmslos eine sehr niedrige Sicherheitseinstufung. Hughes' Name durfte daher auf keinen Fall fallen. Ross fuhr fort: »Sie hatte eine sexuelle Beziehung zu einem Mitglied der amerikanischen Botschaft, von dem wir annehmen, daß es vom russischen Geheimdienst entweder ins Auge gefaßt oder bereits kontaktiert worden ist. Im Moment hängt der Betreffende irgendwo hier in Washington an einem Lügendetektor: Bevor seine Vernehmung zu Ende ist, wird er uns alles erzählt haben, was wir wissen wollen. Wozu unausweichlich auch jede Einzelheit der sado-masochistischen Beziehung gehören wird, die er mit ihrer Nichte genossen hat. Und die auch sie bis zu einem gewissen Punkt genossen hat. Zuerst dachten wir, er hätte sie umgebracht. Inzwischen sieht es jedoch so aus, als wäre er es nicht gewesen ...«

Ross machte eine Pause, um Luft zu holen. Wieder mit besonderer Betonung, fuhr er fort: »Das war der Grund, warum wir Informationen zurückgehalten haben: um ihn hierher zurückholen zu können, wo er der amerikanischen Justiz untersteht. Und auch, um den guten Ruf Ihrer Nichte zu schützen. Doch wir sollten ruhig noch weiter über sie sprechen. Dieser Mann war nicht ihr erster Liebhaber. Wir sehen keine Veranlassung, dies an die Öffentlichkeit dringen zu lassen. Dazu wird es auch nicht kommen, weder seitens des FBI noch seitens einer anderen Quelle. Was wir noch nicht wissen, ist, ob sie auch ein Verhältnis mit einem Russen hatte. Auszuschließen ist es jedenfalls nicht ...« Ross mußte wieder eine Pause machen. Seine Stimme bekam etwas Angestrengtes. »Wenn wir also Informationen zurückgehalten haben, so ist dies ausschließlich zum Wohl Amerikas – und Ihrer Nichte – geschehen. Weitere Proteste Ihrerseits werden die Vernehmung eines Mitglieds der amerikanischen Botschaft, das jetzt kompromittiert ist, massiv behindern. Sie werden auch zwangsläufig dazu führen, daß die Beteiligung Ihrer Nichte an den Tag kommt. Ich persönlich halte es für unnötig, Ihre Nichte in irgend etwas von all dem hineinzuziehen. *Und* auch für irreführend, da ihre Verwicklung nur zu offensichtlich gleichbedeutend wäre mit Ihrer …«

»Ich!« brachte der Senator schließlich hervor. »Ich bin es, den sie zu kompromittieren versuchen!«

Wie leicht sich die Arroganz des Mannes manipulieren ließ, dachte Ross. Er sagte: »Und das hätten Sie doch damit erreicht, wenn Sie irgend etwas davon an die Öffentlichkeit dringen ließen?« Er drehte sich ein Stück zur Seite, um auch den Pressesprecher in das Gespräch einzubeziehen. »Die Zielrichtung scheint mir doch ziemlich eindeutig. Ein Botschaftsangehöriger, der vom russischen Geheimdienst kompromittiert wird und ein perverses sexuelles Verhältnis zu einer Frau unterhält, die bekanntermaßen einem Onkel sehr nahesteht, der Ansprüche auf das Präsidentenamt erhebt. Sähen Sie sich etwa gern in einer Pressekonferenz, in der die daraus erwachsenden Konsequenzen zur Sprache kämen, Senator? Würden Sie sich etwa in so einem Zusammenhang gern über die sexuellen Neigungen Ihrer Nichte äußern?«

Der Kollaps erfolgte nicht wie das allmählich Schrumpfen eines Ballons, sondern mehr wie ein abrupter Knall. Burden vergrub das Gesicht in den Händen, so daß seine Stimme gedämpft wurde. »O mein Gott!« stieß er hervor. »Was soll ich nur tun?«

»Das ist, wie schon die ganze Zeit, Ihre Sache«, erklärte Ross schroff. »Ich habe den Journalisten draußen – die Sie, glaube ich, *nicht* unter Ihrer Kontrolle haben – gesagt, daß es seitens des Bureau keine Erklärung geben wird. Nur von Ihnen. Falls Sie sich entschließen, weiter zu sprechen, wären wir Ihnen dankbar, wenn Sie uns durch einen Ihrer Leute darüber in Kenntnis setzen würden. Wir sähen uns dann nicht mehr länger verpflichtet, unsere bisherige Zurückhaltung beizubehalten, was diese Angelegenheit angeht …« Er machte ganz bewußt eine Pause und nickte in Richtung Fletcher. »Soviel ich weiß, möchte der Präsident über den Verlauf dieses Gesprächs informiert werden. Ich werde ihm eine vollständige Abschrift zukommen lassen. Gibt es sonst noch etwas, womit ich Ihnen behilflich sein kann, Senator?«

Burdens Gesichtsfarbe hatte das ganze Spektrum durchlaufen. Als er schließlich von seinen Händen aufsah, war er aschfahl, und aus seinen Augen sprach echtes Entsetzen. Zunächst schien er außerstande, auf Ross' Frage zu antworten. Er schüttelte nur den Kopf, so wie ein Boxer den Kopf schüttelt, um einen heftigen Angriff zu verdauen. Als er schließlich sprach, war es überhaupt keine Antwort. Er sagte: »Glauben Sie, in Washington noch eine lange Karriere vor sich zu haben, Herr Direktor?«

»Nein«, erwiderte Ross. »Mir wird diese Stadt zusehends unsympathischer.«

Beim Verlassen des Gebäudes mußten sie sich neuerlich einen Weg durch den Journalistenansturm bahnen. Ross schob sich stumm durch das Gedränge zu seinem Wagen. Als sie in der Limousine den Capitol Hill hinunterfuhren, sagte Fletcher: »Das war eine absolute Katastrophe, oder nicht?«

»Ich finde, es lief hervorragend«, antwortete Ross.

Cowley flog nicht direkt nach Moskau zurück, sondern machte in New York Zwischenstation, um sich mit John Harris zu treffen. Es war das erste Mal, daß er auf ein gewisses Maß an echter Trauer traf, wenngleich nicht auf so viel, wie er erwartet hatte. Bei diesem Gespräch kam sogar noch weniger heraus als bei dem mit Judy Billington. Kurz bevor das Taxi am Kennedy Airport hielt, holte er, an das Mädchen erinnert, den Zettel mit ihrer Telefonnummer heraus, zerriß ihn und warf ihn auf dem Weg zum Flugschalter in einen Papierkorb.

In dem Moment, in dem Cowleys Maschine startete, sah fünftausend Meilen weiter, in der Richtung, in der sie unterwegs war, Dimitri Danilow vom letzten der planlos geführten und schlampig aufgezeichneten Gespräche mit ehemaligen Psychiatriepatienten auf, deren Krankengeschichte irgendeine der Neigungen aufwies, nach denen sie Ausschau hielten. Er nahm an, daß er eigentlich über die Ineffektivität hätte wütend sein sollen. Es wäre sogar möglich gewesen, die Beamten zu rügen, weil ihre Namen auf den Berichten standen. Aber er war zu müde. Und es hatte keinen Sinn – und erst recht keinen Zweck –, sich über die Schwächen der Moskauer Miliz aufzuregen.

Er hatte vier Fälle angestrichen, die sich sofort für eine eingehendere Überprüfung angeboten hatten.

Einer davon betraf einen Mann namens Petr Jakowlewitsch Jeschow.

28

Wieder wartete am Scheremetjewo-Flughafen Barry Andrews auf Cowley. Diesmal war nicht diese zögernde Ungewißheit zwischen ihnen. Als Andrews mit dem Botschaftswagen auf die Stadtautobahn mit den tiefen Fahrbahnrinnen fuhr, fragte er: »Wie ging's?«

»Hätte besser sein können«, sagte Cowley. Jede anderslautende Antwort wäre für den anderen Mann eine eklatante Lüge gewesen.

»Jedenfalls haben sie dir den Fall nicht entzogen. Was ist passiert?«

Cowley erzählte ihm von den Bedenken bezüglich Hughes und was mit dem Diplomaten geschehen würde, wobei er dies als die einzige positive Entwicklung betrachtete, auch wenn sie nicht dazu beitrug, den Mörder zu finden. Das kritische Gespräch im CIA-Hauptquartier gab er Andrews nur in einer zensierten Fassung wieder, da er ihm die Beschwerden nicht gestehen wollte. Während Cowleys ganzen Berichts sah Andrews unverwandt nach vorn und schüttelte nur gelegentlich den Kopf. Als Cowley geendet hatte, sagte er: »Meine Güte! Dieser Kerl war ein echter Kotzbrocken, und wahrscheinlich sollte man für so jemanden nur Verachtung übrighaben, aber ich kann mir nicht helfen: Irgendwie tut mir der arme Teufel trotzdem leid. Kannst du dir vorstellen, was auf den jetzt alles zukommt?«

»Die reinste Hölle.« Cowley wunderte sich über Andrews' Mitgefühl. Das war nicht die Haltung, die er in früheren Fällen gezeigt hatte. Er fragte sich, mit wem Andrews wohl von nun an in der Turnhalle der Botschaft Squash spielen würde. Auf jeden Fall mußte er einen neuen Partner finden: Andrews nahm seine körperliche Fitneß genauso ernst wie jede andere Aktivität. In London hatte er gejoggt.

Als könnte er Cowleys Gedanken lesen, sagte Andrews: »Er dachte, er hätte nichts zu befürchten. Wir waren am Abend vor seinem Abflug im Club noch einen trinken. Er meinte, ich sollte mir die Dienstage weiter freihalten, bis er wieder zurückkäme.« In Andrews' Stimme schwang Skepsis mit. »Wer soll es Angela beibringen?«

Weit vor ihnen, leicht rechts, wurden die Lichter der Stadt sichtbar. »Das ist nicht unser Problem«, sagte Cowley. »Die Personalabteilung wahrscheinlich.«

Andrews sah kurz zu ihm hinüber. »Das Ganze könnte auch für mich zum Problem werden, oder vielleicht nicht? Immerhin geht es hier darum, daß in der Botschaft Telefone abgehört wurden. Das könnte mir angekreidet werden.«

»Wie hättest du es verhindern sollen?« fragte Cowley. »Die Botschaft wird elektronisch auf Wanzen kontrolliert. Ein technischer Fehler, nicht deiner.«

»Hughes haben sie gesagt, er würde wegen Gesprächen zurückgerufen«, sagte Andrews, nicht sonderlich überzeugt. »Das gleiche haben sie auch mir gesagt.« Er bog von der Twerskaja in Richtung Botschaft auf die Ringstraße.

»Genau deswegen fliegst du aber nach Hause«, versicherte ihm Cowley. »Ich habe mit dem Direktor gesprochen, über deine Versetzung.«

Andrews hielt vor dem neuen Botschaftsgebäude an, machte aber keine Anstalten auszusteigen. »Du hast mit dem Direktor über *mich* gesprochen?«

»Nicht so, wie es sich vielleicht angehört hat«, korrigierte sich Cowley. »Er möchte, daß du zu Gesprächen zurückkommst. Aber er wollte auch wissen, ob es hier vielleicht

Probleme gibt … na ja, du weißt schon. Ich habe nein gesagt.«

Andrews lächelte kurz. »Das war nett von dir.«

»Du dachtest doch nicht etwa, ich würde dir Steine in den Weg legen?«

»Hättest du aber machen können. Und aus berechtigten professionellen Gründen, nichts anderem.« Andrews führte Cowley in den Wohnkomplex. »Dafür bin ich dir wirklich dankbar, Bill. Ehrlich.«

In der Gästesuite roch es abgestanden und muffig, aber um die Fenster zu öffnen, war es zu kalt. »Irgendwas Neues von Danilow?«

»Ich habe ihm gesagt, daß du heute abend zurückkommst. Er erwartet dich morgen.« Andrews zögerte. »Sonst noch was aus Washington?«

»Bei dem Gespräch mit Judy Billington, der Freundin, kam nichts heraus. Bei dem mit dem Bruder auch nicht. Aber ich habe das Psychogramm.«

»Wie sieht unser verrückter Serienmörder aus?« Andrews steuerte zielsicher auf die Hausbar zu. Ohne Cowley zu fragen, ob er etwas zu trinken wollte, schenkte er sich einen Scotch ein.

»Wie eine Million anderer Typen. Ordentlich. Gepflegt. Weiß, daß nicht richtig ist, was er macht. Betrachtet es möglicherweise als Herausforderung. Aber hinter allem steht ein riesiges Fragezeichen. Wenn wir – was wir inzwischen müssen – davon ausgehen, daß der Gesuchte ein Russe ist, muß das Ganze allerdings nicht sehr viel besagen.« Cowley lächelte resigniert. »Es läuft also alles mal wieder wie gehabt: Routineermittlungen zuerst, das Psychogramm nur als Hilfe, nicht mehr.«

»Die Leier kenne ich zur Genüge«, brummte Andrews. »Von den Seminaren in Quantico. Aber, wäre das nicht ein Ding, wenn sich bei den Lügendetektortests herausstellte, daß doch Hughes der Mörder ist?«

»Das kannst du laut sagen«, gab ihm Cowley recht. Und für ihn bedeutete es einen weiteren Rückschlag, nachdem er den Mann freigesprochen hatte. Ganz bewußt schob er seinen Koffer weiter in die kleine Wohnung, aufs Schlafzimmer zu. Andrews übersah den Wink und blieb an die Hausbar gelehnt stehen.

»Wie sieht das Psychogramm aus? Paßt Hughes in das Schema?«

Cowley versuchte eine gedankliche Gegenüberstellung. »Möglicherweise«, gab er zu, aber er wünschte, es wäre nicht der Fall.

Abrupt wechselte Andrews das Thema. »Pauline läßt dich grüßen.«

»Geht's ihr gut?«

»Bestens. Wir haben eine Einladung für dich, zu einer Party im Club. Ich habe schon fest für dich zugesagt: daß du mit Pauline und mir mitkommst. Aber jetzt muß ich zu diesem Termin in die Staaten zurückfliegen.«

Cowley zuckte mit den Achseln. »Da habe ich eben Pech gehabt.«

»Wieso eigentlich!« Andrews war plötzlich eine Idee gekommen. »Das braucht dich und Pauline doch nicht zu jukken. Geht ihr beide doch einfach ohne mich hin.«

Cowley runzelte die Stirn. »Ich weiß nicht, ob das so eine gute Idee wäre.«

»Warum nicht? Wir sind doch alle drei Freunde, oder etwa nicht? Richtige Freunde. Da wäre es doch blöd, nicht hinzugehen. Ihr würdet euch beide ohne Grund etwas entgehen lassen, was ganz amüsant werden könnte.«

»Ich weiß nicht.« Wie wäre es, ganz allein mit Pauline zu sein?

»Ich werde auf jeden Fall mit Pauline darüber reden. Mal sehen, was sie davon hält.«

»Wenn du unbedingt meinst.« An sich gab es keinen Grund, nicht mit ihr hinzugehen. Er wußte jetzt schon, daß es ihm gefallen würde. Und zwischen ihm und Andrews entstanden dadurch auch keine Probleme. Schließlich war der Vorschlag, sie auf die Party zu begleiten, von Andrews gekommen. Im Gegenteil, er hätte das Ganze eher grundlos problematisiert, wenn er sich geweigert hätte.

Andrews trank sein Glas leer und entfernte sich endlich

von der Hausbar. Lächelnd sagte er: »Machen wir uns doch nichts vor, Alter. Jetzt, wo du wieder vor lauter kalten Fährten stehst, kann durchaus sein, daß du noch eine ganze Weile hier bleiben mußt. Da kann es auf keinen Fall schaden, die Leute in der Botschaft ein bißchen näher kennenzulernen.«

Rjurik Botscharow war ein abgrundtief häßlicher Mann, der nur geringfügig zu groß war, um medizinisch als Zwerg bezeichnet werden zu können. Sein runder Schädel war vollkommen kahl, seine Bemühungen, sich auszudrücken, so wirr und chaotisch, daß kaum jemand ihn verstand. Er hatte eine Vorgeschichte voller Gewalt gegen Frauen, normalerweise gegen Prostituierte, die sich weigerten, ihm zu Diensten zu sein. Nachdem er sie bewußtlos geschlagen hatte, schnitt er ihnen die Haare ab: Den Therapeuten erzählte er immer, er wolle sie so häßlich machen, wie er sei. Knöpfe hatte er allerdings nie gesammelt. Ebensowenig zeigte er irgendwelches Interesse an ihren Schuhen. Seit seiner letzten Entlassung aus einer Anstalt hatte er in einem Supermarkt in der Nähe der Kuibisewa Ploschard als Träger gearbeitet. Er war Junggeselle und lebte mit einer Gruppe anderer Obdachloser in totaler Verwahrlosung in einem der nur gelegentlich benutzten Nebengebäude des Kaufhauses GUM, und zwar auf der Seite, die an den Sapunowa Prospekt grenzte.

Danilow brauchte vierundzwanzig Stunden, um den Mann aufzuspüren, und wünschte sich sehr bald, er hätte sich die Mühe gespart, weil er von Anfang an starke Zweifel hatte, daß Botscharow irgend etwas über das Verbrechen wußte. Außerdem war der durchdringende Gestank wesentlich schlimmer als der in Nowikows Sezierraum, noch dazu ohne den minimalen Vorteil eines Desinfektionsmittels. Botscharow legte die typische Verschwiegenheit an den Tag, die Danilow von Menschen kannte, die lange Zeit in Anstalten verbracht hatten. Er leugnete alles, ohne jedoch etwas zu seiner Entlastung vorbringen zu können. Trotzdem stand die Unschuld des Mannes nach wenigen Minuten außer Zweifel: Er war Linkshänder.

Schlecht gelaunt kehrte Danilow in die Kirowskaja zurück. Ein ganzer Tag für nichts vertan. Alle Beamten waren ausdrücklich darauf hingewiesen worden, daß der Täter Rechtshänder war. Es gab also keine Entschuldigung für die zwei Männer, die Botscharow überprüft hatten; sie hatten den Punkt übersehen, dem zufolge der Mann unmöglich der Täter sein konnte. Es sei denn, sie hatten gar nicht mit Botscharow gesprochen. Was Danilow stark annahm.

Olga war überrascht, daß er so früh am Abend nach Hause kam, und sagte das.

Mit seinen Gedanken immer noch ganz woanders, sagte Danilow: »Ich bin mit Nachforschungen früher fertig geworden als erwartet.« Eigentlich wäre das eine ideale Gelegenheit gewesen, Larissa zu besuchen: Er sollte sich morgen bei ihr melden.

»Ich habe nichts zu essen gemacht. Ich habe nicht mit dir gerechnet.«

Danilow schenkte sich einen Stolichnaya ein, pur. Da er dem kleinen Gefrierfach des Kühlschranks nicht traute, fragte er erst gar nicht nach Eis. Er hatte vergessen, einen Eiswürfelbehälter auf den Balkon zu stellen, wo das Wasser von selbst gefroren wäre. »Ich habe keinen Hunger. Haben sie die Waschmaschine repariert?«

»Sie geht, aber nicht gescheit. Nichts wird richtig sauber.«

»Jedenfalls hast du es geschafft, was zu waschen?«

»Noch nicht. Wieso auch, wenn sowieso alles genauso schmutzig wieder rauskommt?«

Danilow hob sein Glas. »Willst du was?«

»Reden. Ich bin froh, daß du zu Hause bist. Ich will mit dir reden.«

Als Danilow mit seinem Glas auf den Sessel zuging, fragte er sich, wie die Polsterung der Sitzfläche und der Rückenlehne so klumpig hatte werden können. Der Fernseher hockte gehässig vor ihm, als wollte er sich über ihn lustig machen. Genauso, wie Botscharow am Nachmittag vor ihm gestanden hatte, dachte Danilow. Zum Glück war Cowley nicht dabeigewesen. Sonst hätte der Amerikaner gemerkt, wie unzuverlässig seine Leute waren. Er fragte sich, was der

Amerikaner aus Washington neues mitbrächte. In Erwartung dessen, was Olga sagen würde, versuchte er ein paar Abstriche von seiner Unbestechlichkeit zu machen und sagte: »Schätze, wir müssen uns wegen eines neuen Fernsehers Gedanken machen. Und wegen einer Waschmaschine.«

»Was stimmt nicht mehr mit uns?« wollte Olga wissen.

Danilows Überraschung war echt. »Wie bitte?«

»Du hast doch eine andere, stimmt's? Du hast eine Geliebte.«

»Jetzt mach dich doch nicht lächerlich.«

»Mach *du* dich nicht lächerlich. Dem Interesse nach zu schließen, das du an mir zeigst, könnte ich genausogut gar nicht existieren. Wann war das letzte Mal, daß wir miteinander geschlafen haben? So weit kannst du doch gar nicht mehr zurückdenken, habe ich recht?«

Danilow hatte sich schon nicht mehr daran erinnern können, als er nach dem unangenehmen Abend bei den Kosows nach Hause gefahren war. Er versuchte es mit der üblichen Ausrede und sagte: »Kann schon sein, daß ich dich vernachlässigt habe. Es tut mir leid. Aber du weißt ja, an was für einem Fall ich gerade arbeite. Der Streß. Das ist alles, mehr nicht.«

»Du hast dich auch schon lange vor diesem Fall einen Dreck für mich interessiert. Ist es Larissa? Ich kann mir gut vorstellen, daß es Larissa ist.«

»Es ist nicht Larissa. Da ist niemand. Das habe ich dir doch gesagt.« Völlig unbegründet – oder vielleicht war es doch nicht so unbegründet – fragte er sich, ob sich jemand, der schuldig war, so fühlte, wenn er in einem feuchten Verhörraum vernommen wurde. Aus dem Bedürfnis heraus, mehr zu sagen, fügte er hinzu: »Larissa Kosow ist eine Freundin. Von uns beiden. Aber ich bin nicht ihr Geliebter.« Er bekam sofort Zweifel, ob er hätte weitermachen sollen.

»Ich glaube dir nicht.«

Danilow streckte die Hände aus, aber die Geste wurde verdorben, weil er in einer von ihnen das Wodkaglas hielt. »Mehr, als ich bereits gesagt habe, kann ich nicht sagen. Du bildest dir das alles nur ein.« Weil er sich bewegen, irgend etwas tun wollte, um den Angriff abzulenken, stand Danilow auf und ging in die Küche, um sich sein Glas nachzufüllen, das kein Nachschenken nötig hatte. Der Alkohol brannte, als er ihn noch in der Küche trank.

»Wenn du dich scheiden lassen willst, kannst du das gern haben. Wir müssen zwar die Beratungsphase durchmachen, aber das dauert nur ein, zwei Monate. Und damit ist der Fall dann erledigt.« Die Erklärung war offensichtlich einstudiert worden: Gegen Ende zu hatte Olgas Stimme zu zittern begonnen und ihre Kaltschnäuzigkeit Lügen gestraft.

»Ich will mich nicht scheiden lassen. Laß das bitte! Das ist alles Unsinn!« Wollte er wirklich keine Scheidung? Er wußte es nicht, hatte nicht darüber nachgedacht. Er glaubte nicht, daß er Larissa heiraten wollte.

»Ich weiß, Larissa sieht besser aus als ich. Achtet besser auf ihr Äußeres. Ist wahrscheinlich im Bett besser. Ist sie das, Dimitri Iwanowitsch? Ist sie im Bett besser als ich?«

Ja, dachte Danilow: hundertmal besser. Er sagte: »Ich finde dieses Gerede unmöglich. So über unsere Freundin zu reden: *unsere* Freundin. *Ich habe kein Verhältnis!*«

»Ich möchte nicht mehr so weitermachen. Du hast es so weit kommen lassen. Darum mußt du dich jetzt auch entscheiden.«

Danilow hätte gern gewußt, was er wollte. »Du bildest dir das alles nur ein. Also gibt es nichts, worüber wir reden sollten.« Sein Leugnen begann sogar für ihn selbst hohl zu klingen.

Olga schüttelte den Kopf, eine traurige Geste. »Sieh zu, daß du zu einer Entscheidung kommst, Dimitri Iwanowitsch. Bald.«

Beide täuschten in dieser Nacht rasch vor zu schlafen, aber keiner schlief wirklich, und beide wußten, daß der andere nur so tat. Danilow wußte, Olga erwartete von ihm, daß er mit ihr schlief. Es war besser, es erst gar nicht zu versuchen, als es in dem Wissen, daß es nicht gehen würde, zu versuchen.

29

In der Hoffnung, ebenfalls etwas Neues zu erfahren, rückte Cowley mit allem heraus und hielt anfangs nur die Sache mit Paul Hughes zurück. Vor lauter Ungeduld, endlich in den Beweismittelraum zu kommen, gab er Danilow schon auf dem Flur den kritischen amerikanischen Obduktionsbefund und das Psychogramm aus Quantico – das dieser skeptisch an sich nahm – und tat die Treffen mit Judy Billington und John Harris als fruchtlos ab. Umgekehrt erklärte Danilow erleichtert, von Wladimir Suslew seien tatsächlich Haarproben aufbewahrt worden, so daß man der Bitte des FBI nachkommen könne. Lydia Orlenko, die mit weiteren Einzelheiten über den Überfall hatte aufwarten können, sei verständlicherweise bestürzt über den Verlust ihres Haares, werde sich aber wahrscheinlich bereit erklären, noch etwas mehr davon zu verlieren: Pawin könne etwas davon beschaffen. Im Moment sei der Major gerade dabei, einen Psychiatriepatienten zu vernehmen, in dessen Fallgeschichte ein Schuhfetischismus vermerkt sei. Einen anderen habe er, Danilow, persönlich vernommen, um ihn dann jedoch von der Liste zu streichen, weil der Mann Linkshänder gewesen sei.

Dadurch an Fetische erinnert, sagte Cowley: »Der Psychologe, der das Psychogramm erarbeitet hat, sagt, Knöpfe deuten auf einen Brustwarzenkomplex hin.«

»Den Hughes anscheinend hat«, sagte Danilow. Ob Pawin vielleicht einen größeren Stuhl besorgen könnte, damit der Amerikaner etwas bequemer säße? Es hätte jedoch wenig Sinn, sich die Mühe zu machen, wenn die Tscheka den Fall übernahm, weil Cowley dann nicht mehr hierherkäme. Würde der Amerikaner am Dserschinskij-Platz Zugang zu den Ermittlungen erhalten? Das war eine zusätzliche Komplikation, die anscheinend niemand bedacht hatte.

Unschlüssig, wieviel er preisgeben sollte, zögerte Cowley.

»Hughes ist abgezogen worden. Er wird nicht mehr zurückkommen.«

Danilow nickte bedächtig. »Abgezogen, um weiter vernommen zu werden?«

War das die naheliegende Vorwegnahme eines ausgebildeten Detektivs oder eines eingeschleusten Geheimdienstbeamten, fragte sich Cowley in Erinnerung der beim CIA-Treffen geäußerten Zweifel. Er konnte sich natürlich täuschen – er hatte sich in diesem Fall schon zu oft getäuscht –, aber er konnte sich den Russen schwer als etwas anderes als einen Polizisten vorstellen. »Er wird weiter vernommen.«

»Werden wir das Ergebnis erfahren?« fragte Danilow.

Cowley vermutete, der Mann war trotz der Kooperationsabmachung, die sie unmittelbar vor seiner Rückkehr nach Washington getroffen hatten, immer noch mißtrauisch. »Ich rechne jedenfalls damit, Bescheid zu erhalten, wenn etwas Wichtiges dabei herauskommt.«

Es war klar gewesen, daß Hughes zurückgerufen würde, dachte Danilow. Und spann diesen Gedanken weiter. Und es *mußte* Gugin von Angang an genauso klar gewesen sein wie ihm, als er die Telefontranskripte herausgerückt hatte, daß die Amerikaner sofort merken würden, woher sie stammten, und entsprechend reagieren würden. Demnach hatte Gugin geplant – *gewollt* –, daß es so käme. Diese Einsicht führte ganz logisch zu einer weiteren, die Danilow in heftige Wut versetzte. Er hatte für den Geheimdienst wie für einen Leierkastenmann den herumhampelnden Affen gespielt. Der Gedanke, daß er das hätte eher merken müssen, steigerte seine Wut noch mehr. »Und Sie sagen mir Bescheid, wenn Sie etwas hören?«

Er mußte zu einer Entscheidung kommen, dachte Cowley. Sie würden sich endlos im Kreis drehen und ihren eigenen Schwänzen hinterherjagen, ohne etwas zu erreichen, wenn sie nicht anfingen, statt wie Konkurrenten wie ein Team vorzugehen. Er sagte: »Bei unserem letzten Treffen habe ich Ihnen eine Zusicherung gegeben. Ich bin fest entschlossen, sie einzuhalten.«

Danilow entlockte die Bestätigung, die er nicht gesucht hatte, ein Lächeln. »Ich beabsichtige das gleiche. Nach allem, was bereits passiert ist, glaube ich nicht, daß sich einer von uns etwas Gegenteiliges leisten kann.«

Cowley war nicht sicher, ob er mit der Aufrichtigkeit fortfahren sollte, indem er die Bitte ganz offen vorbrachte. Er war maßgeblich am Auftreten der anfänglichen Schwierigkeiten beteiligt gewesen, indem er heimlich einen Fingerabdruckvergleich vorgenommen hatte, dachte er. »Könnte ich eine eigene Kopie der Telefontranskripte haben?«

Danilow antwortete nicht sofort. Gugin hatte wahrscheinlich auch mit dieser Bitte gerechnet. Ihr nachzukommen hieße also, weiter den Affen des Leierkastenmanns zu spielen. Sie abzuschlagen würde das fragile Arbeitsverhältnis mit dem Amerikaner gefährden, das immer noch nicht nachweislich etabliert war. Praktische Gesichtspunkte waren wichtiger als Stolz, entschied er rasch: Daß er von Gugin für dessen Zwecke eingespannt wurde, war nebensächlich, wenig mehr als eine ärgerliche Ablenkung. Er klopfte auf die Dokumentation, die ihm Cowley gegeben hatte, und sagte: »Was halten Sie davon, wenn ich das hier erst mal lese, während Sie sich besorgen, was Sie wollen?«

Die Abfolge war so, wie Cowley sie in Langley beschrieben hatte; die Anrufe schienen *von* Ann Harris *an* Paul Hughes erfolgt zu sein. Aber ohne die Bänder war es unmöglich, die genaue Reihenfolge zu bestimmen. Aber das brauchte nicht mehr seine Sorge zu sein, dachte Cowley. Er hatte beschafft, was man ihm zu beschaffen aufgetragen hatte. Und es stützte seine Schilderungen: Jetzt war es Aufgabe des CIA, anhand einer eigenen Vernehmung von Paul Hughes herauszubekommen, was sie wissen wollten.

Als Cowley in Danilows Büro zurückkehrte, verließ Pawin es gerade, um die Haarprobe von Lydia Orlenko zu beschaffen. Der Amerikaner trat zurück, um den Major gehen zu lassen. Danilow nickte von seinem chaotischen Schreibtisch aus seinem sich entfernenden Assistenten hinterher und sagte: »Wieder eine Niete. Der Mann, den er vernehmen wollte, war zum Zeitpunkt von Ann Harris' Ermordung wieder einmal in eine Anstalt eingeliefert worden.« Der Umstand, daß diese Einlieferung auf dem ersten Bericht nicht vermerkt war, war ein weiterer eindeutiger Beweis, daß die mit der Untersuchung beauftragten Beamten sich auch in diesem Fall nicht die Mühe gemacht hatten, den Mann aufzusuchen. Danilow fügte hinzu: »Pawin wollte noch einen anderen Mann auf der Liste aufsuchen, aber in der Wohnung war niemand.«

»Während meiner Abwesenheit war wieder ein Dienstag«, sagte Cowley.

»Es ist aber nichts passiert«, erwiderte Danilow. »Inzwischen sieht es fast so aus, als hätte auch der Tag keine Bedeutung.«

Die zweite Vernehmung hatte Pawin in Petr Jeschows Wohnung am Bronnaja Bulwar durchzuführen versucht. Jeschow selbst war zwar nicht zu Hause gewesen, aber seine Mutter schon. Sie hatte allerdings das eindeutig als solches zu erkennende Polizeiauto vor dem Haus entdeckt und angespannt auf das Klopfen gewartet, das wenige Minuten später auch tatsächlich erfolgt war. Um auf keinen Fall ein verräterisches Geräusch zu machen, hatte sie zusammengekrümmt auf einem Stuhl gesessen und kaum zu atmen gewagt, bis das Klopfen verstummte und die Schritte sich entfernten. Sie war sicher, Petr hatte gelogen, als er leugnete, etwas Böses getan zu haben. Inzwischen war sie fest davon überzeugt.

Früher waren sie nach einem Schema vorgegangen, das ihnen beiden entgegengekommen war: Danilow war immer gegen sechs Uhr abends auf dem Heimweg vorbeigekommen, zu einem Zeitpunkt, zu dem Eduard Agajans die Ankunft und Abfahrt der Lkws festgelegt hatte, die am nächsten Tag ungehindert durchgelassen werden sollten. Danilow hielt sich auch an diesem Abend an diesen Ablauf, da er sichergehen wollte, daß der Armenier im Leninskij-Block wäre. Er hatte sich bereits eine Ausrede für seinen Besuch zurechtgelegt und dachte sich nun unterwegs eine weitere, noch kindischere Sache aus. Wenn Agajans da war, hieß das, daß er sich mit ihm treffen sollte: War sein Büro dagegen leer, bedeutete es, daß er seine Beziehung zu dem Mann nicht auffrischen und keinen weiteren Versuch unternehmen sollte.

Agajans war da.

Aber es dauerte lang, bis die Tür geöffnet wurde. Danilow wußte, er würde aus Gründen des Selbstschutzes von mehreren Punkten aus scharf beobachtet, und wartete geduldig. Schließlich entriegelte Agajans selbst die Tür und spähte durch den schmalen Spalt, den er mit stirnrunzelnder, fast ungläubiger Neugier geöffnet hatte. Mit dem Wiedererkennen kam auch das Lächeln, aber von der früheren schulterklopfenden, umarmenden Leutseligkeit war nichts mehr zu spüren. Statt dessen nickte der Armenier, als wollte er sich selbst etwas bestätigen, und sagte: »Hallo, mein alter Freund. Lange nicht mehr gesehen. Ich hoffe, ich kann mich über deinen Besuch freuen.«

Rasch wurde die Tür so weit geöffnet, daß Danilow eintreten konnte, dann wurde sie ebenso schnell wieder geschlossen und verriegelt. Danilow wurde sich der Veränderungen sofort bewußt. Früher hatte in den Büros, verglaste Abteile entlang der Wände des riesigen Lagerhauses, hektisches Getriebe geherrscht, und im Lagerhaus selbst hatte es von Leuten gewimmelt, die Reihen von Lkws be- und entluden. Jetzt schien mehr als die Hälfte der Büros leer – Danilow konnte insgesamt nicht mehr als sechs Personen in ihnen zählen –, und es standen nur zwei Lkws herum. Und an keinem wurde gearbeitet. Der Atmosphäre haftete etwas Verlassenes, langsam Absterbendes an.

Wortlos folgte Danilow dem drahtigen, schwarzhaarigen Mann in sein Büro: Nach kurzem Zögern holte Agajans die Weinbrandflasche aus einer Schreibtischschublade, schenkte zwei Wassergläser halb voll und schob eines davon über den Schreibtisch. Danilow nahm es und wartete auf den gewohnten Trinkspruch. An diesem Abend blieb er aus.

Der ausgedachte Grund für Danilows Besuch war, sich nach verdächtigen Herumtreibern zu erkundigen, die Agajans' Fahrern auf ihren nächtlichen Fahrten durch Moskau vielleicht aufgefallen waren, doch dann sparte er sich das Theater und kam sofort zur Sache: »Was ist passiert, Eduard?«

»Es ist einiges anders geworden«, sagte der Armenier.

»Das brauchst du mir nicht zu erzählen. Warum? Wodurch?«

»Ich weiß, daß du nichts damit zu tun hast«, sagte Agajans vage. »Du wußtest es nicht, *weißt* es nicht.«

»Dann erzähl!« forderte ihn Danilow ungeduldig auf.

»Ich habe keine Freunde bei der Miliz mehr. Meine Lkws werden angehalten. Die Fracht gestohlen. Meine Kunden müssen sich woanders umsehen. Ich werde ausgehungert.«

»Aber ich habe dich doch … bekanntgemacht … sichergestellt …«

»Bekanntgemacht hast du mich«, gab ihm Agajans recht. »Aber sicherstellen konntest du nichts. Eine Zeitlang blieb es, wie es immer war. Dann gingen die Überfälle los. Die organisierten Syndikate stahlen ganze Lieferungen. Natürlich habe ich mich bei Kosow beschwert, ihn um den Schutz gebeten, der bei uns immer eine abgemachte Sache war. Er sagte mir, ich solle mir keine Sorgen machen. Er würde das schon regeln. Seine Besuche wurden seltener. Er schien nichts mehr zu wollen. Die Lkws wurden immer häufiger abgefangen. Ich bat ihn noch einmal um Hilfe, aber er sagte, er könne nichts dagegen tun. Inzwischen kommt er überhaupt nicht mehr.«

»Welches Syndikat?« fragte Danilow, obwohl er die Antwort bereits zu wissen glaubte.

»Die Dolgoprudnaja. Sie sind sehr gut organisiert. Eine Brigade. Vor einem halben Jahren stahlen sie mir nicht nur die Lkws, sondern brachen auch beiden Fahrern und Beifahrern die Arme. Jetzt haben die Leute Angst, für mich zu arbeiten.« Agajans beugte sich über den Schreibtisch und schenkte Danilow nach. »Ich brauche Hilfe, Dimitri Danilowitsch. Ich möchte, daß es wieder so wird, wie es einmal war. Ich wollte schon zu dir kommen, aber dann wollte ich dich an deinem neuen Arbeitsplatz nicht in Verlegenheit stürzen.«

Mit einem Nicken dankte ihm Danilow für seine Diskretion. »Wie geht es den anderen?«

»Genauso.«

Ein Schlamassel, in das er sich nicht hineinziehen lassen wollte, entschied Danilow sofort. Schließlich war er nur in der Absicht gekommen, den Kontakt aufzufrischen und auf eine Art davon zu profitieren, die es ihm, wie er glaubte, immer noch gestattete, sich seine Integrität zu bewahren. Er wollte etwas von Agajans kaufen, zu einem Preis kaufen, den der Armenier verlangen würde: nach russischen Maßstäben kaum etwas Gesetzwidriges. Doch das hier hatte ganz andere Dimensionen. Das war etwas, auf das er sich auf keinen Fall einlassen durfte. Inzwischen kontrollierte Kosow den Milizbezirk. Er hatte hier nichts mehr zu sagen, auch keinen Grund, sich einzuschalten. Was sollte er also tun? Was sollte er also als Grund für sein Erscheinen an diesem Abend anführen? Wie konnte er sich aus der Affäre ziehen? Halbherzig, seine Worte bereits, während er sie sprach, bereuend, sagte Danilow: »Das tut mir leid. Ich hätte dir gern ... das konnte ich nicht wissen ...«

Agajans schien die Richtungsänderung mitten im Satz zu übersehen. »Darum bin ich froh, dich zu sehen. Ich weiß, du wirst mir helfen.«

Danilow nahm an, der andere Mann würde eine offensichtliche Lüge mit dem Scharfsinn des gewieften Unternehmers, der er war, bemerken. Langsam sagte Danilow: »Du weißt, ich bin nicht mehr in diesem Bezirk. Mein Einfluß ist begrenzt, eigentlich gleich null. Ich kann natürlich mit Kosow sprechen, *werde* auch mit ihm sprechen. Aber versprechen kann ich gar nichts.« Es war das Beste, was er tun konnte: alles, was er tun konnte.

Agajans betrachtete ihn über seinen Schreibtisch hinweg ernst. »Verstehe.«

»Kosow ist ein Freund von mir«, übertrieb Danilow hoffnungsvoll. »Er wird auf mich hören.«

»Er ist von der Dolgoprudnaja gekauft«, konstatierte Agajans schlicht. »Er wird vor allem auf sie hören.«

»Laß mich erst mal mit ihm reden.«

Der Armenier hob und senkte resigniert die Schultern. »Du wußtest bis heute abend nichts von meinen Problemen. Warum bist du dann hergekommen, Dimitri Iwanowitsch?«

Danilow schüttelte den Kopf mit Nachdruck. »Das tut nichts zur Sache, nicht mehr.« An sich bezweifelte er, daß eine neue Waschmaschine und die Möglichkeit, Kleider zu kaufen, die sie im Laden nicht bekam, seine Probleme mit Olga aus der Welt schaffen würden. Er müßte die Sache mit seiner Frau und Larissa bald klären. Er wünschte nur, er wüßte, wie.

Da der russische Geheimdienst jeden Flughafen überwacht, erfuhr Oberst Kir Kugin bereits nach einer Stunde, daß Angela Hughes achtundvierzig Stunden nach der Rückberufung ihres Mannes nach Washington geflogen war. Er wußte sogar, daß es Ralph Baxter gewesen war, der die Frau nach Scheremetjewo begleitet hatte. Am nächsten Tag wurde mit gleicher Gründlichkeit die Abreise Pamela Donnellys registriert, der anderen Frau, mit der Hughes ein Verhältnis gehabt hatte.

Gugin fand, die Operation war sehr gut gelaufen. Die Amerikaner waren völlig aus dem Häuschen. Sollte er es dabei belassen? Oder weitere Samenkörner setzen? Es bestand kein Grund zur Eile.

Barry Andrews traf eine halbe Stunde vor dem vereinbarten Termin vor dem FBI-Building ein, weshalb er die Zeit im nächsten Coffee Shop totschlug, der sich ironischerweise im Marriott Hotel befand, wo Cowley ein paar Tage vorher abgestiegen war. Ein gescheites Hotel, stellte er wütend fest, im Gegensatz zu dem Loch, in dem sie ihn in Pentagon City auf der anderen Seite des Flusses einquartiert hatten. Aber es wäre falsch gewesen, sich den Ärger anmerken zu lassen. Er mußte sich vor dem Gespräch wieder in den Griff bekommen. Es war egal, wo er wohnte, er war nur ein paar Tage hier.

Es war immer noch früh, als er sich an der Rezeption des FBI-Hauptquartiers meldete. Man teilte ihm mit, er werde bereits in der Personalabteilung erwartet.

30

Nadja Rewin hatte Spaß an dem, was sie tat, und machte es gut. Aber ausschließlich unter ihren eigenen Bedingungen. Sie akzeptierte nur Kunden, die ihre Zustimmung fanden. An sich betrachtete sie sich nicht als Hure. Huren wählten nicht. Sie schon. Das stellte sie auf ein höheres Niveau als den Straßenstrich. Noch nie hatte sie jemanden genommen, den sie körperlich häßlich oder verunstaltet gefunden hatte. Oder fett: Fett war abstoßend. Und schon gar keinen Betrunkenen. Natürlich mußten sie immer aus dem Westen sein, vorzugsweise Amerikaner, weil sie in Dollars zahlten. Auch Engländer hatten oft Dollars bei sich, was sie akzeptabel machte. Franzosen fand sie fies. Und Italiener zu exaltiert: Einige hatten doch tatsächlich versucht, sie beim Sex zu küssen, was sie abstoßend fand.

Nadja war schön und wußte es, bildete sich aber nichts darauf ein. Wie sie aussah und wie sie sich anzog, immer in westlicher Schwarzmarktkleidung, das alles war Teil eines Berufs, in dem sie Expertin war und mit dem sie ein Ziel verfolgte, das zu erreichen sie fest entschlossen war. Sie trug ihr Haar blond und extrem lang, weit über die Schultern hinab, weil das den Männern anscheinend gefiel und weil es ihr ermöglichte, es auf alle möglichen Arten zu tragen, von denen sie wußte, daß sie alle sehr gut zum tiefen Schwarz ihrer Augen und zu ihren hohen slawischen Backenknochen paßten. Sie hatte keine große Oberweite und war froh darüber, weil sie über große, normalerweise hängende Brüste genauso dachte wie über Fett, obwohl sie wußte, daß manche Freier mit einer Busenfixierung deswegen enttäuscht waren. Da ihr dicke Menschen zuwider waren, war Nadja rigoros, was ihr eigenes Gewicht anging. Sie führte über ihre Kalorienzufuhr genauestens Buch und kaufte mit ihren Dollars auf dem freien Markt das Obst und Gemüse, das ihre aus einer Mahlzeit am Tag bestehende Diät erforderte. Natürlich rührte sie keinen Alkohol an. Drogen, gleich welcher Art und auf Moskaus Straßen mühelos erhältlich, waren noch undenkbarer: Starke Raucher standen ebenfalls auf ihrer Liste abgewiesener Freier. Sie war langbeinig, was sie über eins achtzig groß erscheinen ließ, obwohl sie in Wirklichkeit nicht einmal eins fünfundsiebzig war. Dieser Eindruck entstand vor allem dadurch, daß sie sich extrem gerade hielt, Kinn und Kopf gereckt, den flachen Bauch straff gespannt. Aus westlichen Filmen und Zeitschriften wußte sie, daß das die typische Modelhaltung war: Sie hatte sie monatelang geübt, bis sie ihr in Fleisch und Blut übergegangen war und vollkommen natürlich wirkte.

Sie mochte Sex und kannte alle seine Spielarten. Aber obwohl sie immer darauf bedacht war, jeden Kunden uneingeschränkt zufriedenzustellen, war sie bei seiner Ausübung so gewissenhaft und vorsichtig wie in allen anderen Dingen. Dank der Dollars konnte sie im Westen hergestellte Schwarzmarktkondome kaufen, die wesentlich empfindlicher waren als die dickere russische Ware, und Nadja bestand ohne Ausnahme darauf, daß die Männer sie anlegten, um sich selbst vor Geschlechtskrankheiten, aber vor allem auch vor Aids zu schützen. Aus demselben Grund weigerte sie sich auch, es einem Kunden mit dem Mund zu machen, obwohl sie nichts dagegen hatte, wenn ein Kunde bei ihr Cunnilingus machte: Sie mochte es sogar. Gelegentlich wollten Männer, die ihre Figur knabenhaft fanden, analen Sex, was sie gestattete, aber nur mit Kondom. An Gruppensex nahm sie nicht teil, selbst wenn sich die Gruppe nur aus ihr und zwei Männern zusammengesetzt hätte. Sie war sich nämlich der Gefahren ihres Gewerbes sehr deutlich bewußt: Eines Mannes glaubte sie sich notfalls erwehren zu können, wenn die Situation einmal ihrer Kontrolle entglitt, aber nicht zweier. Ebensowenig hatte sie pornographische Aufnahmen von sich machen lassen, weder Fotos noch Filme.

Nadjas eigentliches Ziel war eine Karriere als Callgirl. Sie trieb sich selten wie die anderen Huren in den Foyers der teuren Ausländerhotels herum. Das hätte sie als eine von ihnen abgestempelt, was sie nicht war. Statt dessen wartete sie in ihrer geschmackvoll eingerichteten Wohnung am Uspenskij Prospekt unweit der Eremitagegärten auf die Anrufe reichlich belohnter Rezeptionistinnen der Hotels Savoy, Metropol, Intourist und Moskwa. Sie ging erst auf eine solche telefonische Nachricht hin in diese Hotels, und auch das zunächst nur, um sich ihren angehenden Kunden anzusehen, bevor sie sich entschied, ob sie ihn akzeptierte.

Wenn sie ihn akzeptierte, verlief die Begegnung im weiteren so, wie es sich gehörte. Nadja duldete nie sofortiges Gefummle und Getatsche: Die Mit-dem-Rücken-an-der-Wand-Nummern waren etwas für die Straßenmädchen, nicht für sie. Es mußte entweder im Hotelzimmer des Kunden sein oder am Uspenskij Prospekt, wofür sie immer ihren kleinen BMW bereitstehen hatte, der zwar sehr teuer gewesen und nur mit erheblichem Aufwand vor einem Diebstahl zu bewahren war, aber dafür auch von Stil zeugte: Moskauer Huren hatten kein Auto. Aber selbst diese Frage – in deinem Zimmer oder in meiner Wohnung? – betrachtete sie als überstürzt. Nadja wußte, elegante Callgirls, die Stil hatten, überstürzten nichts. Einsame Männer waren auf mehr aus als nur auf Sex: Einsame Männer, weit weg von zu Hause, wollten *totale* Gemeinsamkeit. Nadja mochte es, zunächst in aller Diskretion und Ruhe einen Drink zu sich zu nehmen – gleichzeitig ein Geschäft für die kooperativen Hotels – und dann, ebenso in aller Ruhe, zu Abend zu essen, und zwar in einem der Ausländerrestaurants, wo der Service von westlichem Einfühlungsvermögen, nicht von russischer Apathie zeugte. Sie konnte sich fließend Englisch und Französisch unterhalten. Sie kannte die Mängel von Glasnost und Perestroika und konnte sich ebenso intelligent darüber unterhalten, wie sie sich intelligent über wichtige politische Ereignisse im Westen unterhalten konnte. Und über westliche Filme und westliche Bücher, weil sie Englisch ebensogut las, wie sie es sprach, und regelmäßig westliche Zeitungen wie das *Wall Street Journal* und die *Herald Tribune* las, die sie sich in den verschiedenen Hotelläden kaufte: Manchmal bekam sie von zufriedenen Kunden sogar Bücher geschenkt. In den Bücherregalen ihrer Wohnung am Uspenskij Prospekt machten sie einen guten Eindruck auf die Freier, die zu ihr nach Hause kamen.

Sie hatte bereits vier Stammkunden, die sich regelmäßig

bei ihr meldeten, wenn sie geschäftlich in Moskau waren: drei Amerikaner und ein Franzose. Zwei der Amerikaner brachten ihr mittlerweile Geschenke mit. Einer lebte in New York – er hatte ihr Fotos von seinem Apartment in Manhattan und seinem Wochenendhaus in Westchester gezeigt – und hatte gesagt, es wäre viel besser, wenn sie dort lebte statt hier, wo er sie nur dreimal im Jahr besuchen konnte.

Das war, was Nadja vorhatte – ihren Traum wahrzumachen und nach Amerika zu gehen –, aber nicht unter seiner Schirmherrschaft. Sie war in Moskau nicht auf männlichen Schutz angewiesen gewesen und wollte ihre Unabhängigkeit auf jeden Fall auch in Manhattan beibehalten. Ihr Apartment würde hoch oben liegen, mit Blick auf den Fluß, obwohl sie nicht sicher war, auf welchen, weil sie den Unterschied noch nicht ganz heraus hatte. Sie würde nach demselben Schema arbeiten wie hier, über Rezeptionistinnen, Portiers und Türsteher: Sie konnte sich nicht vorstellen, daß das schwierig werden könnte. Sie würde ihre Liste mit Stammkunden erweitern, Männer, die sie respektierten, stolz waren, sie in einem Restaurant an ihrer Seite zu haben. Tagsüber würde sie im Bergdorf Goodman, im Saks und bei Bloomingdale's einkaufen, Kaufhäuser, von denen sie aufgrund ihrer Lektüre wußte, daß sie Stil hatten.

Ihren Visumantrag hatte Nadja bereits gestellt. Der Mann aus New York kam in sechs Wochen wieder: Im Moment war sie unschlüssig, ob sie ihn fragen sollte, für sie zu bürgen, was sie, wie sie wußte, schneller nach Amerika brächte. Sie wollte ihm in Amerika nicht zur Last fallen. Sie hatte noch sechs Wochen Zeit, obwohl sie bereits stark dazu tendierte, den Mann zu fragen. Familie hatte sie keine und somit nichts, was sie in Moskau hielt. Ebensowenig ging es ihr mit Rußland so, wie es vielen anderen damit ging: als wären sie durch eine unsichtbare Nabelschnur mit dem Land verbunden.

Sie spürte die prickelnde Vorfreude von jemand, der sich auf ein neues Leben einläßt. Denn genau das, nahm sie an, würde sie tun. Und zwar sehr bald.

Bei dieser Gelegenheit wurde nicht von irgendwelchen breithüftigen Damen mit stahlgrauem Haar Kaffee serviert, und Ralph Baxter scharwenzelte bereits aufmerksam um den Botschafter herum, weshalb Cowley annahm, es würde ein Treffen zum Zweck einer Beschwerde, wenn nicht sogar eines Tadels.

Das war es, und es begann sofort. Hubert Richards erklärte: »Ich sollte über alles, was diese Botschaft betrifft, in Kenntnis gesetzt werden. Doch Sie haben mir ganz unverfroren diese unerfreuliche Angelegenheit, Hughes und Miß Harris betreffend, vorenthalten. Und auch Miß Donnelly betreffend, die ebenfalls abgezogen wurde. Und natürlich Mrs. Hughes. *Und* Sie brachten ohne meine Erlaubnis, die Sie hätten einholen sollen, einen Angehörigen der Moskauer Miliz in die Botschaft. Die erste richtige Benachrichtigung, die ich über irgend etwas von all dem erhielt, kam *vom* Außenministerium an mich hier. Was vollkommen absurd ist!«

Der Botschafter war mächtig scharf auf sie, schoß Cowley eine Erinnerung an das Gespräch mit Judy Billington durch den Kopf. War vielleicht Ralph Baxter der andere, nicht namentlich genannte Diplomat, der geflennt hatte, weil er so betrunken war, daß er keinen mehr hochbekam? Cowley nahm an, daß er vielleicht dafür gerüffelt werden könnte, Danilow in die Botschaft mitgenommen zu haben, aber für nicht viel mehr. Er glaubte nicht, daß es etwas gab, für das er sich zähneknirschend entschuldigen müßte. »Das war in Anbetracht der Umstände nicht anders möglich. Daß es dazu kam, war unvermeidlich.«

»Einen russischen Detektiv in diese Botschaft mitzunehmen war vermeidbar«, versetzte Baxter, der mit dem Botschafter ins selbe Horn stieß. »Und es war auch genügend Zeit, um den Botschafter *vor* Ihrer Rückkehr nach Washington über alles in Kenntnis zu setzen. Es wäre sehr wohl möglich gewesen, sich an den korrekten Ablauf zu halten, so daß wir die Informationen hätten weiterleiten können, anstatt sie zu erhalten. Es war *alles* vermeidbar.«

Und Richards erklärte: »Ich werde beim Bureau Beschwerde einlegen. Direkt und über das State Department. Ihr Verhalten war anmaßend und respektlos.«

Einen Moment konnte sich Cowley nicht erinnern, wer noch als anmaßend bezeichnet worden war, und dann fiel ihm ein, daß es Danilow gewesen war, am ersten Tag. Es schien in der Botschaft eine gängige Anschuldigung zu sein. Wie ernst würden irgendwelche Beschwerden über ihn genommen werden? In Washington waren bereits alle über den Hergang der Dinge im Bild: sogar darüber, daß er einen russischen Detektiv in die Botschaft mitgenommen hatte. Folglich würden diese wiederholten Neuigkeiten dort nicht als erstaunliche Enthüllungen ankommen. »Ich kann nicht hinnehmen, daß das anmaßend oder respektlos war. Und was den Austausch von Informationen angeht, kann ich nur darauf hinweisen, daß ich – obwohl dies möglich gewesen wäre – nicht in vollem Umfang darüber aufgeklärt wurde, was für eine Sorte Frau Ann Harris war. Jetzt ist das nicht mehr weiter wichtig. Zu dem Zeitpunkt, als ich noch Hilfe benötigte, wäre es das allerdings gewesen.« Die zwei anderen Amerikaner tauschten Blicke aus, und noch einmal fragte sich Cowley, ob Baxter der katastrophale One-Night-Stand gewesen war, über den sich Judy Billington lustig gemacht hatte.

»Ich möchte – jetzt und *vollständig* – über alles informiert werden, was diese Botschaft in irgendeiner Weise betreffen könnte«, verlangte Richards.

»Auf die Tatsache, daß die in die Botschaft eingehenden Anrufe abgehört werden, sind Sie vermutlich aufmerksam gemacht worden«, sagte Cowley.

Baxter nickte: »Man hat uns bereits mitgeteilt, daß ein paar Fachleute eingeflogen werden, um eine Überprüfung der ganzen Botschaft vorzunehmen. Das Personal wird außerdem ständig angehalten, sehr genau darauf zu achten, was es am Telefon sagt.«

Anweisungen, an die sich weder Ann Harris noch Paul Hughes gehalten hatten, dachte Cowley. »Man macht sich offensichtlich Sorgen, Hughes könnte vom russischen Geheimdienst als potentielles Erpressungsopfer ins Auge gefaßt worden sein. Seine Frau ebenfalls.«

Richards nickte erneut, als wüßte er auch das bereits. »Sonst nichts?«

»Sonst nichts«, versicherte ihm Cowley. Er hoffte nicht, einer der beiden Männer könnte dies für den Beginn eines umfassenden Informationsaustausches zwischen ihnen halten. Er betrachtete es jedenfalls nicht als solchen.

»In der Liste der Gegenstände, die aus Miß Harris' Wohnung entfernt wurden, ist auch von ihrer Korrespondenz die Rede«, sagte Baxter. »Enthält sie irgend etwas, was irgendwelche weiteren Unannehmlichkeiten für diese Botschaft bedeuten könnte?«

Cowley sah den Mann unverwandt an. »Wie zum Beispiel?« beantwortete er die Frage mit einer Gegenfrage.

Baxter hob die Schultern. »Keine Ahnung. Irgendwas.«

Du wolltest Informationen, dachte Cowley. Da kannst du lange warten, du Drecksack. »Die Briefe und die Nachforschungen, die ich unter ihren Bekannten in Amerika angestellt habe, deuten darauf hin, daß Ann Harris neben Paul Hughes auch noch zu anderen Männern sexuelle Kontakte hatte.«

Beide Männer betrachteten ihn ausdruckslos. Es war Baxter, der schließlich sagte: »Mit wem?«

»Ich habe keine Namen«, sagte Cowley und fügte ganz bewußt hinzu: »Zumindest im Moment noch nicht. Aber ich bin sicher, sie bis zum Abschluß der Ermittlungen herauszubekommen.« Da, dachte er, damit ihr ein bißchen ins Schwitzen kommt.

Paul Hughes wurde von einem sich abwechselnden Technikerteam einem viertägigen ununterbrochenen Verhör mit dem Polygraph unterzogen, bis das Gerät schließlich einen Piepston von sich gab, der eine Unstimmigkeit anzeigte. Die Fragen drehten sich in dieser Phase der Vernehmung nicht um den FSB und eine Erpressung. Die Befragung zielte immer noch darauf ab, den genauen zeitlichen Ablauf zu bestimmen und jeden einzelnen von Hughes' Schritten bis zurück zu dem Zeitpunkt zu rekonstruieren, als seine Frau in den Staaten auf Urlaub gewesen und Wladimir Suslew ermordet worden war. Als er ausdrücklich gefragt wurde, ob er am 17. Januar mit Pamela Donnelly zusammengewesen sei, bejahte Hughes dies. Und die Nadel des Polygraphen machte einen Ausschlag.

Pamela Donnelly wurde am selben Tag in der formelleren und einschüchternden Umgebung des FBI-Hauptquartiers in Washington vernommen. Nachdem sie wiederholte Male danach gefragt worden war, erklärte das Mädchen, sie sei sicher, sie und Hughes seien während Angela Hughes' Abwesenheit die ganze Zeit zusammengewesen. Nach drei Stunden gab sie allerdings zu, daß Hughes in zwei Nächten nicht bei ihr gewesen war. Sie konnte sich nicht erinnern, ob eine dieser Nächte der 17. Januar gewesen war. Weinend räumte sie schließlich ein, es sei nicht auszuschließen.

»Hughes könnte die Nadel auch deshalb zum Ausschlagen gebracht haben, weil er weiß, wie wichtig der siebzehnte Januar ist«, gab ein Techniker in einer Pause zu bedenken.

»Oder er könnte ein Mörder sein«, sagte sein zynischerer Kollege.

»Das Gerät zeigt keine Reaktion, wenn er direkt gefragt wird, ob er sie umgebracht hat.«

»Ein Lügendetektor ist nicht unfehlbar. Das weißt du doch.«

In seinem Büro im fünften Stock entschied sich Leonard Ross dafür, Cowley in Moskau nicht über die eindeutige Unstimmigkeit zu unterrichten. Dazu hatte es schon zu viele falsche Anhaltspunkte gegeben. Aufgrund seiner juristischen Ausbildung entschied er, daß er noch mehr und bessere Beweise brauchte.

31

Der Abend mit Pauline im Club der Botschaft war für Cowley weniger schwierig, als er erwartet hatte. Richards erschien nicht, aber Baxter war da, und wenn er auch nicht auffallend freundlich war, spielte er, ganz der versierte Diplomat, seine Gastgeberrolle tadellos: Er stellte Cowley ständig neuen Botschaftsangehörigen vor und war immer in der Nähe, um ihn von Gruppe zu Gruppe weiterzubegleiten. Es gab Steaks und Spareribs und Salat, mit der Möglichkeit, unter fünf verschiedenen Dressings zu wählen. In Behältern mit langsam schmelzendem Eis trieben Dosen mit amerikanischem Bier; dazu gab es verschiedene Spirituosen und kalifornischen Wein. Eine Musikbox erhob den Anspruch, mit den neuesten amerikanischen Top Ten aufzuwarten. Die Versuche zu tanzen waren peinlich und wurden rasch aufgegeben, auch trotz der Bemühungen der mitsingenden Abordnung von Marines, die unter diesem offiziellen Vorwand etwa alle vierzehn Tage Gelegenheit erhielten, den Sekretärinnen und den Mitarbeiterinnen der Pressestelle und des Archivs näherzukommen. Einer der Marines gewann bei der Tombola: Der Preis war ein weißer Bär in Kindergröße, der brummte, wenn man ihn nach vorn beugte. Die Marines hörten nicht mehr auf damit. Aufgrund dessen, was er über Ann Harris erfahren zu haben glaubte, konnte sich Cowley unschwer vorstellen, warum die Ermordete der Mehrheit dieser Anlässe ferngeblieben war.

Eine Menge Leute kostete es offensichtlich einige Beherrschung, sich nicht nach den Morden oder Paul Hughes oder beidem zu erkundigen. Einige – in der Regel auf dem besten Weg, betrunken zu werden – beherrschten sich nicht. Cowley unterband jeden Versuch, länger darüber zu sprechen, indem er immer wieder darauf hinwies, daß es ihm nicht erlaubt sei, über ein laufendes Ermittlungsverfahren oder über den Leiter der Wirtschaftsabteilung zu sprechen. Er gab unrichtigerweise an, nicht zu wissen, warum der Mann zurückbeordert worden war. Alles, was er herausrückte, war, daß sie einen Verrückten jagten und daß es ein schwieriger Fall war. Er pflichtete allen bei, Ann Harris sei ein nettes Mädchen gewesen. Hin und wieder, wenn die Frager zu aufdringlich werden schienen, schaltete sich Baxter ein, um ihn darauf hinzuweisen, es gebe noch andere Leute, die er kennenlernen müsse. Cowley kam kein einziges Mal mit jemandem ins Gespräch, der sagte, es gefiele ihm in Moskau. Bei jedem Gespräch, das Moskau speziell oder Rußland generell zum Thema hatte, erwähnte jeder die Zeit – gelegentlich auf den Tag genau –, die er hier noch Dienst tun mußte.

Er fand, Pauline sah sehr gut aus. Schön, hatte er entschieden, als er sie in ihrer Wohnung abgeholt hatte. Ihr Haar schien weniger graumeliert, so daß er argwöhnte, sie hatte es sich zu Hause getönt, und die winzigen Fältchen um ihre Augen waren nicht mehr da. Sie trug Dunkelblau, mit einer weißen, in einem passenden Farbton eingefaßten Bluse, was ihr seiner Meinung nach besser stand als Rot. Auch ihr Zusammensein brachte keine Probleme mit sich, da sie bis auf den Moment ihres Eintreffens im Club der Botschaft kaum mehr zusammen waren: Pauline hatte die ersten Vorstellungen übernommen, bis Baxter sich einschaltete, und danach unterhielt sie sich mit ihren Bekannten und gesellte sich nur gelegentlich zu ihm. Er merkte, daß sie wieder Scotch trank. Er nahm Root Beer. Zum Essen saßen sie mit acht anderen Leuten an einem Tisch: Cowley schaffte sein T-Bone-Steak nur halb, Pauline hatte sich nur Salat genommen und aß auch davon nicht alles.

Gegen zehn ertappte Cowley sie ein paarmal beim Gähnen, und Pauline war bereit zu gehen, sobald er es vorschlug. Es dauerte noch fünfzehn Minuten, bis er sich überall verabschiedet hatte. Eine Menge Leute sagten, sie würden ihn ja jetzt öfter sehen. Cowley vermutete, sie hatten recht.

Als sie um den neuen Komplex herumgingen, um zu der daran angrenzenden alten Botschaft zu kommen, in der Pauline wohnte, hakte sie sich ganz selbstverständlich bei ihm unter. Er konnte sich nicht erinnern, daß sie so gegangen waren, als sie noch verheiratet gewesen waren. Es gefiel ihm. Sie sagte: »Ziemlich öde Angelegenheit, hm?«

»Alle waren sehr nett zu mir. Es hat mir gefallen.«

»Noch etwas Neues über den neuen William Cowley«, sagte Pauline leichthin. »Auf einmal ganz diplomatisch! So schlimm war es tatsächlich nicht. Ich glaube, ich habe mich auch amüsiert.«

Sie kamen zum Eingang der Wohnanlage. Cowley ließ ihr den Vortritt. Da sie ihm die Tür aufhielt, folgte er ihr. In der Wohnung sagte sie: »Wenn du keinen Alkohol mehr trinkst, bist du wahrscheinlich auf Kaffee umgestiegen. Würdest du mir bitte einen kleinen Scotch einschenken?«

Das tat Cowley und dachte, wie entspannt und locker alles lief. Zwei Menschen, die sich über einen sehr langen Zeitraum hinweg aneinander gewöhnt hatten und sich so wohl in der Gegenwart des anderen fühlten, daß sie es nicht nötig hatten, irgendeine Show abzuziehen, um dem anderen zu gefallen oder zu imponieren. Glücklich verheiratete Menschen. Er wünschte, es wäre immer noch so.

Als er Eis holen wollte, traf er an der Tür der winzigen Küche mit ihr zusammen. Ohne ein Wort zu wechseln, tauschten sie die Getränke, damit sie sich ihr eigenes holen konnte. Er suchte sich einen Sessel. Sie setzte sich auf eine Couch direkt gegenüber, auf der anderen Seite des Raumes. Zu weit weg, fand er. Und korrigierte sich sofort. Auf keinen Fall durfte er jetzt alles verderben, indem er irgendeine Dummheit beging. Sie war nicht mehr seine Frau.

»Viel Streß wegen Ann und Paul?«

»Schon«, sagte er. »Ich bin sehr gut im Ausweichen geworden.«

»Ich auch. Die Leute denken, ich wüßte alles darüber.«

»Ist das denn so?«

Sie nickte. »Barry hat mir einiges erzählt. Es war mehr oder weniger ein offenes Geheimnis, daß Ann eine Schwäche für Männer hatte, aber daß es so schlimm war, wußte ich nicht.« Sie hielt inne, dann fügte sie rasch hinzu: »Natürlich habe ich zu niemandem was gesagt. Das hat mir Barry ausdrücklich eingeschärft: Es war, als müßte ich mir deine Ermahnungen wieder anhören.«

Cowley nickte. Er wußte, sie machte ihm nichts vor. Sie war immer total ehrlich gewesen, im Gegensatz zu seiner Falschheit, als sie verheiratet gewesen waren. »Das hat in der Botschaft, was die Sicherheit angeht, für einige Aufregung gesorgt.«

»Barry macht sich Sorgen, es könnte auf ihn zurückfallen: Du weißt ja, wie er ist, wenn sich etwas auf seine Karriere auswirken könnte.«

»Freust du dich schon, wieder nach Hause zu kommen?«

»Ich glaube schon.«

Cowley runzelte die Stirn. »Sonderlich überzeugt hört sich das aber nicht an.«

Sie hob die Schultern. »Aber sicher freue ich mich.« Pauline sah kurz in ihr Glas. »Er wird einen Antrag stellen, daß er in der russischen Abteilung bleiben darf. Das heißt, daß du dein Einverständnis erklären mußt, oder nicht?«

Cowley lächelte, allerdings traurig. »Darüber haben wir bereits gesprochen, er und ich. Natürlich werde ich ihm keine Steine in den Weg legen.«

»Einige Leute in deiner Stellung täten das aber, wenn sich ihnen die Gelegenheit böte.«

»Über so eine Bemerkung könnte ich sauer werden.«

Pauline wurde leicht rot. Hastig fügte sie hinzu: »Damit wollte ich nicht sagen … entschuldige … das war blöd.«

»Aber nicht doch!« sagte Cowley, überrascht über ihre Verlegenheit. »Ich sagte doch nur, ich *könnte* sauer werden. Aber ich bin es nicht.«

»Es freut mich, daß du mit Barry so gut klarkommst.«

»Nur mit Barry?«

»Laß das.«

»Was hast du neulich eigentlich gemeint, als ich dich gefragt habe, ob du glücklich bist?«

»Nichts.«

»*Bist* du glücklich?«

»Es geht. Vielleicht …«

»Was vielleicht?«

»Ich fand es immer schade, daß wir keine Kinder haben konnten, du und ich. Barry hat sich immer geweigert. Mit so einer lächerlichen Begründung im Stil von: Ich will keine Kinder in so eine schreckliche Welt setzen. Ich fand das immer schade.«

Cowley gewann den Eindruck, Pauline blickte deshalb in ihr Glas, damit er nicht sah, wie bewegt sie war. Absurderweise – grausamerweise, wenn ihr so viel daran lag – war er froh, daß Andrews und Pauline keine Kinder hatten. Es … Wütend auf sich selbst, gestattete er dem Gedanken nicht, sich weiterzuentwickeln.

»Entschuldige, daß ich damit angefangen habe. Ich wollte nicht an irgendwelche wunden Punkte rühren.«

»Schon gut.« Pauline holte tief Luft und sagte: »Konntest du mit Barry neulich die Probleme der Welt klären? Lang genug habt ihr jedenfalls gebraucht.«

»Ich schätze schon.« Cowley akzeptierte den Themawechsel.

»Wir haben in Washington ein Haus gekauft. Vor etwa zwei Jahren. In Bethesda. Im Moment haben wir es vermietet.«

Wieder auf sicherem Boden, dachte Cowley. »Wenn Barrys Antrag durchgeht, heißt das nicht automatisch, daß er nach Washington kommt«, warnte Cowley. »Wir haben auch in New York und in San Francisco eine größere Spionageabwehrabteilung.«

»Wenn Barry nach Washington *käme*, wären wir alle in derselben Stadt.«

»Ja.«

»Ich glaube, das fände ich schön.«

»Ich auch«, sagte Cowley. Jetzt bestimmte sie die Richtung des Gesprächs, nicht er.

»Als Freunde. Nicht aus irgendwelchen verrückten Gründen.«

»Klar.« Er beschloß, nicht nachzuhaken, was sie mit verrückten Gründen meinte. Er hatte sich wohlgefühlt – *fühlte* sich noch wohl –, nahm aber an, der Abend wäre unbehaglicher gewesen, wenn Andrews dabei gewesen wäre.

»Das ist doch jetzt überhaupt nicht komisch, oder?« fragte sie. »Wenn wir so zusammen sind, meine ich, ganz allein.«

»Überhaupt nicht komisch.« Das stimmt nicht, dachte er. Er konnte das Lügen nicht lassen.

Pauline lächelte und hielt ihm ihr Glas hin. Da sie seine Gedanken erriet, als er ihr mehr Whisky einschenkte, sagte sie: »Nur keine Angst. Unsere Rollen haben sich nicht vertauscht.«

»Das habe ich nicht gedacht«, sagte er. Eine weitere Unwahrheit.

»Heute abend ist mir einfach danach. Das ist der letzte.«

Cowley kam mit ihrem Drink zurück. »Hast du schon was von Barry gehört, seit er in Washington ist?«

Sie schüttelte den Kopf. »Nur eine Nachricht, die ich heute durch die Botschaft erhalten habe: Daß er auf dem Weg zurück ist. Vor der Abreise sagte er, er hofft, irgendeinen Hinweis zu erhalten, ob er in deine Abteilung kommt. Er sprach sogar davon, sich das Haus in Bethesda anzusehen, um sich zu vergewissern, ob wir dort einziehen können, wenn wir zurückkommen.« Sie lächelte achselzuckend. »Du kennst doch Barry: Immer davon überzeugt, daß alles so läuft, wie er gern möchte.«

Hatte der Mann schon so gedacht, als sie in London noch alle Freunde gewesen waren? Hatte er damals schon geplant, Pauline für sich zu gewinnen? So objektiv er, realistisch betrachtet, auch zu sein versuchen konnte – wenn er all die Male außer acht ließ, in denen er sich die erbärmlichen Fehler eingestand, die seine Ehe zerstört hatten –, wußte Cowley dennoch, daß er nie in der Lage sein würde, Andrews vollkommen zu verzeihen oder von dem zu entlasten, was geschehen war. Es würde nicht einfach werden – zumindest nicht für ihn –, wenn sie alle in derselben Stadt wohnten. »Ich weiß nicht, ob er schon so schnell einen Hinweis bekommt. Aber auszuschließen ist es nicht.«

Pauline trank ihr Glas leer, hielt es dann prüfend hoch und erklärte: »Fertig!«

Cowley hatte seinen Kaffee erst zur Hälfte getrunken. Was noch in der Tasse war, war kalt. »Dann werde ich mal gehen.«

»Barry sagt, bei deinem Fall tut sich nichts mehr«, sagte sie. »Jetzt, wo Paul nicht mehr in Frage kommt, gibt es nichts mehr, woran man noch arbeiten könnte.«

»Ein paar Routinemaßnahmen führen wir schon noch durch. Aber nichts Konkretes.«

»Barry sagt, es könnte sich ziemlich nachteilig für dich auswirken, wenn es zu keiner Festnahme kommt.« Immer noch diese verstörende Ehrlichkeit.

»Das könnte es.«

»Er wird weiter morden, oder nicht?«

»Auf jeden Fall. Außer wir schnappen ihn vorher.«

Pauline schauderte. »Manchmal habe ich richtig Angst.«

Valentina Jeschow hatte so lange für ihn gesorgt – in wenigen Monaten wurden es dreißig Jahre –, daß sie genau wußte, wie er sich anfassen ließ und wie nicht. Es machte ihm nichts, wenn sie ihn an den Händen hielt, so wie sie ihn als Kind gehalten hatte, wenn sie ihn durch ihre Anwesenheit hatte trösten und bestärken wollen. Sie saß direkt vor ihm – seine Hände waren in den ihren, ihre Knie berührten sich – und sagte: »Es war wieder ein Mann da. Ein anderer. Sie wollen mit dir reden. Aber ich kann dir nicht helfen, wenn ich nicht weiß, was du getan hast.«

»Nichts«, versicherte ihr Petr Jeschow. »Nichts Schlechtes.«

»Warum kommen sie dann immer wieder? Da muß etwas sein, was du mir verschweigst.«

»Nein.«

»Sieh mich an, Petr! Ich möchte, daß du mir in die Augen siehst und mir sagst, daß du nichts angestellt hast.«

Jeschows Augen zuckten in ihre Richtung, blieben aber nicht dort.

»Sieh mich an!« verlangte sie laut. »Sieh mich richtig an!«

Diesmal verweilte sein Blick etwas länger, bevor er unstet wurde und sich senkte. »Ich hab' nichts getan. Will sie nicht hier haben. Sag ihnen, sie sollen weggehen.«

»Du möchtest doch nicht wieder in eine dieser Anstalten, Petr, oder?«

»Nein!« Erst jetzt zwang sich der Mann, ihr in die Augen zu sehen, weil die Sache so wichtig war, weil er sie unbedingt überzeugen mußte. »Nie wieder. Auf keinen Fall.«

»Aber du mußt wieder zurück, wenn du etwas getan hast, wovon du mir nichts erzählt hast. Diesmal werden sie dich länger einsperren: viel länger.«

»Nein!« wimmerte der Mann und klammerte sich an die Hände seiner Mutter, bis sie zu schmerzen begannen. »Nie mehr. Hab' nichts getan.«

Die Forderungen der Medien, angeheizt durch Senator Burdens anfängliche Beschwerden, wurden aufgrund dessen, was die Presse als offizielles und verdächtiges Schweigen betrachtete, eher nachdrücklicher als schwächer. In Kommentaren und Kolumnen wurde offene Kritik an einer inkompetenten und unbeholfenen Moskauer Presseerklärung laut, die von der Nachrichtenagentur Tass verbreitet worden war und derzufolge bei den Ermittlungen Spuren nachgegangen wurde, über die noch nichts an die Öffentlichkeit dringen dürfe, von denen man aber hoffe, daß sie zu Ergebnissen führen würden. Am stärksten war der Argwohn seitens der Presse und des Fernsehens in Washington, wo Senator Burdens Büro in einer dramatischen Kehrtwendung ankündigte, es werde keine weiteren Pressekonferenzen und Presseerklärungen zum Mord an Ann Harris mehr geben. Privat hatte Senator Burden geäußert, es werde alles Menschenmögliche getan, um den Mörder seiner gerechten Strafe zu überführen. Alle weiteren Äußerungen würden der Sache eher schaden als dienen.

32

Barry Andrews ignorierte den üblichen Rat des Piloten, den Sicherheitsgurt im Sitzen angelegt zu lassen, und schob die Schnalle beiseite, um zu der Porzellanpuppenstewardeß hochzulächeln. Da er einen Grund zum Feiern hatte – er war *sicher*, einen Grund zum Feiern zu haben –, bestellte er Champagner. Trotzdem hätte er gern einen deutlicheren Hinweis gehabt. Der Personalausschuß hatte ihm ohne Vorbehalte seine Beförderung auf G-13 mitgeteilt. Und auch keine Zweifel an der positiven Einschätzung seiner bisherigen Leistungen gelassen. Hervorragend, hatte der Ausschußvorsitzende gesagt: Was er zwar bereits gewußt hatte, was er aber trotzdem gern noch einmal zu hören bekommen hatte. Das Problem war Cowley, entschied er: Wegen der Geschichte in Moskau war es unmöglich, die nötige Zustimmung des

Leiters der russischen Abteilung einzuholen. Und das war, mußte sich Andrews eingestehen, der einzige Unsicherheitsfaktor, den er nicht vorwegnehmen oder in irgendeiner Weise beeinflussen konnte.

Er nahm das Glas und beobachtete, wie die Bläschen darin aufstiegen. Was würde Cowley tun? Sich strikt professionell verhalten, die Ernennung nach seinen fraglosen Verdiensten beurteilen und ihr zustimmen? Oder die gottgesandte Gelegenheit ergreifen, eine alte Rechnung zu begleichen, und sie ablehnen? Andrews verweilte bei der zweiten Möglichkeit und durchleuchtete sie von allen Seiten. Eine Absage wäre eine ziemliche Blamage. Sie würde ohne einen erklärenden Zusatz in seiner ansonsten tadellosen Personalakte vermerkt, wo sie jeder andere Abteilungsleiter sehen konnte, wenn er sich woanders bewarb. Und wo sie den Schluß nahelegte, daß er sich irgend etwas, das nicht in seinen Unterlagen vermerkt war, hatte zuschulden kommen lassen. So eine schlimme Blamage nun auch wieder nicht, versuchte er sich Mut zu machen. In der Pennsylvania Avenue waren seine Heirat mit Pauline und ihre Vorgeschichte kein Geheimnis. Demnach würde eine Ablehnung durch Cowley keine Erklärung erfordern. Jeder würde die Gründe sofort erkennen, und wenn überhaupt, würde sich die Kritik gegen Cowley richten, weil er zugelassen hatte, daß berufliche Entscheidungen durch persönliche Gefühle beeinflußt wurden.

Es war nie zu einem offenen Wutausbruch gekommen, nicht einmal in London, als Pauline die Scheidung verlangt und ihm mitgeteilt hatte, daß sie zu heiraten beabsichtigten. Im Gegenteil, vom Alkoholkonsum des Vortags mit hochrotem Gesicht, vom Quantum des Tages schwitzend und konfus, hatte Cowley loszuheulen begonnen wie ein kleiner Junge, dem ein Spielzeug weggenommen wurde. Auch später, als der Mann nüchtern war und sie die erforderlichen Formalitäten erledigten, keine Anzeichen von Wut. Und auch seit diese Geschichte in Moskau losgegangen war, hatte er keinerlei tiefsitzende Ressentiments an dem Mann bemerkt. Da hatte es diesen kurzen Stunk gegeben, weil er die Sachen aus Anns Büro zurückgeschickt hatte, aber das war beruflich bedingter Ärger gewesen, den er verstehen konnte. Was er dagegen nicht verstehen konnte, war der ganze persönliche Kram. Abrupt gelangte er zu dem Urteil, daß Cowley ein Waschlappen war. Immer schon gewesen war. Nur daß er diese Tatsache nicht mehr in einer Schnapsflasche ersäufte. Er war froh, daß mit dem bedrückenden Zusammensein in Moskau bald Schluß war. Er hatte sich wirklich angestrengt – und wie er sich angestrengt hatte –, aber es war nicht einfach gewesen. Cowley, der Waschlappen, hatte natürlich nichts gemerkt, hatte keinerlei Verdacht geschöpft.

Andrews ließ sich sein leeres Glas nachschenken. Cowley würde ihm keine Knüppel zwischen die Beine werfen, dachte er zuversichtlich. Selbstverständlich würde er mit dem Gedanken spielen. Er wäre kein Mensch, wenn er es nicht täte. Aber bei seiner Gesamtbeurteilung wäre er durch und durch sachlich und professionell, wie er das immer gewesen war – sogar in seiner Suffphase –, und würde sich bei seiner Entscheidung von den in der Personalakte vermerkten Verdiensten und den Empfehlungen der Personalabteilung leiten lassen.

Und was war, wenn Cowley das nicht tat? Was war, wenn Cowley ein Schwein war und sich die Genugtuung einer Ablehnung gönnte?

Er *wollte* zur russischen Sektion, war fest entschlossen, in diese Abteilung zu kommen. Was wäre, wenn er die Entscheidung anfocht, falls Cowley ihn ablehnte? Es gab eine spezielle Schiedsstelle für berufliche Diskriminierung, aber die Sache hatte einen Haken. Selbst wenn man gewann, hatte man im ganzen Bureau den Ruf eines Störenfrieds weg. Was ein schlimmeres, inoffizielles Manko sein konnte als eine nicht näher erklärte offizielle Ablehnung in der Personalakte, zumal Cowley dadurch in diesem Fall mindestens genauso schwer belastet würde, weil er zugelassen hatte, daß eine berufliche Entscheidung durch persönliche Gefühle bestimmt worden war.

Verfrühte Besorgnis, sagte er sich: Nichts konnte ihn bremsen, nichts ihm in die Quere kommen, nicht jetzt. Deshalb hatte er die Hausverwaltung auch damit beauftragt, den Mietern in Bethesda schon einmal zu kündigen. Pauline sollte so bald wie möglich einziehen, alles vorbereiten, das Haus so einrichten, wie sie wußte, daß er es haben wollte. Aber vorher galt es auch noch, ihre Wohnung in Moskau aufzulösen. Das müßte sie zuerst tun. Vielleicht würden sie, bis sie das Haus fertig hatte, eine Weile in einem Hotel wohnen, allerdings nicht in diesem Loch in Pentagon City. Das würde er alles mit ihr besprechen, wenn er zurück in Moskau war. Er wollte nicht, daß sie etwas davon falsch verstand. Manchmal verstand sie etwas falsch.

Er würde eine Abschiedsparty geben, beschloß Andrews. Alle in den Club einladen, nicht nur Kollegen aus der eigenen Botschaft, sondern auch aus anderen, die Engländer und die paar Franzosen, die er kennengelernt hatte. Plötzlich kam Andrews ein Gedanke, bei dem er lächeln mußte. Welche Ironie, daß einer der Gäste William Cowley wäre, der in Moskau bleiben mußte, um einen Mörder zu jagen, dessen Festnahme er noch keinen Schritt näher war als bei seiner Ankunft.

Nachdem er jetzt in Gedanken wieder bei dem Mann war, dessen Entscheidung über seine Zukunft bestimmen konnte, beschloß Andrews, Cowley unmittelbar nach seiner Rückkehr – auf jeden Fall morgen – von seiner offiziellen Bewerbung zu erzählen und ihm ganz direkt zu sagen, daß er hoffe, er werde sie unterstützen und befürworten. Es gab keinen Grund, weshalb er das nicht tun sollte. Es wäre sogar geradezu absurd, nichts zu sagen. Vielleicht wäre Cowley sogar beleidigt, unnötigerweise düpiert, wenn er erst durch eine offizielle Mitteilung, die mit dem Diplomatengepäck aus Washington kam, davon erfuhr. Es war eindeutig ein Vorteil, keineswegs die lästige Verzögerung, für die er es zunächst gehalten hatte, daß Cowley in Moskau war, wo sie ganz offen, unter vier Augen, darüber sprechen konnten.

Die Aufforderung, den Sicherheitsgurt anzulegen, kam zusammen mit dem Hinweis auf die Zwischenlandung in Amsterdam. Transitpassagiere konnten das Flugzeug kurz verlassen, wenn sie wollten. Andrews beschloß, an Bord zu bleiben, vielleicht sogar ein bißchen zu schlafen, wenn es ging. Er wollte bei seiner Ankunft in Moskau so frisch wie möglich sein. Er hatte einiges vor.

Dimitri Danilow gelangte zu der deprimierenden Ansicht, daß er unter den Beweisen, die sie zusammengetragen hatten, etwas übersehen hatte, möglicherweise ein winziges zusammenhangloses Informationsbruchstück, das sie entweder behinderte oder in die falsche Richtung deutete, wie sie sich schon einmal in die falsche Richtung hatten schicken lassen, obwohl Danilow im Moment über jede Richtungsangabe, ob falsch oder sonst etwas, froh gewesen wäre.

Mit zunehmender Niedergeschlagenheit fand er sich damit ab, daß die Anweisungen, die er inzwischen erteilte, kaum mehr waren als ein verzweifeltes Festhalten an Strohhalmen, Aktivität um der Aktivität willen, ohne große Hoffnung, etwas Brauchbares zutage zu fördern. Zumindest hatte Pawin herausbekommen, wer der Fragesteller auf der Pressekonferenz gewesen war, wodurch sich ihnen ein schmaler Weg eröffnete, den sie beschreiten konnten. Pawin hatte auch Anweisung, den noch verbleibenden Psychiatriepatienten ausfindig zu machen, in dessen Wohnung am Bronnaja Bulwar nie jemand zu Hause gewesen war, einmal auch, als Danilow persönlich dort vorbeigeschaut hatte.

Die täglichen Treffen mit Lapinsk arteten zu ständigen, allerdings sinnlosen Streitereien aus. Der alte Mann, der ärgerlicherweise so erpicht darauf war, daß dieser unlösbare Fall der Miliz entzogen würde, gab eindeutig den übelgelaunten Druck von oben weiter.

Und Danilow gab die Kritik, was berechtigt, aber anfechtbar war, nach unten weiter. Am Tag nach Cowleys Rückkehr – dem Tag von Lapinsks heftigstem Rüffel – funktionierte er die morgendliche Dienstbesprechung dazu um, den unfähigen Ermittlern die Leviten zu lesen, wobei er die Beamten, welche die nachweislich mangelhaften Nachforschungen in den psychiatrischen Anstalten angestellt hatten, namentlich aufführte und erklärte, daß er vorhabe, seine Beanstandungen in ihre Personalakten einzutragen. Bereits auf dem Level eines Milizbezirks oder Reviers wäre eine solche Androhung unerhört gewesen. Geradezu beispiellos war sie auf einer so hohen Ebene wie in der Petrowka, wo sich jeder über jede Kritik oder Rüge erhaben fühlte. Die Reaktion war vorhersehbar und erfolgte sofort, noch am selben Nachmittag. Der Widerstand und das Gekeife gegen Danilow blieben nicht auf das Hauptquartier der Miliz beschränkt, sondern breiteten sich bis in die einzelnen Bezirke aus, weil sich die Petrowka-Beamten sofort ans Telefon setzten, um systematisch alle möglichen Geschichten zu verbreiten, in denen auf Danilows Unfähigkeit und bevorstehende Degradierung angespielt wurde. Pawin schob im Vertrauen auf ihr gutes Verhältnis seinen Besuch im Bronnaja Bulwar auf, um Danilow zu sagen, er hätte auf die Konfrontation verzichten und vor allem nicht mit einem schriftlichen Vermerk seiner Unzufriedenheit drohen sollen: Damit habe er nichts erreicht, als eine unüberbrückbare Kluft zwischen ihm und allen rangniedrigeren Beamten zu schaffen. Gleichrangige Beamte würden ihn meiden, da sie ihn als eine lästige und unbegreifliche Gefährdung des etablierten Systems betrachteten. Hochrangigere Beamte, sogar General Lapinsk, würden ihn für einen Trottel erklären. Danilow bezeichnete jede einzelne Einschätzung als zutreffend. Und er äußerte den Wunsch, daß er sich wenigstens besser fühlen würde, nachdem er seinen Standpunkt klargemacht hatte. Das war aber nicht der Fall.

Seit der Begegnung am Leninskij Prospekt hatte er schon mehrere Male mit dem Gedanken gespielt, mit Kosow über Eduard Agajans zu sprechen, hatte es dann aber doch nicht getan. Seine Intervention sollte zwar mit großem Nachdruck, gleichzeitig aber auch ganz beiläufig, im Ach-übrigens-Stil, erfolgen, auf keinen Fall in Form eines Protests. Es widerstrebte ihm, dem anderen Mann gegenüber eine unterwürfige Haltung einzunehmen, ihn wie ein vermittelnder Bittsteller Agajans' zu ersuchen, diesen wieder wie bisher operieren zu lassen. Er wollte wie ein Gleichgestellter mit ihm sprechen, wie jemand, dessen Ansichten ernst genommen und befolgt werden sollten, wenn er darauf bestand, der Schwarzmarkthändler *solle* die Möglichkeit erhalten, wieder wie bisher seinen Geschäften nachzugehen. Allerdings mußte sich Danilow eingestehen, daß er nicht gleichgestellt war, daß er bei einem Handel nichts anzubieten hatte. Deshalb beschloß er, auf eine passende Gelegenheit zu warten, wann und wie auch immer sie sich bieten würde.

Er vermutete, mit Larissa würde sich ihm nie eine passende Gelegenheit bieten. Vielleicht hatte sich auch nie eine geboten.

Er war sogar froh über ihr offensichtliches Sträuben, den Abend mit ihm zu verbringen, denn er nahm an, es könnte die beabsichtigte Aussprache leichter machen. Doch kaum hatte er hinter ihr das ausgesuchte Hotelzimmer betreten, merkte er, das Ganze war nur Teil des üblichen Theaters: die gekränkte mondäne Dame, die umschmeichelt werden wollte.

»Nie bringst du mir Geschenke mit!« schmollte sie. »Die anderen Mädchen, mit denen ich arbeite, kriegen immer Geschenke. Ich nie.«

Noch etwas Wahres an einem Tag aller möglicher Wahrheiten, mußte sich Danilow eingestehen. »Entschuldige.«

»Glaubst du, daß du einen größeren Schwanz hast als alle anderen, daß das reicht?«

Bisher hatte es anscheinend gereicht, dachte Danilow. »Erst kürzlich hatte ich mit Olga Ärger.«

»Na und?« bemerkte Larissa ungerührt.

»Sie hat mir vorgehalten, ich hätte ein Verhältnis mit dir. Namentlich.«

»Na und?« sagte die Frau noch einmal. »Was hast du gesagt?«

»Daß es nicht stimmt, natürlich. Ich habe gesagt, es wäre Unsinn; wie die anderen Male, wenn sie damit anfing.«

»Und warum erzählst du es mir dann jetzt?« Er verhielt sich nicht so, wie er sich hätte verhalten sollen. Einfach nur dazustehen, statt sich mehr zu entschuldigen, ihr Geschenke zu versprechen. Sie nahm ihre Hand hoch und spielte an den Knöpfen der Bluse herum.

»Ich glaube, wir sollten vielleicht mal eine Pause einlegen.«

Larissa hörte auf, an ihrer Bluse herumzumachen. »Wie bitte?«

»Es etwas langsamer angehen.«

»Langsamer ... was redest du da eigentlich?«

»Ich finde, es wird langsam Zeit, daß wir Schluß machen, Larissa.«

»Schluß machen! Einfach so!« Sie schnippte mit den Fingern.

»Ja.«

Zum erstenmal drohte sie aus der Rolle zu fallen. »Wie kannst du so was sagen? Als ob nichts dabei wäre. Als ob es bloß eine Bettgeschichte wäre, die nichts zu bedeuten hat. So war es doch nicht für dich, oder? Sag mir, daß es nicht so war.«

»Natürlich war es nicht so!« Er versuchte, Gefühl in seine Stimme zu legen. Dann griff er auf ein Klischee zurück. »Aber das Ganze ist nun mal leider nicht so einfach. Es sind auch noch andere betroffen.«

»Wer?« fragte sie. »Olga? Jewgenij? Das sind alle. Sie sind doch egal. Ich kann mich von Jewgenij scheiden lassen, *will* mich von ihm scheiden lassen. Du kannst dich von Olga scheiden lassen. Wir können *heiraten*! Das ist doch, was du willst, oder etwa nicht? Was du die ganze Zeit wolltest.«

Nein, dachte Danilow. Das hatte er nie gewollt. Er war sich nicht sicher, was zwischen ihm und Olga noch war, aber er hatte nie etwas Dauerhaftes mit Larissa im Sinn gehabt. Warum hatte er sich dann auf sie eingelassen? Selbstbestätigung, vermutete er, da ihm kein anderes Wort einfiel und weil es ihm auf jeden Fall als das zutreffendste erschien. Er hatte die Bestätigung gebraucht, daß er immer noch eine schöne Frau beeindrucken konnte, wenn er es versuchte. Und das war jämmerlich: jämmerlich und egoistisch und grausam und verachtenswert. Sogar obszön. Er schämte sich. »Das will ich *nicht*.« Er mußte sich zwingen, die Wörter auszusprechen. Als sie zusammenzuckte, so, als hätte er sie geschlagen, sagte er: »Nicht jetzt schon. Noch nicht. Ich muß erst darüber nachdenken ... zu einer Entscheidung kommen.«

»Wann? Wie lange?« Auf einmal war ihr Ton flehend, die selbstsichere Arroganz schlagartig verflogen.

»Ich weiß nicht ... darum dachte ich ja auch, wir sollten erst mal eine Pause einlegen ... uns Zeit lassen ...«

Larissa richtete sich auf, bekam sich wieder in den Griff. »Du bist ein Schwein. Ein richtig fieses und gemeines Schwein.«

»Ja«, gab Danilow in dem Wissen, daß es wahr war, zu. Ein Tag der Wahrheiten, dachte er wieder.

33

Der Bucheinband war rot, mit schwarzer Schrift, und Nadja Rewin wußte, er würde unter den anderen Büchern in den Regalen in ihrer Wohnung am Uspenskij Prospekt hervorstechen, eindrucksvoll aussehen. Er hatte gesagt, das Buch würde verfilmt, weshalb sie sich vornahm, es zu lesen, bevor sie es wegpackte, und sich vorzustellen, welche der Hollywood-Schauspieler und -Schauspielerinnen, die sie kannte, die verschiedenen Figuren darstellen würden. Mit solchen Überlegungen vertrieb sich Nadja oft die Nachmittage und die frühen Abende, wenn sie darauf wartete, daß das Telefon klingelte.

Sie war froh, daß es an jenem Abend geläutet hatte. Es war einer der Abende geworden, die Nadja aufrichtig Spaß machten, so, wie es immer werden würde, wenn sie nach Amerika kam. Er war ein weltmännisch höflicher, aufmerksamer, dollarbestückter Engländer gewesen, der sie gebeten hatte, ihn Charles zu nennen, und vom ersten Moment ihrer Begegnung an versucht hatte, erst sie zufriedenzustellen, bevor er an sich selbst dachte. Das war nicht schwer gewesen. Nadja hielt das Metropol seit seiner Renovierung für das beste und luxuriöseste Hotel in Moskau. Das teuerste war es auf jeden Fall. Das Essen war vorzüglich gewesen, und er hatte viel über Wein gewußt. Er zeigte ihr, wie man schnupperte und die Kostprobe im Glas herumschwenkte, daß sich

Rinnsale bildeten, die er Beine nannte. Sie hatte aufmerksam zugehört, da sie annahm, dies sei etwas, das sie wissen sollte, eine Ergänzung zu all den anderen Dingen, die sie sich anzueignen versucht hatte, um weltgewandter zu erscheinen.

Wie zum Beispiel die gründliche Lektüre der englischsprachigen Zeitungen. Als er über die Buchmesse zu sprechen begonnen hatte, war sie aufgrund der jüngsten sorgfältig studierten Rezensionen sofort in der Lage gewesen, in die Unterhaltung einzusteigen. Wie sich herausstellte, hatte eine davon den Roman zum Gegenstand gehabt, der jetzt auf dem Beifahrersitz des BMW neben ihr lag und seinen Aussagen zufolge in seinem Verlag erschienen war. Es war eine überschwengliche Rezension gewesen, und er war nicht weniger von ihr beeindruckt gewesen, als sie das an diesem Punkt auch schon von ihm gewesen war.

Sie waren im Hotel geblieben, ohne daß sie die Möglichkeit, in ihre Wohnung zu gehen, auch nur zur Sprache brachte, und das war auch gut so gewesen, weil er eine Suite gehabt hatte, die sich bestens in die entspannt-genießerische Atmosphäre des Abends eingefügt hatte. Er hatte sich mit nichts Ungewöhnlicherem oder Ausgefallenerem verwöhnen lassen wollen, als daß er sie bat, ihr dabei zusehen zu dürfen, wie sie sich ganz langsam auszog – eine Bitte, die sie überhaupt nicht ungewöhnlich fand. Im Bett war er so rücksichtsvoll geblieben wie zuvor, immer darauf bedacht, sie genauso zum Höhepunkt zu bringen wie sich selbst, und das Vorspiel war zärtlich und gemächlich gewesen, bis sie ihn gedrängt hatte, schneller und fester zuzustoßen. Und sie hatte einen Orgasmus bekommen, obwohl es bedeutete, daß sie kurz die Kontrolle über sich verlor, was sie normalerweise unter allen Umständen zu vermeiden versuchte. Sie vermutete, daß es deswegen für ihn besser gewesen war.

Er hatte ihr zwanzig Dollar mehr gegeben, als sie verlangt hatte, und dazu erklärt, es sei eine kleine Dreingabe, zusätzlich zu dem Buch. Außerdem hatte er sie höflich gefragt, ob er sie am nächsten Abend wiedersehen könne. Natürlich hatte Nadja zugesagt. Sie hatten darüber gesprochen, woanders essen zu gehen – sie hatte das Atrium oder das Stoleschniki Café vorgeschlagen –, und sie dachte, hinterher würden sie vielleicht in ihre Wohnung am Uspenskij Prospekt gehen. Vielleicht würde sie es ihm sogar vorschlagen. Auf jeden Fall würde sie Champagner im Kühlschrank kaltstellen.

Sie hatten auch davon gesprochen, daß sie ihm ihre Telefonnummer geben wolle, damit er sie bei späteren Besuchen erreichen könne. Sie hatte sie ihm ohne Umschweife gegeben, weil es geschäftlich war und weil Stammkunden gut fürs Geschäft waren. Allerdings bezweifelte Nadja, daß sie bei Charles' nächstem Besuch noch in Moskau wäre. Die Karte ihres New Yorker Stammkunden, ihre übliche frühzeitige Kontaktaufnahme, war diesen Morgen eingetroffen. Er teilte ihr darin mit, daß er drei Wochen früher als geplant nach Moskau kommen werde, und Nadja hatte sich inzwischen entschlossen, ihn zu bitten, bei der Einreise nach Amerika für sie zu bürgen. Sie war sicher, ihre Bitte so vorbringen zu können, daß er keine Panik bekäme, sie könne mehr von ihm erwarten, als daß er ihr bei der Einreise behilflich sei. Nur keine Hektik, dachte sie in Erinnerung der Redewendung. Er würde keine Angst bekommen. Hatte er nicht immer wieder gesagt, wie schön es wäre, wenn sie in Manhattan leben würde? Nadja spann den Gedanken weiter, schmiedete Plan um Plan. Der neue Mann, Charles, hatte davon gesprochen, daß er mehrere Male im Jahr nach New York käme. Er könne sie sich dort genausogut – wenn nicht sogar besser – vorstellen als in Moskau. Es würde alles bestens laufen, wußte sie, einfach perfekt.

Nadja fuhr am dunklen Park entlang. Die schwarzen Bäume zeichneten sich splitternackt gegen das kurze Aufblitzen der Skyline ab. Auf den angrenzenden Straßen waren keine Leute, nicht so spät. Sie bog in den Uspenskij Prospekt, fuhr aber an ihrer Wohnung vorbei, um dann links abzubiegen und auf der Rückseite des Blocks wieder zurückzufahren. Ein so wertvoller Wagen wie der BMW mußte geschützt werden und durfte nicht einfach am Straßenrand abgestellt werden. Der Schuppen in der Schrebergartenanlage auf der Rückseite des Blocks, ursprünglich für die Aufbewahrung von Gartengeräten gebaut, war mittlerweile in eine ganz passable Garage umgewandelt worden. Die Kosten, den Wagen einzustellen, waren eine zusätzliche, aber nötige Ausgabe.

Sie ließ den Motor laufen, während sie im Licht der Scheinwerfer das Schloß aufsperrte. Das Tor war sehr schmal, aber sie war es gewöhnt, den Wagen hineinzufahren. Als sie die Lichter ausmachte, wurde es sofort stockdunkel. Sie tastete nach dem Buch neben ihr.

Trotz der guten Stimmung, in der sie sich jetzt befand, achtete Nadja aufmerksamer, als das die anderen Frauen getan hatten, auf alles, was um sie herum geschah. Prostituierte – auch solche, die sich andere Berufsbezeichnungen gaben und nicht auf der Straße arbeiteten – entwickelten sehr feine Antennen für potentielle Gefahren. Sie spürte die Anwesenheit und begann sich herumzudrehen, bevor sich die Hand auf ihr Gesicht und der Arm um ihre Taille legte, so daß der Angriff nicht direkt von hinten erfolgte. Auch erstarrte sie nicht wie die anderen vor Schreck, sondern versuchte sich sofort zu wehren, obwohl er sie so fest packte, daß es fast unmöglich war, sich dagegen zu wehren. Sie schlug verzweifelt weiter um sich, als das Messer einzudringen begann. Instinktiv griff sie hinter sich, nach seinem Unterleib. Ihr Arm und ihre Hand zuckten und erstarrten, bevor sie ihn zu fassen bekam.

Es waren eine Menge Haare, mehr, als er je gehabt hatte. Auch massenweise Knöpfe. Er summte, als er sich seine Andenken holte. Diesmal hatte er es richtig hingekriegt. Keine Fehler mehr. Perfekt.

Weil der Schuppen am Ende eines Weges lag, nicht einmal an einer asphaltierten Durchfahrt, wurde Nadja Rewins Leiche, entstellt und häßlich wie alle anderen, erst am nächsten Morgen entdeckt, als es ganz hell war.

Wie zuvor holte Danilow Cowley von der Botschaft ab, und wie zuvor wurde auf dem Weg zum Uspenskij Prospekt wenig gesprochen. Viktor Nowikow, der immer noch mit der vorläufigen Untersuchung am Tatort beschäftigt war, als sie eintrafen, wurde unter den ausdruckslosen Blicken des kritischen Amerikaners sichtlich nervös. Auf Bitten Cowleys bargen die Männer von der Spurensicherung von allem, was sie für bedeutsam hielten, eine zweite Probe, um diese nach Washington zu schicken. Pawin, der vor ihnen eingetroffen war, um die Beweisaufnahme zu überwachen, machte ein bedrücktes Gesicht und sagte, es gebe nichts von unmittelbarer Bedeutung, nicht einmal Fußabdrücke in dem weichen, manchmal sogar schlammigen Untergrund der Schrebergartenanlage. Zu dem Zeitpunkt, zu dem Nadja Rewin erstochen worden war, dürfte der Boden noch hartgefroren gewesen sein. Ein eigenartiger Fund war ein englischsprachiges Buch unter der Leiche gewesen. Ihre Handtasche hatte Make-up enthalten, größtenteils westliche Produkte, außerdem Streichholzheftchen aus dem Hotel Metropol, 150 Dollar in bar, eine Packung westlicher Kondome, aus der zwei fehlten, und einen Dildo. Des weiteren ein Adreßbuch, in dem der Name der Besitzerin mit Nadja Rewin angegeben war und als ihre Adresse eine Wohnung in dem Häuserblock, vor dem sie standen. Ein Schlüssel, der möglicherweise zu dieser Wohnung gehörte, hing an dem Bund, an dem auch der Zündschlüssel und andere Schlüssel für den BMW waren.

Er paßte, als die drei vor den Spurensicherungsteams, die sie mit der Anweisung, ihnen zu folgen, zurückgelassen hatten, den siebten Stock erreichten. Pawin, der die Beweismitteltüten bereit hielt, folgte den zwei ranghöheren Detektiven bei der Durchsuchung der Wohnung auf Schritt und Tritt.

Trotz Nadja Rewins Hoffnungen und Ambitionen war die Wohnung das Zuhause einer Hure. Der Wohnraum hatte schwere rote Verlourstapeten. Es gab keine helle Deckenlampe, und auch die Tiffanyschirme der Wandlampen waren rot verglast. Die Wohnung war mit zu vielen schweren Möbeln vollgestellt, so daß sie kleiner wirkte, als sie war. An den Wänden hingen Jugendstildrucke, Chiffon über weiblicher Nacktheit, sonst nichts, schon gar keine persönlichen Fotos. In einem Sekretär war ein weiteres Adreßbuch. Auf einer Reihe von Seiten waren nur Vornamen mit Hotels und deren

Nummern eingetragen. Der Schrank unter der Schreibplatte enthielt eine umfangreiche Auswahl an Spirituosen.

Das intime Rot setzte sich im Schlafzimmer fort, wo große Anstrengungen unternommen worden waren, den Eindruck luxuriöser Sinnlichkeit zu erwecken. Das Bett hatte einen Baldachin, in den ein großer Spiegel eingelassen war, der die Aktivitäten darunter reflektieren sollte. In einem Nachttisch befanden sich neben einer Auswahl pornographischer Bücher auch einige Ordner mit einzelnen, losen Fotos. Auf keinem war Nadja Rewin abgebildet. Es gab eine umfassende Sammlung mit Cunnilingus- und Fellatiodarstellungen, zum Teil mit homosexuellen Paarungen, aber keine Bilder von Fesselungen oder masochistischen Praktiken. In der Schublade waren zwei Dildos, mehrere Packungen westlicher Verhütungsmittel, Öl sowie Empfängnisverhütungs- und Gleitcremes. Die Drucke an den Wänden waren Wiedergaben griechischer und römischer Flachreliefs mit erotischen Darstellungen: Männer mit riesigen Penissen und willige, lüsterne Frauen.

Es gab zwei Kleiderschränke, von denen einer ausschließlich Negligés und Nachthemden aus Seide oder sonstigen dünnen, durchsichtigen Materialien vorbehalten war. In einer Schublade des Schranks befand sich eine Auswahl an Reizwäsche, Slips mit offenem Schritt, BHs mit Öffnungen für die Brustwarzen sowie Hüftgürtel und Strapse aus Spitze.

Als Danilow die Schublade ganz herausnahm, fand er das Versteck, eine rechteckige Vertiefung, die hinter einem verschiebbaren Paneel verborgen war, das auf den ersten Blick wie die starre Rückwand des Schranks aussah. Es enthielt Nadja Rewins Geburtsurkunde und Paß, 22.000 Dollar in bar und einen braunen Umschlag mit verschiedenen Dokumenten. Danilow sah die Papiere kurz durch, bevor er sie Cowley reichte.

»Sie wollte nach Amerika«, sagte der Russe.

»Und Ralph Baxter hat den Bestätigungsbrief für ihren Visumantrag unterzeichnet«, sagte Cowley, der sich alles genauer ansah.

34

Alles paßte – das geschorene Haar, die Plazierung der Schuhe, die abgetrennten Knöpfe –, doch wieder einmal ließen sich daraus keinerlei Schlüsse ziehen, die sie weitergebracht hätten. Das Ganze ging wieder von vorne los, eine weitere Umdrehung in einem Kreislauf, der genau da aufhörte, wo er begonnen hatte.

Nowikows rasch verfaßter und sorgfältigerer Obduktionsbefund gab für die Waffe mit Ausnahme der Einstichöffnung die gleichen Abmessungen an. Diesmal war der Schnitt, der durch die Schneide des Messers verursacht worden war, dicker als bei den anderen Opfern: fast sechs Millimeter. Die wahrscheinlichste Erklärung dafür war, daß sich die Frau zu ihrem Angreifer herumzudrehen versucht hatte, wodurch sie das Messer gegen ihren Körper getrieben und damit eine größere Verletzung verursacht hatte. Jeder ihrer perfekt manikürten Fingernägel war intakt und wies keinerlei Spuren von Gegenwehr auf. Trotz ihres Berufes gab es in ihrer Vagina keine Spuren, die auf irgendwelchen Geschlechtsverkehr hindeuteten, aber dieser Umstand stand in Einklang mit den in ihrer Handtasche gefundenen Kondomen. Nowikow bestand auf der Feststellung, daß er infolge des Quantico-Psychogramms, demzufolge die Knöpfe Ausdruck eines Brustwarzenfetischismus waren, Nadja Rewins Brüste gründlichst nach Verletzungen oder Abschürfungen untersucht hatte. Aber da waren keine gewesen.

Der englische Verleger, Charles McCleary, war bis zum Mittag des ersten Tages ausfindig gemacht. Die Reservierung im Metropol war im Namen des Verlags erfolgt, in dem das unter der Leiche gefundene Buch erschienen war. McCleary, ein Junggeselle, gab sofort ganz unumwunden zu, am Vorabend Nadjas Kunde gewesen zu sein. Sie hätten vereinbart, sich auch an diesem Abend zu treffen. Er habe ihr 100 Dollar, 20 Dollar Trinkgeld inklusive, gegeben und das Buch geschenkt. Es sei ein schöner Abend gewesen. Nichts in ihrem Verhalten habe darauf hingedeutet, daß sie beunruhigt oder verängstigt gewesen sei. Sie habe nichts von einem reizbaren

Beschützer oder einem Zuhälter erzählt oder von sonst irgendeiner Bedrohung von außen. Vier Angehörige des Hotelpersonals, darunter der Nachtportier und der Nacht-Sicherheitsbeamte, bestätigten, daß McCleary das Hotel nicht verlassen hatte, weder mit noch ohne Nadja Rewin.

Die zusammen mit den Hoteltelefonnummern eingetragenen Vornamen gehörten Portiers, Rezeptionspersonal und Conciergen, die als Nadjas Schlepper fungiert hatten. In dem Bemühen, auf der Suche nach einer Querverbindung, und sei sie noch so unbedeutend, nichts unversucht zu lassen, ließ Danilow in Wladimir Suslews Taxiunternehmen Erkundigungen einziehen, ob Nadja Rewin dort Stammkundin gewesen war oder ob vielleicht einer der Fahrer als Schlepper tätig gewesen war. In der Firma verneinte man, etwas von der Frau zu wissen, und zeigte angesichts der Unterstellung, ihre Fahrer könnten für eine Prostituierte Zuhälterdienste leisten, nicht sehr überzeugende Entrüstung.

Auf Einladung von Milizchef General Lapinsk begleitete Cowley Danilow zu einer verspäteten Morgenbesprechung in der Uliza Petrowka. Der Amerikaner rechnete damit, darum ersucht zu werden, Danilow als Gegenleistung für das ihm gemachte Zugeständnis zu einem Treffen mit Ralph Baxter mitzunehmen. Aber das war nicht der Fall. Danilow betete zur Begleitung von Lapinsks gedämpftem Gehüstle die vorläufigen Erkenntnisse herunter, und als er schließlich geendet hatte, sagte Lapinsk: »Also wieder ein willkürlicher Mord, wie die anderen? Keine offensichtlichen, nachvollziehbaren Anhaltspunkte, nach denen man sich richten könnte?«

»Ganz so sieht es aus«, bestätigte ihm Danilow nicht sonderlich begeistert.

»Wir müssen eine Erklärung abgeben«, sagte der General.

Er sah beim Sprechen den Amerikaner an, und Danilow merkte, daß Cowley zu dem Treffen eingeladen worden war, damit er die Verantwortung für alle hier getroffenen Entscheidungen mittrug. Überrascht, so direkt gefragt zu werden, antwortete Cowley mehrere Augenblicke lang nicht. Schließlich sagte er: »Ich glaube, der sensationslüsternen Reaktion auf die ersten Morde wurde noch dadurch Vorschub geleistet, daß ihre Bekanntgabe erst so spät erfolgte. Wofür wir Ihnen in Amerika, wie Sie sicher bereits wissen, sehr dankbar sind.« Daß er zu dieser Besprechung hinzugezogen wurde, hatte eine Menge versteckter Gründe: Cowley hätte zu gern herausgefunden, was sie damit alles bezweckten. Es gab also doch wieder vieles, was er mit Washington besprechen mußte. Er war froh, daß Andrews zurückgekommen war; er konnte das ganze doppelte Beweismaterial aus dem Uspenskij Prospekt in die Staaten schicken. Senator Burden wäre sicher nicht begeistert, daß der Tod seiner Nichte nun mit dem Mord an einer russischen Nutte in Zusammenhang gebracht wurde.

»Ich rechne eigentlich damit, daß sie an sämtlichen Pressekonferenzen teilnehmen«, erklärte der alte Mann, immer noch direkt an Cowley gewandt. »Brauchen Sie dafür eine Ermächtigung aus Washington?«

Cowley war nicht sicher. »Ich werde mich erkundigen.«

»Und ich hielte es für angebracht, wenn die Presseerklärung gemeinsam herausgegeben würde«, fuhr Lapinsk, den Druck verstärkend, fort. »Sowohl hier wie in Washington.«

Danilow fragte sich, ob das alles Lapinsks Idee gewesen war, einem spontanen Einfall entsprungen, oder ob die Forderungen in Erwartung eines möglichen weiteren Mordes schon lange vorher mit dem Generalstaatsanwalt oder einem sogar noch höheren Regierungsvertreter aus dem Außen- oder Innenministerium abgesprochen worden waren. Er war überrascht über die krasse Unverhohlenheit, mit der man die Verantwortung abzuwälzen versuchte.

Cowley ging es nicht anders. »Eine Erklärung Washingtons zu einem Mord an einer russischen Staatsangehörigen in Rußland?«

»Es ist ein gemeinsam geführtes Ermittlungsverfahren«, rief ihm Lapinsk in Erinnerung. Der Husten rasselte.

Cowley war nicht sicher, ob er den General daran erinnern sollte, daß die vermeintliche FBI-Beteiligung sich nur auf die Unterstützung in technischen Fragen beschränkte. Er entschied sich jedoch rasch dagegen: Vor lauter Bemühen, sich hinter jeder sich dafür anbietenden Barrikade zu verschanzen, hatte Lapinsk genau das genehmigt, was das Bureau zu erreichen versucht hatte. Und das konnte später von Vorteil sein. »Ich werde Washington darüber in Kenntnis setzen. Selbstverständlich wird man dort wissen wollen, wie der Inhalt Ihrer Erklärung lautet.«

Lapinsk nickte. »Es wäre auch am besten, wenn die Presseerklärungen gleichzeitig veröffentlicht würden, zu einem vorher vereinbarten Zeitpunkt.«

Eindeutig *nicht* ausschließlich Lapinsks Idee, entschied Danilow. Diese einstudierten Forderungen verrieten ein hohes Maß an vorheriger Planung und Überlegung.

»Auch das werde ich weiterleiten«, versprach Cowley.

Als sie die Treppe zu dem Stockwerk hinunterstiegen, in dem sein Büro lag, sagte Danilow: »Ich muß mich wohl bei Ihnen entschuldigen. Ich hatte keine Ahnung, daß es so kommen würde.«

Cowley lächelte den anderen Mann an. »Zu Entschuldigungen besteht überhaupt kein Anlaß. Es war genau wie bei uns zu Hause.« Das war also die russische Version von Die-eigene-Haut-retten, dachte er.

Ralph Baxter beugte sich aufmerksam über seinen Schreibtisch, als Cowley ihm in groben Zügen die Details eines weiteren Mordes schilderte, der identisch mit dem an Ann Harris war. Und blickte dann gehorsam auf die Leichenschauhausfotos der geschorenen Nadja Rewin hinab. Immer schon ein Mann schneller Bewegungen, riß er den Kopf hoch und runzelte verständnislos die Stirn. »Warum zeigen Sie mir die?« Der Schnurrbart zuckte.

»Kennen Sie sie nicht?«

Der Brille tragende Diplomat wandte sich wieder den Fotos zu. »Natürlich nicht. Warum sollte ich? Sie sagten doch selbst, sie ist eine Prostituierte.«

»Ja.«

»Was soll das Ganze dann?« Die Entrüstung ließ Baxters Stimme lauter werden.

Wortlos reichte Cowley ihm eine Fotokopie des von Baxter unterschriebenen Botschaftsschreibens, das in Nadja Rewins Schrankversteck gefunden worden war.

Baxter begann aufmerksam zu lesen, hielt aber schon nach kurzem inne, sah mit zunehmender Erleichterung auf die Unterschrift und lachte. »Das ist ein Dauervisumantrag!«

»Ich weiß.«

Baxter lächelte weiter, als er auf einen Knopf der Sprechanlage drückte, ein Aktenzeichen nannte und sich in seinen Sessel zurücksinken ließ, um zu warten. Fast sofort trat eine Sekretärin ein, die Cowley von der Party im Club wiedererkannte, obwohl sie nicht miteinander gesprochen hatten. Auch die Frau erkannte ihn und nickte lächelnd. Baxter nahm entgegen, was sie ihm brachte. Dann nahm er, ohne es zu lesen, das oberste Dokument und hielt es Cowley zusammen mit dem in Nadja Rewins Wohnung gefundenen Schreiben hin. Mit Ausnahme von Baxters Unterschrift waren sie vollkommen identisch. »Haben Sie eine Ahnung, wie viele Visumanträge wir hier jeden Tag bekommen? Die Schlange reicht einmal um den ganzen Block. Das ist eine reines *Proforma*-Schreiben, Herrgott noch mal! Wir verschicken Dutzende davon und bitten um weitere Angaben, wenn es sich um einen Antrag für einen längeren Aufenthalt handelt, was der hier sicher war, auch wenn ich es nicht eigens nachgeprüft habe. Was ich auch nicht brauche. Als ranghöchster Konsularbeamter, muß ich alles unterschreiben, was ...« Er reckte Cowley die Papiere noch einmal entgegen, diesmal zusammen mit den restlichen Unterlagen, die ihm die Sekretärin gebracht hatte. »Das ist ihre Akte. Wenn es Ihnen weiterhilft, können Sie sie gern so lange mitnehmen, wie Sie wollen.« Das Grinsen wurde breiter. »Ich gehe jede Wette ein, daß ihr Beruf darin nicht mit Nutte angegeben ist.«

War er tatsächlich nicht. Nadja Rewin hatte sich als Studentin der Moskauer Universität ausgegeben, von der sie eine Bestätigung beigefügt hatte, und erklärt, sie wolle Amerika besuchen, um Studien für eine Diplomarbeit über kulturelle Unterschiede zwischen Ost und West durchzuführen: Auf diesem Gebiet war sie vermutlich bereits eine Expertin gewesen, dachte Cowley. Der Abschnitt des Formulars, in dem Bürgen eingetragen werden sollten, war leer. Es waren die fehlenden Angaben, um deren Nachreichung Baxters Schreiben gebeten hatte. Die dazugehörigen Fotos zeigten ein auffallend attraktives Mädchen, dem das blonde Haar weit über die Schultern fiel. Am Tatort am Uspenskij Prospekt hatte eine Menge davon herumgelegen, erinnerte er sich.

»Sie haben sie also nie gesehen?«

»Natürlich nicht! Ich muß jeden Tag meines Lebens zwanzig von diesen Dingern unterzeichnen, ohne daß ich auch nur die Namen lese und schon gar nicht ein bereits vorgedrucktes Schreiben. Das ist wie am Fließband. Tut mir leid!«

Eine weitere vollkommen akzeptable, vollkommen verständliche und nicht weiterführende Ermittlungsspur, entschied Cowley. Es *war* nur zu offensichtlich ein amtliches Schreiben gewesen, weshalb er vermutlich nicht mehr hätte erwarten dürfen. »Kann ich die Akte behalten?«

»Bitte, bedienen Sie sich«, erklärte Baxter. »Sie klammern sich wirklich an jeden Strohhalm, wie?«

»Ja«, gab Cowley zu. Warum hatten alle eine Antwort?

»Also wieder eine Sackgasse?« sagte Andrews fünfzehn Minuten später im FBI-Büro.

Cowley hob die Schultern. »Trotzdem mußte die Spur verfolgt werden.«

»Du vergißt, was sie dir in Quantico gesagt haben«, erinnerte ihn Andrews. »Der Hintergrund der Opfer bringt dich nicht weiter.« Da Cowley gerade so stark mit anderen Dingen beschäftigt war, war der Zeitpunkt wahrscheinlich nicht sehr günstig, um ihn auf seine persönlichen Probleme anzusprechen. Andererseits schien es im Moment nicht viel zu geben, was der andere Mann hätte tun können. Um Cowley zu bestätigen, daß die Routinemaßnahmen abgehakt waren, fügte Andrews hinzu: »Das gesamte forensische Material ist verpackt und fürs Diplomatengepäck fertig gemacht. Außerdem habe ich alle deine ausgehenden Nachrichten erledigt. Bis jetzt ist noch nichts zurückgekommen.« Er hielt inne. »Pauline hat gesagt, der Abend im Club wäre nett gewesen.«

»Ich habe mich jedenfalls ganz gut amüsiert.«

»Sie auch.« Was sollte er lang um den heißen Brei reden? »Ich habe mich für eine Stelle in deiner Abteilung beworben, wenn ich hier aufhöre.«

»Das hat mir Pauline bereits erzählt.«

Andrews zwang sich, dem anderen Mann in die Augen zu sehen. »Dafür ist deine Zustimmung nötig.«

»Ich weiß«, sagte Cowley, nicht sehr hilfreich, und sah ihn genauso direkt an.

»Ich wollte es dir lieber selbst sagen«, fuhr Andrews fort. »Nicht daß du es aus einer Nachricht aus Washington erfährst.« Mach schon! Sag endlich was, Herrgott noch mal!

»So ist es sicher besser«, gab ihm Cowley recht. Er wußte sehr wohl, daß er ihm immer noch nicht entgegenkam. Warum machte er das, fragte er sich. Es war, als wollte er ihn schikanieren.

»Ich hoffe, das ist okay«, sagte Andrews mit sichtlicher Mühe. »Für dich, meine ich.« Er haßte – *verabscheute* – es, bitten zu müssen.

»Denkst du wirklich, ich würde dir deine Zukunft verbauen?« Es wurde Zeit aufzuhören, sich so lächerlich aufzuführen.

Andrews hob die Schultern. »Dafür gäbe es durchaus Gründe.«

»Ich habe Pauline gesagt, daß ich das nicht tue.« Falsch, dachte er sofort; er durfte nicht den Eindruck erwecken, als hätten sie hinter seinem Rücken über ihn gesprochen. Rasch fügte er hinzu: »Meine Zustimmung geht mit dem Diplomatengepäck heute abend raus.«

Seit ihrem Gefühlsausbruch herrschten leichte Spannungen zwischen ihnen, aber Olga hatte keine neuen Anschuldigungen erhoben, und Danilow war auch nicht mehr darauf zu sprechen gekommen. Ebensowenig hatten sie über den geplanten gemeinsamen Abend mit Larissa und Jewgenij Kosow gesprochen. Danilow rechnete nicht damit, daß Larissa jetzt noch zusagen würde, wenn sie sie zum Essen einluden. Andererseits nahm er an, Olga würde es als Bestätigung ihres Verdachts betrachten, wenn aus dem gemeinsamen Abend nichts würde. Er beschloß, einfach weiter nichts zu sagen und zu unternehmen: Dimitri Danilow, ein Meister in der Kunst, den Kopf in den Sand zu stecken, dachte er.

Wegen des neuen Mordes hatte Danilow eine echte Ausrede für seine späte Heimkehr in die Kirowskaja. Wie üblich war Olga schon im Bett und hatte seiner Seite den Rücken zugekehrt. Er glaubte nicht, daß sie schlief, bewegte sich aber trotzdem sehr behutsam. Er war sich nicht sicher, aber er bildete sich ein, das Nachthemd war neu. Auf jeden Fall sah es frisch gewaschen aus. Vielleicht war die Waschmaschine repariert worden. Hoffnungsvoll sah er in die Schublade. Sie enthielt mindestens sechs saubere Hemden, alle gestärkt und frisch gebügelt. Er durfte nicht vergessen, ihr am Morgen zu danken.

Danilow stieg vorsichtig ins Bett, lag aber noch lange wach im Dunkeln und ging alles, was er zu tun oder nachzuprüfen vergessen haben könnte und was vielleicht eine Tür hätte aufschließen können, zum hundertsten – oder war es zum tausendsten – Mal durch. Und fand nichts.

Er war immer noch hellwach, als das Telefon läutete.

»Wir haben ihn!« verkündete die belegte, leicht undeutliche Stimme Jewgenij Kosows. »Er heißt Petr Jakowlewitsch Jeschow.«

Danilow kannte den Namen.

35

Es war eigentlich nicht zu rechtfertigen, daß er sich in dieser Nacht auf den Weg machte, aber Danilow war noch nie wohl gewesen bei dem Gedanken an eine Selbstschutztruppe. Als Folge des Eingreifens einer solchen Truppe befand sich in diesem Moment ein Mann aus keinem anderen Grund in Polizeigewahrsam, als daß er nachts auf einer Moskauer Straße einen Spaziergang gemacht hatte. Mit Sicherheit bestand kein Anlaß, deswegen Pawin zu wecken. Oder Cowley zu benachrichtigen. Es war eine Routineangelegenheit, etwas, was er allein erledigen konnte, und es gab einen zusätzlichen Grund, allein hinzugehen. Kosow, der den Sachverhalt vorhersehbarerweise übertrieben darstellte, hatte gesagt, er sei in der Milizstation. Dort konnte er mit ihm über Eduard Agajans sprechen, ohne daß der Eindruck entstand, er hätte das Ganze in irgendeiner Weise eingefädelt. Danilow klemmte sich wieder einmal die Finger ein, als er die Scheibenwischer anbrachte. Es war bitterkalt, weit unter Null, weswegen die Schramme noch mehr zu schmerzen schien, als sie das unter normalen Umständen getan hätte. Er hatte seine Mütze vergessen. In der Nacht, in der Ann Harris ermordet worden war, war es ihm auch so gegangen, fiel ihm ein.

Es war des erste Mal seit zwei Jahren, daß er einen Fuß über die Schwelle seiner alten Milizstation setzte. Es war so spät, daß er erwartete, sie mehr oder weniger in schlafendem Zustand vorzufinden, nur mit einer minimalen Nachtbelegschaft in Dienstbereitschaft. Aber das verglaste Büro im Erdgeschoß war mit zwei Männern besetzt, und ein dritter saß an einer großen, blinkenden Schalttafel, bei der es sich um eine Neuerung handelte, die erst nach seiner Zeit eingeführt worden war. Danilow kannte keinen der Männer. Das ganze Gebäude war hell beleuchtet, und neidisch dachte Danilow, daß sie hier keine Schwierigkeiten hatten, neue Glühbirnen zu bekommen.

Danilow hatte erwartet, nach oben, in sein altes Büro, geschickt zu werden, aber statt dessen kam Kosow nach unten, und Danilow merkte zu spät, daß sich der andere Mann natürlich nicht nehmen lassen wollte, bei einem Verhör, das in seiner Station geführt wurde, anwesend zu sein, wenn nicht sogar aktiv daran teilzunehmen. Die Arrestzellen und die Verhörräume befanden sich im Erdgeschoß. Kosow war in voller Uniform, Mütze inklusive. Die überschwengliche Begrüßung im Eingangsbereich war eine Fortführung des großspurigen Auftritts. Den desinteressierten Beamten am Empfang wurde Danilow als ehemaliger Kommandant vorgestellt. Aus der Notwendigkeit heraus, etwas zu sagen, nachdem er die Männer einbezogen hatte, erklärte Kosow, sie seien beim, wie er ihn nannte, Gefangenen, falls jemand nach ihnen verlangte.

Auf dem Weg in den rückwärtigen Teil des Gebäudes sagte Kosow: »Der Dreckskerl versuchte zu fliehen. Rannte wie der Blitz. Zum Glück waren meine Leute zu viert: zwei Lkws. Als sie ihn schnappten, hielten ihn zwei fest, während die anderen uns anriefen. Ich habe doch gleich gesagt, es klappt.«

»Wo?«

»Uliza Mickiewitsch. Drückte sich in eine Einfahrt, als er die Laster sah. Aber sie sahen ihn auch. Deshalb fuhr einer um den Block und versperrte ihm am anderen Ende, in der Spiridonjewskij, den Weg. Wie gesagt, er versuchte zwar abzuhauen, aber damit hatte er nicht gerechnet. Hatte deshalb keine Chance. Gewehrt hat er sich allerdings nicht, sobald sie ihn hatten.«

Zum Glück, dachte Danilow. »Was hat er gesagt?«

»Nichts. Nur geheult hat er ein bißchen. Macht dabei so ein winselndes, summendes Geräusch ganz hinten im Hals.«

»Er hat gesummt?« fragte Danilow, sofort hellhörig geworden.

»Eigentlich mehr so ein Winseln. Wie ein Tier. Ich glaube, er ist wahnsinnig.«

Kosow wußte nichts über seine psychiatrische Vorgeschichte, fiel Danilow ein. »Woher weißt du seinen Namen?«

»Aus seinem Arbeitsheft. Er ist Arbeiter in einem Rangierbahnhof. Möchte man eigentlich gar nicht glauben, so sauber, wie der Kerl ist.«

Sie konnten Petr Jeschow bereits hören, bevor sie die Zelle erreichten. Der Laut war weder ein Summen noch ein Winseln: Für Danilow hörte es sich an wie das wimmernde Bellen eines Welpen, der zu lange angekettet worden war. Als Kosow die Zellentür öffnete, ging es in langgezogenere, stärker wimmernde Laute über, die eindeutig ein Ausdruck von Angst waren. Der Mann hatte seitlich zusammengekauert auf der Pritsche gelegen, die Stiefel auf der Decke, die Arme um die an die Brust hochgezogenen Knie geschlungen, und hatte hin und her geschaukelt. Als die zwei Polizisten eintraten, nahm er kurz die Arme von den Knien, verkroch sich noch weiter in die Ecke, in der die Koje stand, und krümmte sich dann wieder zusammen.

Danilow fand, der Mann versuchte sich kleiner zu machen. Unter dem linken Auge hatte er einen dunklen Fleck, und die Danilow zugewandte Seite seiner rechten Hand war stark aufgeschürft, schien aber zu bluten aufgehört zu haben. Aber das war es nicht, was Danilows Aufmerksamkeit auf sich zog. Der Mann war eigenartig kahl, offensichtlich litt er an Alopezie, denn es standen nur noch vereinzelte Haarbüschel von seinem Kopf ab. Er sah genauso aus wie die Mordopfer, nachdem ihnen die Haare geschoren worden waren. »Petr Jakowlewitsch?«

Schau sie nicht an. Sag nichts. Zwei Männer. Eine Uniform. Wütende Uniform.

»Petr Jakowlewitsch, was haben Sie in der Uliza Mickiewitsch getan?«

Mußte raus hier, wollte nicht länger eingesperrt sein. »Ja.« Die Stimme war hoch, mädchenhaft.

»Warum?« Dabei konnte unmöglich etwas Vernünftiges herauskommen.

»Ja.« Die Stimme war jetzt tiefer.

»Warum gehen Sie nachts herum?«

»Gehen.«

»Warum gehen Sie?« Das war brutal. Aber das waren auch die Morde an Wladimir Suslew und Ann Harris und Nadja Rewin gewesen. Und der Mordversuch an Lydia Orlenko.

Ein Trick. Nicht austricksen lassen. Nichts sagen.

»Halten Sie nach Frauen Ausschau, wenn Sie herumgehen?«

Machte er nicht, nicht mehr. »Nein.« Hätte nichts sagen sollen.

»Aber Sie haben es mal getan, stimmt's? Sie haben Frauen weh getan. Sie gebissen.« Danilow war sich sehr deutlich bewußt, wie Kosow gespannt neben ihm stand. Er hoffte inständig, er würde sich nicht mit einer überflüssigen Bemerkung einschalten. Das tat Kosow auch nicht.

Brauchte *Maht*: Seine Mutter wüßte, was zu sagen wäre. Besser als er: Er verstand nichts. »Bin aber jetzt geheilt.«

»Sind Sie *wirklich* geheilt, Petr Jakowlewitsch?«

Jeschow begann wieder zu schaukeln, eine sanfte Hin- und Herbewegung. Das Wimmern setzte ein.

Lydia Orlenko hatte erwähnt, daß der Angreifer gesummt hatte, als er sich über sie beugte. Das Geräusch, das Jeschow jetzt machte, könnte man fälschlicherweise für ein Summen halten. Danilows Gedanken wanderten rasch weiter, zu dem amerikanischen Psychogramm, das er als moderne Hexerei abgetan hatte – und immer noch mit Skepsis betrachtete. Da war die seltsame, entstellende Kahlheit des Mannes. Seine Kleidung war zwar zerknittert, aber das war offensichtlich auf die Behandlung zurückzuführen, die er nach seiner Ergreifung erfahren hatte. Seine Hose hatte immer noch eine erkennbare Bügelfalte, die Schuhe waren geputzt und kaum abgewetzt und sein Hemd besser gebügelt als jedes von denen, die ihm Olga heute abend endlich in die Schublade gelegt hatte. Und das Jackett war zweireihig. Danilow war sicher, in dem Psychogramm hatte etwas über zweireihige Jacketts gestanden. »Haben Sie wieder Leuten weh getan? Nach Frauen Ausschau gehalten, wenn Sie nachts spazierengegangen sind? Sie überfallen? Sie müssen es mir sagen. Es ist besser, wenn Sie es mir sagen.«

Zu viele Wörter: zu viel zu verstehen. Wo war *Maht*? Sie würde es verstehen. *Maht* verstand alles. Er konnte nicht aufhören, ein Geräusch zu machen, weit hinten in seinem Hals. Wenn er das Geräusch in seiner Kehle machte, konnte er die Wörter – es waren zu viele – nicht hören.

»Sagen Sie es mir, Petr Jakowlewitsch!«

Jetzt beide wütend. Wenn sie wütend waren, ließen sie ihn nicht frei. So wurde man eingesperrt – wenn man sie wütend machte. »Hab' nichts getan. Hab' niemand was getan.«

Danilow wünschte, er könnte sich setzen, die Sache für sie alle einfacher machen. »Haben Sie ihnen die Haare abgeschnitten? Und die Knöpfe? Warum haben Sie das getan? Sagen Sie es mir!«

»Will«, stammelte Jeschow in dem Bemühen, ihnen zu vermitteln, daß er raus wollte aus dieser engen Zelle, die durch die Anwesenheit der zwei Männer noch enger wurde.

Danilow gab einen leisen Seufzer der Erleichterung von sich. »Sehen Sie!« bestärkte er ihn. »Sie wollen es. Warum wollen Sie es?«

»Ich darf nicht eingesperrt werden, irgendwo drinnen«, antwortete der Mann aufrichtig.

»Verrückt«, erklärte Kosow, der sich nun doch einschaltete. »Ich habe doch gesagt, er ist verrückt. Aber das ist er, oder nicht? Der Mann, den du suchst?«

Uniformen waren immer wütend. Männer, die einen einsperrten. »Besser. Ich bin besser. Haben sie gesagt. Mutter weiß es.« Da. Jetzt hatte er viel gesagt. Mußten ihn freilassen, weil er viel gesagt hatte.

Danilow sah zum erstenmal den Blutfleck an der Wand, über der Koje. Er vermutete, Jeschow hatte sich die Hand aufgeschürft, als er dagegen geschlagen hatte. Der Mann *war* verrückt, auf jeden Fall geistig zurückgeblieben und verwirrt. Und er hatte bereits sexuelle Übergriffe auf Frauen verübt. Und eben hatte er zugegeben, er habe ihr Haar und ihre Knöpfe abschneiden wollen. Wessen Haar oder Knöpfe? Hatte er die Frauen gemeint – und versehentlich Suslew – oder hatte er etwas ganz anderes gemeint? »Erzählen Sie mir, wie Sie es gemacht haben. Wie Sie ihnen weh getan haben.«

Die Ärzte wußten es. Jeder wußte es. Warum wollte es dieser Mann wieder wissen? »Hab' sie gebissen. Wollte schmecken. Nicht mehr. Besser.«

»Sie haben sie erstochen, stimmt's? Von hinten? Mit einem Messer?«

»Hab' ich nicht.«

»Und dann haben Sie ihnen die Haare abgeschnitten? Und die Knöpfe? Warum haben Sie die Schuhe so hingestellt?«

»Weiß nicht …« Jeschow wollte mit der Verneinung zum Ausdruck bringen, daß er nicht wußte, was der Mann sagte, wovon er redete, aber es waren zu viele Wörter, so daß er aufhörte. Er hatte nichts Böses getan. Da war er ganz sicher.

Aber seine Mutter dachte das, hielt immer wieder seine Hände und sagte, sie müsse es wissen; genau wie dieser Mann, obwohl der ihm nicht die Hände hielt. Was sollte er überhaupt getan haben? Er konnte sich nicht erinnern. Er würde es ihnen sagen, wenn er sich erinnern könnte. Dann würden sie ihn gehen lassen. Dann konnte er wieder spazierengehen. Er wollte spazierengehen, nicht die Dinge so nah um sich herum spüren. Mochte es nicht, wenn Dinge so nahe waren. Das erste Mal, als er eingesperrt worden war, hatten sie ihn in so eine komische Jacke gesteckt, mit Ärmeln, die nicht aufhörten und hinter ihm festgebunden wurden, so daß er sich überhaupt nicht mehr bewegen konnte. Hatte gebrüllt, um rauszukommen, gebrüllt und geheult und sich genau wie hier in der Zelle herumgeworfen, aber er kam einfach nicht heraus. In so eine komische Jacke wollte er nie wieder gesteckt werden. In einer Zelle wie dieser. Er rang sich mühsam dazu durch, endlich in Richtung der Männer zu sehen, zu dem, der keine Uniform anhatte und dessen Stimme freundlicher war. »Keine Jacke. Bitte keine Jacke.«

Ich jage einen Verrückten, dachte Danilow, einen geistesgestörten, labilen Menschen. Und er hatte einen geistesgestörten, labilen Mann vor sich. Es stand völlig außer Frage, daß der Mann zwecks weiterer Nachforschungen weiter festgehalten werden mußte. *Mutter weiß es.* Die Wohnung mußte von der Spurensicherung untersucht werden. Danilows Gedanken blieben an dem Wort hängen. Einer festgehaltenen Person wurden routinemäßig alle persönlichen Dinge weggenommen. Es wäre besser gewesen, sie alle zu untersuchen, bevor er sich daranmachte, den Mann zu verhören. »Werden Sie mir alles darüber erzählen? Was Sie diesen Frauen angetan haben?«

»Nein.« Wie sollte er etwas erzählen, woran er sich nicht erinnern konnte? »Will jetzt gehen.«

Mit einem leisen Lachen, ohne jedes Mitgefühl, sagte Kosow: »Einfach erbärmlich!«

Das fand auch Danilow, aber in einem anderen Sinn als Kosow. Er sagte zu Jeschow: »Sie können nicht gehen. Sie müssen hierbleiben.«

»NEIN!«

Der Ausbruch kam so abrupt und unerwartet, daß beide Milizobersten völlig davon überrascht wurden. Wie eine Sprungfeder schoß Jeschow aus seiner zusammengekrümmten Haltung hoch und drosch bei dem Versuch, zur Tür zu kommen, blindlings auf sie beide ein. Ein Schlag traf Danilow voll in den Bauch und trieb ihm die Luft aus den Lungen. Nach Luft schnappend taumelte er gegen die Wand zurück. Ein anderer Schlag verfehlte Kosow. Der dicke Mann in Uniform war sträflich außer Form, aber sehr massiv. Jeschow hatte wenig Schwung, als er vom Bett hochkam, und nichts, woran er sich abstützen konnte. Kosow stellte sich ihm einfach in den Weg. Doch statt von dem Zusammenprall hintüberzufallen, schlang Jeschow dem Milizkommandanten die Arme um den Hals und hielt sich an ihm fest. Umgekehrt legte auch Kosow die Arme um Jeschow, und engumschlungen drehten die zwei Männer eine Pirouette. In Danilows Lungen fuhr wieder Atem, als er sich ächzend von der Wand abstieß und nach Jeschows Armen grapschte, um sie von Kosow loszuzerren. Zuerst gelang es ihm nicht. In seiner Panik hatte Jeschow den anderen Mann so fest gepackt, daß Danilow beide Hände benutzen mußte, um erst seine Finger, dann seinen Arm loszubekommen. Zum Teil befreit, drehte sich Kosow herum, um weiter von dem anderen Mann wegzukommen und rammte ihm dann das Knie mit voller Wucht in den Unterleib.

Atem und Schmerz kreischten aus Jeschow hervor. Er kippte vornüber, und als sein Oberkörper nach unten kam, stieß ihm Kosow das Knie seitlich an den Kopf, so daß er gegen die Koje zurücktaumelte und, bevor er darauf niedersackte, mit dem Kopf gegen die Wand schlug.

Kosow trat mit erhobener Faust vor, aber Danilow hielt ihn zurück: »Genug! Du hast ihn unter Kontrolle! Das reicht!«

Danilow bekam immer noch nicht richtig Luft, als sich die zwei Männer keuchend auf den Flur zurückzogen. Wütend warf Kosow die Tür hinter sich zu und zog automatisch die Abdeckung des Gucklochs zurück, um noch einmal in die Zelle zu sehen. »Unglaublich, wie stark der Kerl ist! Wie so ein bescheuerter Gorilla!«

»Er war sehr stark«, pflichtete ihm Danilow bei. Lydia Orlenko hatte ausdrücklich darauf hingewiesen, wie stark der Angreifer gewesen war. Und im medizinischen Befund der Amerikaner hatte es geheißen, der Mörder müsse extrem kräftig sein, um seinen Opfern das Messer so hineinzustoßen, wie er das getan hatte.

»Aber wir haben ihn!« sagte Kosow noch einmal und begann in den vorderen Teil des Gebäudes zurückzugehen.

»Ich würde mir gern mal ansehen, was er bei sich hatte«, sagte Danilow.

»Liegt alles bereit«, sagte Kosow.

Die Sachen befanden sich in einer Beweismitteltüte aus Plastik, an der eine Bestandsliste befestigt war. Danilow nahm die einzelnen Gegenstände selbst heraus, verglich sie mit den Einträgen auf der Liste und legte sie in dem Raum, aus dem er vorher Geräusche kommen gehört zu haben glaubte, auf den Tisch. Es waren ein Kamm mit mehreren fehlenden Zinken. Ein Schlüsselbund mit zwei Schlüsseln. Drei in ein Stück Papier eingewickelte weiße Pillen. Und fünfzehn Rubel. Bei dem Arbeitsheft, aus dem sie Jeschows Namen hatten, machte Danilow halt.

Ansonsten waren in dem Beutel noch ein Messer in einer selbstgemachten, grob zusammengenähten Lederscheide und zwei Knöpfe, einer weiß, einer braun, groß und verziert, die Sorte, wie sie für Frauenkleider verwendet wurden. Danilow zog das Messer heraus. Die Klinge war einschneidig, die Schneide extrem scharf geschliffen. Ohne nachzumessen, schätzte Danilow die Klinge etwa fünfundzwanzig Zentimeter lang, an der breitesten Stelle, am Heft, vielleicht fünf Zentimeter breit und am Rücken fünf Millimeter dick. Wahrscheinlich paßte das Messer haargenau zu den Wunden der Opfer.

Er sah wieder zu Kosow auf. »Wo kann ich mal kurz telefonieren?«

Cowley und Pawin kamen in weniger als einer Stunde in die Milizstation nach; sie trafen getrennt ein, der Amerikaner zuerst. Die geschönte Erklärung, die sie sich ursprünglich für Cowley zurechtgelegt hatten, die aber auch als offizielle Version herhalten sollte, lautete, daß Jeschow festgenommen worden war, nachdem er von einem Streifenbeamten der Miliz, der sich über den Mann gewundert hatte, weil er so spät nachts unterwegs gewesen war, auf der Straße einer Routinekontrolle unterzogen worden war. Mehrere Male steuerte Kosow unnötige Einzelheiten bei, was er, wäre es nach Danilow gegangen, lieber hätte bleiben lassen sollen. Er merkte, daß Kosow sich als Angehöriger des die Ermittlungen führenden Teams betrachtete und beabsichtigte, mit ihnen in die Wohnung in der Bronnaja zu kommen. Cowley lachte schnaubend und sagte kopfschüttelnd, es sei kaum zu glauben, daß sich die ganze Angelegenheit so erledigen könnte, fast zufällig, fast von selbst. Pawin erkannte den Namen sofort, genauso schnell wie vorher Danilow, und sagte, er sei am Vortag zweimal in der Bronnaja gewesen, ohne daß ihm jemand geöffnet habe. Die Nachbarn, die sofort die Amtsperson in ihm erkannt hatten, behaupteten, nichts über die Familie zu wissen, außer daß die Wohnung von einer Mutter und ihrem Sohn bewohnt werde.

Sie wanderten wieder in den hinteren Teil der Polizeistation zurück und betrachteten Jeschow einer nach dem anderen durch das Guckloch, versuchten aber nicht, die Zelle zu betreten. Der Gefangene lag wieder zusammengekrümmt auf der Pritsche, die Knie an die Brust hochgezogen, die Arme fest um sie geschlungen. Er schaukelte hin und her und machte wieder dieses halb wimmernde, halb bellende Geräusch. Sein von vereinzelten Haarbüscheln übersäter Kopf war an der Stelle, wo er nach seinem Angriff gegen die Wand geschlagen war, voll Blut. Sein Gesicht war vom vielen Weinen verquollen.

Als sie wieder in den vorderen Teil des Gebäudes zurückkehrten, deutete Kosow mit einer ruckartigen Kopfbewegung auf den Amerikaner und sagte zu Danilow: »Mach ihm mal klar, daß das gute, solide Polizeiarbeit war.«

»Ich kann verstehen, was Sie sagen«, warnte ihn Cowley. »Sieht ganz so aus, als hätten Sie gute Arbeit geleistet.«

»Wir haben ihn geschnappt, während alle anderen auf der Stelle getreten sind!« erklärte Kosow stolz.

Wie Danilow erwartet hatte, kam Kosow mit ihnen aus dem Gebäude zum Wagen. Vielleicht, dachte Danilow, würde der Mutter eine Uniform die Zunge ein wenig lösen.

Pawin, der den Weg kannte, fuhr. Cowley fragte sich, was sie tun würden, wenn sich in der Wohnung noch immer niemand meldete. Danilow hielt die Schlüssel hoch, die sich in Jeschows Besitz befunden hatten, und sagte, das spiele jetzt keine Rolle mehr. Als Cowley ihn nach einem Durchsuchungsbefehl fragte, machte er sich nicht einmal die Mühe, ihm zu antworten. Wie der Amerikaner war er überrascht, wie einfach plötzlich alles gegangen war. Wenn man mit den üblichen Polizeimethoden nicht mehr weiterkam, weil die Morde kein Motiv hatten, konnte ein Fall nur so gelöst werden: durch Zufall. Das war, worauf er und Cowley die ganze Zeit gehofft hatten. Doch daß es so schnell gehen könnte, konnte er immer noch kaum glauben. Irrationalerweise kam er sich betrogen vor, der Gelegenheit beraubt, unter Beweis zu stellen, daß er ein tüchtiger Ermittler war. Und darüber hinaus war da noch ein weiteres, anderes Gefühl. Wenn Jeschow der Mörder war, war der Fall keineswegs nur durch Zufall gelöst worden. Er war von Kosow gelöst worden, mit Unterstützung Krimineller, Gesetzesbrecher zumindest. Und so hätte es nicht kommen dürfen. Was sollte denn das für ein Gedanke sein, fragte er sich sofort selbst. Ein großspuriger, gestand er sich ein. Es war sogar Neid im Spiel. Es war darum gegangen, einen Irren zu fassen, der wahllos Menschen ermordete. Wenn Kosow das gelungen war – ganz gleich, *wie* es ihm gelungen war –, dann verdiente Kosow die Anerkennung und die Lorbeeren: Der erfüllte Zweck heiligte die bequem verfügbaren Mittel. Niemand würde mehr ermordet werden.

Es begann noch immer nicht zu tagen, als sie in die Bronnaja kamen, aber Valentina Jeschow sah den Wagen vor dem Haus halten. Sie hatte einen großen Teil der Nacht am Fenster verbracht, schlaflos, nach einem Anzeichen von Petrs Rückkehr Ausschau haltend, wo auch immer er sich herumgetrieben haben mochte. Seit dem ersten Besuch der Miliz und den darauf folgenden anderen Versuchen, hatte sie kein einziges Mal Schlaf gefunden, bevor Petr nicht wohlbehalten nach Hause zurückgekehrt war. Vier Männer, sah sie, als sie, die Hände vor dem Mund, an ihren Knöcheln nagend, nach unten spähte: einer in Uniform, jemand Wichtiges. Petr hatte es – *etwas* – wieder getan, und es würde wieder wie früher werden, angestiert und ausgegrenzt, anonyme Briefe im Briefkasten, in denen sie aufgefordert wurde auszuziehen, weil niemand im ganzen Block mit einem Sexmonster zusammenleben wollte. Es würde nichts nützen, nicht an die Tür zu gehen. Sie würden wiederkommen, wie sie das auch jetzt gerade taten. Trotzdem würde sie ihnen nicht öffnen. Sie wußte nicht, was sie tun oder sagen sollte, wenn sie ihnen gegenüberstand.

Die Klingel ertönte, schrill.

Valentina Jeschow rührte sich nicht.

Sie ertönte wieder, länger.

Sie rührte sich nicht. Sie würden wieder gehen. Was sollten sie sonst schon tun, wenn niemand da war?

Im Schloß drehte sich ein Schlüssel. Sie stieß einen Schrei aus, mehr vor Enttäuschung, ertappt worden zu sein, als aus Angst, zur Rede gestellt zu werden.

Die Tür hatte sich bei Danilows erstem Versuch mit den Schlüsseln geöffnet. Im Inneren der Wohnung war es völlig dunkel, aber der Aufschrei verriet die Frau. Sie blinzelte heftig und konnte in den ersten Momenten der Helligkeit, nachdem Kosow den Lichtschalter gefunden hatte, nichts sehen. Sie saß auf einer flachen Couch ohne Rückenlehne, die in einer normalen Nacht eindeutig zu einem Bett umfunktioniert wurde. Die Hände hatte sie nervös um die Knie gelegt, fast genau so, wie ihr Sohn in der Arrestzelle.

Es war Kosow, der vor allen anderen weiter in den Raum trat. Zu laut begann er: »Also, keine …«, bevor sich Danilow einschaltete.

»Ich stelle die Fragen!« sagte er noch lauter, um den uniformierten Mann zu bremsen. Danilow drehte sich um, um den Amerikaner mit einzubeziehen, und korrigierte sich: »*Wir* stellen die Fragen.«

Kosow reagierte mit Überraschung auf die Zurechtweisung. Er wollte schon den Mund aufmachen, um zu protestieren, merkte dann aber, daß es nicht richtig wäre, und hob die Schultern. Statt dessen schien ihn plötzlich eine Wandverzierung brennend zu interessieren.

»Petr Jakowlewitsch befindet sich in Haft«, teilte Danilow der Frau mit.

Valentina Jeschow riß sich mit aller Macht zusammen und straffte vor den vier Männern ihre Schultern. Der Mann, der jetzt sprach, wirkte freundlicher als der in Uniform, der inzwischen in der Wohnung herumging und Gegenstände von ihrem Platz nahm und wieder zurückstellte, als wäre er dazu berechtigt. Was er wahrscheinlich war: Er trug eine Uniform. »Warum ist er im Gefängnis?«

»Er könnte etwas Unrechtes getan haben«, sagte Cowley.

Ausländische Stimme, ausländische Kleidung, stellte Valentina fest. Die Einsicht, anhand der Berichte im Fernsehen und in den Zeitungen, kam schlagartig, höhlte sie innerlich aus. »Nein!« protestierte sie, inzwischen auch selbst lauter werdend. »Das war er nicht! Nein!«

»Was war er nicht?« hakte Danilow nach. Pawin neben ihm hielt alles schriftlich fest. Für einen so korpulenten Mann schrieb er erstaunlich schnell.

»Was Sie behaupten.«

»Wir haben nichts behauptet«, sagte Cowley.

»Er hat sich gebessert.«

»Warum liegen Sie nicht im Bett? Es ist noch Nacht.«

»Ich warte auf Petr.«

»Er ist ein erwachsener Mann. Warum warten Sie auf Petr, obwohl er ein erwachsener Mann ist?« fragte Danilow.

»Das wissen Sie ganz genau!« Sie zog die ausgebeulte Strickjacke enger um ihren Oberkörper.

»Ich würde es gern von Ihnen hören.«

»Er ist kein erwachsener Mann. Nicht richtig erwachsen jedenfalls. Nicht im Kopf.«

Weder Danilow noch Cowley sahen sich gegenseitig an, aber Kosow löste sich von dem kleinen Tisch, an dem er gestanden hatte, und sagte: »Da!«

»Sie wissen, daß er etwas Unrechtes getan hat, oder nicht?« drang Danilow in sie.

Widerstrebend nickte die Frau.

»Woher wissen Sie es?« fragte Cowley.

»Sie kommen schon seit Tagen vorbei.« Sie sah jetzt auf den Boden, und ihre Stimme war manchmal schwer zu verstehen.

»Hat er Ihnen gesagt, was er getan hat?«

Sie schüttelte den Kopf.

»Haben Sie ihn gefragt?« bohrte der Amerikaner weiter.

»Ja.«

»Was hat er gesagt?«

»Er wollte es mir nicht sagen. Meinte, er hätte nichts getan.«

»Hat er irgend etwas nach Hause gebracht?« wollte Danilow wissen.

»Ist er eingesperrt?« fragte die Frau. »In einer Zelle oder etwas ähnlichem?«

»Ja«, sagte Danilow und gestattete ihr vorerst, der Frage auszuweichen.

»Das findet er bestimmt schrecklich. Er haßt es, eingesperrt zu sein – von früher.«

»Als er Frauen überfallen hat?« fragte Cowley.

»Ja.«

»Ist es das, was er auch jetzt getan hat?« drängte sich Kosow dazwischen, der ebenfalls am Geschehen teilhaben wollte.

»Das weiß ich nicht.«

»Hat er irgend etwas nach Hause gebracht?« wiederholte Danilow.

»Das verstehe ich nicht.«

»Irgendwelche Sachen, die er besonders aufbewahren wollte.« Danilow wollte, daß ohne ihr Zutun Beweise zum Vorschein kämen.

Cowley erkannte das Bemühen um professionelle Integrität. Aber viel war es nicht. Dieses Verhör, dem, wie man es rechtlich nicht anders bezeichnen konnte, ein Hausfriedensbruch vorangegangen war, widersprach nach amerikanischem Recht allen gesetzlichen Bestimmungen sowie sämtlichen polizeilichen Richtlinien über das Verhören von Zeugen und das Sammeln von Beweismitteln. Vor einem amerikanischen Gerichtshof hätte es jeder Verteidiger, der gerade mit Ach und Krach sein Jurastudium abgeschlossen hatte, in Null Komma nichts für unzulässig erklären lassen können.

»Ich verstehe Sie zwar immer noch nicht, nicht richtig jedenfalls. Trotzdem, nein.«

»Warum trägt Petr ein Messer?« bohrte Danilow weiter.

»Das tut er nicht!« erklärte die Frau mit Nachdruck.

»Als er heute abend verhaftet wurde, hatte er ein Messer bei sich, in einer Scheide, die er vermutlich selbst gemacht hat.«

Wieder schüttelte die Frau den Kopf, diesmal allerdings langsamer, trauriger. »Von einem Messer weiß ich nichts.«

»Was ist mit Knöpfen?« fragte Cowley.

»Knöpfen?« Die Frau blickte sichtlich verwirrt zu ihnen auf.

»Knöpfe, wie Frauen sie an ihren Kleidern tragen«, führte Danilow näher aus. »Hat Petr welche gesammelt?«

»Natürlich nicht!«

»Hätten Sie das mitbekommen?«

»Natürlich hätte ich es mitbekommen!«

»Machen Sie sein Zimmer sauber? Kümmern Sie sich um seine Sachen?«

»Ja.« Ihre Stimme wurde kleinlaut. Offensichtlich log sie.

»Kümmern Sie sich um sein Zimmer?« Danilow ließ nicht locker.

»Um seine Kleider. In sein Zimmer läßt er mich nicht«, gab die Frau zu. »Aber die anderen Beamten sind reingegangen, als sie hier waren. Sie haben alles gesehen.«

Es stand in dem Bericht, den er für absolut unzureichend gehalten hatte, erinnerte sich Danilow. »Wir möchten es uns noch mal ansehen. Jetzt.«

Dumpf, ohne einen Gedanken an Widerspruch, nickte die Frau. Im Aufstehen zog sie die formlose Strickjacke noch einmal fest um ihren Körper. Als sie auf die Schlafzimmertür zuging, sah Danilow, daß sie, wie Olga, die hinteren Enden ihrer Hausschuhe nach unten getreten hatte, weshalb sie, um sie nicht zu verlieren, nur schlurfend darin gehen konnte. An der Tür sah sie sich hilflos nach ihnen um und sagte: »Ich habe den Schlüssel nicht. Er hat abgeschlossen, und ich habe keinen Schlüssel.«

»Aber ich«, sagte Danilow und trat mit dem zweiten Schlüssel von Jeschows Schlüsselbund vor. Er paßte.

Das Schlafzimmer war genauso tadellos sauber, wie es das schon beim ersten Besuch der Polizei gewesen war. Cowley bemerkte Danilow gegenüber auf englisch: »Alles wie im Psychogramm.«

»Ich weiß«, stimmte ihm Danilow, ebenfalls auf englisch, zu.

Valentina Jeschow hielt sich im Hintergrund, als die vier Männer das Zimmer ihres Sohnes betraten. Um wenigstens bis zu einem gewissen Maß den Anschein korrekten Vorgehens zu erwecken, sagte Cowley zu ihr: »Sie müssen auch mitkommen. Damit Sie alles sehen, was wir machen, was wir mitnehmen.«

Gehorsam trat die Frau vor, blieb aber gleich an der Tür stehen.

Sie beteiligten sich alle an der Durchsuchung, Kosow zunächst rabiat, bis Danilow ihn bremste und ihm einschärfte, daß sie nicht wollten, daß wegen der unachtsamen Art, mit der er Dinge beiseitewarf, irgend etwas verloren ginge. Derjenige, der das Ganze eigentlich leitete, war Pawin, der für die Beweismittel zuständige Mann. Und Pawin war es auch, der das Versteck fand – nichts weiter als eine Bodendiele, die so durchgesägt worden war, daß sie wie ein Deckel auf dem darunterliegenden Hohlraum saß. Er enthielt drei Pornohefte, sehr alt und zerfleddert, alle masochistisch, alle mit gefesselten oder angeketteten nackten Frauen in verschiedenen Posen. Auf vielen Bildern waren ihre Brüste das Ziel der Angriffe.

Unter den Heften befanden sich zwei Baumwollbeutel. Sie enthielten insgesamt zehn Knöpfe, wie sie für Frauenkleider verwendet wurden.

Danilow wandte sich Pawin zu: »Pack alle seine Kleider

zusammen. Für die Spurensicherung.« Zu der Frau sagte er: »Ich möchte, daß Sie mit uns kommen. Sie müssen uns helfen, mit ihm zu reden.«

Valentina Jeschow sah an Danilow vorbei auf Pawin, der vor dem Kleiderschrank stand. »Zerknittern Sie seine Sachen nicht. Er mag es nicht, wenn seine Sachen zerknittert sind. Ich muß alles bügeln.«

Cowley erkannte darin die Art von irrationaler Bemerkung, die unter enormem Druck stehende Menschen kurz vor dem endgültigen Zusammenbruch machen. Außerdem war sie wahrscheinlich sehr aufschlußreich.

36

Nachdem ihm in der Bronnaja die Führungsrolle verweigert worden war, versuchte Kosow nach der Rückkehr in die Milizstation um so mehr, seine Stellung zu behaupten, aber Danilow widersetzte sich ihm wieder; er nahm die offensichtliche Brüskierung in Kauf, versuchte aber, den Konflikt in Gegenwart der anderen möglichst zu entschärfen, da es ihm inzwischen nur noch darauf ankam, das Ermittlungsverfahren korrekt und professionell zum Abschluß zu bringen. Er verwehrte sich gegen Kosows Vorschlag, die Vernehmung Jeschows auf der Stelle in dessen Zelle fortzuführen, und bestand statt dessen darauf, alle weiteren Verhöre in einem wesentlich größeren Raum durchzuführen, wo sich Jeschow weniger eingeengt fühlen würde und seine Mutter bis zum Schluß dabeibleiben konnte. Vorher galt es jedoch noch verschiedene andere Dinge zu erledigen. Pawin mußte im Serbskij-Institut anrufen, um den Psychiater herzubestellen, der Jeschow zuletzt behandelt hatte. Der Arzt sollte außerdem Jeschows vollständige Fallgeschichte mitbringen. Danilow selbst weckte Leonid Lapinsk, und wenn er auch nicht bereit war, die sofortige Begeisterung des älteren Mannes ganz zu teilen, stimmte er ihm dennoch insofern zu, als die Beweislage wirklich einen sehr überzeugenden Eindruck machte.

Sie hatten sich in den Raum zurückgezogen, in dem Danilow Jeschows Habseligkeiten in Augenschein genommen hatte, zu denen nun noch die Kleider, Knöpfe und Hefte aus seiner Wohnung kamen. Während Danilow seinen Vorgesetzten anrief, ging Cowley mit einem Stift, nicht mit den Fingern die Dinge durch, die sie mitgenommen hatten.

Als Danilow auflegte, sagte der Amerikaner: »Die Indizienbeweise gegen Paul Hughes sahen auch recht überzeugend aus.«

»Aber nicht so«, hielt ihm Danilow entgegen.

»Wahrscheinlich haben Sie recht«, bestätigte ihm Cowley. Er stand an dem Tisch, auf dem die konfiszierten Gegenstände lagen. »In Washington haben wir Spezialisten für die Identifizierung von Knöpfen. Die machen das schon seit Jahren. Knöpfe sind das erste, was abgeht, wenn es zu Gewaltanwendung kommt. Es gibt da einen Pyrolysetest, bei dem ein chromatographisches Massespektrometer zum Einsatz kommt. Und einen, für den man ein sogenanntes Foyier Transformer-Infrarotspektrometer verwendet.«

Danilow nickte. Er nahm Cowley diese unterschwellige Kritik an den russischen Ermittlungsmethoden nicht krumm. Was den Pathologen Viktor Nowikow anging, hatte es mit Sicherheit mehr als genügend Grund zu Kritik gegeben. »Und DNS?« fügte er erwartungsvoll hinzu.

Nun war es an Cowley zu nicken. Er deutete auf die Kleider und sagte: »Wir haben von jedem Opfer Vergleichsproben. Von Suslew nur von seinen Haaren, aber von den anderen – Ann Harris, Lydia Orlenko und Nadja Rewin – von allen Spurenquellen, die man braucht, also auch von Blut und Körperflüssigkeiten. Wenn auf irgendwelchen von diesen Sachen irgend etwas ist – und sei es auch so klein, daß es nur unter dem Mikroskop zu sehen ist –, werden es unsere Leute in Washington finden und vergleichen. Und wenn die Spuren übereinstimmen, können sie das so zweifelsfrei nachweisen, daß es vor Gericht zulässig ist.«

Als Danilow auf Jeschows Sachen hinabblickte, merkte er, daß ihnen in der Zwischenzeit auch noch Jeschows Jacke hinzugefügt worden war, die woanders aufbewahrt worden sein mußte. Sie war grau, mit einer Kapuze, und dick gefüttert. Die Sorte Jacke, wie Lydia Orlenko sie beschrieben hatte. Am linken Kragen war etwas, das wie ein Blutfleck aussah; Danilow mußte an den Bluterguß unter Jeschows Auge denken und fragte sich, zu was für einer Art von Handgemenge oder Kampf es wohl gekommen war, als er in der Spiridonjewskij aufgegriffen worden war. »Es müßte eigentlich so viel sein, daß es für Ihre und unsere forensischen Labors reicht.«

»Ich dachte, Ihre Leute greifen in Strafprozessen noch nicht auf den Desoxyribonukleinsäuretest zurück«, stichelte Cowley gutmütig.

»Sie müssen aufgeteilt werden.« Danilow blieb eisern.

»Und wie stellen Sie sich diese Aufteilung genau vor?« fragte der Amerikaner. »Die Jacke zum Beispiel. Lydia Orlenko sagte, der Angreifer hätte eine gefütterte Jacke getragen.«

»Ich glaube, die Jacke können Sie haben«, lenkte Danilow ein. »Und alle Knöpfe. Den Rest teilen wir auf.«

Wie rivalisierende Kinder, die sich selbst Preise verliehen, dachte Cowley, der sich des Eindrucks unverzeihlicher Stümperei nicht erwehren konnte. Und trotzdem fand er, daß es unter diesen Umständen – immer die lästigen, hinderlichen Umstände! – der beste Kompromiß war, mit dem er rechnen konnte. »Meinetwegen.«

Danilow hatte aus der Kantine Tee holen lassen und sorgte dafür, daß auch Valentina Jeschow welchen bekam. Als Pawin aus einem anderen Büro zurückkam, in dem er mit dem Serbskij-Institut telefoniert hatte, machte Danilow eine Aufstellung, wie die einzelnen Stücke aufgeteilt werden sollten. Es verging eine weitere halbe Stunde, bevor Kosow, der sich zur Vermeidung eines möglichen Konflikts in sein Büro im Obergeschoß zurückgezogen hatte, zurückkehrte und das Eintreffen des Psychiaters ankündigte. Es diente ihm als Vorwand, um sich wieder in die Ermittlungen einzuschalten. Danilow erhob keinen Einspruch.

Der Doktor aus dem Serbskij-Institut war ein kleiner, penibler Mann namens Aleksandr Josifowitsch Tarasow, der sich sichtlich unwohl fühlte in einer Umgebung, die ihm nicht vertraut war – möglicherweise einer seiner eigenen psychischen Defekte. Als wäre er auf die Rückenstärkung eines Arztkittels angewiesen, klopfte er sich ständig seinen fleckigen, von den Schultern hängenden Anzug ab.

Er hatte Petr Jakowlewitsch Jeschow auf eine nicht näher bestimmte Paranoia behandelt, obwohl er eindeutig Anzeichen von Verfolgungswahn gezeigt hatte. Er hielt es jedoch für nicht wahrscheinlich, daß der Brustwarzenfetischismus, auf den die Verbrechen hindeuteten, deretwegen Jeschow in Gewahrsam genommen worden war, ein Symptom dieses Verfolgungswahns war. Jeschow war geistig zurückgeblieben – es war zwar schwer festzumachen, aber er hätte die geistige Entwicklung des Mannes höchstens auf die eines Dreizehnjährigen, wenn nicht sogar noch jünger, geschätzt –, und die Brustfixierung war möglicherweise darauf zurückzuführen, daß er als kleines Kind von einer enttäuschten Mutter abgelehnt worden war. Tarasow schien skeptisch, was die amerikanische Ansicht anging, die Knöpfe könnten Zeichen einer Brustwarzenobsession sein, obwohl er sich durchaus bewußt war, daß diese Theorie viel diskutiert und sogar in internationalen psychiatrischen Zeitschriften propagiert wurde. Er hatte persönlich für Jeschows Entlassung plädiert, da er geglaubt hatte, der Zustand des Mannes sei stabil genug, um außerhalb der Mauern einer geschlossenen Anstalt leben zu können. Eingesperrt zu sein, hatte ihm seit jeher großes, zum Teil selbstzerstörerisches Unbehagen bereitet. Es war auf keinen Fall auszuschließen, daß Jeschow nach seiner Entlassung regrediert war. Und noch weniger war aufgrund der Fallgeschichte des Mannes auszuschließen, daß die bereits zum Ausbruch gekommene Gewalttätigkeit bis zu einem Mord eskaliert war. Selbstverständlich sei er gern bereit, einer Vernehmung des Mannes beizuwohnen. Ihm war klar, daß man ihn deswegen gerufen hatte. Er bezeichnete es als positiv, daß die Mutter anwesend war. Sie hatte schon immer einen starken, allerdings umstrittenen Einfluß ausgeübt.

Sie versammelten sich in demselben großen Raum, in dem auch Valentina Jeschow wartete, die unsicher, die Hände um ihre leere Tasse gelegt, am Tisch saß; sie befürchtete das Schlimmste, war aber immer noch nicht in vollem Umfang darüber in Kenntnis gesetzt worden, warum sie auf die Wache gebracht worden war oder warum ihr Sohn hier festgehalten wurde. Sie hatte noch mehr zu weinen begonnen. Die Tränen strömten ihr über das Gesicht, die Augen waren heftig gerötet. Sie erkannte Tarasow wieder und verlieh dem Psychiater – jemand, den sie kannte – vorrangige Autorität und verlangte zu erfahren, wo ihr Sohn war und was – *genau* – er getan hatte. Sie wiederholte dasselbe Wort, *genau*, wie ein Anwalt vor Gericht mehrere Male.

»Er war wieder böse«, erklärte ihr Tarasow. »Wie früher. Bloß schlimmer.«

»Nein!« Das war kein Ausbruch wie die Reaktion ihres Sohnes in der Zelle. Es war das traurige, fraglose Hinnehmen eines Schreckens, der immer in der Nähe gelauert hatte.

Danilow war nicht froh über die vielen Menschen, die sich inzwischen in dem Raum drängten. Cowleys Anwesenheit war zur Aufrechterhaltung des Gleichberechtigungsprinzips unerläßlich. Und Pawin mußte jedes gesprochene Wort schriftlich festhalten. Die Mutter und den Psychiater einzubeziehen war seine eigene Idee gewesen. Womit Kosow als einziger überflüssiger Eindringling blieb. Es mußten so viele bleiben, wie es waren. Er wandte sich Valentina Jeschow zu: »Ich möchte mit Petr Jakowlewitsch sprechen. Sie müssen ihm klarmachen, daß er die Wahrheit sagen muß.«

»Warum?« Sie war innerlich ausgehöhlt. Sie wußte nicht – konnte sich nicht denken –, wohin sie vom Bronnaja Bulwar gehen könnte, wußte aber, daß sie *irgendwohin* umziehen müßte. Von nun an wäre sie eine Ausgestoßene, jemand, der ein Ungeheuer in die Welt gesetzt hatte.

»Weil ich es will.«

Danilow war am Tisch, der Frau gegenüber. Tarasow neben ihm. Alle anderen hatten sich in stillschweigender Übereinkunft an die Seiten des Raumes zurückgezogen. Cowley, der an der Wand stand, veränderte seine Haltung; ihm war nicht wohl bei dieser Szene, wie ihm auch bei einer Menge anderer Dinge nicht wohl gewesen war, seit dieser Tag angefangen hatte.

Valentina Jeschow antwortete mit einem lustlosen Achselzucken. Sie waren Amtspersonen, hatten eine offizielle Funktion. Sie hatte gelernt, sich der Autorität immer zu beugen. Das war sicherer: Wenn man sich der Autorität beugte, bekam man keine Schwierigkeiten.

Als Petr Jakowlewitsch in den Raum geführt wurde, entfuhr ihr ein Laut, ein hinuntergeschlucktes Schluchzen. Man hatte ihm Handschellen angelegt, und er wurde von zwei hünenhaften Milizbeamten flankiert; ein dritter, der hinter ihm ging, hielt eine Kette, die an den Handschellen befestigt war. Hätte Jeschow um sich zu schlagen versucht, wie er das in der Zelle getan hatte, hätte der Mann bloß an der Kette zu ziehen brauchen, um ihn von den Beinen zu holen. Der Bluterguß an Jeschows Wange war dunkler geworden, bräunlich violett. Das Blut aus der Kopfwunde, die er sich zugezogen hatte, als er von Kosow gegen die Wand geschleudert worden war, klebte in schwarzen Klumpen in seinem Haar. Sein Gesicht zuckte, die Nerven unter seiner Haut lagen blank. Er verdrehte in panischem Entsetzen die Augen.

Aufgebracht drehte Danilow sich um, um nach Kosow Ausschau zu halten. Dieses Schwein! dachte er. Dieses aufgeblasene, gemeine Schwein.

Mein Gott, dachte Cowley, der an der Wand stand.

»Nehmen Sie ihm die Ketten ab!« verlangte Danilow.

»Nein.« Es war Kosows Stimme.

»Nehmen Sie ihm die Ketten ab!«

Die Situation fuhr sich in Schweigen fest. Der angekettete Mann wandte sich seiner Mutter zu. Er lächelte nicht. Er verdrehte immer noch die Augen. Mit ausdrucksloser Stimme, ohne erkennbare Bedeutung, sagte er zu ihr: »Nein.«

Der Beamte hinter ihm, der Mann, der die Kette hielt, hatte schon in dieser Station Dienst getan, als Danilow sie noch geleitet hatte; allerdings konnte er sich nicht an seinen Namen erinnern. Danilow erhob sich vom Tisch und ging auf die Neuankömmlinge zu. Er streckte seine Hand aus und sagte zu dem Mann, den er kannte: »Geben Sie mir den

Schlüssel.« Er erhielt ihn von einem anderen Mann, dem auf der rechten Seite. Danilow nahm Jeschow selbst die Handschellen ab und nahm ihn am Arm, um ihn zum Tisch zu führen und neben seine Mutter zu setzen. Als er danach auch selbst wieder Platz nahm, sagte Kosow: »Auf eigene Verantwortung.«

Valentina Jeschow zögerte, bevor sie die Hand ihres Sohnes ergriff. Es war diejenige, die er sich aufgeschürft hatte. Bei dieser Gelegenheit sah Danilow zum erstenmal, daß am kleinen Finger des Mannes ein massiver silberner Ring steckte, und erinnerte sich an die Druckstelle am Kinn eines jeden Opfers – und was die Amerikaner als ihre Ursache angenommen hatten.

»Sagen Sie ihm, daß er mir wahrheitsgemäß antworten muß«, forderte Danilow die Frau auf.

Das tat Valentina Jeschow. »Alles, was sie dich fragen«, schärfte sie ihrem Sohn ein. Sie waren bestimmt freundlich, wenn sie tat, was sie ihr sagten.

Jeschow nickte.

»Gehen Sie nachts spazieren?« begann Danilow.

Langsam, verängstigt, drehte sich Jeschow herum, um Danilow anzusehen. »Ja.«

»Wo? In der Uliza Gerzena?«

»Ich glaube schon.«

»In der Uliza Stolesnikow?«

»Weiß nicht.« Jeschow warf einen hoffnungsvollen Blick zur Seite, auf seine Mutter. Sie lächelte zurück.

»Granowskaja?«

»Ich glaube schon.« Jeschow lächelte stolz, wie ein Kind, das bei einer Prüfung gut abschneidet.

»Uspenskij Prospekt?«

»Den Uspenskij Prospekt kenne ich nicht.«

»Was machen Sie, wenn Sie spazierengehen?«

»Nur spazierengehen.«

»Warum haben Sie ein Messer?«

»Ein Messer?«

»Heute nacht hatten Sie ein Messer dabei.«

»Mag es einfach.«

»Warum?«

»Sicherer.«

»Als Sie ...«, begann Danilow, hielt aber inne, als sich der Psychiater neben ihm vorbeugte und in das Verhör einschaltete.

»Können Sie sich noch an mich erinnern, Petr Jakowlewitsch?«

»Ja.«

»Sie haben mir doch was versprochen, in der Klinik? Immer wieder das gleiche Versprechen, viele Male? Was die Mädchen angeht. Sie haben mir wegen der Mädchen was versprochen.«

»Weiß nicht mehr.«

»Haben Sie vergessen, was Sie mir in der Klinik versprochen haben? Was Sie nicht mehr tun wollten?«

»Hab' niemand was getan.«

»Wissen Sie, daß Leuten was getan wurde?«

»Nein.«

»Haben Sie nach Frauen, nach Mädchen Ausschau gehalten, als Sie nachts spazierengegangen sind?« fragte Danilow und schaltete sich wieder in die Vernehmung ein.

»Darf ich nicht.«

»Haben Sie mit dem Messer jemanden verletzt, Petr Jakowlewitsch?« fragte der Psychiater.

»Nein.«

»Warum hatten Sie die Knöpfe bei sich?« fragte Danilow. »Und warum haben Sie in Ihrem Zimmer Knöpfe versteckt?«

»So halt.«

»Sind Knöpfe für Sie auch noch was anderes?« bohrte Tarasow, der sich der Bedeutung bewußt war, die ihnen die Amerikaner beimaßen.

»Nein.«

»Was sind sie dann?«

»Knöpfe.« Plötzlich runzelte Jeschow die Stirn, als würde er den Psychiater erst jetzt erkennen. »Keine Jacke. Ich will nicht in so eine Jacke.«

Danilow hörte hinter sich ein schlurfendes Geräusch. Es kam von der Gruppe an der Wand. Er seufzte in sich hinein.

»Sie haben Leuten Ihr Messer reingestoßen, stimmt's? Frauen, wenn Sie spazierengegangen sind?«

Valentina Jeschow gab nur einen ganz schwachen Laut von sich, ein abruptes Einatmen, aber es genügte, ihren Sohn abzulenken. Er wandte sich ihr zu und lächelte, immer auf ihre Zustimmung hoffend.

»Ich möchte, daß er darauf antwortet«, verlangte Danilow, verärgert über die Ablenkung.

»Hast du diese Frauen erstochen?« fragte Valentina Jeschow, die inzwischen mit beiden Händen die Hände ihres Sohnes hielt. »Sieh mich an! Hast du ihnen was getan mit diesem Messer?«

»Weiß nicht mehr.«

»Haben Sie ihnen die Haare abgeschnitten?« hakte Danilow nach.

»Weiß nicht mehr.«

»Und die Knöpfe von ihren Kleidern abgetrennt?«

»Weiß nicht mehr.«

Ohne Rücksicht darauf zu nehmen, daß Jeschow ihn hören konnte, sagte der Psychiater zu Danilow: »Das hat keinen Zweck. Er kann sich wahrscheinlich wirklich nicht mehr erinnern, selbst wenn er es getan hat.«

»Das ist aber, was ich wissen will«, sagte Danilow.

»So werden Sie es aber nicht herausbekommen, in Form eines Geständnisses«, entgegnete Tarasow.

»Könnten wir es denn herausbekommen?« fragte Danilow. »Vielleicht nicht hier, wo er sich offensichtlich unwohl fühlt. Er hat eindeutig panische Angst. Aber woanders, im Serbskij-Institut vielleicht, wo er sich wohler fühlt.«

Tarasow lachte, in unverhohlenem Sarkasmus. »Im Institut hat er sich nicht wohl gefühlt. Er war nie gelöst und kooperativ.«

»Wie sollen wir es dann herausbekommen?«

»Indem Sie warten, bis er es Ihnen erzählt. *Falls* er etwas zu erzählen hat. Vielleicht auch nie«, fügte der Psychiater mit resignierter Ehrlichkeit hinzu.

»Jetzt nach Hause«, verkündete Jeschow froh, scheinbar nicht mehr verängstigt. »Jetzt gehen wir nach Hause.«

»Nein!« sagte seine Mutter, deren Angst jetzt zum Vorschein kam. »Ich will nicht … ich kann unmöglich …«

»Hier kann er nicht bleiben«, sagte Danilow zu dem Psychiater. Ihm kamen, zu spät, Bedenken, daß er einen Mann, der so stark war wie Jeschow, hatte losketten lassen. Es war nicht auszuschließen, daß er sich dagegen wehrte, wieder in eine Klinik eingeliefert zu werden, wo er eine Phobie vor dem Eingesperrtsein entwickelt hatte.

Seine Sorge war unbegründet.

Tarasow verließ kurz den Raum, um einen Krankenwagen zu rufen, und kehrte mit einem Arztkoffer zurück. Valentina Jeschow redete ihrem Sohn gut zu, die Beruhigungspille zu schlucken, die schon vor dem Eintreffen des Wagens zu wirken begann. Als sich Tarasow sicher war, daß Jeschow so weit ruhiggestellt war, daß er keinen Einspruch mehr erheben würde, gab er ihm auch noch eine Spritze. Der Mann mußte auf einer Bahre hinausgetragen werden.

Danilow hielt den Psychiater an der Tür zurück. »Ich brauche so bald wie möglich eine Blutprobe. Und ein paar von den wenigen Haaren, die er noch hat.«

Tarasow nickte und ging weiter.

Cowley überlegte, wie viele gesetzliche Bestimmungen in Amerika strikt untersagten, von einem betäubten Verdächtigen eine Probe zu nehmen. Er hielt Valentina Jeschow an der Tür zurück und fragte: »Können Sie mir irgend etwas Wichtiges sagen? Raucht Petr Jakowlewitsch?«

Die Frau sah ihn stirnrunzelnd an. »Nie! Er kann Zigaretten nicht ausstehen.«

Cowley trat zurück, um sie gehen zu lassen, und sah durch den nicht mehr so vollen Raum zu dem Russen hinüber. »Und?«

»Lydia Orlenko stand unter Schock. Das wissen wir.«

»Wir haben nicht genug. Es sind lauter Indizien, wie bei Hughes.«

»Ich weiß.«

Die FBI-Vernehmung von Angela Hughes wurde behutsam und verständnisvoll geführt – die Rücksichtnahme ging sogar so weit, daß man eine Agentin damit beauftragte –, und man gab ihr sehr bald zu verstehen, daß inzwischen Zweifel am Alibi ihres Mannes für den Tag aufgekommen waren, an dem der russische Taxifahrer ermordet worden war.

»In Moskau haben Sie einem Agenten erzählt, Ihr Mann sei in der Nacht, in der die russische Frau überfallen wurde, vor Mitternacht nach Hause gekommen? Daß Sie eine Kirchenglocke schlagen hörten?«

»Ja.«

»Sind Sie sich dessen ganz sicher?«

»Ich denke schon«, antwortete Angela Hughes. Der absichtlich in ihre Stimme gelegte Zweifel verbarg jeden Hinweis auf Vergeltungssucht.

»Sie *denken* es. Ich habe Sie aber gefragt, ob Sie *ganz* sicher sind, Mrs. Hughes.«

»Damals dachte ich es schon. Aber jetzt bin ich mir nicht mehr ganz sicher.«

Bis dem FBI-Direktor die schriftliche Aufzeichnung der Vernehmung vorgelegt wurde, hatte er aus Moskau bereits die Benachrichtigung über die Festnahme Petr Jakowlewitsch Jeschows erhalten. Der Direktor beschloß, beide Untersuchungen unabhängig voneinander fortführen zu lassen. Er wußte nicht, was er sonst tun sollte.

37

In Moskau gab es in den Tagen nach Jeschows Festnahme viel zu tun: mehr sattsam bekannte Routinemaßnahmen, dann die Prozedur, über sämtliche verfügbaren Beweismittel, die in diesem Fall nie einem Gericht vorgelegt würden, Berichte vorzubereiten.

Und bei all dem hatte Danilow ein deprimierendes Gefühl der Enttäuschung.

Er weigerte sich zu akzeptieren, der Grund dafür seien die Umstände von Petr Jeschows Ergreifung, die auf keinen Fall publik werden durften. Das wäre lächerlich gewesen. Er hatte jegliches professionelles Unbehagen darüber, wie sie zustande gekommen war, weit von sich gewiesen. Und selbst den Gedanken, er könne auf Kosow neidisch sein, fand er undenkbar. Er hatte sogar vor, dafür zu sorgen, daß Kosows Anteil an der Lösung des Falls öffentliche Anerkennung fände. Warum dann? Die beste Erklärung, die Danilow einfiel, war, was der Amerikaner gesagt hatte: Daß es trotz der Vorbereitungen, die er jetzt traf, höchstwahrscheinlich nie zu einem Prozeß kommen würde und damit auch nie zu einem gerichtlichen Abschluß der Angelegenheit. Was schwerlich eine Erklärung war.

Wenn er es ganz objektiv betrachtete, hätte er sich eigentlich ganz anders fühlen müssen: Er hätte rundum zufrieden sein müssen. Trotz Kosows Beteiligung würde der Fall in seiner Akte als erfolgreich gelöst vermerkt. Und was noch wichtiger war: Ohne jede Einmischung des Geheimdienstes, was das Ganze nicht nur zu einem persönlichen Triumph machte, sondern auch zu einem Erfolg für die Miliz als Ganzes, zumal auch uniformierte Beamte daran beteiligt gewesen waren. Die mißglückten Anfänge und die fälschlich eingeschlagenen Richtungen waren nirgendwo vermerkt und schon gar nicht öffentlich bekannt und würden in der offiziellen Euphorie des Augenblicks von denen, die wie General Lapinsk oder der Generalstaatsanwalt davon wußten, sofort vergessen werden. Er war wirklich dumm, sagte sich Danilow. Er verhielt sich wie jemand, der tief in der Midlife Crisis steckte.

Er beauftragte Pawin mit der Zusammenstellung des Beweismaterials, auch wenn es sich vermutlich als verlorene Liebesmühe entpuppen würde, und stauchte die Beamten zusammen, die bei den Routinenachforschungen so kläglich versagt hatten. Er sprach mit Pawin auch darüber, ob er seine Drohung wahrmachen sollte, in den Personalbögen der schlampigsten Beamten, vor allem derer, die bei der ersten Durchsuchung von Jeschows Wohnung so nachlässig vorgegangen waren, eine offizielle Kritik zu vermerken. Pawin gab ihm zwar dahingehend recht, daß es Bestimmungen gab, denen zufolge solche Beschwerden schriftlich niedergelegt werden sollten, wies ihn aber gleichzeitig darauf hin, daß in der Praxis niemand gerügt oder von der Petrowka versetzt würde; so funktionierte das System nicht. Alles, was er damit erreichen würde, wäre, daß er die beträchtlichen Ressentiments, die er sich bereits zugezogen hatte, noch verstärkte, ohne daß er irgendeinen praktischen Nutzen daraus zöge. Und er mußte doch noch weiter in der Petrowka arbeiten, oder nicht? Danilow beschloß, sich nicht darum zu kümmern.

Er blieb in täglichem Kontakt mit dem Serbskij-Institut und dem Psychiater, in der Hoffnung, Jeschows Zustand möge sich bessern, damit er weiteren und besseren Verhören unterzogen werden könnte. Umgekehrt betonte Tarasow immer wieder, daß wahrscheinlich alles, was einer vernünftigen, halbwegs verständlichen Unterhaltung mit dem Mann nahekam, in absehbarer Zukunft, wenn nicht sogar für immer ein Ding der Unmöglichkeit bliebe. Sobald die Wirkung des Beruhigungsmittels, unter dessen Einfluß er in die Klinik gebracht worden war, nachzulassen begonnen hatte, hatte Jeschow sofort gemerkt, wo er sich befand, und in einem Anfall seine Zelle zu zertrümmern begonnen, weshalb er zu seiner eigenen Sicherheit fast ständig sediert werden mußte. Tarasow äußerte die Befürchtung, die Regression in einen Verfolgungswahn könne irreversibel sein. Jeschows Mutter kam jeden Tag zu Besuch. Er schien sie selbst dann nicht zu erkennen, wenn sie ihn vorübergehend nicht mehr so stark sedierten. Danilow sagte, er werde es weiter versuchen. Tarasow sagte, er könne tun, was er wolle, aber er würde nur seine Zeit vergeuden.

Auch die täglichen Besprechungen mit Lapinsk gingen weiter, obwohl es nach dem ersten triumphalen Tag nicht mehr viel zu besprechen gab. Der erwartete Medienrummel war mit der Bekanntgabe von Nadja Rewins Ermordung durch die Tass losgebrochen und hatte keine sechsunddreißig Stunden später durch die Nachricht von der Festnahme eines Verdächtigen weitere Nahrung erfahren. Lapinsk war froh, daß sie mit einer Pressekonferenz gewartet hatten. Jetzt konnten sie über den Erfolg eines gemeinsamen Ermittlungsverfahrens zwischen den Vereinigten Staaten von Amerika und Rußland berichten, des ersten seiner Art. Sowohl er als auch der Generalstaatsanwalt hatten von ihrer bisherigen Weigerung, daran teilzunehmen, Abstand genommen.

Es war während des Gesprächs über die Pressekonferenz, daß Danilow vorschlug, Kosow einzubeziehen. Der General war sichtlich überrascht über den Gedanken, die Lorbeeren mit jemand anderem zu teilen. Danilow, der keine Probleme damit hatte, die abgesprochene Darstellung des Hergangs noch einmal zu wiederholen, machte geltend, daß es immerhin Kosows Beamte gewesen waren, die Petr Jeschow gefaßt hatten, auch wenn die kriminalpolizeiliche Ermittlungsstelle den Mann bereits als potentiellen Verdächtigen identifiziert hatte. Es war also durchaus angebracht, auf die Beteiligung einer uniformierten Einheit hinzuweisen. Lapinsk war so froh, daß der Fall praktisch abgeschlossen war, daß er so ziemlich allem zugestimmt hätte, und hatte nichts dagegen. Er fügte lediglich noch hinzu, er finde, Danilow sei sehr großzügig.

Selbst auf das Risiko hin, daß Kosow nicht da wäre, rief Danilow nicht vorher an, als er persönlich und ganz allein in die Milizstation fuhr. Doch Kosow war da. Er ließ Danilow über eine halbe Stunde warten, was dieser geduldig tat, und ließ ihn schließlich allein in sein Büro im dritten Stock hochkommen, woran Danilow ebenfalls keinen Anstoß nahm.

Kosow war in Hemdsärmeln, sein Kragen stand offen. Das Glas, das auf seinem Schreibtisch stand, war reichlich mit etwas gefüllt, das entweder Cognac oder Whisky hätte sein können. Er nahm demonstrativ einen Schluck daraus, als Danilow eintrat, ohne ihm etwas anzubieten.

»Du wolltest mich sprechen?«

Die Feindseligkeit hätte sich gut als Grund heranziehen lassen, um den immer noch aufgeschobenen Abend mit Kosow und Larissa zu umgehen, dachte Danilow. Er suchte sich einen Stuhl, fand gleich neben der Tür einen und stellte ihn vor den Schreibtisch. »Wir warten nach wie vor auf einen schlüssigen forensischen Beweis, aber die Indizien deuten darauf hin, daß er der Gesuchte ist.«

»Daran habe ich nie gezweifelt.«

»Das scheint niemand zu bezweifeln. Es wird noch einmal eine Pressekonferenz abgehalten.« Der Raum war nicht mehr als das Büro wiederzuerkennen, das einmal ihm gehört hatte. Der dicke Spannteppich war farblich auf die Vorhänge abgestimmt. Der Schreibtisch war aus massivem, dunklem Holz, mit einer eingelassenen Lederschreibunterlage. Ein dazu passender Schrank mit Glasfront nahm fast eine ganze Seitenwand des Raumes ein, und der Stuhl, auf dem Kosow saß, war ebenfalls aus dunklem Holz und mit knöpfeverstärktem rotem Leder gepolstert. Das alles erinnerte Danilow an Gugins Büro in der Lubjanka. Auf Kosows Schreibtisch stand ein Foto von Larissa. Sie sah sehr schön aus.

»Das habe ich gehört.« Kosow trank einen Schluck.

»Ich finde, es wäre ziemlich unfair, wenn du für alles, was du getan hast, keine Anerkennung bekämst«, schmeichelte Danilow. »Ich habe mit dem General gesprochen. Auch er findet, daß du an der Pressekonferenz teilnehmen solltest.«

Kosows Haltung änderte sich sichtlich. Er begann sogar zu lächeln, doch dann fiel ihm wieder ein, wie ihn der andere Mann in seiner eigenen Milizstation behandelt hatte, und er verkniff sich das Grinsen. »Und mit wem soll ich daran teilnehmen?«

»Mit mir und dem Amerikaner. Dem General. Smolin, dem Generalstaatsanwalt. Ob sonst noch jemand dabeisein wird, weiß ich nicht. Möglicherweise jemand aus einem Ministerium.«

Kosow konnte sich nur mit Mühe ein Lächeln verkneifen. »Eine ziemlich große Sache also?«

»Mit Sicherheit so groß wie die erste. International, versteht sich. Sämtliche amerikanischen Medien. Die Medien der ganzen Welt. Ich hoffe, du kannst daran teilnehmen. Du – deine Station hier – ihr habt es verdient. Aber diese Entscheidung bleibt natürlich ganz dir überlassen.«

»Die Leistungen meiner Leute haben wirklich Anerkennung verdient.« Kosow klang, als glaubte er tatsächlich an diese beschönigte Version.

»Genau das dachte ich auch.«

»Ich glaube schon, daß es sich irgendwie machen läßt.«

»General Lapinsk würde sich sehr freuen.«

Kosow hob sein Glas. »Das ist Whisky. Aus Schottland. Möchtest du einen?«

»Danke, gern«, sagte Danilow, obwohl er Whisky nicht besonders mochte.

Der Schnaps war in der unteren Hälfte des Schranks, wo das Glas aufhörte und die Holztüren anfingen. Er enthielt eine ganze Batterie von Flaschen. Kosow kehrte mit dem Whisky zum Schreibtisch zurück und schenkte dort ein. »Was genau muß ich dabei tun?«

»Mit dem Rest von uns daran teilnehmen. Erklären, wie es zu der Festnahme kam. Erzählen, wie ihr, du und deine Beamten, Augen und Ohren aufgesperrt habt, nachdem ich euch um Unterstützung gebeten hatte.«

Kosow nickte. »Das ist alles wahr«, sagte er leichthin.

»Ich kann also auf dich zählen?«

»Auf jeden Fall.«

Danilow deutete auf das Büro. »Hier hat sich ja einiges verändert.«

»Ich habe es nur ein wenig behaglicher gemacht. Mit einer gewissen persönlichen Note.«

»Erst kürzlich habe ich einen alten Freund getroffen.«

»Einen alten Freund?«

»Jemand, den ich dir vorgestellt habe, bevor ich hier ausschied. Eduard Agajans.«

Kosow runzelte die Stirn, und Danilow glaubte, der andere Mann hatte tatsächlich einen Augenblick Schwierigkeiten, sich an den Namen zu erinnern. Dann glättete sich Kosows Stirn wieder, und er sagte: »Irgendwann habe ich den Kontakt mit ihm abreißen lassen.«

»Er hat seit einiger Zeit ziemliche Schwierigkeiten mit seinem Geschäft.«

»Das ist natürlich bedauerlich.«

»Er sagt, irgendwelche organisierten Syndikate versuchen ihn hinauszudrängen, lassen ihn nicht operieren, obwohl es genügend Geschäft für alle gibt.«

»Ich dachte, deine Abteilung wüßte alles über organisierte Syndikate.« Kosow stand auf und watschelte hinter seinem Schreibtisch hervor, um Danilow nachzuschenken.

»Tun wir«, erklärte Danilow. Eine bessere Eröffnung hätte ihm der andere Mann gar nicht unterschieben können.

Mit ernster Miene nahm Kosow wieder Platz. »Willst du damit sagen, sie starten eine offizielle Untersuchung?«

»Noch nicht.«

»Noch nicht?«

Danilow hob die Schultern. »Das hängt wahrscheinlich davon ab, wie weit das Ganze geht. Wenn ein Problem zu offensichtlich wird, muß etwas dagegen unternommen werden. Wegen der neuen Freiheiten wird jetzt in Rußland alles sehr schnell publik. In Zeitungen und Zeitschriften werden öffentliche Debatten über viele Dinge geführt, die bisher nie offen zur Sprache kamen. Das hast du doch sicher auch schon selbst gemerkt.«

Kosow nickte, weiter mit ernster Miene. »Wie umfassend würde so eine Untersuchung ausfallen?«

»Also, ich würde sagen, wenn wirklich eine eingeleitet wird, dürfte sie ziemlich weite Kreise ziehen. Ich habe den Eindruck, daß man diese Sache mit großem Interesse verfolgt. In den Einheiten für Schwerverbrechen wird bereits ganz offen darüber gesprochen. Aber ich glaube, es gibt da auch noch gewisse Widerstände. Verschiedene Leute haben spezielle Freunde, die sie nicht vor den Kopf stoßen wollen.«

»Ist dabei der Name irgendeines bestimmten Syndikats gefallen?«

»Nicht, daß ich wüßte.«

»War Agajans ein spezieller Freund von dir?«

»Wir kamen ganz gut miteinander aus. Ich mochte ihn.«

»Dumme Sache, einen Freund in Schwierigkeiten zu sehen.«

»Wem sagst du das!«

»Es waren ein paar von meinen Freunden, die Jeschow geschnappt haben.«

»Ich weiß. Dafür bin ich dir auch sehr verpflichtet.«

»Ich wüßte es sehr zu schätzen, wenn ich einen – oder mehrere – Namen erführe, falls dir irgendwas zu Ohren kommt.«

»Selbstverständlich. Ich sähe es aber auch gern, wenn Agajans keinen Ärger mehr hätte. Wie es aussieht, hat er genug geblutet.«

»Vielleicht kann ich mal mit ein paar von meinen Freunden sprechen. Mal sehen, ob sie etwas über Agajans' Probleme wissen.«

»Ich bin sicher, dafür wäre er sehr dankbar.«

»Und du gibst mir Bescheid, was die Namen angeht?«

»Unbedingt.«

»Es ist doch sicher besser, wenn ich bei der Pressekonferenz meine Uniform trage?«

»Auf jeden Fall.«

»Ich freue mich schon darauf.«

»Das habe ich mir fast gedacht.«

Was Cowley empfand, war nicht Enttäuschung, aber den Tagen schien eine gewisse Leere anzuhaften, ein Hiatus zwischen der Genugtuung, eine Festnahme vorgenommen zu haben, und der Endgültigkeit eines konkreten Abschlusses. Nachdem er inzwischen ausreichend Zeit gehabt hatte, alles, was geschehen war, zu überdenken, gelangte er zu der Überzeugung, daß vor einem amerikanischen Gericht die Indizienbeweise für eine Anklageerhebung gegen Petr Jeschow mit ziemlicher Sicherheit als unzureichend abgewiesen würden, und zwar vollkommen unabhängig davon, wie die Entscheidung bezüglich Jeschows Geisteszustand ausfiele. Und von Danilow wußte er, daß nach Meinung des Psychiaters angesichts seines gegenwärtigen Geisteszustands fast völlig ausgeschlossen war, daß er ein die Sache besiegelndes Geständnis ablegen würde. Womit sich der Nachweis seiner Schuld, ganz gleich, wie der Fall abgeschlossen würde, ausschließlich auf die forensischen Untersuchungsergebnisse aus Moskau oder Washington stützen mußte. Er hatte die amerikanischen Befunde früher erwartet, obwohl er aus den täglichen Gesprächen mit der Pennsylvania Avenue wußte, daß das

Material, das er ihnen geschickt hatte, Faser für Faser untersucht wurde. Zumindest hatte man ihm für die bevorstehende Pressekonferenz einige vorläufige Informationen zugesagt.

Einen Tag der Ungewißheit gab es, als zunächst angekündigt und dann dementiert wurde, daß Senator Burden anläßlich der Pressekonferenz nach Moskau zurückkehren würde, was Cowley für grotesk gehalten hatte. Statt dessen gab das Büro des Politikers eine Pressemitteilung heraus, in der allen beteiligten Ermittlungsbehörden zum erfolgreichen Abschluß des Falls gratuliert wurde. Der Senator habe nie an der Effizienz oder Professionalität gezweifelt, mit der die Ermittlungen durchgeführt worden seien. Er werde vermutlich nach Moskau reisen, wenn es dort zu einem Prozeß käme. Im Fernsehen erklärte Burden, der Grund für sein abruptes und unerklärliches Schweigen, nachdem er sich anfänglich der Presse so bereitwillig zur Verfügung gestellt habe, sei die Einsicht gewesen, daß sich die Ermittlungen an einem kritischen Punkt befänden. Er habe nichts tun oder sagen wollen, was eine Festnahme hätte erschweren können. Er wurde von keinem Interviewer gefragt, wie es dazu hätte kommen können.

Harvey Proffitt, Andrews' Nachfolger aus San Francisco, traf für die Übergabephase ein. Er war ein junger, ehrgeiziger Junggeselle, der seine erste Auslandsstelle antrat und alles mit staunender Begeisterung über sich ergehen ließ. Zu Hause hätten die Medien ungeheures Interesse an den Serienmorden gezeigt. Wenn Cowley in die Staaten zurückkehrte, könne er sich vermutlich kaum mehr auf die Straße wagen, ohne erkannt zu werden. Er wünschte, er wäre früher nach Moskau geschickt worden, damit er sich dort auf jede nur erdenkliche Weise hätte nützlich machen können. Moskau sei eine phantastische Gelegenheit. Er würde sie bis ins kleinste nutzen. Andrews' resignierter Zynismus deprimierte ihn nicht.

Mit dem Diplomatengepäck trafen zwei persönliche Briefe des Direktors, beide als vertraulich gekennzeichnet, für Cowley ein. Einer war ein Glückwunsch- und Empfehlungsschreiben, das, hoffte Cowley, nicht voreilig war. Im anderen wurde er gefragt, ob er persönlich den Ort von Andrews' Stationierung in den Staaten bestimmen wolle. Cowley antwortete, er wisse, daß in Washington, New York und San Francisco Stellen zu besetzen seien: Er sei sicher, Andrews werde sich für jede als geeignet erweisen, aber falls er nach Washington versetzt werde, gebe es keine Probleme.

Alle – Cowley, Andrews, Pauline und Proffitt – nahmen an einem weiteren Gesellschaftsabend in der Botschaft ein, und Cowley lud sie zu dem lange versprochenen Abendessen in ein Restaurant ein, das Pauline aussuchte, ins Glasur am Smolenskij Bulwar. Cowley spielte mit dem Gedanken, auch Danilow und seine Frau einzuladen, gelangte dann aber in Anbetracht der anfänglichen Schwierigkeiten zwischen dem russischen Detektiv und Andrews zu der Überzeugung, daß dies zu starke Spannungen zur Folge haben könnte. Er beschloß, das russische Paar vor seiner Rückkehr nach Amerika gesondert einzuladen, aber wahrscheinlich noch einmal ins Glasur: Die mit Kaviar gefüllten Auberginen waren vorzüglich.

Bei einer inzwischen zur Gewohnheit gewordenen Kaffeesitzung im FBI-Büro der Botschaft – das seit dem Hinzukommen des neuen FBI-Agenten ziemlich eng geworden war – sagte Andrews: »Wie es aussieht, bekomme ich den letzten Akt nicht mehr mit.« Er flog schon früher als Pauline zurück, die noch in Moskau blieb, um die Verpackung ihrer Wohnungseinrichtung zu überwachen. Washington war bestätigt.

»Es wird kein großer Schlußakt werden«, tröstete ihn Cowley. »Es wird keine Gerichtsverhandlung geben.«

»Wie lange, glaubst du, mußt du noch hierbleiben?«

Cowley hob die Schultern. »Schwer zu sagen. Aber sicher nicht mehr allzu lange.«

»Ich kann mir nicht vorstellen, daß es sich als nötig erweisen wird – du weißt genausogut wie ich, daß sie immer alles allein hinkriegt –, aber kann ich Pauline sagen, sie soll sich an dich wenden, wenn sie Hilfe braucht?«

»Aber sicher.«

»Es ist schön, daß zwischen uns alles wieder wie früher ist.«

»Ja«, stimmte ihm Cowley bei.

Am nächsten Tag kam, wie versprochen, ein Fernschreiben aus Washington. Haarproben, die in den Taschen von Jeschows Jacke, in einer Tasche des Jacketts und in einer Hose gefunden worden waren, stimmten einer DNS-Analyse zufolge mit den Haaren von Ann Harris, Wladimir Suslew, Lydia Orlenko und Nadja Rewin überein. Auch ein Vergleich der Knöpfe aus Jeschows Wohnung mit Proben, die von den Kleidern Ann Harris', Lydia Orlenkos und Nadja Rewins genommen worden waren, fiel positiv aus. Als Cowley mit Danilow sprach, sagte ihm der Russe, das russische forensische Team habe erklärt, daß das Messer, obwohl keine Blutspuren darauf waren, auf jeden Fall die Mordwaffe gewesen sein *könnte*. Allerdings seien sie nicht in der Lage festzustellen, daß das Messer *eindeutig* die Mordwaffe war.

Am selben Abend, am Abend vor seiner Abreise, gab Barry Andrews im Club der Botschaft seine Abschiedsparty. Er betrank sich. Es wurden verschiedene Reden gehalten, und der Botschafter überreichte ihm ein Geschenk. Zuerst fand es Cowley geschmacklos, daß die Botschaftsbelegschaft genauso einen Satz *Matrijoschka*-Puppen ausgesucht hatte wie den in Ann Harris' Büro, auf dem Paul Hughes' Fingerabdrücke gefunden worden waren, doch dann wurde ihm klar, daß sie von diesem Zusammenhang nichts gewußt haben konnten. Cowley tanzte zweimal mit Pauline. Als er sie das dritte Mal aufforderte, lehnte sie ab.

Am nächsten Morgen stand er früh auf. Diesmal waren die Rollen vertauscht, und er fuhr Andrews zum Flughafen. Pauline kam auch mit.

»Kümmere dich um sie«, bat ihn Andrews beim Abschied.

»Aber sicher.«

»Bis du nach Washington zurückkommst, habe ich wahrscheinlich deinen Job!« sagte Andrews und lachte über seinen eigenen Witz.

Der Polygraph war schon vor Tagen ausrangiert und durch ein wesentlich aggressiveres Verhörteam, dem sowohl CIA- wie FBI-Spezialisten angehörten, ersetzt worden.

»Pamela glaubt nicht, daß Sie am siebzehnten Januar bei ihr waren.«

»Aber sicher war ich an diesem Tag bei ihr!«

»Warum hat dann der Polygraph bei dieser Frage eine Unsicherheit registriert?«

»Das weiß ich nicht!«

»Ihre Frau sagt, sie ist sich nicht sicher, ob Sie vor zwölf nach Hause gekommen sind, als die Russin überfallen wurde.«

»Bin ich aber!«

»Warum sagt sie dann, sie ist sich nicht sicher?«

»Vielleicht will Sie mir eins auswischen!«

»Sie sind zu den Russen übergelaufen, stimmt's?«

»Nein!«

»Wir haben eine unabhängige Information von einer russischen Quelle vorliegen.«

»Alles gelogen!«

»Erzählen Sie uns darüber. Über die Morde und alles andere. Wir könnten Ihnen einen Deal vorschlagen, wenn Sie uns alles erzählen.«

»Es gibt nichts zu erzählen!«

»Wir werden Sie kleinkriegen, Paul.«

»Ich habe es nicht getan! Nichts davon!«

»Fangen wir noch mal von vorn an, ganz am Anfang.«

38

Wie beim letzten Mal versammelten sie sich im Vorzimmer des Konferenzsaals der Generalstaatsanwaltschaft, aber diesmal war die Stimmung ganz anders, unpassend heiter. Jewgenij Kosow in seiner tadellosen Uniform war eindeutig nervös, verbarg es aber geschickt und legte General Lapinsk und Nikolai Smolin gegenüber höfliche Ergebenheit an den

Tag. Danilow hatte an diesem Morgen unter mehreren sauberen Hemden auswählen können, und Olga hatte seine Anzughose gebügelt, ohne daß er sie darum hatte bitten müssen. Als er sich bei ihr bedankte, sagte sie, sie werde zu Larissa gehen, um sich die Pressekonferenz auf ihrem Großbildschirm anzusehen. Sie schien zu erwarten, daß Danilow etwas sagte, was er aber nicht tat. Cowley wurde vom amerikanischen Botschafter und von Ralph Baxter begleitet, die jedoch erklärten, sie seien nur als Beobachter da und hätten nicht die Absicht, an der Konferenz teilzunehmen. Cowley sagte Danilow, die forensischen Untersuchungsergebnisse hätten endgültig den Ausschlag gegeben. Danilow gab zu, allerdings nur in Hörweite des anderen Ermittlers, daß er erleichtert war. Bis zu dieser Bestätigung aus Washington war er persönlich der Überzeugung gewesen, die Beweisführung stütze sich zu sehr auf Indizien. Er hatte immer noch dieses unterschwellige Gefühl der Enttäuschung.

Der Saal war genauso eingerichtet wie für die erste Pressekonferenz, mit einer langen Tischreihe auf einem erhöhten Podest am Ende des Raumes und Übersetzungseinrichtungen für die Journalisten. Danilow kam es so vor, als wäre der Saal voller als beim erstenmal. Es herrschte ziemlicher Lärm, und von den Kamerascheinwerfern war es heiß. Als er sich setzte, sah Danilow den Mann, der die Frage zu Ann Harris' abgeschnittenem Haar gestellt hatte, und merkte, daß er die Nachforschungen, die er Pawin hatte anstellen lassen, nicht zu Ende geführt hatte. Inzwischen spielte das keine Rolle mehr.

Das Fehlen der Dirigentenfähigkeiten von Senator Burdens Pressesprecher machte sich deutlich bemerkbar: Zum erstenmal wurde Danilow bewußt, wie schwach Smolins Stimme war; sie ging trotz der Mikrophone immer wieder im Lärm unter. Mehrere Male wurden, in Russisch und in Englisch, Bitten laut, der Mann möge etwas wiederholen und lauter sprechen.

Der Generalstaatsanwalt versuchte es. Er erklärte, es bestehe kein Zweifel mehr an der Schuld des Mannes, den sie in Gewahrsam hätten. In hemmungsloser Verzerrung der Tatsachen sagte Smolin, forensische Analysen in Washington wie in Moskau hätten den eindeutigen Beweis erbracht, daß die Proben von der Kleidung des Verdächtigen von den Opfern stammten. Des weiteren war die Mordwaffe sichergestellt worden, ein einschneidiges Messer, das der Mann zum Zeitpunkt seiner Festnahme in einer selbstgemachten Scheide bei sich gehabt hatte. Wie ein Zauberer, der seinen Lieblingstrick vorführte, zog Smolin das Messer unvermittelt aus der Innentasche seines Sakkos und hielt es hoch: Dies zog einen erneuten Ansturm von Blitzlichtern und Aufforderungen nach sich, Smolin solle es für die verschiedenen Kamerastandpunkte auf alle möglichen Arten halten. Cowley sah stirnrunzelnd Danilow an, der mit den Achseln zuckte. Er hatte gedacht, das Messer wäre noch im forensischen Labor. Dort hätte es zumindest sein sollen.

Wieder trat ein Moment überraschten Schweigens ein, als Smolin aufhörte zu sprechen, aber diesmal war es verständlicher, weil der Generalstaatsanwalt die Identität des Verdächtigen nicht preisgegeben hatte. Sowohl in Russisch wie in Englisch wurden aus verschiedenen Teilen des Saals Fragen nach dem Namen des Täters laut. Smolin erklärte, bislang sei man noch zu keiner Entscheidung gelangt, ob man die Identität des Mannes öffentlich bekanntgeben solle. Er habe eine lange Vorgeschichte von Geistesstörungen und habe schon früher zwei Angriffe gegen Frauen verübt, für die er jeweils längere Zeit in eine psychiatrische Klinik eingeliefert worden sei. In einer solchen Klinik befinde er sich auch jetzt. Der Psychiater, der ihn dort behandle, habe erklärt, der Mann sei außerstande zu begreifen, wessen er angeklagt werde: Im Moment und in absehbarer Zukunft sei es unmöglich, ihn vor Gericht zu stellen. Das Unterbleiben einer förmlichen Anklageerhebung und einer dank der erdrückenden Beweislage unausweichlichen Verurteilung sei gewiß bedauerlich, aber unter diesen Umständen leider unvermeidlich. Und aufgrund dieser Umstände sei es auch falsch, einen Namen zu nennen. Auf wiederholtes Drängen hin verriet Smolin, daß der Mann neunundzwanzig Jahre alt war, als Hilfsarbeiter arbeitete – wo, sagte er allerdings nicht – und unverheiratet war. Er lebte bei seiner Mutter.

In Einhaltung des chronologischen Ablaufs stellte der Generalstaatsanwalt Kosow vor, der seine Sache besser machte, als Danilow angesichts seiner Befürchtungen im Vorzimmer gedacht hatte. Kosow erklärte, die Festnahme sei das Ergebnis gründlicher, solider Polizeiarbeit, die von dem Augenblick an geleistet worden sei, sobald an seine Milizstation die Aufforderung ergangen sei, in dem Gebiet, in dem sich alle Morde ereignet hatten, auf verdächtige Personen oder Vorgänge zu achten. Als der Verdächtige von einem Streifenpolizisten zur Rede gestellt worden sei, habe er versucht, sich erst zu verstecken und dann wegzulaufen. Dabei sei es zu einem kurzen Handgemenge gekommen, aber der Mann habe sich seiner Festnahme nicht wirklich zu entziehen versucht, obwohl er extrem – wenn nicht sogar unnatürlich – stark sei, wie er persönlich bestätigen könne. Diese Bemerkung löste genau die Neugier aus, die Kosow damit beabsichtigt hatte, und er ließ sich die Einzelheiten des Handgemenges in der Arrestzelle aus der Nase ziehen.

Danilow war diese Prahlerei zuwider, auch wenn es ihm kaum gelang, sie zu minimieren, als Kosow ihn als den anderen an der Rauferei Beteiligten nannte und plötzlich er zum Gegenstand der Fragen wurde. Danilow war gezwungen zuzugeben, sie seien nur zu zweit imstande gewesen, den namentlich nicht genannten Jeschow zu überwältigen.

Der Schwerpunkt der Konferenz verlagerte sich erneut, als die Fragen abwechselnd von Danilow und Cowley beantwortet wurden. Sie berichteten von den Knöpfen, die Jeschow bei sich gehabt hatte, und daß weitere unter den Bodenbrettern seines Schlafzimmers versteckt gewesen waren. Danilow modifizierte die früheren Übertreibungen des Generalstaatsanwalts ein wenig, indem er es Cowley überließ, die Pyrolyse- und Gaschromatographie-Techniken zu erklären, mit denen die Zusammengehörigkeit der Knöpfe nachgewiesen worden war, und wie mit Hilfe einer Desoxyribonukleinsäureanalyse festgestellt worden war, daß die Haarproben an der Kleidung des Verdächtigen von den Mordopfern stammten. Auf eine Frage des Mannes, der bei der ersten Pressekonferenz die Verunstaltung Ann Harris' zur Sprache gebracht hatte und von dem Danilow inzwischen wußte, daß er Erickson hieß und Reporter der *New York Times* war, bestätigte Cowley, solche DNS-Analysen gälten rechtlich und wissenschaftlich als unfehlbar.

Nach Beendigung der eigentlichen Pressekonferenz gaben Danilow und Cowley jeder der drei großen amerikanischen Fernsehanstalten jeweils ein Interview, um sich anschließend britischen, französischen und deutschen Sendern für ein gemeinsames Interview zur Verfügung zu stellen. Der britische Journalist fragte, ob es in ihrem Arbeitsverhältnis zu Spannungen gekommen sei. Sowohl Danilow als auch Cowley erklärte, dem sei nicht so gewesen, in keiner Phase des Ermittlungsverfahrens.

Später, im Vorzimmer, erklärte Nikolai Smolin, der Vormittag sei ein uneingeschränkter Erfolg gewesen. Nachdem er das Interview im britischen Fernsehen gehört hatte, fügte der Generalstaatsanwalt hinzu, die ganze Angelegenheit habe gezeigt, daß gemeinsame Ermittlungsverfahren möglich seien und man sich das in Zukunft immer vor Augen halten solle. Der amerikanische Botschafter versprach, dies nach Washington weiterzuleiten. Umgekehrt wies er darauf hin, daß vom Außenminister ein persönlicher Dankesbrief für die uneingeschränkte Kooperation seitens des Gastgeberlandes unterwegs sei. Auch Senator Burden wolle sich schriftlich erkenntlich zeigen, habe aber darum gebeten, seine Dankbarkeit schon im voraus mündlich zum Ausdruck zu bringen.

Kosow paßte einen Moment ab, in dem Danilow kurz abseits von allen anderen stand. »Es *lief* doch gut, oder nicht?«

»Ich fand schon.«

»Ich fand es einfacher, als ich dachte.«

»Du hast eine gute Figur gemacht«, lobte Danilow und wartete.

Kosow vergewisserte sich, daß sie immer noch unter sich waren. »Sind dir schon Namen irgendwelcher Syndikate zu Ohren gekommen?«

»Nein.«

»Du denkst aber daran, mir gegebenenfalls Bescheid zu sagen?«

»Sicher.«
»Hast du mit Agajans gesprochen?«
»Nein.«
»Ich kann mir vorstellen, er fühlt sich jetzt nicht mehr solchem Druck ausgesetzt.«
»Das freut mich«, sagte Danilow. Er würde bald wieder im Leninskij Prospekt vorbeischauen. Aber nicht, um sich ein Geschenk abzuholen. Er würde darauf bestehen, den Preis, den Agajans ihm nannte, für das zu zahlen, was er wollte. Er vermutete allerdings, Agajans würde Dollar wollen, keine Rubel.

Danilow fuhr mit dem von einem Chauffeur gefahrenen General in die Petrowka zurück. Lapinsk sagte: »Für meine Amtszeit ist das ein sehr erfolgreicher Abschluß.«

»Ich bin froh, daß es so gut ausgegangen ist.«
»Ich habe nur noch fünfzehn Monate.«
»Hoffentlich verlaufen sie ruhig.«
»Bevor Sie heute morgen eingetroffen sind, habe ich mit Smolin über meinen Nachfolger gesprochen.«

Danilow sah zu seinem Vorgesetzten hinüber und begann sich plötzlich stärker auf das Gespräch zu konzentrieren. »Wen haben Sie dafür ins Auge gefaßt?«

Lapinsk lächelte. »Die endgültige Entscheidung steht noch aus. Aber Sie haben auf eine ganze Reihe von Leuten einen sehr guten Eindruck gemacht, Dimitri Iwanowitsch. Ich persönlich habe überhaupt keine Zweifel, wer es wird. Darum schon im voraus herzlichen Glückwunsch.«

Danilow sagte: »Das freut mich sehr«, und wünschte, es entspräche mehr der Wahrheit.

Danilow war etwa eine Stunde in seinem Büro, als das praktische Direktwahltelefon läutete. Larissa sagte: »Du hast sehr gut ausgesehen im Fernsehen. Sogar noch besser als letztes Mal.« Sie hörte sich bedrückt an.

»Ich fand, Jewgenij hat eine gute Figur gemacht.«
Sie ignorierte die Bemerkung. »Ich wußte gar nicht, daß ihr tatsächlich mit dem Mörder gekämpft habt.«
Verurteilt ohne die Formalität eines Prozesses, dachte Da-

nilow: Er war froh, daß Jeschows Name nicht gefallen war. »In Wirklichkeit war es ganz anders, als es sich angehört hat.«

»Olga hat es mit mir angesehen. Sie schien überrascht, daß du ihr nichts davon erzählt hast.«

»Sie hat mir erzählt, daß sie zu dir gehen würde.«

»Sie hat mich gefragt, ganz direkt.«

In Danilow regte sich Unbehagen. »Was hast du gesagt?«

»Ich wollte ihr sagen, daß es stimmt. Und daß ich dich liebe. Aber ich hab's nicht getan. Ich habe ihr gesagt, das wäre alles Unsinn.«

»Hat sie dir geglaubt?«

»Keine Ahnung. Du fehlst mir.«

Danilow nahm an, daß Larissa ihm auch fehlte. »So ist es aber das beste.«

»Das finde ich nicht.«

Danilow erwiderte nichts.

»Bist du noch dran?«

»Ja.«

»Ich habe schon ein paarmal versucht, dich zu erreichen.«

»Ich war kaum in meinem Büro.«

»Es tut mir leid, wie ich mich neulich benommen habe.«

»Ist doch nicht so tragisch.«

»Wenn ich nicht so gewesen wäre, hätte Olga keinen Verdacht geschöpft.«

Danilow vermutete, sie hatte recht. »Dafür ist es jetzt zu spät.«

»Ich möchte aber nicht, daß es zu spät ist. Daß Schluß ist.«

»Wir haben doch beide beschlossen, daß Schluß sein muß.«

»Ich habe gar nichts beschlossen. Nur du. Komm doch ins Hotel. Nur reden.«

»Das hat doch keinen … das würde nichts bringen.«

»Ich verspreche dir, ich werde mich nicht mehr so aufführen wie letztes Mal.«

»Nein.« Er durfte nicht nachgeben. So gern er es auch getan hätte, er durfte nicht nachgeben.

»Und ich werde dir auch nicht in den Ohren liegen, daß

du Olga verlassen sollst und daß ich Jewgenij verlasse. Ich werde keine Forderungen stellen. Wir können uns einfach immer nur dann treffen, wenn du willst.«

Er wollte nicht, daß sie so redete; sich auf die Knie warf. Das war nicht Larissa. »Es gibt noch eine Menge zu tun. Aufräumarbeiten.«

»Ich sagte doch, wenn du willst.«

»Vielleicht können wir ja telefonieren? Wir könnten uns am Telefon unterhalten.«

»Ich meine, was ich gesagt habe. Daß ich dich liebe. Das tue ich wirklich.«

Danilow weigerte sich, die Antwort zu geben, die sie hören wollte. »Ich rufe dich an«, wiederholte er.

»Es wird nicht schwierig, nicht wieder.«

Es würde schwierig werden, wenn er es zuließ, entschied Danilow und legte auf. Er glaubte jetzt zu wissen, woher dieses unverarbeitete Gefühl der Enttäuschung kam. Das Telefon schrillte wieder durch das Büro und unterband jede weitere Überlegung.

Cowley sagte: »Über Nacht ist der ganze forensische Kram angekommen.«

»Vielleicht sollten wir dann gleich heute alles zusammenstellen«, schlug Danilow vor. Vielleicht schaffte er es sogar rechtzeitig, um es dem Generalstaatsanwalt vorzulegen, obwohl kaum Grund zur Eile bestand.

»Das dachte ich auch«, sagte Cowley. Er konnte sich nicht vorstellen, daß er noch länger als ein paar Tage in Moskau bleiben müßte: Es gab nichts mehr zu tun. Er fragte sich, ob Pauline eine Einladung zu einem gemeinsamen Abendessen annehmen würde, bevor er abreiste.

39

Zusammen mit dem ausführlichen forensischen Befund waren sämtliche Kleidungsstücke Petr Jeschows eingetroffen, die in Amerika untersucht worden waren, und das hieß,

Cowley mußte zwei koffergroße Container in die Petrowka schaffen, wo alle Beweismittel zusammengetragen und registriert worden waren. In der Annahme, er wolle zum Flughafen, lieferten sich auf sein Marlboro-Signal hin zwei Taxis ein Wettrennen zu seinem Standort vor der Botschaft. In der Petrowka half ihm Pawin, die Container in den Beweismittelraum hochzutragen, um die jeweiligen Untersuchungsergebnisse zu vergleichen und schließlich so zusammenzustellen, wie sie für einen Prozeß zusammengestellt worden wären. Nachdem der mühsame Teil ihrer Aufgabe vorüber war, waren alle drei sichtlich gelöst.

»Wir müssen dem Generalstaatsanwalt eine ordnungsgemäße Vorlage unterbreiten«, verkündete Danilow in Wiederholung der Anweisungen, die er diesen Morgen bei seiner Einsatzbesprechung mit Lapinsk erhalten hatte. »Sie werden das Verfahren so weit fortführen, wie es ihnen möglich ist.« Er lächelte. »Die Welt muß die wahre russische Rechtsprechung in Aktion sehen«, fügte er hinzu, ohne aus seiner Meinung ein Hehl zu machen. »Wir werden die Stalin-Schuldgefühle nie ablegen.«

»Wir hätten es unter diesen Umständen wahrscheinlich genauso gemacht«, gab Cowley zu und stieg auf den Zynismus ein. »Jeder schlägt gern Kapital aus einem Erfolg.«

»Möglicherweise kommt es zu einer offenen Aussage vor einem Richter. Das Problem ist, daß dabei Jeschows Name bekanntgegeben werden müßte. Aber das möchte der Generalstaatsanwalt möglichst vermeiden.«

»Völlig zu Recht, finde ich«, sagte Cowley. Er müßte dann nicht mehr wegen einer formellen Vorlage oder einer späteren Aussage vor Gericht hierbleiben. Falls seine Anwesenheit für erforderlich erachtet würde, konnte er jederzeit nach Moskau zurückfliegen. Er fragte sich, ob Pauline dann noch hier wäre.

Zuerst nahmen sie sich die russischen Untersuchungsergebnisse vor. Danilow las sie laut vor, Cowley folgte ihnen auf seiner Kopie. Die Kleiderabteilung hatte für eine Analyse von russischer Seite ein Jackett, zwei Hosen, einen Overall, drei Hemden, zwei Satz Unterwäsche, ein Paar Arbeitsstiefel, ein sehr stark abgetragenes Paar Turnschuhe und das Messer zurückgeschickt.

Von den Kleidungsstücken waren verschiedene Haare entfernt worden. Sie waren mit bloßem Auge und mikroskopisch mit Haarproben verglichen worden, die man von allen Opfern genommen hatte, wobei nur in einem Fall, bei einem auf dem Jackett entdeckten blonden Haar, eine mögliche Ähnlichkeit bestand, und zwar mit dem blonden Haar Nadja Rewins. Die Gutachter weigerten sich, von einer zweifelsfreien Übereinstimmung zu sprechen. Aus der Unterwäsche waren winzige Blutspuren geborgen worden, beide Blutgruppe B, Rhesus positiv, was Jeschows Blutgruppe war. Keinerlei Proben von den Arbeitsstiefeln hatten mit irgendwelchem Staub oder Schmutz von einem der Tatorte übereingestimmt: Obwohl zum Zeitpunkt von Nadja Rewins Ermordung der Boden gefroren gewesen sein dürfte, hatte man der Erde rings um ihre Garage besondere Aufmerksamkeit geschenkt. Das Messer war einschneidig, siebenundzwanzig Zentimeter lang, an seiner breitesten Stelle fünf Zentimeter breit und an seiner stumpfen Kante fünf Millimeter dick. Es war ein sehr gebräuchlicher Typ von Arbeits- oder Küchenmesser. Die Breite und Dicke konnten als übereinstimmend mit den Abmessungen der Stichwunde bezeichnet werden. Keiner der tödlichen Messerstiche wies die gleiche Tiefe auf, aber die Verschmälerung der Wunde, je tiefer sie ins Körperinnere vordrang, konnte ebenfalls mit dem spitz zulaufenden vorderen Teil der Klinge übereinstimmen. Auf dem Messer waren keine Blutspuren gewesen, aber Rückstände von Zitronensäure, die wahrscheinlich vom Schneiden von Früchten stammten. Die selbstgemachte Scheide war aufgetrennt worden, um die Innenseite untersuchen zu können. Auf dem Leder waren vier Blutablagerungen entdeckt worden. Wie sich herausstellte, stammten sie alle von Tierblut. Des weiteren wies es Zitronensäurespuren auf, außerdem etwas Molke, die von Ziegenkäse stammte, sowie winzige Nagel- und Hautpartikel Jeschows, vermutlich vom Nägelschneiden.

Danilow sah vom Ordner auf. »Und das Messer selbst?«

»Übereinstimmend mit«, modifizierte Cowley. »Das ist nicht zwingend. Würden Sie damit vor Gericht gehen?«

»Das muß der Generalstaatsanwalt entscheiden«, rief ihm Danilow, teils ausweichend, in Erinnerung. »Alles in allem würde ich sagen, wahrscheinlich ja. Aber zum Glück haben Sie noch mehr.«

Sie wiederholten das Vergleichsverfahren mit vertauschten Rollen. Cowley las vor, Danilow überprüfte es. Alles, was aus Washington kam, war sowohl in Russisch als auch in Englisch beigelegt. Cowley bewunderte die Rücksichtnahme.

In Amerika hatte man neben der gefütterten Steppjacke, die Jeschow bei seiner Festnahme getragen hatte, ein Jackett, ein Wams, zwei Hosen, drei Hemden, einen Satz Unterwäsche und ein Paar Schuhe untersucht. Und die Knöpfe, die Jeschow bei sich hatte, sowie die, die später in dem Versteck in seinem Schlafzimmer gefunden worden waren.

Der Blutfleck auf der Steppjacke hatte die Blutgruppe B, Rhesus positiv, und stammte, wie sich bei einer DNS-Analyse herausstellte, von Jeschow selbst. Aus der linken Tasche der Jacke waren vier einzelne Haare geborgen worden, zwei davon tief in einer Falte des Futters verborgen. Eines davon stammte, wie die DNS-Analyse ergab, zweifelsfrei von Wladimir Suslew. Die anderen drei kamen, ebenso eindeutig, von Ann Harris. Aus der rechten Tasche waren sechs einzelne Haare geholt worden, drei davon wieder tief in einer Falte des Futters verborgen. Eines ließ sich nicht identifizieren. Eines war von Lydia Orlenko. Vier stammten vermutlich von Nadja Rewin. Drei weitere Haare von Ann Harris wurden in der linken Tasche einer der zwei Hosen gefunden. Ein Haar Lydia Orlenkos hatte sich im Aufschlag des linken Ärmels des Wamses befunden.

Beim Pyrolyseverfahren waren die Knöpfe auf 770 Grad C erhitzt worden, um sie in einen gasförmigen Zustand umzuwandeln und dieses Gas durch einen chromatographischen Massespektrometer zu schicken. Zu diesem Zweck hatten vier der Proben unter wissenschaftlichen Untersuchungsbedingungen zerstört werden müssen. Einer der Knöpfe war zweifelsfrei Teil eines Satzes von sechs grüngefärbten Knöpfen an dem Hemd gewesen, das Ann Harris in der Nacht ihres Todes getragen hatte. Fünf Knöpfe wurden mit einem Foyier Transformer Infrarot-Spektrometer analysiert: Zwei kamen fraglos vom selben Hemd und waren die restlichen Knöpfe des abgeschnittenen grünen Satzes. In den Löchern zweier anderer, einer blau, einer braun, befanden sich Fasern des Baumwollfadens, mit dem identische Knöpfe an dem Mantel befestigt gewesen waren, den Lydia Orlenko zum Zeitpunkt ihres Überfalls getragen hatte, beziehungsweise an der modischen Jacke, die Nadja Rewin auf dem Heimweg vom Hotel Metropol angehabt hatte.

Cowley hielt in seiner Aufzählung der wissenschaftlichen Untersuchungsergebnisse inne und blickte kurz auf. »Bei drei auf Nylonbasis hergestellten Knöpfen und einem aus Polyester war ein Vergleich nicht möglich. Ebensowenig bei den dreien ...« Cowley stockte und hob stirnrunzelnd den Kopf, um den verblüfften Blicken Danilows und Pawins zu begegnen. »... Ebensowenig bei den dreien, die aus Knochen hergestellt waren, einem Material, das sich nicht für die genannten Verfahren eignet«, zwang er sich, holpernd zu Ende zu lesen.

Im Raum herrschte mehrere Augenblicke lang vollkommene Stille. Dann erklärte Pawin unsicher. »Das Register ist aber nicht falsch.«

»Versuchen wir es noch mal«, schlug Danilow vor.

Das taten sie. Mit dem gleichen Ergebnis.

»Das verstehe ich nicht«, bemerkte Pawin, der für seine Akkuratesse bekannt war.

»Eine Erklärungsmöglichkeit fiele mir schon ein«, meinte Danilow.

»Das ist undenkbar!« platzte Cowley heraus.

»Fällt Ihnen denn noch eine andere ein?«

Noch einmal längeres Schweigen. Und dann: »Nein.«

Das Moskauer Büro der *New York Times* befindet sich etwa eine Meile von der amerikanischen Botschaft entfernt in der Uliza Sadowo Samotetschnaja, weshalb es für sie beide keinen großen Aufwand bedeutete, dort Halt zu machen, als sie Cowley in die amerikanische Botschaft zurückfuhren. Der Besuch dauerte nur wenige Minuten. Danach vereinbarten sie, sich am selben Abend noch einmal zu treffen. Bis dahin hätten sie beide Anweisungen für ihr weiteres Vorgehen erhalten. Danilow machte kein Hehl daraus, daß er noch einmal in die Lubjanka mußte.

Nachdem es so viel nach Washington zu übertragen – und auf einer abhörsicheren Leitung auch zu besprechen – gab, wollte sich Cowley gerade daran machen, ins FBI-Büro zurückzukehren. Aber fast im selben Augenblick hielt er wieder inne und überlegte es sich anders. Es war nur ein kleiner Umweg. Pauline lächelte ihm neugierig entgegen, als sie öffnete.

»Barry hat mich doch gebeten, ab und zu nachzusehen, ob bei dir alles in Ordnung ist, weißt du noch?« sagte Cowley.

Wie beim erstenmal war die Einwilligung, sich zu treffen, sofort erfolgt, aber diesmal betrat Danilow das Büro Kir Kugins selbstsicherer.

Danilow kam sofort zur Sache. »Ich weiß, daß Sie mich benutzt haben. Herzlichen Glückwunsch. Es hat bestens funktioniert.«

Gugin schüttelte den Kopf. »Ich verstehe leider nicht ganz, was Sie meinen.«

Danilow machte das Getue ungeduldig. »Ich möchte, daß Sie mich noch einmal benutzen. Da war noch mehr, stimmt's? Sie waren noch nicht fertig.«

Der Oberst, dessen geplantes Störmanöver durch Petr Jeschows Festnahme vereitelt worden war und der nun eine Möglichkeit suchte, die Scharte auszuwetzen, lächelte wachsam. »Warum reden wir nicht einfach darüber?«

»Warum geben Sie mir nicht einfach, was ich will?«

Das Ergebnis wäre genau das, was er wollte, dachte Gugin. Nachdem er die erste Manipulation durchschaut hatte, verdiente der andere Mann die Unabhängigkeit, so ärgerlich sie auch sein mochte. »Warum nicht?« pflichtete er ihm bei.

40

Infolge einer dieser bürokratischen Entscheidungen, die jeder Logik entbehrten außer der, Geld zu sparen, war für Barry Andrews wieder in dem Hotel auf der anderen Seite des Flusses in Pentagon City ein Zimmer gebucht worden. Wenn er in den Stoßverkehr geriet, wie das diesen Morgen der Fall war, brauchte er für die Fahrt ins FBI-Hauptquartier fast eine Stunde. Alles in allem war Andrews verärgert, richtig sauer über diese Gedankenlosigkeit. Das hatte er nicht verdient; wurde er in seiner Personalakte nicht als außerordentlicher Mitarbeiter bezeichnet? Jede Wette, daß Cowley nie irgendwo am Arsch der Welt untergebracht worden war, obwohl er es weiß Gott mehr verdient gehabt hätte. Andrews spürte, wie die Wut in ihm hochstieg, und versuchte zu verhindern, daß sie stärker wurde. Es wäre dumm gewesen, die Beherrschung zu verlieren. Er war zeitig losgefahren, so daß es nichts ausmachte, daß er im Stau stand. Er käme immer noch früh genug an: früh genug, um zu frühstücken, weil er sich weigerte, in diesem Drecksloch in Pentagon City etwas zu essen. Dabei hätte er Zeit, um sich wieder zu beruhigen. Denn genau das mußte er tun. Sich beruhigen. Ruhig bleiben, ruhig und gefaßt. Heute war sein großer Tag. Die Belohnung für die Moskauer Strafkolonie. Heute würde ihm endgültig sein neuer Aufgabenbereich in der russischen Abteilung zugewiesen. Und das vor Cowleys Rückkehr. Wenn solche Entscheidungen ohne ihn getroffen wurden, zeigte das nur wieder mal, wie wenig der Kerl in seiner eigenen Abteilung zu sagen hatte.

Der Stau löste sich auf, und Andrews konnte nun langsam über die 14th Street Bridge fahren. Abgesehen von seinem Hotel war er allerdings seit seiner Rückkehr ziemlich gut behandelt worden. Das Begrüßungsschreiben vom Direktor persönlich erhielt vermutlich jeder, der eine Stelle im Hauptquartier antrat, aber es war trotzdem eine schöne Geste gewesen – die er auch verdient hatte. Und die anderen Typen in der Abteilung waren stinkfreundlich gewesen, gleich am ersten Abend ein paar Bier nach Dienstschluß, immer jemand, der vorschlug, mittagessen zu gehen, Hilfsangebote von allen Seiten, wenn er was brauchte. Wahrscheinlich war er ihnen als jemand hingestellt worden, der noch weitere Aufstiegschancen hatte, vermutete Andrews: reine Arschkriecherei. War ihm aber egal. War trotzdem gut.

Natürlich würde auch er sich entsprechend verhalten: ein paar Probleme erfinden, damit niemand dachte, er wäre zu clever, bräuchte von niemandem Hilfe. Die er tatsächlich nicht brauchte. Trotzdem war es ratsam, sich einzufügen: sich einzufügen und zu sehen, aus welcher Richtung der Wind wehte. Selbst das beschissene Hotel würde ihm nicht mehr lange die Freude vergällen. Er hatte der Hausverwaltung ordentlich Dampf gemacht, worauf man ihm zugesichert hatte, er könne bis zum Wochenende in Bethesda einziehen. Gerade rechtzeitig zu Paulines Ankunft. Mußte noch mal alles mit ihr durchgehen, wie er es haben wollte. In Moskau war sie nicht richtig bei der Sache gewesen. Die Ablenkung durch Cowley, nahm er an. Alle waren sie durch William John Cowley abgelenkt worden, den gebesserten Trinker, den gebesserten Alles, Herrn Saubermann persönlich. Wäre ihm der Kerl mit dem Bart und dieser Nummer, fünftausend Hungernde zu speisen, nicht zuvorgekommen, hätte Cowley glatt eine neue Religion gründen können.

Der Verkehr war nicht mehr so stark, als er von der Brücke kam, und Andrews ließ sich entspannt in den Sitz zurücksinken. Er hatte nicht gemerkt, wie er sich vor Anspannung nach vorn gebeugt hatte. Es würde interessant werden, wenn Pauline zurückkam: beobachten, zuhören, die sicher vorhandenen Hinweise aufgreifen, was sie in Moskau hinter seinem Rücken angestellt hatten. Das würde das beste werden, gleich am Anfang. Das erste Spiel. Das Pflegen der aufgefrischten Freundschaft: sie die ganze Zeit zusammenzubringen, wobei jeder von ihnen die ganze Zeit wußte – weil sie es *immer* vor Augen haben mußten –, daß sie ihm gehörte. Daß er gewonnen hatte. Sie war ein Miststück, entschied er plötzlich. Hatte ihn nicht verdient. Aber egal.

Andrews stellte den Wagen auf dem Parkplatz in der 12th Street ab und legte die letzten paar hundert Meter zu Fuß zurück, voller Bewunderung für das gedrungene rote Gebäude, auf das er zuging. War es tatsächlich von Hoover persönlich mit Maschinengewehrstellungen an den Ecken entworfen worden, um einen kommunistischen Aufstand niederschlagen zu können? Witziges Detail. Mußte er unbedingt rausfinden. Gäbe eine gute Story für Cocktailparties ab, wenn sie wahr war. Er rechnete mit einer Menge Parties.

Als er aus dem strahlendhellen Frühlingsmorgen in das dunklere Foyer trat, sah Andrews den persönlichen Assistenten, der ihm den Brief des Direktors ausgehändigt hatte, nicht sofort. Er hatte fast die Sicherheitssperre erreicht und bereits seinen Ausweis in der Hand, als Fletcher, der sonst keine Miene verzog, lächelnd auf ihn zukam.

»Heute ist der Tag Ihrer offiziellen Ernennung«, verkündete Fletcher. »Ich soll Sie nach oben bringen.«

Andrews erwiderte sein Lächeln und begann neben ihm herzugehen. »Irgendwas Neues aus Moskau?«

»Der Fall steht kurz vor dem endgültigen Abschluß«, sagte der Mann.

Auf dem Weg nach oben, die einzelnen Stockwerke hinauf und an weiteren Kontrollstellen vorbei, sagte Andrews, er sei froh, wieder in Amerika zu sein (›obwohl Moskau ein tolles Betätigungsfeld war, damit wir uns da nicht falsch verstehen‹), auch wenn der Verkehr hier eine Katastrophe sei, aber dafür sei das Wetter ein Traum, und er werde sich vielleicht ein kleines Boot zulegen, entweder auf dem Potomac oder oben in Chesapeake.

»Klingt nicht schlecht«, pflichtete ihm Fletcher bei und trat an der Tür eines anonymen, nicht weiter gekennzeichneten Raumes zurück, damit Andrews eintreten konnte.

Was dieser tat. Um fassungslos, wie versteinert, stehenzubleiben.

Der Raum war groß, aber sehr karg eingerichtet, nur mit mehreren geschlossenen Metallschränken auf einer Seite und einem Tisch, der den Raum in zwei, allerdings nicht gleich große Hälften teilte.

An dem Tisch saß William Cowley. Und Dimitri Danilow neben ihm.

Im ersten Moment war Andrews sprachlos. »Bill ...! Was in drei Teufels Namen ...?«

»Wir warten auf dich, Barry. Komm rein.«

Sie warteten auf ihn? Warum zum Teufel warteten sie auf ihn? Abrupt wurde er auf andere Dinge im Raum aufmerksam. Da war ein Tisch auf der Seite, mit einem Stenographen und einem Aufnahmegerät, dessen rotes Licht anzeigte, daß es bereits lief. Und andere Männer. Beim Eintreten hatte er sie nicht gesehen, aber jetzt wurde er sich ihrer Anwesenheit bewußt. Fünf, alle im hinteren Teil aufgereiht. »Das verstehe ich nicht ... ich meine, was ...«

»Wir wissen, daß du es getan hast, Barry. Alle vier. Ich möchte, daß du mir davon erzählst. Alles. Jetzt, da wir es wissen, wirst du das doch tun, oder nicht?« Cowley hoffte, es würde kein langes Verhör werden. Meadows, der Psychologe in Quantico, hatte die Vermutung geäußert, es würde nicht lange dauern, hatte dann aber zugegeben, sicher sei er sich nicht.

»Bill! Ich weiß wirklich nicht, wovon du eigentlich redest! Drück dich bitte ein wenig klarer aus! Was soll das Ganze?«

Es würde also doch nicht einfach werden. Setzen Sie ihm kräftig zu, hatte Meadows ihm geraten. »Du hast dich verzählt. Verrechnet auch. Aber wenn du dich nicht verzählt – und die Farben vergessen hättest –, wärst du vielleicht davongekommen. Es sind immer solche lächerlichen Lappalien, nicht?«

Was wollte dieses Arschloch eigentlich? Wußte Cowley nicht, daß er vorsichtig sein mußte. Daß er schon sehr bald die Leitung der Abteilung übernehmen und ihn hier genauso ablösen würde, wie er ihn auch sonst überall abgelöst hatte, sogar im Bett? »Drück dich bitte etwas klarer aus, Bill! Herrgott noch mal!«

»Du weißt es. *Wir* wissen es. Wir möchten es nur noch von dir hören.«

»Bill!« rief Andrews aus. Zu laut: Er hätte nicht so laut sprechen dürfen, so, als hätte er etwas zu befürchten. Er hatte nichts zu befürchten.

»Die Knöpfe.« Jetzt schaltete sich auch Danilow in das

Verhör ein. Unabhängig von allem, was später passieren würde, hatten sie sich darauf geeinigt, daß die Bandaufzeichnung eine gemeinsame Vernehmung dokumentieren sollte. »Als Jeschow festgenommen wurde, hatte er zwei Knöpfe einstecken. Und in der Wohnung waren zehn weitere. Das sind insgesamt zwölf. Weil Amerika über bessere technische Mittel verfügt, wurden Sie alle hierhergeschickt. Von Ihnen. Aber zurückbekommen haben wir fünfzehn. Fünfzehn, von denen neun von den ermordeten oder überfallenen Frauen kamen.«

Was bildeten sich diese Kerle überhaupt ein? Dachten sie, sie könnten ihn reinlegen? Diese Würstchen, *ihn* reinlegen! »Jetzt hör aber mal! Das stimmt nicht! Ich habe nur zurückgeschickt, was du mir gegeben hast, Bill. Das weißt du ganz genau. Du hast mir die Knöpfe in den Beweismitteltüten gegeben, und ich habe sie nur fürs Diplomatengepäck fertig gemacht. Genau so war es: Ich habe nur getan, wozu ich vom Direktor Anweisung erhalten hatte. Ich werde mir doch nichts aufhalsen lassen, von dem ich nicht mal weiß, was es überhaupt soll, außer daß sich irgend jemand verzählt hat.«

»So einfach ist die Sache leider nicht«, sagte Cowley, »und wir haben uns nicht verzählt.« Wie man ihm in Quantico eingeschärft hatte, versuchte er ganz ruhig zu sprechen, obwohl es ihm nicht leicht fiel. »Ich habe sie gezählt. Dimitri hat sie gezählt. Pawin hat sie gezählt. Jeder von uns hat sie gezählt. Unabhängig voneinander. Und jeder von ihnen hat sie gezählt, bevor ich sie dir ausgehändigt habe. Du hast dich verrechnet, Barry. Du hast schließlich doch noch Mist gebaut. Alles verpatzt.«

Freunde durften ihn mit dem Vornamen ansprechen. Feinde nicht. Keine Leute, die er haßte: die Person, die er am meisten haßte. Er hatte überhaupt nichts verpatzt.

»Und wir haben sie nicht nur gezählt«, schaltete sich Danilow ein. »Wir haben auch ihre Farben vermerkt. Drei rote, drei grüne, zwei blaue, ein brauner und drei aus Knochen. Kein schwarzer. Aber hier kamen zwei schwarze Knöpfe an, und einer war passenderweise – um Petr Jeschow überführen zu können – von Nadja Rewins Rock.« Zunächst war Danilow ziemlich nervös gewesen; nervös, zum erstenmal in Amerika zu sein – allein, verletzlich, ohne die leiseste Ahnung, wie er sich verhalten sollte –, und dann auch wegen des Treffens mit dem FBI-Direktor und schließlich wegen der Teilnahme an diesem Verhör, unter den kritischen Blicken so vieler Amerikaner, unter den kritischen Blicken aller, weil alles aufgezeichnet wurde, damit es später, zu Hause in Moskau, angehört und besprochen werden konnte. Aber jetzt, wo es losgegangen war, war es besser geworden. Er glaubte allerdings nicht, daß sie ein Geständnis bekommen würden, hätte sogar darauf gewettet, daß sie keines bekämen, wenn er das Geld nicht für andere Dinge gebraucht hätte.

Er würde sie einfach reden lassen, dachte Andrews. Diese Idioten aushorchen.

»Du hast mich reingelegt«, gab Cowley zu und nahm jede spätere Blamage beim Abspielen des Bandes in Kauf, um den Zusammenbruch herbeizuführen, den er wollte. »Ich habe alles übersehen, bis du dich verzählt hast. Daraufhin ging ich alles noch mal durch. Natürlich war alles völlig unzusammenhängend. Wie das eben so ist. Ich will dir einfach mal was unter die Nase reiben. Wie war das mit deinem Angriff auf Lydia Orlenko, den sie Gott sei Dank überlebt hat?«

»Das ist absolut lächerlich.« Genug! Sie waren diejenigen, die reden sollten, nicht er.

»Was ist zum Beispiel mit folgender Bemerkung von dir?« machte Cowley unerbittlich weiter und gestattete sich endlich, den Mann, der ihm die Frau weggenommen hatte, zu hassen. »›Was ist mit der Frau von gestern nacht? *Irgend etwas* muß es doch geben!‹«

Andrews schüttelte ärgerlich den Kopf. »Was soll dieser Unsinn? Das ist doch total hirnrissig.«

»Jetzt nicht mehr.« Cowley ließ nicht locker. »Es ergab keinen Sinn, jedenfalls damals nicht. Weißt du noch? Es war, als ich von Hughes' Vernehmung zurückkam, wegen des Überfalls auf Lydia Orlenko. Bloß hättest du zu diesem Zeitpunkt eigentlich noch nicht wissen können, wer das Opfer war. Woher wußtest du also, daß es eine *Frau* war? Das Opfer des ersten Überfalls war ein Mann. Es könnte also auch ein weiterer Mann gewesen sein. Außer du *wußtest*, es war eine Frau.«

Ziemlich schwaches Argument. Noch so ein lächerlicher Trick. Perry-Mason-Quatsch. Andrews seufzte schwer. »Ich weiß wirklich nicht, was das hier alles soll.«

»Wie wär's mit einem anderen Zitat?« fuhr Cowley fort. »›Wer hätte das gedacht, von der unschuldigen kleinen Pamela?‹ Was ist damit?«

Andrews stieß einen weiteren entnervten Seufzer aus. »Sag du's mir doch. Was ist damit?«

»Zu diesem Zeitpunkt hatte ich Pamela Donnellys Alibi noch mit keinem Wort erwähnt. Woher hättest du also wissen sollen, daß Pamela in die Sache verwickelt war, wenn du Hughes nicht beobachtet hättest? Und bei dieser Gelegenheit mitbekommen hättest, daß er Ann wegen Pam Donnelly den Laufpaß gegeben hatte? Und das hast du doch, oder nicht? Du hast allen hinterherspioniert, stimmt's? Und hast deine perfekten Serienmorde sorgfältig geplant: Morde, über die du alles in den FBI-Lehrgängen gelernt hattest ...?«

»... Das ist einfach zu grotesk ...«

»Ich weiß, wie es war«, fuhr Cowley fort. »Ich weiß, daß Ann dich wegen Hughes abserviert hat. Deshalb, glaube ich, hast du alles sorgfältig zu planen begonnen. Zuerst hast du Wladimir Suslew umgebracht. Du wußtest, daß er Hughes oft gefahren hatte, und konntest es beweisen. Und dann hast du Ann umgebracht und das Haar und alles andere aufgehoben, um es – wie du das am Ende getan hast – als Beweismaterial für deine Zwecke verwenden zu können und alles zu entkräften, was Hughes zu seiner Verteidigung hätte vorbringen können. Du hast alles bis ins kleinste geplant, stimmt's? Du hattest dir zum Ziel gesetzt, einen Nebenbuhler – einen besseren Liebhaber, als du es warst – und die Geliebte, die dich verachtete, zu vernichten. Und gleichzeitig wolltest du die Morde an Suslew und Ann Harris aufklären, um in allen Ehren hierher zurückkehren zu können. Muß ein gewaltiger Schock für dich gewesen sein, als ich statt deiner damit betraut wurde.«

Immer noch schwach. Immer noch widerlegbar. Cowley

stürzte sich selber ins Verderben, schaufelte sich eine immer tiefere Grube, in der er schließlich selbst begraben würde. Vor Gericht würden sie bloß lachen über diesen Quatsch. Dieses Arschloch endgültig zur Schnecke machen. *Mr. Cowley, ist es nicht so, daß mein Mandant nach Ihrer Scheidung Ihre Exfrau geheiratet hat? Ist es nicht so, daß alle diese Anschuldigungen Ihrer Eifersucht, Ihrem verrückten Rachedurst entsprungen sind? Antworten Sie, Mr. Cowley! Ich möchte eine Antwort! Würde das Gericht Mr. Cowley bitte auffordern, darauf zu antworten!* Andrews sah zum Stenographen und dem Aufnahmegerät mit dem roten Lämpchen hinüber und sagte: »Ich bin froh, daß das alles aufgezeichnet wird. Das muß es auch.«

Danilow hatte sich zu lange aus dem Wortwechsel herausgehalten. So sollte es an sich sein – so hatten sie es während des Fluges nach Washington besprochen und dann noch einmal mit dem Direktor und den Rechtsexperten des FBI –, aber er konnte es nicht erwarten, sich wieder in das Verhör einzuschalten. Als er eine Chance dafür sah, sagte der Russe: »Auch wir sind sicher, daß es aufgezeichnet werden muß.« Eine Pause. Und dann: »Mr. Schlappschwanz.«

Nicht das! O Gott, bloß das nicht! Wie er Ann gehaßt hatte, daß sie ihn ausgelacht hatte, wenn er nicht mit ihr hatte schlafen können und ihn Mr. Schlappschwanz genannt hatte. So genannt zu werden war das Schlimmste für ihn gewesen, und er hatte sie angefleht, ihn nicht so zu nennen, was nur zur Folge hatte, daß sie es erst recht sagte.

Cowley konnte sich angesichts der ausdruckslosen, völlig neutralen Reaktion nur noch mit Mühe beherrschen. Es wurde nahezu unmöglich, diesen Mann nicht anzubrüllen, ihn nicht anzuschreien, über den Tisch zu springen und ein Geständnis aus diesem Dreckskerl herauszuprügeln. Sarkasmus, hatte der Psychologe in Quantico empfohlen. Wie er ihnen auch empfohlen hatte zu warten, bis Andrews in der Erwartung, befördert zu werden, hier eintraf und statt dessen in die Mangel genommen wurde. So schwer es ihm auch fiel, sich an diese Ratschläge zu halten, sagte Cowley: »So hat sie dich doch genannt, Barry, oder nicht? Ausgelacht hat sie dich, weil du keinen hochbekommen hast? Nicht so, wie

Hughes ihn hochbekommen hat, auch wenn er reichlich pervers war. Mr. Schlappschwanz! Also wirklich, Barry, echt komisch! Richtig komisch!«

»NEIN!« Scheiße ... Scheiße! Scheiße! Scheiße! Warum hatte er überhaupt was gesagt? Reagiert? Ignorieren hätte er es sollen.

»Doch, Barry.«

Mußte sich wieder in den Griff kriegen, diesem Blödsinn ein Ende machen. Er blickte sich nach den starrgesichtigen Männern zwischen ihm und der Tür um, dann wandte er sich wieder Cowley zu. »Ich bin nicht bereit, dieses Theater noch länger mitzumachen! Hol jemanden Verantwortlichen her!«

»Mr. Schlappschwanz.« Cowley zwang sich, wieder zu lachen. »Stell dir vor, Mr. Schlappschwanz genannt zu werden!«

»Nenn mich nicht so! Das will ich nicht!« Trottel! Er hätte nichts sagen sollen. Anns Schuld. Alles ihre Schuld. Hure, dreckige, wundervolle Hure.

Es war Danilow, der auf die Seite deutete, auf den Stenographen und seine Apparate. Offensichtlich entsprechend instruiert, schien der Mann bereits auf das Zeichen gewartet zu haben, denn nun bewegte sich seine Hand zu einem der kleineren Geräte. Die abgehörten Telefongespräche, die Gugin neben so vielem anderem zur Verfügung gestellt hatte, hallten durch den Raum, wie Tonbandaufnahmen immer zu hallen scheinen.

»Hi, Mr. Schlappschwanz! Ich wollte nur mal hören, wie's dir geht. Ist ja schon ein, zwei Wochen her, daß wir das letzte Mal miteinander gesprochen haben. Geht's dir inzwischen besser, Mr. Schlappschwanz?«

»Nenn mich nicht immer so! Ich hab' dir doch gesagt, du sollst mich nicht so nennen!«

Seine Stimme! Unwiderlegbar seine Stimme. Diese Dreckskerle mit ihren neuen wissenschaftlichen Methoden konnten einen mit einem Stimmabdruck genauso überführen wie mit einem Fingerabdruck oder einer DNS-Analyse und weiß Gott was sonst noch allem! Warum taten sie ihm das an? Das war nicht fair.

»Paul hat mir gestern nacht wieder weh getan, Mr. Schlappschwanz. Und diesmal auch nicht nur meinen Titten. Er hat jetzt diesen Dildo. Benutzt ihn. Törnt dich das an, Mr. Schlappschwanz? Möchtest du ein bißchen spielen, mit dem Dildo? Meinst du, das hilft vielleicht? Irgendwas muß ja helfen, oder nicht, Mr. Schlappschwanz?«

»Du Miststück!«

Plädiere auf Unzulässigkeit. Unrechtmäßig aufgenommen und nicht einmal hier in Amerika: in Moskau, am Arsch der Welt.

»Da warst du letztes Mal aber noch anderer Meinung, Barry. Da hat es dir gefallen, wenn ich so mit dir geredet habe. Dieses unanständige Zeug. Da hat sich doch was geregt bei dir, oder etwa nicht?«

Warum war sie so gemein gewesen? So wundervoll und schön und erregend. Und so gemein.

»Laß das, Ann. Bitte, hör auf.«

»Ich finde es witzig, Barry. Außer daß du es nicht bringst. Das ist nicht witzig.«

»Es wird nicht wieder vorkommen, Ann. Ich verspreche dir, es wird nicht wieder vorkommen. Bitte!«

»Versprich mir, nie wieder Mr. Schlappschwanz zu sein! Versprich es mir!«

»Ich verspreche es dir! Ich verspreche es dir wirklich!«

Es war Danilow, der dem Mann bedeutete, das Band anzuhalten. Darauf trat ein Moment totaler Stille ein. Seltsamerweise bildete sich Danilow ein, er könnte spüren, wie sich tiefe Verlegenheit im Raum breitmachte. Aber seltsam war das nicht, entschied er. Es war absurd. Wie konnten sie verlegen sein, wenn sie ein Ungeheuer zu überführen versuchten?

»Eine Fälschung«, sagte Andrews, am Rand der Verzweiflung. »Eine Fälschung. Widerlegbar.«

»Wir haben eine Zeugin«, sagte Cowley, der inzwischen schwitzte und sich fragte, wie lange er noch so weitermachen könnte. »Weißt du noch, wie ich dir von dem Gespräch mit Judy Billington, ihrer besten Freundin, erzählt habe …«
Wie ihm der Psychiater in Quantico gesagt hatte, hielt er in-

ne. »Das muß dir doch Sorgen gemacht haben. Nicht sicher zu sein, ob etwas in den Briefen stand, an die du in der Wohnung nicht rankommen konntest ... und als sich dann noch herausstellte, daß es Tonbandaufzeichnungen gab, genau wie von Hughes ... Hat dir das kein Kopfzerbrechen bereitet ...?«

Einfach ignorieren. Nicht antworten.

»Du kannst dich doch noch erinnern, wie ich dir von Judy Billington erzählt habe, oder nicht?«

Er wollte, daß er etwas sagte. Sich selbst verriet. Nichts sagen.

»Ann *hat* ihr was erzählt, während ihres Heimaturlaubs. Sie hat ihr von jemandem in der Botschaft erzählt: jemandem, den sie Mr. Schlappschwanz nannte und der mit ihr zu schlafen versuchte, aber keinen hochbekam. Damals wußte ich nicht, wer das war. Aber jetzt weiß ich es.«

Es erforderte alles an Beherrschung, was Andrews aufbringen konnte, aber er brachte es auf. Jede Menge Indizien, aber vor Gericht nicht zulässig: Da war er ganz sicher. Sie waren jetzt in Amerika, dem Land der Freien und Geschützten. Nicht in einer Scheißgesellschaft wie Rußland, wo alles so hingedreht werden konnte, wie man es haben wollte. Sie brauchten eine formelle Anklage, und sie brauchten formelle, rechtlich zulässige Beweise, und die hatten sie nicht. Er war gerissener als sie alle zusammen. War es schon immer gewesen. Ungerührt, mit fester Stimme, erklärte er: »Ich habe dir bereits gesagt, ich möchte jemanden Verantwortlichen hier haben. Jemanden, der dem ein Ende macht ...« Er wandte sich den Männern hinter ihm zu. »Das gibt ein zivilrechtliches Nachspiel, gegen jeden von Ihnen. Und ein Strafverfahren ebenfalls. Genießen Sie diesen Tag. Es wird für jeden von Ihnen der letzte hier im Hauptquartier sein. Oder sonst irgendwo. Ich weiß zwar nicht, wie Sie da reingeraten sind, aber Sie tun mir leid. Ich bemitleide Sie.«

»Wir haben eine formelle Erklärung von Judy Billington. Sie wird das mit Mr. Schlappschwanz nötigenfalls vor Gericht bezeugen.«

»Genauso wie Fred Erickson«, ergänzte Danilow. »Sie

kennen doch Fred Erickson, den Mann von der *New York Times*? Er betrachtet Sie als einen guten Kontakt. Vor allem, seit sie ihm vor der Moskauer Pressekonferenz zukommen ließen, daß Ann Harris in irgendeiner Weise entstellt worden sei, womit vermutlich ihr Haar gemeint war. Was aber damals niemand wissen konnte. Und was natürlich einschlug wie eine Bombe.«

»Warum du das getan hast, ist mir bis heute noch nicht klar«, fuhr Cowley wieder fort. »Es sei denn, du wolltest da einen Fall konstruieren, den wir nie würden lösen können. Und uns richtig dumm dastehen lassen. Oder wolltest du vor allem *mich* dumm dastehen lassen? Das denkt übrigens Dr. Meadows, der Psychiater. Er meint, du haßt mich: Daß du mir aus lauter Haß auch schon Pauline ausgespannt hast. Und dann, als ich nach Moskau geschickt wurde und dir den Fall und den Ruhm wegnahm, versuchtest du Lydia Orlenko umzubringen und *hast* Nadja Rewin umgebracht, um eine Mordserie zu inszenieren, die ich nicht lösen könnte. Und das hätte ich auch nicht gekonnt, Barry, wenn du es dabei belassen hättest. Aber das konntest du nicht, stimmt's? Du hattest die perfekten Morde und die perfekte Auflösung geplant, und du wolltest zeigen, wie Hughes hätte verurteilt werden sollen. Aber an diesem Punkt kamst du durcheinander. Weißt du, was du getan hast? Du hast dich selbst überführt! Was sagst du dazu, Barry! Perfekte Morde, perfekte Lösungen.«

Nein! Gütiger Gott nein! Tu diesen Schweinen nicht den Gefallen zu antworten. Obwohl du es gern tätest. Vorsicht. Jetzt bloß nicht die Beherrschung verlieren. Das war es doch, was sie wollten. Daß er die Beherrschung verlor. Mit irgendwas herausplatzte. Aber das würde er nicht. Er kannte alle Tricks. Wie er von den Lehrgängen in Quantico auch alles über Serienmorde wußte.

»Wir werden uns den Ring an Ihrer linken Hand beschaffen«, sagte Danilow. »Er wird genau mit den Abmessungen der blauen Flecken an Ihren Opfern übereinstimmen, glauben Sie nicht?«

Cowley schluckte den überschäumenden Abscheu, den

er für den Mann empfand, mit aller Gewalt hinunter. Er zwang sich, an das zu denken, was sie bei der Ausbildung gelernt hatten, an den unverletzlichen Grundsatz: immer objektiv bleiben, nie persönliche Gefühle ins Spiel kommen lassen. Aber wie sollte er seine persönlichen Gefühle daran hindern, ins Spiel zu kommen? »Nach deiner Abreise ging ich zu Pauline. Ich war nicht sicher, was ich überhaupt sagen sollte, obwohl ich mir bereits denken konnte, wie du Jeschow das belastende Material untergeschoben hast. Aber wir hatten damals noch nicht viele Anhaltspunkte. Nur die falsche Zahl der Knöpfe, die nur auf dein Konto gehen konnte. Pauline war beim Packen. Überall in der Wohnung standen Kartons und Zeug herum. Ich versuchte mich an irgend etwas Eigenartiges zu erinnern – etwas, das irgendwie nicht paßte –, und dann fiel mir etwas ein, was sie gesagt hatte, damals an dem Abend, als ich mit ihr in den Botschaftsclub ging, während du wegen des Versetzungsgesprächs hier in Washington warst. Wir unterhielten uns über den ersten Abend, unser gemeinsames Abendessen. Weißt du, was sie damals sagte? Sie sagte: ›Habt ihr alle Probleme der Welt gelöst? Lange genug habt ihr euch jedenfalls unterhalten.‹ Damals war mir das nicht weiter komisch vorgekommen, aber als ich jetzt bei ihr vorbeischaute, um nach irgend etwas Verdächtigem Ausschau zu halten, fragte ich sie, was sie damals eigentlich gemeint hatte. Und sie erzählte mir, daß keine fünfzehn Minuten, nachdem ich nach dem Abendessen eure Wohnung verlassen hatte, auch du noch mal weggegangen bist – mit der Begründung, du hättest was vergessen, worüber du unbedingt noch vor dem nächsten Morgen mit mir sprechen müßtest. Und du wärst erst nach zwei Stunden wieder zurückgekommen. Was das angeht, war sie sich absolut sicher. Aber du hast dich gar nicht mit mir getroffen. Du bist in die Granowskaja gegangen und hast Lydia Orlenko überfallen. Wir haben genau überprüft, ob das zeitlich möglich ist, und festgestellt, daß es sich innerhalb eines zeitlichen Rahmens von zwei Stunden problemlos erledigen läßt.«

Blöde Kuh! Egal. Ihr Wort gegen seines, keine Bestätigung. Immer noch unanfechtbar. Immer noch schlauer als sie.

»›Es war mehr oder weniger ein offenes Geheimnis, daß Ann eine Schwäche für Männer hatte, aber daß es so schlimm war, wußte ich nicht‹«, zitierte Cowley. »Was sagst du dazu?«

Andrews schüttelte unbeeindruckt den Kopf. »Irgendwann wird damit doch wohl Schluß sein.«

»Da war noch etwas, was Pauline sagte, nach der Party in der Botschaft. Auch das fiel mir erst nicht auf. Aber inzwischen schon. Wie kommt es, daß *du* mir nichts davon erzählt hast, obwohl sogar Pauline wußte, daß Ann ziemlich wild durch die Gegend gevögelt hat – daß es ein offenes Geheimnis war? Weil du nicht wolltest, daß ich in deine Richtung schaue, stimmt's? Du hast mich die ganze Zeit von dir abgelenkt.«

Ein noch schwächeres Argument. Weiter schön herablassend bleiben.

Cowley schüttelte den Kopf, teils angewidert, teils unsicher, ob er sich richtig an Dr. Meadows Rat gehalten hatte. »Ich weiß, daß du krank bist. Doppelt krank, weil wir mit mehreren Psychiatern darüber gesprochen haben und uns haben erklären lassen, wie du, verrückt wie du bist, eine andere Verrücktheit fingiert hast, um ins Bild eines Serienmörder zu passen, und absichtlich einer *wurdest* ... Erinnerst du dich noch, wie du mir erzählt hast, du hättest alle Vorträge in Quantico gehört? Ich weiß, daß du sie dir angehört hast. Wir haben nachgeprüft, daß du tatsächlich an allen Seminaren teilgenommen hast, in denen du gelernt hast, wie man es macht ...«

Der blöde Sack hatte sich nicht mehr im Griff, redete nur noch drauf los. Kein Grund zur Beunruhigung.

»Aber du hast deine Krankheit sogar noch auf die Spitze getrieben, oder nicht, Barry? Einfach unfaßbar. Selbst in Quantico haben sie noch nie von so etwas Obszönem gehört. Ich glaube nicht, daß obszön eine angemessene Beschreibung für das ist, was du getan hast, aber mir fällt keine andere ein. Und ich *will* auch gar nicht versuchen, einen treffenderen Begriff dafür zu finden.« Der Psychiater hatte ihm eingeschärft, ständig Verachtung zu zeigen, da er angenommen hatte, Andrews' Motive seien persönlicher Natur, sie beide betreffend. Aber ihm blieb nicht mehr viel, und Andrews hatte sich keine Blöße gegeben. In Anbetracht all dessen, was sie hatten, war es nicht nötig, aber Cowley *mußte* den Mann einfach in die Knie zwingen. Es war ihm scheißegal, ob der Kerl krank war, ob nun geistig oder körperlich. Inzwischen war es ganz persönlich. Wie es das vermutlich schon immer gewesen war.

Was redete Cowley da? Es konnte doch nicht das sein! Nicht das!

Cowley zwang sich weiterzusprechen. »Als ich zu Pauline ging, packte sie, wie gesagt, gerade. Ich bot ihr an zu helfen, klopfte ein bißchen auf den Busch, wollte sie auf keinen Fall argwöhnisch machen; sie sollte auf keinen Fall denken, du stündest unter Verdacht, nicht damals schon ...« Wie zum Teufel sollte er noch mehr Verachtung zeigen – noch mehr Spitzen loslassen –, als er das schon getan hatte? Er log: »Sie freute sich über meinen Besuch. Sagte, es wäre wieder wie in den alten Zeiten, mit denen du ständig ankamst, nur besser, wenn du nicht dabei wärst. Sie fand es schön.« Andrews wurde rot, trat aufgebracht von einem Bein aufs andere! Cowley fuhr fort: »Glaubst du im Ernst, sie hätte es nicht gemerkt? Jemand wie Pauline! Mein Gott, war das blöd! Das war wirklich blöd! Wie hast du sie gleich wieder genannt? Göttin der Küche!«

Andrews sah wachsam über den Tisch. Nein! Das war nicht möglich! Niemand durfte es erfahren!

»Natürlich konnte sie es sich nicht erklären. Zeigte es mir und sagte, sie würde jeden Gegenstand in ihrer Küche kennen und das Messer gehörte auf keinen Fall ihr. Es paßte nicht einmal zu einem der Sets, die sie hatte.«

»Aber zu einem Set paßte es.« Auf das vereinbarte Stichwort hin schaltete sich nun Danilow wieder ein. »Haargenau. Zu dem Set, den ich aus Ann Harris' Wohnung in der Uliza Puschkinskaja mitgenommen hatte. Auf der Klinge steht sogar der Name des Herstellers, Kuikut. Und er ist auch auf dem Messerblock, den wir ebenfalls als Beweismittel aus der Wohnung mitgenommen haben.«

»Und der Griff ist übersät mit deinen Fingerabdrücken. Du hättest die Gummihandschuhe anbehalten sollen, die Küchenhandschuhe, von denen Pauline nie hatte verstehen können, wie sie so spurlos hatten verschwinden können. Muß ziemlich lang gedauert haben, den Tabakgeruch auf sie zu bekommen; du hast dir sogar angewöhnt, Zigarren zu rauchen, um den Bezug zu Hughes herzustellen, der ein starker Raucher ist. Aber bezüglich des Messers hättest du dich besser an die Quantico-Seminare erinnern sollen: daß Serienmörder Andenken brauchen. Und dich bremsen sollen. Aber das konntest du an diesem Punkt nicht mehr, stimmt's? Du warst der Serienmörder, der du sein wolltest, *geworden*.«

Andrews lächelte. »Schlauer als du. Immer schon schlauer als du.« Er hatte sich gewünscht, daß sie es erführen. Jetzt wußten sie es. Perfekt.

Er begann zu summen.

Keinem von beiden war nach Feiern zumute – Cowley am allerwenigsten –, aber der Amerikaner beschloß, es in den wenigen Tagen, die Danilow noch in Washington blieb, nach Kräften zu versuchen, so daß sie sich am Ende beide Mühe gaben, jeder wegen des anderen.

Sie hatten im Occidental, in der Nähe des FBI-Hauptquartiers, und in zwei verschiedenen Restaurants in Georgetown gegessen, dem Stadtteil, den Danilow von allen, die sie besucht hatten, am liebsten gemocht hatte. Cowley ließ beim Secret Service seine Beziehungen spielen und schleuste den Russen schon vor dem üblichen Besichtigungsrundgang durch das Weiße Haus und wartete in einer Schlange, in der er nicht stehen wollte, um auf die Spitze des Washington Monument zu kommen. Dann kamen ein weiterer Sonderbesuch in den Kongreßgebäuden und die übliche Touristentour zum Lincoln- und zum Vietnam-Denkmal. An einem Abend sahen sie sich im Kennedy Center eine Shakespeare-Aufführung an. Cowley überlegte, ob er Pauline fragen sollte, verwarf den Gedanken aber rasch. Am letzten Tag fuhren sie noch einmal zum Essen und zum Einkaufen nach Georgetown. Cowley hatte vor, Danilow anschließend direkt zum Dulles Airport hinauszufahren.

»Am Ende ist doch noch alles gutgegangen«, sagte Danilow. Auf seinen Wunsch waren sie in einem französischen Café gleich hinter der Wisconsin Avenue. Er hatte wieder einmal die weichschaligen Krabben bestellt, die er bei den meisten Mahlzeiten gegessen hatte.

»Wir haben Jeschow in eine psychiatrische Klinik gebracht. Ihn endgültig in den Wahnsinn getrieben«, gab Cowley zu bedenken. Auch er hatte die Krabben bestellt, obwohl er keinen Hunger hatte. Wenn er Danilow ins Flugzeug gesetzt hatte, gab es noch Verschiedenes für ihn zu erledigen. Er war nicht sicher, wie es laufen würde.

»Andrews' Opfer. Genau wie alle anderen.«

»Wir waren auch nicht ganz unbeteiligt.«

»Es hat in der Geschichte des Verbrechens noch kein Ermittlungsverfahren gegeben, in dem keine Fehler gemacht wurden.«

»Trotzdem wäre es mir lieber, wenn wir diesen nicht gemacht hätten.«

»Was wurde aus Hughes?«

»Sie mußten Schluß machen: aus Sorge um *seinen* Geisteszustand. Er hat alles geleugnet. Sie sind immer noch nicht sicher, ob er sich in Widersprüche verwickelt hat, aber die Unstimmigkeiten hinsichtlich der Mordalibis müssen wohl jetzt als genau das akzeptiert werden, was sie sind: Unstimmigkeiten. Vielleicht wollte es ihm seine Frau heimzahlen. Das ist es jedenfalls, was er behauptet. Schwer zu glauben, daß sie so weit gehen würde, aber wer kann schon beurteilen, was eine Frau in ihrer Lage nicht alles tut ...?« Er zögerte, bevor er, inzwischen seiner Freundschaft mit Danilow sicher, fragte: »Glauben Sie, der KGB, oder wie sich der Verein inzwischen nennt, hat ihn geködert?«

Danilow machte eine skeptische Kopfbewegung. »Hätte er seine bisherige Stellung behalten, wäre er sicher nützlich für sie gewesen. Folglich hätten sie ihn gedeckt, wenn sie ihn schon gehabt hätten. Ich weiß es zwar nicht, aber ich würde sagen, sie haben beschlossen, einen potentiellen Mitarbeiter zu opfern, um so viel Durcheinander wie möglich zu stiften. Was ihnen ziemlich gut gelungen ist.«

»Wie ist das eigentlich mit Ihnen?« rückte Cowley mit der Sprache heraus.

»Mit mir?«

»Verschiedentlich wurde der Verdacht geäußert, daß *Sie* vom KGB sind.«

Danilow lachte. »Nein. Die Bänder waren zwar vom KGB. Aber ich nicht.«

»Und wenn doch, würden Sie es mir wohl kaum sagen.«

»Wahrscheinlich nicht. Aber ich bin es auch nicht.«

Cowley nickte, zufrieden. »Wegen der anderen Aufnahmen wird der Botschafter zurückgezogen. Und Baxter. Ann Harris war wirklich ein umtriebiges Mädchen. Das Ganze hat ziemliche Wellen geschlagen.«

»Die Tscheka wird es als eine gelungene Operation betrachten«, sagte Danilow. Er nahm an, daß er bei seinem Besuch im FBI-Hauptquartier heimlich fotografiert worden war und daß man ihm auch Fingerabdrücke abgenommen hatte. »Warum haben Sie mir nicht erzählt, daß Ihre Exfrau Andrews geheiratet hat?«

Cowley schob das kaum angerührte Essen beiseite und hob die Schultern. »Ich hielt es für unwichtig. Ohne Auswirkungen.«

»Es wurde der wichtigste Punkt überhaupt.«

»Tja, im nachhinein läßt sich immer gut reden.« Cowley zuckte mit den Achseln. »Haben Sie auch wirklich alles, was Sie wollten?«

»Ja.« Danilow nickte. Er hatte sich einen wesentlich besseren Haarschnitt verpassen lassen, als er in Moskau jemals bekommen könnte. Im Moment war überhaupt kein Grau zu sehen. Er hatte drei der Hemden gekauft, die ihm so gut gefielen, welche mit einer Nadel unter der Krawatte, und ein Parfüm für Olga. Nachdem er das Parfüm gekauft hatte, kehrte er noch einmal in die Parfümerie zurück, um auch für Larissa eine Flasche auszusuchen. Der dankbare Agajans hatte sich selbst übertroffen und Rubel gegen Dollar getauscht, genau umgekehrt, wie es sonst gehandhabt wurde. Danilow war immer noch fest entschlossen, den Fernseher und die Waschmaschine oder die Kleider, die Olga wollte, nicht anzunehmen. Er aß zu Ende und sagte: »Also, meinetwegen können wir los.«

»Ich wüßte gern, was mit Jeschow geschieht.«

»Ich halte Sie auf dem laufenden«, versprach Danilow. Plötzlich ließ ihn die Erinnerung an ein Versprechen innehalten, das sie sich vor langer Zeit an einem windigen Tatort gegeben hatten: Daß sie keine Geheimnisse mehr voreinander haben wollten. »Da sind noch verschiedene Dinge, die Ann Harris gehört haben und ihrer Familie zurückgegeben werden müssen.«

»Ja?« sagte Cowley neugierig.

»Die Briefe waren auf der Beweismittelliste nur als Korrespondenz vermerkt, nicht einzeln registriert. Eigentlich finde ich, besteht kein Anlaß, dieses ganze Gerede über Sex zurückzuschicken, was meinen Sie?«

»Nicht der geringste«, pflichtete Cowley ihm bei. »Es ist nie leicht, ganz neutral zu bleiben, hm?«

»Nie.«

41

In dem Haus in Bethesda schienen genauso viele Umzugskartons herumzustehen wie bei seinem letzten Besuch. Und Pauline ging im Zimmer herum, als sähe sie nicht, wohin sie ihren Fuß setzte. Als sie Kaffee holen ging, stieß sie draußen auf dem Gang tatsächlich gegen einen der größeren Kartons.

»Die Diagnose lautet, er ist vollkommen verrückt«, sagte Cowley. »Nicht zu behandeln, obwohl sie es natürlich versuchen werden. Müssen sie ja auch.«

Pauline nickte. Allerdings abwesend, als interessierte sie das alles nicht.

Er wollte zu der Couch gehen, auf der sie saß: sie in die

Arme nehmen und trösten. Er blieb, wo er war, auf dem einzigen Sessel. »Du bist von Rechts wegen seine nächste Verwandte. Es müssen verschiedene Dokumente unterzeichnet werden. Eine Einweisungsgenehmigung. Und eine Anhörung, vor einem Richter. Wenn du möchtest, begleite ich dich.«

Sie nickte wieder, teilnahmslos. »Aber kein Prozeß?«

»Er ist nicht prozeßfähig. Es hätte keinen Sinn.«

Pauline bewegte sich, versuchte sich zu konzentrieren. »Und was ist mit diesem armen Teufel in Moskau? Müßte er nicht rehabilitiert werden?«

Ihre Stimme war schneidend: brüchig. Cowley nahm an, man mußte ihr ein gewisses Maß an Hysterie zugestehen. »Es ist besser so. Für Jeschow wird gesorgt. Er muß nicht leiden.«

»Besser für wen? Für das Bureau! Und für Burden! Für die amerikanische Öffentlichkeit, die nie erfahren wird, daß ein FBI-Mann ein Massenmörder war!«

»Und für dich«, sagte Cowley versuchsweise. »Hast du eigentlich eine Ahnung, welchem Trubel du ausgesetzt wärst, wenn das alles publik würde?«

»Quatsch!« protestierte Pauline verbittert. »Niemand hat auch nur einen Gedanken an mich verschwendet, als diese Entscheidung gefällt wurde! Das hat alles rein politische Gründe!«

»Es ist besser so«, wiederholte Cowley. Warum sollte eigentlich er diese Maßnahme rechtfertigen?

»Bequemer«, korrigierte sie ihn.

»Na schön, dann eben bequemer.«

»Mein Gott! Wird dir dabei nicht speiübel?«

»Oft.« Cowley beobachtete, wie sie sich hilflos in dem chaotischen Wohnzimmer umsah. »Offiziell ist Barry wegen Krankheit auf Dauer beurlaubt. Sein Gehalt wird weiter gezahlt. Auch seine Pension. Was das angeht, brauchst du dir also keine Sorgen zu machen.«

»Hör auf, William! Du redest genauso, wie sie vermutlich reden.«

»Ich wohne hier, weißt du. Drüben in Arlington.«

Sie verkroch sich wieder in sich selbst, nickte nur.

»Ich würde dir gern helfen.«

»Wie?«

»Das weiß ich nicht«, gab Cowley zu. »Ich möchte nur, daß du weißt, daß ich da bin. Da sein werde, wenn du … ich bin hier. Okay?«

»Wollte er, daß es so käme?« schweifte sie plötzlich ab. »Wollte er, daß ich mit einem Messer, mit dem er Menschen getötet hatte, Essen zubereite?« Abscheu und Entsetzen ließen sie schaudern.

Das war genau das, was der Psychiater vermutet und was Andrews im Zuge der noch immer nicht beendeten Analyse gestanden hatte. Daß er es darauf angelegt hatte, Pauline möchte es dazu benutzen, ein Essen für sie drei zuzubereiten, wenn Cowley aus Moskau zurückkäme und sie ihn zum Essen einladeten. Dr. Meadows hatte es als einen vampiristischen Zug bezeichnet. Cowley sagte: »Das wird wohl nie jemand mit Sicherheit sagen können. Ich kann es mir jedenfalls nicht vorstellen.«

Sie schauderte wieder. »Ich kann einfach nicht glauben, daß wir das Bett geteilt haben, daß er mich angerührt hat, obwohl er es nicht getan hat, nicht sehr oft.«

Hör auf! dachte Cowley. Bitte hör auf.

»Hätte er mich umgebracht?«

In scheinbarer Hilflosigkeit breitete Cowley die Hände aus. »Das weiß ich nicht! Niemand kann das sagen. Auch in Zukunft nicht.« Aber das stimmte nicht. Denn in seinem endgültigen wirr dahergefaselten Geständnis hatte Andrews zugegeben, daß er genau das vorgehabt hatte. Cowley hatte das Band gehört. *Ich werde dieses Miststück umbringen. Und Cowley auch. Ich werde sie beide umbringen. Sie ficken miteinander, wissen Sie? Ich weiß, daß sie hinter meinem Rücken miteinander ficken.* Das und noch so vieles mehr. Hysterisches Gefasel über seine Absicht, Ann in besagter Nacht in ihrer Wohnung umzubringen, wenn sie nicht völlig überraschend aus dem Haus gekommen wäre und ihn fast gesehen hätte, als er den Platz verließ, an dem er gewartet hatte, bis Hughes aus dem Haus käme. Von seiner Absicht, das Messer, das er nach einem seiner Liebesbesuche entwendet hatte, am Tag nach dem Mord zurückzubringen, um freilich feststellen zu müssen, daß Danilow die Wohnung bereits plombiert hatte. Von ihm, das vor allem. Von seinem Haß, seit der Zeit, als sie gemeinsam in London gewesen waren. Von der gewalttätigen, wahnsinnigen Eifersucht, aufgrund derer er ihm jeden Rückschlag, ob nun real oder eingebildet, anlastete, seit er beim Bureau war.

»Aber er hätte doch bestimmt weiter gemordet?«

Cowley zögerte. »Das denken sie jedenfalls.« Er hätte alle Rekorde gebrochen, hatten die Psychiater in Quantico vorhergesagt, hätte gemordet und gemordet und gemordet.

»Mit dem Messer, von dem er wollte, daß ich es in der Küche benutze!«

»Über so was zu reden, hat doch keinen Sinn.«

Sie lachte schnaubend. »Ist es denn nicht so? Ist denn nicht alles total verrückt?«

»Vergiß bitte nicht, was ich gesagt habe.«

Verwirrt runzelte sie die Stirn. »Was?«

»Daß ich in Washington bin.«

»Über dich und mich, meinst du?«

Sie war einer Hysterie wieder sehr nahe. »Nein! Nur, daß ich da bin, wenn du jemanden brauchst.«

»Nein, William!«

Cowley antwortete nicht sofort. »Vielleicht überlegst du es dir ja noch mal anders.«

»Werde ich nicht.«

»Ich kann ja sagen, jemand aus dem Hotel hat es mir geschenkt«, sagte Larissa.

Danilow hatte nicht daran gedacht, wie sie das Geschenk ihrem Mann erklären sollte. Die Ausrede war ihr sehr schnell eingefallen. Bekam sie von anderen Leuten Geschenke, hier im Hotel? Wenigstens war er so schlau gewesen, verschiedene Parfüms zu kaufen, Giorgio für Larissa, Dior für Olga. »Ich habe es auf gut Glück ausgesucht. Es freut mich, daß du es magst.«

»Ich hatte so gehofft, daß du endlich kommen würdest.«

»Nur als Freund«, erklärte Danilow überstürzt. Sie saß ernst auf der Bettkante, er mehr als einen Meter von ihr entfernt auf dem einzigen Stuhl. Sie war nicht auf ihn zugekommen, um ihn zu küssen, und sie hatte auch nicht angefangen, sich auszuziehen, wie sie es sonst immer getan hatte.

»Nur als Freund«, pflichtete sie ihm ebenso rasch bei.

»Gut.« Für wen veranstalteten sie dieses Theater eigentlich?

»Ich liebe dich sehr. Aber von jetzt an wird alles so sein, wie du willst.«

Das war das Problem, stellte Danilow fest. Und sie wußte es. Er nahm an, Larissa dachte, sie hätte gewonnen. Er war nicht sicher, ob es so war oder nicht.